赵小琪 主编

比较文学教程

高等院校中文专业创新性学习系列教材

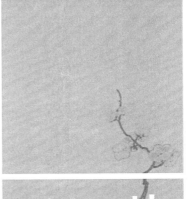

北京大学出版社
PEKING UNIVERSITY PRESS

图书在版编目(CIP)数据

比较文学教程/赵小琪主编. —北京：北京大学出版社，2010.7
（高等院校中文专业创新性学习系列教材）
ISBN 978-7-301-17272-8

Ⅰ.①比… Ⅱ.①赵… Ⅲ.①比较文学—高等学校—教材 Ⅳ.①I0-03

中国版本图书馆CIP数据核字（2010）第101708号

书　　名	比较文学教程 BIJIAO WENXUE JIAOCHENG
著作责任者	赵小琪　主编
责任编辑	艾　英
标准书号	ISBN 978-7-301-17272-8
出版发行	北京大学出版社
地　　址	北京市海淀区成府路205号　100871
网　　址	http：//www.pup.cn　新浪微博：@北京大学出版社
电子邮箱	编辑部 wsz@pup.cn　总编室 zpup@pup.cn
电　　话	邮购部 010-62752015　发行部 010-62750672 编辑部 010-62756467
印刷者	北京虎彩文化传播有限公司
经销者	新华书店
	965毫米×1300毫米　16开本　20.5印张　380千字 2010年7月第1版　2023年7月第3次印刷
定　　价	69.00元

未经许可，不得以任何方式复制或抄袭本书之部分或全部内容。
版权所有，侵权必究
举报电话：010-62752024　电子邮箱：fd@pup.pku.edu.cn
图书如有印装质量问题，请与出版部联系，电话：010-62756370

《高等院校中文专业创新性学习系列教材》
总编委会

主任委员：赵世举　刘礼堂

副主任委员：涂险峰　於可训　尚永亮

委员（按姓氏音序排列）：

陈国恩　陈文新　樊　星　冯学锋　李建中　卢烈红
王兆鹏　萧国政　张　杰　张荣翼　张思齐　赵小琪

《高等院校中文专业创新性学习系列教材》总序

一

  这套系列教材的酝酿已有七个年头儿了。2002年我受命担任武汉大学中文系副主任,分管本科教学工作。正值新世纪之初,经济全球化进程日益加快,我国现代化建设全面推进,高等教育也随之迎来了新的机遇和挑战。面对新的形势,如何更好地培养适应时代要求的高素质人才?这已是摆在我们高等教育工作者面前的不得不思考、不能不应对的当务之急。正是在这一背景之下,为了适应人才观和教育理念的发展变化,我与时任系主任的龙泉明教授策划,以汉语言文学专业为试点,从修订培养方案入手,全方位地开展本科教学改革。举措之一,就是大刀阔斧地调整课程体系,压缩通史性、概论性课程,增加原典研读课程和实践性课程,旨在强化学生素质和能力的培养。与此相应,计划编写配套的教材。起初,为了加大原典阅读的力度,配合新培养方案增设的语言文学名著导读系列课程,我们首先组编了《高等学校语言文学名著导读系列教材》,2003年正式出版。与此同时,也酝酿编写一套适应新需要、具有新理念的基础课教材。从那时起便开始思考、调研、与同仁切磋。经过几年的准备,2006年开始系统谋划和全面设计,2007年正式组建了编委会,启动了编写工作。经过众多同仁的不懈努力,今天终于有了结果,令人欣慰。

  这套教材是针对现行一些教材存在的问题,根据当今社会对人才的新要求,为培养高素质、创新型、国际化人才而设计编写的。旨在引导学生进行自主学习、创新性学习,养成勤于思考的习惯,强化不断探索的意识,增添勇于质疑的胆略,培育大胆创新的精神。这也是我们把这套教材命名为"创新性学习系列教材"的用意。全套教材共有12种,基本上涵盖了中文类本科专业的基础课和主干课。

  客观地说,现有本科基础课教材已是铺天盖地,其中也不乏特色鲜明、质量上乘之作,但从总体上看,适应新时代新需求的优质教材品种不多,相当多的教材由于时代和条件的限制或受过去教育理念的影响,相对于当今人才培养的新需求而言,还存在着一定的局限性和薄弱点。很多同仁感到不少教材存在的比较突出的问题是:

1. 重知识传授而轻思维启迪和素质能力培育,主要着眼于将基本知识传授给学生。这恰恰顺应了学生从中学沿袭下来的应试性学习的习惯,容易导致学生只是重视背记教材上的知识要点,仅仅满足于对一些知识的记忆,而缺乏能动思考、深入探究和自我训练,不能很好地消化吸收,内化为素质和能力。

2. 习惯于"定于一",兼收并蓄不够,吸收新成果不多,较少提供启发学生思考和进行思想碰撞的不同学术视角、观点、立场和方法的内容,启发性、研讨性、学术性不足,不利于培养学生的思辨意识、研究能力和创新精神。

3. 内容封闭,功能单一,较少对学生课外自主研习、实践训练、拓展提高给予足够的引导,更未能对具有较大的学术潜能、更多的学识追求以及创新意识的使用者提供必要的帮助。即使学生有进一步阅读、训练、思考、探索的愿望,在学习了教材之后仍往往茫然不知所措。因此教材的有效使用对象也仅限于较为固定、单一、一般的层次。

显然这些问题与当代人才培养的需要是不相适应的。社会的发展呼唤知识基础好、综合素质高、实践能力强、富于创新精神的人才,而不需要只会死记硬背的书呆子。因此,着眼时代需要,转变教育理念,吸收新的教学成果、学术成果和现有教材的经验,进行教材编写的新探索,是完全必要的,也是必需的。

二

我们这套教材正是针对上述问题,根据时代的需要所做的一种新尝试:在重视知识传授的同时,更加注重引导学生思考,帮助学生拓展,强化学生训练,指导学生探究,激发学生创新,着力将传授知识与提高素质、培养能力、启发智慧融为一体,充分发挥教材的综合功能。

正是从上述理念出发,这套教材的编写主要致力于体现如下特色:

1. 注重基础与拓展的有机结合。即在浓缩现行教材重要的基本知识体系的基础上,增加拓展性的内容,给学生提供进一步拓展提高的空间、路径和条件。

2. 体现将知识传授与素质提高、能力培养、智慧启迪融为一体的理念。在教材中增加探究性内容和训练性环节，以促使学生发挥能动性和主动性，激发学生积极思考，深入钻研，注重训练，敢于质疑，勇于创新，从而使学生获得能力的锻炼、知识的积累、素质的提高、情感的熏陶和思想的升华。

3. 贯彻课内外一体的精神，将课堂内外整体设计，注重课内和课外学习的有机衔接，加强对学生课外学习和训练的指导。除了提供课堂教学所需要的内容之外，还增加了指导学生课外自主学习、自我研讨和自我训练的内容，将教学延伸至课外，实现课内课外的有机结合和优势互补，帮助学生有效地利用课余时间。

4. 引导学生改变被动学习、简单记忆的惯性，培养学生进行自主学习、创新性学习的能力和习惯。尽量多给学生一些启发，少给一点成说，把较多的空间留给学生，让学生自己研读，自己咀嚼，自己品味，自己感悟，自我训练。努力构建以学生为主体，以教师为主导，全面调动学生学习积极性和能动性的师生有机互动的新型教学模式。

5. 强化文本研读。即浓缩概论性、通史性内容，加大经典原著阅读阐释比重，促使学生扎扎实实地读原典，把学习落到实处，从而夯实专业基础，汲取各方面的营养，获得全面提高。

6. 构建立体化教学资源系统。除了纸质教材之外，我们还将研制与之配套的辅助性多媒体教学资源，如适应学生自主学习的电子文献库、专题资料数据库、习题与训练项目库、自我检测系统、多媒体课件、网络课程、师生互动学习平台等，为学生提供形式多样、方便适用、全方位的学习服务。

此外，本套教材也与我们已经编辑出版的《高等学校语言文学名著导读系列教材》互为补充、相得益彰。

本套教材在基本结构上，每章都由以下四个板块组成：

1. 基础知识

根据国家有关部门和组织颁布的以及现在通行的各门课程要求，参照全国有影响的各种教材的做法，精选基础性教学内容。本着"守正出新"的原则，去粗取精，提纲挈领，注重点面结合。一方面重视知识的系统性、普适性和知识结构的完整性、科学性，另一方面突出重点问题，深入讲解，并努力吸收较成熟的最新学术成果。此外我们还尽量注意，对于中学讲授过的和其他相关课程有所涉及的内容，一般只作简要归纳和适当拓展与深化，不作重复性铺陈。

2. 导学训练

就本章的课内外学习和训练提出指导性意见，引导学生抓住关键、掌握方法，自主研习，创新学习。主要包括以下内容：

（1）导学。对本章的学习提出意见和建议，必要时也对主要内容进行归纳，对疑难问题和关键点进行阐释。

（2）思考题。努力避免简单的知识性题目，着重要求学生从不同角度、不同层面对本章的内容进行爬梳、归纳、提炼和发挥，或就一些问题进行理论思考。

（3）实践训练。设计了一些让学生自己动手动口动脑的实践性项目，要求学生联系学过的知识去验证、训练、研讨、演绎、发挥。

3. 研讨平台

就本章涉及的若干重要内容或有争议的问题、热点问题提出讨论，旨在强化、深化学生对这些问题的认识，培养学生的问题意识、质疑精神，提高学生的思辨能力和研究能力。主要包括两方面的内容：

（1）问题概述。就要研讨的问题作引导性的简单概述，包括适当介绍相关的学术史尤其是最新进展，为学生思考提供背景知识，指点方向、路径。

（2）资料选辑。围绕要研讨的问题选辑一些重要著作和论文中的重要片段，包括立场、观点、视角、方法各不相同的材料和最新学术前沿信息，供学生学习、思考，以丰富学生知识，开拓学生视野，启发学生思维。

4. 拓展指南

介绍有助于本章学习理解的文献资料和有助于进一步深化提高或开展专题研讨的文献资料，不仅包括纸本文献，也包括各类电子文献、数据库和网络资源等，以引导学生广泛而有效地利用各种相关资源进行深入学习和探究。主要包括两方面的内容：

（1）重要文献资料介绍。选择与本章内容有关的若干种重要文献进行简要介绍，以便学生有针对性地学习。

（2）其他相关文献资料目录与线索。

以上四个板块中，"基础知识"和"导学训练"是基础部分，主要提供本科生应该掌握的最基本、最重要的系统知识，培养本科生应该具备的素质和能力；"研讨平台"和"拓展指南"两个板块是提高部分，一方面是对基础部分的提高和深化，另一方面也是为进一步学习和研究做好铺垫，指点路径和方法，在程度上注意了与研究生阶段的区别与衔接。主旨是从各科教学入手，引导学生学会怎样自主学习、思考问题、分析问题和解决问题，培养学生的综合素质、研究能力和创新精神。简而言之，提高部分的主要作用是：激发学生兴趣，促使学生学会思考、掌握方法，提高素质和能力。

三

这套教材的编写，是我们整体教学改革的有机组成部分。几年来我们一直慎重其事，不仅注重相关的理论思考，而且努力进行实践探索，同时还积极学习借鉴兄弟院校的经验，不断丰富我们的想法。为了保证编写质量，2007年我正式拿出编写方案之后，多次召开会议进行专题研讨；各部教材也都分头召开了编委会，反复研究具体编写方案，不断深化认识、完善思路、优化设计。因此这套教材是集体智慧的结晶，也是我们教学改革的成果之一。

在编写队伍方面，我们约请了本院和其他部属重点大学的学术带头人或知名教授担任各书主编和主要撰稿人，并组建了总编委会，负责总体把关，各科教材则采取主编负责制，以确保编写质量。

十分感谢北京大学、北京师范大学、中国人民大学、清华大学、复旦大学、南京大学、四川大学、中山大学、厦门大学、西北大学、西南大学、华东师范大学、华中师范大学、暨南大学、华中科技大学、湖南大学、华南理工大学、中国社会科学院研究生院以及上海师范大学、南京师范大学、首都师范大学、华南师范大学、湖南师范大学、新疆大学、北京第二外国语言大学（随机列举）等校同仁的大力支持和积极参与，他们为这套教材的编写奉献了智慧，付出了汗水，增添了光辉。

北京大学出版社为这套教材倾注了极大的热情，鼎力支持，尤其是责任编辑艾英小姐参与了很多具体工作，尽心尽力，令我们感动，在此谨致谢忱！

古言道："苟日新，日日新，又日新。"教材建设是一个需要根据社会发展的要求不断与时俱进的常青事业，探索创新是永恒的。我们编写这套教材，无非是应时代之需，在责任和义务的驱动下，为这项永恒的事业做一份努力。毋庸讳言，作为一种新的探索，肯定还有不少需要改进的地方，我们真诚希望使用本教材的老师和同学提出宝贵的意见，帮助我们不断改进和完善，使之更加适应高素质、创新型人才培养的需要。

赵世举

2009年7月于珞珈山麓东湖之滨

本书编委会

主　编　赵小琪

编　委　（按姓氏笔画排列）
　　　　　　刘圣鹏　刘耘华　陈　希　邹建军　赵小琪

撰稿人　（按姓氏笔画排列）
　　　　　　马　昕　司晓琨　刘圣鹏　刘耘华　刘琳静
　　　　　　刘　晓　吴　冰　陈　希　李故静　李群林
　　　　　　张　晶　赵小琪　赵　坤　周柳波　徐　旭
　　　　　　袁尚伟　蒋金运　谭燕保

目 录

《高等院校中文专业创新性学习系列教材》总序 …………………（1）

绪 论 ………………………………………………………………（1）

    第一节 比较文学的渊源与定义 …………………………………（1）

    第二节 比较文学的学科特征与研究范围 ………………………（12）

        一、比较文学的学科特征 …………………………………（12）

        二、比较文学的研究范围 …………………………………（16）

第一章 事实材料间性关系研究 …………………………………（21）

    第一节 流传学 ……………………………………………………（21）

        一、流传学的渊源、定义与特征 …………………………（21）

        二、流传学的研究类型与模式 ……………………………（23）

        三、流传学的发展与展望 …………………………………（31）

    [导学训练] ………………………………………………………（32）

        一、本节学习建议及关键词释义 …………………………（32）

        二、思考题 …………………………………………………（33）

        三、可供进一步研究的学术选题:中国文学在外国的

            流传与影响 ………………………………………………（33）

    [研讨平台]文学流传中的变异问题 ……………………………（33）

    [拓展指南] ………………………………………………………（35）

        一、重要文献资料介绍 ……………………………………（35）

        二、一般文献资料目录 ……………………………………（35）

    第二节 渊源学 ……………………………………………………（36）

        一、渊源学的起源、定义和特征 …………………………（36）

二、渊源学的研究内容 …………………………………………（39）
　　三、渊源学的研究现状和前景 …………………………………（49）
［导学训练］……………………………………………………………（50）
　　一、本节学习建议及关键词释义 ………………………………（50）
　　二、思考题 ………………………………………………………（50）
　　三、可供进一步研究的学术选题：印象渊源考察与游记
　　　　研究的区别和联系 …………………………………………（50）
［研讨平台］美国华裔文学中的文学渊源与民族记忆 ……………（50）
［拓展指南］……………………………………………………………（52）
　　一、重要文献资料介绍 …………………………………………（52）
　　二、一般文献资料目录 …………………………………………（53）

　第三节　媒介学 ……………………………………………………（53）
　　一、媒介学的渊源、定义及特征 ………………………………（53）
　　二、媒介学的研究范围和对象 …………………………………（56）
　　三、媒介学的研究方法 …………………………………………（63）
　　四、媒介学的发展前景及意义 …………………………………（65）
［导学训练］……………………………………………………………（67）
　　一、本节学习建议及关键词释义 ………………………………（67）
　　二、思考题 ………………………………………………………（67）
　　三、可供进一步研究的学术选题：大众传媒与媒介学的
　　　　研究 …………………………………………………………（67）
［研讨平台］媒介者的创造性叛逆 …………………………………（67）
［拓展指南］……………………………………………………………（69）
　　一、重要文献资料介绍 …………………………………………（69）
　　二、一般文献资料目录 …………………………………………（69）

　第四节　形象学 ……………………………………………………（70）
　　一、形象学的定义和特点 ………………………………………（70）
　　二、形象学的主要研究内容 ……………………………………（73）
　　三、形象学的研究前景 …………………………………………（80）
［导学训练］……………………………………………………………（82）
　　一、本节学习建议及关键词释义 ………………………………（82）
　　二、思考题 ………………………………………………………（82）

三、可供进一步研究的学术选题:现代西方文学思潮中的
中国想象 ………………………………………………… (82)
[研讨平台]海外华文文学中的中国想象 …………………… (83)
[拓展指南] ……………………………………………………… (84)
一、重要文献资料介绍 ……………………………………… (84)
二、一般文献资料目录 ……………………………………… (85)

第二章　美学价值间性关系研究 ………………………………… (86)
第一节　主题学 ……………………………………………… (86)
一、主题学的研究史和定义 ………………………………… (86)
二、主题学的研究范围和内容 ……………………………… (90)
三、主题学的研究现状和前景 ……………………………… (99)
[导学训练] ……………………………………………………… (100)
一、本节学习建议及关键词释义 …………………………… (100)
二、思考题 …………………………………………………… (100)
三、可供进一步研究的学术选题:女性主义批评切入
主题学研究的拓展意义 ………………………………… (100)
[研讨平台]文学人类学视野下的主题研究 ………………… (101)
[拓展指南] ……………………………………………………… (102)
一、重要文献资料介绍 ……………………………………… (102)
二、一般文献资料目录 ……………………………………… (103)
第二节　文类学 ……………………………………………… (103)
一、文类学的渊源、定义 …………………………………… (103)
二、文类学的主要研究内容 ………………………………… (110)
三、文类学的研究现状和前景 ……………………………… (114)
[导学训练] ……………………………………………………… (115)
一、本节学习建议及关键词释义 …………………………… (115)
二、思考题 …………………………………………………… (115)
三、可供进一步研究的学术选题:文类译名是否会导致将
不同国家的不同文类相混淆的现象？ ………………… (115)
[研讨平台]"缺类"现象研究 ………………………………… (116)
[拓展指南] ……………………………………………………… (118)

一、重要文献资料介绍……………………………………（118）
　　二、一般文献资料目录……………………………………（118）
　第三节　阐发研究……………………………………………（118）
　　一、阐发研究的渊源与定义………………………………（118）
　　二、阐发研究的主要研究内容……………………………（121）
　　三、阐发研究的前景和意义………………………………（125）
　[导学训练]……………………………………………………（128）
　　一、本节学习建议及关键词释义…………………………（128）
　　二、思考题…………………………………………………（129）
　　三、可供进一步研究的学术选题：钱锺书《管锥编》的
　　　　比较研究特色…………………………………………（129）
　[研讨平台]中国学派的建构和局限…………………………（129）
　[拓展指南]……………………………………………………（130）
　　一、重要文献资料介绍……………………………………（130）
　　二、一般文献资料目录……………………………………（131）

第三章　文学与其他学科间性关系研究……………………（132）

　第一节　文学与哲学…………………………………………（132）
　　一、哲学的定义与特征……………………………………（132）
　　二、文学与哲学关系的研究内容…………………………（133）
　　三、文学与哲学关系的研究前景…………………………（141）
　[导学训练]……………………………………………………（142）
　　一、本节学习建议及关键词释义…………………………（142）
　　二、思考题…………………………………………………（142）
　　三、可供进一步研究的学术选题：中国诗性智慧的
　　　　独特性…………………………………………………（143）
　[研讨平台]文学与哲学本源上的亲和性……………………（143）
　[拓展指南]……………………………………………………（144）
　　一、重要文献资料介绍……………………………………（144）
　　二、一般文献资料目录……………………………………（144）
　第二节　文学与心理学………………………………………（145）
　　一、心理学的渊源、定义、特点…………………………（145）

二、文学与心理学关系的研究内容……………………………（148）
　　三、文学与心理学关系研究的发展前景………………………（155）
[导学训练] ……………………………………………………………（156）
　　一、本节学习建议及关键词释义………………………………（156）
　　二、思考题………………………………………………………（156）
　　三、可供进一步研究的学术选题：文学与心理学研究的
　　　　新方向………………………………………………………（156）
[研讨平台]文学作品中的恋母情结研究 ……………………………（156）
[拓展指南] ……………………………………………………………（158）
　　一、重要文献资料介绍…………………………………………（158）
　　二、一般文献资料目录…………………………………………（159）

　第三节　文学与艺术 ………………………………………………（159）
　　一、艺术的渊源、定义、特点……………………………………（159）
　　二、文学与艺术关系的研究内容………………………………（162）
　　三、文学与艺术关系的研究前景………………………………（171）
[导学训练] ……………………………………………………………（172）
　　一、本节学习建议及关键词释义………………………………（172）
　　二、思考题………………………………………………………（173）
　　三、可供进一步研究的学术选题：文学与艺术审美趋向的
　　　　分化与融合…………………………………………………（173）
[研讨平台]影视改编中如何用镜头再现原著 ………………………（173）
[拓展指南] ……………………………………………………………（174）
　　一、重要文献资料介绍…………………………………………（174）
　　二、一般文献资料目录…………………………………………（175）

　第四节　文学与传播学 ……………………………………………（175）
　　一、传播学的定义及特征………………………………………（175）
　　二、文学与传播学关系的研究内容……………………………（178）
　　三、文学与传播学关系的研究前景……………………………（188）
[导学训练] ……………………………………………………………（189）
　　一、本节学习建议及关键词释义………………………………（189）
　　二、思考题………………………………………………………（189）
　　三、可供进一步研究的学术选题：手机信息——新时代的

　　　　　新式阅读……………………………………………(189)
　　[研讨平台]传播媒介更新对文学的影响 ……………………(190)
　　[拓展指南] …………………………………………………(191)
　　　　一、重要文献资料介绍………………………………(191)
　　　　二、一般文献资料目录………………………………(192)

　　第五节　文学与病理学 ……………………………(192)
　　　　一、病理学的定义与特点……………………………(192)
　　　　二、文学与病理学关系的研究内容…………………(193)
　　　　三、文学与病理学关系的研究前景…………………(202)
　　[导学训练] …………………………………………………(203)
　　　　一、本节学习建议及关键词释义……………………(203)
　　　　二、思考题……………………………………………(203)
　　　　三、可供进一步研究的学术选题:从接受美学角度看现当代
　　　　　　文学对疾病题材的偏爱…………………………(203)
　　[研讨平台]文学对疾病的治疗功能 ……………………(204)
　　[拓展指南] …………………………………………………(205)
　　　　一、重要文献资料介绍………………………………(205)
　　　　二、一般文献资料目录………………………………(205)

　　第六节　文学与计算机技术 ………………………(206)
　　　　一、计算机的定义、兴起及特征………………………(207)
　　　　二、文学与计算机技术关系的研究内容……………(208)
　　　　三、文学与计算机技术关系的研究前景……………(213)
　　[导学训练] …………………………………………………(216)
　　　　一、本节学习建议及关键词释义……………………(216)
　　　　二、思考题……………………………………………(216)
　　　　三、可供进一步研究的学术选题:网络语境下的当代文学
　　　　　　经典…………………………………………………(216)
　　[研讨平台]网络文学的利弊 ……………………………(216)
　　[拓展指南] …………………………………………………(217)
　　　　一、重要文献资料介绍………………………………(217)
　　　　二、一般文献资料目录………………………………(218)

第四章　异质诗学间性关系研究 …………………………………… (219)

　　第一节　诗学范畴比较 ………………………………………… (219)
　　　　一、诗学范畴比较的定义与特征………………………………… (219)
　　　　二、诗学范畴比较的主要研究范围与内容…………………… (223)
　　　　三、诗学范畴比较的研究前景………………………………… (232)
　　［导学训练］……………………………………………………………… (233)
　　　　一、本节学习建议及关键词释义……………………………… (233)
　　　　二、思考题……………………………………………………… (234)
　　　　三、可供进一步研究的学术选题：比较阳刚和崇高之美的
　　　　　　异同…………………………………………………………… (234)
　　［研讨平台］西方现代诗学范畴"晦涩"在中国的流传 ……… (234)
　　［拓展指南］……………………………………………………………… (235)
　　　　一、重要文献资料介绍………………………………………… (235)
　　　　二、一般文献资料目录………………………………………… (236)

　　第二节　诗学文化体系比较 …………………………………… (236)
　　　　一、诗学文化体系比较的渊源与定义………………………… (236)
　　　　二、诗学文化体系比较的主要研究范围与内容……………… (237)
　　　　三、诗学文化体系比较的研究前景…………………………… (245)
　　［导学训练］……………………………………………………………… (246)
　　　　一、本节学习建议与关键词释义……………………………… (246)
　　　　二、思考题……………………………………………………… (247)
　　　　三、可供进一步研究的学术选题：中国当代比较诗学的
　　　　　　任务…………………………………………………………… (247)
　　［研讨平台］中西诗学文化体系的差异性 …………………… (247)
　　［拓展指南］……………………………………………………………… (248)
　　　　一、重要文献资料介绍………………………………………… (248)
　　　　二、一般文献资料目录………………………………………… (249)

第五章　文学与其他文化理论间性关系研究 ……………………… (250)

　　第一节　文学与原型批评 ……………………………………… (250)
　　　　一、原型批评的定义、渊源和特征 …………………………… (250)

二、文学与原型批评关系的研究内容、方法 ……………（254）
三、原型批评的意义、局限和发展前景 …………………（262）
［导学训练］……………………………………………………（265）
　一、本节学习建议及关键词释义…………………………（265）
　二、思考题…………………………………………………（266）
　三、可供进一步研究的学术选题：原型批评理论在中国古典
　　　文学研究中的作用……………………………………（266）
［研讨平台］中国文学中的神女原型…………………………（266）
［拓展指南］……………………………………………………（267）
　一、重要文献资料介绍……………………………………（267）
　二、一般文献资料目录……………………………………（267）

第二节　文学与叙事学 ………………………………………（268）
　一、叙事学的渊源、定义与特征…………………………（268）
　二、文学与叙事学关系的研究内容和范围………………（270）
　三、文学与叙事学关系的研究现状和前景………………（283）
［导学训练］……………………………………………………（284）
　一、本节学习建议及关键词释义…………………………（284）
　二、思考题…………………………………………………（284）
　三、可供进一步研究的学术选题：叙事学研究领域的
　　　新扩展…………………………………………………（285）
［研讨平台］第二人称叙述研究………………………………（285）
［拓展指南］……………………………………………………（286）
　一、重要文献资料介绍……………………………………（286）
　二、一般文献资料目录……………………………………（286）

第三节　文学与诠释学 ………………………………………（287）
　一、诠释学的渊源、定义与发展…………………………（287）
　二、文学与诠释学关系的研究内容与方法………………（295）
　三、文学与诠释学研究的意义、局限和发展前景 ………（299）
［导学训练］……………………………………………………（301）
　一、本节学习建议及关键词释义…………………………（301）
　二、思考题…………………………………………………（302）
　三、可供进一步研究的学术选题：发掘中国传统文化中的

诠释学资源……………………………………………………（302）
［**研讨平台**］一切历史都是现代史……………………………………（302）
［**拓展指南**］……………………………………………………………（303）
　　一、重要文献资料介绍…………………………………………（303）
　　二、一般文献资料目录…………………………………………（304）

后　记　………………………………………………………………（305）

绪 论

第一节 比较文学的渊源与定义

法国学者布尔迪厄(Pierre Bourdieu,1930—2002)认为,"从分析的角度来看,一个场域可以被定义为在各种位置之间存在的客观关系的一个网络(network),或一个构型(configuration)。正是在这些位置的存在和它们强加于占据特定位置的行动者或机构之上的决定性因素之中,这些位置得到了客观的界定,其根据是这些位置在不同类型的权力(或资本)——占有这些权力就意味着把持了在这一场域中利害攸关的专门利润(specific profit)的得益权——的分配结构中实际的和潜在的处境(situs),以及它们与其他位置之间的客观关系(支配关系、屈从关系、结构上的对应关系,等等)"[①]。以布尔迪厄的场域理论来观照比较文学,我们可以发现比较文学学科理论的发展也是在一个特定的文学场中进行的。这个文学场是一个错综复杂、纵横交错、不同势力相互抗衡的权力体系网络。在这一错综复杂的文学场域中,围绕着比较文学的定义,不同国家、不同学派的比较文学工作者展开了一次又一次的争夺符号权力的斗争。大致而言,这些权力斗争主要表现为控制、竞争、平等三种模式。

一

比较文学发展的第一阶段鲜明地体现出了一种控制性的权力关系。

事实上,"比较文学"一词在比较文学作为一门学科诞生之前就已经产生。最早使用这一词语的是法国的两位中学教师诺埃尔(Francois Noël)和拉普拉斯(E. Laplace)。他们在1816年编辑出版了一本以《比较文学教程》命名的文学作品选集。这本选集收录了一些法国文学和英国文学作品,却并未对比较文学的理论进行探讨。赋予"比较文学"这一名称研究性意义

[①] 布尔迪厄、华康德:《实践与反思》,李康、李猛译,北京:中央编译出版社1998年版,第134页。

内涵的是法国学者维尔曼（Villemain，1790—1870）、安贝尔（Ampère，1800—1864）等人。1827年，维尔曼在巴黎大学开设名为"18世纪法国作家对外国文学和欧洲思想的影响"的讲座，1829年，他的《比较文学研究》一书出版。1830年，另一位法国学者安贝尔开设了名为"各国文学的比较史"的讲座。1836年，基内在里昂大学开设了以"比较文学"为名的讲座。上述的讲座虽然不是常设性的，学者们的比较研究也大都停留在对史料的罗列上，但不可否认，正是得力于这些学者具有比较文学性质的讲座与著作，"比较文学"这一名称才逐渐流传开来，并为比较文学学科的诞生奠定了较为坚实的基础。

19世纪70年代以后，伴随着一些标志性事件的发生，比较文学作为一门独立的学科开始走上历史舞台。1877年，匈牙利的梅茨尔（Hugo Von Merzl，1846—1908）创办了世界上第一本比较文学杂志《总体文学比较》；1886年，英国学者波斯奈特（H. M. Posnett，1855—1927）出版了世界上第一部比较文学理论专著《比较文学》；1897年，法国学者戴克斯特（Joseh Texte，1865—1900）作为第一个比较文学教授在里昂大学创办第一个比较文学常设讲座"文艺复兴以来法国文学的影响"。这一时期，无论是在大学的讲座中还是在学者的实际研究中，比较文学研究的对象与视野都是非常开阔的。而这种广泛涉及影响研究、平行研究、跨学科研究的比较文学之所以转向了20世纪30年代的法国学派注重"影响研究"的比较文学，又是与比较文学这一文学场域中的权力关系相联系的。正如福柯（Michel Foucault，1926—1984）在《性史》中所说的那样："权力无法逃脱，它无所不在，无时不有，塑造着人们想用来与之抗衡的那个东西"，"人们始终处于权力'之内'，'逃避'它是不可能的"。① 简而言之，为了取得比较文学这一文学场域中的控制性权力，法国学派主要使用了如下几种策略来定义比较文学。

首先，是赋予比较文学以固定的研究对象。比较文学学科建立之初受到的最大的挑战，就是以克罗齐（Benedetto Croce，1866—1952）为代表的其他学科的学者对学科合理性的质疑。克罗齐认为："比较方法不过是一种研究的方法，无助于划定一种研究领域的界限。对一切研究领域来说，比较方法是普通的，但其本身并不表示什么意义。……这种方法的使用十分普遍（有时是大范围，通常则是小范围），无论对一般意义上的文学或对文学

---

① 〔法〕米歇尔·福柯：《性史》，张廷琛等译，上海：上海科学技术文献出版社1989年版，第80、93页。

研究中任何一种可能的研究程序,这种方法并没有它的独到、特别之处。……看不出有什么可能把比较文学变成一个专业。"①为了回应这类挑战,梵·第根(Paul Van Tieghem,1871—1948)、卡雷(Jean-Marie Carreé,1887—1985)等对比较文学概念与研究领域进行了"精确化"的阐释。在他们看来,比较文学并不是文学的比较,而是对两国之间文学关系的研究。梵·第根是第一个对法国学派理论进行较为全面阐释的学者,他出版于1931年的《比较文学论》被视为系统地阐释了比较文学研究理论、范围、方法和历史的集大成之作。他认为,"比较文学的对象是本质地研究各国文学作品的相互关系"②。卡雷在为其学生基亚(Guyard,1921—)的《比较文学》一书作序时指出:"比较文学的定义有必要再一次加以廓清……并非随便什么事物,随便什么时间地点都可以拿来比较。""比较文学是文学史的一个分支:它研究在拜伦与普希金,歌德与卡莱尔、瓦尔特,司各特与维尼之间,在属于一种以上文学背景的不同作品、不同构思以至不同作家的生平之间所曾存在过的跨国度的精神交往与实际联系。比较文学主要不是评定作品的原有价值,而是侧重于每个民族、每个作家所借鉴的那种种发展演变。"③基亚认为,"比较文学并非比较。比较文学实际只是一种被误称了的科学方法,正确的定义是:国际文学关系史"④。既然以克罗齐为代表的其他学科的学者以"比较方法是普通的"为由否定比较文学的学科独立性,那么,梵·第根、卡雷等法国学派的学者就将"关系"设定为比较文学学科的根本特性,而那种不注重关系的"比较"则与真正的比较文学无缘。由此,通过对研究对象的设定,梵·第根、卡雷等法国学派的学者确立了比较文学的有效原则。

其次,是明确比较文学的研究方法。一个学科独立存在的标志,是它必须拥有自己的科学的研究方法。有鉴于此,法国学派对那种打着"比较文学"幌子的随意的类比与对比式的文学比较进行了严厉的批评。卡雷的老师、法国学派的另外一位重要的代表人物巴尔登斯伯格(Fernand Baldensperger,1871—1958)在《比较文学评论》发刊词中指出:"仅仅对两个不同的对象同时看上一眼就作比较,仅仅靠记忆和印象的拼凑,靠一些主观臆想把可能游移

---

① 〔美〕约翰·迪尼著:《中西比较文学理论》,刘介民译,北京:学苑出版社1990年版,第143、145页。
② 〔法〕梵·第根:《比较文学论》,戴望舒译,上海:商务印书馆1937版,第55页。
③ 〔法〕卡雷:《比较文学初版序》,李清安译,《比较文学研究资料》,北京:北京师范大学出版社1986年版,第42、43页。
④ 〔法〕基亚:《比较文学》,北京:北京大学出版社1983年版,第1页。

不定的东西扯在一起找类似点,这样的比较决不可能产生论证的明晰性。"而要使比较文学具有论证的明晰性,就必须借助于孔德的实证主义研究方法,对不同国别中的作家作品之间的相互影响进行科学性、实证性考察。梵·第根指出:"真正的'比较文学'底特质,正如一切历史科学的特质一样,是把尽可能多的来源不同的事实采纳在一起,以便充分地把每一个事实加以解释;是扩大认识的基础,以便找到尽可能多的种种结果底原因。总之,'比较'这两个字应该摆脱了全部美学的涵义,而取得一个科学的涵义的。"①正是在这个意义上,他们认为"比较文学是文学史的一支"②。如此,法国学派在孔德(Auguste Comte,1798—1857)的实证主义哲学的牵引下将比较文学带向了唯历史主义的实证之途,比较文学研究者也相应地成为了考证各国间文学关系的事实联系的文学史家。

应该说,当梵·第根、卡雷等人依靠丰厚、悠久的法国文学传统进入比较文学这一场域时,他们对比较文学观念、研究对象、研究方法等方面的精细阐释建构了比较文学场域的统治秩序,他们自身也作为比较文学这一场域的权力建构者把持了对比较文学进行阐释的话语权。不可否认,这种制约性的权力确实表现出了一种极大的生产性。按照福柯的理论,权力的生产性的主要特点就在于它能"引发乐趣,生成知识,引起话语"③。而显而易见,比较文学场域在强大的法国学派的权力冲击下不仅生成了基本的学科理论框架与范式,而且也成为了一个充满诱惑、充满生机的权力网络。

然而,法国学派将比较文学仅局限于影响研究上,在实际操作中,这种影响研究又主要是将法国作为文化与文学的影响者,考察其他国家的文化与文学对它的接受。这种研究事实上在比较文学场域的文化资本的拥有者之间制造了矛盾,它暗含着在比较文学场域中拥有悠久文化与文学传统的法国比较文学研究者比其他欧洲国家的比较文学工作者更有一种合法性优势,由此,比较文学场域的文化资本的拥有者之间最初的不平等产生了。与此相联系,法国学派的控制性权力的另外一种性质也突显出来,本来具有生产性的知识权力因为包含了文化沙文主义因素和民族文化孰优孰劣的价值判断而变成压抑性的了。而正是这种权力的压抑性,导致了美国学派对它

---

① 〔法〕梵·第根:《比较文学论》,戴望舒译,上海:商务印书馆1937年版,第17页。
② 〔法〕卡雷:《〈比较文学〉初版序言》,见《比较文学研究资料》,北京:北京师范大学出版社1986年版,第43页。
③ 杜小真:《福柯集》,上海:远东出版社1998年版,第436页。

的质疑与竞争权力模式的产生。

二

在比较文学这一场域中,比较文学研究者拥有的文化资本对于他们争夺比较文学的合法性定义的阐释权和场域中有价值的支配性资源具有举足轻重的作用。由于法国文化与文学较之美国文化与文学不仅具有更为悠久的历史传统而且取得的成就也更为辉煌,因而,法国学派较之美国学派拥有更为丰厚的历史文化资本。法国学派与美国学派历史文化资本的不平等分布生成了两个学派最初相遇时前者的制约地位与后者的弱势地位。然而,二次世界大战以后,美国一跃成为世界上的政治、经济、军事超级强国。在此背景下,美国学派不再甘于被制约的地位,利用一切手段与法国学派展开竞争以改变自己在场域中的这种劣势地位。具体而言,美国学派主要采取了命名活动这一策略来与法国学派竞争,以谋求夺取对场域的支配性价值、评价标准的结构空间。

首先,美国学派将比较文学研究的范围从两国文学关系的事实性联系的研究扩大到毫无历史关系的语言现象或类型的平等对比中。

1958年9月,在美国北卡罗来纳州教堂山举行的国际比较文学协会第二届年会上,以韦勒克(René Wellek,1903—1995)为代表的一些美国学者对法国学派的比较文学"定义"进行了尖锐的质疑与猛烈的批判。韦勒克认为,法国学派将比较文学的研究对象局限为两国文学之间实存的事实性联系与比较文学的根本精神是背道而驰的。由于对比较文学研究对象的限定,比较文学实际上已沦为历史性学科的附属学科。而在进行这种所谓的"国际文学关系史"的研究时,法国学派更是流露出了一种强烈的法国中心意识与民族优越感,"造成了使比较文学成为文化功劳簿这样一种奇怪现象,产生了为自己国家摆功的强烈愿望——竭力证明本国施与他国多方面的影响,或者用更加微妙的办法,论证本国对一个外国大师的吸取和'理解'胜过其他任何国家"①。美国学派的另外一位代表人物雷马克(Henry H. H. Remak,1916—2009)也认为:"法国比较文学是以进一步扩展法国文学研究为起点的。过去,它主要研究法国文学在国外的影响和外国文学对

---

① 〔美〕韦勒克:《比较文学的危机》,见干永昌等编选:《比较文学研究译文集》,上海:译文出版社1985年版,第129页。

法国文学的贡献,现在仍然如此。"①而在韦勒克等美国学者看来,法国学派这种注重"国际文学关系史"的影响研究具有极大的危险性。因为,"把'比较文学'局限于研究二国文学之间的'贸易交往'这一愿望,使比较文学变得仅仅注意研究外部情况,研究二流作家,研究翻译、游记和'媒介物'。一言以蔽之,它使'比较文学'成了只不过是研究国外渊源和作家声誉的附属学科而已"②。而事实上,"比较也不能仅仅局限在历史上的事实联系中,正如最近语言学家的经验向文学研究者表明的那样,比较的价值既然存在于事实联系的影响研究中,也存在于毫无历史关系的语言现象或类型的平等对比中"③。在坚决否定了法国学派所谓比较文学只能研究两国文学关系的事实性联系的观点的同时,韦勒克等美国学者将并不存在实际交流和影响的国别文学之间的相互关系也纳入了比较文学的研究范围。更进一步,他们将比较文学的研究范围还拓展到了文学与其他学科之间的相互关系。雷马克指出:"比较文学是超越一国范围之外的文学研究,并且研究文学和其他知识领域及信仰领域之间的关系。包括艺术(如绘画、雕刻、建筑、音乐)、哲学、历史、社会科学(如政治、经济、社会学)、自然科学、宗教等等,简言之,比较文学是一国文学与另一国或多国文学的比较,是文学与人类其他表现领域的比较。"④

其次,美国学派批评了实证研究,大力倡导美学与文学批评方法。

法国学派依据孔德的实证主义哲学,将比较文学定性为文学史的分支,与此相联系,在研究方法上,他们推崇实证主义方法,而极力反对美学分析。这种单一的批评方法在20世纪20、30年代新批评崛起的背景下已经不能适应比较文学发展的要求。有鉴于此,美国学派的学者顺应时代潮流的需要,依据新批评注重文学性的理论对抗与质疑法国学派注重渊源与影响、原因与结果的实证主义方法。韦勒克对法国学派的实证主义研究方法在比较文学场域的有效性抱有强烈的质疑态度。在《近来欧洲文学研究中对实证主义的反抗》一文中,韦勒克就以"实证主义"来命名19世纪下半叶占统治

---

① 〔美〕雷马克:《十字路口的比较文学:诊断、治疗和预测》,见《比较文学研究资料》,北京:北京师范大学出版社1986年版,第74页。
② 〔美〕韦勒克:《比较文学的危机》,见干永昌等编选:《比较文学研究译文集》,上海:译文出版社1985年版,第124页。
③ 〔美〕韦勒克:《比较文学的名称和实质》,见北京师范大学中文系比较文学研究组编:《比较文学研究资料》,北京:北京师范大学出版社1986年版,第28页。
④ 〔美〕雷马克:《比较文学的定义和功用》,张隆溪译,《国外文学》1981年第4期。

地位的文学研究方法。法国学派认为,在国别文学之间影响与接受的二元关系中,只要找到了影响的渊源无疑也就找到了后者文学产生的原因。而韦勒克认为,"(法国学派)这类研究中假设存在的中性事实好像有一条线与前面的事实相联系的观点是经不起推敲的","后来的艺术品没有前者可能无法形成,但却不能说明产生它的原因是前者。文学中这类研究的整个概念是外缘的,往往被狭隘的民族主义侵蚀,造成计算文化财富的多寡、在精神领域计算借贷的弊端"。① 法国学派认为,建基于文献学与考据学之上的事实考证方法对比较文学具有重要的意义。而美国学派认为,这种意义是值得怀疑的,因为,"研究起因显然决不可能解决文学艺术作品这一对象的描述、分析和评价等问题。起因与结果是不能同日而语的:那些外在原因所产生的具体结果——即文学艺术作品——往往是无法预料的"②。在美国学派看来,比较文学研究必须是文学研究,韦勒克指出:"文学史和文学研究只有一个对象,即就是文学。"③ 韦斯坦因(Ulrich Weisstein, 1925—   )也认为,"比较文学既可研究哲学、历史、艺术,也可研究文学演变史和批评史,不过主要的是以文学为中心,凡是与文学有关的各个方面,都可列入讨论范围,可是与文学无关的科目则不应作为研究对象"④。与注重实证的影响研究方法相比,注重文学性与美学价值的平行研究方法有它不可替代的优势。雷马克在《比较文学的定义和功用》中指出:"影响研究如果主要限于找出和证明某种影响的存在,却忽略更重要的艺术理解和评价的问题,那么对于阐明文学作品的实质所做的贡献,就可能不及比较互相并没有影响或重点在于指出这种影响的各种作家、作品、文体、倾向性、文学传统等等的研究。"由此,美国学派在将比较文学由法国学派的注重对文学外部的研究引入到了对文学内部意义和结构的分析的同时,也使它的研究方法由注重事实材料的考证转向对文学价值的判断与美学的分析。

从20世纪50年代到70年代,美国学派与法国学派围绕着符号权力展开了一场制约与反制约的斗争。而对比较文学的重新界定则是场中原来处于被制约地位的美国学派与占制约地位的法国学派争夺符号权力的一种重

---

① Rene Wellek, *Discrimination: Further Concepts of Criticism*, New Haven and London: Yale University Press, 1970, p.6.
② 〔美〕韦勒克、沃伦:《文学原理》,刘象愚等译,北京:三联书店1984年版,第45页。
③ 〔美〕韦勒克:《比较文学的危机》,见干永昌等编选:《比较文学研究译文集》,上海:译文出版社1985年版,第124页。
④ 韦斯坦因:《比较文学与文学理论》,布鲁明顿:印第安纳大学出版社1973年版,第14页。

要策略。借助于这种策略,他们变革了法国学派对比较文学的传统阐释,赋予了比较文学以新的内涵和外延,显示了比较文学与时俱进的时代性特质。然而,正像所有的文学场域一样,比较文学场域也有它的基本的规则,比如说比较文学是文学研究和跨越两国文学的研究等就是比较文学的基本规则;比较文学场域中的一些规则可以被变革甚至颠覆,但比较文学的基本规则不能被颠覆,一旦这种基本规则被颠覆了,比较文学也就不是比较文学了。正是有鉴于此,美国学派在对比较文学进行重新界定时承认了这一基本规则,韦勒克、雷马克等美国学派的学者虽然质疑法国学派的国际关系史研究,但那是针对法国学派将这种跨国界的影响研究当成比较文学研究的唯一研究对象而言的。事实上,他们并没有放弃对比较文学是跨国界文学研究的基本规则的遵循,只是在遵循这种规则时赋予了它更为丰富的内涵与外延,并通过这种规则的变革去积极谋夺符号权力。由此,美国学派与法国学派的权力竞争在这里表现出了复杂性。就美国学派而言,它要利用既有的比较文学规则才能进入比较文学场域,并通过对这种规则一定程度的认同来证明自己在比较文学场域的合法性地位。只有在场域中的合法性地位得以建立,它对比较文学重新界定的活动才能真正展开。就法国学派而言,为了维护自己的制约性权力,它对于与其理念一致的观点和权力运作方式自然会加以认同。而在制约性权力受到对方持久和坚决的挑战与冲击而丧失时,他们也不得不部分地接受了美国学派对比较文学的界定。1963年,法国巴黎大学比较文学教授艾金伯勒(René Etiemble,1909—2002)就认为,真正的比较文学应该是"将历史方法与批评精神结合起来,将案卷研究与'文本阐释'结合起来,将社会学家的审慎与美学家的大胆结合起来",从而最终"赋予我们的学科以一种有价值的课题和一些恰当的方法"。[①] 虽然从整体上来看,法国学派尚未像美国学派那样高度重视文学批评和美学鉴赏在比较文学研究中的作用,然而,艾金伯勒等法国学者对实证研究中的文学批评和美学鉴赏的注意,已经显示了在对方重新命名活动的强力冲击下法国学派的比较文学理论向美国学派理论的靠拢。

三

查尔斯·泰勒(Charles Taylor,1931—　)指出:"争取解放的时候,我们

[①] 〔法〕艾金伯勒:《比较文学的目的、方法、规划》,见干永昌等编选:《比较文学研究译文集》,上海:译文出版社1985年版,第18页。

以为自己在逃避旧的权力模式。事实上,我们生活在新的权力模式之下。"①就在我们欣喜于美国学派对法国中心论的质疑与批判的时候,随着美国学派占据了比较文学场域的中心位置,一种新的西方中心论得以形成,东方文化与文学遭受了法国学派占据比较文学场域中心位置时一样的被漠视的命运。

为了打破法国学派、美国学派这种将比较文学限定在西方文化圈的偏执而又傲慢的观念,为了维护与西方文化异质的东方文化的独立性地位,20世纪70年代以来,一大批中国学者依恃着自己悠久而又辉煌的传统文化纷纷跃入比较文学场域之中,他们强调东方文化与西方文化的异质性价值,对法国学派与美国学派的"法国中心论"与"欧洲中心论"进行质疑与挑战。由此,中国学派应运而生。

与法国学派、美国学派相比,中国学派进入比较文学场域抱持的不是唯我独尊的心态,而是依据中国古代"和而不同"的哲学思想,在肯定前两个学派的成就的同时,强烈倡导异质文化与文学的平等对话。因而,如果说比较文学前两个阶段充分体现了控制和竞争的权力运作模式,那么,第三个阶段则表现出一种平等的权力运作模式。

首先,将比较文学研究的范围延伸至跨文化研究之上。

二战以来,随着传统的殖民主义统治的逐渐衰落,原殖民地与半殖民地国家在政治上、经济上的独立,世界上开始出现经济多元化、政治多元化、文化多元化的发展趋势。正是在这种全球多元化的语境里,中国学派以及跨文化研究的出现成为势所必然的事。

比较文学"中国学派"这一概念最早形诸文字是在1976年。这一年,台湾学者古添洪、陈慧桦在他们主编的《比较文学的垦拓在台湾》一书序言中明确提出:"援用西方文学理论与方法并加以考验、调整以用之于中国文学的研究,是比较文学中的中国学派。"②这是中国学者第一次在定义与方法上对中国学派进行的界定。此后,乐黛云、陈惇、孙景尧、曹顺庆、谢天振等都以全新的眼光对中国学派的理论特质与方法进行了种种阐释。而"跨文化"研究则被他们一致认定为中国学派最为重要的特点。乐黛云指出:"如果说比较文学发展的第一阶段主要在法国,第二阶段主要在美国,那

---

① Charles Taylor, "Foucault on Freedom and Power". Michel Foucault, *Critical Assessments*. Vol. V Ed. Barry Smart. London: Routledge, 1995, p.334.

② 古添洪、陈慧桦:《比较文学的垦拓在台湾·序》,台湾:东大图书公司1976年版,第2页。

么,在全球化的今天,它已无可置疑地进入了发展的第三阶段。这一阶段比较文学的根本特征是以维护和发扬多元文化为旨归的、跨文化(非同一体系文化,即异质文化)的文学研究。它必须满足两个条件:一是跨文化,二是文学研究。"①曹顺庆认为:"如果说法国学派以'影响研究'为基本特色,美国学派以'平行研究'为基本特色,那么,中国学派可以说是以'跨文化研究'为基本特色。"②在乐黛云、曹顺庆等人看来,跨文化研究是中国学派安身之根本,它极大地拓展了比较文学研究的范围,"法国及欧洲的比较文学强调用实证的方法描述欧洲各国文学之间的事实联系及其传播途径,而中国的比较文学一开始就具有强烈的中外(主要是中西)文学的对比意识或比照意识;欧洲比较文学要强调的是欧洲各国文学的联系性、相通性,而中国比较文学则在相通性之外,更强调差异性和对比性"③。"这种跨越异质文化的比较文学研究,与同属于西方文化圈内的比较文学研究,有着完全不同的关注焦点,那就是把文化的差异推上了前台,担任了主要角色。"④事实上,正如世界民族是多种多样的一样,世界上的文化也是多种多样的。如果说世界不同文化间的相似性往往是一种表层上的相似,那么,世界不同文化间的差异性才是不同文化最根本的精神。因而,跨文化的比较,必须由表及里深入到不同文化的模子中去探讨。只有这样,跨文化研究才能深入到不同文化的根基,在掘开异质文学之间最为深厚的土壤时,使异质文学超越自身的局限性,从而在平等对话中达成互识、互补、互证的良性互动的关系。

其次,在方法论上提出了"双向阐发研究"。

在中国,最早运用西方理论体系全面阐发中国古代文学名著的是王国维写于 1904 年的《〈红楼梦〉评论》。最早在理论上对"阐发研究"进行界定的是台湾的古添洪、陈鹏翔(陈慧桦),他们在 1976 年出版的《〈比较文学的垦拓在台湾〉序》中将"阐发研究"界定为:"援用西方的理论与方法,以开发中国文学的宝藏。"⑤"阐发研究"为不同文化体系下的文学的比较研究提供

---

① 乐黛云:《比较文学发展的第三阶段》,《社会科学》2005 年第 9 期。
② 曹顺庆:《比较文学中国学派基本理论特征及其方法论体系初探》,《中国比较文学》1995 年第 1 期。
③ 乐黛云:《比较文学发展的第三阶段》,《社会科学》2005 年第 9 期。
④ 曹顺庆:《比较文学中国学派基本理论特征及其方法论体系初探》,《中国比较文学》1995 年第 1 期。
⑤ 古添洪、陈慧桦:《比较文学的垦拓在台湾·序》,台湾:东大图书公司 1976 年版,第 1 页。

了一种切实有效的方法,然而,这种"以西释中"的阐释方法也表现出了偏重西方理论忽视中国文化理论的倾向。有鉴于此,一些大陆学者提出了在理论表述上更为周全的"双向阐发"研究的主张。陈惇、刘象愚在《比较文学概论》中首先对"双向阐发"的概念进行了阐释:"阐发研究绝不是仅仅用西方的理论来阐发中国的文学,或者仅仅用中国的模式去解释西方的文学,而应该是两种或多种民族的文学互相阐发、互相发明。"①此后,乐黛云、曹顺庆等学者都对"双向阐发"进一步作了深入的论述。曹顺庆认为,"'双向阐释'原则指的是在新的文论话语的建设中,我们不但要善于吸收外国文论(主要是西方)的长处为我所用,同时也要能够用我们的理论去阐释别国的文学或理论。我们不但要能够拿进来,也要能够走出去,至少要有走出去的意识。这就要求我们在对话中要有话语运用与话语输出的意识"②。较之单向阐发法,双向阐发法研究的主要内容由单一的理论阐释作品扩展至理论阐释作品、理论阐释理论、跨学科阐释等方面,在阐释原则上则由偏执一端向讲究平等性、有效性转向。所谓双向阐发研究的平等性原则,"它要求坚持文明之间的平等对话立场,强调不同文明文学之间的平等地位,反对一方理论对另一方文学的垄断与独白。具体说来,就是要求阐发的对等性和互为主体性"③。所谓有效性原则,"针对的是阐发研究过程当中理论与对象之间的契合性问题","在进行阐发研究的过程当中,我们不论是用本国的理论模式去阐发西方的文学,还是运用西方的理论模式来阐发本国的文学,都必须小心谨慎,都必须对所要采用的理论模式,对所要阐发的对象作具体细致的分析,以确保阐发的可行性、有效性"。④ 至此,经过众多学者的努力,双向阐发研究成为了中国学派最具独创性和最具影响力的研究方法。

无论是跨文化研究还是双向阐发研究,它们都主张在比较文学场域中平等地看待其他学派,承认其他学派理论所包含的历史合理因素和真理成分。正是依恃于这种平等的心态与原则,它们在改变了法国学派与美国学派从中心/边缘、主体/客体等等二元关系来进行比较文学研究的权力关系模式时,也以中国传统"和而不同"的理性而又智慧的力量在与其他学派和平共处中赢得了他们的承认和尊重。由此,中国学派创建的跨文化研究与

---

① 陈惇、刘象愚:《比较文学概论》,北京:北京师范大学出版社1988年版,第144页。
② 曹顺庆:《中国文论话语及中西文论对话》,《浙江大学学报》2008年第1期。
③ 曹顺庆:《比较文学教程》,北京:高等教育出版社2006年版,第260页。
④ 同上书,第261、262页。

双向阐发研究,在促成了比较文学场域中不同学派之间的平等对话、借鉴与吸收时,也使比较文学学科建设获得了更开阔的视野、更充实的内容和更为科学的权力关系模式。

由上可见,比较文学的定义是随着比较文学学科发展而发展的,它具有流动性、开放性的特点。综合不同学派之说,再根据对比较文学学科特征与研究范围的认识,我们对比较文学定义如下:比较文学是一种具有开阔的世界性眼光,强调主体间性定位,将学科特征定位于研究主体与研究主体间性、研究主体与研究对象主体间性、研究对象主体与研究对象主体间性的文学间性关系的研究。它主要研究异质文学的事实材料间性关系、异质文学的美学价值间性关系、不同诗学的间性关系、文学与其他文化理论的间性关系、文学与其他学科的间性关系。它的研究宗旨在于加深对于不同国家文学和不同学科间的同一性和差异性的理解,促进它们之间的平等对话与交流。

第二节　比较文学的学科特征与研究范围

一、比较文学的学科特征

一个学科的特性是这个学科之所以是这个学科的本质特征,也是这个学科区别于其他学科独特的系统的整体性。关于比较文学学科的特性,学界进行了种种阐释与界定,例如比较性、跨越性、综合性等等,这些都从不同方面丰富了我们的认识。其中,杨乃乔提出的比较文学学科特征在于主体定位的观点极具建设性与启发性[①]。沿着这种思路前进,我们发现,随着西方哲学关注重点由主体之我思向主体间交往的转型,比较文学学科特征也不应仅仅限定为研究者的主体性,而应该扩展为不同研究主体之间、研究主体与研究对象之间、不同研究对象之间的主体间性关系。这种对比较文学学科特征的主体间性的定位将使比较文学研究主体之间、研究主体与研究对象之间、研究对象之间从对象化关系走向主体间性关系,比较文学研究也将从主体的独白走向主体间的对话。

首先,比较文学中的主体间性学科特征表现为研究主体的间性关系。"主体间性(intersubjectivity)"是20世纪西方主体间性理论中的一个重要术语,又译作"主体际性"、"主观际性"、"交互主体性"等。它是由现象学

---

① 杨乃乔:《比较文学概论》,北京:北京大学出版社2002年版,第73页。

的开创者胡塞尔（E. Edmund Husserl, 1859—1938）首先提出的,而对其进行较为具体而又深入论述的则是神学哲学家马丁·布伯（Martin Buber, 1878—1965）。他认为,作为存在的关系本质上是一种"我—你"关系,而不是"我—他"关系；"我—他"关系是主客关系,是非本真的关系,而"我—你"关系是本源性的关系。① 可以说,主体间性理论的一个重要精神,就是平等精神。用该理论来审视比较文学研究主体之间的关系就是要求研究主体在"自我与他者"的关系之中去除"我思"的中心意识,将自我移至研究主体与研究主体的"间性地带",以一种平等的心态承认他人存在的主体性,寻找研究主体与研究主体之间理想的关系形态。

应该说,比较文学研究主体的主体性和主体间性都属于比较文学主体属性的哲学观问题,由注重比较文学研究主体的主体性向注重研究主体的主体间性的转型体现了比较文学主体观的发展与推进。如果说比较文学研究主体的介入确立了比较文学研究对象的二元关系,那么,在处理两种国别文学或文学与其他学科间的二元关系时,作为研究主体的"我"往往会因为种种主客观因素而对二元关系中的一方有所偏重或偏爱。例如,在比较文学的法国学派与美国学派时期,研究主体之间的关系在许多时候仍然停留在"主体—客体"的关系模式上。法国学派的"法国中心论"基于法国文化与文学在历史上的优势,极力突出法国研究者的主体地位,而将其他欧洲国家的文化与文学置于一个被法国文化与文学影响与塑造的客体位置。它的片面性在于以法国研究者的主体性消解了其他欧洲国家研究者的主体性。以韦勒克为代表的美国学派针对法国学派的影响研究中的"法国中心论"极力倡导平行研究,这种研究在将比较文学由法国学派的注重实证的影响研究引入到了对文学价值的判断与美学的分析时,也显现出了较为强烈的"西方中心论",它在强调西方研究者的主体性时极大地压抑了东方研究者的主体性,从而形成了西方文化高扬而东方文化思想则处于被漠视与挤压地位的格局。而确立研究主体的间性关系,其意就在于破除那种研究主体的中心意识,使世界上不同国家的研究主体在比较文学场域中获得平等地位。具体而言,这种平等性体现在：首先,每一个研究主体都有进入比较文学场域表达对比较文学性质、理论以及发展前景的看法的均等机会,都拥有对比较文学性质、理论以及发展前景作出判断、挑战与阐释的均等权力。事实上,无论比较文学研究者以何种话语进入比较文学场域,以何种姿态与立

---

① 〔德〕马丁·布伯:《我与你》,陈维纲译,北京:三联书店1986版,第44页。

场阐释比较文学,都无法绕开另一研究者在比较文学场域中发出声音的身影。法国学派如此,美国学派如此,中国学派亦不例外。他们进入比较文学场域并对比较文学进行阐释时,面对着的实际上是一个已经被其他研究主体不断阐释过的对象。如此,当他们在阐释对象时自然就无法拒斥与其他研究者的阐释的对话。其次,每一个研究主体都要超越自我的文化立场,将自我与其他研究主体的关系看成平等的"我与你"的关系。在这种关系中,双方可以在相互尊重中共同分享彼此的观点与经验,实现不同研究者的研究视域的融合与提升。如此,才能实现研究者的主体间互动,并使比较文学场域中研究主体的一元存在恢复为研究主体的间性存在。

其次,比较文学中的主体间性学科特征表现为研究主体与研究对象的间性关系。如果说,其他学科对研究对象的认识更多地是一种说明,那么,比较文学对研究对象的认识则更多地是对研究者主体性要求极高的一种阐释。而从根本上说,这种高度主体化的阐释必须是在对研究对象的整合性理解的视野基础上进行的,而理解指涉的研究者与研究对象的关系不可能是主体与客体的关系而只能是主体与主体的关系。这是因为,一方面,研究对象作为研究者研究的前提主体,没有它的存在,研究者的研究就失去了依据,研究者的主体意识以及隐藏在其后的文化背景就无法体现。另一方面,比较文学的研究对象与国别文学的研究对象不一样,如果说国别文学的研究对象是单一的,那么,比较文学的研究对象则是两种国别文学或文学与其他学科间的二元关系。如果说国别文学的研究对象的时间与空间是固定的,那么,比较文学的研究对象的二元关系的确立则必须借助于研究主体的介入才得以形成。没有研究者对研究对象的意向性选择,没有其对研究对象的理解与阐释,研究对象在不同语言环境和文化背景中的主体身份、文化特性的不同层面就无法彰显,真正的比较文学研究活动也就无法展开。由此可见,比较文学研究者的主体与对象主体的存在,是必须通过对话来实现的。而且,这种对话与一般国别文学中研究者与单一研究对象的对话不一样,它是在研究者与两个研究对象的对话中进行的。可以说,离开与另外的主体的对话,比较文学的价值就无法实现。在这个意义上可以说,比较文学研究者的主体与对象主体的对话意味着双方的"敞开"和"接纳",意味着研究者与研究对象的交互作用。在对话中,研究者与研究对象的思想可以相互认识、相互证明、相互补充,研究活动可以从单向走向双向,研究者的主体性可以被充分地激发,研究对象主体的自觉性、能动性可以在研究活动中获得极大的张扬。

再次,比较文学中的主体间性学科特征也表现为研究对象与研究对象的间性关系。如果说其他学科的研究对象是一元的,那么,比较文学的研究对象则是两种国别的文学间性或文学与其他学科间性的二元关系。真正的比较文学研究不可能产生于单一的研究对象之中,而必须产生于一个研究对象与另一研究对象的相互作用和关系之中,它强调的是研究对象与研究对象的主体的共生关系。也就是说,两种国别的文学主体或文学与其他学科的主体的共在与交互作用才构成了一种真正的比较文学研究,没有两个研究对象主体之间的共在与交互作用,就不可能有比较文学研究以及比较文学学科的存在。这其中,两者中任何一方的主体性都是不可忽视的。例如,我们在对梁宗岱诗学与西方现代主义诗学进行比较研究时,一方面要看到西方象征主义对梁宗岱诗学的影响,另一方面也必须看到梁宗岱在引进西方象征主义理论和创作时,实际上是以传统的纯艺术精神去会解的。在梁宗岱看来,西方象征主义的许多"创新",在中国传统文化中早已存在。二者虽存在着文化时空背景的区别,但在基本理路和策略方面又有着明显的契合之处。由此,他在对象征主义理论的介绍中,就借助中国佛学思想进行了会解。他认为,象征主义文学要获取一种宇宙意识,必须遵循两种途径,一为"形骸俱释的陶醉",一为"一念常醒的澈悟"。① 而事实上,无论是"形骸俱释的陶醉",还是"一念常醒的澈悟",都与佛家修行的至高境界有关。这样,梁宗岱就在象征主义和佛家思想的相互印证、相互阐发中,不仅使象征主义的"契合"论,而且也使佛家的妙悟论都呈现出了崭新的面目,无论是它们的内涵还是外延都获得了深化和扩展。由此可见,当比较文学研究者将具有不同文化背景、不同价值观念的国别文学放置在一起时,他的目的并不是以任何一方的主体性压制或消解另一方的主体性。即使如梁宗岱这样的被影响一方,他的诗学在受到西方象征主义诗学的影响时也并没有丧失自己的创造性转化能力。

可以说,对不同研究对象的既求同又存异,既符合世界上事物存在的既有形态与性质,又符合比较文学发展的内在规律。因为,比较文学研究的对象之间"如果完全相同,便没有比较的必要,如果完全不同,便无法进行比较"②。因此,求同存异不仅能够消除研究对象任何一方唯我独尊的幻想,而且也能展现不同文学的独特性以及由这种不同独特性生成的世界文

---

① 梁宗岱:《诗与真·诗与真二集》,北京:外国文学出版社1984年版,第75、77页。
② 杨乃乔:《比较文学概论》,北京:北京大学出版社2002年版,第324页。

学的丰富性。

二、比较文学的研究范围

在比较文学场域内,主体间性作为主体与主体间的一种关系,强调和突显了多极主体的平等性、对话性与共在性。这种由重视主体性向重视主体间性的转变,显示了比较文学主体观的重大变革,这种变革既是世界上哲学发展的必然要求,也体现了比较文学发展的内在需要。从比较文学的主体间性特质来看它的学科研究范围,我们认为,比较文学的研究范围主要指涉几种间性关系,即:不同国家文学的间性关系、异质诗学的间性关系、文学与其他文化理论的间性关系、文学与其他学科的学科间性关系。

一是不同国家文学的间性关系研究。这类研究既可以探寻国家文学与国家文学之间互相影响的事实材料关系,又可以对它们之间的同一性与差异性的价值进行美学分析。比如,我们既可以依据影响研究的知识,对日本文学中中国文学的影响、法国象征主义文学对中国初期象征派诗歌的影响、中国古代文学对美国意象派诗歌的影响、果戈理对鲁迅的影响、托尔斯泰对巴金的影响等进行研究;又可以借助平行研究的知识,对中国古代文学与英国古代文学叙事模式、中国文学与德国文学的叙述母题、中国文学与美国文学的美女原型等进行超越时空的审美价值上的分析。

我们之所以强调不同国家文学的间性关系,而不提及不同民族文学的间性关系,主要是基于历史与现实的两重考虑。从历史上说,无论是法国学派还是美国学派,他们在对比较文学进行定义时,都将其界定为一国文学与另一国文学的比较。法国学派的梵·第根认为,"比较文学的对象是本质地研究各国文学作品的相互关系"①。美国学派的雷马克也认为,"比较文学是一国文学与另一国或多国文学的比较"②。已有的比较文学的代表性成果也大多是对不同国家文学的关系进行研究的而极少是关于不同民族文学的关系的。例如,国外巴尔登斯伯格的《歌德在法国》、卡雷的《歌德在英国》、基亚的《英国在法国小说中》、布吕奈尔的《克洛代尔与莎士比亚》、克里斯蒂的《美国超验主义中的东方影响》等,国内陈铨的《中德文学研究》、方重的《十八世纪的英国文学与中国》、梁实秋的《歌德与中国》、梁宗岱的

---

① [法]梵·第根:《比较文学论》,戴望舒译,上海:商务印书馆1937年版,第55页。
② [美]雷马克:《比较文学的定义和功用》,张隆溪译,见《比较文学研究资料》,北京:北京师范大学出版社1986年版,第1页。

《李白与歌德》、范存忠的《中国文化在启蒙时期的英国》、戈宝权的《五四运动前俄国文学在中国》、郑树森的《中美文学因缘》等。从现实来看，如果我们将一个民族与另一民族文学的间性关系纳入到比较文学研究范围之中，那么，我们对比较文学的表述将会出现前后矛盾之处。一方面，我们强调比较文学与国别文学的区别就在于后者的研究对象是单一的国别文学，而前者的研究对象是超越了单一国别文学的二元关系。另一方面，我们又将单一国别中不同民族文学的间性关系认定为比较文学研究。这事实上又将比较文学的研究范围扩展至了单一的国别文学之中。而在我们看来，这种认定与扩展将会极大地造成比较文学学科界限的模糊性。如果依据这种标准，那么，汉族作家曹禺与满族作家老舍的比较、苗族作家沈从文与汉族作家鲁迅的比较、回族作家张承志与汉族作家韩少功的比较、蒙族作家玛拉沁夫与藏族作家阿来的比较，就都是比较文学的研究。如此，中国现当代文学研究在很多时候本身就是一种比较文学研究，比较文学学科的独立性将受到极大的质疑。而相反，当我们将比较文学界定为对不同国家文学的间性关系进行研究时，这种导致学科界限模糊性的危险就不复存在。

一是异质诗学之间性关系研究。如果说一般的文艺理论，批评主体偏重于对文学实践进行阐释和审美评价，那么，比较诗学则是以不同体系的诗学为研究对象的，它要求研究主体与两种研究对象主体展开对话与交流。从这个角度上看，比较诗学的主体间性问题，就是研究主体与对象主体以及对象主体之间交流与沟通的可能性问题。

不同体系的诗学都是在不同的文化背景下发生与发展的，它们都有属于自我的不可替代的诗学观念、诗学范畴、诗学结构、诗学话语方式。就宇宙观而言，中国传统的天人合一观隐含着一种淡化自然的对象性和人的主体性所导致的思维方式的道德化倾向，它在很大程度上忽视了对于外在世界的真理的科学探讨，造成了中国传统文学理性的衰弱。西方的天人对立观念在此正好可补中国的缺乏。然而，科技和物质文明的高度发达也反过来导致了人与自然和谐关系的破坏，严重地威胁到现代社会人类的生存。因而，中国的天人合一思想对于医治西方文明导致的弊病又具有确定的疗救意义。就方法论而言，中国传统重感性经验虽有利于人在主客体统一中把握整体系统和动态平衡，却忽视了逻辑分析和理性把握。因而，它有借鉴和学习西方重逻辑、重推理的方法的必要。但是，分析、逻辑的方法虽然较为周密、严谨，但也因过分专注于部分的精密而失之于整体的把握。在此，中国的感悟的方法恰恰又可以对它进行补充。就价值观而言，中国以圆环整体为价值基础,圆环中心就是整体利益。这种价值观由于过分强调整体利益也造成了对个体独立和自由的限制。从这个方面看,中国价值观应向西方价值观趋近。但西方崇尚个体的自由观在超越了神道中心主义的同时,也使人类付出了惨重的代价。当人将自我置于唯我独尊的中心位置时,在将对他人和外在环境的敌视推向极端的同时也使自身丧失了安全栖居的处所。而在这一方面,中国传统价值观中蕴涵着的明人伦、求致和的思想,又对于西方价值观导致的社会人际关系的改善大有裨益。由此可见,作为人类文明发展序列中的一个方面或侧面而存在的中国诗学或西方诗学,并不存在着优劣、先进与落后的分明界限。它们都既有自己存在的合理性,同时也都有不可避免的局限。而这种状况恰恰从另一个方面说明了中西诗学有通过平等对话达致相互补充以完善各自的诗学体系的必要性。因而,在中西诗学对话的过程中,既不能以西方诗学为标准,又不能以中国诗学为标准。无论是中国诗学还是西方诗学,都必须提高到中西融合的高度进行重构。只有这样,中外诗学的融合才不会是一种单向施动的生成物,而是双向互动同步发生的结果。这种双向互动必然导致不同的诗学摆脱那种以自我为中心造成的孤立状态,通过平等对话,达到相互沟通、相互补充的效果。

　　另一方面,不同体系的诗学除了存在着差异性以外又是存在着共同性的。因为,任何一种文化中的诗学都是以文学实践为对象的,而文学是人学,无论世界上的人生长于何种国度,他们的种族差异有多大,都有着相同的生命形式、相同的生命体验和相同的生命需求。这决定了他们所创造的文化成果,总是具有一种"家族相似性"。在不同诗学之间,这种"家族相似性"既表现在诗学观念、诗思方式之中,也表现在诗学范畴、诗学概念之上。在诗学范畴方面,像中国荀子的"美善相乐"说与西方贺拉斯的"寓教于乐"说、中国严羽的"妙悟"说与西方柏拉图的"迷狂说"、中国刘勰的"风骨"说与西方郎吉弩斯的"崇高"论、中国的"天人合一"说与印度的"梵我合一"说,就都存在着共同之处。在诗思方式方面,西方超现实主义诗学与中国古代诗学也都表现出了一种重感悟与直觉的倾向。这种不同诗学的家族相似性,在证明了不同诗学之间有相沟通、相契合一面的同时,也证实了诗学的现代化并不等于西方化的事实,从而使中国、印度等东方诗学获得了与西方诗学进行平等对话的位置。此外,它也说明,在人类这个大家族中,只要人们能够消除那种浓厚的自我中心意识,就会发现自我心灵中是存留着许多人类集体记忆和集体经验的。一旦这种集体记忆和集体经验在不同文化和诗学中得到显现,不同文化和诗学就可以在平等对话中进行相互沟通。

一是文学与其他文化批评、理论的间性关系研究。所谓文学与其他文化批评、理论的间性关系是指文学与其他文化批评和理论相互作用、相互影响的内在关联，它以承认双方的差异为前提条件，以沟通为旨归。

作为一种伴随着历史的发展而发展的比较文学，它涉及的研究对象自然也具有历史性的特点。因而，比较文学在自身的发展过程中既要总结学科发展的历史经验，也要面对不断运动、变化的研究对象的发展情况。在文学越来越走向泛文本的时代，不同国家文学的内蕴变得日趋丰富而又庞杂。如何有效地阐释不同国家文学发展的新现实，强化比较文学应对现实的批评功能，已成为比较文学学科发展与建设面临的重要课题。应该说，比较文学原来的研究理论与方法，无论是影响研究还是平行研究，都有其历史合理性和明确的理论指向性以及实践功能。但任何一个学科的研究理论与方法都是随着历史的发展而发展的，比较文学的研究理论与方法也理应随着历史的发展与研究对象的变化而不断地丰富。正源于此，在比较文学研究中引入原型批评、叙事学、诠释学、后结构主义等文化理论及其批评方法，其主要意旨是希望在更高的学术视野上，从观念、方法层面着手，打破比较文学研究的思维定势，更加有效地阐释不同国家文学与文化发展的新生态，力求为比较文学学科建设注入新的活力和生机。像乐黛云在《比较文学与中国现代文学》中依据结构主义对鲁迅知识分子题材小说的深层圆形结构的发掘，叶舒宪在《熊图腾：中华祖先神话探源》中借助原型神话批评理论对中华祖先熊图腾神话脉络的破解与发现，曹顺庆在《比较文学学科理论研究》中依据阐释学对中国学派以及阐发研究的富有创见的阐释等等，就都在对其他文化批评和理论方法的借鉴与吸纳中形成了一种开放性的比较文学研究视野，它们在使我们对研究对象内涵的理解扩展到前所未有的广度和深度时，也确立了其他文化批评和理论方法对于比较文学研究的有效性价值。

一是对文学与其他学科的间性关系研究。所谓对文学与其他学科的间性关系研究，是指将那些与文学相关的独立并具有自身完整的体系性和系统性的学科与文学放置于同一平台空间之上，寻找两者的"间性"，对两者对话、交融的学术空间进行探寻与挖掘。

不同的学科虽然有不同的研究对象，但这些研究对象与其说是依照自然形态而定的，不如说更多是根据人的主观意志分割的，它们之间的关系与其说是封闭与隔绝的，不如说是相互联系与相互渗透的。这种相互联系与相互渗透的关系，就是文学与其他学科的学科"间性"存在的地方。随着比较文学学科的发展，比较文学研究者对这种间性关系给予了充分的重视。美国学派的代表人物雷马克就认为："比较文学是超出一个特定国家界限的研究，也是文学与其他知识和信仰领域之间的关系的研究，这些知识和信仰领域包括艺术（如绘画、雕塑、建筑、音乐）、哲学、历史、社会科学（如政治学、经济学、社会学）、自然科学、宗教等。"①显然，雷马克的观点是对已成格局中文学与其他学科之间能够重新进入的"间性"关系的发现，它将文艺复兴以来西方学术学科的分工所形成的间隔与对立关系推向了连接间隔、填平对立鸿沟的"间性"关系。对于比较文学而言，文学与其他学科的间性关系包括文学与哲学、历史、宗教、心理学、艺术以及自然科学等的对话与交融。如果说任何单一学科在整体的文化语境中都只能是对作为整体的世界对象的一个视点，它对世界的认识都存在着不可避免的盲点，那么，多种多样的学科理论的不断引入就为比较文学提供了更为广阔的研究空间，也为研究者开启了多层次认识比较文学的一系列新的视角。像杨乃乔在《悖立与整合——东方儒道诗学与西方诗学的本体论语言论比较》中依据哲学知识对东方儒道诗学与西方诗学的本体论语言富有创见的论述，蒋述卓在《佛教与中国文艺美学》中对佛教与中国文艺美学相互联系、相互渗透关系的系统而又有开创性的探寻，张世君在《哈代性格与环境小说的悲剧系统》中借助系统论对哈代小说悲剧网络体系的发掘等等，就都在文学与其他学科的交流、对话空间中拓展出了比较文学研究的新思路和新规范，它们在深化了比较文学的理论研究视域的同时，也极大地推动了比较文学学科的深入和发展。

综上所述，比较文学中的间性关系的构建是对传统思想中二元对立存在的破除。它消解了传统比较文学研究中某一学派一家独大、主宰一切的中心主义观念，打破了比较文学理论话语中主体与客体之间对立存在的固有模式，在主体间性的视野中，主体与世界的关系不再是对立的主客关系，而是主体与主体的间性关系。研究主体与研究主体、研究主体与研究对象主体、研究对象主体与研究对象主体通过不断的对话与交流，可以不断地走出自己原有的狭隘"视界"，实现自我主体视野与对方主体视野的融合，从而形成一个比较文学研究的崭新的综合性视界。我们有理由相信，随着不同国家文学之间、不同诗学之间、文学与其他文化理论之间、文学与其他学科之间对话与交流的日趋频繁，比较文学场域也必将出现异质文化多元对话、自由平等的大交汇的壮丽景观。

---

① ［美］雷马克：《比较文学的定义和功用》，张隆溪译，《国外文学》1981年第4期。

第一章　事实材料间性关系研究

第一节　流传学

一、流传学的渊源、定义与特征

(一) 渊源

流传学(Doxologie)也称为誉舆学、际遇学,与媒介学、渊源学一同并列为影响研究的三大传统模式。"Doxologie"最初是一个宗教术语,指礼拜仪式上歌颂上帝荣耀的赞美词。1931年,法国比较文学学者梵·第根在他的理论著作《比较文学论》中首次将"Doxologie"沿用到比较文学的学科理论中来,因此流传学的渊源可以追溯到20世纪30年代活跃在比较文学学术发展史上的"法国学派"。

法国学派以巴尔登斯伯格、保罗·梵·第根、卡雷、基亚等法国巴黎大学的教授组成,提倡以事实联系为基础的影响研究,因此也被称作"影响研究学派"。在《比较文学论》这部被公认为"第一部全面介绍法国比较学派理论观点"的著作中,梵·第根对比较文学"一般的原则与方法"作了相应介绍:比较文学研究的对象是"本质地研究各国文学作品的相互关系"[①],并对穿过文学疆界的"经过路线"及路线三要素——起点"放送者"、到达点"接受者"、媒介"传递者"给予了相当的重视。梵·第根认为:"整个比较文学的研究目的,是在于刻画出'经过路线',刻画成有什么文学的东西被移到语言学的疆界之外去这件事实。"[②]同时,梵·第根建议采取两种不同的视角来达到这一目标:一是考察"经过路线这对象本身",即发生影响的东西,尽可能多地搜集以"文学假借性"("文体"、"风格"、"题材"、"思想"、"情感"等)为共同因子的文学事实;二是研究"经过路线是如何发生的",而

---

① 〔法〕梵·第根:《比较文学论》,戴望舒译,上海:商务印书馆1937年版,第55页。
② 同上书,第66页。

这一点相对于第一点来说更为重要。为此,梵·第根提出从三个方面来考察"影响的经过路线",从而将比较文学的影响研究分为流传学、渊源学和媒介学三种基本模式,三者之间既有区别又有联系。首先是流传学,又称作"誉舆学",研究者立足"放送者"的立场,关注影响的"终点",研究一部作品、一个作家、一种文体在外国的成功;其次为渊源学,研究者立足"接受者"的立场,关注影响的"起点",寻找一个作家、一部作品受到哪些外国作家和作品的影响;最后为媒介学,研究者立足"传递者"的立场,关注影响的"媒介",考察文学跨疆界产生影响的媒介和手段。

（二）定义

梵·第根在《比较文学论》指出:"一位作家在外国的影响之研究,是和他的评价或他的'际遇'之研究,有着那么密切的关系,竟至这两者往往是不可能分开的。我们可以把这一类研究称为誉舆学。"①日本学者大冢幸男(Yukio Otsuka,1909—1992)则引申为:"誉舆学是一门研究作为发动者的某个作家在国外受到人们如何对待,对外国作家、文学流派及文学样式产生怎样影响的学问。用比较文学的术语讲,所谓舆誉学,就是探索、研究作家的成就、命运及影响的历史。"②因此我们说,流传学是以文学影响经过路线的放送者为起点,探究一国文学、流派或思潮、作家及作品在他国的声誉与成就,旨在寻找作为影响终点的接受者在接受影响与变异创新方面的研究。

（三）特征

流传学归属于"影响研究"的范式,进入流传学研究视野内的国际文学关系必定是一种影响与接受的关系,这是流传学总的特征。因此,对于国际文学关系的研究和实证主义的研究方法是其应有之义。但区别于渊源学和媒介学的是,流传学是以"放送者为本位的",这正是流传学这类研究的特质所在。

释放文学影响的放送者是流传学研究的起点和基点,放送者在整个影响路线中具有给予性、中心性和辐射性的特点。放送者的"给予性"和"中心性"反映了一国文学对他国文学发展的启发和借鉴意义,而"辐射性"则说明了放送者在施加影响时是非定向和不确定的,接受者则享有绝对的主动权去选择可供接受的因素。正如法国比较文学家布吕奈尔(Pierre

---

① 〔法〕梵·第根:《比较文学论》,戴望舒译,上海:商务印书馆1937年版,第136页。
② 〔日〕大冢幸男:《比较文学原理》,陈秋峰、杨国华译,西安:陕西人民出版社1985年版,第78页。

Brunel,1931—)所言:"一种影响只有在被接受时才变成有创造价值的影响。为此,终点和它产生的创作至少和起点以及它引起的作用同样重要。"①

二、流传学的研究类型与模式

(一) 研究类型

梵·第根曾将国际文学之间的影响关系划分为四大类:"一般的关系和集团的影响"、"一位作者对于另一位作者,对于一个集团或一个派别之影响"、"一位作家在外国的际遇和影响","传播,模仿,成功真正的影响"。②梵·第根所概括的四种影响关系可以总结为整体的影响与个体的影响两大类。因而有学者将流传学归纳为个体对个体的影响、个体对群体的影响、群体对个体的影响和群体对群体的影响四种类型。但具体而言,流传学所关注的文学影响关系按照不同形态与属性的放送者及放送者对接受者产生影响的具体方式也可以划分为以下三大类:

作家的人格、精神等对另一国文学接受者的影响。法国思想家卢梭(Jean-Jacques Rousseau,1712—1778)对中国现代文学家郁达夫的影响就属于这一类型。作为法国浪漫主义运动的先驱,卢梭抛弃名誉,敢于承认自我、大胆追求自由、直率坦诚的个性曾深深地吸引了中国作家郁达夫。早在20世纪20年代,郁达夫就接连发表了《卢骚传》、《卢骚的思想和他的创作》、《关于卢骚》等长达数万字的评述,对卢梭的生平、政治主张和创作特色作了极为全面的介绍,并亲自翻译了卢梭的作品——《一个孤独漫步者的沉思》,将卢梭作为自己倾慕尊崇的偶像和仿效借鉴的老师。卢梭对郁达夫最深刻的影响正是《忏悔录》中那种大胆而率直、"自我暴露"的精神气度,这部作品甚至被郁达夫誉为"独一无二"、"空前绝后"的杰作。郁达夫从卢梭那里找到了勇气和力量,而卢梭那种世人少有的大胆与率真的精神气质也为郁达夫"自叙传"的创作树立了活生生的榜样,郁达夫也因为放浪形骸的个性而被称作"中国的卢梭"。

再比如德国思想家尼采(Friedrich Wilhelm Nietzsche,1844—1900)对奥地利小说家卡夫卡(Franz Kafka,1883—1924)的影响,尼采甚至因此被看做

---

① 〔法〕布吕奈尔:《什么是比较文学》,葛雷、张连奎译,北京:北京大学出版社1989年版,第75页。

② 〔法〕梵·第根:《比较文学论》,戴望舒译,上海:商务印书馆1937年版,第115—143页。

是卡夫卡的"精神祖先"。卡夫卡与尼采思想的接近缘于卡夫卡对尼采著作的喜爱,他最爱读尼采的作品《查拉图斯特拉如是说》并经常给人朗诵其中的章节,他对《道德谱系学》也十分感兴趣,而对《悲剧的起源》更是一生都推崇备至。卡夫卡正是通过这些著作的阅读接受了尼采思想和精神的影响。

作品在国外的影响、流传和声誉。如《〈三国演义〉在泰国》、《〈古兰经〉在中国》、《苏东坡的作品在日本》、《〈红楼梦〉在法国》、《易卜生戏剧在中国》、《〈三言二拍〉在日本的流传及影响》等,这一类研究是按照作品的内容和形式,即主题、题材、形象、体裁以及艺术形式等文本的因素来梳理国际文学之间的流传关系。

文学内容的外国影响主要是题材和主题方面的问题,它们往往会随着作品在外国的传播而成为接受者再创作的素材。比如,中国古代小说集《东周列国志》中第一篇就讲到了"幽王烽火戏诸侯"的故事,这个故事最先被英国人托姆斯(P. P. Thoms,1815—1823)翻译为英文译本并命名为《花笺记》,而后又在1833年被德国诗人海涅(Heinrich Heine,1797—1856)在其论著《论浪漫派》中戏谑地转述,1922年又被德国自然主义作家奥托·尤利乌斯·比尔鲍姆(Otto Julius Bierbaum,1865—1910)改编为长篇小说《美丽的褒家姑娘》,在书的封面还印着"幽王宠褒姒"五个中国字。随着佛教的世界性传播,古印度佛经中的神话和传说成为了世界文学艺术的重要创作题材,中国古典名著《西游记》中孙悟空大闹天宫的故事就是对印度史诗《罗摩衍那》中神猴奴曼的故事和佛教经典《贤愚经》中"顶生王升仙姻缘"故事的综合与化用。而时至今日,有关罗摩故事题材的罗摩剧、皮影戏、木偶戏、舞蹈音乐、雕刻绘画等依然是泰国、缅甸、老挝、马来西亚、印度尼西亚等东南亚国家传统的表演艺术,深受当地人民的喜爱。

文学形式的影响主要表现在体裁方面。如宋词在短歌体式上对朝鲜民歌"时调"的影响,印度梵剧在傀儡戏、影戏和诨鼓戏等中国民间戏剧中保留的印迹。当然这种影响也包括文学体裁在流传中的演变。比如一直在西方文学中享有盛誉的"十四行诗",最初起源于文艺复兴时期的意大利,诗行上是抑扬五音步,即十个字缀、重音落在逢双的音缀上,但随着历史的发展和诗体在欧洲其他国家的流传,十四行诗也出现了许多新的变体。16世纪,十四行诗被华埃特(Thomas Wyatt,1503—1542)介绍到英国,其后德雷顿(Michael Drayton,1563—1631)、查普曼(George Chapman,1559—1634)、斯宾塞(Edmund Spenser,1552—1599)等诗人都采用了十四行诗体创作,并都有所变异。到了莎士比亚(W. William Shakespeare,1564—1616)这里,诗行虽仍为抑扬五音步,但韵脚的排列在十四行间却为1212、3434、5656、77,形成了所谓的"莎士比亚十四行诗体"的诗式。至于文类、手法等其他艺术形式也会通过作品的流传而对他国文学产生影响。比如中国第一部诗歌总集《诗经》对数千年后萌芽的日本文学产生了深远的影响,最为典型的例证就是日本的和歌集《万叶集》。其中不仅有大量诗句是对《诗经》诗句的直接引用,甚至一些字词的含义也直接借用了《诗经》的释义,尤其是其中有一类寄物陈思的"譬喻歌",那种以实物传达诗人情感志向的写法正是对《诗经》比兴手法的借鉴。

文艺思潮、文艺理论或文艺流派在外国的影响。这种影响研究既可以从哲学、社会学等其他学科与文学的外在关系入手,也可以对文艺思潮流派与作家作品的内在关系进行具体的考证。类似这样的研究成果有很多,比如《怪诞理论在中国》、《论意识流小说在中国的演变》、《精神分析与"五四"小说现代化》、《弗洛伊德主义在中国现代文学的影响与流变》等。

以德国的弗洛伊德学说为例,最初它只是一种探讨人类本能与性冲动的心理学说,但很快其中的一些重要概念,如"潜意识"、"无意识"、"力比多"、"白日梦"、"俄狄浦斯情结"以及精神分析等理论方法却直接促使了意识流小说、超现实主义等文学流派的产生和发展,并形成了颇具影响力的心理批评学派,为当代文学创作和文艺批评开拓了一个全新的领域。德国作家托马斯·曼(Thomas Mann,1875—1955)、英国作家乔伊斯(James Joyce,1882—1941)等人的小说创作中意识流等艺术手法的运用都深受弗洛伊德心理学说的影响。而中国象征主义诗歌的出现则是西方象征派艺术思想在世界范围内流传的结果。象征派是欧美现代主义文学中出现最早、影响最大的一个文艺流派,法国的波德莱尔(Charles Pierre Baudelaire,1821—1867)、兰波(Arthur Rimbaud,1854—1891)、魏尔伦(Paul – Marie Verlaine,1844—1896)、爱伦坡(Edgar Allan Poe,1809—1849)、马拉美(Stephane Mallarme,1842—1898)、瓦雷里(Paul Valery,1871—1945)、德国的里尔克(Rainer Maria Rilke,1875—1926)、美国的艾略特(Thomas Stearns Eliot,1888—1965)、庞德(Ezra Pound,1885—1973)、意大利的蒙塔莱(Eugenio Montale,1896—1981)、西班牙的洛尔迦(Federico Garcia Lorca,1989—1936)、俄国的亚历山大·勃洛克(Aleksandr Aleksandrovich Blok,1880—1921)组成了世界象征主义的交响乐,也因此深深地影响了中国现代文学的一大群诗人。尤其是法国象征主义诗歌所崇尚的"纯诗"理论,对王独清、穆木天、李金发、冯乃超、戴望舒等人的现代主义诗歌创作产生了直接而深刻的影响。

基于不同文学影响放送者及影响方式的划分使得流传学的研究类型变得纷繁复杂。同时，文学影响又往往不是单一呈现，而是交叉进行的，既有作家本人精神气质对他国文学接受者个别或整体的影响，也有作家或流派在文学创作题材以及艺术手法等文本因素上对他国文学的影响。因此，流传学在大多数时候都是一种综合性的研究，单一的研究类型常常无法对国际文学间复杂多样的影响关系作出客观全面的阐释，这也要求研究者必须对文学影响做细致详实的资料收集和求证考据工作。

（二）研究模式

直线型影响研究。"直线型影响研究"，顾名思义，是指一国文学放送者和另一国文学接受者处于单向和直接的影响关系中，这种影响主要表现为一对一的两点一线型，也是流传学最为常见的研究模式。所谓"两点一线"，就是从一个起点指向一个终点的影响模式，由于放送者和接受者的形态和属性不同，起点和终点都可以分别是一个作家、一部作品或者是一国的整体文学。

在浩如烟海的世界文学景观中，一国作家对同时代或后代他国作家产生影响的例子实在是不胜枚举。对中外作家之间影响与接受、继承与创新之文学关系的考证也是中国比较文学在复兴初期最为常见的一种研究模式。上世纪80年代初，我国莎士比亚戏剧翻译和研究领域的专家方平先生就曾经写过一篇名为《曹禺和莎士比亚》的论文，该文不仅探讨了欧洲戏剧泰斗莎士比亚对中国戏剧家曹禺的影响，还肯定了曹禺戏剧创作对莎士比亚戏剧艺术融会贯通的借鉴。为了说明莎士比亚戏剧对曹禺创作的影响，方文首先列举出曹禺剧作《原野》中"金子"向"仇虎"表白、"仇虎"杀"大星"后洗不干净手等三个情节与莎士比亚戏剧《威尼斯商人》、《麦克白》经典场景的相似，而后又论证了曹禺对莎士比亚诗剧《罗密欧与朱丽叶》的翻译直接促使了他学习并借鉴莎士比亚戏剧中"用诗行来承载浓郁的戏剧情愫"的手法，以及这种艺术手法在曹禺戏剧《家》中的成功运用。

辐射型影响研究。所谓"辐射型"的影响研究模式，是指从"一点"即一个传送者出发，指向多个接受者，研究一个作家、一部作品、一种思潮、一国文学在多个国家的影响和接受。最早运用"一对多"辐射型影响模式来研究国际文学关系的应该是法国比较文学学科的创始人戴克斯特（Dexter，1865—1900），他在博士论文《卢梭和文学世界主义的起源》中详细论述了作家卢梭在欧洲其他国家文学中的流传和影响。在此之后，法国学者基亚在《比较文学》中对德国作家歌德(Johann Wolfgang von Goethe,1749—1832)在英、法两国的影响与接受情况所作的比较分析也是典型的辐射式影响研究。基亚认为,歌德首先是通过作品《少年维特的烦恼》奠定了其在英法两国的影响,《少年维特的烦恼》的法、英两种译本分别于 1776 年和 1779 年在法、英两国成功登陆并且大受欢迎,小说主人公"维特"也获得了"不可侵犯"的地位;而后诗剧《浮士德》再次冲击了英法两国的知识界,吸引了浪漫主义者对以历史和神话为题材的叙事诗歌的关注,歌德又以"浮士德的作者"而在英法文坛声名远扬。同时,基亚也以大量的事实比较了歌德在英、法两国的不同命运和际遇:英国作家卡莱尔(Thomas carlyle,1795—1881)吸收了歌德的宁静,把《迈斯特》作为自己的伦理学支柱,法国帕纳斯派的崇拜者则把歌德尊为思想家和美的创造者。

前苏联"西部文学"的代表性作家——艾特玛托夫(Aytmatov,1928—2008)曾以其中长篇小说中独具特色的民族风光和细腻多变的艺术手法而享誉世界文坛,他对我国当代作家,尤其是在陕西、新疆等西部地区生活和创作的多位作家也产生了深刻的影响。在张贤亮的小说《肖尔布拉克》中处处可见艾特玛托夫早期作品《我的包着红色头巾的小白杨》的影子。作家张承志也坦言:"苏联吉尔吉斯作家艾特玛托夫的作品给了我关键的影响和启示。"[①]艾特玛托夫被陕西作家路遥视为"海洋"般的作家,路遥酷爱艾特玛托夫的全部作品,并将其化为自己创作的甘霖:"譬如《人生》中德顺老汉这个人物,我是很爱他的,我想象他应该是带有浪漫色彩的,就像艾特玛托夫小说中写的那样一种情景:在日光下,他赶着马车,唱着古老的歌谣,摇摇晃晃地驶过辽阔的大草原……"足见艾特玛托夫对路遥创作影响之深。

聚焦型影响研究。"聚焦型"影响研究考察的是多个放送者对一个接受者的影响,是一种多对一的研究模式。俄苏近代作家对鲁迅的影响是广泛而深刻的,果戈理(Nikolai Vasilievich Gogol,1809—1852)的《狂人日记》直接影响了鲁迅同名小说的创作,而爱情主题的小说《伤逝》又接受了契诃夫(Anton chekhov,1860—1904)小说《决定》的影响。陀思妥耶夫斯基(Fyodor Mikhailovich Dostoevsky,1821—1881)的《穷人》中细腻的心理分析和残酷的灵魂审判受到了鲁迅的推崇,也启发了鲁迅的创作,他的小说《高老夫子》学习了陀氏"灵魂审判"的心理描写,触及人物心灵深处。安德烈

---

① 张承志:《诉说》,《民族文学》1981 年第 5 期。

耶夫(Andreev,1871—1919)小说《红笑》中象征手法和跳跃式联想的运用直接影响了鲁迅"使象征主义与现实主义相结合"的艺术手法,《长明灯》、《狂人日记》中残篇断简、神秘幽深的内心独白和病态心理都可见《红笑》的印迹。普希金(Pushkin,1799—1837)、莱蒙托夫(Lermontov,1814—1841)使他醉心于摩罗诗人,而高尔基(Gorky Maksim,1868—1936)和法捷耶夫(Fajeyev,1901—1956)又让他深受现实主义创作手法的影响,因此,在鲁迅的创作中,我们可以清楚地看到俄国近现代多位作家对他的深刻影响。

　　基亚在《比较文学》一书中曾经专门设置了一个"外国作家在法国"的专题,分别对英国、德国、意大利、西班牙、俄国等国家的文学作品在法国的际遇进行了专门的论述,提到了这些外国作品在法国被介绍、研究、学习以及受欢迎的程度。戈宝权是中外文学关系研究的先驱,自上世纪30年代起,他就开始研究中俄文学关系,后又在70—80年代将研究范围扩大到了西欧、东南欧,探讨中国文学与西欧、东南欧文学的关系。1992年,戈宝权研究众多外国文学影响中国现代文学的论文集《中外文学姻缘》结集出版,在该书的第一部分《中俄文字之交》第一组《俄国作家和中国》里,作者分别用10篇文章探讨了俄国作家普希金、屠格涅夫(Ivan Sergeevich Turgenev, 1818—1883)、冈察洛夫(Goncharov Ivan Aleksandrovich,1812—1891)、托尔斯泰(Lev Tolstoy,1828—1910)、契诃夫(Anton chekhov,1860—1904)、高尔基、马雅可夫斯基(Maykovski,1893—1930)在中国的流传和影响。这些都是聚焦式影响研究模式在中外文学关系中的成功运用。

　　交叉型影响研究。异质文学之间的影响关系并不总是呈现出单向的放送与接受的模式,作为起点的放送者有时又会是另一个放送者的接受者。这一方面反映了放送者本身的多质性,另一方面也说明了间接性文学影响的存在。例如,鲁迅的散文诗集《野草》受弗洛伊德精神分析学说影响很深,但弗洛伊德精神分析学对鲁迅创作的影响又是借助厨川白村《苦闷的象征》来实现的。厨川白村是弗洛伊德的接受者,却又是鲁迅的影响者。我们还可以运用交叉型的影响模式来研究俄国文豪托尔斯泰在现代中国的际遇和成就。在中国现代文学史上,托尔斯泰一度被看做是俄国革命文学的代表人物,成为中国现代文学先驱们崇拜的对象。李大钊是第一批将托尔斯泰和俄国文学介绍到中国来的人之一。早在日本留学期间,李大钊就深受托尔斯泰思想的影响。1913年他翻译了日语版的《托尔斯泰之纲领》,初步介绍了托尔斯泰的言行录;1916年他在《介绍哲人托尔斯泰》一文中称托尔斯泰是"举世敬仰之理想人物";1917年他又写下了《日本之托尔斯泰热》,借对托尔斯泰研究在日本的流行来感叹中华民族的兴亡;在另一篇文章《俄国革命之远因近因》中,他更是将以托尔斯泰为代表的俄国革命文学看做是俄国革命发生的重要原因之一。李大钊为托尔斯泰和俄国革命文学在中国的传播作出了突出的贡献,启发了更多有志之士对托尔斯泰的关注,茅盾对托尔斯泰的接受就直接来自于李大钊的影响。李大钊对托尔斯泰的宣传和介绍给了茅盾极大的启发,也使茅盾种下了深深的托尔斯泰情结。《战争与和平》、《复活》、《安娜卡列尼娜》等文学名著是茅盾最爱读的书,他尤其钦佩托尔斯泰对宏大场面的驾驭和小说结构的精密设置。茅盾认为研究托尔斯泰要做足结构、人物和场面三种功夫,而这三点也是茅盾小说突出的艺术特色,托尔斯泰对茅盾影响之深可见一斑。茅盾还写下了《托尔斯泰与近日中国》、《文学里的托尔斯泰》、《俄国文学近谭》等理论文章,详细论述了托尔斯泰的时代、文学创作、文艺观念及其成就地位。与李大钊相比,茅盾对托尔斯泰的文学观念有了更进一步的认识,不只是停留于托尔斯泰人道主义文学与俄国革命的关系,而是从文学功能的切入点找到了托尔斯泰文学成就的核心,完成了从形式到内容的革命文学观念的建构,并最终提出了"为人生"的文学理念。所以托尔斯泰对李大钊和茅盾的影响具有双重性,而这种交叉间接的影响也足以显现托尔斯泰作为放送者的丰富性以及李大钊、茅盾二人在接受托尔斯泰影响上的差异性。

循环型影响研究。循环型影响研究是一种从起点到终点,最终又回到起点的研究模式,它反映了影响与接受的双向交流模式。这样一种动态循环的研究模式打破了单一和绝对的本质主义中心论,从而使文学影响的双方真正实现了平等的交流与对话。因此,这一类影响模式最能代表流传学研究的价值与意义,也是当今比较文学学界所共同追求的理想和目标。

下面我们以著名的歌剧《图兰朵》为例来演示一个跨越东西方的循环式影响研究模式。众所周知,在波斯故事集《一千零一夜》中有很多中国民间故事的原型,其中有一则美丽高傲的中国公主为祖先报仇而设谜招亲的故事更是随着《一千零一夜》在欧洲的传播而成为欧洲名剧《图兰朵》的蓝本。1704 年,法国东方学家加朗(Antoine GaLLand,1646—1715)将《一千零一夜》译成法文,此书一经出版便立即在法国文学界掀起了一股东方热潮。一时间,模仿《一千零一夜》体例写成的各种东方故事集不断涌现,最为著名的是法国学者克洛瓦(Croix,1798—1863)翻译创作的《一千零一日》。图兰朵的故事也被保留下来,并给法国读者留下了深刻的印象。随着《一千零一日》在欧洲的流行,图兰朵的故事进一步为人们所熟知。1762 年,意大利剧作家卡罗·哥兹(Carlo Gozzi,1720—1806)将这个故事改编为五幕寓言剧《图兰朵》,图兰朵由此第一次登上戏剧舞台。哥兹的改编明显受到了《马可波罗游记》的影响,他将图兰朵的故事设定在了中国的元朝,"卡拉夫"成了鞑靼王子,王子的父亲名为"帖木儿",故事的发生地也被改在了"北京"。同时哥兹还为故事增加了三个重要的角色——平、庞、朋。1802年,德国大诗人席勒(Schiller,1759—1805)在哥兹剧本的基础上创作了诗剧《图兰朵》,并对剧中的很多细节进行了深入的考证和一定程度的修改,也使图兰朵的故事变得更加贴近中国实情。1920年,意大利歌剧大师贾科莫·普契尼(Puccini Giacomao,1858—1924)在哥兹和席勒两个版本剧作的基础上开始与阿达米、西摩尼共同创作歌剧《图兰朵》。他四处搜集与中国有关的资料,以使歌剧《图兰朵》看起来更像是一个发生在中国的故事。普契尼的歌剧《图兰朵》中最具中国风情之处莫过于七段中国传统曲调的使用,其中尤以民歌《茉莉花》最为著名。以中国故事为题材、经过多次改编创作的西方经典《图兰朵》在普契尼这里达到了顶峰。

令人惊喜的是,《图兰朵》的艺术之风竟然在新世纪里又重新吹回了中国,让我们看到了"图兰朵故事"从东方流传到西方继而又回归东方的强大艺术生命力。2007年,中国作曲家郝维亚对普契尼的《图兰朵》作了续写,他在尊重普契尼原作风格的基础上,创造性地糅入了许多富有中国特色的艺术元素。这部由中国人续写的中国公主的故事在2008年3月由"全班华裔班底"在国家大剧院上演并获得了极大的反响,被誉为"《图兰朵》在中国的新生"。

西洋歌剧《图兰朵》在中国的新生可以看做是东方与西方异质文化间循环影响的一个范例,下面我们再以文学作品《金云翘传》在中越文学间的流传来展示文学在同质文化中的循环影响。明末清初,文人"青心才人"在不同民间话本的基础上编写了一部章回体例的长篇小说《金云翘传》,讲述了一个下层贫苦妇女"翠翘"几经命运的波折和考验,最终和心上人"金重"终成眷属的故事。这部小说后来传到了与我国一衣带水、深受中国文化影响的越南,许多越南作家对其进行了改编,其中最有名的是阮攸(Nguyen Du,1765—1820)改编的喃传长诗《肠断心声》,这部作品后来也以《金云翘传》为名在越南广泛传播,被奉为越南古典文学的最高成就。阮攸最为出色的改编就在于他利用了越南民歌所特有的"六八体"形式,并增添了许多越南的谚语和俗语,让这篇喃传长诗带上了浓厚的越南民族特色和民间文学色彩。这就为《金云翘传》在越南民间的广泛流传奠定了坚实的基础。有趣的是,在中国广西的少数民族京族中也流传着一个名为《金仲与阿翘》

的民间故事。在这个民间故事中,人物被减少,情节得以集中,语言也更加口语化,被还原为王翠翘和金仲之间悲欢离合的爱情故事。而且在京族三岛的哈唱节上,哈哥与哈妹也会对唱有关《金云翘传》的民歌。中国古代章回体小说《金云翘传》之所以发展成为少数民族的民间故事和叙事歌谣,正是因为越南阮攸的《断肠心声》对中国民间文学的再影响。据史料考证,中国广西少数民族京族正是自明武宗正德六年开始从越南的涂山、清花、角白等地陆续迁来中国的三岛防城。由此,京族的祖先在从越南迁来中国的同时也将当时流传于越南的有关《金云翘传》的民歌和故事又带到了中国,世代定居之后京族人又用京语唱叙事歌,用汉族的粤语讲民间故事。《金云翘传》这部作品就这样在中国文学和越南文学间展开了循环式的影响传播。

三、流传学的发展与展望

流传学作为比较文学影响研究最基本的研究范式之一,其发展与演变自然和影响研究息息相关。科学考据的实证主义是影响研究最根本的研究方法。早期的流传学受其影响,也将比较文学的研究对象限制于"两国文学间的相互关系"上,强调一种实实在在的事实性关系:"地道的比较文学最通常研究那些只是两个因子间的'二元'的关系,只是对一个放送者和一个接受者之间的二元关系证实。"[①]早期流传学对于放送者和接受者之间二元关系的简单限定,让流传学陷入了一种类似于"债权人"与"债务人"外贸关系的单向性研究模式中,从而忽视了文学接受者一方本身所具有的主动性和创造性。法国学派所尊崇的实证研究让流传学在"科学化"和"规范化"的同时显示出了研究方法上的单一性和局限性。

早期的流传学十分注重研究国家文学间的地域差异,但这时期所关注的国家文学的影响关系却总是与以欧洲为中心的国家认同观念相连。英国历史学家麦考雷(Thomas Babington Macaulay,1800—1859)就曾在1935年对当时的印度总督说:"从没见过哪个东方学者否认好的欧洲图书馆里一个书架就能摆完整个印度和阿拉伯的文学;也从没有哪个东方学者敢坚持说阿拉伯和梵文的诗歌能与伟大的欧洲国家的作品相比。"[②]可见当时欧洲学界弥漫着浓郁的欧洲中心主义和民族沙文主义思想。在此影响之下,流传学早期的研究也多局限于欧洲作家、作品或文艺思潮等文学现象在其他

---

① 〔法〕梵·第根:《比较文学论》,戴望舒译,上海:商务印书馆1995年版,第202页。
② Susan Bassnett, *Comparative Literature: A critical Introduction*, Oxford: Blackwell, 1993, p.17.

国家地区的接受和影响,将欧洲文学与其他国家文学的影响关系表现为一个从高处到低处的流传过程,研究的目的也只是为了证明欧洲文学的优越性。

20世纪后半叶,人文社会科学领域内层出不穷的新理论和新方法为比较文学的学科发展提供了丰富的理论资源,流传学在实证与科学的研究方法上得以进一步发展,兼容并蓄地吸收了比较文学其他流派,以及接受美学、文化社会学、心理学、人类学等其他学科的成果和元素,这让比较文学在研究方法和研究视野上得到了极大的扩展和延伸。对于法国学派早期流传学的研究弊端,美国学者雷马克(Henry H. H. Remak,1916—2009)表达了这样的观点:"有不少关于影响研究的论文过于注重追溯影响的来源,而未足够重视这样的一些问题:保存下来的是些什么?去掉的又是些什么?原始材料为什么和怎样被吸收和同化?结果又如何?如果按这类问题去进行,影响研究就不仅能增加我们的文学史知识,而且能增进我们对文学创作过程和对文学作品本身的理解。"①因此,流传学在不断的发展和实践中逐渐认识到,仅仅关注一国文学对另一国文学的影响是远远不够的,还要对研究对象双方存在的影响与接受的互动关系作出相应的解释。尤其在当今全球化的学术语境下,流传学更需要用一种跨越异质文明,追求和而不同、平等对话的世界性眼光去看待国际文学关系,那种狭隘的文化民族主义、霸权主义和殖民主义的心态则务必要从流传学的研究中摒弃。另外,在研究方法上,流传学一方面更加注重与影响研究范式内部各方法之间的综合互补,另一方面也更广泛地借鉴和吸收文学之外其他学科的理论范式,将外在"事实联系"的历史性与内在"因果关系"的审美性有机结合。

【导学训练】

一、本节学习建议及关键词释义

1. 学习建议:

在影响研究的范式下把握流传学与渊源学的区别与联系,明确流传学的研究对象、范围及特征,同时从中外比较文学研究者的成功范例中掌握流传学的研究类型和研究模式。

---

① 〔美〕亨利·雷马克:《比较文学的定义和功用》,张隆溪选编:《比较文学译文集》,北京:北京大学出版社1982年版,第2页。

2. 关键词释义

影响研究：由法国学派所倡导的影响研究是比较文学最早也是最主要的研究方法。这一研究方法的理论依据在于各国文学的发展都不是孤立的，而是相互影响的。因此，不同国家间以事实联系为依据的文学影响与接受关系是其研究对象，历史主义和实证主义是其理论支点，注重材料考据和实证分析是其最基本的特点。影响研究把影响的"经过路线"看做是一个由"起点"（发送者）出发，经过"媒介"（传递者），到达"终点"（接受者）的过程。由影响"经过路线"中放送者、传递者和接受者三个基本要素，影响研究又产生了流传学、媒介学和渊源学三种研究范式。

际遇：在比较文学流传学的研究视野中，特指一国文学、文学思潮、文学流派、作家及作品在他国被翻译介绍、接受评价、传播影响的历史境况。

二、思考题

1. 流传学与渊源学、媒介学在研究路径上有何区别？
2. 流传学研究的独特作用体现在哪些方面？

三、可供进一步研究的学术选题

中国文学在外国的流传与影响

提示：各国文学间存在着相互影响，这是比较文学影响研究得以开展的理论依据，也是世界文学发展的客观现实。无论是在同质文化圈内，还是在异质文化圈内，各国文学间的交流与互动就从未停止过。立足于中国、面向世界的中外文学关系研究一直是中国比较文学学科的重要支撑领域，近一个世纪以来著述甚多，成果斐然。然而，对中外文学关系的流传学研究却仍有进一步展开的空间。首先，现有研究成果要么关注外国文学尤其是西方文学对中国现代文学的影响，要么是中国古代文学在外国的影响传播，而现当代中国文学在外国的流传和影响却没有得到相应的重视，研究滞后。其次，中国文学在非洲、美洲及东南亚等地区的流传和影响也尚未出现系统而全面的专著性论述。这些都可以作为我们进一步研究中国文学在国外流传和影响的选题。

【研讨平台】

文学流传中的变异问题

提示：考察一国文学在他国的流传不仅要看放送者一方在接受国所拥有的声誉与成就，还要关注以外来者身份出现的放送者是否对他国文学的发展产生了实质性的影响或冲击。这种外来的文学影响，在接受者这里除了表现为模仿、沿袭，还会有借鉴、吸收、创新乃至变异，这些都是一国文学在交流与传播过程中为他国文学发展所提供的横向动力。文学流传中的变异是一种影响变异，是文学接受者在特定历史语境、现实语境和文化语境下对放送者所作的文化过滤、合理误读和主动创新。因而在当今的流传学研究中，我们就不能仅仅满足于在同源性思维下机械地考证放送者对接受者的影响，还应该去正视接受者在既有文化框架下对放送者所作的修正、调适和变形,从而在异质文明交流互动的视野下去观照文学在流变中的缺失、变异和新生。

比较文学论(节选)

"一种气质对于另一种气质的总括的影响是一件非常有兴趣的事实,但却非常微妙而复杂。这样的一种影响实际上是由许多不相同的组成份子而发生的;这些组成份子不相等地起着作用,而其本位在接受者那里又自己改造过,和在放送者那儿的绝不相同。"

"一首诗,一个戏剧,一部小说,当然都可能是受了一件同类或异类的外国作品的影响而写出来的,可是我们却未必能一定能从受影响者的作品中找得出一段文字,可和给影响的作品中的一段文字确切地对比。那新进者饱容着他的前人的作品,他把它融会贯通而变了一个面目。"

"一个影响总老只是部分的:原作的某一些因子是被融会贯通了,另一些因子却被抛在一边。人们一般总承认,作家们只是模仿那在他们自己心头已有其萌芽的东西:潜伏的思想,无意识或潜意识的情感。这是当然的事,可是我们也不要太相信一个人是只受着那和他的天生愿望符合的东西的影响的。在一种继续不断的压力之下,内心丰富起来而起了改变。总之,这种接触发挥出那些没有它不会表现出来的倾向。"

——梵·第根:《比较文学论》,戴望舒译,台湾商务印书馆1972年版,第147、162、163页。

附:关于"流传中的变异"的重要观点

"艺术品绝不仅仅是来源和影响的总和:它们是一个整体,从别处获得的原材料在整体中不再是外来的死东西,而已同化于一个新结构之中。"

——[美]雷内·韦勒克:《比较文学的危机》,张隆溪选编《比较文学译文集》,北京:北京大学出版社1982年版,第24页。

"在大多数情况下,影响都不是直接的借出与借入,逐字逐句模仿的例子可以说是少之又少,绝大多数影响在某种程度上都表现为创造性的转变。"

——[美]韦斯坦因:《比较文学与文学理论》,刘象愚译,沈阳:辽宁人民出版社1987年版,第29页。

"文学交往中变异现象的产生,很大程度上源于交流双方在文化哲学观、思想价值观、意识形态等方面的差异,因此引入变异学的思维方法,能够更好地凸现出文本背后文学交流双方文化的特异面貌。不仅如此,当我们研究文学面貌因为对话双方的参与发生变异时,也就意味着不论是文本放送国还是输入国都拥有了一次文化扩容的机会,因为变异后的文本不可避免地交织着本土文化和异族文化双重特征,于是自身文化因为吸纳了异族成分而使自己的界域扩大了,而他国文化也因此渗透进了异样的血液,正是这种视域融合的局面促使不同民族的文学传统得以延续和提升。从某种程度上说,世界文学史就是一部文学交融史。"

——曹顺庆:《从变异学的角度重新审视比较文学的影响研究》,《中国比较文学》2006年第4期。

【拓展指南】

一、重要文献资料介绍

1.〔法〕梵·第根《比较文学论》,戴望舒译,上海:商务印书馆1937年版。

简介:第一部全面阐述法国比较文学观点的理论著作,对比较文学"一般的原则与方法"作了相应介绍,认为比较文学研究的对象是"本质地研究各国文学作品的相互关系",并对穿过文学疆界的"经过路线"及路线三要素——起点"放送者"、到达点"接受者"、媒介"传递者"给予了相当的重视。

2.〔法〕皮埃尔·布吕奈尔:《什么是比较文学》,葛雷、张连奎译,北京:北京大学出版社1989年版。

简介:布吕奈尔是比较文学法国学派后期的理论代表,他在《什么是比较文学》一书中对"比较文学"这一概念作出了意大利语、西班牙语、英语、德语及荷兰语等欧洲多种语言的集中性介绍与分析,认为"比较文学"是一个有缺陷且含混的概念术语。这部学术专著广泛吸收了西方文学理论和文学批评的新成果,强调了实证研究中美学鉴赏和文本批评的重要性。

3.〔美〕哈罗德·布鲁姆:《影响的焦虑》,徐文博译,南京:江苏教育出版社2006年版。

简介:布鲁姆是美国著名的"耶鲁学派"的批评家之一。在他的代表性理论著作《影响的焦虑》中,布鲁姆以一种独特的视角阐发了传统影响的焦虑感,并在此基础上提出了独树一帜的"诗的误读"理论——"逆反批评"。

二、一般文献资料目录

1. 北京师范大学比较文学研究组编:《比较文学研究资料》,北京:北京师范大学出版社1986年版。
2. 陈诠:《中德文学研究》,上海:商务印书馆1936年版。
3. 范存忠:《中国文化在启蒙时期的英国》,上海:上海外语教育出版社1996年版。
4. 戈宝权:《中外文学姻缘——戈宝权比较文学论文集》,北京:北京大学出版社1992年版。
5. 季羡林:《中印文化关系史论文集》,北京:三联书店1982年版。
6. 乐黛云、陈惇:《中外比较文学名著导读》,杭州:浙江大学出版社2006年版。
7. 钱林森:《法国作家与中国》,福州:福建教育出版社1995年版。
8. 许地山:《梵剧体例及其在汉剧上的点点滴滴》,《小说月报·中国文学研究》

1927 年第 17 卷号。

    9. 杨武能:《歌德与中国》,北京:三联书店 1991 年版。

    10. 智量等:《俄国文学与中国》,上海:华东师范大学出版社 1991 年版。

第二节　渊源学

一、渊源学的起源、定义和特征

(一)起源

    渊源学研究兴起于法国,其最初的形态是以手稿研究为主的"前文本"研究,并拥有一支独立的文学流派——渊源批评派。

    18 世纪初期,欧洲开始大量印刷书籍,手抄本逐渐淡出读者的视野。但是,作为原始创作形迹的手稿却仍然受到作者乃至批评家们的重视。"自 19 世纪初以来,法国许多作家开始注意保存自己的手稿,即使在新书面世后,仍没有把手稿毁掉,小心地遗留给公共机构或私人收藏者保存。"①其中尤为典型的就是维克多·雨果(Victor Hugo,1802—1885),他从 1826 年起就认真保存自己的手稿,1881 年在遗嘱中提出将全部手稿捐赠给巴黎国家图书馆,促使了巴黎国家图书馆的现代手稿部成立。此后,欧洲许多国家的大型图书馆里都增设了"手稿收藏部",为文学创作研究积累了大量资料,也为后起的渊源批评奠定了基础。

    20 世纪 20—30 年代,吕德莱(Gustave Rudler,1872—1957)、朗松(Gustave Lanson,1857—1934)、蒂博代(Albert Thibaudet,1874—1936)等法国学者先后表现出对以手稿为主的"前文本"资料的重大研究兴趣。吕德莱在《文学批评与文学史的技术》(1923)一书中首次提到了"渊源批评"一词:"文学作品在送去印刷之前,从第一次萌发创作的念头到最后写作完成,经历了好几个阶段,渊源批评试图揭示作品产生的心理运作的过程,并从中找到其规律。"②吕德莱提出的"渊源批评"可谓是当前比较文学研究领域中"渊源学"研究的初期形态,将研究对象和研究资料锁定于作家创作的文本与"前文本"之上,从运动学的角度出发,通过考察作家的创作心理揭示作品的创作演变过程。1931 年,法国比较文学的先驱梵·第根在其著作

---

    ① 冯寿农:《法国文学渊源批评:对"前文本"的考古》,《外国文学研究》2001 年第 4 期。

    ② 转引自冯寿农:《法国文学渊源批评:对"前文本"的考古》,《外国文学研究》2001 年第 4 期。

《比较文学论》中确立了"渊源学"这一概念,渊源批评由此演变成一门独立的研究方法,关于文学渊源的种种概念、理论、研究模式也随之清晰化、系统化了。

然而,渊源学研究一经诞生,就受到了结构主义思潮的强大冲击。"结构主义批评完全与之相反,把文本作为一个自足的系统加以考察,寻找文本内部的逻辑与结构"[①],这一试图割断文本与作者关系的研究学派在20世纪中叶的法国如日中天,渊源学研究不得不为之让步。但从另一方面来看,结构主义批评提供了大量清晰的文学概念,尤其是"文本理论"的建立和完善,这也为"渊源批评"从理念发展成为一个独立的流派提供了概念基础。例如渊源批评派惯用的"文本"和"前文本"概念,便是直接采自结构主义的理论成果。有学者指出,渊源批评可谓是对结构主义批评的一种延伸和超越:"结构主义批评偏重文本内部的共时静态形式的分析,而渊源批评则强调对创作过程的'前文本'给以历时动态结构的分析。"[②]

除却借鉴结构主义批评的概念以外,渊源学还广泛综合了诗学批评、社会学批评、精神分析法、语言学等多种批评方法的研究成果。诗学批评"将手稿分为'外源'(l'exogenése)和'内源'(l'endogenése):'外源'指作家参考的文献、资料;'内源'指已写成的手稿,即'前文本'。诗学批评注重于考察作家如何把'外源'的资料经过美学选择、虚构化,赋予资料的'文学性',成了'内源'的要素"[③]。诗学批评中所说的"外源",基本可以看做是渊源学中的笔述渊源。社会学批评则将文学的渊源分为"剧情渊源"和"手稿渊源",前者指所有对作品的构思和创作过程起重要作用的文献、资料,类同于诗学批评中的"外源";后者指写作过程中手稿的不同版本。社会学批评通过考古个人话语,考察作家将集体话语转变成个人话语的过程,并认为这一过程揭示了一种语言、一种思想乃至一种文化的演变历程。语言学则为渊源学提供了大量语言概念,用于进行草稿分类或阐释手稿的细微变更。在渊源学对于"前文本"的垦荒中,精神分析学的作用较之前几种批评方式更为显著,通过研究前文本中的"潜意识"活动推理作家的创作心理和创作过程。但是这种方式同时也是危险的:一方面它模糊了作者心理的时间性和阶段性,因为精神分析学认为"潜意识"或"无意识"是非时间性的,所以

---

① 冯寿农:《法国文学渊源批评:对"前文本"的考古》,《外国文学研究》2001年第4期。
② 同上。
③ 同上。

并不能通过文本或"前文本"推论出作家创作过程中每一次犹豫反复、推翻再创造的心理逻辑。这显然不符合渊源学研究的宗旨。另一方面,精神分析学在诠释文本时常运用"自由联想"的方法,在遇到文本连接的断点或跳跃时,被迫用主观联想代替逻辑论证。精神分析学的这些特点决定了渊源学研究需要在借鉴精神分析学的基础之上,将其与手稿研究严密地结合起来,通过在文本或前文本中挖掘大量的实例来支撑论断。

(二) 定义和特征

梵·第根在《比较文学论》中指出:"思想、主题和艺术形式之从一国文学到另一国文学的经过,是照着种种形态而画过去的。这一次,我们已不复置身于出发点上,却置身于到达点上。这时所提出的问题便是如此:探讨某一作家的这个思路、这个主题、这个作风、这个艺术形式的来源,我们给这种研究定名为'渊源学'。"①

从这一定义可以看出,渊源学和流传学一样,都是根据文学传播过程中的影响进行研究,所不同的是,流传学是从影响的"起点"入手进行梳理,强调影响的过程;渊源学则是从影响的"终点"入手进行回溯,指向影响的源头。结合这一定义,可以为渊源学总结以下几个特征:

回溯性。渊源学是一种从终点或者说影响的接受者出发,去探求起点或者说影响的放送者的研究,其研究路径是一种"回溯"的方式。孙景尧在其主编的《简明比较文学教程》一书中提出,渊源学研究"可以从本国立场出发,也可以从他国立场出发,但目的是在考察一个作家或一种文学所曾吸取或改造过的外来因素之源头。在研究过程中,把本国文学中所受外国文学影响的成分找出,据此追溯它们的出处,考据本国文学如何具体接触到外国文学,并努力证实这种外国文学正是本国文学所受影响的源头"。②

值得注意的是,孙景尧的这一界定除了强调渊源学的回溯性以外,还强调了渊源研究的跨国界性。比较文学渊源学的研究对象是一国文学在另一国文学中的渊源,而不包括一个国家或民族文学内部的影响探源。例如考察北宋欧阳修在诗文创作上分别受到了韦应物、李白、王禹偁、梅尧臣、韩愈等人的影响,虽然也具有回溯性,却不被纳入比较文学研究的范畴,而应当归结到古代文学研究之中。

实证性。"在渊源学研究中,实证起着十分重要的作用。它不仅是渊

---

① 〔法〕梵·第根:《比较文学论》,戴望舒译,北京:商务印书馆1937年版,第170页。
② 孙景尧主编:《简明比较文学教程》,南京:江苏教育出版社2007年版,第121页。

源学研究的基础,而且也是渊源学研究的骨架。忽视或弱化这一基础和骨架,就难以揭示文学事实真相,难以加强话语存在的可信度,也势必造成言而无据、信口开河的混乱局面,最终渊源学不再成其为渊源学。"① 渊源学的研究需要经过严密和审慎的考证,文本和"前文本"都是必须考察的对象。不但要考察个人话语,还需要考察集体话语,从语言、宗教、历史、哲学、地理游记、日记、笔记等众多领域来获取证据;不但要考察笔述的渊源,还需要考察口传的、印象的、集会的、旅游的、孤立的、集团的等多个方面的渊源。②

在中国比较文学研究领域中,"渊源与影响研究的奠基者首推陈寅恪"③,他所强调的原典实证法,讲求对本国、本民族、同时代或相近时代的文本、文献资料乃至文物材料进行甄别,在此基础上再进行严密的逻辑推导,使论证过程具有不能辩驳的、无法推倒的实证性,从而对命题的成立具有根本的支撑价值。陈寅恪认为:"即以今日中国文学系之中外文学比较一类之课程言,亦只能就白乐天等在中国及日本之文学上,或佛教故事在印度及中国文学上之影响及演变等问题,相互比较研究,方符合比较研究之真谛。"④本着这种理念和方法,陈寅恪先后成就了《隋唐制度渊源论稿》、《敦煌本维摩诘经文殊师利品疾品演义跋》、《西游记玄奘弟子故事之演变》、《莲花色尼出家因缘跋》、《三国志曹冲华佗传与佛教故事》等极具说服力的渊源学研究论文。陈寅恪在考察佛教说教故事的演变时曾说到:"故有原为一故事,而歧为二者,亦有原为二故事,而混为一者……若能溯其本源,析其成分,则可以窥见时代之风气"⑤,道出了渊源学研究的宗旨和意义所在。

二、渊源学的研究内容

(一) 渊源的类型

笔述渊源。笔述渊源又称为书面渊源,指的是有文字可考,能从作家的作品、自传、回忆录、书信、访谈录等中找到真凭实据的渊源。

---

① 李伟昉:《关于渊源学研究的思考》,《台州学院院报》2002年第2期。
② 参见孙景尧主编:《简明比较文学教程》,南京:江苏教育出版社2007年版,第121页。
③ 乐黛云、王向远:《比较文学研究》,福州:福建人民出版社2006年版,第82页。
④ 陈寅恪:《与刘叔雅论国文试题书》,见《金明馆丛稿二编》,上海:上海古籍出版社1980年版,第223页。
⑤ 转引自乐黛云、王向远:《比较文学研究》,福州:福建人民出版社2006年版,第85页。

例如,中国当代重要作家王小波的创作就曾广泛接受过法国新小说派、美国黑色幽默派等多个西方文学流派以及卡尔维诺(Italo Calvino,1923—1985)、米兰·昆德拉(Milan Kundera,1929—   )、博尔赫斯(Jorges Luis Borges,1899—1986)、杜拉斯(Marguerite Duras,1914—1996)等外国作家的影响。他在自己的作品中也曾多次提及这些影响。在《从〈黄金时代〉谈小说艺术》一文中,王小波直截了当地称自己的小说文体为"黑色幽默";在《我对小说的看法》一文中,他则这样提到:"我对现代小说的看法,就是被《情人》固定下来的",坦言自己受到杜拉斯的影响。此外,王小波多次在副文本(如标题、副标题、序、前言、告读者等)中指出一些参照性文本,暗示自己的创作中包含了对这些文本的摹仿、戏仿、反讽或者影射。在他的正文本中,也有大量对其他文本的引用、借鉴,小说《红拂夜奔》就诙谐地引用了米兰·昆德拉小说中对"脱"的叙述。[①]

18世纪德国重要剧作家、诗人和思想家歌德(Johann Wolfgang von Goethe,1749—1832)在谈到自己的创作时也说到:"我的靡非斯托夫也唱了莎士比亚的一首歌。他为什么不应该唱?如果莎士比亚的歌很切题,说了应该说的话,我为什么要费力来作另一首呢?我的《浮士德》的序曲也有些像《旧约》中的《约伯记》,这也是很恰当的,我应该由此得到的是赞扬而不是谴责。"[②]

笔述渊源因为清晰地见诸于文字记载,所以比较容易发现,也是研究得最多的一种。对此,日本学者渡边洋(Watanabe Hiroshi,1937—   )在其著作《比较文学研究导论》中严肃地指出:"有些作家的创作则是完全消化、吸收多部作品,显示不出任何确切的'源泉'、'中介'的痕迹。在很难确定'影响'的要素的情况下,如果能从过去的资料、文献中发现'影响'的根据,会让研究者喜出望外。虽然现在也能偶然发现某个作家的'初稿'、'创作笔记'、'日记'、'书信'等,并在报纸上渲染一番,但是绝不可抱着侥幸心理进行研究。'学术'道路没有捷径,真正的研究要靠平时的点滴积累,也就是从精读文本开始,再到收集相关资料,阅读参考文献"[③],提醒比较文学研究者要正确对待笔述渊源,切不可依据偶获的资料盲目推证。

口传渊源。口传渊源指的是作家所听到的,对其创作产生了影响的神

[①] 参见张懿红:《王小波小说艺术的渊源和创化》,《中国比较文学》2004年第4期。
[②] 〔德〕歌德:《歌德谈话录》,朱光潜译,北京:人民文学出版社1980年版,第56页。
[③] 〔日〕渡边洋:《比较文学导论》,张青译,北京:中国社会科学出版社2007年版,第24页。

话传说、民间故事、奇闻轶事、谚语、歌谣、对话等等。口传渊源没有文字记载,因此不便于查证,但往往对作家的创作具有重要的影响。

在海外华裔文学所建构的跨文化语境中,往往能够见到基于口传渊源所形成的民族记忆的体现。例如在美国华裔文学作品中,就时常可见"苍龙"、"白虎"、"金蟾"等重要的传统文化符号。在《女勇士》里,汤亭亭借用了蔡琰远嫁匈奴和花木兰代父从军等民间故事,以及岳飞抢金的英雄事迹,来表达华人在异国守成与变化、回归与归化的复杂历程。在《中国佬》中,她又巧妙运用了牛郎织女的传说,以借喻华人劳工的精神状态和现实处境。

至于在海外华裔文学中具有典型意义的关公崇拜,其渊源也更多地来自于民间唱讲艺术。"早年在美国的华人居住点,华人剧团常辗转巡演关公戏,在华工简陋的家中也总是悬挂着关公像,汤亭亭的《中国佬》对此也有描写:'两张差不多大小的祖父与祖母的肖像与一张关公像并列挂在餐厅里'。"①在《女勇士》中,"关公"形象被认为是"战争和文学之神"②;在《中国佬》中,华人聚居点的舞台上红脸长须的关公形象则被看成是"我们的亲人"、"我们的祖父"③。

相比从神话传说、民间故事和唱讲艺术中获取的创作渊源,作家从一些谈话片段中所受到的启发则更加无据可考。尤其是对于在现代化的录制手段尚不发达的时代产生的文本,其口传渊源的追溯和确认更是一项极其困难的工作。

印象渊源。印象渊源又称作旅行渊源,指作家在旅行或旅居异国期间,被特殊经历或当地的自然景观、人文风情乃至艺术作品激发起创作情思,从而创作出了不同以往的具有异域情调、色彩的作品。例如美国作家海明威(Ernest Miller Hemingway,1899—1961)的长篇小说《太阳照常升起》,就是根据其一战期间先后随军开赴意大利、法国的特殊经历而写就的,另一部作品《丧钟为谁而鸣》则是他在以战地记者的身份前往西班牙报道内战期间构思而成的。特殊的从军经历赋予了海明威粗犷朴实而又炽热深沉的创作风格,感染了二战后的许多美国作家,如詹姆斯·琼斯(James Ramon Jones,1921—1977)、纳尔逊·阿尔格伦(Nelson Algren,1909—1981)、诺曼·梅勒(Norman Mailer,1923—2007)等等。

---

① 胡勇:《论美国华裔文学对中国文化和民间传说的利用》,《外国文学研究》2003 年第 6 期。
② 汤亭亭:《女勇士》,李剑波译,桂林:漓江出版社 1998 年版,第 35 页。
③ 汤亭亭:《中国佬》,肖锁章译,南京:译林出版社 2000 年版,第 152 页。

关于作家的旅行经历,日本学者大冢幸男(Otsuka Yukio,1909—1992)曾作过细致的归纳:"仅就欧洲文学而言,便有蒙田、歌德、夏多布里昂、司汤达的意大利之行,伏尔泰的英国之行,德·史达尔夫人、康斯坦、内尔瓦尔的德国之行,内尔瓦尔、福楼拜的近东之行,莫泊桑、纪德的非洲之行,夏多布里昂的美国之行,英国伟大诗人拜伦、雪莱、济慈的大陆之行,海明威从军去法国,海涅、屠格涅夫的法国之行,契诃夫库页岛之行,冈察洛夫的日本之行,纪德的苏维埃之行。就近代日本而言,二叶亭四迷去俄国旅行,森鸥外去德国留学,夏目漱石去英国留学,岛崎藤村去法国旅行,永井荷风去美国及法国留学,有岛武郎去美国留学,芥川龙子介去中国旅行,横光利一去法国旅行,等等。"①

就中国留学外国的作家而言,留学日本和留学英美的作家群在思想观念、文学创作等方面具有明显的差异。留日作家群大多呈现出叛逆精神,他们的作品中普遍流露出强烈的反叛意识、浓烈的革命热情、对种族歧视强烈的反感以及偏激的思维和善变的态度。相比之下,留学英美的作家群体则更多地表现出民主氛围下的自由精神、现代文明包围中的独立品格、社会环境给予的精英意识以及西方文明洗礼之下的中和态度。② 这种文化差异性显然是由不同的留学环境以及回国后所受到的不同待遇所造成的。

直线渊源。直线渊源是指从一部作品中探寻到另一国文学作品的因素,包括思想题材、创作手法、人物形象乃至于情节等等。例如鲁迅通过有机融合俄国现实主义的创作经验所写出的中国第一篇日记体短篇小说《狂人日记》,从标题、体裁、形式和表现方法等各个方面都对果戈里(Nikolaj Vasiljevitch Gogol,1809—1852)的同名小说有所借鉴,二者都用狂人的眼光和意识来看待或理解这个世界,都借用了亦真亦狂的语言来抨击社会;甚至细节之处也不例外,比如都采用"以狗喻人"的手法,在小说结尾处都发出了"救救孩子"的呼喊。又如莫言受到拉美魔幻现实主义作品,尤其是马尔克斯(Gabriel García Márquez,1927—)的《百年孤独》等作品的影响,创造出了和马孔多小镇同样具有荒谬、梦幻、夸张色彩的一个文学王国——高密县东北乡。莫言在谈论自己的创作时,并不讳言作品中的拉美魔幻现实主义文学渊源:"二十年来,当代作家或多或少地受到魔幻现实主义的影响,

---

① 〔日〕大冢幸男:《比较文学原理》,陈秋峰、杨国华译,西安:陕西人民出版社1985年版,第93页;转引自王福和:《比较文学读本》,杭州:浙江大学出版社2005年版,第120页。
② 参见江胜清:《中国现代留学日本、欧美作家群之比较》,《孝感学院院学报》2009年第2期。

我们也写过很多类似的小说。"①

集体渊源。集体渊源是指一个作家在创作中不只受到某个流派、某个作家或者某部作品的影响,而是受到众多外国作家作品的影响,因此,集体渊源研究就是以一个作家或一部作品为核心,辐射状地探寻所有对其产生过影响的作家和作品。

在考察某个作家或作品的渊源的时候,我们发现,单一的直线渊源是很少独立存在的,尤其在近代和现当代的作品当中,许多作家和作品都受到集体渊源的影响。例如郭沫若杰出的浪漫主义诗篇《女神》,就是在中国现代文学发端之初,在浓厚的西方文艺思潮的熏染下,受到歌德、惠特曼(Walt Whitman,1810—1892)、雪莱(Percy Bysshe Shelley,1792—1822)、瓦格纳(Wilhelm Richard Wagner,1813—1883)等西方作家创作的多元影响而诞生的②;又如在郁达夫作品中,既可以追溯到西方作家如卢梭、屠格涅夫(Ivan Sergeevich Turgenev,1818—1883)等人的创作理念,又可以追溯到日本私小说的创作手法;再如从泰戈尔(Rabindranath Tagore,1861—1941)的诗歌中,也可以梳理出西方象征主义、唯美主义诗歌和孟加拉民间抒情诗等多重渊源。

上述五种渊源是梵·第根在《比较文学论》中所进行的分类。事实上,这种分类方式并不十分清晰,因为五者之间并非并列关系。我们可以将前三者看做是按照影响方式的分类,将后两者看做是按照源头形式的分类,其中集体渊源又是多个直线渊源的总和。

(二) 研究形态

简单说来,渊源学就是追溯、梳理某国文学或者某个作家在创作过程中所受到的外国文学的影响。就西方文学而言,渊源研究往往可以追溯到古希腊,因为古希腊文学为整个西方文学的发展奠定了基调,不仅创造了诸多的文学、哲学概念,也创立了诸如寓言体、哲学对话体、抒情歌谣体、悲剧体等重要的文学形式。后起的西方文学家几乎无不受到古希腊文学直接或间接的影响。东方则拥有古中国和古印度两大文明,它们和古希腊文明并称为人类早期文明的三种路径。中国文学和印度文学在历史上有过多次交集,两国的文学可谓互为渊源。就拿佛典故事来说,中国志怪小说中的印度

---

① 莫言、李敬泽:《向中国古典小说致敬》,《当代作家评论》2006年第2期。
② 参见钱理群、温儒敏、吴福辉:《中国现代文学三十年》(修订本),北京:北京大学出版社1998年版,第12—15页。

佛典文学渊源经过诸多学者的多次论证，已经得到了清晰而系统的梳理；同样，印度佛典文学中也不乏中国古代神话传说的影子，这一点，我国学者糜文开所著的《中印文学关系举例》一书中已经有了十分细致、扎实的研究。跨越东西方的文学渊源也是渊源学研究的重要内容，尤其在现当代的东西方文学中，不少东方作家受到西方现代文学思潮和文学作品的影响，例如茅盾的文学创作经验，就是在大量阅读、借鉴、译介外国文学作品的基础上积累而成的，他曾历数过对自己产生影响的西方作家作品："我更喜欢大仲马，甚于莫泊桑和狄更斯，也喜欢斯各德……我也读过不少的巴尔扎克的作品，可是我更喜欢托尔斯泰。"①

相比之下，西方作家更倾向于从中国古典哲学思想和文学著作中汲取灵感，俄国文学家托尔斯泰就曾说过："中国人的生活常引起我极大的兴趣，我曾竭力要理解我所读到的一切，尤其是中国人的宗教的智慧的宝藏；孔子，老子，孟子的著作以及他们的评注。我也曾探究过中国佛教状况，并且读过欧洲人写的关于中国的著作。"②德国、奥地利、瑞士等德语国家的作家则格外偏爱庄子，早在 1781 年，塞肯多夫（Leo V. Seckendoff，生卒年不详）就在《蒂福尔特》杂志上刊载了小说《命运之轮》，其素材就来源于《庄子休鼓盆成大道》。此后，卫礼贤（Richard Wilhelm，1873—1930）、荣格（Carl Gustav Jung，1875—1961）、德布林（Alfred Doblin，1878—1957）等人先后在作品中引介和参见庄子思想，现代派大师卡夫卡（Franz Kafka，1883—1924）更以拥有一部《南华真经》而自豪。③

西方渊源研究。巴尔扎克（Balzac，1799—1850）是法国批判现实主义文学巨匠，其作品中的现实主义倾向可以追溯到古希腊亚里士多德（Aristotle，前 384—前 322）的"模仿说"。亚里士多德在批判地继承了苏格拉底（Socrates，前 470—前 399）、柏拉图（Plato，前 427—前 347）等人文艺思想的基础上，确立了文艺模仿的本体地位，并提出模仿既不是一种偶然的自然行为，也不是复制自然对象的机械行为，而是一种先天的、积极的创造活动，可以在一定程度上偏离自然或者对自然进行改造；既可以模仿历史或现实题材，也可以模仿神话、寓言等理想的虚构题材。巴尔扎克所持的"小说应当

---

① 转引自庄钟庆：《永不消失的怀念》，《新文学史料》1981 年第 3 期。
② 托尔斯泰：《致辜鸿铭》，《东方杂志》1928 年第 25 卷 19 号。
③ 参见张爱民：《德国文学中的〈庄子〉因素》，《齐鲁学刊》2005 年第 4 期。

成为社会风俗的历史"、"小说应当运用现实主义的真实原则"①等观点明显地继承了亚里士多德的理论。此外,巴尔扎克也将神话故事、寓言、传奇等题材有机融合到自己的创作中,在赋予了现实主义小说丰富表现力的同时,也使得作品具有了浓厚的浪漫主义色彩。例如《人间喜剧》中所收录的一则短篇小说《改邪归正的梅莫特》,取材于爱尔兰作家梅图林(Charles Robert Maturin,1782—1824)在1820年创作的小说《漫游者梅莫特》,描写了魔鬼梅莫特借用无限的享乐"权利"来换取银行出纳员卡斯塔尼埃的灵魂的故事。小说的创作目的仍在于批判资产阶级的享乐主义、金钱至上思想,揭露资产阶级交易所买空卖空的丑恶行径,具有现实主义的特征;但因借助了传说故事的题材和情节,整篇小说神奇怪诞,充满浪漫主义色彩。《驴皮记》、《长寿药水》也是如此。

正如从《改邪归正的梅莫特》中可以追寻到爱尔兰作家的创作因素,对巴尔扎克的作品进行探源,不难发现许多西方作家作品影响的痕迹。"他在前期曾受过英国历史小说家司各特的影响,他也曾经狂热地崇拜过夏多勃里昂,又受过市侩作家奥古斯特·勒·普瓦特万的指点,模仿过安·雷德克利夫和阿兰库尔等人惊险小说和司法小说的写法。"②受同时代风气的影响,巴尔扎克对意大利诗人但丁(Dante Alighieri,1265—1321)推崇备至,将但丁及其创作的《神曲》称为"最伟大的意大利诗人"创作的"唯一能与荷马作品媲美的现代诗篇"。③ 正是受到但丁《神曲》(神圣的喜剧)的启示,巴尔扎克将其毕生作品的宏伟构思命名为"人间喜剧"。不仅如此,在小说《逐客还乡》(《人间喜剧》第二十二卷)中,巴尔扎克还以崇高的敬意描绘了这位伟大诗人睿智而庄严的形象。但丁在《神曲》中对中世纪末意大利社会分裂、道德堕落现象进行了全景式的批判,这也和巴尔扎克将《人间喜剧》定位为一部法国的社会风俗史,多角度、多层次地展现贵族衰亡、资产者发迹、金钱罪恶三大主题如出一辙。④

东方渊源研究。20世纪初,以德国学者格雷布(R. F. Graebner,

---

① 高红梅:《客观生活的舞步——从塞万提斯到巴尔扎克的小说本质论》,《长春师范学院报》(人文社会科学版)2008年第1期。
② 王一政:《评巴尔扎克中短篇小说中的浪漫主义风格》,《文学评论》2006年第1期。
③ 巴尔扎克:《献给泰诺亲王,堂米歇尔·安吉洛·卡凯塔尼殿下》,见《巴尔扎克全集》第十三卷,张冠尧、艾珉编校,北京:人民文学出版社1988年版,第5页。
④ 参见姜岳斌:《〈神曲〉:辉映〈人间喜剧〉的星辰——从〈逐客还乡〉看但丁对巴尔扎克的影响》,《外国文学研究》2004年第2期。

1887—1934)和奥地利学者施密特(Wilhelm Schmidt,1868—1954)为代表的西方学者提出了汉字文化圈以及东亚汉字文化圈的概念,将历史上使用过汉字以及本国语言大量借用古汉语词汇的东亚地区归纳在这一文化圈之内,主要包括中国、日本、朝鲜、越南等国家。东亚汉字文化圈内的国家基本都受到儒家思想、佛教思想的濡染,并且因为长期使用汉字作为传播语言和文化的载体,在文学创作上也都受到汉文化的影响。

  以越南为例。在1844年沦为法国殖民地以前,越南一直是中国的藩属国。就文字而言,"越南通行的语言属于'南亚语系',但汉字在越南却通行了两千余年,贯穿整个越南古代的历史。即使是作为独立国家的一千多年,越南举国上下仍然统一使用汉字、汉文。与汉字在越南通行相辅相成的是中国古代典籍和各种著述大量输入越南"①。越南的文学发展虽然经历了汉语文学、字喃文学②和文字拉丁化以后的文学三个阶段,但始终没有脱离对中国文学的继承和模仿。北京大学教授颜保在《越南文化与中国文化》一文中如是写道:"尽管从吴朝独立以来,有些王朝在不同的情况下,曾经采用过不同的措施来争取摆脱中国文化的羁囿,但总是较难冲破这一藩篱。如为了摆脱汉字的束缚,创制了自己的文字——字喃,但组成字喃的基础仍是汉字;创立了自己的诗体——韩律、六人体、双七六八体诗,但音韵格律仍未能超出汉诗的规矩,而作品的内容又多采自中国。到了拉丁化文字产生之后,翻译工作开始了,又是以译介中国作品为主,对一些常用词或成语,竟好多都直接音译,使得越南词汇中的汉语成分更加增多。而最突出的是贯彻整个越南文学创作进程的思想,一直是从中国传入的儒道并重的精神。"③

  越南南北朝时期阮屿(Nguyen Hung,生卒年不详)所作的越南第一部汉文传奇小说集《传奇漫录》,为后世树立了散文体小说创作的典范。探寻《传奇漫录》的文学渊源,不难追溯到瞿佑创作于明代初期的《剪灯新话》,对此,我国的比较文学研究者如陈庆浩、陈益源、孙康宜等人都有较为细致的研究。从篇章布局来看,《传奇漫录》分为四卷,每卷五篇,共计二十个文

---

  ① 李时人:《中国古代小说与越南古代小说的渊源发展》,《复旦学报》(社会科学版)2009年第2期。

  ② 李时人在其著作中作"喃字文学",是以汉字为素材,运用形声、会意、假借等造字方式来表达越南语言的一种文字形式。

  ③ 颜保:《越南文学与中国文化》,原载《国外文学》1983年第1期,转引自王向远:《中国比较文学百年史》,银川:宁夏人民出版社2007年版,第189—190页。

言短篇小说,各篇篇名或为"录",或为"记",或为"传",完全模拟《剪灯新话》。从故事内容来看,《传奇漫录》多是讲述幽灵、冥府故事,以男女情爱为主,也与《剪灯新话》相仿,其中更有明显模仿《剪灯新话》的痕迹,如"《传奇漫录》之《木棉树传》、《那山樵对录》、《金华诗话记》与《剪灯新话》之《牡丹灯记》、《天台访隐录》、《鉴湖夜泛记》都有明显的因袭关系,《木棉树传》在很大程度上甚至可以看作是《牡丹灯记》的翻版"①。从言辞风格来看,《传奇漫录》也着力模仿《剪灯新话》,越南学者何善汉甚至在当时《传奇漫录》的序中如此评论:"观其文辞,不出宗吉(瞿佑)藩篱之外。"②

《传奇漫录》在越南文学史上具有重要的地位,其后许多短篇小说集如《传奇新谱》、《圣宗遗草》、《越南奇逢事录》,长篇小说如《皇越春秋》以及种种诗文著述或多或少都对《传奇漫录》有所因袭。从这个意义上说,中国古代文学是越南古代文学的重要渊源。

跨越东西方的渊源研究。以中国现代文学革命为例来看中国文学中的西方渊源。从1917年到1949年,中国现代文学发展的三十年里,西方文艺思潮的涌入和文学作品的影响伴随始终,成为中国文学革命所不可或缺的外部因素。在文学革命的酝酿初期,胡适、陈独秀等先驱就直接从西方文学运动中获得过启示。胡适的《文学改良刍议》就是在受到英美意象派诗歌反叛传统诗歌繁绵堆砌风气、追求具体形式、主张运用日常口语等观点的影响下写就的。在这一前提下,胡适又直接借用了美国意象派诗人庞德(Ezra Pound,1885—1972)关于诗歌要靠具体意象的主张,发起了白话新诗运动。陈独秀的《文学革命论》也主张中国的文学革命要以欧洲文艺复兴以来的文学变革运动作为楷模,其"三大主义"中所要求建设的"国民文学"、"写实文学"、"社会文学"正是以19世纪西方资产阶级文学为蓝本的。文学革命的发动者们不但对旧文学进行了批判性的否定,也对如何建设新文学提出了许多有价值的建设性意见,这些意见也大都是借鉴西方文艺运动或者文学创作的经验。例如周作人在《人的文学》中,就大力提倡欧洲文艺复兴运动对"人的发现"、人道主义对"灵肉一致"的人生的主张以及西方和俄国的一些人道主义作家严肃地反映社会人生的创作理念。文学革命的发动者们

---

① 李时人:《中国古代小说与越南古代小说的渊源发展》,《复旦学报》(社会科学版)2009年第2期。

② 阮屿:《传奇漫录》,见陈庆浩、王三庆编:《越南汉文小说丛刊》第一册,台北:学生书局1987年版,第9页。

还通过大量的外国作品译介来推动中国文学革命的发展。以《新青年》为阵地,从第一卷开始,就先后译介了屠格涅夫、王尔德(Oscar Wilde,1854—1900)、契诃夫(Anton Chekhov,1860—1904)、易卜生(Henrik Johan Ibsen,1828—1906)等西方作家的作品,在第4卷第6号甚至出了一期《易卜生专号》,发表了《娜拉》、《国民公敌》等三篇剧作,都是以反传统、反专制、提倡个性自由、妇女解放为宗旨的,正与"五四"精神相吻合,掀起了一股译介易卜生作品和宣扬易卜生主义的风潮,对当时许多新文学作者产生了直接而深刻的影响。前文提到的鲁迅,就是在西方近代小说的格式和现实主义这一基本精神和手法基础之上,广泛吸取了浪漫主义、象征主义等多种手法,写出了《狂人日记》等一批堪称中国现代小说基石的作品。前文所提到的郭沫若的《女神》,也是一个典型的例子。

  在对西方文学的发展历程的观照中,也不能忽略深厚的中国文学渊源。早在17世纪,英国诗人弥尔顿(John Milton,1608—1674)创作的长诗《失乐园》中就可以追溯出中国古代神话传说的渊源。我国比较文学学者杨周翰先生在《弥尔顿〈失乐园〉中的加帆车》一文中详细地论证了《失乐园》中所描写的加帆车的中国渊源及其影响路线。该文首先从文本出发,通过诗中原句"途中,它降落在塞利那卡/那是一片荒原/那里的中国人推着轻便的竹车/靠帆和风力前进"论证出诗人所提到的加帆车确实出自中国;接着从西方文献追溯了加帆车传入欧洲的三个渠道:文字记载、舆地图和仿造。其次,作者还梳理了中国古文献中关于加帆车的三种资料:《博物志》和《帝王世纪》等文献中记载的神话传说、《异域图志》和《山海经》等文献中的插图绘画以及《鸿雪因缘图记》和《中国机械工程史料》等文献中所描述的实物。在分别追溯了加帆车在西方文献和中国文献中的记载之后,作者着力考证了中西文化交流中双方发生影响联系的事实交接点,最终推证出弥尔顿对于加帆车的了解很可能来自于同时期作者黑林(Peter Heylin,1599—1662)所著的《小宇宙志》。[①] 整个论证过程既有严密的逻辑,又有周详的考据,可谓树立了渊源学研究乃至比较文学研究的一个典范。此外,德国学者卫礼贤所作的《歌德与中国文化》也是一篇研究西方文学中的中国渊源的有分量的学术论文。此文从文本、文献等多个角度出发,考证了歌德曾受到孔子学说、中国元代戏曲、中国古体诗的影响。

---

① 参见孙景尧主编:《简明比较文学教程》,南京:江苏教育出版社2007年版,第122—124页。

三、渊源学的研究现状和前景

渊源学研究体现了比较文学的法国学派重视客观实证、精于逻辑论证的学科精神,也借重了美国学派宽阔的视域,通过寻根溯源将看似单一的、孤立的、彼此没有关联的文学现象联系起来,从而巩固了我们把握世界文学的宏观视野。通过渊源学研究,不仅可以使我们的研究视野上升到文学史观的层面,也使得我们在对各国文学交流史进行整体把握的同时,对一国文学的特征形成更为深刻、全面的认识。例如通过研究越南文学在中国古代文学中的渊源,有助于我们剖析越南文学中深厚的汉文化特征;又如通过外国文学中的中国文学渊源多追溯到古代哲学和古典文学著作这一现象,可以反思中国悠久的文化渊源,以及中国近现代文学更多地受到西方文学思潮影响这一现状。

事实上,中国比较文学所坚守的"和而不同"的多元文化对话理念以及日益成熟的文化研究和双向阐发研究手段正是渊源学研究所需要借鉴的研究态度和研究方法,有助于渊源学研究在通过实证方式回根溯源的同时,结合影响和接受过程中产生的流变现象,对文本进行审美视野高度的观照。只有将实证的手段和审美的视野结合起来,才能够合理考察作家的成长过程和作品的创作过程,其研究成果才能够指导实际的创作实践。

当然,我国目前的渊源学研究仍然有待进一步深入。首先,对比较文学渊源学的理论进行系统专门研究的著作还比较缺乏,基本是在个案研究的同时兼引梵·第根对于渊源学的一些阐释。事实上,梵·第根对于渊源学的阐释并不十分清晰,尤其是在渊源的分类方面。后起学者所提供的几种分类方式如文学—非文学分类法或者形式—素材分类法等等,虽然为渊源学研究提供了一定的思路和渠道,但是都不尽成熟和完善。其次,在实际操作过程中,运用文本资料多于运用文献资料,其中对于文本资料的研究也多是单向的,例如通过某外国作家创作论、传记、回忆录等研究其对另一国作家作品的借鉴,却对后者自身的发展渊源和流传情况忽略不计,如此一来,研究成果必然显得单薄、缺乏意义。像杨周翰先生所作《弥尔顿〈失乐园〉中的加帆车》这种先根据文本推测"加帆车"可能的渊源所在,再分别梳理"加帆车"在西方文献和中国文献中的渊源,考证两条线索中发生联系的事实交接点,最后得出结论的方法,才是比较文学渊源学研究应当借鉴的科学路径。

【导学训练】

一、本节学习建议及关键词释义

1. 学习建议：

把握比较文学渊源学和流传学、媒介学等影响研究的区别和联系，明确渊源学研究的范畴、路径和研究模式，能够在参考、学习现有的渊源学研究成果之上，进行切实可行的案例分析。

2. 关键词释义：

集体渊源：渊源按照源头形式可以分为直线渊源和集体渊源两种，其中集体渊源是多个直线渊源的综合，指一个作家在创作中不只受到一个国家、一个作家或者一部作品的影响，而是受到众多外国作家作品的影响。一般来说，很少有单一的直线渊源存在，大部分作家在创作过程中都会受到多重的集体渊源的影响。

渊源的国际性循环：和从一个作家作品追溯到多个源头相反，渊源的国际性循环指的是从多个作家、作品追溯到同一渊源的情况。对于这种情况，一方面仍然需要我们按照回溯的方式，对源头进行追问，同时也需要结合流传学的研究思路，判断具有同一渊源的多个作家、作家之间的关联情况。

二、思考题

1. 渊源学研究与流传学研究、媒介学研究的区别何在？
2. 渊源学研究中常用的原典实证法的具体思路和操作模式是什么？试举例说明。

三、可供进一步研究的学术选题

印象渊源考察与游记研究的区别和联系

提示：游记研究并不是专门的比较文学研究方法，不要求研究对象具有跨国界性。如果是跨越国界的游记，便可以被纳入渊源学研究中的笔述渊源供我们进行考察。在作家的游记中，往往会涉及对异国风土人情、文化文学特征的感受和态度，这些都可能是影响作家创作的重要的印象渊源，例如美裔英籍作家亨利·詹姆斯（Henry James，1843—1916）所撰写的《美国景象》、《法国掠影》、《英国风情》三部曲。此外，许多旅行家、人文学者所撰写的异国行记都被看做其具有代表性的文学作品，并极大地影响了本国的文学创作。就外国人的中国游记来说，最为典型的当属《马可·波罗游记》，此外，中华书局2006年译介出版的一套《西方的中国形象》丛书也值得研究。

【研讨平台】

美国华裔文学中的文学渊源与民族记忆

提示：作为美国多元文化独特产物的美国华裔文学，有着异于中国文学的独特性，尤其是以汤亭亭为首的包括谭恩美、任碧莲、黄哲伦等在内的一批美国华裔作家极力主张融入美国主流社会,多次为自己作品的美国属性辩护。汤亭亭在一次采访中强调:"虽然我写的人物有着让人感到陌生的中国记忆,但他们是美国人……他们(批判汤亭亭歪曲中国神话的一批学者,编者按)不明白神话必须变化,如果没有用处就会被遗忘。把神话带到大洋彼岸的人们成了美国人,同样,神话也成了美国神话。我写的神话是新的、美国的神话。"然而,统观美国华裔文学,处处可见中国传统民族记忆的体现,即便"花木兰"、"关公"已经被塑造成具有自己独特个性的美国版"花木兰"、"关公",但追溯这些形象的渊源,仍然需要回到中国传统文学。这些形象通常来自于作家们的父辈甚至祖辈对往事和一些民族神话传说的追忆,或者前文所提到的经过改编、变异的一些艺术形式,如"关公戏"等,归根结底还是基于口传渊源所形成的民族记忆。对于美国华裔文学中的中国文学渊源,我们需要建立如下清晰的认识:首先,无论经过怎样的变形,其异国渊源的性质是不可否认的;其次,对于渊源的种类和流传路径,需要通过对作家创作经历的全面考察来加以判断,除了口传渊源以外,也不排除通过翻译文学所吸收的笔述渊源,乃至于作家回归故土时所产生的印象渊源;再次,不能因为大量的中国文化符号的出现乃至对中国传统文学经典的改写,就将美国华裔文学和美国文学截然分离开来。我们所能肯定的,是美国华裔文学着力于华人形象的建构,在美国主流文学之外开辟了一道具有中国传统色彩的多元文化景观,而对于美国华裔文学的民族立场和话语归属问题,还需要我们更为深入、具体地考察。

《论美国华裔文学对中国神话与民间传说的利用》(节选)

华裔文学对中国神话与民间传说的利用的意义是多方面的。一方面,它帮助这些缺乏中国本土生活体验的华裔作家在小说叙事中构建出中国语境,在现实的层面上也是一种策略,是华裔文学从现实与心灵上自我塑造的一个页面。即借助于民族传统文化来确立自己的价值与文化权利,而避免消失于美国主流文学中。联系到华裔文学繁荣的美国多元文化理论的背景,这种利用,无论是原型的直译还是改写,既出于寻根的意识,就是为了重写在历史中被美国主流文化扭曲的华裔形象;另一方面,它说明了华裔作家的民族文化天性与冲动,书写了民族绵长的记忆。神话与民间传说中的丰富意象总是带有强烈的文化属性的。现代精神分析学表明,通过那些具有强烈文化属性的意象,就可以穿越日常生活的阻隔,揭示出集体无意识的本来,亦即发现这些符号所根植的神话传说与价值伦理,以及它们背后的文化传统。

——胡勇:《论美国华裔文学对中国神话与民间传说的利用》,《外国文学研究》2003年第6期。

附:关于"美国华裔文学中的文学渊源与民族记忆"的重要观点

除了认知文化的方式不同,美国华裔作家在接受中国文化时还经历了在美国的"本土化"过程。这一过程使他们对中国文化的解读既有别于美国文化传统,也不同于中国文化传统,而是一种新的美国华裔文化传统。詹姆逊曾指出,第三世界的文化产品似乎有一个共同点,那就是与第一世界的大为不同。第三世界的文本都必然含有寓言的结构,而且应当被当作民族寓言(national allegories)来解读。看起来,这些第三世界的文本像是个人经验,但它带有强大的内在信息,是以民族的语言来呈现政治思想问题。所以,其个人独特的命运故事总是成为表现第三世界文化社会图景的寓言。

——徐颖果:《美国华裔文学中的中国文化符号》,《外国文学动态》2006年第1期。

美国华裔文学要改变失语、失忆的状态,更好地融入美国主流文化,要与世界文学对话,靠的是中国深厚的文化作基础。"文学是有根的,文学之根应深植于文化传统,根不深,则叶不茂;衡量作品是否是文学的,主要看作品能否进入民族文化;文化是一个莫大的命题,文学不严阵以待就难有出息。"而"人的文化基因的惯性与力量,或者说绝对力量,有时是强大到无法想像的",虽然美国华裔文学创作于美国,但其主体基因均带有中国传统文化的物质,中国传统文化的积淀——中华民族精神也没有因为汤亭亭、谭恩美和李健孙等华裔作家是美国人而被抹去,反而增强了"他们对自身现在的身份与未来身份的探望与期望"。因此,美籍华裔作家要在异质环境里站稳脚跟并追寻终极自我,就必须拥有并在其作品里持之以恒地运用中国传统文化。

——廖洪中、陈红霞:《美国华裔文学的文化渊源初探》,《南昌大学学报》2006年第6期。

【拓展指南】

一、重要文献资料介绍

1. 李树果:《日本读本小说与明清小说——中日文化交流史的透视》,天津:天津人民出版社1998年版。

简介:本书在吸收和借鉴日本许多研究成果的基础之上,清晰地揭示了日本读本小说和中国文学的关联,将读本小说在中国文学中的渊源最终确定为三部著作——《剪灯新话》、《三言二拍》和《水浒传》,探讨了日本读本小说如何在模仿和改编这三部小说的基础上,发展成日本江户时代流行文类的过程。

2. 刘伯青:《鲁迅与日本文学》,长春:吉林大学出版社1985年版。

简介:本书是我国第一部较为详实地考察鲁迅创作中的日本文学渊源的研究成果,具有开拓性的意义。书中收录了作者先后发表的一些单篇文章,包括《鲁迅早期思想与日本》、《早期鲁迅与日本浪漫主义文学》、《鲁迅与夏目漱石》、《鲁迅与白桦派作家》、《鲁迅与厨川白村》、《野口米次郎的〈与鲁迅谈话〉》等等,先后考察了鲁迅留学日本期间所受到的日本文学的影响,以及鲁迅的创作对于日本文学的反向影响。

3. 赵小琪:《台湾现代诗与西方现代主义》,武汉:长江文艺出版社2004年版。

简介:本书将台湾现代诗置于世界文学和中国文学的双重视域中,考察了20世纪50—80年代台湾现代诗社、蓝星诗社、创世纪诗社三个社团和代表诗人对西方现代主义文学的接受、剥离、过滤、化用,深刻揭示出三大诗社在接受西方现代主义文学中的共同倾向性的意义与教训,以及现代诗由对西方现代主义的单向选择到中西文学双向改铸的转变的现代性意义,被列为20世纪中国比较文学研究学者在20世纪中国文学所受西方各国文学的影响研究方面的代表性著作之一。

二、一般文献资料目录

1. 陈寅恪:《三国志曹冲华佗传与佛教故事》,《寒柳堂集》,上海:上海古籍出版社1980年版。
2. 陈寅恪:《西游记玄奘弟子故事之演变》,《金明馆丛稿二编》,上海:上海古籍出版社1980年版。
3. 戈宝权:《托尔斯泰和中国》,《中外文学因缘——戈宝权比较文学论文集》,北京:北京出版社1992年版。
4. 季羡林:《印度文学在中国》,《比较文学与民间文学》,北京:北京大学出版社1991年版。
5. 糜文开:《中印文学关系举例》,台湾《中外文学》1981年10卷第1期。
6. 颜保:《越南文学与中国文学》,《国外文学》1983年第1期。
7. 严绍璗:《日本古代小说与中国文学产生的关联》,《中日古代文学关系史稿》,长沙:湖南文艺出版社1987年版。
8. 杨周翰:《弥尔顿〈失乐园〉中的加帆车》,《攻玉集》,北京:北京大学出版社1982年版。

第三节 媒介学

一、媒介学的渊源、定义及特征

(一)渊源

媒介学(mésologie)一词来自于法语,词源出自希腊文的"mesoos",词义为"居间者"或"中介者"。法国人最先将这一词语用于比较文学研究,用以研究不同国家之间所发生的文学关系过程中的中介活动。法国学派认为,国与国之间文学影响关系的产生,必然存在放送者和接收者,在放送者和接收者之间,又必然有一个传递者。这个传递者就是媒介者。它可以是人,也可以是事物。媒介者把一国或民族的文学作品、文学理论或文学思潮传播给另一国或民族,使它们之间产生影响的事实联系。

(二)定义

有关媒介学的定义,不同学派有不同的论述。法国学派是以事实联系为主要研究对象的,媒介学是他们首当其冲的研究焦点。1931年,梵·第根在《比较文学论》中认为,"在两个民族文学交流的方式中,'媒介'应给予重要的地位。媒介为外国文学在一个国家的扩散,为一个民族文学吸收采纳外国文学中的思想、形式提供了便利"①。在两种或两种以上文学发生相互关系的"经过路线"中,从"放送者"到"接收者",往往是由媒介者来沟通的。媒介可以是个人,也可以是团体,包括朋友的集团、文学社团、沙龙、宫廷等"社会环境",还可以是论文、报刊、译文等。1951年,基亚在《比较文学》中介绍了比较文学的七大研究领域,将"世界主义文学的传播者"列在首位,并对其作了详细的论述。基亚认为,媒介学研究的对象是"有助于国与国或文学与文学之间了解的人士或典籍",这些人和物包括五类:语言知识或语言学家,翻译作品或译者,评论文献与报章杂志,旅游与观光客,一种因为地理与文化特殊情况所造成的国际公民。② 1983年,布吕奈尔等在《什么是比较文学》中从"人及其见证"和"工具"两个方面,用丰富的实例论述了旅游者、旅游的影响、集体的作用、印刷品的文学、翻译与改编等一系列涉及文学的媒介。③

倡导平行研究的美国学派的比较文学学者对媒介学也给予了关注和论述。韦斯坦因在《比较文学与文学理论》中提及了"放送者"、"接收者"和"媒介者",特别提到了大众传播媒介(广播、电视、电影等)对接收者接受外国文学知识所起的作用。

1993年,英国比较文学学者苏珊·巴斯奈特(Susan Bassnett,1945—)在《比较文学》中主张将比较文学当做翻译研究的一个有价值的研究领域,突出文学翻译在比较文学中所具有的重要地位。由于翻译是媒介学中的主要传播方式,巴斯奈特的论述无疑对媒介学的理论和实践具有重要的启示作用。

从20世纪20年代比较文学的兴起到80年代的兴盛,我国比较文学学者融汇了西方各学派的理论,对媒介学作了借鉴式的论述。1984年,卢康华、孙景尧在《比较文学导论》中将媒介学定义为"研究不同国家文学产生影响的具体途径和手段"④。1993年,赵毅衡、周发祥的《比较文学类型研究》将媒介

---

① 〔法〕梵第根:《比较文学论》,戴望舒译,上海:商务印书馆1937年版,第152页。
② 〔法〕基亚:《比较文学》,颜保译,北京:北京大学出版社1983年版,第18—34页。
③ 〔法〕布吕奈尔:《什么是比较文学》,葛雷、张连奎译,北京:北京大学出版社1989年版,第39—67页。
④ 卢康华、孙景尧:《比较文学导论》,哈尔滨:黑龙江人民出版社版1984年版,第156页。

学定义为"研究文学借以跨越国界进行传播的中介活动的学问"①。曹顺庆的《比较文学教程》这样定义:"媒介学(Mésology)是与影响研究有关的术语,它是影响研究的重要组成部分,研究外国作品进入本国的方式、途径、手段及其背后的因果规律。"②从这些定义可以看出,中国比较文学学者将媒介学限定在影响性的文学关系范围内。

通过梳理和分析,我们认为,媒介学是对国与国文学和文化间的关系的研究,它主要以一个国家的文学对另一个国家的文学发生影响的方式、手段、途径以及原因和效果等为主要研究内容。

(三)特征

媒介学研究的是国与国文学和文化间的关系。这就意味着,比较文学媒介学具有以下几个方面的特征。

首先是实证性。媒介学作为比较文学影响研究的一个重要组成部分,同比较文学形成的内在逻辑和法国学派的影响研究密切相关。比较文学的诞生深受 19 世纪法国的实证主义哲学影响。在这一哲学的渗透和影响下,法国的比较文学学者从一开始就注重研究和考证"国际文学关系",力图寻找事实联系。第一个系统阐述法国学派观点的梵·第根从"放送者"、"传递者"、"接收者"这条路径探寻到比较文学的三个研究内容:渊源学、媒介学、流传学。这就从理论上为探讨各国文学和文化间的事实联系的研究奠定了基础。此后,确定法国学派体系的卡雷和基亚继承和发展了梵·第根的理论,认为比较文学不是文学的比较,而是"国际文学关系"。基亚说:"比较文学是国际文学关系史。比较学者跨越语言或民族的界限,注视着两种或多种文学之间在题材、思想、书籍或情感方面的彼此渗透。"③作为三个研究内容之一的媒介学包括对中介活动的传递动机、环境和传递者本身的考察,对传递活动中的制约因素的查找,对传递的效果研究等,这些活动具有实证性。它从译介、借代、模仿、改编等方面去考察文学之间的联系,并力图用实际材料证明这种关系是否确实存在的事实联系,探讨媒介活动具体起了哪些交流、扩散、交换作用,受到了哪些文化、政治、经济及媒介自身特点的影响。总之,媒介学所研究的事实是列入社会整体的一系列因素的作用和影响。

其次是变异性。中介就是符号解码和符号化的过程,传递者先将放送

---

① 赵毅衡、周发祥:《比较文学类型研究》,石家庄:华山文艺出版社 1993 年版,第 50 页。
② 曹顺庆:《比较文学教程》,北京:高等教育出版社 2006 年版,第 89 页。
③ 〔法〕基亚:《比较文学》,颜保译,北京:北京大学出版社 1983 年版,第 4 页。

者的意义进行解码,即对原符号的识别、理解、阐释,然后再转换成语言、文字、图像等符号,最后到达接收者。其中,解码、再编码的过程必然经过传递者文化的选择和过滤而变形,其中包括误读、过度阐释等,也有融合。放送者是传递行为的发起人,通常处于主动地位;接收者也不是单纯的被动者,而是通过自己的选择、误读、过滤等反馈行为接收信息,具有自身的主动性。无论媒介者是个人、群体还是环境,必然是通过传递者的信息接收和反馈而展开的社会互动行为。变异就是在这种社会互动行为中产生的。如狄更斯(Charles Dickens,1812—1870)的 The Old Curiosity Shop 被翻译成《孝女耐儿传》,哈葛德(Sir Henry Rider Haggard,1856—1925)的 Montezuma's Daughter 被译成《英孝子火山报仇记》,克力斯第·穆雷(Christie Murray,1830—1905)的 The Martyred Fool 被译成《双孝子噀血酬恩记》等。原文和译文明显存在着变异。但林纾有意对原文进行"附饰"和"补充",利用译语文化的"孝"来解构原文,由此产生了误读和误译。正是以林纾的"讹"为"媒",陌生的客体文化被介绍到中国来,为中国读者所认识和熟悉。① 又如印度佛经在中国的传入,中国人用自己的话语,将儒家、道教文化等传统文化与佛教对话而使印度佛教产生了变异,结果形成了中国佛教的禅宗。由此可见,媒介的介入为主体文化带来了新的表现形式,有助于主体文化中建构和催生出新的文学和文化样式,也给媒介学的研究不断带来生机。

二、媒介学的研究范围和对象

比较文学媒介学的研究范围和对象主要围绕媒介方式、媒介学的研究类型、媒介效果和媒介本身等来展开。

(一) 媒介方式

媒介方式的分类有两分法、三分法、四分法几种。基亚在《比较文学》中采用的是人和书籍两分法,但在人中又包含有"环境"。② 中国学者中,赵毅衡、周发祥和陈惇、刘象愚以及孟昭毅的划分几乎一样,都采用人、文字材料和环境三分法。曹顺庆的《比较文学论》采用了四分法,将人分出了个人和团体两个类型。这些分类大体相同,学界已达成共识。由此,我们认为媒介方式主要有个人、文字和环境三类。

个人媒介。个人媒介是指把一国文学作品、文学理论或文学思潮传播

---

① 朱伊革:《林纾与庞德误读和误译的解构主义理据》,《上海师范大学学报》2007 年第 6 期。
② 〔法〕基亚:《比较文学》,颜保译,北京:北京大学出版社 1983 年版,第 28 页。

给另一国的中间活动的译者、作家或其他人。依据个人在文学传播活动过程中的作用,个人媒介又可分为三类:第一,"放送者"国家的个人媒介,即主动将本国文学传播给他国的人。如 1955 年萨特(Jean Paul Sartre,1905—1980)和西蒙·德·波伏娃(Simone de Beauvoir,1908—1986)访问中国的文化之旅,导致了萨特作品和思想在中国的传播和"萨特热"。第二,"接收者"国家的个人媒介,即主动将外国文学传播到本国的人。季羡林对印度的《沙恭达罗》等的翻译,鲁迅对俄国的《死魂灵》等的翻译,就都大大地促进了中印、中俄文学和文化的交流。第三,第三国的个人媒介,即既不是"放送者"国家,也不是"接收者"国家,而是通常所说的"居间者"或"中介者",他们将一他国文学传播到另一个他国,成为他国之间的中介和桥梁。如著有《19 世纪文学主流》的丹麦文学史学家勃兰兑斯(Georg Brandes,1842—1927),研究了 19 世纪英国、法国、德国的文学,并把自己的研究论述介绍给欧洲各国,让欧洲各国了解认识 19 世纪文学主流。

文字媒介。文字媒介是最常见的一种媒介类型,指各国文学与文化交流、传播的文字记载,如译本、评介文字、史实文字、游记、报刊杂志、随笔杂文等。译本的数目种类繁多,不可胜数。西方的翻译家翻译了大量的世界各国的优秀文学作品,法国著名小说家兼英国文学翻译家夏多布里昂(François-René de Chateaubriand,1768—1848)翻译的英国文学作品,法国诗人波德莱尔(Charles Baudelaire,1821—1867)翻译的美国文学作品,美国文学家菲茨杰拉德(F. Scott Fitzgerald,1896—1940)翻译的法国文学作品,俄国著名诗人普希金(Alexander Pushkin,1799—1837)和莱蒙托夫(Mikhail Lermontov,1814—1841)翻译的英德法等国的作品,美国诗人庞德(Ezra Pound,1885—1972)翻译的中国唐代诗歌。同样,中国的翻译家们也译介了大量他国作品,涉及政治、经济、宗教、文化、科技、军事等。在游记方面,《马可·波罗游记》对西方人了解、认识中国起了极好的推动作用。在史实方面,《1898—1949 年中外文学比较史》(修订本上、下卷)(范伯群、朱栋霖)、《西方翻译简史》(增订版)(谭载喜,2004 年)、《中国翻译文学史》(孟昭毅、李载道,2005 年)、《中国科学翻译史》(黎难秋,2006 年)等著述涵盖了全面的翻译史、翻译文学史、翻译理论思想史、文学交流史等丰富的最新成果,论述了它们在传播世界文明方面的重要作用。报刊杂志方面,法国的《巴黎报》,前苏联的《世界文学丛书》、中国的《译林》、《外国文学评论》、《中国比较文学》等都是典型的文字媒介。

环境媒介。环境媒介是指各国文学和文化交流、传播的团体、会议或有利于文学文化交流环境、机构或枢纽位置,如文学研究或译介者组成的文学或翻译社团、沙龙、学术会议或杂志社、重要的地理位置等。

1954年成立的"国际比较文学协会(ICLA)"及各国成立的分会,为分享传播研究成果、共同讨论比较文学自身的学科理论建设和开拓已经并且正在作出重大贡献。成立于1953年的"国际翻译家联盟",是国际权威的翻译工作者联合组织,起着团结各国翻译工作者协会,推动其交流与合作的媒介作用。

历史上法国史达尔夫人(Germaine de Stael,1766—1817)在1795年至1811年间举办的"沙龙"担当过欧洲各国文学间交流的媒介。每三年举办一次的世界翻译大会,成为各国翻译学术界、产业界进行宣传、交流、合作的良好契机和重要平台。

1868年,我国晚清自强运动中由曾国藩、李鸿章等创建设置的江南制造局翻译馆,以及随后出现的翻译出版机构如京师同文馆、商务印书馆、中华局与正中书局等,为传播西方文化作出了重大贡献。

我国著名的丝绸之路,历史上的广州、泉州和意大利的威尼斯,马六甲海峡、直布罗陀海峡等,凭着优越的地理位置和便利的交通条件,在中外文化交流史上起着重要作用。

(二) 媒介学的研究类型

把一国文学作品、文学理论或文学思潮传播给他国,其间涉及翻译、改编与改写、评介、模仿与借用等。

翻译。翻译是一种两种语言或多种语言间的跨文化的转换。意大利比较文学家梅雷加利认为"翻译无疑是不同语种间的文学交流中最重要、最富有特征的媒介","应当是比较文学的优先研究对象"。[①]

翻译本质。德国当代著名的翻译家弗米尔(H. J. Vermeer,1930—2010)说:"翻译是一种跨文化的转换。译者应精通两种或多种文化,由于语言是文化内部不可分割的部分,译者也就相应地精通两种或多种语言;其次,翻译从本质上说是一种行为。换句话说,它是一种'跨文化的行为'。"[②]我国学者许钧对中西翻译理论具有代表性的观点进行了系统梳理和总结后给翻译下了定义:"翻译是以符号转换为手段,意义再生为任务的一项跨文

---

① 〔意〕梅雷加利:《论文学接受》,见干永昌等编选:《比较文学研究译文集》,上海:上海译文出版社1985年版,第409页。
② 李文革:《西方翻译理论流派研究》,北京:中国社会科学出版社2004年版,第222—223页。

化的交际活动。"①中西两位学者关于翻译的本质有共同的观点。首先,翻译是一种静态的两种或多种语言转换的活动;其次,是一个动态的跨文化交流的行为。因此,翻译实质上是一种语言和文化多种因素综合影响的复杂的社会活动。

翻译过程。翻译的过程是一个协调原作、作者、译者、译作、读者等多个要素及其相互之间一系列关系的创作过程。整个的翻译过程是一个连续的彼此制约的整体,具体体现在社会环境、文化语境、个人素质三个因素对翻译行为的制约。社会环境指译者所处的一定社会的政治、经济、意识形态的状况。社会环境不同,翻译的内容与策略也不同,翻译的风格也就各异。如欧洲文艺复兴时期,为重新复兴古希腊和古罗马文化,当时的学者选择了与社会需要和风气趋同的古希腊和古罗马作家的重要作品,包括欧里庇得斯(Euripides,前485或480—前406)、西塞罗(Marcus Tullius Cicero,前106—前43)、贺拉斯(Quintus Horatius Flaccus,前65—前8)等的作品。中国"五四"时期鲁迅与弟弟周作人合译的《域外小说集》主要选择了大量受压迫的北欧弱小民族、苏俄等国作品,与当时救亡图存的政治倾向相契合。文化语境指在特定的时空中由特定的文化积累与文化现状构成的文化氛围,包括生存状态、生活习俗、心理形态、伦理价值等。文化语境对翻译也起着制约作用。如法国翻译理论家安托瓦纳·贝尔曼(Antoine Berman,1942—1991)对德国浪漫主义时期浪漫派的翻译内容选择和翻译策略做了研究,发现德国浪漫派的翻译目的在于通过翻译来吸收他国文化的精华弥补自身文化语境的不足以滋养自身文化。个人素质指个人的学养、审美心理、个性和语言表达水平等素质。这些素质影响着译者的目标追求和翻译结果。如在翻译拜伦诗歌时,梁启超用元曲体,马君武用七言古诗体,苏曼殊用五言古诗体,而胡适则用离骚体。各自的译诗呈现出了不同的拜伦诗风貌和不同的诗人形象。

总之,翻译是通过语言文字的转换把原作引入一个新的文化圈,使原作的文学样式和文化得以在新的文化圈里交流和传播,延长了原作的文化和文学的生命。正如谢天振所说,翻译"使得一部又一部的文学杰作得到了跨越地理、超越时空的传播和接受"②。

改编与改写。改编是指将一种文学作品的文学样式和体裁改变成另一种文学样式和体裁的中介活动,它涉及媒介的改变,如将小说改成电影或剧

---

① 许钧:《翻译论》,武汉:湖北教育出版社2003年版,第75页。
② 谢天振:《译介学》,上海:上海外语教育出版社1999年版,第140页。

本,将散文改为音乐来表达。这种改编多是在已有译本的基础上进行的,实际上是对原作的"二度变形"。如将莎剧《李尔王》改编为中国的越剧、京剧,将中国的诗歌花木兰改编成美国迪斯尼动画电影。

改写与改编有所不同,它注重将一种文学样式和体裁的文学作品缩短或扩写,一般不改变原作品的样式和体裁,如将长篇小说缩短为短篇小说,或反之。如法国作家伏尔泰(Voltaire,1694—1778)根据《赵氏孤儿》的法译本改写成五幕话剧《中国孤儿》,除了"搜孤""救孤"这一基本情节模仿《赵氏孤儿》之外,其他如时代、剧情、人物、结局、创作意图等各方面都作了极大的改写。

改编者或改写者根据不同的目的和需要,会对原作的内容和形式作出较大的改动而适应受众的审美趣味和心理接受能力,迎合时代和文化的要求,最终给原作创造了更大的受众群,延伸了原作的传播。如我国著名剧作家田汉和夏衍分别在 1936 年和 1943 年把托尔斯泰的长篇小说《复活》改编成剧本,"两个改编本都抹去了原作的宗教色彩","作品的基调、风格等显然与小说《复活》有很大的差异,它们被中国化了"。① 法国作家伏尔泰(Voltaire,1694—1778)改写的《中国孤儿》,引起了欧洲各国对东方文化的特殊兴趣,加深了人们对东方文化认识和了解,也丰富了法国乃至欧洲的文化资源。

评介。评介指评价者运用一定的文学理论和批评方法对文学作品及与其相关的其他文学现象作出评价并以一定的媒体公布于众,如书报、杂志、网络等。评介者在运用理论和方法评介文学作品及与其相关的其他文学现象进行科学分析、推理、归纳、综合时,往往将自己的先见、经验、判断、体会、倾向性等带入其中,评介本身是一种评介主体经过审美判断的精神创造活动,具有一定的主观性。同时,评介者是用当下的文学观念为标准对文学作品和现象进行观照、审视,并为当下的文学的发展和创作服务的。茅盾说过:"介绍西洋文学的目的,一半果是欲介绍他们的文学艺术来,一半也为的是欲介绍世界的现代思想——而且这应是更注意些的目的。"②例如,在五四新文学运动时期,茅盾撰写了通俗性的介绍外国文学的读物《世界文学名著讲话》、《汉译西洋文学名著讲话》等,用 19 世纪著名丹麦文学批评家勃兰兑斯的方法对能代表西洋文学发展史各个时期的文学思潮、流派、作

---

① 倪蕊琴:《列夫·托尔斯泰比较研究》,上海:华东师范大学出版社 1988 年版,第 109 页。
② 茅盾:《新文学研究者的责任与努力》,见《茅盾文艺杂论集》(上集),上海:上海文艺出版社 1981 年,第 28 页。

家及其作品通俗地作了历史的鸟瞰和评价。茅盾与沈雁冰、郑振译等新文化运动的倡导者们对外国文学的评介,对我国现代文学、特别是现代小说的发展,产生了极其深远的影响。

模仿与借用。模仿指"作家尽可能地将自己的创造个性服从于另一个作家,一般是服从于某一部作品,但又不象翻译那样在细节上处处忠实于原作"①。模仿有拙劣的模仿和创造性的模仿。对拙劣的模仿,学者们持否定态度,对创造性的模仿则持肯定态度。普希金认为模仿并不一定是"思想贫乏"的表现,它可能标志着一种"对自己的力量的崇高的信念,希望能沿着一位天才的足迹去发现新的世界或者是一种在谦恭中反而更加高昂的情绪,希望能掌握自己所尊崇的范本,并赋予它新的生命"②。普希金在《波尔塔瓦》中表现彼得大帝时就借用了 18 世纪的英雄诗体,在悼念拜伦的《致大海》中模仿了拜伦诗的诗体形式。我国的巴金走向现实主义的第一步也是模仿外国文学的内容和形式。他用模仿写出来的作品包括《灭亡》、《新生》、《死去的太阳》、《沙丁》、《爱情三部曲》等,最后才形成自己独特的创作风格。

借用指创作者对他人文学作品中的题材、故事、情节结构、创作方法等内容和形式的一种"横的移植"。美国比较文学学者约瑟夫·T. 肖(Joseph T. Shaw,1874—1952)说:"借用是作家取用现成的素材或方法,特别是格言、意象、比喻、主题、情节成分等。借用的来源可以是作品,也可以是报纸、谈话报道或评论。借用可以是一种暗指,隐隐约约表明其文学上的出处;也间或有某种仿效的成分。……批评家和学者的任务则是指出新作中借用的素材与老作品有什么关系——借用的巧妙之处。"③约瑟夫·T. 肖就借用的概念、来源、方式和技巧作了清楚的说明。中外有成就的作家往往是先通过学习借用前人的文学作品而逐渐形成自己的独创风格和特色的。莎士比亚(William Shakespeare,1564—1616)在借鉴中完善并深化了自己的创作,无论在主题、题材、风格、表现手法等诸多方面都远远胜于古希腊悲剧作家的创作。中国剧作家洪深的《赵阎王》与曹禺的《原野》,被称为美国剧作家奥尼尔(Eugene O'Neill,1888—1953)《琼斯皇》的两个"中国翻版"。洪深借用了《琼斯皇》将剧

---

① 〔美〕约瑟夫·T. 肖:《文学借鉴与比较文学研究》,见张隆溪:《比较文学译文集》,北京:北京大学出版社 1982 年版,第 36 页。
② 同上。
③ 同上书,第 37 页。

中人内心幻觉具象化、舞台化的表现主义的戏剧技巧,包括结构、细节、伏笔等;曹禺创造性地借用了鼓声、化用了表现主义的技巧。

(三) 媒介效果的研究

媒介效果是指通过媒介活动传播出去的信息给他国文化和文学带来的影响和变化。媒介效果按接收者的角度可分为个体效果和综合效果。

个体效果。个体效果指媒介中介活动在接收者身上引起了生活方式和生产方式(包括认知、情感、态度、行为、创作等方面)的变化。通常以接受者个体为分析单元。在中诗西渐过程中,美国诗人庞德根据著名汉学家费诺罗萨(Ernest Fenollosa,1853—1908)的笔记译成《神州集》(Cathay,1915)受到中国唐诗的意象的启迪,创立了意象派;德国诗人歌德根据流传在德国的汉诗的德文译文的影响,模仿了中国古诗的诗风;美国诗人斯奈德(Gary Snyder,1930—   )受到英译的唐诗的影响,注重的是唐诗中所体现的那种追求人与自然、社会与精神和谐共存的生态视野。

综合效果。综合效果指媒介中介活动对接受者和整个社会产生的所有效果的总和,这种效果通常表现为一种长期、潜在的效果。媒介活动不仅仅给个体带来影响和变化,更重要的是给整个社会带来深远的变化。一方面加快传送者文化和文学融入接受者文化和文学的步伐,促进双方文化和文学的交流和融合。印度佛教由于西方传教士和中国僧人的来往交流,通过直接口传、笔译等方式传入,与中国的儒家、道教文化逐渐适应融合,最后中国化而形成了中国的禅宗。19世纪末、20世纪初,中国古典诗歌随着东西方政治、经济的频繁往来和双方学者的互访交流大量传入美国,引发了一股翻译和评论的热潮。1913—1923年间,美国出版刊登了大量的中国古典诗歌英译本和对中国诗的评论。如美国《诗刊》刊登了意象派的主要成员弗莱契(J. G. Fletcher,1886—1950)的东方诗《蓝色交响乐》(The Blue Symphony)和庞德的《神州集》、艾米·洛厄尔(Amy Lawrence Lowell,1874—1925)与艾斯库夫人(Florence Wheelock Ayscough,1878—1942)合作翻译的《松花笺》(Fir-Flower Tablets,1921)。作为个人媒介的评价者、译者和作为文字媒介的译本、诗作及作为环境媒介的杂志社(《诗刊》杂志社)、团体(意象派)等的共同作用,加速了对中国古诗的翻译和创作,催生创造了西方意象派诗歌理论,推动了欧美的现代派运动。

媒介效果研究对媒介学来说,是一个重要而又有难度的研究领域。一方面,媒介效果一直在发生,媒介也不是媒介效果的唯一动因,可能存在其他的动因,如媒介意图、宗教信仰、意识形态、文化模式等因素的制约影响。

另一方面,媒介效果最终是可以通过观察来证实的,这需要一个不断积累、完善和发展过程。

(四)媒介本身的研究

媒介本身即媒介的本质,也就是指媒介在人类社会发展中的地位和作用。在这个领域,较有影响的是加拿大学者马歇尔·麦克卢汉(Marshall Mcluhan,1911—1980)的学说。他在1964年出版了《了解媒介——论人的延伸》,提出了"媒介即人的延伸"①的论断。目前,媒介本身的研究是一个有待挖掘的有益的园地。

三、媒介学的研究方法

比较文学媒介学研究的是某一国文学和文化在另一国或多国流传过程中的变化和增衍,找出文学文化间的事实联系。在本质上,媒介学是一种跨文化的文学关系研究,并且始终以实证性的素材挖掘和对比作为研究基础,因而它的研究方法主要有实证法和历史—比较法。

实证法。实证法就是通过观察,提出研究假设,确定研究范围,将相关素材进行分析,验证先前的假设,最后得出结论。这是一个艰巨细致的考证与辨析、全面探究与分析的过程。如中国学者卫茂平为了弄清中德文学关系的相互影响,沉潜于中德文献中清理研究中德文学关系多年,先后奉献出了两部专著:《中国对德国文学影响史述》(1996)、《德语文学汉译史考辨:晚清和民国时期》(2004)。他引翔实的资料细加对照,实证地对中德文学关系作了立体而精深的开掘,并且令人信服地廓显了上海作为出版之都在汉译德语文学史上的地位和影响。他严谨而清晰地勾勒出德语文学汉译活动的发生、发展过程,又精细剖析时政与图存意识对译者目光的影响。例如对歌德译介个案的分析,不仅详述歌德作品的翻译与接受状况,而且检讨译介得失及相关的讨论,对歌德传记的翻译、中德有关歌德的论集、冯至研究歌德的专著《歌德论述》的评论直截了当、真诚客观。② 又如中国唐代寒山诗作为媒介在美国的传播,首先要对当代诗人斯奈德选择寒山的动因、寒山对斯奈德的影响、寒山诗在美国受热捧的社会环境等因素详加考证和分析,

---

① 〔美〕麦克卢汉:《了解媒介——论人的延伸》,何道宽译,北京:商务印书馆2000年版,第114页。

② 谢建文:《中德文学关系研究的又一实质性成果,〈德语文学汉译史考辨:晚清和民国时期〉》,《中国比较文学》2005年第1期。

然后才能得出结论。

历史—比较法。历史—比较法是通过对不同历史阶段的文学文化现象的异同点进行比较和分析,来揭示文学文化现象在流传过程中的变异及其成因。它可分为纵向比较和横向比较。

纵向比较就是对一个国家的文学文化现象在另一国或多国流传的过去和现在进行比较,弄清这种文学文化现象在他国流传的历史及变异。例如十四行诗的流传。十四行诗起源于 13 世纪意大利的西西里诗派,到彼特拉克(Francisco Petrach,1304—1374)时达到完善并被称为意大利体十四行诗或彼特拉克十四行诗。其形式一般分为两部分,前八行为一部分,韵律为 abba abba;后六行为一部分,韵律为 cde cde 或 cde dce 或 cdcdcd。后来意大利体十四行诗由于彼特拉克的原因而流行于文艺复兴时期的欧洲各国,成为文艺复兴时期欧洲最重要的一种诗体。英国的十四行诗又自成一派。英国托马斯·华埃特(Thomas Wyatt,1503—1542)与萨里伯爵(Henry Howard,Earl of Surrey,1517—1547)一起创作十四行诗,将意大利十四行诗进行了节奏和韵律上的变动,多用 abab abab abab aa 或 abab ab ab abab cc 或 abab abab cbcb dd 或 abab cdcd efef gg 押韵方式。萨里伯爵奠定了英国十四行诗的格式。但真正完成十四行诗的英国化进程并使之固定下来的是莎士比亚。因而英国十四行诗又称作莎士比亚体,其韵脚排列为 abab cdcd efef gg,成为英国十四行诗的主流。但在十四行诗的英国化过程中,还存在一些变体,如斯宾塞体(Spencerian)和弥尔顿体(Miltonic)。在中国,十四行诗经由闻一多、徐志摩等新月派诗人的介绍来到中国,由冯至、朱湘等完成了中国化的转变,出现中国化的变异。十四行诗从其起源到兴盛再到流变,经历了六百多年的时间,在世界文学中占有重要地位。又如浮士德故事的媒介流传。从中世纪的民间故事《浮士德博士的生平》(1587)到文艺复兴时期马洛(Christopher Marlowe,1564—1593)的《浮士德博士的悲剧》(1592),再到启蒙主义时期歌德(Wolfgang Goethe,1749—1832)的《浮士德》(1806—1831)和托马斯·曼(Thomas Mann,1875—1955)的《浮士德博士》(1943—1947),不同时代、不同地域的作家作品中的浮士德形象有所变异,但都赋予了浮士德故事以审美增值意义,给读者不同的审美感受,传递着文学和人类的心理、精神世界。①

---

① 赵小琪、司晓琨:《西方文学中浮士德意象的原型批评学阐释》,《世界文学评论》2008 年第 2 期。

横向比较则是把同一文学文化现象在不同国家的流变相比,从中找出异同及其变异的成因。当然,同一文学文化现象在不同国家流变而出现变异是一个复杂的现象,往往是多种因素综合作用而形成,但一种文学文化现象的传播是离不开媒介者这个中介的。各国不断的交流拉近了世界各国的距离,个人媒介和环境媒介在文学文化的传播中起着至关重要的作用。如浪漫主义文艺思潮起源于法国,后来很快传播并流行于世界各国。由于世界各国政治、经济、文化发展不平衡,浪漫主义思潮和文学在各国的发展也不完全相同。19世纪的德国处于封建专制社会,政治、经济落后,雨果(Victor Hugo,1802—1885)的《〈克伦威尔〉序言》中追求的文艺自由和社会自由在德国"耶拿派"的改造下,使浪漫主义文学在德国的追求变为带有缅怀过去的歌颂中世纪、追求宗教神秘的色彩。在英国,由于工业革命完成,资产阶级处于统治地位,浪漫主义流派出现了以华兹华斯(William Wordsworth,1770—1850)为代表的追求朴素、纯真、歌颂大自然秀美的"湖畔派"和以雪莱(Percy Bysshe Shelley,1792—1822)、拜伦(George Gordon Byron,1788—1824)为代表的同情革命、辛辣讽刺社会"激进派"。在俄国,由于处于封建农奴专制、经济落后社会,出现了以普希金为代表的歌颂自由、反对专制暴政俄国的浪漫主义文学。在处于新兴、国力上升时期的美国,则出现了真正讴歌乐观、年轻、富有北美大陆的"美国精神"的浪漫主义诗人惠特曼(Walt Whitman,1819—1892)。又如中国民间故事《赵氏孤儿》在欧洲的传播与变异。法国作家伏尔泰期望借中国道德文化与中国社会礼法来构筑法国理想的社会制度与政治秩序,把《赵氏孤儿》中姓氏宗族之间的血海深仇改写为社会文明之间的尖锐冲突。英国作家墨菲(Arthur Murphy,1727—1805)的改编则用来宣扬自己爱自由、爱祖国的思想。他们的翻译和改编,让欧洲人领悟到了中国古老戏剧的审美魅力和文化内涵,展现了中华文化的巨大魅力,使中华文化不仅为本民族而且也为全世界所共享。

四、媒介学的发展前景及意义

(一) 研究现状

比较文学媒介学是伴随着比较文学的法国学派的出现而产生的。1931年梵·第根在《比较文学论》中提出"媒介"以来,媒介学的研究取得了重大的进展。从前面我们提到的法国学派、美国学派及中国学者对媒介学的论述来看,学者们都非常重视媒介学在跨文化间的文学和文化传播、交流中不可替代的作用。但是,媒介学的研究有待进一步深入。首先,对比较文学媒介学系统专门的研究还较少,基本上是以论述媒介方式或途径为主,没有形成相应的系统理论。其次,材料挖掘不够。中外文学文化交流的各种记载,是我们宝贵的媒介学研究资源。文字史料、历史文物、地理和社会环境等起了媒介与影响作用,虽有不少研究成果,仍然有许多问题值得深入研究,尤其应该注意的是,我们对中外交流中外国对中国的影响方面的材料挖掘较多,而对中国在国外的影响的材料挖掘则较少。同时,随着媒介的迅速发展,为媒介学的研究提供了新的课题。我们对人物媒介和文字媒介的研究较多,对影视媒介研究得不够,对网络研究则更少。再次,媒介本身的研究也值得研究。如麦克卢汉的"媒介即人的延伸"①,带来了对媒介本质的新认识。

(二) 前景与意义

媒介学经过多年的发展,已成为比较文学不可或缺的一部分。随着社会的进步和媒介学研究的不断深入,媒介学具有广阔的发展前景。首先,大量的宝贵材料的挖掘与更新,开拓出比较文学媒介学研究的新空间。其次,传媒的多样化及技术手段日新月异的提高,如网络、影视艺术、广播电视等这些媒介学研究的诱人视点,为媒介学研究提供了新的研究资源,尤其是网络文学为新型的文学演进创造了一个前所未有的活动平台,也为真正实现文学创作主体与接受主体的充分交流和互动开辟了令人乐观的途径。再次,译介学的出现,不仅研究翻译对文学文化的传播、交流和创新的促进作用,而且研究文学文化交流中的变异现象及其动力机制,这突破了传统媒介学的学术范式,丰富了媒介学的研究理论体系。最后,媒介本身的研究带来对媒介本质的新的认识,从而推动媒介学的新发展。

媒介学研究的内容十分丰富,范围宽广。通过对各种媒介的研究,不仅可以清楚认识互相影响互相交融的国际文学文化关系及其影响发生的动因机制,也能够发现接受者和放送者之间的文学文化的相似性与差异性,增进不同文化之间的认知、了解,最终促进不同文化间互识、互补、互证的双向交流,来共同营造一个和而不同的多姿多彩的文化世界。

---

① 〔美〕麦克卢汉:《理解媒介——论人的延伸》,何道宽译,北京:商务印书馆2000年版,第114页。

【导学训练】

一、本节学习建议及关键词释义

1. 学习建议：

在影响研究的范式下把握媒介学渊源、定义及特征，明确媒介学的研究对象、范围，同时掌握媒介学的研究模式、类型和方法。

2. 关键词释义：

媒介：1931年，梵·第根在《比较文学论》中论述了文学影响和假借的"经过路线"，他认为，影响的起点是"放送者"，终点是"接受者"，中间由媒介沟通，这媒介即是"传递者"，它可以是人，也可以是团体，还可以是评论文、报刊、译本等。

媒介效果：指通过媒介活动传播出去的信息给他国文化和文学带来的影响和变化。按接收者的角度可分为个体效果和综合效果。

媒介学：比较文学影响研究不可或缺的重要组成部分。它是对国与国文学和文化间关系的研究，是把一国文学作品、文学理论或文学思潮传播给另一国的中间活动的研究。

二、思考题

1. 媒介学的研究对象和范围有哪些？
2. 媒介学的研究前景如何？

三、可供进一步研究的学术选题

大众传媒与媒介学的研究

提示：大众传媒在创作主体、传播方式和接受方式等方面都与传统的媒介方式不同，具有即时性、交互性和超越时空性，产生的效果发生在社会的每一个角落，渗透于日常生活的各个方面。大众传媒影响着社会观念、价值取向和行为规范，传承着世界文化。大众传媒的作用在社会上越来越大，也给媒介学的研究带来新的空间。

【研讨平台】

媒介者的创造性叛逆

提示：创造性叛逆是法国文论家埃斯卡皮提出的一个有关文学与翻译的观点，经我国知名学者谢天振在其论文及专著中的引用和阐发，近些年来在我国译界产生了很大的影响。媒介者（翻译者、改编者、模仿者等）在一国文学文化的接受和传播中，基于不同历史积淀、文化传统、社会心态等的理解和误读，必然有一个碰撞、冲突、认同、摄取的过程，于是就出现了变异，或曰"创造性叛逆"。研究这种现象，不仅有助于认识媒介者理解、传播一国文学文化的动力机制，而且可以发掘出一国文学文化的生命力和张力，促进世界文学文化更好地交流和对话。

文学社会学(节选)

我们看到,国外读者不是直接理解作品的;他们要求从作品中得到的并非是作者原本想表现的东西。在作者的意图跟读者的意图之间,谈不上什么相互吻合或一致性,可能只有并存性;就是说,读者在作品中能够找到想找的东西,但这种东西并非作者原本急切想写进去的,或者也许他根本就没有想到过。

这里,的确有一种背叛的情况,但这是一种创造性的背叛。如果大家愿意接受翻译总是一种创造性的背叛这一说法的话,那么,翻译这个带刺激性的问题也许能获得解决。说翻译是背叛,那是因为它把作品置于一个完全没有预料到的参照体系里(指语言),说翻译是创造性的,那是因为它赋予作品一个崭新的面貌,使之能与更广泛的读者进行一次崭新的文学交流;还因为它不仅延长了作品的生命,而且又赋予它第二次生命。可以说,全部古代及中世纪的文学在今天还有生命力,实际上都经过一种创造性的背叛;这种反叛的渊源可追溯到 16 世纪,此后又经过多次变动。

在有关创造性的背叛最典型的例子中,现仅举两个:一个是斯威夫特的《格列佛游记》,另一个是笛福的《鲁滨逊漂流记》。《格列佛游记》原是一部十分辛辣的讽刺小说,其哲理的悲愤简直能把让-保罗·萨特列入儿童丛书的乐天派作家。《鲁滨逊漂流记》是一篇颂扬新兴殖民主义的说教(有时是无聊之极)。可是,这两部书现在的命运如何呢?竟会加入到儿童文学的圈子之中!它们成了最受孩子们欢迎的新年礼物。

——埃斯卡皮:《文学社会学》,王美华、于沛译,合肥:安徽文艺出版社 1987 年版,第 137—138 页。

附:关于"媒介者的创造性叛逆"的重要观点

文学翻译的创造性叛逆的特点当然不止于"变形",它最根本的特点是:它把原作引入了一个原作者原先所没有预料到的接受环境,并且改变了原作者原先赋予作品的形式。文学翻译的创造性叛逆的意义是巨大的,正如埃斯卡皮所说:"说翻译是叛逆,那是因为它把作品置于一个完全没有预料到的参照体系里(指语言);说翻译是创造性的,那是因为它赋予作品一个崭新的面貌,使之能与更广泛的读者进行一次崭新的文学交流;还因为它延长了作品的生命,而且又赋予它第二次生命。"确实,在古今中外的文学史上,正是文学赋予的创造性叛逆,才使得一部又一部的文学杰作得到了跨越地理、超时空的传播和接受。

创造性叛逆并不为文学翻译所特有,它实际上是文学传播与接受的一个基本规律。我们甚至可以说,没有创造性叛逆,也就没有文学的传播与接受。

——谢天振:《译介学》,上海:上海外语教育出版社 1999 年版,第 140—141 页。

作者又举口头文学为例,说明"创造性叛逆"并不为文学翻译所特有,它实际上是文学传播与接受的一个基本规律,甚至可以说,"没有创造性叛逆,也就没有文学的传播与接受"(141 页)。口口相传的口头文学正是由于积累了一代又一代的"创造性叛逆",

而变得越来越丰富充实。再加上作者从中外翻译作品中举引了大量有关的例证,最后的结论是有说服力的文学翻译的创造性叛逆的意义是巨大的,正是由于它,"才使得一部又一部的文学杰作得到了跨越地理,超越时空的传播和接受"(140页)。

——方平:《翻译的文学——争取承认的文学》,《中国比较文学》1999年第2期。

【拓展指南】

一、重要文献资料介绍

1. 梵·第根:《比较文学论》,戴望舒译,上海:商务印书馆1937年版。

简介:本书是比较文学法国学派早期的代表作之一。全书明确论述了文学影响的路线:起点"放送者"经过"传递者"(即"媒介")来沟通到达终点"接受者",具体指出了"媒介"或传递者可以是人,也可以是团体,像文学社团、沙龙、宫廷等,还可以是评论文、报刊、译本等,是了解媒介学研究范围和对象的重要资料。

2. 马·法·基亚:《比较文学》,颜保译,北京:北京大学出版社1983年版。

简介:本书是比较文学法国学派早期的代表作之一。全书详尽论述了比较文学的起源与历史、研究对象与方法、研究内容与前景,其中在第三章"世界文学的传播者"中对媒介学研究对象作了详细的类别划分,是了解媒介学研究范围和对象的重要资料。

3. 谢天振:《译介学》,上海:上海外语教育出版社1999年版。

简介:本书是从比较文学中的媒介学视角出发研究翻译和翻译文学的第一部著作。全书明晰地清理了译介学思想,详细地分析了译介研究中的一个核心命题,即创造性叛逆,充分展示了译介学研究的理论前景,是了解媒介学研究模式和类型的重要资料。

二、一般文献资料目录

1. 〔法〕布吕奈尔:《什么是比较文学》,葛雷、张连奎译,北京:北京大学出版社1989年版。
2. 陈大卫:《奥尼尔〈琼斯皇〉的两个中国翻版》,《现代戏剧》1967年第6期。
3. 曹顺庆:《比较文学教程》,北京:高等教育出版社2006年版。
4. 干永昌等:《比较文学研究译文集》,上海:上海译文出版社1985年版。
5. 乐黛云:《文化差异与文化误读》,《中国文化研究》1994年夏之卷。
6. 杨乃乔:《比较文学教程》,北京:北京大学出版社2002年版。
7. 张隆溪:《比较文学译文集》,北京:北京大学出版社1982年版。
8. 查明建:《译介学:渊源、性质、内容与方法》,《中国比较文学》2005年第1期。
9. 赵小琪:《互文性视野下现代派诗歌翻译与诗歌创作》,《学习与探索》2007年第5期。
10. 赵毅衡、周发祥:《比较文学类型研究》,北京:华山文艺出版社1993年版。

第四节 形象学

一、形象学的定义和特点

（一）定义

20世纪60、70年代,比较文学的一门分支学科应运而生,它就是比较文学形象学。比较文学形象学并不完全等同于一般意义上的形象研究,它是"对一部作品、一种文学中异国形象的研究"①。这种形象"是异国的形象,是出自一个民族(社会、文化)的形象,最后,是由一个作家特殊感受所创作出的形象"②。简言之,形象学是作家及集体想象物对作为他者的异国和异民族的想象。"正因为它是一种想象,所以必然使得变异成为必然。比较文学对于这个领域的研究显然是要注意这一形象产生变异的过程,并从文化/文学的深层次模式入手,来分析其规律所在。"③

（二）特点

首先,是变异性的层面。从严格的意义上说,比较文学形象学并不是一个与传统截然对立的崭新的研究领域,恰恰相反,其发端甚至可以追溯到19世纪比较文学学科的诞生期,它与法国学派的影响研究有着无法割裂的千丝万缕的联系。在传统的影响研究的渊源学研究实际上就已暗含了形象学的因子。例如,在渊源学研究的X与Y模式中,研究者常会引用Y对X的看法和观点。这些看法和观点总是与作家所在国的集体想象物有密切的联系。此外,在传统的法国学派的媒介学研究中,作为"媒介者"的旅游者、传教士们流传下来的游记、札记中记录着的"异国"形象,也已纳入到了"国际文学交流"的范围。但这一时期的法国学派过于拘泥于考证,也使国际文学交流的三种类型中的"媒介学"、"誉舆学"、"渊源学"研究陷入了困境。鉴于此,卡雷提出了比较文学形象学的研究原则。他认为,影响实际上有时是很难估量的,而研究作品的成就、作家的际遇、两国人民的相互看法、

---

① 〔法〕巴柔:《从文化形象到集体想象物》,见孟华编:《比较文学形象学》,北京:北京大学出版社2001年版,第118页。
② 〔法〕莫哈:《论文学形象的研究史及方法论》,孟华译,见孟华编:《比较文学形象学》,北京:北京大学出版社2001年版,第25页。
③ 曹顺庆:《比较文学教程》,北京:高等教育出版社2006年版,第50页。

旅行等则比较可靠。因而,在研究事实的联系时,研究者的研究重心应当是"各民族间的、各种游记想象间的相互诠释"①。依循着这种原则,卡雷出版了他的《法国作家与德国幻象,1800—1940》(1947)。随后,他的学生基亚在《比较文学》一书的末章专设了形象学研究的一节——"人们眼中的异国",为卡雷的理论进行了具体的说明,这也是对形象学研究进行确认的最早的一部概论性专著。经过卡雷和基亚的努力,比较文学研究"打开了一个新的研究方向"②。进入20世纪60年代以后,形象学发展进入成熟期。巴柔(Pageaux,1939—)、莫哈(Moura,1956—)等是这一时期的代表人物。早期的形象学中虽然已包含了变异的因子,但总的看来,它仍然主要是一种注重有事实关系的文学关系史的研究,主要关注的是"一个形象与'被注视'国相比是否'错误'或其'忠实程度'的问题"③;而与之相反,这一时期的形象学研究重心已转向形象制作主体或注视者一方,与之相对应,它重视的是形象制作主体或注视者一方对他者的创造式阅读和接受。对此,巴柔有非常清楚的阐释。他指出:"比较文学意义上的形象,并非现实的复制品(或相似物)理学,它是按照注视者文化中的接受、程序而重组、重写的,这些模式和程式均先存于形象。"④"重组"、"重写"意味着,这种形象学实际上是一种变异学研究中的形象学,这种形象学的"形象是描述,是对一个作家,一个集体思想中的在场成分的描述。这些在场成分置换了一个缺席的原型(异国),替代了它,也置换了一种情感和思想的混合物,对这种混合物,必须了解其在感情和意识形态层面上的反映,了解其内在逻辑性,也就是说想象所产生的偏离"⑤。变异学研究中的形象学对想象的强调,得益于对保尔·利科(Paul Ricoeur,1913—2005)等人的想象理论的吸收。在《从文本到行动》一书中,保尔·利科将休谟(David Hume,1711—1776)那种把想象物归诸于感知的理论命名为"再现式想象",将萨特那种认为想象物"基本上根据缺席和不在场来构思"的理论命名为"创造性想

---

① 〔法〕卡雷:《比较文学序言》,PUF,1951,p.6。
② 〔法〕基亚:《比较文学》,颜保译,北京:北京大学出版社1983年版,第107页。
③ 〔法〕巴柔:《从文化形象到集体想象物》,孟华译,见孟华编:《比较文学形象学》,北京:北京大学出版社2001年版,第122页。
④ 巴柔:《形象》,孟华译,见孟华编:《比较文学形象学》,北京:北京大学出版社2001年版,第156—157页。
⑤ 同上书,第156页。

象"。① 而显而易见,变异学研究中的形象学是偏重于萨特理论的。在创造式想象和变异理论观照下,他者形象不是再现而是主观与客观、情感与思想混合而成的产物,生产或制作这一偏离了客观存在的他者形象的过程,也就是制作方或注视方完全以自我的文化观念模式对他者的历史文化现实进行变异的过程。

其次,是综合性的层面。法国学者巴柔认为,他者形象是"在文学化,同时也是社会化的过程中得到的对异国认识的总和"②。这就说明,变异学研究的形象学中的形象,是在文学和文化互动关系中生成的形象,要全面、深入地理解和阐释他者的形象,就不能不将其置于被扩展了的社会、历史、文化等领域去考察,这一扩大的"新的视域要求研究者不仅考虑到文学文本,其生产及传播条件,且要考虑到人们写作、思想、生活所使用的一切文化材料"③。而新批评的那种将文本作为完全独立的对象进行研究的文本分析法则遭到质疑。在比较文学形象学这里,形象不仅是作家个人呕心沥血的产物,而且也是一种文化对另一种文化的阐释和想象,它要求研究者的聚焦点不再局限在文本、修辞、话语上,而要将他者形象纳入到一种总体分析的框架之中,既考察文学文本中他者形象的生产、传播、接受的条件,又将这种文学形象与同时代的报刊、电影、电视及其他文化媒介的描述进行比较,这种比较会使更多的材料和证据加入到既有的文学研究视野中来,从而使文学与历史学、社会学、政治学、文化地理学、心理学、民俗学、民族学等领域交汇时,也使文学事实材料与非文学的事实材料通过一种跨学科的研究联系起来。通过对这种联系的研究,研究者可以发现作家与集体想象物之间种种密切而又复杂的关系。由此,比较文学就与当代活跃多变的文化空间联系起来,它在面对现实与未来的挑战时,就能保持一种开放的态度。然而,虽然比较文学形象学中的形象是在文学和文化交叉层面上生成的产物,但我们仍然不能将比较文学形象学等同于文化形象学。文化形象学研究的范围和对象远比比较文学形象学宽泛得多。此外,文化形象学"研究的终

---

① 〔法〕保尔·利科:《在话语和行动中的想象》,孟华译,见孟华编《比较文学形象学》,北京:北京大学出版社 2001 年版,第 43 页。

② 巴柔:《从文化形象到集体想象物》,孟华译,见孟华编:《比较文学形象学》,北京:北京大学出版社 2001 年版,第 120 页。

③ 同上书,第 120 页。

极目标是批判现实,找到替换性的生活模式"①,即使涉及文学,它也总是将文学文本当做阐释这种目标的载体和隐喻,而常常忽视文学形象固有的文学性和审美性;文学形象学研究即使从文本进入文化,它最终仍然要由文化回归到文学,终极目的仍在发现文本中的文学性和审美性。对此,巴柔有非常清楚的说明,他指出:"形象学的核心是文学的深层区域,即各种象征所构成的网络、文化想象物是通过这些象征得以体现、汇合和分离的。"②由此可见,文学形象研究不能让文化淹没了文学性和审美性,但文化形象研究的介入则会使比较文学形象学研究在一种内生性和外生性相结合的层面上拓展出充满生机的发展道路。

二、形象学的主要研究内容

比较文学形象学的研究内容主要围绕他者形象建构的动力机制、他者形象的形态、他者形象的模式、他者形象的研究方法等方面展开。

(一)他者形象建构的动力机制

他者形象建构的动力是他者形象生成的重要条件之一。在他者形象建构的动力系统中,主要由既各自独立、又相互联系的文化传统、时代的集体想象物、作家的个体文化心理结构等生成一个较为稳定的动力结构。它们相互扭结、渗透,形成一个总的合力,决定着他者形象的生成方式和呈现形态。

文化传统。建构他者形象的注视者存在于历史与传统之中,历史与传统是先于注视者而存在,是注视者不能不接受的东西。因而,既没有超出传统之外的注视者,也没有与传统无涉的他者形象。18 世纪以后西方文学中的中国形象,大体上就立足于西方对中国的曲解这一传统。"停滞的文明的中国形象,出现于启蒙运动后期的法国与英国,到 19 世纪初在德国古典哲学中获得最完备的解释,从而作为标准话语定型……中华帝国的专制主义形象一旦确立,在不断传播、重复的同时也不断确定、丰富,逐渐普遍化,自然化为一种'常识',作为话语将全面地左右着西方社会的中国的视野与个别文本的话题与意义。"③这种被"定型"和化为"常识"的中国形象,就这

---

① 孟华:《比较文学形象学论文翻译·研究札记》,见孟华编:《比较文学形象学》,北京:北京大学出版社 2001 年版,第 11 页。
② 〔法〕巴柔:《比较文学意义上的形象学》,《中国比较文学》1998 年第 4 期。
③ 周宁:《西方的中国形象史:问题与领域》,《东南学术》2005 年第 1 期。

样在"欧洲人凭空创造"的历史化的过程中戏剧化地成为了历史上的中国。① 而对于比较文学形象学研究者来说,认识到这种偏见是可能的,但消除这种偏见则是困难的,恰当的做法是努力促进注视者的正确偏见,并将其与歪曲理解的错误偏见加以区分。

集体想象物。即社会集体想象物,指涉的是作家创作的那个年代整个社会对异国的看法。这一"研究代表了形象学的历史层面"②。它是在本文之外展开的,要求研究者对文学形象进行一种扩展了的社会文化语境研究。在这种研究中,作家与社会集体想象物主要构成引导、复制、批判三种关系形态。作家可以通过塑造异国形象将有关异国的神话强加给本土社会的公众舆论,影响本土民众对异国的想象。例如,18世纪以孟德斯鸠(Montesquieu,1689—1755)为代表的欧洲思想家们就将自己的个人意志强加给了本国社会,他们使专制帝国的中国幻象在本国社会流传开来。作家创造的形象还可以复制一个已经产生的关于异国的神话。如孟德斯鸠的《法的精神》中专制的中华帝国幻象在西方社会产生后,经过马戛尔尼(Macartney,1737—1806)的《英王陛下遣使觐见中国皇帝纪实》和黑格尔(Hegel,1770—1831)的《历史哲学》的不断传播和重复,这种幻象逐渐形成一种程式化和稳定化的特征。作者也可以背离集体想象物。顾彬(Wolfgang Kubin,1945—)在《关于"异"的研究》中就认为,在19世纪,"就在大部分欧洲知识分子开始轻视中国时,歌德却越来越重视中国"③。歌德建构的理想化的中国幻象,就是对社会集体想象物保持批判的一个产物。

注视者的个体文化心理结构。注视者不同的经历、观看方式和视角会直接影响到他者形象制作的效果。注视者作为自然生命,是无法否弃时间的。从某种程度上说,他者形象的历史感是更深层的浸润在时间中的东西,注视者对他者注视、观看得愈久,他者形象表层的东西就会日愈剥蚀,而注视者体现在历史文化中的个体反思精神就会愈为强劲,他者更为整体化、多维化的东西就会在这种反思中日益凸现。老舍作品中的英国人形象,就很好地说明了时间对注视者构建他者形象的这种影响。1924—1929年,老舍在伦敦工作和生活了五年,在此期间写作了小说《二马》。其中的英国人大

---

① 〔美〕萨义德:《东方学》,王宇根译,北京:三联书店1999年版,第1页。
② 〔法〕莫哈:《试论文学形象学的研究史及方法论》,孟华译,见孟华编:《比较文学形象学》,北京:北京大学出版社2001年版,第29页。
③ 〔德〕顾彬:《关于'异'的研究》,曹卫东译,北京:北京大学出版社1997年版,第41页。

都呈现出褊狭、傲慢的殖民主义者嘴脸。1930年代,在国内生活了六七年的老舍在《英国人》一系列散文中再次塑造的英国人形象却发生了一些变化。他写道:"一般的说,英国人很正直。他们并不因为自傲而不讲理……他们的自傲使他们对人冷淡,可是也使他们自重。"①时间的脚步,就这样跨越了粗浅浮泛和支离破碎的偏见之河,使历史与现实的多重目光交织在一起重铸了作为注视者的老舍眼中的英国人形象。

此外,他者形象作为注视者欲望的投射对象,不可避免地包含着注视者的丰富的情感能量,注视者在创作时的不同情感和精神状态,同样也会影响他塑造的他者形象的存在方式和性质。例如,同是作为他者形象的日本女子,徐志摩《沙扬娜拉》中的日本女子就比郁达夫《沉沦》中的日本女子可亲可近。这与徐志摩作为泰戈尔助手的地位和心态远比作为贫穷的留日中国学生的郁达夫要好得多有很大的关系。

(二)他者形象的形态

他者形象的形态比较丰富,主要包括了对人文他者、社会他者、自然他者几大类形象的想象等方面。具体而言,主要包含他者哲学形象、他者历史形象、他者艺术形象、他者政治形象、他者地理形象等。

他者哲学形象。任何一个民族的文学的独特性首先来自并体现于其独有的哲学基础上。西方现代主义作家对西方传统的天人对立哲学观充满怀疑,他们强调心与物的感应、统一。这种对心物一元论的重视,无疑使许多西方现代主义作家对强调天人合一的中国哲学情有独钟。布莱希特(Bertlt Brecht,1898—1956)、德布林(Alfred Döblin,1878—1957)、米修(Henri Michaux,1899—1984)、克洛代尔(Paul Claudel,1868—1955)等在《老子在流亡途中著〈道德经〉的传说》、《三声》、《王伦三跳》、《一个野蛮人在亚洲》、《认识东方》等作品中对中国的老庄思想充满推崇。此外,燕卜荪对佛教思想、米修对儒家思想也充满着敬仰之情。这些作家对中国儒道佛智慧的追寻,其目的是希望借助东方智慧来化解西方人在现代社会中的困惑。

他者历史形象。任何他者都是历史的产物,因而,任何关于他者的想象总是与历史文化的记忆相联系。对于东南亚华人作家而言,他们要在居留国消除生存的焦虑感,就不能不掀开历史的深层积淀,在将历史记忆心灵化的过程中,获得浩瀚无垠的传统文化冰海的强力支持。东南亚华人作家村

---

① 老舍:《老舍文集·英国人》,北京:人民文学出版社1989年版,第67—68页。

野、周灿、谢馨正是在《抢救》、《长城短调》、《中国结》等作品对这种中国历史文化的保持中,感受到了体力和智力的扩大,浩瀚无垠的民族文化在绵绵无绝地进入他们的身体时,也使他们在居留国感受到了一种任何坏运都无法阻挡的澎湃不息的全面活动能力。

他者艺术形象。思维是主观世界对人的特定实践方式的反映。大致而言,西方艺术偏重理性与秩序,中国艺术偏重感性。西方现代主义文学注重主客合一的哲学基础决定了它对中国偏重感性、悟性的艺术的喜爱。布莱希特、克洛代尔、米修等在《杜兰朵公主》、《缎子鞋》等作品中展现了中国戏曲不同于西方话剧的虚实相生的特性,斯奈德、米修在他们的作品中展现了中国绘画以形写神、意在笔先的神韵。

他者政治形象。著名社会学家布尔迪厄认为,文化场域总是伴随着权力机制一起产生。东南亚华人文学中的中国想象势必与东南亚社会当时的权力状态密切相关。二次大战以后,东南亚华人的居留国为促使华人全面当地化,或逼迫华人同化于当地社会之中去,或采用种种优先政策提高当地民族的地位,诱使华人认同当地民族和居留国。然而,对于岭南人、刚敏、子帆、东南等东南亚华人作家而言,不管他们的身体漂泊得多远,只要有故乡、家的牵系,他们就不会在波涛汹涌、充满着不测和凶险的异域中失去灵魂栖息的原乡。在《回到故乡的月亮胖了》、《献给母亲》、《祖国》、《明天》等作品中,无论是对过去的反思或是对现实的审视,作家们都在提醒民族身份对于每个华人的重要性,都在格外有力地强调每个华人在拥有这一民族身份时有珍惜和爱护华人共同的民族国家大家庭的义务和责任。

他者地理形象。人类对地理环境作用的探讨由来已久。在比较文学形象学中,研究者关注的则是异国地理环境对异国人的生理特征、生产活动和生产方式的制约作用。应该说,地理环境对文明是有较大影响的。丹纳(Taine,1828—1893)在《艺术哲学》中就认为,环境是决定文明的三大要素之一。在华人作家林语堂、黄玉雪的英文小说《唐人街》、《华女阿五》等之中,繁荣富强的美国就完完全全是建构在海洋文明的富庶而又丰饶的土壤之上的。

(三)他者形象建构的模式

他者形象既然是注视者建构出来的,那么,他就不可能是他者现实的客观再现,而往往是注视者欲望投射的产物。注视者按本社会的模式,完全使用本社会话语重塑的他者形象,就是保尔·科利所说的"意识形态"化的形象;注视者用离心的、符合注视者对相异性向往的话语塑造的他者形象则是保尔·科利所说的"乌托邦"化的形象。意识形态化的形象建构具有一种"社会整合功能",它按照本社会模式对与自己有相异性的特定群体进行整合。乌托邦化的形象建构具有一种"社会颠覆功能"①,这类形象质疑本国的现存秩序,向往一个与本国根本不同的他者社会。意识形态化形象建构的宗旨在于通过改造他者、否定他者的现实进而达到同化他者、强化和肯定自我,这种他者形象属于一种批评模式的形象;乌托邦化形象建构的宗旨则在于表现出对异国文明的肯定时有对本国现实的否定,这种他者形象属于一种肯定模式的形象。而认为他者处于与注视者既不更高、也不更低的地位,这样建构出来的他者形象则属于一种融合模式的形象。

肯定模式。在这种模式中,他者形象已完全被理想化。"一个作家或团体把异国现实看成绝对优于注视者文化,优于本土文化的东西","与提高异国身份相对应的,就是对本土文化的否定和贬抑"。② 这时候注视者建构的异国形象具有浓厚的天堂般的幻象色彩。20世纪作为中国大陆与台湾现代主义诗学创始人之一的李金发、纪弦等人对西方的想象就是这种认同模式的产物。处在西方现代文化和诗学对中国文化和诗学冲撞、挤压极为激烈的时期,在西方文化和诗学的强势入侵下,李金发、纪弦等人感受到文化之根的悬浮,他们一度完全以西方现代主义文学马首是瞻,将西方视为理想之地。而当李金发、纪弦等人用这种乌托邦式的幻想色彩将西方涂染成理想国时,这种形象折射出的价值取向与其说是纪弦等立足于本土看西方的结果,不如说是从西方中心主义权力话语立场出发反视中国的产物。

批评模式。在这种模式中,他者形象的负面性得到了强调。"与优越的本土文化相比,异国现实被视为是落后的。"③在憎恶心理的驱使下,注视者在极力丑化、妖魔化他者形象时,也建构了一种凌驾于他者之上的无比美好的本土文化的幻象。在中国当代文学《铁道游击队》、《敌后武工队》、《烈火金刚》、《吕梁英雄传》中,日本人常被称为"小日本"、"东洋鬼子"。这些日本人面目狰狞、行为残暴。这种日本人形象的虚构性及其背后潜藏着的是被侵略的中国人对野蛮的侵略者的敌意和厌恶。

融合模式。在这种模式中,中国与西方构成一种相互尊重、平等对话的

---

① 〔法〕保尔·科利:《在话语和行动中想象》,孟华译,见孟华编:《比较文学形象学》,北京:北京大学出版社2001年版,第55—59页。

② 〔法〕巴柔:《形象》,孟华译,见孟华编:《比较文学形象学》,北京:北京大学出版社2001年版,第175页。

③ 同上。

关系。像中国台湾诗人痖弦、洛夫等人对中国与西方文学的认识就是既有肯定又有否定。痖弦、洛夫等人认为，即使在西方现代主义文学那里，现代性也并不完全等于反传统性，反传统性只是西方现代主义文学中的一个侧面，现代主义文学现代性特质的另一个侧面，则恰恰与对"知识的反思性运用"有关。痖弦在《诗人手札》中一方面对西方超现实主义文学对潜意识的发掘的贡献大为赞赏，另一方面又强调指出，写诗的目的，在于"要说出自下而上期间的一切，世界终极学"。洛夫在《诗的探险》中一方面肯定西方超现实主义者的贡献，另一方面也站在理性的高度辩证地指出："但不幸超现实主义者犯了一个严重的错误，既过于依赖潜意识，过于依赖'自我的绝对性'致形成有我无物的乖谬。"这种从他者文化和文学的语境中反观本土文化和文学，又从本土文化和文学中去鉴照他者文化和文学的方法，促进了一种文化、文学与另一种文化、文学相互理解、相互补充的创造性活动。

（四）他者形象的研究方法

比较文学形象学的研究方法，主要可以分为文本外部研究和文本内部研究两种。

文本外部研究。外部研究属于一种文学社会学的研究，它具有明显的跨学科性特性。随着对年鉴学派重视互文性、人类学重视遗传——生理作用，接受美学重视接受主体等理论的吸纳，比较文学形象学研究的学术视野日趋开阔。具体而言，比较文学形象学外部研究又可以区分为社会集体想象物、作家、作家想象的他者形象与客观的他者关系三个层面。关于前两者，我们已在他者形象建构的动力机制部分进行了阐发，这里只重点论述作家想象的他者形象与客观的他者关系这个层面。

他者形象的真实性程度，并不能决定这一形象的审美价值。考察他者形象与他者现实之间的关系的重点在于注视者一方的文化模式，重点在对这种文化模式的产生、发展、传播与影响的探寻上。例如，日本女人在许多中国现代作家的作品中被理想化与浪漫化，林语堂在《论幽默》中认为世界大同的理想生活的表现之一就是娶个日本老婆，徐志摩在《沙扬娜拉》的短诗中将日本女人的形态美、姿态美、行为美、声音美写得美轮美奂，令人心驰神往。而制约林语堂、徐志摩眼中的日本女人形象的，与其说是日本的现实，不如说是历史与文化形成的中国的现实需要。与其说日本的女人真有林语堂、徐志摩作品中那样的理想化，不如说她们主要是用来表达20世纪以来中国男人对中国女人不再像传统女子那样温婉顺从的心理失望。

文本内部研究。比较文学形象学不应局限在文学范围之内,而要对文学形象产生、传播的文化语境加以研究。但比较文学形象学研究的基石仍在于文本内部,它不能放弃比较文学对文本内部的研究。这种文本内部的研究主要在词汇、等级关系、故事情节三个层面展开。

词汇。词汇是构成他者形象的最基本单位。在文本中,这些词汇构成一个个词汇场,这些词汇场共同生成的概念的、情感的词库构建了一个他者的形象。在研究时,首先,我们要注意区分这些词汇的来源,辨别它们属于注视者国家定义异国的词还是未经翻译直接进入注视者国家的异国词汇。前者如"哲人王"、"中国佬约翰"、"异教徒中国佬"这些词曾在西方文学中被用来描述中国人,这样一份词汇表使我们可以看到在历史的长河中中国人的形象在西方文学的不同想象中的演变史。后者如那些未经翻译就进入西方的"道"、"功夫"等中国词汇,这些词汇对西方人来说展示的是一种与自我完全不同的相异性,因而,与其将其西方化,不如保持它的中国味。其次,词汇研究还要注意对不同文本中反复出现的、具有深刻文化隐喻意义的约定俗成的词汇进行分析。这些词汇通常被称为套话,"作为他者定义的载体,套话是陈述集体知识的一个最小单位"。"套话是对一种文化的概括,它是这种文化标志的缩影。"①套话的制作方式主要可以分为两种,一是表语和主要部分的混淆。在一个文本中,当句子的表语超越了主语而成为主要部分,那么,这时的表语就成为了套话。例如,在"乾隆很开明"这句话中,若将主语"乾隆"降为次要部分,而将"很开明"由个别推向集体时,"很开明"就不只是特指乾隆,而成为指称一般中国皇帝的套话。二是自然属性与文化属性的混淆。在文本中,用他者的自然属性去解释他者的文化,用他者的存在去解释他者的行为,那么,这些描述他者自然属性和存在的词汇就成为了套话。例如,"老毛子"、"洋鬼子"、"大鼻子"这些词汇在中国文学中曾经长期被用来描述西方人,这些原来属于对西方人的自然属性进行描述的词汇,在中国文学中总是被用来解释西方人颇具侵略性的性格和行为,这样,这些词汇也就成为了以他者的存在解释他者行为的套话。

等级关系。在形象学文本中,在对文本描述他者的词汇进行分析后,研究者还应对所有结构出了文本的大的对立关系进行鉴别,关注一切注视者与他者之间存在的等级制度。这种等级制度从总体上看表现在我—叙述

---

① 〔法〕巴柔《形象》,孟华译,见孟华编:《比较文学形象学》,北京:北京大学出版社2001年版,第160页。

者—本土文化与他者—人物—被描述文化的两组关系的对立上。具体来看,则可以从时空和人物体系等方面进行研究。在时空范畴上,西方现代主义文学中的中国,往往意味着一个与西方不一样的地理空间,它或者像在米修、克洛代尔、马拉美(Stephane Mallarme,1842—1898)的作品中那样,被想象成一个对立于现代异化的都市社会的人与自然和谐共处的乌托邦——在克洛代尔《认识东方》中,中国空灵的古塔、幽静的庙宇等传统建筑就被想象成具有光彩照人的绮丽风姿和独具品格的美学神韵的空间文化形态,或者像在卡夫卡(Franz Kafka,1883—1924)《万里长城建造时》中那样,被想象成一个与现代的西方世界相对立的落后之地。在人物体系上,研究者应注意文本中自我与他者在容貌、手势、言谈、服饰、性情等方面的区分和对立。例如,在笛福(Daniel Defoe,1660—1731)《鲁滨逊漂流记》、米切尔(Margaret Mitchell,1900—1949)《飘》中,黑人在形态上的相异性得到了强调。在外形上,黑人拥有的是黑皮肤、厚而突出的嘴唇、塌鼻子以及与躯干不成比例的超长的四肢。在性情上,黑人懒惰、野蛮、没有纪律感。在这种对黑人形态上、性情上相异性成分的描述中,隐喻着的是白种人—黑种人、文明—野蛮的对立关系,从中感受到的是白种人以自我为中心的傲慢与偏见。

故事情节。在这一阶段,研究重点在文本是如何通过程序化和模式化的一系列叙事序列建构异国形象的。例如,在《烈火金刚》、《吕梁英雄传》等小说中的日本人形象就是由下列段落和情节构成的叙事模式塑造的:首先,是和平时期的中国社会;其次,是用残暴方式入侵中国的日本人;再次,是日本侵略遭到中国人民的抵抗;最后,是中国人民战胜日本侵略者并重新获得和平。这样一个再生式的故事模式,由于将日本人的形象定位在凶残与野蛮的侵略者层面上,也就成为了正义必将战胜邪恶的真理的有力阐释。

三、形象学的研究前景

比较文学形象学的发展历史虽然不短,但它产生全球范围的影响则是在20世纪80年代以后。这除了要归功于巴柔、莫哈以外,也与布吕奈尔(Bruner,1931—   )等人的努力有关。中国的形象学研究起步较晚,它真正获得学界的重视是在20世纪90年代左右。1990年"中法文化交流国际学术研讨会"在天津召开。会后,《国外文学》以专栏形式推出了关涉形象学研究的文章。此后,国内外学者有关形象学的理论性和学术性的论著陆续面世。乐黛云主编的《文化传递与文学形象》、《形象学与比较文学》,陈惇等主编的《比较文学》(1997),张铁夫等主编的《新编比较文学教程》

(1997)、杨乃乔主编的《比较文学概论》(2001)、曹顺庆主编的《比较文学论》(2002)、《比较文学学》(2005)，叶绪民等主编的《比较文学理论与实践》(2004)、《比较文学教程》等都专设了文学形象学章节。其中，孟华对形象学的介绍与阐释尤为用力。她在国内最早为大学生开设了"形象理论与实践"的课程(1993)，从这一年开始，她在国内系统地对巴柔、莫哈等人的形象学理论进行介绍和推广，并主编了《比较文学形象学》，撰写了一批有关形象学的论文。此外，周宁的努力也值得关注。这位学者在2004年推出了洋洋洒洒、规模宏大的《中国形象:西方的学说与传说》丛书(8卷)，试图为西方的中国形象学研究绘制一幅疆域图，并规划出基本的研究范围、对象、问题、观念和方法，在学界引起了较大反响。

  总的来看，随着研究的日趋深入，形象学呈现出日益广阔的发展前景。这是因为，首先，形象学具有十分充足的实践资源。无论是外国文学史还是中国文学史中，描述异国和异国人的作品浩如烟海。但目前研究个别作家或文本中的异国形象的文章多，将个别文本中的异国形象纳入到一国文学或某个时期文学建构的总体形象中去考察这种异国形象是如何生产与分配，如何程序化、仪式化和模式化的论著则较少。例如，20世纪中国文学或当代中国文学中的美国形象或日本形象，20世纪美国文学中的寒山形象、20世纪德国文学中的道家形象、20世纪海外华文文学中的他者形象等就大有文章可做。其次，形象学具备十分充足的理论资源。形象学所具有的跨学科特性，使它天然地与历史学、文化地理学、民族学、人类学等有着超强的粘合力。这些学科的知识在形象学中的合理运用，不仅能促成一种崭新的观点和理解维度，而且能促成一种对形象研究的整体性、综合性的观照态度。20世纪70年代以来，由于对后现代主义理论的吸纳和引入，形象学的理论框架更是日趋丰厚和完善。后殖民主义理论、女性主义批评理论、新历史主义理论、解构主义理论等各种"后"现代理论，虽然理论立场和取向不尽相同，但都正在以各自不同的方式扩展和丰富着形象学的理论资源。面对形象学理论资源的这种扩充和丰富，我们要同时警惕两种极端化倾向，一是打着避免新批评纯文本形式主义批评分析局限的幌子过分使用历史与文化分析研究异国形象的泛学科化、泛文化化的倾向，一是打着反对泛文化化的旗号否认文化分析在形象学研究中的合理职能和重要作用的倾向。这两种倾向，对形象学的研究均有百害而无一利。

【导学训练】

一、本节学习建议及关键词释义

1. 学习建议：

比较文学形象学并不完全等同于一般意义上的形象研究，它的研究对象是异国的形象，因而，在学习时应该注意理解比较文学形象学的变异性与综合性两个特征，而比较文学形象学的研究内容的实践性意义则是这一节学习的重点。比较文学形象学的一些关键词也要能理解并运用。

2. 关键词释义：

注视者：注视者是当代形象学研究的重心。他者形象既然是注视者借助他者发现自我和认识自我的过程，那么，注视者在建构他者形象时就不能不受到注视者与他者相遇时的先见、身份、时间等因素的影响，这些因素构成了注视者创建他者形象的基础，决定着他者形象的生成方式和呈现形态。

他者：比较文学形象学和他者形象指涉的范围虽比一般文艺理论涉及的形象范围狭窄，但也并不仅仅指涉人物形象，它存在于文学作品以及相关的游记、回忆录等各种文字材料中，像异国肖像、异国地理环境、异国人等，就都可以纳入比较文学形象学他者的研究范围。

二、思考题

1. 海外华文文学中的双重他者形象。
2. 20 世纪中国文学中的西方形象的流变。

三、可供进一步研究的学术选题

现代西方文学思潮中的中国想象

提示：20 世纪以来，西方的中国形象研究日趋受到国内外学者的重视。总体看来，这些研究成果呈现出了几个方面的趋向和特点。一是对西方文学史中的中国形象的研究，一是对特定国家、作家作品中的中国形象的研究。不过，现有研究成果的研究重心主要放在了纵向的不同时代不同主题视野下的西方中国形象谱系的梳理和不同西方国家文学或作家作品里的中国形象的阐释等方面上，研究对象也大多放在 17 世纪后半叶至近代这一时段西方文学的"中国形象"研究上。而现代西方的文学思潮中的中国形象，却没有获得研究者应有的重视。因而，在充满机遇和挑战的全球化时代，通过对现代西方文学思潮中的中国形象的具体而又深入的分析，发掘出我们民族文学与文化的生命原动力和现代性生长价值，尤其是注重对那些促进生态和谐的价值观念、审美趣味、人生智慧的发掘，可以使民族文学、文化在现代性意识的观照下生成一种契合当下生存境遇的新的意义，以此进一步培育和弘扬民族精神，增强民族的凝聚力，促进西方文学中更为健全、理性的现代性的中国形象的生成。

【研讨平台】

海外华文文学中的中国想象

提示:目前,国内外形象学研究将重心主要放在了纵向的不同时代不同主题视野下的西方中国想象谱系的梳理和西方文学作品里的中国想象的阐释等方面上,而对海外华文文学的整合性研究较为缺乏。因而,将被分开的不同区域华文文学写作进行整合,有助于突破学界那种更为注重台港、北美、欧洲、东南亚等不同区域华文文学的差异性的局限,转而从共同精神家园建设的角度探讨东西方文化互动背景下不同区域华文文学的中国想象问题,促进跨区域华人文学中更为健全、理性的现代性的"中国形象"的生成。

海外华文文学的中国意识(节选)

从根本上说,华文文学的写作本身标志着"中国意识"的延伸与存在。一个人在异域,坚持用汉语写作,不论他是什么样的人,华人还是外国人,都说明他对于"中国"有着某种层面上的亲和,都是一种"中国意识"的体现。

海外华文文学中的"乡土中国"自然与古典的、现代的中国文学传统有着联系,但在根本上,却相当不同。因为后者发生在本土,而前者则发生在本土以外的异域。对于海外华人作家而言,空间的隔绝引走的思念、怀想、追溯等,不尽是古代的"游子"意识所能概括,也不是现代中国文学中对于"乡土"(与都市相对应)的留恋与哀叹所能等同。在一个完全陌生的生存环境中,忆念中的"乡土"从乡音到山川、往事,不仅是人情的自然牵挂,而且是抵御自我迷失的良药。当文学将这些形象一一捕捉,使刹那成为永恒,作家通过意象的隧道,与他自己的过去对话,也与他无数的祖先对话。在对话中,作家观照到他内在的自我之源,更延续着自我与"民族"之间的深刻联结。

作家的中国意识对于他(她)的美学风格无疑会有所影响。当一个作家有意地要通过写作来呈现"中国意识",他的写作策略必然地会与另外一些作家——比如那些有意地要表现普通人性的作家有所不同。在叙述或抒情中,他会用本国的文化与语言去组织眼前陌生的、零乱的经验,从而迷离于错失的时空与不和谐的景象。在他的作品里我们可以倾听到两种意识状态的声音,一种由汉语所制约着的中国世界,另一种是现实的生存世界;他会倾向于用前一种世界去比附、去整合后一种世界,甚至试图让后一种世界淹没于前一种世界中。

——饶芃子、费勇:《海外华文文学的中国意识》,《比较文学》1996 年第 4 期。

附:关于"海外华文文学中的中国想象"的重要观点

尽管很长一段时间以来,"中国"已经离开了马来西亚华裔文学的现场,但马来西亚华裔文学却从来没有中断过对中国的各种想象,即对这些马来西亚华裔文学的写作者来说,中国是一个牢固的集体身份,而文字或文学则是他们想象中国所首先面对的象征系统,具体的中国却在这些象征性的书写中呈现出繁复多样的形态,不但难以穷尽而且不断延宕。

——赵牧:《马来西亚华文文学转型中的中国想象》,《海南大学学报》2006年第2期。

在当下的文化语境中,如何书写出一个更为全面、立体和丰满的"中国形象"是当代海外华人作家无法回避的历史责任。应该说,无论是采用历史记忆还是神话想象的书写方式,都对中国形象有着建构的作用。历史记忆注重对历史的还原,在严肃的诉说中更具有心理的深度,尤其是几位移民作家在其小说文本中多半会将个人的生存记忆与时代相重合,使得个体的诉说转化为对国家和民族的慨叹,最终获得了对人性思考的广度与深度。而神话想象,将中国的神话、传奇、历史和个人的自传以及现实中的美国融在了一起,在魔幻般的情境中呈现出中国传统与西方现实的矛盾,华人与白人的冲突,在文化学和历史学上都具有不可替代的意义。

——吴宏凯:《海外华人作家书写中国形象的叙事模式——以严歌苓和谭恩美为例》,《华文文学》2002年第2期。

【拓展指南】

一、重要文献资料介绍

1.哈罗德·伊罗生(Harold R. Isaacs,1910—1986):《美国的中国形象》,北京:中华书局2006年版。

简介:本书为美国人哈罗德·伊罗生所著《心影录——美国人心目中的中国和印度形象》中有关中国的部分。该书从一些套话入手阐明了一百多年来中国与中国人在美国人心中的变化以及影响这些不同形象的政治、经济以及国际关系等方面的原因。

2.孟华主编:《比较文学形象学》,北京:北京大学出版社2001年版。

简介:这本书收入基亚、巴柔、莫哈等著名的欧洲大陆比较文学学者的13篇论述形象学或进行形象学研究的代表性论文,既有对比较文学形象学的定义与范畴的探析,又有对比较文学形象学的基本理论、方法以及研究历史的阐发。

3.周宁主编:《中国形象:西方的学说与传说》丛书,北京:学苑出版社2004年版。

简介:这套丛书共8卷,包括《契丹传奇》、《大中华帝国》、《世纪中国潮》、《鸦片帝国》、《历史的沉船》、《孔教乌托邦》、《第二类人》、《龙的幻象》。丛书将研究重心主要放在了7个世纪以来纵向的不同时代不同主题视野下的西方中国想象谱系的梳理和西方不同类型文本里的中国想象的阐释等方面上,为整体而又全面地把握西方的中国形象提供了十分重要的启示。

4.钱林森主编:《外国作家与中国文化》丛书,银川:宁夏人民出版社2002年版。

简介:这套丛书共10卷,包括钱林森的《光自东方来:法国作家与中国文化》、张弘等的《跨越太平洋的雨虹:美国作家与中国文化》、葛桂录的《雾外的远音:英国作家与中国文化》、卫茂平等的《异域的召唤:德国作家与中国文化》、汪介之和陈建华的《悠远的回响:俄罗斯作家与中国文化》等。丛书在占有翔实材料的基础上梳理了18世纪以来西方不同国家的作家对中国文化与文学的不同认识与想象。

二、一般文献资料目录

1. 〔德〕顾彬:《关于"异"的研究》,北京:北京大学出版社1997版。

2. 范存忠:《中国文化在启蒙时期的英国》,上海:上海外语教育出版社1991年版。

3. 姜智芹:《欲望化他者:西方文学中的中国形象》,《国外文学》2004年第1期。

4. 李焕明:《伏尔泰的中国观》,《国外文学》2003年第3期。

5. 宋伟杰:《中国·文学·美国:美国小说戏剧中的中国形象》,广州:花城出版社2003年版。

6. 〔美〕史景迁:《文化类同与文化利用》,北京:北京大学出版社1997版。

7. 乐黛云主编:《文化传递与文学形象》,北京:北京大学出版社1997版。

8. 赵小琪、谭枫凡:《香港文学中的英国形象》,《江苏社会科学》2007年第5期。

9. David LeiweiLi, *Imagine the Nation: Asian American Literature and Culture Consent*, Stanford: Stanford University Press, 1998.

10. Ditze, Stephan-Alexander, *America and the Americans in Postwar British Fiction: An Imagological Study of Selected Novels*, Heidelberg: Winter, 2006.

第二章 美学价值间性关系研究

第一节 主题学

一、主题学的研究史和定义

(一)研究史

主题学源于19世纪末的德国民俗学研究,其后在质疑声中曲折向前,并最终凭借其强健的学术生命力,在20世纪中后期成为比较文学学科必不可少的分支领域。

德国民俗学以民间故事和神话传说的演变为研究中心,在对这些出自于不同时代不同作家的作品进行整理、分析、归类和总结的过程中,学者们不可避免地运用了比较思维,且涉及了诸如友谊、时间、宿命等方面的课题,这样主题学便与比较文学产生了逻辑和事实上的联系。但是主题学自诞生之日就夹杂着不和谐因素,正如韦斯坦因所言,"历史地看,成为主题学(thematology)或题材史(stoffgeschiche)的这门学科从一开始就受到强烈的怀疑,要克服这些根深蒂固的偏见似乎是困难的"[1],因为"从克罗齐到德国的精神史(geistegeschiche)和英美的新批评,许多人相信题材(stoff)不过是文学的素材,只有在一出特定的戏剧、一部史诗、一首诗或一部小说被赋予形式之后,它才能获得审美效用"[2]。

克罗齐从美学角度看问题,反对一切与艺术表现相矛盾的概念研究(如实证主义研究),而侧重于题材分析的主题学就恰被归类为实证精神的产物,所以他极力排斥主题学。法国学派的巴尔登斯伯格虽然肯定了主题学的实证主义方法论,但却认为主题学缺乏科学性,"这种研究似乎对材料

---

[1] 〔美〕韦斯坦因:《比较文学与文学理论》,刘象愚译,沈阳:辽宁人民出版社1987年版,第126页。

[2] 陶东风:《文学史研究的主题学方法》,《文艺理论研究》1992年第1期,第2页。

比对艺术更感好奇,对隐秘的遗迹比对艺术家的创造性更感兴趣;在这里,人们对杂乱东西的关心胜过事物的特征。因此,当谈到真正的文学作品时,流浪的犹太人、伊诺克·阿登、浮士德原型、或唐璜等,都可能被作为这种研究的对象,但其目的则几乎和艺术活动的目的相反"①。法国比较文学界的巨擘阿扎尔(Pau Hazerd,1878—1944)则进一步指出,主题学的实证方法还不够纯粹,并不能保证研究范围集中于文学之间的具体联系和影响关系上。的确,要研究不同民族、不同作家、不同作品中主题、题材、意象等的流变和异同及其背后的成因,除了要针对有直接关系的文学现象,还势必要触及没有直接关系的对象。例如,要对"多余人"进行主题学研究,普希金笔下的叶甫盖尼·奥涅金、二叶亭四迷《浮云》中的内海文三、郁达夫《沉沦》中的"他"等等都在网罗范围之内。显然,这样的研究不要求对象之间有必然绝对的联系,作品本身的审美价值应是关注的焦点。

但是视平行研究为准则的美国学派中依然有人排斥主题学,"在韦勒克与沃伦合著的《文学理论》中不设主题学专章,甚至在书后的索引中都没有出现'题材'或是'主题'的字样就是证明"②。在他们看来,文学性色彩淡薄无疑是主题学最令人诟病之处,"它提不出任何问题,当然也就提不出批判性的问题。材料史(stoffgeschichte)是文学史中最少文学性的一支"③。主题学受到法国学派和美国学派双重非议的原因与自身的兼容特点密不可分,它的研究方法既含有注重材料考据和实证分析的"影响研究",又有强调文学审美和文本内部分析的"平行研究",这也因此导致了学者对其定位的不清晰。

诘难一方面给主题学带来了严峻挑战,另一方面也使其在磨难中不断绽放出自身价值和魅力。早在20世纪30年代,法国学者梵·第根就公开赞同主题学,并积极探讨定义,"把题材、主题、典型的研究类别称为'主题学'"④。20世纪60年代及以后,主题学在德、法、美等国家大放异彩,催生了一批重量级的学者和作品。60年代,德国学者编撰了主题学词典,随后于1966年出版了理论专著《题材和题材史》。在法国,《比较文学中的主题

---

① 〔法〕巴尔登斯伯格:《比较文学:名称与实质》,见干永昌等编选:《比较文学研究译文集》,上海:上海译文出版社1985年版,第37页。
② 〔美〕韦斯坦因:《比较文学与文学理论》,刘象愚译,沈阳:辽宁人民出版社1987年版,第131页。
③ 〔美〕韦勒克、沃伦:《文学理论》,刘象愚译,北京:三联书店1984年版,第300页。
④ 〔法〕梵·第根:《比较文学论》,戴望舒译,上海:商务印书馆1937年版,第17页。

研究和方法论》一书为后来的主题学研究奠定了学术基础。在美国,哈利·列文(Harry Levin,1912—1994)的专著《主题学和文学批评》于1968年诞生。同年,《比较文学与文学理论》著作中设章分析了主题学的历史、内容和形式。70年代同类作品《比较文学研究引论》辟"主题与渊源"专章讨论了主题学的价值。80年代中期,主题学研究格外突出,不仅吸收借鉴了许多方法论,如形式主义、原型批评、文化人类学、接受美学等,也在此指导下取得了可观的研究成果。

我国的主题学研究同样始于民俗学研究。20世纪20年代顾颉刚先生的《孟姜女故事的转变》和钟敬文的《中国印欧民间故事之相似》及赵景深的《中西童话之比较》等运用比较文学的思维来分析中外民间故事的流变和成因,共同开创了中国主题学研究的先河。方重和杨宪益分别是30年代和40年代的突出的研究者。

20世纪70年代主题学在国内日趋活跃。台湾学者陈鹏翔、李达三首先明确使用了"主题学"这一理论术语,并有意识地将"主题学"作为一种研究方法引入本土。1978年,李达三在《比较文学研究之新方向》中专门介绍了主题学。1979年,陈鹏翔的 Autumn in Classical English and Chinese Poetry: A Thematological Study(《中英古典诗歌里的秋天:主题学研究》)中探讨了母题、意象和套语等主题学相关范畴。大陆在这方面的代表当首推钱锺书的《管锥篇》,该巨著在中西对比中探索了我国主题学的基本材料构成,涉及了很多重要的母题和主题。

20世纪80年代及以后,主题学研究呈现快速发展势头,在理论和实践上均取得了突破性成果。陈鹏翔、谢天振、乐黛云等都是主题学理论阐发方面的佼佼者。实践方面,刘象愚的《中国游侠》(1981)、龚鹏程的《大侠》(1987)等从较新的主题学角度入手研究,令人耳目一新。90年代,运用文化人类学、神话原型批评等方法论的陈建宪、刘守华、叶舒宪等取得了可喜的成就。还有一些学者将眼光聚焦在本国文学上,也游刃有余地实践了主题学的研究思维和研究方法,代表学者有以古代文学为研究对象的王立和以现当代文学为研究对象的王富仁、谭桂林。

脱胎于民俗学的主题学经过将近一个世纪的努力,终于在考验中自20世纪60年代末获得长足发展,并因此成为比较文学学科的重要组成部分,且牢牢吸引住世界学者们的眼球,成为"比较文学研究中最令人神往的题目"[①]。

---

① 李达三:《比较文学研究之新方向》,台北:台湾联经出版事业公司1984年版,第190页。

(二) 定义

由于主题学一直处于既褒又贬的生存和发展境遇中,所以国内外学者对主题学的界定仁者见仁,目前尚无统一的定论。法国的梵·第根将主题学命名为 Thématologie,指出它是"对于各国文学互相假借着的'题材'的研究,是比较文学底稍稍明晰的探讨所取的第一个形式"①。由美国知名学者合编的《比较文学大纲》将主题学定义为这样一种研究:"打破时空的界限来处理共同的主题,或者,将类似的文学类型采纳为表达规范。"②二者均意识到了主题学的跨越性,也明确地将研究内容指向"题材"或"主题",但是覆盖面并不广。日本的学者大冢幸男则较为全面地总结并强调了这一点,他"把一种对文学的主题、人物典型以及成为文学题材的传说中人物等的研究,称之为主题学或题材学。"③可惜的是,对研究的跨越性却语焉不详。

国内学者对主题学的定义也是各有差异,众说纷纭。台湾陈鹏翔先生是最早倡导主题学研究的学者之一,他对主题学的学科定位、基本内涵、方法论和实践意义等作了初步梳理。他认为,"主题学研究是比较文学的一个部门,它集中在对个别主题、母题,尤其是神话(广义)人物主题作追溯探源的工作,并对不同时代作家(包括无名氏作者)如何利用同一个主题或母题来抒发积愫以及反映时代,做深入的探讨"④。另一位对引进、拓展主题学理论做出重大贡献的是谢天振。他对主题学作了如下规定:"严格说来,主题学只能是比较文学的一个组成部分,它着重研究同一主题、题材、情节、人物典型跨国或跨民族的流传和演变,以及它们在不同作家笔下所获得的不同处理。"⑤陈鹏翔和谢天振的观点比较精确而完整,大部分后来者都据此汲取灵感,如孙景尧、陈惇、杨乃乔、孟昭毅和曹顺庆等。杨乃乔对主题青睐有加,他将主题学定义为研究主题的学问,"主题学是比较文学的一个门类,顾名思义,是对于主题的比较研究。即,研究主题跨文学之间的流变"⑥。孟昭毅则将与主题有关的因素纳入到了主题学研究范围,"主题学研究同一主题思想及其相关因素在不同民族或国家文学中的表现形式或被

---

① 〔法〕梵·第根:《比较文学论》,戴望舒译,上海:商务印书馆1937年版,第99页。
② 转自李达三:《比较文学研究之新方向》,台北:台湾联经出版事业公司1984年版,第190页。
③ 〔日〕大冢幸男:《比较文学原理》,陈秋峰、杨国华译,西安:陕西人民出版社1985年版,第65—66页。
④ 陈鹏翔:《主题学研究论文集》,台北:台湾东大图书出版公司1983年版,第5页。
⑤ 乐黛云:《中西比较文学教程》,北京:高等教育出版社1988年版,第184页。
⑥ 杨乃乔:《比较文学概论》,北京:北京大学出版社2002年版,第214页。

处理的方式,并进一步辨析、阐发之所以产生不同点的那些民族或国家的文化背景、道德观念、审美情趣等方面的异同"①。不过他没有把题材放入主题学的框架下,而是以章的形式单列为"题材学",从而和"主题学"成并列关系。当然,亦有不少学者继承并丰富了陈、谢的看法。陈惇、孙景尧将主题学表述为:"主题学研究讨论的是不同时代、不同民族的不同作家对同一主题、题材、情节、人物典型的不同处理。"②在分析比较上述观点的基础之上,我们认为:主题学是比较文学的分支领域,研究的是同一主题、母题、题材、情境、意象等在不同的国家、文化间的流变,以及作家们对此的不同处理,并努力通过异同研究揭示出个人、民族背后的心理特征和审美追求。

二、主题学的研究范围和内容

梵·第根将主题学内容划分为局面与传统的题材、实有的或空想的文学典型和传说与传说的人物三部分。迪马分为以下五类:典型情境、地理题材、描写对象如植物动物非生物等、世界文学中常见的各类人物形象、传说中的典型。国内学者对主题学研究范围和内容的分类,可以从其对主题学的界定中窥知一二。他们大都侧重于某一个或某几个层面,但大体上均涉及了主题研究、母题研究、题材研究、人物研究和意象研究以及情境研究、惯用语研究等。我们认为,在划分主题学研究内容时既要抓住主题学的本质特点,又要尊重学术传统,故这里主要分为主题研究、母题研究和题材研究三个方面。

(一)主题研究

1. 主题研究与主题学研究的区别

顾名思义,主题学研究当然要研究作品的主题,这是毫无异议的,但是我们必须要认识到主题学研究并不等于一般的主题研究。主题指的是具体作品中由题材、情节或典型人物以及意象体现出来的主要内容和中心思想,是作家主观意图和态度倾向的概括。一般主题研究关注的是个别作品主题的呈现,重点是研究对象的内涵。主题学研究则将研究对象的外在形式作为焦点,重点分析的是不同作家对同一主题、题材等的不同处理。关于两者的不同,已有不少前辈学者做了较充分详实的论述。陈鹏翔指出:"主题学

---

① 孟昭毅:《比较文学通论》,天津:南开大学出版社2003年版,第169页。
② 陈惇、孙景尧、谢天振:《比较文学》,北京:高等教育出版社1997年版,第115页。

是比较文学中的一个部门(a field of study),而普通一般主题研究(thematic studies)则是任何文学作品许多层面中一个层面的研究;主题学探索的是相同主题(包括套语、意象和母题等)在不同时代以及不同的作家手中的处理,据以了解时代的特征和作家的用意(intention),而一般的主题研究探讨的是个别主题的呈现。最重要的是,主题学溯自19世纪德国民俗学的开拓,而主题研究应可溯自柏拉图的'文以载道'观和儒家的诗教观。"①

可以看出,主题学研究和一般主题研究无论从源头还是从研究范围和内容上看,都有着根本的不同。为了能进一步了解这种区别,我们不妨以浮士德为例来详释。如果要对歌德《浮士德》进行一般主题研究,大多会围绕浮士德形象去剖析他的性格和思想,从而揭示出作品的主题。如有人认为浮士德是资产阶级先进知识分子的代表,作品反映的是对封建社会和宗教统治的批判;有人则认为浮士德是积极进取、自强不息精神的代表,作品主题倾向于展示人类对美好生活和理想世界的渴求和探索。但若从主题学角度来分析,学者们首先关心的应是这个人物的原始出处,以及出自何人笔下,接着努力找出所有塑造浮士德形象的作品,以勾勒人物形象的演变轨迹,并进一步洞悉流变背后的动力机制。浮士德形象散见于不同时代不同作家之手,有中世纪民间故事书《浮士德博士的生平》(1587)、文艺复兴时期英国马洛(Marlowe,1564—1593)的《浮士德博士的悲剧》(1592)、启蒙主义时期德国歌德的《浮士德》(1806—1831)和英国多萝西·塞耶斯(Dorothy L. Sayers,1893—1957)的《魔乱》(1939)及德国托马斯·曼(Thomas Man,1875—1955)的《浮士德博士》(1943—1947)等。这些文本可简述为同一个故事,即浮士德通过出卖某些宝贵的东西来和魔鬼订立条约,以获得某种满足。但是大同之下的差异性才是主题学研究的重点,每个浮士德形象是否不同?有着怎样的独特性?产生这些不同色彩的背后原因又是什么?《浮士德博士的生平》中的浮士德反对知识、鄙视人生努力,具有中世纪的时代性;《浮士德博士的悲剧》中的浮士德是人文主义者的化身,他渴求知识、征服自然、痛恨僧侣、积极追求理想的实现和实现理想的道路;《浮士德》中的浮士德则成为一种精神的象征,是启蒙主义时期人道主义精神的象征。不难发现,这样的研究对我们分析相同对象所获得的不同处理,特别是那些没有事实关系的对象,揭示其所反映出的作家文学特色、民族文学特点,是大有裨益的。

---

① 陈鹏翔:《主题学研究论文集》,台北:台湾东大图书出版公司1983年版,第15页。

2. 不同国家文学共同主题的比较

文学即人学,文学以人类境遇和情感为核心,不同文学作品往往呈现出共同的生命形式和生命体验,从而蕴含起共同的主题:如爱情与责任冲突的主题:日本紫式部(约987—1015)的《源氏物语》中,源氏是失朝纲还是占情场的冲突;印度迦梨陀娑的《沙恭达罗》中,豆扇陀是离去治理朝政还是留守陪伴沙恭达罗的挣扎;中国《诗经》中,女性是追求婚姻自由还是忤逆父母之命的抉择;罗马诗人维吉尔(Publius Vergilius Maro,前70—前19)的《伊尼德》中,主人公为了完成建国使命不得不牺牲掉对狄多爱情的不舍。又如大家族沉浮的主题:中国巴金的《激流三部曲》、法国罗曼·罗兰(Romain Rolland,1866—1944)的《约翰·克里斯多夫》、左拉(Emile Zola,1840—1902)的《卢贡·马加尔家族》、苏联高尔基(Maxim Gorky,1868—1936)的《阿尔达莫诺夫家的事业》、德国托马斯·曼(Thomas Mann,1875—1955)的《布登勃洛克一家》、埃及迈哈福兹的"家族小说"等都大笔勾勒了家族的盛衰起浮,并进一步反映了广阔的社会背景和历史变迁以及人生无常。

如果说上述两个共同主题是关于人生观、价值观等的宏观态度,那还有一些是通过具体人物、具体事件来传达思想观念的共同主题。例如,以底层人物、小人物为对象言说不幸命运、获取认同的主题:鲁迅塑造的落魄旧知识分子孔乙己(《孔乙己》)、英国哈代(Thomas Hardy,1840—1928)描写的乡村勤劳女苔丝(《德伯家的苔丝》)、法国小仲马(Dumas Fils,1824—1895)笔下的底层名妓茶花女(《茶花女》)、俄国普希金(Pushkin,1799—1837)勾勒的维林(《驿站长》)和美国欧·亨利(O Henry,1862—1910)的苏贝(《警察与赞美诗》),以及丹麦作家安徒生(Andersen,1805—1875)那家喻户晓的卖火柴的小女孩(《卖火柴的小女孩》),还有奥地利作家卡夫卡(Franz Kafka,1883—1924)的格里高尔(《变形记》)等等都从小人物切入,通过树立被侮辱被损害的形象令读者同情,且为他们的坎坷命运鸣不平。当然,主题学视野下的同一主题比较并不仅局限于搜集罗列研究对象的相同点,围绕研究对象分析与之相关的研究主体与研究对象主体间性、研究对象主体与研究对象主体间性的文学关系才是根本,亦即我们仍要把关注点放在同一主题的不同之处,并进一步去探析形成此因素的动力机制。莎士比亚(William Shakespeare,1564—1616)的《罗密欧与朱丽叶》与王实甫的《西厢记》是两部主题基本相同的名剧,表现了封建时代青年男女对爱情的渴望和追求,均呼吁"有情人终成眷属",但实际上两者并不全一致。结局上,莎剧中的一对恋人双双付出了生命的代价,属于典型的西方悲剧;王剧中的主人公终于在风雨后见到彩虹,以典型的中国式大团圆结尾。人物上,莎剧中的主人公要比王剧中的人物更热情、奔放,对爱情同样是执著、忠贞,但以含蓄为美的东方女性崔莺莺顾虑较多,内心的挣扎和精神苦闷不断;而朱丽叶则坚定、勇敢许多。

比较不同国家文学的共同主题,具有重大的现实意义。这种求同存异的思维,一方面与世上事物存在的形态和性质一致,既可以揭示人类的共同情感,又可总结文学发展的普遍规律。另一方面,它以主体间性的定位增强了各民族、各文化间对话、沟通的基础,而这正是比较文学实现不同文化中文学互识、互证和互补的前提。

3. 不同国家文学承衔主题的载体的比较

在上述《罗密欧与朱丽叶》和《西厢记》例子中,我们比较出的异质因子各有不同,但它们却以人物、事件、题材、情境等载体的身份共同指向同一主题,故与其说要比较主题的异同和成因,不如说是分析上述载体的差异。通常情况下,叙事作品的主题主要体现在人物、事件或环境上,而抒情作品中往往通过意象传递出来。人物、事件或环境与主题关系较直接,如昭君形象演变带来的主题差异、豆扇陀欲走还留的困惑引起的主题转折和《激流三部曲》中社会革命导致的主题倾斜等等。

另外,意象和主题的关系也很紧密,不容轻视。意象是指具有特殊审美意味的文学形象或文化形象。这里的"特殊审美意味"主要强调的是文化性,因为在不同民族文化中拥有不同含义的意象远比拥有相同或相似含义的意象来得更鲜明,更有文学价值。我们可以月亮意象为例。月亮在中国作品中可谓是相思的代名词,苏轼咏道:"人有悲欢离合,月有阴晴圆缺,此事古难全";李白叹说:"床前明月光,疑是地上霜。举头望明月,低头思故乡";杜甫独曰:"露从今夜白,月是故乡明";张九龄亦言:"海上生明月,天涯共此时"。而且由于传统含蓄美、阴柔美的影响,"相思"表现出的情绪多是孤独的、神秘的。月亮在西方作家手中则有强烈的个人色彩,多是生活化的、直观的。威廉·华兹华斯(William Wordsworth,1770—1850)把月亮想象成孩子:"一弯新月,爱神的一颗星/你们俩为傍晚添辉增光/只隔着一小片天空相望——/你们说吧,免得我分不清/哪位是侍从,哪位是女王?"[①]雪莱则把月亮比拟成女郎:"像一位瘦弱苍白的濒死女子/裹着轻罗面纱,凭

[①]〔英〕华兹华斯:《华兹华斯抒情诗选》,黄杲炘,上海:上海译文出版社2000年版,第361页。

迷糊脑子里/朦胧而虚妄狂乱的胡思乱想/领着她步履蹒跚地走出闺房/月亮升起在黝黑的东方天边/只是寒碜的白蒙蒙一片——"①又如龙的意象。在中国文化中,龙是权威和神圣的象征,它至高无上且不可挑战,故常常有"天子"、"望子成龙"、"人中龙"之说。但在西方文化里,龙却有一个截然相反的内涵,一般是凶残的、邪恶的怪物或妖魔,因此不少作品中出现了消灭龙的情节,如英国英雄史诗《贝奥武甫》和德国英雄史诗《尼伯龙根之歌》。

承衔主题的载体的比较是对主题分析的具化,能将主题研究从束之高阁的神坛理论分析转向实践的文本分析,从而使研究主体和研究对象不再抽象化。就主题研究来说,借助具体人物、事件、题材、情境等介质的性质和状态以及变化的曲线图,将多层次呈现出主题的独特性和丰富性,促进文学间性关系研究的平等对话与交流。

(二) 母题研究

1. 定义

母题是什么?德国学者认为:"母题这个字所指明的意思是较小的主题性的(题材性)单元,它还未能形成一个完整的情节和故事线索,但它本身却构成了属于内容和形式的成分,在内容比较简单的文学作品中,其内容可以通过中心母题概括为一种浓缩的形式。一般来说,在实际的文学体裁中,几个母题可以组成内容。"②另有学者进一步补充,如此定义:"主题可以指从诸如表现人物心态、感情、姿态的行为和言辞或寓意深刻的背景等作品成分的特别结构中出现的观点,作品的这种成分,我们称之为母题;而以抽象的途径从母题中产生的观点,则可称之为主题。"③我国学者乐黛云做了更为具体的阐释:"主题学研究中的母题,指的是在文学作品中反复出现的人类的基本行为、精神现象以及人类关于周围世界的概念,诸如生、死、离别、爱、时间、空间、季节、海洋、山脉、黑夜,等等。"④

西方文学中常见的母题有仇恨、嫉妒、乱伦、决斗、探险等,我国文学常见的母题有忠君、孝敬、仁爱、义气等。

---

① 〔英〕雪莱:《雪莱抒情诗全集》,吴笛译,杭州:浙江文艺出版社1994年版,第289页。
② 〔美〕韦斯坦因:《比较文学与文学理论》,刘象愚译,沈阳:辽宁人民出版社1987年版,第138页。
③ 〔法〕约斯特:《比较文学导论》,廖鸿钧等译,长沙:湖南文艺出版社1988年版,第235页。
④ 乐黛云:《中西比较文学教程》,北京:高等教育出版社1988年版,第189页。

2. 母题与主题的异同

母题和主题是两个极易混淆的概念，如果要界定母题的内涵，不如从比较两者的异同入手。母题在一定程度上源自原始文化的永久性主题，是主题赖以生长的基础，是潜在的主题。而主题常常通过若干母题的组合表现出来，是母题的具体化和表现形式。例如"仇恨"的母题。这一母题出自于希腊传说中的人物美狄亚，衍生出了不同的主题。在欧里庇得斯（Euripides，前480—前406）的《美狄亚》中，美狄亚是个敢爱敢恨的烈女子，她可以不顾一切地爱上伊阿宋，也可以果敢地报复抛弃自己的丈夫，该剧表现了作者批判不合理婚姻制度和男女地位不平等的主题。但在德国当代女作家克里斯塔·沃尔夫（Christa Wolf，1929—　）的《美狄亚·声音》中，美狄亚是位才貌双全的人道主义者，她的理性、独立、博爱处处体现出基于女性主义立场的作者的认同和赞美。回头来看，欧里庇得斯的《美狄亚》中的主题并不只有"仇恨"这一个母题，另外还有"爱情"、"嫉妒"、"义务"等母题，正是这些母题的排列组合，才有了主题的整体面貌。

母题和主题的区别较复杂，主要体现为以下几个方面：

从具体文本作品看，母题是叙事句中较小的基本单位，主题是叙事句中的较大单位或复合句。如《俄狄浦斯王》中"命运"的母题和"命运不可战胜"的主题。

从主客倾向看，母题往往以词汇、概念的形式出现，不提出任何问题，有较强的客观性，如战争、流浪、谦恭、智慧、叛逆、通奸、兄妹婚等。主题是作品的中心内容，代表了作者的态度，呈现出较强的主观性。只有经过作者处理后的母题，才会上升到问题和观念的高度，表达出一定的立场和意义，从而走向主题。如"善有善报"的母题和"善必有善报"的主题。"家"的母题和巴金《家》中批判社会的主题以及《四世同堂》中表现的爱国主义主题。

从运动形态看，母题是有限的，是常项，所以多有普遍意义，如爱恨、生死离别、聚散离合等。主题理论上是无限的，是变量，故只是个别表达。同一母题可以形成不同的主题，如"出游"母题，在《西游记》中阐释的是弘扬佛法、追求灭欲，但在电影《大话西游》中则是消解传统、欲望肆溢、解构英雄与妖孽的对立。

3. 不同国家文学母题的比较

第一，人物母题的比较。母题与人物息息相关，但不是所有的人物都具备母题色彩，只有具有一定的象征意义和典型色彩，才能称之为"人物母题"。人物母题研究旨在探寻某一象征人物的流变及其在演变中体现的作家传承与创新,以及折射出的社会大环境。比如贞德。贞德在法国历史上是位军事才能突出的民族英雄;在莎士比亚《亨利六世》中她是位被作者讽刺的魅惑妖妇;马克·吐温(Mark Twain,1835—1910)的看法则与法国历史上的观点一致;法国人阿纳托尔·法郎士(Anatole France,1844—1924)的《贞德传》中更强调宗教因素对贞德革命运动的影响,他认为贞德是个非凡的悲剧人物。分析同一形象在历史长河中的性格起伏,具有一定的深远意义,这构成了我们分析民族的文化差别、审美差异和道德观的基础性前提。

　　人物母题可划分为两类:其一,神话传说中的人物。这些人物的内涵几乎得到后世人的公认,他们的名字就等于母题。如雅典娜和姜子牙是"智慧"母题的代表、丘比特和月老是"爱神"母题的代表、圣母和女娲是"仁慈"母题的代表、西绪福斯和精卫是"锲而不舍"母题的代表、俄狄浦斯是"恋母"母题的代表、普罗米修斯是"救世主"母题的代表等。其二,文学中的类型形象。有些作家塑造的人物形象性格鲜明突出,往往是某类人的代言,极具代表性。如代表"吝啬"的莎士比亚的夏洛克(《威尼斯商人》)、莫里哀(Moliere,1622—1673)的阿巴贡(《悭吝人》)、巴尔扎克(Balzac,1799—1850)的葛朗台(《欧也妮·葛朗台》)、果戈理(Gogol,1809—1852)的泼留希金(《死魂灵》);代表"巾帼英雄"的圣女贞德、花木兰;代表"烈女"的春香(《春香传》)、蔡人之妻(《列女传》);代表"风流郎"的光源氏(紫式部《源氏物语》)、贾宝玉等。

　　第二,情境母题的比较。情境(situation),也可译为"局面"、"形势"或"情景"。它通常被理解为"人的观点、感情或行为方式的集合,它们产生或产生于几个个人参与的行动"①,也就是说,指的是人物在某个时刻的交错关系,即情节、事件、行为方式的组合或者相关环境因素。如"三角恋"、"仇人子女相爱"、"私订终身后花园、落难公子中状元"等。

　　母题依赖于情境,它的产生离不开情境,其本身是情境的模式化和概括。相同情境可以产生不同母题。如龟兔赛跑的情境。这一情境在中国民间故事中形成了"骄傲"、"毅力"的母题,但在印第安人故事中却蕴含着"狡猾"、"谋略"的母题。同时,不同情境也可产生相同母题。爱情母题在中西方有着不同的生成情境,它在中国文化下受制于儒家规范,多是三纲五常的

---

① 〔美〕韦斯坦因:《主题学》,见北京师范大学选编:《比较文学研究资料》,北京:北京师范大学出版社1986年版,第340页。

伦理爱情,换句话说,即表现的是夫妻间的举案齐眉、相敬如宾,代表夫妻有民间传说《天仙配》中的董永和七仙女、《白蛇传》中的许仙和白蛇;不过,爱情在西方所依托的情境则相对自由,特别是对婚外恋持宽容、祝福的态度,这点在中国几乎是不可能的,如列夫·托尔斯泰(Lev Tolstoy,1828—1910)的《安娜·卡列尼娜》中安娜和沃伦斯基的美好恋情、电影《魂断蓝桥》中罗伊和玛拉荡气回肠的凄美爱情。

(三)题材研究

1. 定义

题材研究是主题学研究的老成员,早期的主题研究就直接被称为"题材史",可见其地位之重要。弗伦泽尔曾这样解释题材:"一个存在于这一作品之前轮廓清晰的故事脉络,一个'情节',它是一种内在或外在的经验,一部由另外一个作家加工了的作品,或者甚至是一件想象的产物,用文学方式进行了处理。"[①]所以可以说,题材指的是可以构成一个完整故事或情节的素材。只有被文学作为表现对象的那部分素材,才会成为题材。

2. 题材和主题的异同

题材和主题的关系最为密切,这从早期的定义就可窥知,可以说,没有题材就没有主题学研究。题材往往蕴含着一个或多个潜在的主题,之所以说是"潜在"的,因为尽管题材是人类理性对素材选择、推敲的积淀,但总要依赖作者的生发、诠释才够完整。研究题材的目的就是为了更好地服务主题。题材研究在比较视域中着上了浓厚的民族文化色彩,它以同一题材在不同文化语境中的流变为横坐标,以其在不同文化语境中的形态异同为纵坐标,延展出自己的研究范围。

3. 不同国家文学同一题材的比较

同一题材在跨国别、跨文化甚至在没有事实关系的情况下,能以变体的面貌传播开来,从而延长生命。例如人变成动物的题材。《山海经》中炎帝之女变身精卫,《促织》中人变成蟋蟀,还有"庄周梦蝶"、"薛伟化鱼"(唐传奇《续玄怪录》)、"梁祝化蝶"等在我国文学中都是常见题材。西方文学中人变成动物的例子最早可追溯到古罗马作家阿普列尤斯(Apuleius,124—175)的《变形记》,小说中主人公变形为一头驴。其他还有卡夫卡《变形记》

---

① 〔美〕韦斯坦因:《主题学》,见北京师范大学选编:《比较文学研究资料》,北京:北京师范大学出版社1986年版,第337页。

中格利高尔变成一只大甲虫和尤涅斯库（Lonesco,1909—1994）《犀牛》中人物变为犀牛等等，这些都可归为同类题材。又如几乎渗透在各个文化体系中的"大洪水"题材，印度神话中摩奴和鱼的故事、希伯来神话中诺亚方舟的故事、希腊神话中宙斯发洪水惩罚普罗米修斯的故事、中国文学中大禹治水的传说等都和洪水有关。这些题材囿于时地限制并不存在事实上的流传和相互影响的可能，但通过比较我们会发现各文化主体不约而同地使用同一题材的背后是民族文化思维特点、审美特征和体悟方式不同的体现，是文学差异性和丰富性的根源。表面来看，中外作家对人变成动物题材的运用只是动物种类有别，但这种不同暴露的却是中华民族对蝴蝶代表爱意、西方作家对甲虫蕴含讥讽的认可。

　　同一题材在不同文化语境中的演变和影响可以普罗米修斯盗火受罚的英雄故事为典型例子。这一题材突破时空限制，为后人有选择地继承，其中较有名的是埃斯库罗斯（Aeschylus,前525—前456）的同名悲剧三部曲和雪莱（Shelley,1792—1822）的诗剧《被缚的普罗米修斯》。传说中普罗米修斯的结局是，赫拉克勒斯背着宙斯偷偷将他解救出来，即并不是宙斯主动放过普罗米修斯。埃斯库罗斯将这一结局稍作调整，在三部曲的第二部中宙斯命令赫拉克勒斯释放了普罗米修斯。埃斯库罗斯之所以这样做，是因为他把普罗米修斯看成民主派的化身，人物的行为是他希望调和民主派和贵族派之间矛盾的心愿的体现。雪莱不赞成埃斯库罗斯那种保守的态度，他将故事的结局再次改为普罗米修斯的绝对胜利，且是依靠个人的力量争取到的胜利。因为雪莱所处的时代和埃斯库罗斯不同，他对反封建的斗争更激烈、更彻底。如此看来，题材的流变分析更细致，它涉及流变中人物形象的变化、情节的取舍和环境的突出与淡化以及形态变化背后的成因。如果说研究没有事实关联的同一题材是对文学差异性的偏爱，那么我们可以说，研究相互影响下的同一题材则加深了不同文学和不同学科间的同一性的理解。

　　需要说明的是，目前题材研究的对象多指向民间故事题材和神话题材，这可以从相关作家的研究实践中得到印证。将研究对象集中于这两类题材有其必然因素，因为民间故事也好、神话传说也罢，它们都是人类早期生存境遇的浓缩，有着许多共通之处。

　　以上分别论述了主题学研究的三个主要方面即主题研究、母题研究和题材研究。但是在研究实践中我们很难将它们截然分开独立进行，很大程度上这些因素都是相辅相成的，事实证明也只有互相参考的研究才能更客观、更具说服力。另外,主题学研究还有其他的研究层面,如套语、惯用语等。

三、主题学的研究现状和前景

在西方,主题学有相当长的一段时间都处于争议当中,但 20 世纪 80 年代之后它获得了长足进展。"据统计,仅 80 年代以来,西方用英文写成的主题学理论文章就有 20 来篇,著作则有几十部之多。更加值得注意的是,自 1985 年底以来,西方已经为主题学举行了 6 次研讨会或国际会议,而且这些会议的成果不是出版成学报的专号就是以专著的形式面世,在学术界都产生了一定的影响。"[①]在这些成就中,主题学方法论的层出不穷格外吸引眼球,形式主义、原型批评、文化人类学、接受美学、女权主义等西方思潮都为主题学研究者以宽容的心态引进、吸收、消化。

我国的主题学研究一路高歌走来,但有喜也有忧。从理论上看,理论阐发领域鲜有人涉足,目前活跃于学界的依然是那些在 20 世纪 80 年代崛起的前辈,如陈鹏翔(《主题学研究与中国文学》,1983)、谢天振(《主题学》,1987)陈惇(和刘象愚合编《比较文学概论》,1988)、乐黛云(《比较文学原理》,1988)。另外,学者们对母题和主题的关系已经阐释得比较翔实,但是母题和题材、母题和情境、主题和题材、题材和主题等的理论关系,大家或语焉不详,或一笔带过,尚未给予足够的重视。

从实践上看,运用文化人类学、神话原型批评等西方方法论的学者们,成绩引人注目。民俗学意义上的,如陈建宪《神祇与英雄——中国古代神话的母题》(1994)、刘守华《比较故事学》(1995)。神话学、文化人类学意义上的,如季羡林《〈罗摩衍那〉在中国》(1991)、叶舒宪《英雄与太阳——中国上古史诗的原型重构》(1991)。还有一批学者将眼光收回并定格在本国文学上,也闯出了一片新天空,如王立、谭桂林、王富仁等。1990 年,王立出版了至今仍影响较大的《中国古代文学十大主题——原型与流变》。1995 年,其四册系列专著《中国文学主题学》面世,集中于侠文学和悼祭文学,重点分析了意象、题材等主题学的核心内容,极大丰富了主题学的实践研究。之后他进一步扩大分析对象,将"复仇"和女性文学纳入研究体系,彰显了主题学研究的无限潜力和美好前景。王立的研究对象针对中国古典文学,"以证主题学的中国文学和文化起源,从而确立主题学的民族文化根

---

① 陈惇、孙景尧、谢天振:《比较文学》,北京:高等教育出版社 1997 年版,第 130 页。

基。不仅从学术上探索了中国主题学的渊源,更从民族文化精神上确立了中国主题学的本质特征"[1]。不过,这批学者的研究方法也有一定的局限性,他们针对的只是本民族的文本,与我们所倡导的以主体间性为特点的比较研究还有一定距离。如果只是一味停留在本文化内,势必会削减研究视野的宽度和深度,从而影响研究成果的客观性和普遍性。只有全面认识自身,然后放眼世界,比较文学的主题学研究才有可能步步高升。

【导学训练】

一、本节学习建议及关键词释义

1. 学习建议:

把握主题学的发展情况和定义,掌握主题学的研究范围和内容,了解主题学的研究现状和前景,同时能利用相关理论知识进行切实可行的案例分析。

2. 关键词释义:

主题比较:主题学研究中的主题并不完全等同于一般文艺学意义上的主题,它强调的是不同文化语境中的主题,更多关注的是研究对象的外在形式。主题比较围绕着文学间性关系,旨在求同存异,一方面在同一性中发掘人类共同情感和文学的普遍规律,另一方面在差异性中认可主体的独特性,从而促进不同文学和学科间的平等对话。

母题比较:母题是主题学的核心范畴。母题和主题关系密切,同一母题可以形成不同主题,不同母题也可组合成一个主题。母题比较侧重于在不同文化语境中分析人物母题、情境母题等所包含的共同情结和差异性及其背后的运作机制。

二、思考题

1. 分析中英诗歌中动物意象的不同。
2. 比较不同国家文学中的成长母题。

三、可供进一步研究的学术选题

女性主义批评切入主题学研究的拓展意义

提示:20世纪80年代之后,主题学的方法论研究层出不穷。总体来看,主题学研究一方面凭其开阔的世界性眼光吸引形形色色的理论思潮,拓展了自己的内涵和外延,另一方面又以文学间性关系的姿态给对方以更大的发展空间。但是,由于女性主义批评在众多文学理论中所处的边缘位置,它对主题学的影响远没有其他文学批评来得广、来得深,其波及面之大还亟待更多时间和更多载体来证明。因而,通过女性主义的独有视角窥

---

[1] 王春荣:《20世纪文学主题学研究的三个历史阶段》,《社会科学辑刊》2006年第5期,第203页。

探作品中主题、母题和题材及情境等的文化异质因子,发掘出其成因背后的动力机制,尤其是那些不同国别、不同文化包含的人类共同情结,可以突出不同文化语境中文学的同一性和差异性,从而使不同国家文学、文化在女性主义意识的观照下生成一种新的意义。

【研讨平台】

文学人类学视野下的主题研究

提示:文学人类学顾名思义就是文学和人类学两个不同学科的交叉和结合,尽管还有人对文学人类学是否可成为学科抱有疑问,但可以肯定的是文学人类学是学科相撞的结果,是顺应历史发展趋势应运所生。文学人类学用人类学的方法解决文学问题,又以人类的生存反观文学,具有极大的包容性。文学人类学的这种空间性使该视野下的主题研究一方面和其他的理论思潮比较起来,既易操作又有实战感,另一方面也使文学间性关系得到最大程度的张扬,亦即使以追求同一性和差异性为宗旨的主题研究更加和谐。

在国外,以弗莱为代表的"神话原型批评"派、德国的人类学家伊瑟尔和加拿大学者波亚托斯等早就借助民间故事、传说等材料探讨了其中的主题倾向、母题寓意。我国的陈建宪、刘守华、叶舒宪等是较早一批引入并接受文学人类学观念的学者,他们在各自的领域辛勤探索,出版了《神祇与英雄——中国古代神话的母题》、《比较故事学》、《英雄与太阳——中国上古史诗的原型重构》等著作,对同一主题的表现形态和异同及其背后的动力机制做了具体详实的分析,并深度挖掘出民族的审美特征和思维模式。

文学神话的研究(节选)

主题和神话之间有什么区别呢?这个问题十分令人关注,因为这两种术语在教科书中经常被混淆,又因为这类研究的经典作品可能是《欧洲文学中的浮士德主题》(夏尔·德德扬,1954—1965年)或《欧洲文学中的普罗米修斯主题》(雷蒙·特鲁松,1964年,1979年再版)。为明确起见,我们将主题确定为人们关心和普遍注意的主体:思想对主题而言取决于智力的状况,感情则取决于情感状况。在其零点,或者我们宁可说,如果取中间立场的话,主题是共同点。我们将称神话是由神话是由传说提供的叙述总体,而且至少开始时已经表现出世界上神圣的事物或超自然的事物。神话在它发展的高级阶段可以具有抽象的意义:普罗米修斯变成反抗的象征,西绪福斯是荒诞的象征。那么神话是某个主题的捕获物,神话倾向于归结为这个主题。

……

比较文学工作者的任务与神话学家的任务区别在哪里呢?十九世纪下半叶及二十世纪初,人们称"比较文学工作者"是专门对宗教和神话作比较研究的学者,例如马克斯·米勒或扎洛蒙·赖纳赫。今天米尔塞阿·埃利阿德也许是一例。明确的关注胜过任何同业的要求,仍然会引导我们将这个术语留给每一个进行文学比较研究的人,因此问题不在于象马克斯·米勒那样去证明一切印欧语系的神话是太阳神话或雷雨神话;也不在于象莱维·斯特劳斯那样对俄狄浦斯神话和美洲印第安的神话进行结构比较。

但是人们在各种文学里将注视一个神话或一个神话形象的变化。

——〔法〕皮埃尔·布律内尔等:《何谓比较文学》,黄慧珍、王道南译,上海:上海社会科学院出版社1991年版,第121—123页。

附:关于"文学人类学与主题研究"的重要观点

按照弗莱的理论,原型是具有相对稳定性的文学结构单位,就象语言中的交际单位——词一样。原型可以是意象、象征、主题、人物、情节母题……只要它在文学史上反复出现,具有约定俗成的联想。对原型的研究势必打破国别和文化的界限,有助于发现文学自身的规律性因素,使文学批评和理论走向系统化和科学化。从文学史的考察中可以看到,文学发展的有机整体植根于原始文化,最初的文学结构模式的构成要追溯到古的仪式和神话中去。"这样说来,探求型就成了一种文学人类学。"

或许,用"文学人类学"的概念代替"比较文学"这个争议颇多的概念,会使我们的研究少一些"比附"之嫌。其实,人类学本身就意味着跨文化比较。弗莱的《批评的解剖》把西方文学作为一个整体来描述,充分体现了跨文化比较的视野和方法,却并未打出比较文学的旗号。

——叶舒宪:《原型数字"七"之谜——兼谈原型研究对比较文学的启示》,《外国文学评论》1990年第1期。

总之,决定中西方同一爱情悲剧母题演化为不同形式的正是各自的文化。文化影响了作者的文化观、世界观、人生观,然后再渗透到他的作品中,显像出不同的表现形式。这也是某些同类文学母题在中西方语境中表现不同的重要原因。

——刘汉波:《同主题变奏——嫦娥奔月神话与金羊毛神话的比较研究》,《广西社会科学》2007年第12期。

【拓展指南】

一、重要文献资料介绍

1.陈鹏翔:《主题学研究论文集》,台北:台湾东大图书公司1983年版。

简介:本书是主题学研究的代表作之一,收录了陈鹏翔与其他学者有关主题学研究的论文21篇,绝大部分论文主要围绕"王昭君故事"、"梁祝故事"等的某个特定人物形象在不同时间、不同地域、不同作品中的发展与变化来展开。陈鹏翔对主题学理论的阐释影响深远,目前很多定义都还在沿袭他的观点。

2.谢天振:《主题学》,《比较文学研究》1987年第2期。

简介:本书是阐发主题学理论的权威作。书中详细回顾了中外主题学的研究史,并对主题学的学科定位、基本范畴、研究范围等做了界定。

3.王立:《中国文学主题学》,郑州:中州古籍出版社1995年版。

简介:本书是运用主题学方法来分析具体文本的优秀之作,为一套四册的系列专著,含《意象的主题史研究》、《江湖侠踪与侠文学》、《悼祭文学与丧悼文化》、《母题与心态史丛论》,研究对象集中于中国古典文学。

4. 刘守华:《比较故事学》,上海:上海文艺出版社1995年版。

简介:本书是主题学在民间文学研究领域里的代表性著作。全书分上下两部分,后者收录了26篇中外研究作品。作者具有明确的比较故事学的理论意识,并努力探索中国的比较故事学之路。

二、一般文献资料目录

1. 北京师范大学选编:《比较文学研究资料》,北京:北京师范大学出版社1986年版。
2. 陈建宪:《神祇与英雄——中国古代神话的母题》,北京:三联书店1994年版。
3. 陈鹏翔:《主题学研究回笼:序王立的〈中国古代文学十大主题〉和〈中国古典文学九大意象〉》,《文艺理论研究》1994年第4期。
4. 顾颉刚:《孟姜女故事研究集》,上海:上海古籍出版社1984年版。
5. 季羡林:《比较文学与民间文学》,北京:北京大学出版社1991年版。
6. 李达三:《比较文学研究之新方向》,台北:台湾联经出版事业公司1984年版。
7. 刘洪一:《"父与子":文化母题与文学主题——论美国犹太文学的一种主题模式》,《外国文学评论》1992年第3期。
8. 赵小琪:《屠格涅夫和沈从文小说中的自然人文景观》,《外国文学研究》1992年第3期。

第二节　文类学

一、文类学的渊源、定义

(一) 渊源

西方的文类学研究可以追溯到古希腊,最早的论述者为柏拉图(Plato,前427—前347)。他从建立理想国的政治理念出发,将当时的文学作品进行了分类,包括"模仿叙述"的悲剧和喜剧、"单纯叙述"的颂歌和"混合叙述"的史诗三种,并分别剖析了各自的社会功用。继柏拉图之后,亚里士多德(Aristotle,前384—前322)首次从理论上对文学进行了严格的分类,其《诗学》不仅仅被视作"西方第一部有科学体系的美学和文艺理论著作"[①],也是第一部从文类出发来讨论文学的著作,其中关于悲剧的理论更是亚里

---

① 马新国主编:《西方文论史》,北京:高等教育出版社2002年修订版,第39页。

士多德艺术理论的核心。在《诗学》中,亚里士多德认为悲剧"是对于一个严肃的、完整的、有一定长度的行动的摹仿;它的媒介是语言,具有各种悦耳之音,分别在剧的各部分使用;摹仿方式是借人物的动作来表达,而不是采用叙述法;借引起怜悯和恐惧来使这种情感得到陶冶"①,借此将严肃的悲剧和夸张的喜剧、借重动作模仿的悲剧和强调客观叙述的史诗及惯用自己口吻叙述的颂歌等文学种类区分开来。

亚里士多德的理论开创了文类研究的先河,由此,文学类型作为一种文学生成和发展的重要秩序受到历代研究者的重视。从古典主义到新古典主义,再到浪漫主义,关于文学类型的理论经历了数次论战和复杂的变革。古典主义针对文类所提出的理论可以追溯到其奠基者贺拉斯(Quintus Horatius Flaccus,前65—前8)。在继承和发展亚里士多德理性原则的基础上,贺拉斯提出艺术创作的"合式"(Decorum,也译为"得体"、"仪轨"等)②原则,认为"每种体裁都应该遵守规定的用处"③,为艺术创作从内容到形式树立了一套具体的法则。17世纪法国新古典主义的理论代表是布瓦洛(Nicolas Boileau Despreaux,1636—1711),其代表作《诗的艺术》共分为四个章节,其中第二、第三章分论牧歌、挽歌、颂歌、十四行诗、歌谣等次要诗体和悲剧、喜剧、史诗等主要诗体。从这一分类可以看出,布瓦洛承袭了贺拉斯的"文类合式"观,并致力于将不同的文学作品按照高低轻重的等级来分类。布瓦洛所强调的理性、古典原则也可以看做是法国新古典主义对于古希腊和古典主义的文艺理论的继承和发展,讲求协调统一,恪守范式。这种严苛的分类影响了文学类型的创新发展,使得某些文学类型受到忽视和限制。针对这一现状,法国的浪漫主义大师雨果提出了文学的自由主义原则,认为每部作品都应当根据主题的要求进行具有想象力的独立创造,"他所力争的是艺术自由,是反对体系、法典和规则的专制"④。浪漫主义颠覆了新古典主义为悲剧、史诗、颂歌、喜剧等文学类型所划定的等级秩序,将一向受到忽视的抒情短诗提升到一个新的位置,强调文学创作的情感表现,而不是模仿行动或人物等叙事因素,这就彻底消解了悲剧和史诗等传统文类的"高贵性"。意大利美学家克罗齐作为文学分类最激进的反对者,认为艺术类型处

---

① 亚里士多德:《诗学·诗艺》,罗念生译,北京:人民文学出版社1962年版,第19页。
② 姚文放:《文学传统与文类学辩证法》,《学术月刊》2004年第7期。
③ 贺拉斯:《诗艺》,见亚里士多德:《诗学·诗艺》,罗念生译,北京:人民文学出版社1962年版,第142页。
④ 〔法〕雨果:《论文学》,柳鸣九译,上海:上海译文出版社1980年版,第75页。

于不断的新旧交替中,由于旧的类型和规则不断消亡,新的类型和规则不断建立,因此艺术无法获得一个稳定的分类。他甚至断言:"如果把讨论艺术分类与系统的书籍完全付之一炬,那也绝对不是什么损失。"①

直至19世纪末,比较文学这一学科开始发生与发展,它将世界各民族文学视为一个整体,从跨国、跨文明的角度研究文学类型和特征,使得文类学研究不再局限于国别文学的范围之内,从而拓展了新的领域,其相关范畴、定义和理论也逐步成型。

比较文学发展的第一阶段以法国学派及其倡导的影响研究为主导。法国学派偏重于"事实联系"的实证主义方法,通过研究文类在传播过程中的影响,为文类学的发展拓宽了视野。1931年,梵·第根在专著《比较文学论》中辟专章讨论"文体与作风",强调文类研究的重要性。在本国文学传统和别国文学传统的影响中,梵·第根又格外偏重于别国影响,不仅着重论述了跨越国界的几种文类——散文、诗歌和戏剧等等在西方的源流和影响,还专门考察了英国言情小说对18世纪的法国和德国小说的影响,法国写实小说对西班牙流浪汉小说的影响,意大利的十四行诗对于文艺复兴时期的法国、英国诗歌的影响等等。继梵·第根之后,基亚、毕修瓦(Claude Pichois,1929—2004)等学者先后在其著作中提到了文学类型的问题,并尝试为"文类"一词下定义。一方面,法国学派肯定了文类学研究的重要性,并对克罗齐等前人的文类观进行了修正,使得文类学研究不断系统深入地发展;另一方面,由于法国学派过于偏重文类跨国界、跨语言的影响研究,而忽略了文类在流传过程中的发展变异,因此这一阶段的文类学研究未能打破影响研究的藩篱。

这一状况在比较文学发展的第二阶段有所好转。这一阶段由美国学派及其倡导的平行研究所主导。平行研究提倡在一定的可比性条件和研究目的之下,突破"事实联系"的限制,将不同时代、地域、地位乃至不同水平的作家作品都纳入研究范围,通过异同比较来发掘文学作品的美学价值及内在联系,大大扩展了文类研究的视野,并将其提高到比较文学研究领域中一个更为重要的位置。然而,美国学派的文类学研究受到文化中心主义思想的影响,将研究的主要对象囿于西方文学,对东方文学和文类缺乏应有的重视,使得这一阶段的文类学研究仍然存在较大局限性。许多学者甚至将这种局面归咎于东方文学研究体系自身缺乏文类意识,比如韦斯坦因在《比

---

① 转引自朱光潜:《西方美学史》下卷,北京:人民文学出版社1979年版,第650—651页。

较文学和文学理论》一书中所提到的:"直到最近,远东国家尚未根据类属对文学现象进行系统的分类,虽然长期以来文类学理论一直是印度美学的一个基本部分。"①事实上,中国古代文论中早已有对文类的研究。早在汉代,曹丕在《典论·论文》中就如是论到:"夫文本同而末异,盖奏议宜雅,书论宜理,铭诔尚实,诗赋欲丽。"②这被视为是中国文类研究的开端。中国古代文论中时常论及的"文体"通常指的就是文学类型,例如沈括在《梦溪笔谈》中提到的:"往岁士人多尚对偶为文,穆修、张景辈时为平文,当时谓之'古文'……时文体新变,二人之语皆拙涩,当时已谓之工,传之至今。"③"对偶之文"和"平文"便是骈文和散文两种不同的文类。需要注意的是,中国古代文论中的"文体"有时亦兼指文学风格,例如皎然《诗式》中"自西汉以来,文体四变"一说,讨论的就是文学风格的变化,所以不能简单地将西方的文类研究和中国古代文论中的文体研究等同。

  直至比较文学进入第三阶段,东西比较文学的兴起使得中外文类的比较研究被纳入比较文学的研究视野,为文类学研究开拓了一个崭新的领域。许多中国比较文学工作者从一开始就重视文类学的研究,并取得了丰富的成果。例如饶芃子先后发表的两部著作《中西戏剧比较教程》、《中西小说比较》分别从戏剧和小说这两种重要文类入手,探讨中西方不同文类产生、演变、发展轨迹的异同以及各自在文学史上的地位;李万钧的《中西文学类型比较史》分别探讨了中西长篇小说、短篇小说、戏剧和诗学四大文类,可谓是一部中西文类具体比较研究的力作;褚斌杰所著《中国古代文体概论》则将视野回归到中国古代文学史所产生、发展和演变的文学类型;在王向远所著《中国比较文学百年史》中,第九章专门讨论"最后二十年中外各体文学比较研究",从比较神话学、比较故事学、儿童文学比较研究和中外小说、诗歌、戏剧比较等几个方面详尽地论述了80年代以来中外文类比较研究的丰富成果。可以说,中国比较文学研究者们的尝试为文类学研究开拓了一个崭新的局面,东西比较文类研究现已成为国际比较文学视野中尤为重要的一个研究领域。

---

  ① 〔美〕韦斯坦因:《比较文学和文学理论》,刘象愚译,沈阳:辽宁人民出版社1987年版,第104页。
  ② 曹丕:《典论·论文》,见郭绍虞主编:《中国历代文论选》,上海:上海古籍出版社2002年版,第60页。
  ③ 沈括:《梦溪笔谈》卷十四,《艺文》,转引自姚文放:《文学传统与文类学辩证法》,《学术月刊》2004年第7期,第90页。

(二) 定义

西方普遍使用的"genre"(文类)一词系法文,来源于拉丁文"genus"。它的本义是指事物的品种或种类,而在文学研究领域中,除了偶尔使用原义项以外,多半是指文学作品的种类或者类型,可以视为"文学类型"(literary genre)的简称。值得注意的是,"genre"一词在英语中出现得较晚,18 世纪的英国作家约翰逊(Samuel Johnson,1709—1784)在讨论文学类型时使用的还是 species(种类)一词。直到 1910 年,I. 巴比特(Irving Babbitt,1865—1933)在《〈新拉奥孔〉序》一文中才首次确认英语批评中的 genre(文类)这一概念。[①]

然而,对于文类学的确切定义却一直众说纷纭。梵·第根在其著作《比较文学论》中将文学类型研究命名为"体类学"(Génologie),并列举了散文体、诗歌体和戏曲体三大主要文类。韦勒克和沃伦(Austin Warren,1899—1986)在《文学理论》一书中则提出:"文学类型的理论是一个关于秩序的原则,它把文学和文学史加以分类时,不是以时间或地域(如时代或民族语言等)为标准,而是以特定的文学上的组织或结构类型为标准。"[②]这一定义标志着文类学研究突破了国别文学的局限,而被纳入比较文学的广阔视域中。

国内学者对文类学的定义也是各有差异。卢康华和孙景尧合著的中国大陆第一部比较文学概论性著作《比较文学导论》将文类学置于影响研究的范围内,认为文类学就是"研究一种文体如何从一国流传到他国和流变过程中的种种变异"[③]。这一定义虽然比较简单,但却突破性地指出了文类的流传变异问题。陈惇、孙景尧、谢天振主编的《比较文学》一书则提出:"文类学(英文 Genology,法文 Génologic)研究如何按照文学本身的特点对文学进行分类,研究各种文类的特征及其在发展中的相互影响与演变","属于文学批评的一支"。[④] 曹顺庆在其主编的《比较文学教程》中对陈惇等人的定义进行了补充和生发,将其称为"文体学","是从跨国、跨文明的角度,研究不同国家、不同文明如何按照文学自身的特点来划分文学体裁,研究各种文体的特征以及在发展过程中文体的演变和文体之间的相互关

---

① 参见姚文放:《文学传统与文类学辩证法》,《学术月刊》2004 年第 7 期。
② 〔美〕韦勒克、沃伦:《文学理论》,刘象愚译,南京:江苏教育出版社 2005 年版,第 267 页。
③ 卢康华、孙景尧:《比较文学导论》,哈尔滨:黑龙江人民出版社 1984 年版,第 178 页。
④ 陈惇、孙景尧、谢天振主编:《比较文学》,北京:高等教育出版社 1996 年版,第 62 页。

系"①,属于平行研究的范围。这一定义廓清了比较文学研究领域的文类学和文艺学研究领域的文体学之间的区别,但因为沿用了中国古代文论中的"文体"一词,容易造成混淆。

  在分析比较上述观点的基础之上,我们认为:文类学是比较文学的一个重要分支,主要研究不同时代、不同的国家和民族如何按照文学自身的特点对其进行分类,并研究各种文学类型的特征及其跨越国界、民族界限的传播、影响和演变过程,从而揭示出文学生成和发展的系统与秩序。

  由这一定义出发,文类学研究中最基本的一个问题就是文学如何分类,以及对各个文学类型的界定和特征描述。虽然早在古希腊时期,柏拉图就已经尝试从叙述方式出发对文学进行分类,但在几千年以后的今天,仍然未能形成一个统一的分类标准。在中国古代文论中,比较常见的分类方式是韵文(诗)和无韵文(文)两分法,刘勰的《文心雕龙》所采取的就是这种分类方式,其中韵文又包括骚、诗、乐府、颂等十七种,无韵文包括史传、诸子、论、说等十八种。在西方,早期常见的则是史诗与戏剧的两分法。前一种分类方式显得极其繁琐,后一种分类方式又比较粗糙。随着文类学研究的发展,文学分类方式也在不断地完善,三分法和四分法开始成为比较常见的分类方式。三分法根据情调态度、表现手段、功能取向等将文学作品划分为抒情类、叙事类和戏剧类三大类型,每一类型又有许多小的分支,比如抒情类包括颂歌、哀歌、赞歌、歌谣等等,叙事类包括史诗、小说、传记等等,戏剧则包括悲剧、喜剧、悲喜混杂剧等等。这个分类还可以进一步细化下去,比如小说按照篇幅可以分为长篇小说、中篇小说、短篇小说、小小说等,按照主题和内容可以分为爱情小说、讽刺小说、侦探小说、科幻小说等,按照流派和风格还可以分为浪漫主义小说、存在主义小说、哥特式小说等。四分法则是根据体制规模、结构样式、语言特点等将文学作品划分为诗歌、小说、戏剧和散文四大类。

  随着文学自身的发展,越来越多的文学类型出现在读者视野之中,三分法和四分法的局限也日益明显。事实上,两种分类方式始终并存的现象恰好能够说明对于文类的划分标准不能过于绝对,更不是一成不变的。另一方面,各国文学创作的基本情况也导致了各国学者对于文学类型的认识不同,这又涉及文类学研究中的"缺类"现象。因此,在研究文类划分的同时,我们不能忽视各国、各民族的文类异同及某种文学类型的产生、发展、传播

---

① 曹顺庆:《比较文学教程》,北京:高等教育出版社2006年版,第181页。

和流变等各个阶段。

除了研究文类的分类方式以及对各个文类的界定和特征描述之外,文类学还涉及对文类批评的研究。学者姚文放认为,文类批评在文学类型的形成过程中起着关键的作用。"无论中西,文学的分门别类,往往是批评家的功劳,他要致力在众多文学作品中区分出不同类型,清理这些文类之间的关系,寻找各种文类的共性和个性,建立某种理想化、模式化的原则以阐释和规范文学作品,从而推动文类概念的确立。这里首先有一个对于文类传统的立场和态度问题,立场和态度不同,在文类问题上所持的宗旨也大异其趣,根据不同的宗旨,文类批评本身就是可以分类的。"① 从文类学研究的渊源就可以看出,不同时期、不同学派的文学批评家们本着自己的文化立场和知识结构,有的恪守经典、崇尚权威,其文类研究主要奉行古希腊传统的文类体系;有的则着力于谋求文类传统的变革和创新,提倡建立新的标准,甚至抹煞一切标准。尤其是60年代以来,现象学、阐释学、结构主义等思潮和流派纷纷兴起,许多学者从各自的学说出发进行文类批评。如弗莱(Northrop Frye, 1912—1991)以原型批评为据,赫斯(Hirsch E. D.,1928—)从阐释学立场出发,托多洛夫(Tzvetan Todorov,1939—)以结构主义为据,德里达(Jacques Derrida,1930—2004)从解构主义出发,都为20世纪的文类学研究开创了崭新的局面。② 此外,将中国古代文论中的文类观点和西方文论中的文类观点进行比较也成为了中国学者所关注的重点,例如台湾学者张静二将刘勰《文心雕龙》中的文类理论和亚里士多德的悲剧理论相比较,其研究成果具有较高的理论价值。

值得注意的还有20世纪30年代兴起的美国芝加哥批评派。芝加哥批评派又称作"文类批评派",它主张文学批评应以文类为中心,从作家的创作实践和作品的实际情况出发,而不是从先在或外在于作品的理念入手。文类研究的最终目的不在于建立既定概念,而是通过辨析文类,了解作品与作品之间、作品与作家之间的关系,是一种实用主义的文类观。接受美学则主张将重点放诸文类与读者接受的关系,认为文类将读者带入特定的阅读情境和接受态度之中,而读者的期待视野又决定了文类或衰竭或更新的变革,其中存在一个相互作用、相互牵制的辩证关系。

---

① 姚文放:《文学传统与文类学辩证法》,《学术月刊》2004年第7期。
② 参见陈惇、孙景尧、谢天振主编:《比较文学》,北京:高等教育出版社1997年版。

二、文类学的主要研究内容

文类学研究可以说同时涉及了平行研究和影响研究两种研究范畴。一方面,同一种文类在不同的国家和民族的发展历程有同有异,具体的界定和特征也有所不同,要廓清这些区别就必须用到平行研究的方法。另一方面,不同国家和民族的文类在传播、流变的过程之中,既有区别,也有联系,从全球化的比较视野出发,影响研究也是必不可少的文类学研究范式。要彻底研究一个文类的发展、演变过程及其特征,最好的方法是将法国学派所提倡的影响研究和美国学派所提倡的平行研究相结合。但在研究的具体过程中,文类的平行研究更为常见。

在不同的时代,各个国家和民族所孕育的文学类型各有不同,加之文类划分方式没有一个恒定的标准,因此导致了各个国家和民族的文类数量繁多、划分复杂的情况。即便是相同的文学类型,也会因为时代背景、社会心理以及作家创作具体情况的差异而产生出不同的形式与特点。就目前而言,不同国家和民族的文化体系中均具备的有诗歌、小说、戏剧、散文四种独立的类型。在中国比较文学视野中,较为常见的文类平行研究是中西方诗歌和小说的比较。

中西诗歌比较。中国和西方的诗歌首先在传统上有着明显的区别。西方诗歌以史诗为源头,早在古希腊时代,诗人荷马(Homēros,约前 9 世纪—前 8 世纪)就写下了《伊利亚特》和《奥德赛》两部史诗,叙述了英雄的冒险故事。此后,史诗或长篇叙事诗就成为了西方诗歌史中最为重要的两大构成因素。而中国的诗歌却重视抒情,《诗经》里大部分诗歌都是以抒情为主,此后的《楚辞》《离骚》、汉乐府、唐诗、宋词等皆是如此。丰华瞻的《中西诗歌比较》一书甚至提出,在中国,所谓的诗就是专指抒情诗,至于对英雄的歌颂,则通过散文的形式来表达。

在题材类型上,中西诗歌也存在着明显的区别。例如在田园牧歌诗中,西方以牧歌为主,中国则以田园诗为主。由于汉民族长期在中国文学传统中占据主导地位,所以常见的田园诗中都以渔樵耕织为主要表现对象,而像西方牧歌中那样欣悦明快的牧区风情却较为鲜见。在山水诗中,中国诗以江河湖泊、高山峻岭为多,从曹操的《观沧海》之后,咏海诗几乎没有名篇;西方的山水诗则喜欢描写大海,这和中西方的环境地域差异有关。在战争题材的诗歌中,西方诗歌体现出浓厚的个人主义精神,常常突出为个人荣誉而战,为保卫家乡、父母、爱人而战的观念;中国诗歌则向来强调效忠国家和君主的观念，参战则意味着个人的牺牲或者与家人、情人的生离死别，所以反战、厌战的情绪也常常在战争题材的诗歌中有所表露。在爱情诗中，西方诗歌多表达的是热烈的追求、爱慕和炽热的情感，中国诗歌则较为含蓄、婉转。例如英国的骑士诗，往往将获得爱人的青睐当做获取荣誉、功勋的唯一动力，为了爱情甚至不惜牺牲自己的生命。与西方爱情诗歌中明快炽热的爱慕情绪相比较，中国爱情诗歌中独有的是怨情诗，且不在少数。从女子的角度出发的怨情诗多是表达离愁别绪或者对战场上的丈夫的忧思，如《诗经·君子于役》："君子于役，不知其期。曷至哉？鸡栖于埘，日之夕矣，牛羊下来。君子于役，如之何勿思！"① 再如《古诗十九首》中的《迢迢牵牛星》、《庭中有奇树》以及唐代诸多的"征夫怨妇"诗等等。从男子出发的怨情诗则多是悼亡诗，如元稹为亡妻韦丛所作的《遣悲怀》、陆游为唐琬所作的《钗头凤·沈园》等等。西方诗歌中却极少有悼亡诗的出现，目前我们知道的只有弥尔顿（John Milton, 1608—1674）的《悼亡妻》等为数不多的几首，这有可能是由西方多数人持有灵魂不灭或者死后可以进入天堂的宗教观念所造成的，对于死亡，西方人往往不会抱有像中国人这样浓厚的感伤情怀。此外，丰华瞻在《中西诗歌比较》一书中还提出，"中国诗歌常常以男女之情来譬喻君臣之义，这种表现方式在西方诗歌中是绝对没有的"②。我们熟悉的《诗经·关雎》便是如此。

在风格上，中国诗歌和西方诗歌的取向也不尽相同。西方诗歌多率真浪漫，中国诗歌多含蓄委婉；西方诗歌重灵感，中国诗歌重意象；西方诗歌重深刻，中国诗歌重微妙；西方诗歌重铺陈，中国诗歌重简隽。③ 当然，中西诗歌史上都存在许多风格迥异的流派以及气质独特的诗人，这种风格上的对比也并非绝对。例如美国意象派诗人庞德（Ezra Pound, 1885—1972）受汉诗与日本俳句、和歌的影响，提出将"意象"作为诗歌创作与批评中的核心审美范畴，并据此发起了意象主义诗歌运动；又如受到西方象征主义诗派的影响，李金发、北岛等中国诗人的创作风格也都偏于晦涩、朦胧、富有音乐性。

中西小说比较。小说这种文类在中国和西方产生之初，受到的重视程

---

① 聂石樵主编：《诗经新注》，济南：齐鲁书社2006年版，第143页。
② 转引自王向远：《中国比较文学百年史》，银川：宁夏人民出版社2007年版，第328页。
③ 参见李达三、刘介民主编：《现代中西比较诗学研究》，成都：四川人民出版社1988年版，第722—725页。

度就迥然不同。西方文学传统中尤为重视叙事性，使得长于叙事的小说文类从 16 世纪开始出现就迅速走向繁荣，并逐步成为西方的中心文类，延续至今。而在中国，小说长期徘徊在"诗"与"文"两大传统文类之外，直到近代，尤其是五四运动之后，才被知识分子当做文艺启蒙的武器加以利用，受到高度重视并获得迅猛发展。

然而，中国小说和西方小说在初级形态和演变进程上却不乏相似之处。饶芃子在《中西小说比较研究》一书中对中西小说的初级形态进行了如下概括：小说本质是一种市民文学。中西小说的出现，都与城市建立、市民聚焦、市民文化兴起密切相关。其次，中西小说的形成都是吸收神话传统、纪实文学、寓言故事等文体特征发展而成的，前期多叙述神怪、荒诞故事，后期才开始逐渐由写事发展到写人。关于"事"的叙述，在中国主要出自史传，在西方则出自史诗。关于"人"的描述，在中国出自志人小说，在西方则出自世态散文。中西小说在形成过程中，都经历了一个从无意识虚构到有意识虚构的过程，立足于现实的虚构情节的出现是小说形成的一个标志。①李万钧在《中西文学类型比较史》一书中进一步总结了中西小说在演变进程上的相似之处："都从写历史到写现实，从取材书本到取材生活，从单部小说到系列小说，从写外部世界到写内部世界，从写英雄人物到写普通人物，从以男性为中心到以女性为中心等。"②从初级形态和演变进程来看，中西小说之间并未构成明显的传播和影响的事实关系条件，那么两者出现的诸多相似之处，则可以用于总结小说这一文类本身发生、发展的规律，这也是进行文类平行比较的重要目的。

任何一种文类在不同国家、民族和文化传统中的具体特征与形态都是有所区别的。中国小说和西方小说虽然具有相似的初级形态和演变进程，但两者间的差异也早在源头时期就已经形成。拿长篇小说来说，西方小说的源头是《荷马史诗》，中国小说的源头是《史记》。这两部文学作品存在着韵文与散文、神话与历史的根本区别，决定了西方长篇小说和中国长篇小说在观念、题材、结构、创作手法等各个方面的不同。在观念上，西方长篇小说重视模仿生活，多描写、少议论；中国长篇小说则贯彻了"读史以明智"的理念，多用"续书"的形式发表议论，宣扬作品本身要达到的思想作用。例如《续西游记》的开篇就如此点到："要知驻世长生诀，一卷西游续案头。西游

---

① 饶芃子：《中西小说比较研究》，合肥：安徽教育出版社 1994 年版，第 18 页。
② 转引自王向远：《中国比较文学百年史》，银川：宁夏人民出版社 2007 年版，第 344 页。

续记作何因,为指人身一点真。"① 在题材上,西方文学具有浓厚的宗教传统,宗教题材的长篇小说尤为常见。最早的流浪汉小说——西班牙的《小癞子拉撒路》就是宗教题材的小说。此后,班扬(John Bunyan,1628—1688)的《天路里程》、詹姆斯·乔伊斯(James Joyce,1882—1941)的《尤里西斯》、艾柯(Umberto Eco,1932—　)的《玫瑰之名》与《傅科摆》乃至丹·布朗(Dan Brown,1964—　)的《达·芬奇密码》等宗教小说,或流传甚广,或被视为西方小说经典。中国小说则受到儒家思想的影响,重视宣传伦理道德、君臣纲法,宋代兴起的"公案小说"便是典型。在结构上,西方长篇小说受《荷马史诗》的影响,多采用单一的"线性"结构,例如"流浪汉小说"、"航海小说"、"路上小说"等等,此外还有"巴尔扎克小说式"和"现代主义小说式"结构;中国长篇小说则受《史记》的影响,多采用短篇连缀式的章回结构,其中又包含《水浒传》式的"链条形"结构、《三国演义》式的"鞭形"结构、《西游记》式的"串珠"结构、《儒林外史》式的"花瓣式"结构以及《红楼梦》和《金瓶梅》式的"网状"结构等等。在创作手法上,西方长篇小说常常孤立地描写环境,最为典型的就是雨果在《巴黎圣母院》中对哥特式教堂的整章描写;中国长篇小说则极少将环境描写独立于人物塑造之外。

值得注意的是,中国古代小说和现代小说之间存在一个明显的主题断裂,即从政治伦理的主题转变为人的解放的主题,由传统的儒家思想进步为人道主义理念。这显然是受到了西方启蒙思想的影响。随着小说这一文类自身的发展以及中西方文化交流、传播的加强,中国现代小说和西方现代小说一样,都呈现出了日益丰富的形态,前面所提到的种种区别也在日益淡化。例如鲁迅通过有机融合俄国现实主义的创作理论,参考果戈理(Nikolai Vasilievich Gogol,1809—1852)的同名小说创作出了中国第一篇日记体短篇小说《狂人日记》;郁达夫受到日本"私小说"影响开创自传式小说创作源头等等。不但小说如此,诗歌、戏剧、散文等文类也存在着同样的流变现象。这就提醒我们在进行文类学研究时,不能单一地从平行视角来看待各个国家和民族的文类,而是要结合影响研究的方法,不仅要考察外部的、显见的异同,更要研究本质的、深刻的联系。

---

① 段春旭:《接受美学与中国长篇小说续书》,《福州师范大学学报》(哲学社会科学版)2005年第2期。

三、文类学的研究现状和前景

西方的文类学研究起步较早,发展却较为缓慢,经历了古典主义、新古典主义和浪漫主义几个阶段,直到 19 世纪末,随着比较文学研究的发生和发展,西方现代文类学才开始积极探索、迭创新论。从上世纪 50、60 年代开始,形形色色的文艺思潮的涌动以及种种现代流派的兴起使文类学研究的宽广度和纵深度都有了极大的发展。正如保罗·赫尔纳迪(Paul Hernadi)所说:"在我看来,现代文类批评的佼佼者较多哲学性,而非历史性或规定性:因为它们试图描述可能借以创作的几种基本的文学类型,而非已经创作出来的或者(按照批评家的眼光)应该创作的多种作品类型。结果,当代最佳的作品分类法,使我们的眼光超出了它们所直接关心的事物,集中在文学的秩序上,并非集中在文学种类的边界上"①。西方现代文类学研究已经具有了研究文类且超越文类的高度前瞻性。

中国比较文学的复兴和繁荣给世界比较文学界带来了新的面貌,文类学研究也随着比较文学进入第三阶段而迎来了一个崭新的全球化视角。中西文类比较和东方文类比较的兴起与中国古代文论批评的引入为文类学研究拓展了新的视野,带来了丰富的研究成果。但是,我国的文类学研究仍然有待进一步深入。首先,对于文类学的理论进行系统专门研究的著作比较缺乏,也鲜见对文类发展史进行考证梳理的文章,更多的是运用平行研究或影响研究方法进行个案分析的成果。其次,在进行中西文类平行比较时,普遍缺乏对文类译名情况的重视,导致许多学者单纯根据译名的相同或相似而将两种截然不同的文类进行类比研究,从而得出缺乏实用价值的结论。正如前文提到的,文类学研究的一个基本问题就是文类的分类和对文类进行界定的问题,假使没有将英文译名为"Peking opera"的京剧和西方歌剧严格区分开来,或者将中文译名为"悲剧"的 epic 和中国本身称作"悲剧"的悲情剧混为一谈,难免会导致理解的偏差和结论的空泛。再次,在中外文类影响比较中,大部分有价值的研究成果都是通过中国现有文字史料、历史文物等资源考察外国文类对中国文类的影响,而除了部分东方文类比较研究以外,普遍缺乏能够有效利用外文史料考察、挖掘中国文类对外国文类的影响的成果。

文类研究的一个根本目的是考察某一文类的产生、发展、传播、演变过

---

① 〔美〕保罗·赫尔纳迪:《超越文类:文学分类研究中的新倾向》,转引自周发祥:《西方文论与中国文学》,南京:江苏教育出版社 1997 年版,第 284—285 页。

程及其给各个国家和民族文学和文化带来的总体影响。正如茅于美所说："如果我们能从一种文学题材或一个个题材类型入手,找出中西作家的哲学思维,伦理观念,艺术表现,美学原则诸方面的异同之处,综合分析,寻求出作为文化总体的基本规律来,或更有社会效益。"[①]从这个意义上出发,我国的文类学研究亟需的是在巩固并拓展现有研究成果的基础之上,加强自身的学科建设,保证研究视野的宽广度和研究成果的体系化,这样才能够使得我国的文类学研究取得更加令人瞩目的成就。

【导学训练】

一、本节学习建议及关键词释义

1. 学习建议：

把握比较文学领域的文类学研究与中国古已有之的文体学之间的区别和联系,明确文类学的范畴、定义和研究模式,同时能够在参考、学习现有的文类学研究成果之上,进行切实可行的案例分析。

2. 关键词释义：

文类的平行研究：文类的平行研究和文类的影响研究是文类学研究的两种范式,分别承接了美国学派和法国学派的主张。平行研究提倡在一定的可比性条件和研究目的之下,突破"事实联系"的限制,将不同时代、地域、地位乃至不同水平的作家作品都纳入研究视野,通过异同比较来发掘文学作品的美学价值及内在联系。

文类的影响研究：文类的影响研究是一种实证性的研究范式,用于考察一种文类如何从一个国家或民族流传到另一个国家或民族,以及在流传过程中,根据各国不同情况而发生的演化和变异。

二、思考题

1. 文类学研究与传统的体裁、风格研究的区别何在？
2. 中国和西方的传统戏剧在结构上有何差异？试分析其成因。

三、可供进一步研究的学术选题

文类译名是否会导致将不同国家的不同文类相混淆的现象？

提示：中国普遍将西方的"tragedy"翻译为"悲剧",模糊了其与中国传统戏剧中的"悲剧"之间的区别。事实上,如果将"tragedy"翻译为"悲剧"的话,那么中国传统戏剧中几乎没有可以称作"悲剧"的同类作品,有的只能算作"悲情剧"。同样,中国的"小

---

① 茅于美:《中西诗歌比较研究·自序》,北京:中国人民大学出版社1987年版,第2—3页。

说"和西方的"novel"、"romance",中国的"史诗"和西方的"epic"以及中国的戏剧和英国的"opera"也不能完全等同。在文类研究,尤其是文类的平行比较中必须要注意此间的区别,避免因为国外文类的中文译名和中国传统文类名称相似而引发的概念混淆。

【研讨平台】

"缺类"现象研究

提示:"缺类"现象是文类平行研究范畴中的一个重要研究对象,主要探讨某一文类在某些国家或民族一度存在或盛行,而在其他国家或民族却没有出现的现象。换句话说,一些国家或民族的某些文学体裁和样式在另一些国家或民族没有直接对应的形式。缺类现象的出现不是偶然的,它和不同国家和民族之间的文类发生及衍变有着极其密切的关系。通过对缺类现象的探讨和分析,有利于我们挖掘缺类现象背后的文化差异,从一个更为广阔的视角来观照该国家和民族文学的渊源、特点及本质。

随着东西比较文学的兴起,越来越多的东西比较研究选择从缺类现象出发,探讨中国和西方文类的差异。比如在对于中国有无史诗和悲剧、中国古代有无大规模的叙事诗的传统、为何中国戏剧产生较晚等问题上,就引发了学术界广泛的关注和争论。早在1930年代,朱光潜就以《长篇诗在中国何以不发达》为题撰写论文,从哲学、宗教、民族心理和文类发展史等多个方面解释这一问题。其中,朱光潜特别借用了荣格的心理分析法,认为如果将心理原型分为好动、注意客观事物和环境改变的外向型和好静、注意自我的深刻思想的内向型两种,西方人无疑属于前一种,他们的文学注重客观观照,因此擅长创作史诗和悲剧,内向的中国人所营造的则是一种主观性的文学,主要擅长创作抒情诗。这一说法和美国学者蒲安迪的叙事学理论不谋而合。蒲安迪认为,中国叙事文学中的诸多主人公,如公子申生、项羽、岳飞甚至贾宝玉等都潜存有悲剧人物的品质,然而由于他们对自身有着清醒的认识,即明白自我之特定处境并对现实存在抱以肯定态度,这就使读者目击其个人命运时所体验到的那种怜悯和恐惧感钝化了。简言之,西方营造悲剧的一个重要模式就是个人与命运的抗争,而中国叙事文学中鲜有对这种悲剧情境的营造。至于中国是否存在史诗,中国学者多以《诗经》研究为阵地,持两种不同的观点。一派学者如朱光潜、郑振铎、余冠英、朱自清等,受到黑格尔的影响,认为《诗经》缺乏西方史诗那种宏大的规模和具有代表性的英雄人物,且带有夸张、讽刺意味,因此不能算作史诗。一派学者如林庚、路侃如、冯沅君等,则以马克思提出的"史诗"存在的三个条件——神话、歌谣、历史传说为证,认为《诗经》真实反映了周代社会的方方面面,属于"短篇史诗"的范畴。

长篇诗在中国何以不发达(节选)

先说史诗。西方史诗都发源于神话。神话是原始民族思想和信仰的具体化,史诗则又为神话的艺术化。从《左传》、《列子》、《楚辞》、《史记》诸书看,中国原来也有一个神话时代,不过到商周时代已成过去。神话时代是民族的婴儿时代。中国是一个早慧的民族,老早就把婴儿时代的思想信仰丢开,脚踏实地的过成人的生活。孔子"不语怪力乱神",可以说是代表当时一般人的心理。西方史诗所写的恰不外"怪力乱神"四个了,在儒教化的"不语怪力乱神"的中国,史诗不发达,自然不是一件可奇怪的事。

再说悲剧。西方悲剧发祥于希腊。希腊人岁祀狄饿倪索斯(Dionysus 主酒及谷畜的神)时有合唱队在神坛前唱歌跳舞并扮演神的事迹。希腊悲剧便从这种祀典发达出来。近代悲剧一半是学希腊的,一半是起源于中世纪教会中所扮演的"圣迹剧"。王静安在《宋元明戏曲史》里也说中国的戏曲发源于巫蛊祭祀。这种中西的暗合可证明悲剧与宗教关系的密切。发源相同,何以后来中西的成就却不一致呢?西方悲剧不外两种:一种描写人与命运的挣扎;一种描写个人内心的挣扎。没有人与神的冲突,便没有希腊悲剧;没有内心中两种不同的情绪或理解的冲突,便没有近代悲剧。中国人民的特点在处处能妥协,"上不怨天,下不尤人"是他们的处世方法。这种妥协的态度根本与悲剧的精神不合,因为它把冲突和挣扎都避免了。

——朱光潜:《长篇诗在中国何以不发达》,原载《申报月刊》第 3 卷第 2 号,1934 年 2 月;收入《朱光潜全集》第 8 卷,合肥:安徽文艺出版社 1993 年版。

附:关于"'缺类'现象研究"的重要观点

中国人却没有民族史诗,因为他们的观照方式基本上是散文式的,从有史以来最早的时期起形成一种以散文形式安排的井井有条的历史实际情况,他们的宗教观点也不适宜于艺术表现,这对史诗的发展也是一大障碍。所以一个民族的早期的伟大功业和事迹一般都是史诗性多于戏剧性的,它们大半是对外族的征讨,例如特洛伊战争,中世纪民族大迁徙的浪潮,十字军东征之类;或是民族对外敌的防御战,例如波斯战争。正式的史诗既然第一次以诗的形式表现一个民族的朴素的意识,那么它在本质上就应属于这样一个中间时代,即一个民族已经从浑沌状态中醒觉过来,全体人民在战争时期与和平时期作为一个民族的团结都应该已经建立而且经过了发展,但同时还没有形成对个人有严格约束力的固定的道德规章法律之类普遍有效的东西。

——[德]黑格尔:《美学》(第 3 卷下册),北京:商务印书馆1981 年版。

在中国叙事文学里,一种不偏不倚的、总体层面的意义到处潜在而存,这是悲剧意识未得充分体现的部分原因。诸如公子申生、项羽、岳飞、甚至贾宝玉这些人物,明显具有程度不等的悲剧人物的品质。然而,上述例子均暗含着主人公有清醒的认识,即他们明白自己之特定处境和人生存在实可理喻大局意识间的逻辑关联,这就使读者目击其个人命运时所体验到的那种怜悯和恐惧感钝化了。换句话说,在中国的叙事文学里,有很多处于悲剧情境的人物,但他们从大局观出发对于现实存在的肯定(这十分稳妥),阻碍了发展个人悲剧的命运——作为一个宇宙悲剧(a cosmic tragedy)的组成部分——的可能性。适得其反,人类个体所遭受的苦痛,终究铸就了苦乐悲欢不断轮替的模式,而将这组成肯定经验世界的基本观点。

——[美]蒲安迪:《中国叙事学》,北京:北京大学出版社 1996 年版。

【拓展指南】

一、重要文献资料介绍

1. 李万钧:《中西文学类型比较史》,福州:海峡文艺出版社1995年版。

简介:该书就中西短篇小说、长篇小说、戏剧、诗学四大文类作了高瞻周览的比较研究,其研究模式大致可以归纳为中西文类分述、中西文类比较、中西文学汇通三个方面,可谓是一部中西文类具体比较研究的集大成之作。

2. 饶芃子等:《中西小说比较》,合肥:安徽教育出版社1997年版。

简介:该书从渊源、观念、题材、主题、形象与表现方法、结构与叙述模式、创作方法七个方面展开论述,框架宏大,论述翔实,另专辟一章为个案比较研究,具有一定的开创意义。

3. 王晓平:《佛典·志怪·物语》,南昌:江西人民出版社1990年版。

简介:该书以印度的佛典文学、中国的志怪小说和日本的"物语"小说为切入点,灵活运用了比较文学文类学的平行研究和影响研究方法,梳理了佛典、志怪小说和"物语"小说三者之间复杂的影响和流变关系,并指出这三种文类是印度、中国和日本文学交流的三个基本点。全书共分四章,分别是"导论篇"、"浸润篇"、"溯游篇"、"渊海篇"。

二、一般文献资料目录

1. 傅金祥:《中西长篇小说的相契现象及发展阶段之比较》,《齐鲁学刊》2003年第4期。

2. 何辉斌:《戏剧性戏剧与抒情性戏剧——中西戏剧比较研究》,北京:中国社会科学出版社2004年版。

3. 李达三、刘介民主编:《现代中西比较诗学研究》,成都:四川人民出版社1988年版。

4. 饶芃子、曹文静:《论中西戏剧结构的差异及其成因》,《暨南学报》1990年第4期。

5. 杨宪益:《试论欧洲十四行诗及波斯诗人莪默凯延的鲁拜体与我国唐代诗歌的可能联系》,《文艺研究》1983年第4期。

6. 姚文放:《文学传统与文类学辩证法》,《学术月刊》2004年第7期。

7. 朱光潜:《长篇诗在中国何以不发达》,原载《申报月刊》第3卷第2号,1934年2月;收入《朱光潜全集》第8卷,合肥:安徽文艺出版社1993年版。

第三节 阐发研究

一、阐发研究的渊源与定义

阐发,在语义学上,是指以A国的文学理论说明或解释B国的文学理论或文学作品,反之亦然。比较文学的阐发研究,则是特指上世纪70年代前后台湾地区的比较文学学者对台湾地区兴起的一种比较文学研究方法的称呼或定义。在语源学上,阐发研究当然可以追溯到六七十年代欧美的阐释学哲学及其理论延伸——文学阐释学,但实际上并未有明确的迹象表明阐发研究取自文学阐释学,反倒有充足的迹象表明阐发研究来自五六十年代盛行欧美的结构主义人类学及其理论延伸——结构主义文学理论。

作为一种比较研究方法而非一种学派研究特色的阐发研究,要远远早于台湾比较文学。从理论上看,任何两种文化的最初相遇,必然导致以己释彼的跨文化理解的产生。而跨文化理解的发生机理,往往是以己之心度彼之腹,即以自己文化一方所习惯的文学观念对彼方的文学观念和文学现象给予理解和解释。结果或多或少会造成完全遵照自己的文化习惯的误读。中国现代比较文学在20世纪中西文化激烈碰撞的清末民初,作为一种跨文化认识,也免不了发生以西释中的单向阐发。王国维就是先用德国叔本华(Arthur Schopenhauer,1788—1860)哲学的唯意志论的生命之"苦"概念来阐释《红楼梦》的艺术成因,后又延用西方诗学概念及其二元论来阐释中国古典诗学中诸如理想与现实等二元构成及其艺术价值的高下,应该说这为创始期的比较文学提供了最初的研究个案。即便到了70年代的美国,美籍华人刘若愚为了向西方英语世界介绍中国文学理论,还在完全沿用西方的理论套路和范畴,以英语重述中国古代文学理论体系。但真正成为一种理论的自觉,还要等到20世纪70年代的台湾。1976年,台湾学者古添洪和陈慧桦在《比较文学的垦拓在台湾》一书中提出,由于中国文学研究方法缺乏系统性和明晰的理论,所以要提倡援用西方文学理论与方法研究中国文学。[①]后来古添洪在《中西比较文学:范畴、方法、精神的初探》一文中,把这类研究称为"阐发法"。

作为一种比较文学方法的阐发研究尚可得到研究界的有限认同,但把这种方法命名为中国学派的典型方法则在一开始就引起了争论,同时也把台湾比较文学实践带入了比较文学理论之中,形成了理论与实践相依并生、互为推进的研究格局。古添洪和陈慧桦在提出阐发法之后,紧接着就做了定义——这就是比较文学中国学派。一言既出,批评接踵而来。首先是美国学者奥尔德里奇(A. Owen Aldridge,1915—2005)批评其立论

---

① 古添洪、陈慧桦:《比较文学的垦拓在台湾·序》,台北:东大图书公司1976年版,第1页。

过分关注西方会造成忽视东方的片面性①。而后是香港学者袁鹤翔在 1980 年编辑的《中西比较文学论集》指出其必须同时在共同诗学方面有所阐明，也就是说要服从于共同文学规律的析出和求证；同时，袁鹤翔在《新亚学术集刊》中还提出了一个与叶维廉的文化寻根法和其他学者的双向阐发法观点相同，但时间上却更早的比较文学重要观念：反对基于两个作品表面相似点的所谓"共相研究"，应该在以美学为主的基础上对东西方做各自的独立研究，从而使比较文学在稳固的基础上朝着东西的共通而努力。② 再后又有叶维廉在《比较文学丛书》③序言中指出了将西方现代理论应用到中国文学研究上的危险性，并在《寻求跨中西文化的共同文学规律》④一书中，严正反驳西方中心主义指导下的比较文学对中国古典文学的误读甚至歪曲，形成了自己力图保持一种"不偏不倚"的跨文化研究态度的文化模子寻根法。而后又有陈惇、刘象愚在《比较文学概论》⑤一书中，把理论阐发作品的单向阐发模式推展到理论阐释作品、理论阐释理论、其他学科阐释作品三个方面，并将其置于两个民族的作品的双向阐发之中。杜卫在《中西比较文学中的阐发研究》⑥一文中，又明确指出"阐发研究的核心是跨文化的文学理解"，这就为阐发研究奠定了跨文化研究的基础。此后，曹顺庆在《比较文学中国学派基本理论特质及其方法论体系初探》⑦一文中，把阐发法确定为比较文学中国学派的方法论之一，从而使跨文化基础上的阐发研究基本告别了台湾比较文学起初定义不严、以偏概全的缺陷，也使李达三（John Deeney）在《比较文学研究之新方向》⑧一书中热情展示的中国学派的美好愿望有了一个明确的理论指向。

这一时期运用阐发法进行中国文学研究的台湾比较文学成果有：援用原型批评方法的侯健《三宝太监西洋记通俗演义》、缪文杰《试用原始类型的文学批评方法论唐边塞诗》、黄美序《红楼梦的世界性神话》等文，援用心理学批评方法的颜元叔《薛仁贵与薛丁山》、侯健《野叟曝言的变

---

① 〔美〕奥尔德里奇：《比较文学与一般文学年鉴》，YCCL1976 年版，第 47 页。
② 袁鹤翔：《中国比较文学年鉴》，北京：北京大学出版社 1987 年版，第 462 页。
③ 叶维廉：《比较文学丛书·序》，台北：东大图书公司 1983 年版。
④ 叶维廉：《寻求跨中西文化的共同文学规律》，北京：北京大学出版社 1986 年版。
⑤ 陈惇、刘象愚：《比较文学概论》，北京：北京师范大学出版社 1988 年版，第 144 页。
⑥ 杜卫：《中西比较文学中的阐发研究》，《中国比较文学》1992 年第 2 期。
⑦ 曹顺庆：《比较文学中国学派基本理论特征及其方法论体系初探》，《中国比较文学》1995 年第 1 期。
⑧ 李达三：《比较文学研究之新方向》，台北：台湾联经出版事业公司 1978 年版。

态心理》、吕兴昌《水浒传初探——从性与权力的论点论宋江》等文,援用结构主义和符号学批评方法的周英雄《憨教官与李尔王》、张汉良《杨林故事系列分析》等文,援用象征批评方法的杨牧《说鸟》、黄庆萱《西游记的象征世界》、颜元叔《白蛇传与雷米亚》等文。应该说,阐发研究在开始之初还是有相当数量的研究成果问世,并采用了多种最新的西方文论,极大地丰富了中国比较文学研究的领域和内容。

台湾地区中国学派的阐发研究并非单向阐发的铁板一块,既有立论境界更高的"共同诗学"与平行研究保持同步,又有新生的"差异性模子寻根法"与平行研究保持一定的区别和界限。代表作为《比较文学丛书》,包括了台湾地区和香港地区以及其他地区的华人学者论著,如叶维廉的《比较诗学》、张汉良的《比较文学理论与实践》、周英雄的《结构主义与中国文学》、郑树森的《中美文学姻缘》、古添洪的《记号诗学》、郑树森的《现象学与文学批评》、陈鹏翔的《主体性研究论文集》等。其后,台湾比较文学逐渐摆脱了初期的牵强附会和套用西方理论的倾向,与大陆比较文学多有交流,形成了共同发展的良性格局。由于港台和北美华人在文化背景上的某些一致性,我们在回溯台湾的阐发研究时,亦可把他们放到一起来考察其研究特色,因此还应该特别注意刘若愚的《中国的文学理论》、叶嘉莹的《王国维及其文学批评》以及钟玲的《美国诗与中国梦》等作品及其在海外华人比较文学研究中的意义。

二、阐发研究的主要研究内容

阐发研究作为一种比较文学方法,大致包含作品阐发、理论阐发、科际阐发和综合阐发几种具体方法。

(一)作品阐发

李白是浪漫主义诗人吗?乍看这一问题,还觉得理所当然,其实这是一个比较文学阐发研究的题目,里面既包含了新文化运动以来中国文学批评借助西方文学批评对中国文学的理解和判定,也包含了中国文学对西方文学的文化利用。李白作为古典诗人的浪漫主义头衔来自于西方而非中国,在阐发的西方语义的表面之下掩盖着中国文学观念内涵的演变过程。大诗人李白在传统批评中被视为诗仙,其文学风格被称为豪放、飘逸、天真、自然,这些都是在传统文学观念的框架中给予解释的。李白以充沛的激情面对大自然时的感发,确与欧洲浪漫主义有不谋而合之处。但面对自然时,李白与欧洲浪漫主义在情感的表象相似性之下,其实指向完全不同的情感与自然的审美关系。就欧洲浪漫主义来说,情感的现身是与理性秩序代言的自然的抗争,乃至进一步用不可能的人的情感伟力完成对不可逾越的自然秩序的征服,二者是一种对抗和征服的二元对立关系,还未上升为一种和谐的审美关系。比如西方浪漫诗人大多对理性传统抱有一种反抗态度,力图打破陈规旧律的束缚,而李白却相当尊重传统。另外西方浪漫诗人普遍歌颂自然,这一点似乎与李白相近,但西方人心目中的"自然"具有与"文明"相抗衡的意味,歌颂自然即表明叛离社会;而对李白来说,情感只是自然的境界延伸,其豪情万丈与自然秉性缘于二者本来的鱼水关系,所以情感借力自然,自然借力情感,成就了天人合一的大道至境。二者本无原则上的区别,本来就是浑然一体的和谐的审美关系,自然就是自自然然的日常生活境界。李白与欧洲浪漫主义这一话题的并置阐发,反而见证了二者并无文化上的同一性,却有文化差异性上的必然性。

除了如上这个有关西方浪漫主义对中国古典诗歌的阐释适用性的例子外,另外一个被广泛关注的话题是西方悲剧观对中国古典戏剧的阐释适用性问题。台湾一些学者确信中国文学传统中也可以找到适用于西方悲剧观的文类,张汉良的《关汉卿的窦娥冤:一个通俗剧》、古添洪的《悲剧感天动地窦娥冤》、张炳祥的《〈窦娥冤〉是悲剧论》,是关于这一话题的代表性论文。虽然研究的工具都选择了西方悲剧理论的源头——亚里士多德的《诗学》悲剧观,但研究结果却大相径庭:古添洪认为《窦娥冤》的本质是悲剧,虽然其悲剧成分有所变异[1];张汉良则相反,认为《窦娥冤》是通俗剧[2];张炳祥又批评了张汉良,认为《窦娥冤》具备悲剧应有的一切要素[3]。大陆学者吴炫在对类似于西方悲剧的中国古典剧种的分析中,把在西方美学体系中与悲剧人物和悲剧效果相关的美学范畴如"悲壮",放到中国古代的相关背景下进行考察,发现还是宜以"悲哀"定义中国古典戏剧的悲剧人物和悲剧效果,从而以"悲哀"这一中国古典戏剧的范畴假说揭露了人类跨文化审美和诗学理念的某些假象,建立了符合人类总体和区域原貌的审美和诗学模型。[4] 这显然是通过阐发研究促成的中国诗学的理论创新之举。

---

[1] 张汉良:《关汉卿的窦娥冤:一个通俗剧》,见《中国古典文学研究》,台北:黎明文化事业公司 1978 年版。
[2] 古添洪:《悲剧感天动地窦娥冤》,见《中国古典文学研究》,台北:黎明文化事业公司 1978 年版。
[3] 张炳祥:《〈窦娥冤〉是悲剧论》,见《中西比较文学论集》,台北:台湾时报公司 1980 年版。
[4] 吴炫:《否定主义美学》,长春:吉林教育出版社 1998 年版。

上述案例的分析表明,当我们借用外来理念对传统有新的揭示之时,也免不了对其原来面貌有所遮蔽,而若我们摒弃外来理念力求回归传统本源,又有可能失落现代人在传统身上发现的新意,这就给阐发研究带来了先天的悖论。上述比较案例说明在对传统的理解与阐释上,既要保持阐发研究的方式,又要对这种方式的单向性所带来的弊端保持警惕,并适时给予双向互释,形成一种合理的方法论自觉。只有在这种开放而又互动的空间里,跨文化认识才有不断深化和全面的可能。

(二)理论阐发

刘若愚,著名美国华裔学者,著有《中国诗学》(1962)、《中国之侠》(1967)、《李商隐的诗》(1969)、《北宋六人词家》(1974)、《中国的文学理论》(1975)、《中国文学艺术精华》(1979)、《语际批评家》(1982)、《语言·悖论·诗学》(1988)八部英文专著和五十多篇学术论文。他开创了融合中西诗学以阐释中国文学及其批评理论的学术道路,他的中西比较诗学理论体系在西方汉学界产生了重大的影响,同时对中国文学理论走向国际化也有不可替代的桥梁作用。刘若愚著于上世纪70年代的《中国的文学理论》在西方的中国文学理论著作中具有划时代的意义,在华人学者朱光潜的英语著作《诗学》问世半个世纪后,它不仅是在英语世界里又一次对中国古代文学理论的全面展示,而且还在更大的人文社会科学思潮的语境里,反映了当时西方诗学对世界乃至东方、中国诗学研究的全面掌控的话语权。刘若愚的《中国的文学理论》以艾布拉姆斯(M. H. Abrams,1912—)的文学四要素理论作为基本模式,以建构世界文学理论为目标,以西方文学理论惯常的结构和范畴为形式,截取中国文学中可以应用于形而上的、决定的、表现的、技巧的、审美的和实用的六大范畴的文论材料,将形而上文论、表现文论、实用文论、决定文论等若干系统套用在中国古典诗学范畴之上,试图建立起以西方诗学概念为核心范畴、中国诗学概念为子范畴的西方式的中国古典诗学理论系统,应该算是典型的阐发研究案例。① 虽然刘若愚表白自己是在世界文学的总体理论上走出了第一步——事实也是如此,这是西方比较全方位地以西方自己的理论坐标了解中国古典文论和文学的第一次成功尝试——但关键在于仅此还不足以达到一个世界文学理论建构的首要要求,即总体文学理论必然是一个跨文化文学理论贯通融会的结果,跨文化文

---

① 刘若愚:《中国的文学理论》,郑州:中州古籍出版社1986年版。

学理论的共同参与,而不是由一方文学理论为主导,才是总体文学理论的必由之路。

(三) 科际阐发和综合阐发

较之刘若愚建构中国古典诗学理论系统的努力,叶维廉的中西比较诗学研究更因其研究体系的系统性而著称于中国文学理论研究界。叶维廉比较诗学的出发点和整体格局非常具有比较文学研究的示范性,具有三段式的结构特征:首先是在揭露西方中心主义的比较文学批评中还原中国古典诗学,揭露以西释中的理论谬误;然后在跨文化传递中寻找中西文化的审美相似性,并在文学的跨文化传递即翻译实践中,反思中西文化的审美相似性;最后在诗学的跨文化传递中,追寻总体诗学建构,并探索道家美学的全球化建构途径。

叶维廉显然特别注意到了将方法论应用于比较文学研究过程和结论的经验教训,当然还注意到了西方英语世界对中国古典诗歌的传译发生了很大的偏差。比如寒山的诗歌在中国诗学乃至传统文化中只是非主流而已,但美国社会却将其当成了中国古典诗歌的典范。叶维廉发现,中国台湾地区文化知识界的西化浪潮深度影响了比较文学和比较诗学研究,使其将结构主义的内在系统观念贯彻于台湾比较文学和比较诗学研究中,并把延用西方诗学范畴和方法分析中国古典文学和文论视为一种研究时尚和中国比较文学学派的表征;虽然始作俑者后来又添加了一项书面约定,说是还要同时验证西方文学理论对中国文学和文论的适用性,但在实际研究中,一种初始方向的跨文化单向阐释,决定了其缺乏起码的知识反思,作为一种严密的知识显然有失逻辑上的严谨,实际上也无法做到反方向上的对西方理论的考验和相继的批评。因而,叶维廉就将比较文学暨比较诗学方法论的批判作为他的比较文学和比较诗学研究的出发点,或者说他的比较研究就是在方法论的解构和建构中同时进行的。这就是他的模子寻根比较诗学。叶维廉也认为比较诗学的目标就是寻求建立跨文化的共同诗学,但是路向却不是阐发研究,而且对台湾比较文学的结构主义思潮和阐发研究动向持明显批判态度。在叶维廉看来,比较诗学研究要深入到两个文化模子的根性——根本差异性之中,然后在从根性到发展的整个文化历史中两相对比,发现可以互照、互识的文学和审美规律的相似性因素,以此作为建构共同诗学的基点——"美学据点"。

他发现西方现代诗歌翻译中的中国古典诗词翻译总是在西方传统形象诗学的基础上,对中国古典诗学中最具代表性的核心审美——意境诗学进行有意或无意的误读乃至扭曲,把意境审美误读并修正为意象审美。而形象诗学无疑是西方形而上诗学体系的核心价值观,携载着整个西方二元论的审美认识论所持有的人与世界疏离的观念,这与中国古典意境诗学中人与自然和谐共处的道家审美认识论恰相对照。通过这一审美意识的语言翻译案例,叶维廉还发现应用西方诗学对中国古典诗学的翻译和解释所造成的误区,与比较研究的方法论有直接关系,而结构主义思潮笼罩下的西方比较文学及其影响下的台湾阐发研究,都给比较文学实践带来了不可避免的后果。

借助于哲学、人类学、美学、语言学以及文学翻译学等各个相邻人文学科的跨学科理论批评,叶维廉建立了比较文学的模子寻根法,从而使似乎是天经地义的西方中心主义在中西比较文学面前丧失了其有效性,开辟了一条各自从自己的文化根源中找寻通向现代诗学的变迁渊源之路,然后在跨文化差异性的两相比较所发现的相似性中,找寻共同诗学可以建立的据点或共同点,从而建立跨中西文化的共同诗学。这就在解构西方诗学的绝对合法性的同时,为东方诗学屹立于世界诗学之林提供了方法论依据和本体论推导。更具比较文学意味的是,叶维廉还发现只有道家意境审美诗学可以充当西方现代主体与客体疏离、人与自然对抗的诗学困境中的解构性和建构性力量,因而他通过大力推介自己亲手翻译的典型的山水意境诗,排除被西方客体束缚的主体的必然现身,还原主体作为自然一分子的诗意之境。虽然这后一种将道家美学强行推入西方诗歌乃至西方文化的话语方式还值得商榷,但其致力于建立比较文学和比较诗学新范式的理论视野,为20世纪80年代以来的汉语比较文学注入了话语的强势和理论的活力。[①]

三、阐发研究的前景和意义

显然,台湾比较文学创始期的阐发研究及其中国学派主张,作为起步期的现代汉语学术,与大致同时代的巴勒斯坦东方学在学理高度上还存在很大差距,离当时国际比较研究的人类学动向还有着相当的距离,与西方学术土壤中的学术集团对后殖民语义的贡献相比,也体现出方法论上的未加反思,因而更像一种比较文学实验而不是一种水到渠成的可以号称学派的学术。尤其是将阐发研究与中国学派相提并论的提法,也说明古添洪和陈鹏翔等人实际上是在一种未尝深思熟虑的情况下,对一种尚在实验中而尚未

[①] 叶维廉:《比较诗学》,台北:东大图书出版公司1983年版。

得到批评整理的比较文学案例，提前给予了过于夸大其实践范围的不恰当的定义。这与西方汉学家李达三出于对中国学术的热爱而刻意褒奖中国传统，还是应该区别对待。由此出发，就不难理解陈鹏翔后来不得不站出来修正阐发研究和中国学派的定义，以及稍后发生的争夺中国学派的提法及命名权的公案。可以说，这一争论的意义倒不在于中国学派到底在此时的台湾地区学术界有没有出现，而在于反证了美国式的同一诗学和结构主义浪潮。在台湾还未及时与西方同步进展到解构主义以及后殖民思想潮流之时，结构主义以其作为类属于西方思想史的一个思维阶段的自明性，使得台湾文学研究界还没有吃透它的整体特性，反而先被它同化。可以说，阐发研究诞生于西方中心主义盛行期，并在某种程度上配合了西方中心主义在比较文学界的推行，但一些理论视野宽广的学者对这种理论的危险性还是有所警惕的。

80年代以来的大陆比较文学不可避免地也经过了比较文学的初级阐发研究阶段，当然也一直保持着对阐发研究的理论悖论的警觉。这些都给创始于台湾的阐发研究以反思、发展和创新的机会，从而使阐发研究纳入中国比较文学的整体建构。上世纪90年代中期以来，以曹顺庆等为代表的中国大陆学者，开始了另一次比较文学中国学派的理论和实践的建构，将阐发研究列为中国学派的跨文明和差异性研究的五种分支方法——分别是双向阐发法、异质性研究、文化寻根法、对话研究、整合与建构研究——之一。可以说到目前为止，这五种分支方法都代表了中国比较文学学派的特色，并以跨文明和差异性研究作为这五种研究分支方法的核心范畴，从而在理论的完备性和逻辑性上都超越了台湾阐发研究，并在具体研究特色和理论特色上形成了独特的理论与实践相配合的学术景观，重建出一个具有内在逻辑一致性的全新的比较文学，且与形形色色的非逻辑建构、非时代召唤、徘徊于学科自谓的知识迷障中的传统比较文学划分了界限，堪称台湾阐发研究在中国大陆的回响和复兴。

我们说，批评内容代表批评性质的转化，从而显示出一个学科的学术风气的转变。如果说实证主义时代的比较文学表征的是实证的同一性，它是以法国学派为代表的比较文学的第一阶段，结构主义时代的比较文学表征的是系统的同一性，它是以美国学派为代表的比较文学的第二阶段，那么后殖民时代的比较文学表征的就是处于家族类似的跨文明和跨文化关系中的差异性，它是以中国学派为代表的比较文学的第三阶段。如果说跨文明研究是在比较文学的研究领域上解构了失势的法国学派的西方文学研究，那么差异性研究则在比较文学的研究内质上解构了势头仍然不减的美国学派的世界文学研究。而研究领域和研究内质两个方面与传统比较文学的不同,表征着比较文学的第三阶段已经悄然来临,它就是主张跨文明和差异性研究的比较文学中国学派。

跨文明与差异性概念的遇合,使比较哲学、比较宗教学、比较文学、比较文化学等人文比较研究学科有了反思自己学科的特性以及解决问题所能达至的坐标。正如阿尔奇·巴姆(Archie J. Bahm,1907—1996)在对比较哲学的比较含义进行澄清时所分析的那样,比较哲学是哲学,因而就免不了具有通过比较哲学建立世界哲学的企图,不过该世界哲学必定产生于一种世界文化中,这种像世界语一样的文化话语是由各文明哲学做出的相应的话语贡献组成的。① 我们姑且悬置诸如世界语等世界大同文化理想的现实可能性不谈,关键是这些话语贡献之间比较的问题、标准以及可能性,巴姆以为会与世界文化产生之前的比较有所不同。首先,现实的跨文明的比较哲学与可能的世界文化的比较哲学不是可以混为一谈的问题,世界哲学是比较哲学的未来发展,比较哲学是世界哲学的必要准备;其次,跨文明的比较哲学必须在世界主要文明的差异性的比较意义上才能得到落实;再次,每个哲学体系自以为是的把握宇宙人生本质的倾向也使得各个哲学体系的比较哲学家必须尽量摆脱所在哲学体系的限制,客观地理解和评价各文明观念,这样,跨文明比较如何对待差异性的问题就自然显示出来了。跨文明的提出,昭示着传统思辨哲学向科学哲学的论说之域的转移已经影响到人文科学如人类学和比较文学面对跨文化问题时的基本哲学态度,彰显出文化差异的区域性特征,试图为跨文明对话和多元主体的建立提供实存基础。因此,比较文学由早期的同文化圈研究、中期的跨文化圈研究步入现代的跨文明圈研究阶段,而跨文明的核心概念是差异性,这样,跨文明与差异性就成为比较文学新阶段——中国学派一体两面的坐标系。

可以说一般性或曰同一性,无论是实证的同一性还是形而上的同一性,恰与谢弗莱尔(Yves Chevrel,1939—)的比较文学与世界文学相区别的论断——"不应把比较文学置于与世界文学平等的地位,因为大家已经看到,比较文学是一种生动活泼的方法,而不是文本的研究素材。……世界文学

---

① 〔美〕阿尔奇·J. 巴姆:《比较哲学与比较宗教》,江苏省社会科学院哲学研究所巴姆比较哲学研究室编译,成都:四川人民出版社1996年版。

的概念应不时加以修正"①,以及比较文学研究中出现的差异性取向完全相左,使比较文学没有必要也没有可能体现出自己的学科特性,从而与总体文学或世界文学混为一谈。我们需要的是,在比较文学中,差异性研究首先扬弃法国学派的绝对同一性对无限差异性的自我趋向的压制和规定;接着扬弃美国学派的共时并置研究中对差异性趋向的形而上学辨识和批判,其中反映的恰好是20世纪分析主义把文化问题作为基本言说对象的演绎精神:本体与方法论合一。中国学派合理汲取了法国学派尊重事实研究的严肃性,和美国学派形而上学的思考精髓,把差异性研究置于文化之根的人类学基础上的演绎——形而上学步骤。差异性是在充分尊重世界的家族类似基础上,对绝对差异性和绝对同一性的双向扬弃,对有限差异性即有限相似性的双向还原。差异性在现象界是不折不扣的文化差异体,不受同一性支配,而具有无限的丰富性和变化性;而在本体层面上,差异性又是绝对的最高哲学信仰,不受同一性引诱,而且具有唯一的形而上统一性,支配着所有理论分支和批评实践的原理和走向。但同时差异性又不是绝对无限变化而无法归类的,它们在终极意义上和可操作范围内都可以分析出最小程度的联系性即相似性,这使得世界即丰富多彩又适度链接,既不铁板一块又不杂乱无章。

【导学训练】

一、本节学习建议及关键词释义

1. 学习建议:

台湾地区的阐发研究,是在西方结构主义思潮、比较文学美国学派的平行研究理念和台湾地区的中西文化碰撞中产生的一种文学研究方法,特别关注中国古典文学在西方文学批评方法中的适应度,以此检验和证明西方文学批评方法的普适性,并借此丰富和完善中国古典文学批评体系。因此,将阐发研究放置于当时的历史文化背景中加以解读和界定,才是判断其功过得失的基础。

2. 关键词释义:

阐发研究:比较文学中的阐发研究,是指以A国的文学理论说明或解释B国的文学理论或文学作品,反之亦然;特指上世纪70年代前后台湾地区的比较文学学者对台湾地区兴起的一种比较文学研究方法的称呼,这种比较文学的阐发研究一般主张用西方的文学批评理论阐释中国古典文学。

---

① 〔法〕伊夫·谢弗莱尔:《比较文学》,王炳东译,北京:商务印书馆2007年版,第40页。

范式：这是科学哲学家库恩在其名为《科学革命的结构》一书中对科学史研究中的科学变革加以研究时创造的一个描述科学理念、科学革命和科学结果的专用术语，后来也被广泛应用于人文社会科学领域，指示一种研究风气和研究方式的整体转变。

二、思考题

1. 简述比较文学在中国的发展历史。
2. 简述中国比较文学发展的方向。

三、可供进一步研究的学术选题

钱锺书《管锥编》的比较研究特色

提示：钱锺书先生在出版《管锥编》后，自己说道，《管锥编》"并不能归在'比较文学'一类，不过属何类并无关宏旨"。但中国新时期的比较文学界，常常把钱锺书的学术活动划分为比较文学，特别是阐发研究一类。请联系学习到的比较文学理论和范例，讨论钱锺书的比较研究特色。

【研讨平台】

中国学派的建构和局限

提示：比较文学中国学派的提法，是在国际比较文学的学术风气和范式转换浪潮中出现的比较文学的一种研究方式，开始由中国台湾地区学者借着比较文学阐发研究方式而提出，而后又经港、台、北美华人和大陆学者的反思，晚近又有中国大陆学者提倡。而一种大致相同的研究风气和一群旨趣相同的学人，包括一个可以历史地和逻辑地说明的学理，是一个学派水到渠成地出场的必备前提；如果风气、学人、学理这三种学派要素未尝完全具备，而片面、人为地造势一种学派，显然也是不可取的。

《比较文学的垦拓在台湾》(节选)

我国文学，丰富含蓄，但对于研究文学的方法，却缺乏系统性，缺乏既能深探本源又能平实可辨的理论；故晚近受西方文学训练的中国学者，回头研究中国古典或近代文学时，即援用西方的理论和方法，以开放中国文学的宝藏。由于这援用西方的理论与方法，即设计西方文学，而援用亦往往加以调整，即对原理论与方法作一考验、作一修正，故此种文学研究亦可目之为比较文学。我们不妨大胆宣言说，这援用西方文学理论与方法并加以考验、调整以用于中国文学的研究，是比较文学中的中国派。

——古添洪、陈慧桦：《比较文学的垦拓在台湾·序》，台北：东大图书公司 1976 年版。

附：关于"中国学派的建构和局限"的重要观点

阐发是一种研究方法，它是在充分理解、审慎选择和适当调整的基础上，采用某种具有跨文化适用性的理论或方法来比较、印证、解释、概括跨文化的另一种文学经验或理论,由此,使研究成为一种媒介,一种对话,并为进一步的跨文化对话提供可交流与可理解的话语。有的海外学者较早意识到这种研究策略的建设性意义,甚至有人将它作为比较文学的中国学派的基本特征。尽管学派的建立不仅靠理论上的倡导,但是,自觉意识到自己所处的特殊境遇和研究对策,无疑对中西比较文学的深入发展是有益的。

——杜卫:《阐发:中西比较文学的一种研究策略》,《学术界》1991年第5期。

在不同语境中的双向阐释使过去长期习以为常的特点得到重新认识,所谓"和则生物,同则不继",这种在区别中的互见、互识、互相照亮,以及可能的互相渗透和互相补充,显然会为未来的发展开辟无限广阔的道路。

——乐黛云:《中国文论:英译与评论·序》,上海:上海社会科学出版社2003年版。

比较文学中国学派的基础和基本特色是跨文化研究,是在跨越中西异质文化中探讨中西文学的碰撞、渗透和文学的误读、变异,寻求这种跨越异质文化的文学特色以及文学对话、文学沟通和文学观念的整合与重建。

——曹顺庆:《比较文学中国学派基本理论特征及其方法论体系》,《中国比较文学》1995年第1期。

【拓展指南】

一、重要文献资料介绍

1. 王国维:《红楼梦评论》,上海:上海古籍出版社2005年版。

简介:王国维是中国古典诗学走向现代诗学的跨时代人物。《红楼梦》自问世以来,批评、议论可谓汗牛充栋,但王国维的《红楼梦评论》被视为标新立异的论著之一。其标新立异之处在于,王国维借用德国哲学家叔本华的悲观主义哲学作为研究《红楼梦》的理论基础,使用叔本华的"苦"的意志论来分析《红楼梦》的成因,将《红楼梦》作为美学上的悲剧来看待其艺术性。这种比较研究方法,在本世纪初尚在古典文化传统中徘徊的中国,不啻是开创一代学术风气之举。

2. 曹顺庆:《比较诗学学科理论研究》,成都:巴蜀书社2001年版。

简介:自80年代后期及之后的二十年间,曹顺庆致力于中西比较诗学、现代文艺理论批评、比较文学基础理论的研究,发现和培植了富有新的特色的比较文学范式,无论从有关比较文学性质的著述的质量上还是从表现这种性质的著述的数量上,都展示和标举了西方传统的比较文学学科的学术风气的转变,将国际比较文学带入了以中国学派为代表的比较文学的第三阶段。

3. 李达三:《比较文学研究之新方向》,台北:台湾联经事业出版公司1997年版。

简介:李达三是著名的比较文学学者,是上世纪中后期与厄尔·迈纳、安乐哲、宇文所安、沟口雄三、Chad Hansen(陈汉生)、艾恺等齐名的比较研究领域的汉学家,上述汉学家的著作和学科跨越了中国古代文学、中国古代文论、中国古代思想史、中国古代哲学史、比较诗学、比较文学、比较思想史等多种学术领域。李达三在港台大学供职时,热情鼓励中华文学的研究,以在世界文学中显示出中华文学不同于西方文学的特色,直接推动了比较文学在台湾的垦拓。

4. 刘圣鹏:《差异性研究与比较文学中国学派》,济南:齐鲁书社 2006 年版。

简介:本书站在比较文学学科发展的前沿,在把握比较文学的理论原点和学术走向的基础上,对比较文学中国学派的"**差异性研究**"这一标志性特征首次采用系统分析的方式进行研究,尤其对大陆比较文学的学术主旨、理论追求及现实实践的差异性研究维度作了深入的论证,凸显了差异性研究的学科合理性及建构比较文学差异性研究的学科框架的可能性。

二、一般文献资料目录

1. 陈鹏翔:《主题学研究论文集》,台北:东大图书公司 1983 年出版。
2. 古添洪、陈慧桦编:《比较文学的垦拓在台湾》,台北:东大图书公司 1976 年版。
3. 古添洪、陈慧桦:《从比较神话到文学》,台北:东大图书公司 1983 年版。
4. 侯健:《中国小说比较研究》,台北:东大图书公司 1983 年版。
5. 黄维樑、曹顺庆:《中国比较文学学科理论的垦拓——台湾学者论文选》,北京:北京大学社 1998 年版。
6. 李达三:《现代中西比较文学研究》,成都:四川人民出版社 1988 年版。
7. 张汉良:《比较文学理论与实践》,台北:东大图书出版公司 1986 年版。
8. 郑树森、周英雄、袁鹤翔:《中西比较文学论集》,台北:时报文化出版公司 1980 年版。
9. 郑树森:《文学理论与比较文学》,台北:台湾时报文化出版公司 1982 年版。
10. 周英雄:《结构主义中国文学》,台北:台湾东大图书出版公司 1983 年版。

第三章 文学与其他学科间性关系研究

第一节 文学与哲学

一、哲学的定义与特征

（一）定义

哲学一词,在西方最初是从希腊文的 philein 和 sophia 两个词演化而成。Philein 是爱好、喜爱的意思,sophia 则指涉智慧,二者组合在一起的意思就是"爱智慧"。在中国古代,哲学同样也与智慧有关。《尔雅》中对"哲"的阐释就是:"哲,智也"。因而,尽管几千年来人们对哲学的认识与界定不尽相同,然而,哲学是一种关于智慧的学问,则基本上被不同年代的哲学家所认同。

不过,将哲学视为关于智慧的学问毕竟还比较笼统,因而,对哲学更为严格的定义也就纷纷出现。归纳起来,这些定义主要有:哲学是关于世界观的学问之说,哲学是研究最一般规律的科学之说,哲学是对自然知识、社会知识和思维知识的概括和总结之说,等等。本书采纳的是目前被人们较为普遍认同的观点,即:"哲学是关于世界观的学说,也就是人们对于整个世界(包括自然界、人类社会和人的思维)的根本看法的体系。"[①]

（二）特征

哲学是人们对于整个世界(包括自然界、人类社会和人的思维)的根本看法的体系的定义,决定了哲学的超越性、思辨性和反思性特点。

超越性。超越性是哲学的本质特点。哲学的超越性首先与它的研究对象有关。如果说其他学科的研究对象主要是经验领域里的具体对象,那么,哲学的研究对象则是超验的对象,它不具有其他学科研究对象那样的现实

[①] 《哲学名词解释》编写组:《哲学名词解释》上册,北京:人民出版社1980年版,第1页。

性和确定性。像宇宙的起源、世界的本质、人的本质、生命的意义与价值等,就都不是实在之物而是抽象与带有普遍性的问题。哲学的超越性也与哲学家的超前性有关。哲学家的一个非常重要的特质就是具有对一切可能的存在的超越能力。真正的哲学家总是走在时代的前面,对前人的超越进行一系列的追问与回答,在不断的追问与回答中生成新的超越,将人们的思维引导到正确、科学的方向。

思辨性。如果说文学是借助形象来表达人们对于自然界、人类社会的认识,那么,哲学则是依靠概念、范畴和逻辑论证来表达人们对于整个世界的总的看法或根本观点。如果说其他人文学科回答的问题都是较为具体的问题,那么,哲学回答的问题一般是抽象的问题。如果说实证科学更多的是对直接的求知活动和结果感兴趣,那么,哲学的兴趣则集中在对这种求知和结果的根据的理性追问上。通过永不满足于直观和现状的一系列追根刨底的"追问",哲学家完成了对对象的理性烛照,显现了自我的精神自由,建构了理论化、系统化的哲学体系。

反思性。哲学是思,而且是对思想的思想,这种对思想的思想在黑格尔那里被称为反思。黑格尔认为,"反思以思想的本身为内容,力求思想自觉其为思想"[①]。哲学是人们对于整个世界(包括自然界、人类社会和人的思维)的根本看法的体系,而自然界、人类社会和人的思维不是静止不变而是随着时代的变化而变化的,因而,对它们的认识与概括自然也应该随着研究对象的变化而变化。从这个角度讲,哲学的反思内含着强烈的批判精神,它批判地考察已形成的思想与认识,通过这种批判性的考察活动,哲学家发现原来的思想与认识的偏差,促进了思想、认识的更新与哲学的持续进步。

二、文学与哲学关系的研究内容

哲学是人们借助于概括与判断等方式对于世界的理性考察,文学是人们依靠具体、形象的语言对社会人生的反映。前者具有强烈的超越性、思辨性、反思性特点,后者具有鲜明的现实性、形象性、情感性特点,这是二者的不同之处。然而,文学与哲学又具有一些共同性。它们都属于社会意识形态的一种特殊形式,它们都将人的存在、生命的意义与价值作为关注的重心。正因如此,在人类文化长河的历史发展演变过程中,文学与哲学一直相

---

① 黑格尔:《小逻辑》,北京:商务印书馆1980年版,第39页。

互渗透、相互影响。一方面,哲学概念对作品的理思、哲学思想对文学观念、哲学观念对文学风格与意境、哲学思维对作家思维、哲学思潮对文学思潮具有重要的影响;另一方面,文学中的诗与美对哲学思想的发源与发展、文学的内容对哲学的内部构成与发展、文学的表现方式对哲学思想的传播都具有深刻的影响力。

1. 哲学对文学的影响

哲学对作品理思的影响。法国作家加缪说:"伟大的小说家是哲学性的小说家","艺术作品既是目的,也是起点,它是一种未表现的哲学产品,是它的说明和完成。但只有透过哲学的暗示,它才算完全"。[①] 在中外文学发展演变过程中,哲学经常成为作家考察人生与世界的最高参照,它在促使作家按照特定的价值观念和价值取向选择与取舍所面对的客体时,也赋予了他们作品以哲学的睿智与深刻性。西方现代主义文学之所以表现出了一种比现实主义、浪漫主义文学更深层次上的理念等知性内涵,原因就在于,西方现代主义文学与哲学形成了空前的紧密联系。几乎在西方现代主义文学每个流派的创作后面,我们都可以找到完整的哲学观念的支撑点。它们或是叔本华、尼采的唯意志论,或是克罗齐的直觉主义,或是弗洛伊德的精神分析说。这样,与其说西方现代主义作家是旧的世界观和认识观的否定者,不如说他们是一群企图在旧的理性世界的废墟中重建新理性大厦的建构者。西方现代主义文学就这样以它在世界观、认识观上的突破和创新,在西方文学发展史的交会点上,完成了一次伟大的过渡——从旧的理想向新的理想、从旧的理性向新的理性的过渡;在这个过渡的进程中,实现了一次审美价值的蜕变。与此相联系,中国现代主义诗学之所以内蕴着强烈的宇宙意识与生命意识等深层思想意识,也同样源自于中国现代主义诗学对西方现代哲学的吸纳和转化。中国现代主义诗学之所以推崇潜意识的表现,与弗洛伊德的精神分析学说、叔本华、尼采的唯意志论等哲学将意志、生命等看成世界真正本质的宇宙观和生命观是分不开的。依据弗洛伊德等人的现代哲学的认识论和本体论,中国现代主义诗学将思想触角延伸到了人的深层心理之中。它与现实主义诗学、浪漫主义诗学相比,后两种诗学观察的重心是人的精神生活在海洋表面上的山顶部分,而中国现代主义诗学则将探测的重心放在了对海洋下面巨大的深层心理意识的挖掘。这种挖掘为

---

① 〔法〕加缪:《荒诞的创作》,见《"冰山"理论:对话与潜对话》下册,北京:中国工人出版社1987年版,第496页。

中国现代主义诗学带来了极强的现代性思想色彩,促成了中国新诗对中国古诗的超越,由此获得的哲理深度,也使它与现实主义诗学和浪漫主义诗学区别开来。

哲学思想对文学观念的影响。无论是西方文学观念还是中国的文学观念,它们的发展都受到哲学思想发展的影响。哲学思想的多样化必然决定了人们对文学的本体性质、功用的认定的多样化。就总体的哲学根源看,西方古代文明滥觞于爱琴海区域,海上贸易在促进了古希腊商业繁荣的同时也使人们更为尖锐地感受到了人与自然的对立。从古希腊开始,天人对立就成为西方人看待自然和把握自然的哲学观。此后,这种哲学观在一个很长的时期使西方人的审美体验以心物二元论为基石,其间或有人偏重客观,强调物质对心的决定性作用的模仿说、镜子说等反映论,或有人偏重主观,强调主观对物的决定性作用的想象说、灵感说等表现论。像新古典主义文论中的"类型"说和"三一律"就受到笛卡尔理性主义认识论的影响,因而表现出了强烈的理性色彩。而浪漫主义文论则受康德美学主体性的影响,偏重主观一方,强调情感、想象和天才在文学创作中的重要作用。

哲学观念对文学风格与意境的影响。哲学观念的变化在解放了人的思维的规定套路之时,也必然在改变作家看待事物的方式,从而使文学获得新的风格。魏晋时期,社会风云变幻,数百年来以儒家名教和仁政为旗帜的王朝的溃灭,引起了社会心理意识的重大嬗变,这嬗变集中表现在魏晋文人高举道家旗帜,反对传统的文化价值取向——儒家伦理道德上。像孔融、嵇康、阮籍等就极力主张听任"自然"而反对虚伪的名教,对中国儒家文化价值取向提出了大胆的怀疑和否定。这种对生命自由的自觉追求,使魏晋文人的作品表现出了中国历史上前所未有的"通脱""自然"之风。"体气高妙"的孔融,在曹操专权的年代,却在《杂诗》中大胆宣称:"幸托不肖躯,且当猛虎步,安能苦一身,与世同举措";"刚烈"的嵇康,在《与山巨源绝交书》中"非汤武而薄周礼",在《管蔡论》中对一向被目为"凶逆"的管叔、蔡叔给予了崭新的评价,认为管蔡"未为不资"。

20世纪初,中国诗学由"朦胧"向"晦涩"诗风的转换,也同样与哲学观念的变化有关。20世纪是一个形势动荡、复杂、纷乱的时期,经历了西方列强的入侵与摧残后,整个中国大地弥漫着一股浓重的怀疑氛围,在这种怀疑氛围的浸染下,传统的价值观纷纷崩溃。正是这种怀疑精神,使中国现代主义作家在文化心态上与西方哲学达成了内在契合。西方现代主义哲学认为,现实世界和自然世界都是不真实和丑恶的,唯一真实的只有人的内在世界。而要表现人的隐秘的内在世界,就不能不用隐秘、晦涩的象征和暗示。因为只有隐秘、晦涩的象征才具有一种暗示的神力,才能最为深刻地表现人的内心深处那些可见而不可见、可感而不可感的情绪波动和千回百转、转瞬即逝的欲望。这种哲学化了的晦涩观,对被现实压抑、折磨而企求解脱的李金发、穆木天等中国现代主义诗人充满着诱惑。穆木天在《谭诗》中认为诗歌关注的焦点不在外在世界而是"潜在意识的世界",而要表现这个"一般人找不着不可知的远的世界","诗是要有大的暗示能"的。金克木在《论中国新诗的途径》中认为,理想的读者应该是"也要有和作诗者同样的智慧程度"。在《诗与晦涩》一文中,袁可嘉不仅从语言修辞的角度肯定了晦涩是一种现代诗人构造意象或运用隐喻的特殊法则,又从思维层面上否定了晦涩等同于思维不畅的观点,指出,"晦涩是西洋诗核心性质之一",同时,是"现代诗人的一种偏爱","现代诗中的晦涩的存在,一方面有它社会的,时代的意义,一方面也确有特殊的艺术价值"。正是因为晦涩切合了诗歌的纯诗特质,因而,它已经成为穆木天、袁可嘉等现代主义诗人的一种非常自觉的美学追求。由此看来,晦涩在中国现代主义诗学中就不只是一种文本现象,而已成为了一种暗合现代诗的本质的新的表现法则,这种新的表现法则在极大地扩展了诗的容量和张力时,也极大地增加了诗的含蓄蕴藉之美。

哲学思潮对文学思潮的影响。哲学思想既然是社会意识的集中表现,那么,我们在观察任何一个时代的文学现象和文学思潮时,就不能把它看成纯粹的文学思潮,而必须在认清和辨析哲学思潮的发展这一宏观的时代背景之后,才能对文学思潮在文学史上的地位、价值与意义作出科学的评价。笛卡儿反对经院哲学,认为只有合乎理性的知识才是真理。他的唯理论后来经斯宾诺莎和莱布尼茨的发扬光大,演变为了欧洲近代哲学史上影响深远的哲学思潮。古典主义文学、启蒙主义思潮都受到了它的影响。高乃依、拉辛、莫里哀、布瓦洛等古典主义作家将理性作为文学创作和人物评价的最高标准,要求以理性克制个人情感和调节社会矛盾。歌德、席勒、莱辛等启蒙主义作家的思想体系的核心也是理性。依据唯理论哲学,他们反对"君权神授"的宗教观念,企图建立起一个以理性为标准的平等的新世界。19世纪,随着启蒙理想的破灭,新的哲学思潮应运而生。其中,德国的古典哲学发生了广泛的影响。康德、费希特、黑格尔、谢林等立足于唯心主义哲学,极力突出自我、情感、主观精神与天才的作用。这种对自我与情感进行强调的哲学思潮自然激起了要求自由与个性解放的浪漫主义作家的强烈反响。施莱格尔、诺瓦利斯、布伦坦诺等耶拿派、海得尔堡派等浪漫主义流派的作家以费希特的"唯我论"、谢林的"自然哲学"等为理论依据,在文学创作中极力推崇主观精神,尽情表现自我情感。而中国明代中、后期涌现出的人文主义文学思潮,则与阳明心学的影响大有关系。王阳明将批判的矛头指向了程朱之学,将心视为宇宙万物的本源,确立了人的私欲的合理性。阳明心学经过王艮、何心隐、李贽等的发扬光大,在明代中、晚期形成了一股追求个性解放的思潮。这一思潮成为了引发人文主义文学思潮的催化剂。公安派在诗文上力主"独抒性灵",《西游记》、《金瓶梅》、《三言》、《二拍》、《四声猿》、《僧尼共犯》、《牡丹亭》、《玉簪记》等小说和戏剧则高举个性解放的大旗,合力汇成了一股波澜壮阔的冲击传统文化和解放思想的人文主义文学思潮。

2. 文学对哲学的影响

一般而言,人们在谈及文学与哲学的关系时,往往将侧重点放在了哲学对文学的影响上,而对文学对哲学的影响却总是或者语焉不详,或者一笔带过。而事实上,正如哲学对文学发生了重要的影响一样,文学也给予了哲学不可低估的重大影响。

文学对哲学的启迪。许多哲学家认为,自然和宇宙的本体就是诗,哲学从诗中诞生,从文学中得到启示。孔子在《论语·季氏》中说:"不学诗、无以言",在诗与言的关系中,肯定了诗作为哲学的基础和出发点的地位。杜夫海纳指出:"在人类经历和各条道路的起点上,都可能找出审美经验;它开辟通向科学和行动的途径。原因是:它处于根源部位上,处于人类在与万物混杂中感受到自己与世界的亲密关系的这一点上。"①谢林则认为整个宇宙本身就是诗,诗孕育了哲学,他说:"哲学就象在科学的童年时期,从诗中诞生,从诗中得到滋养一样,与所有那些通过哲学而臻于完善的科学一样,在它们完成以后,犹如百川汇海,又流回它们曾经由之发源的诗的大海洋里。"②从古到今,大量的事实为孔子、杜夫海纳、谢林等哲学家的这些论断提供了充分的注解。古希腊的神话与史诗作为希腊思想的土壤,孕育了古希腊哲学。古希腊哲学的一些重要理论范畴,像太初、混沌、万物、星辰等等,就都是从荷马和赫西俄德等的史诗作品中挪用过来的。纳斯鲍姆(Martha Nussbaum,1947—)指出:"在柏拉图登上历史舞台以前是诗人(尤其是悲剧诗人),被许多的雅典人视为最重要的希腊伦理教师和思想家。城

---

① 〔法〕杜夫海纳:《美学与哲学》,北京:中国社会科学出版社1985年版,第8页。
② 〔德〕谢林:《先验唯心论体系》,梁志学、石泉译,北京:商务印书馆1981年版,第152页。

邦首先是向这些人提出他们关于怎样去生活的问题。观看一出悲剧不是为了去消遣或者去满足某种癖好,因此可以在观看过程中悬置自己很牵挂的现实问题。相反,观看悲剧是加入到一个共同的探询过程中,依据城邦与个人的重要目的来进行反思与感受。戏剧演出的形式强烈地暗示出了这一点。去回应这些事件就是去接受和参与一种生活。应该补充说,这种生活显然包括对于伦理和城邦事件的反思与公开论辩。好的悲剧表演的反应同时包括了感觉与批评性的思考,两者密切相关。"①而卢梭的《爱弥儿》则对康德的哲学思想具有不可低估的启示性意义。循规蹈矩的康德从一部《爱弥儿》中悟出,世界的本质、生命的意义与价值等终极问题在很大的程度上不能以科学理性的认知方式去获得,而要靠一种诗意的、审美的方式去获得。他强调指出:"天才是艺术的才能,不是科学的才能","是卢梭纠正了我。盲目的偏见消失了,我学会了尊重人性"。②此外,"英国哲学家撒缪尔·亚历山大受益于华滋华斯和梅瑞狄斯就是一个有趣的近代例子。A. N. 怀特赫德对英国诗人主要是对华滋华斯和雪莱的诗歌的理解,则是另外一例。黑格尔对古希腊悲剧家的洞察力的深深仰慕,表明了古典主义对十九世纪哲学产生的广泛影响"③。

文学的表现方式对哲学思想传播的影响。罗蒂指出:"决定着我们大部分人信念的是图画而非命题,是隐喻而非陈述。"④如果说哲学是通过抽象的概念运动形式来显现哲学家对世界与人生的看法,那么,文学就是通过富有想象力和情感的语言形式来表达作家对生命存在与发展的关怀。如果说哲学的表现形式造成了哲学的艰涩隐晦,那么,文学的表现形式则使得文学生动、具体,富有感天地动鬼神的感染力。因而,在中外哲学史上,为了让自己的哲学思想产生更为广泛的影响,许多哲学家都借鉴、吸纳了文学的表现形式与技巧。古希腊时期,史诗由于采取了韵文的写作方式,对当时的社会产生了占主导地位的影响。为了争取更多读者对哲学的支持,许多哲学家采纳了文学的表现形式来阐述哲学思想。巴门尼德用史诗的六脚韵表达自己的哲学思想,恩培多克勒用韵文传达自己的玄妙思考。即使是对文学

---

① Nussbaum Martha C., *Love's Knowledge: Essay in Philosophy and Litterature*, Oxford University Press, 1992, p. 14, pp. 15 – 16.
② 转引自恩斯特·卡西尔:《卢梭·康德·歌德》,刘东译,北京:三联书店2002年版,第2页。
③ 牛顿·P. 斯托尔克奈特:《文学与思想史》,见《比较文学研究资料》,北京:北京师范大学出版社1986年版,第523页。
④ 〔法〕罗蒂:《哲学和自然之镜导论》,李幼蒸译,北京:三联书店1987年版。

持有怀疑态度的柏拉图,同样借助富于文学色彩的"灵魂跌落"传说、"太阳的比喻"、"洞穴的比喻"来表达他的理性思考。在中国,最初的哲学也总是用文学的形式来表现思辨的。《论语》、《庄子》都避开了抽象的概念运动模式而采用了生动、形象的语言表达诗性智慧。在《知北游》、《齐物论》、《大宗师》等篇中,庄子将作为宇宙最后根源和总规律的"道"这一不可感、不可见的抽象范畴,借助于"真宰""真君"、"造化"、"宗师"等一系列鲜明具体、生动形象的拟人化表述转化为既可感又可见的,从而形象地说明了"道"不能离开万物而单独存在的道理。

事实上,语言的高深并不完全等同于思想的高深,哲学也不能靠故弄玄虚来证明自己高贵的身份。再高深的思想一旦成为无人接受的哲学家自己的呓语也就毫无价值。哲学要吸引人并发生广泛的影响力,就应当承担起已经被一些哲学家遗忘了的探寻个体生命现实存在意义的责任,以文学的富于表现力与感染力的语言艺术方式来解决人生问题。柏格森的生命哲学之所以影响广泛,就在于他的哲学著作具有散文般的魅力。尼采的超人哲学之所以震撼人心,就在于他借助于文学的比喻和象征等表现方式来表达深邃的哲学思想。萨特的存在主义哲学之所以流传甚广,就在于他以文学的形式来宣扬他的哲学观点,努力使他对人的本质与自由的哲学沉思成为了形象可感的语言形式。德里达的解构主义哲学之所以深入人心,就在于"我的先于哲学兴趣的,更为重要的兴趣,如果可能的话,那就是朝向文学,朝向文学的文字和语词的建构"[①]。而贾德的《苏菲的世界》之所以能够风靡全球,也正是因为他将哲学的理思与想象的瑰丽完美地结合在了一起。

文学的内容对哲学的内部构成与发展的影响。哲学的论证方式无论多么抽象,探讨的问题都应该与现实密切相关。与现实世界和现实中的生命相背离的哲学,只会演化为沙漠里"高僧"的"自言自语",只能在孤独中逐渐化为废墟。

因而,真正的哲学家不应该完全沉湎于形而上学的概念中而遗忘了哲学追寻生命意义的天职,应该走出纯概念的理性王国,以理性关注人性。而与那些满足于通过抽象概念的演绎推导得出结论的哲学家不同,文学家们却一直在守护着人生的命题。可以说,哪里有哲学不能抵达的地方,哪里就有文学的存在。马克思就认为,英国的"一批杰出的小说家"狄更斯、萨克

[①] 冯俊:《后现代主义哲学讲演录》,北京:商务印书馆2003年版,第349页。

雷等"在自己的卓越的、描写生动的书籍中向世界揭示的政治和社会真理，比一切职业政客、政论家和道德家加在一起所揭示的还要多"①。恩格斯则认为他从巴尔扎克的小说中，"甚至在经济细节方面（如革命以后动产和不动产的重新分配）所学到的东西，也要比从当时所有职业的历史学家、经济学家和统计学家那里学到的全部东西还要多"②。因而，许多哲学家认为，哲学仅仅借鉴文学的表现方式是不够的，它还需要从文学中"拿来"哲学较为匮乏的对生活世界和现实生命的真诚体验。海德格尔就认为，哲学家必须向诗人学习，倾听诗人的声音，"在他的诗所道说的东西中去经验那未曾说出的东西，这将是而且就是唯一的急迫之事"③。谢林也认为，哲学家必须向文学家学习，因为，"艺术对于哲学家来说就是最崇高的东西，因为艺术好象给哲学家打开了至圣所"④。

事实上，不管哲学活动多么深奥与复杂，其基本意义的追寻总要归结到生命的本真存在。而在许多哲学家看来，文学就是关乎生命的本真性质的东西。弗·施勒格尔认为，"一切艺术和科学的内在的神秘意蕴乃是诗的财产。一切都是出自这里，一切也必将回归这里。在人性的理想状态中，只会有诗存在"⑤。尼采则认为"艺术是生命的最高使命和生命本来的形而上活动"⑥。诗在弗·施勒格尔、尼采等哲学家那里与其说是一种文学类型，不如说是生命的本真存在的显现方式。而诗人们在自己的作品中对生命存在与发展洞幽察微的烛照，则解决了哲学的理性思辨不能解决的问题，它们使人的生命在摆脱一切思维和有限性的枷锁后获得了解放的种种可能性。"这些作品为我们展现了一种知识，这种知识无法以抽象的概念去掌握但是却以一些从未被认识的崭新的事物的启示之形式呈现于吾人面前。艺术的一种最大的成就乃是：艺术能够自最特殊之处感受到和认识到那客观普遍的，而自另一方面说，艺术又复能够把它的所有客观内容具体地和特殊地展示于吾人面前，并以最强烈最壮阔的生命去浸润这些客观内容。"⑦事实表明，一种哲学思想的生命力是与它对生命的关注度密切相关的，因而在很

---

① 马克思：《马克思恩格斯全集》第10卷，北京：人民出版社1972年版，第686页。
② 恩格斯：《马克思恩格斯全集》第22卷，北京：人民出版社1972年版，第431页。
③ 〔德〕海德格尔：《林中路》，孙周兴译，北京：商务印书馆1997年版，第278页。
④ 〔德〕谢林：《先验唯心论体系》梁志学、石泉译，北京：商务印书馆1981版，第152页。
⑤ 〔德〕弗·施勒格尔：《浪漫派风格》，李伯杰译，北京：华夏出版社2005年版，第197页。
⑥ 〔德〕尼采：《悲剧的诞生》，周国平译，北京：三联书店1986年版，第2页。
⑦ 〔德〕卡西尔：《人文科学的逻辑》，关之尹译，上海：上海译文出版社2004年版，第53页。

大程度上受制于它对文学内容的吸纳。古希腊哲学的影响力经久不衰,是由于古希腊哲学糅入了文学对生命的热情与想象,人与生俱来的情欲和世俗生活的快乐作为正面的东西被哲学家纳入了肯定的范围。尼采的哲学之所以促成了欧洲民族精神的革命性升华,是其中洋溢着热情奔放的浪漫主义色彩。他将生命理解为诗,并用充满隐喻和象征的独特的诗化文体使抽象的概念获得了生命化的展现。胡塞尔的现象学的兴起与流传被称为是"人性之复兴"和"人性之重新发现",那是因为它将理性与人性有机地结合在了一起。萨特的存在主义哲学对20世纪中后期欧洲民族的精神发挥了决定性影响,那是由于它在理性王国中为人的心理状态拓展出了自由驰骋的广阔空间。庄子的哲学之所以对中华民族的精神产生了广泛而又深远的影响,那是因为他能用优美的文笔将无论多么深奥的思辨理论和玄虚的思想义旨都转化为具有丰富思想感情的人与意境,使"道"这一抽象概念染上鲜明的生命化与美感色彩,引导人们逐步理解这个最本源的哲学范畴。

海德格尔认为,在贫困的时代只有诗和诗人才能拯救失去精神家园的现代人。因为诗人们"吟唱着去摸索远逝诸神之踪迹","能在世界黑夜的时代里道说神圣"。[1] 因而,从文学中吸取内容与发展动力,实现理性与人性的结合,这不仅是当代哲学克服危机的需要,也是哲学继续发展的需要。一旦哲学世界实现了对文学世界的真正亲近与拥抱,它就在事实上回到了世界与生命神秘的源头,就可以在唤醒人对自身自觉的同时使人"诗意地栖居"在这个世界上。

三、文学与哲学关系的研究前景

在世界格局朝多元化方向发展和中国向市场经济社会急速转型的宏观大背景下,经历了长时期的相互碰撞与相互渗透之后,新世纪的文学与哲学必然会在一个新的起点上实现有机整合,开辟出二者相互作用、相互促进、相互交融的新纪元。一方面,社会结构的转型,在猛烈地冲击旧有的哲学体系时,也推动了像经济哲学、管理哲学、公共哲学、科学哲学等与市场经济相适应的新兴哲学的流行。这些以实用为导向的新兴哲学的流行在标志着哲学的思考日趋紧密地直接指向对实践本身的理解之时,也必将从不同的方面、在不同的程度上参与对文学世界以及文学与哲学关系的改变。例如,依

---

[1] 〔德〕海德格尔:《形而上学导论》,北京:商务印书馆1996年版,第26页。

据经济哲学,文学就可以随时把握住市场经济大潮的脉搏,不断地思考、概括、回答市场经济大潮涌动中出现的新问题。依据管理哲学,文学可以对市场经济社会场域中的权力形态、权力竞争模式与权力竞争方式进行有前瞻性和创造性的分析,从而帮助个人与组织作出最佳选择。

另一方面,面对现代化带来的种种弊病,以合理性、知性为特征的西方哲学已无法承担拯救的责任。而与感性生活世界密切连通的东方哲学则在为处于困境的西方理性哲学提供一个全新的参照坐标之时,也将为文学的发展与研究以及文学与哲学关系的考察提供深厚的本土理论资源。中国传统哲学所思考的某些哲学问题如天人合一、尊道厚德、乐群贵和、义利兼顾等,既有其历史价值又有其现实意义。将中国传统哲学中的这些核心价值观念引入文学创作与研究,以这些核心价值观念来审视文学与哲学的关系,重新探讨文学中的人与自然、人与社会以及人与自身多重审美关系的事实存在,不仅可以极大地拓展文学以及文学与哲学关系研究的视野,从而为文学与哲学关系研究的进一步发展提供新的思路,而且可以固化民族文化之根,促进世界上不同民族文化与文学的平等对话与交流的进程。

【导学训练】

一、本节学习建议及关键词释义

1. 学习建议:

在学习时应该准确把握哲学的定义、特点,从辩证与发展的角度看待哲学对文学的影响和文学对哲学的影响,同时能够借助于相关的理论知识对哲学与文学的最新成果进行双向阐发。

2. 关键词释义:

知性:在西方,知性这个词的英文是 intellect,它本身就包含有智力、理解力、领悟力、思维能力等含义。康德认为,知性主要包括:对给予的观念的把握能力,以产生直观;对许多事物共同东西的抽象能力,以产生直观;以及思考能力,以产生对象的知识。

诗性智慧:意大利哲学家维柯在《新科学》中,将人类原初状态时所具有的审美创造性思维方式称为"诗性智慧"。诗性智慧显现了人类通过想象来认识世界的一种艺术的方式,它是人类文化呈现的最初形态,是人类思想最初的温床与永久的栖息地,具有强烈的创造性、想象性、审美性等特点。

二、思考题

1. 中国古代哲学对中国古代文学的影响。

2. 希腊神话与悲剧对西方哲学的影响。

三、可供进一步研究的学术选题

中国诗性智慧的独特性

提示：与西方的诗性智慧不同，中国的诗性智慧是建构在以血缘伦理为核心的家国同构的政治伦理思想以及天人合一的自然观之上的。它在艺术生成方式上，与基本上抛弃了象形性文字的西方表意性文字不同，依靠表意性的象形文字，在"象"、"意"、"言"的互证中生成艺术的流动美与模糊美。在艺术思维上，与采用理性思维的反思方式不同，它表现出重整体直观性而轻理性思辨的感悟式表达，强调通过整体直观的顿悟体验来达到"天地与我并生，万物与我为一"的天人氤氲境界。

【研讨平台】

文学与哲学本源上的亲和性

提示：在人类文明的源头，文学与哲学并不是相互对立的而是相互渗透的。哲学的文学化和文学的哲学化，使哲学家与文学家在心灵的王国中共同倾听和表现着生命的奥秘。哲学与文学因而在这种共同的倾听和表现中形成了真正的沟通。文学与哲学在本源上的这种亲和性关系，对于我们理性地看待现代西方哲学重新向诗靠拢的现象以及新世纪文学与哲学的关系都具有切实的意义。

新科学（节选）

所有异教各民族的历史都有神话故事性的起源；在希腊人之中（我们关于异教古代文物的知识都是由希腊人传给我们的），最初的哲人们都是些神学诗人，任何产生或制造出来的事物都露出起源时的那种粗糙情况。我们只应该根据这种粗糙情况来考虑诗性智慧的各种起源。至于流传到我们的诗性智慧起源所享有的那种巨大而崇高的尊敬，则起源于两种虚骄讹见，一种是民族的，另一种是学者们的，更多的是第二种。因为正象埃及高级司祭曼涅陀把埃及的神话故事性的历史都翻译成为一种崇高的自然神学，希腊哲学家们也把希腊的神话故事性的历史都译成哲学。

——维柯：《新科学》卷二前言，北京：商务印书馆1998年版。

附：关于"文学与哲学本源上的亲和性"的重要观点

希腊戏剧诗最重要的源头和范型、诗同哲学的相互交融，都可以在古代文化的这段黄金时代中找到……哲学讨论及对讨论的描述都完全步入了诗的领地。

——［德］弗·施勒格尔：《浪漫派风格》，李伯杰译，北京：华夏出版社2005年版，第177页。

诗剧和今天被我们称为"对伦理的哲学性探索"的东西都是作为同一种追问而被同一个独一而又普遍的问题很有典范性地架构：即人应当怎样生活。对于这个问题，无论是像索福克勒斯和欧里庇得斯这样的诗人还是像德谟克利特和柏拉图这样的思想家,都被认为是提供某种回答;当然诗人与非诗人的回答常常是不可比较的。像柏拉图在《理想国》中所称的那个"古老的诗人与哲学家之争"(这是在柏拉图自己的方式上所说的"哲学家")仅仅是由于关乎一个独特的主题,这个主题就是人的生活以及应该如何去活。这个争论既是关于文学形式也是关于哲学内容的,是关于这样一种文学形式,这种文学形式被理解为承载着特定的伦理优先性,某种特定的选择和评价,而非其他。

——Nussbaum Martha C., *Love's Knowledge*: Essay in Philosophy and Litterature, Oxford University Press, 1992, p. 14.

诗与思(Dichten und Denken),两者相互需要,就其极端情况而言,两者一向以它们的方式处于近邻关系中。

——〔德〕海德格尔:《在通向语言的途中》,孙周兴译,北京:商务印书馆1997年版,第141页。

【拓展指南】

一、重要文献资料介绍

1. 丹纳:《艺术哲学》,北京:北京大学出版社2004年版。

简介:本书以富有热情、充满形象、色彩富丽的语言,以艺术发展史实为依据,对艺术与真理的关系、艺术作品的存在方式、审美意象的基本类型、艺术家和艺术作品的创造、艺术作品的接受、五大类艺术的感知特性六个方面的问题进行了条分缕析而又富有创见的分析。

2. 海德格尔:《林中路》,孙周兴译,北京:商务印书馆1997年版。

简介:本书是20世纪德国著名哲学家海德格尔最重要的著作之一,收集了海德格尔三四十年代写作的六篇讲稿和论文。它显示了海德格尔揭露形而上学的本质并将其带到边缘状态的努力。其中最令世人瞩目的是海德格尔对"存在之真理"和艺术、诗的本质的富有创见的揭示。

3. 刘小枫:《诗化哲学》,济南:山东文艺出版社1986年版。

简介:本书以睿智的言说方式,翔实梳理了德意志浪漫派的二百多年的发展历程,勾勒了席勒、诺瓦利斯、施勒格尔、谢林、施莱尔马赫、荷尔德林、叔本华、尼采、海德格尔、马尔库塞等诗化哲学家的形象,展现了浪漫哲学在思想史上的重要价值和影响。

4. 周国平:《诗人哲学家》,上海:上海人民出版社2005年版。

简介:本书介绍了帕斯卡尔、施莱格尔、克尔凯戈尔、伏尔泰、叔本华、尼采、瓦雷里、海德格尔、萨特、加缪、马尔库塞等十二位富有诗人气质的西方哲学家的生平、思想以及他们对人生的思考。全书思想深邃,文字优美,为我们展现了如彗星般闪亮于人类文明星空的西方诗性文化传统。

二、一般文献资料目录

1. 〔德〕弗·施勒格尔:《浪漫派风格》,李伯杰译,北京:华夏出版社2005年版。

2. 高旭东:《中西文学与哲学宗教》,北京:北京大学出版社 2004 年版。
3. 〔日〕今道有信:《东西方哲学美学比较》,北京:中国人民大学出版社 1991 版。
4. 〔俄〕库列科娃:《哲学与现代派艺术》,北京:文化艺术出版社 1987 年版。
5. 徐真华、黄建华:《20 世纪法国文学回顾:文学与哲学的双重品格》,上海:上海外语教育出版社 2008 年版。
6. 徐正英:《先唐文学与文学思想教论》,上海:上海古籍出版社 2005 年版。

第二节　文学与心理学

一、心理学的渊源、定义、特点

(一) 渊源

心理学思想的萌芽可以追溯到远古时期。当远古人类以象形、图腾的方式表达他们的幻象思维时,他们是很难理解自身不可解释的结构和现象的,只能凭借单纯的直观感受和想象加以推测。"当古人看到人活着的时候有呼吸,而死后则没有呼吸的现象,就认定了人的灵魂与呼吸有关。不仅如此,他们在睡梦中梦见自己已经死去的亲人,就认为自我的灵魂是可以脱离肉体而独立存在的。因而他们开始把世界分成肉体和灵魂两个部分,并认为自然界包括人的一切变化都是由灵魂主导的,于是渐渐产生了以古老宗教神话的形式对精神起源所作的幻想式的解释——万物有灵论的观念。这些观念也可以看作是最早的心理学思想的萌芽。"[①]它不仅对柏拉图和亚里士多德等学者的思想产生了深刻的影响,而且为科学心理学的发展奠定了坚实的基础。随着人类思想的发展,心理学思想的演变就长期隐藏在哲学思想的发展过程中。人们开始运用哲学的观点和方法研究和阐释心理现象的各种问题和理论,因而哲学成为了孕育科学心理学的肥沃土壤。在两千多年前的古希腊,哲学家和思想家就已经有丰富的心理学观点散见于他们的著作之中。古希腊哲学家和原子唯物论的创立者德谟克里特(Democritos,前 460—前 370)就曾用原子论解释心理现象,即从事物中不断溢出来的原子形成了"影像",而人的感觉和思想就是这种"影像"投射到人的感官和心灵而产生的,这就是他著名的"影像说",而且他还区分了感性认识和理性认识。古希腊唯心主义哲学家柏拉图也有关于心理学方面的认识:

[①] 姚本先:《心理学》,北京:高等教育出版社 2005 年版,第 11 页。

"人性的思考引出了人的行为的三个来源:欲望、情绪和知识,并提出了灵魂先于身体而独立于身体的身心观。"①而亚里士多德则是坚决反对柏拉图观点的,他认为认识来源于感觉。他的论著《灵魂论》可以说是世界上关于人类心理方面最早的著作了。于是自那时起至19世纪中叶,陆续有许多学者开始重视人类心理方面的问题并提出了独到的见解,如基督教哲学家奥古斯丁(Augustine,354—430)对心理学最大的贡献是第一次使用了内省法。经院哲学最著名的代表托马斯·阿圭那(S. T. Aquinas,1225—1274)认为人的肉体和灵魂是统一体,生命虽然结束,但灵魂依然存在。他的思想体系中包含了丰富的心理学思想,对后来的心理学家产生了广泛的影响。14世纪到16世纪的文艺复兴时期,由于人文科学的发展,也提出了许多心理学思想,如法国著名哲学家、数学家笛卡儿通过怀疑确立了"自我",即心理或精神的存在,并提出了著名的"反射论"。德国古典哲学思想的先驱莱布尼兹也提出了他著名的单子论。而英国的哲学家、经验主义的著名代表、联想心理学的先驱洛克(J. Locke,1632—1704)则在《人类理智论》一书中反对笛卡儿的天赋观念论,认为人的一切知识都是由后天经验得到的,都建立在感觉经验的基础之上。洛克的联想主义心理学为以后科学心理学的建立奠定了理论基础。之后的德国古典哲学家康德和联想主义心理学家哈特莱(D. Hartley,1705—1757)都对科学心理学的建立做出了巨大贡献。然而,虽然心理学经过了漫长的发展过程,但它始终被视为哲学的一个附庸,并没有真正独立成为一门学科。直到19世纪中叶以后,哲学已经为心理学积累了不少的概念和理论基础,而自然科学的迅猛发展为心理学准备了科学的研究方法和实验经验,心理学成为独立学科的条件已经成熟,于是在1879年它终于摆脱了哲学的附属地位,成为了真正独立的科学心理学学科。其后,心理学体系创建了许多新的学派,如构造派心理学、机能派心理学、行为派心理学、格式塔派心理学、精神分析派心理学等等,并在理论研究和实践体验中形成了激烈的学术之争。

　　与西方不同,中国古代思想体系中蕴涵着丰富的心理学思想,却没有关于心理学的专著。② 而这些心理学思想也都散见于众多哲学家、思想家、文学理论家的著作中。在先秦时代,儒家、道家、法家等学派的大思想家都讨论过诸如灵与肉、天与人、身与心、人与兽的关系以及人性的本质等问题,其

---

① 姚本先:《心理学》,北京:高等教育出版社2005年版,第12页。
② 同上书,第13页。

中就有关于心理学方面的思想。如春秋时期的大思想家孔子提出的"学而时习之,不亦说乎"(《论语·学而》)等关于学习和教育的观点以及"性相近,习相远"的古朴心理学思想,在这些观点中就已经包含了现代心理学理论中的行为动力理论、智能理论以及自我意识等。战国时期的荀况在《荀况·天论》中也详细阐释了"先有身体后有心理"的身心观。可以说,中国是心理学发源地之一,但中国科学心理学的形成和发展与西方心理学的影响却有着密切的关系。

(二) 定义

"心理学"一词最早出现在16世纪菲力普·梅兰希顿(P. Melanchthon,1497—1560)《论灵魂》一书中,后来鲁道夫·高克莱尼斯(R. Goclenius,1574—1628)最早使用"心理学"的拉丁文"psychologia"作为其著作的名称。随后,克利斯提安·沃尔夫(C. Wolff,1679—1754)出版了《经验心理学》和《理性心理学》,首次使用德语"psychologie"来表达德语的"心理学"一词,并真正开始流传起来。而英语的"心理学"(psychology)则是由鲁斯齐(F. Rausch,1806—1841)首次使用。① 至此,"心理学"一词在世界范围内传播开来。

然而,心理学从古代哲学心理思想过渡到现代科学心理学的漫长过程中,其定义也经过了很多次的变化。如有学者把心理学定义为研究灵魂之学,也有学者定义为研究意识的科学、研究行为的科学、研究人性的科学等等,但是无论选用哪种观点或定义,心理学都是与我们每个人联系最为密切的学科,都是研究人的心理现象及其规律的科学。本书对心理学的定义采纳的是1999年修订的《现代汉语词典》中的观点,即:心理学是研究心理现象及其客观规律的科学。

(三) 特点

首先,心理学具有多样性。"人的心理现象就是指通常所说的人的心理活动经常表现出来的各种形式、形态或状态,如感觉、知觉、想象、思维、记忆、情感、意志、气质、性格,等等。"②这些心理现象是一个多层次、有序的复杂系统。在这个大系统中,最重要的就是心理过程、心理状态和个性心理三个子系统。

---

① 姚本先:《心理学》,北京:高等教育出版社2005年版,第2页。
② 同上书,第3页。

其次,心理学具有广纳性。心理学的基本观点涉及了许多哲学理论观点,甚至是科学研究的成果。例如,人的心理是对客观现实的反映,是人的大脑与客观现实相互作用的结果。对人的心理和行为有直接影响的就是人所生活的环境,也就是说现实社会的生活条件直接造就人的心理和行为。所以,心理与环境有着相互制约的关系。还有,人的心理主体性的最重要特点是人的意识性,因而人的心理也可以称为意识。人不仅能感知周围事物的存在,也能意识到自我的存在,这种意识的体验还可以对自己的心理活动和行为方式进行评估,并自觉地调节自身的心理活动和行为方式。可以说,也正是有了这种意识,人才真正成为了主体。

二、文学与心理学关系的研究内容

(一) 概述

文学与心理学一直有着难解之缘,无论是文学创作还是文学批评、文学理论,其中都渗透着心理学因素。文学蕴含着丰富的心理材料,心理学家从中挖掘到宝贵的研究实例,而心理学家的研究成果带给了作家、文学评论家以巨大的启示。德国美学家弗里德兰德(Max. J. Friedlander,1829—1872)就说过:"艺术是种心灵的产物,因此可以说任何有关艺术的科学研究必然是心理学上的,它虽然可能涉及其他方面的东西,但心理学却总是它首先要涉及的。"[1]尤其是到了现代,心理学对文学的渗透越来越深,越来越广泛。心理学已经冲破了以往的传统,对文学活动产生了深远的影响。其实,有关心理学的研究可以追溯到古希腊的柏拉图和亚里士多德时代,而且从他们开始,就已经注意到了文学中蕴含的心理学因素。早在古希腊悲剧诗人盛行的时代,诗人们就已经开始在创作中关注人的各种心理活动。随后,柏拉图在《理想国》中更是明确探讨了文学中的心理学问题。柏拉图对悲剧、喜剧极为反感,多次对诗人进行严厉抨击。他指责悲剧诗人对人们渲染了一种"感伤癖"或"哀怜癖",而悲剧正是迎合人性中无理性的情感要求,是"逢迎人性中低劣的部分"[2],认为这些恶劣的部分应该被人们从心理上彻底摒除。为此,柏拉图所设计的理想国向诗人下了逐客令。由此可见,柏拉图的观点已经涉及了作品对读者的心理作用。虽然柏拉图灵感说中的"神灵附体"和"迷狂"带有唯心主义神秘色彩,但是他肯定了优美的文艺作品

---

[1] 周文柏:《文艺心理研究》,北京:中国人民大学出版社1988年版,第4页。
[2] 柏拉图:《文艺对话集》,北京:人民文学出版社1980年版,第84页。

是灵感的产物,灵感是人类创作的源泉。这一学说也涉及了作家创作的心理状态,对后世的研究很有启发。其后,古希腊著名的哲学家、自然科学家亚里士多德在《诗学》中提出了"卡塔西斯"(Katharsis)说。目前,对这个术语的解释在我国学界有两种看法,一种是朱光潜先生所认为的"净化"说,取自宗教术语,这与文艺复兴时期钦提奥(Cinthio,1504—1573)的观点相似,认为"悲剧以怜悯与恐惧为媒介,使人望而生畏,洗净罪恶的思想和欲望,达到道德教化的目的"[①]。朱光潜先生后来又加入了医学的解释,对西方的看法进行了综合改造。而另一种观点是罗念生认为的"陶冶"说,是从亚里士多德的伦理理想"中庸"的角度加以解释的。其实无论"卡塔西斯"从何种角度加以理解,表达的意思都是指观众的心理通过悲剧的作用达到一种平静、完美、理想的状态。可以看出,亚里士多德批判地继承了柏拉图的模仿说,反对柏拉图对悲剧的指责,认为悲剧恰恰能够陶冶情操,有助于净化人类的灵魂。亚里士多德的"卡塔西斯"说实际上谈的就是文学作品对读者心理的影响,并对读者的接受心理有了初步的认识。

然而,直至浪漫主义运动前后,作家们才又重新开始深入地探索创作与心理之间的关系,大量注重情感、内心世界的作品开始产生。如理查生(Samuel Richardson,1689—1761)、卢梭(Jean-Jacques Rousseau,1712—1778)、歌德(Johann Wolfgang von Goethe,1749—1832)、柯勒律治(Samuel Taylor Coleridge,1772—1834)、威廉·布莱克(William Blake,1757—1827)的创作已经十分明显地包含了许多心理学的因素,其中柯勒律治还提出了所谓"内在生存模式",要求作者拥有自己的想象力,必须要表现人最深层的内心世界。这一时期作家的研究开始由关注外部慢慢转向对文学创作心理内部的探讨。到了19世纪,挪威作家易卜生(Henrik Johan Ibsen,1828—1906)、俄国作家陀思妥耶夫斯基(Dostoevsky,1821—1881)、法国作家巴尔扎克(Honore de Balzac,1799—1850)等开始更深入地体现对人类心理的洞察,并结合自己创作的体验,触及人物内心世界的奥秘。同时,在文学批评方面也开始从精神的角度审视和研究作家的创作心理。最具代表性的是司汤达(Stendhal,1783—1842)的《红与黑》,它标志着心理小说的正式确立。[②]进入20世纪后,文学与心理学的关系更加密切。随着弗洛伊德对梦的研究引发的关于无意识、泛性欲说、梦的解析等精神分析学说的问世,荣格关于

---

① 马新国:《西方文论史》(修订版),北京:高等教育出版社2006年版,第38页。
② 〔日〕渡边洋:《比较文学研究导论》,北京:中国社会科学出版社2007年版,第51页。

集体无意识、原型理论的建立,以及维戈茨基(L. S. Vygotsky,1896—1934)的审美反应艺术心理学和格式塔文艺心理学的影响,文学与心理学的关系更加密切。纵观20世纪至今的文学作品,心理描写已经成为文学创作中不可或缺的一个因素。对人物内心的探索,包括对人的潜意识的发掘成为作家描绘自我、认识自我、批判自我、改造自我、实现自我的最重要的途径,尤以最具20世纪新的艺术表现形式特点的意识流小说为代表,它就是以现代心理学为基础而产生的。值得注意的是,在我国也有关于文学与心理学研究的论述,如"陆机的《文赋》和刘勰的《文心雕龙》中所谈到的'文心'主要指创作过程中的心理因素"①,以及亚里士多德的"卡塔西斯"对梁启超关于读者接受心理活动的思考的启迪。由此,我们可以看出,文学与心理学已经密不可分,探索精神世界的奥秘已经成为作家关注的重点问题,特别是在复杂多变的现代社会,人们渐渐开始注重对人类精神世界的分析和自我的肯定,因而文学与心理学之间的制约与融合关系也会越来越深入。

(二) 文学与心理学的相互影响

1. 心理学对文学的影响

心理学对文学视角的影响。心理学与哲学、文学都有着千丝万缕的关系,在心理学的发展过程中,无时无刻不影响着文学的发展趋势。在古希腊罗马时代,人们普遍对外部世界产生浓厚的兴趣;而在中世纪,人们因对宗教的笃信和崇拜,对人本质的探讨完全让位于对信仰的敬畏;直到文艺复兴以后,文学中的人性才得到真正的重视和提倡,对人自身的探讨越来越多。在对人自身奥秘的探索中,人们惊奇地发现了人心理的复杂性与世界的复杂性非常相似,于是人们开始从发现自我以外的探索转向发现自我、寻找自我。此后,文学中的心理学思想与文学创作和文学批评活动都或多或少地涉及心理学问题。在20世纪文学"外转内"的大趋势中,人们展示了一个更丰富的人的内在心理世界。对人的内在心理的揭示,使文学形式和内容受到了巨大的冲击。甚至出现了独具心理学特点和魅力的新型小说——"心理小说",这种文类主要描写人的内在心理,尤以卢梭的《忏悔录》、司汤达的《红与黑》为典型代表。可以说,这一时期的文学视角非心理学莫属。当然,这场文学视角的大变革所带来的影响和意义远不仅仅如此,作家们的文学视野被扩大了,不再只是局限于狭小的个人世界,而是把外部世界和内

---

① 胡亚敏:《比较文学教程》,武汉:华中师范大学出版社2004年版,第168页。

心世界结合起来，同时，也不仅仅只是重视个人的内心世界，而是开始关注某个人群或某个时代的外部特点和内在心理变化，使文学作品具有了更深远的内涵。总之，注重心理描写已经成为文学作品中一个必不可少的因素，对人物心理的塑造和挖掘也已经成为探讨人的真实自我的最重要的途径。所以说，认识自我、描绘自我、评判自我是20世纪甚至至今都备受关注的文学视角。

心理学对文学内容的影响。文学的"外转内"是以小说的叙事技巧的革命为标志的，而对人深层意识的探究则要属"意识流"和"内心独白"文学的出现。中外文学中已经出现了大量以描写潜意识活动为主体的小说。福克纳(William Faulkner, 1897—1962)的《喧哗与骚动》是一部典型的具有心理分析特征的小说，它摒弃了传统文学对客观真实的描写，注重描写人物和环境的内在真实，即人们眼睛所无法看见的无意识世界。在小说中，作者通过三个人物的内心独白展现了康普生一家的兴衰，而在结尾则采用了将人物的内心世界和现实结合的手法，为读者展现了一部全新的作品。除此以外，弗吉尼亚·伍尔芙(Virginia Woolf, 1882—1941)的作品也可以说是"意识流"小说的经典代表作，尤以《墙上的斑点》为大家所熟知。在作品中，作者努力发掘潜意识的冲动，捕捉大脑中一闪而过的真实感觉和印象，由梦幻意识展开自由联想。由此可见，"意识流"小说就是随着人的意识活动而自由展开想象的，通过时间、空间的多变跳跃以及情节的无逻辑性来展示人意识的跳跃性和复杂性，从而表现人内心世界最特殊的真实。就如《墙上的斑点》所描述的，由一个斑点天马行空地联想到一个又一个对象、一件又一件事情，彼此之间没有任何关联。但这决不表明它的虚幻和荒诞，因为作者的目的就是要用文字表达出在外物的触发下，人的主观意识的真实、丰富、深邃。总之，这一时期的"意识流"和"内心独白"文学以其细腻、丰富、朦胧、飘忽的心理描写，给人一种特殊的真切而自然的感受，更包含了作者对人生和社会的认识和感悟。

心理学对文学技巧的影响。随着心理学对文学的渗透，作家们开始从人的内部心理世界讲述故事，试图让读者也能进入到人物的意识中；时间的界限被打破；在叙事过程中，小说失去了传统的条理和秩序；弗洛伊德的"移置"、"象征"手法的运用，荣格"集体无意识"的学说也为作家提供了另一种文学创作的方法。很明显，作者在自我心理的呈现中陶醉，而读者的想象力和能动性也得到张扬。作家在创作的同时，文学技巧在心理学的影响下也悄悄发生着变化。法国哲学家、心理学家柏格森提出了"心理时间"的概念,打破了传统小说按时间或情节展开的逻辑顺序,认为在人的意识中,人的意识是没有过去、现在、将来之分的,所以外部时间并不适用,只有"心理时间"才是真正有意义的。意识流作家们根据这一理论,在描述人意识活动的轨迹时就采用了内省法来探索人的心灵,即无意识的心理过程,打破传统小说的时间顺序和情节之间的逻辑性,时间、空间颠倒、跳跃,随人意识的流动而流动,以时空视角转换的手法使读者在时空的错位中体验到人的意识活动的瞬息万变,前后情节缺乏逻辑联系,故事的发展随着人意识活动的变化而自由展开。如玛·普鲁斯特(Marcel Proust,1871—1922)的《追忆似水年华》和乔伊斯(James Joyce,1882—1941)的《尤利西斯》,小说的时间逆行交错,现实与回忆交织,运用内心独白的手法来描述心理内部潜意识混乱的深层心理。

心理学对文学批评的影响。首先,是运用心理学的某些观点来解释文学作品中的人物形象,从心理因素来阐释人物行为或作者创作的动机。弗洛伊德所提出的"俄狄浦斯情结"是当今比较流行的批评术语。他用这一概念阐释男孩对母亲的乱伦欲望和对父亲嫉妒、仇视的心理。而女孩则相反,表现为"恋父仇母"的心理。这种"情结"被潜意识地压抑在心灵深处,而作者却反复在作品中不断地表现这种"情结"。弗洛伊德就认为"在我们尚未出生以前,神谕也已将最毒的咒语加于我们一生了。很可能地,我们早就注定第一个性冲动的对象是自己的母亲,而第一个仇恨暴力的对象却是自己的父亲,同时我们的梦也使我们相信这种说法。俄狄浦斯王杀父娶母就是一种愿望的达成——我们童年时期的愿望的达成"[①]。可以说,这富有创造性的分析揭示了以往未被人们察觉的人物心理的深层内涵,对于分析文学作品和了解自我都具有极大的启发。另一个被引入文学批评中的学说是他的神话原型说,他认为各个民族的神话虽然都有不同,但是它们却存在着相似或相同的意象,这些意象能够引起人们相似的心理反应。通过"原型"就可以找到人类共同的某些潜意识的特征。同时,荣格的"集体无意识理论"也是文学批评中相当成熟的一个理论,他认为文艺创作的源泉和内动力来自超越了个人无意识的集体无意识,艺术所表现的就是这种集体无意识。在荣格看来,艺术家通过集体无意识的自发性冲动而造就了伟大的艺术作品。就像他所说的,"艺术是一种天赋的动力,它抓住一个人,使他成为它的工具。艺术家不是拥有自由移置、寻找实现其个人目的的人,而是

[①] 〔奥〕弗洛伊德:《梦的解析》,北京:国际文化出版公司2000年版,第157页。

一个允许艺术通过他实现艺术目的的人。……"①也就是说是艺术造就了艺术家。借用荣格的一句惊人之语来说："不是歌德创造了《浮士德》，而是《浮士德》创造了歌德。"②此外，弗洛伊德在《艺术家与白日梦》一文中关于作家与白日梦的理论，也为人们探讨作家与作品之间的关系提供了新的思路。他认为梦是有意义的精神现象，"梦是一种（受抑制的）愿望（经过改装而）达成"③。梦就是欲望（性欲）的达成，而"性的冲动，对人类心灵的，最高文化的，艺术的和社会的成就作出了最大的贡献"④。弗洛伊德把艺术家的创作活动解释为"白日梦"，并把艺术家与艺术作品之间的关系比作白日梦者和他的梦之间的关系，他们把对现实的不满和对欲望的渴望转移到幻想之中，"借着幻想来满足自己的希望、祈求"⑤，通过艺术作品表现出来，在艺术创作中寻找精神上的平衡。所以，通过研究作者成长的经历、生平以及梦的解析就能破解作品文本形式背后作家潜意识中的真正意图和动机，也可以为作品中无法理解的文学现象找到合理的解释。不仅如此，心理学中的精神分析批评还可以阐释和揭示文学作品中有关性的象征和隐喻。如花朵、花瓶、水池等都可以解释为女性生殖器官的象征，而木棍、树干、山峰、蛇、蜡烛、剑等可以被视为男性生殖器官的象征。由此可见，一些作品中许多显的情节所隐藏的就是关于性欲的象征。自弗洛伊德理论在20世纪20年代初被介绍到中国后，对中国的传统文学造成了不小的冲击，并与"五四"提出的解放文学的口号不谋而合，也由此开启了中国文学的新视角和新方向。例如从事翻译工作的一些著名学者，如高觉敷、章士钊、周作人等，以及许多作家，如鲁迅、郁达夫、曹禺等，虽然长期受到封建思想的禁锢，但弗洛伊德等人的理论在心理学界、文学界，尤其对中国的知识分子产生了意义深远的影响。他们开始部分吸取弗洛伊德理论，特别是"无意识"和"性"理论，以此来丰富他们的文学创作和文学批评。在鲁迅的《兄弟》、郁达夫的《沉沦》、钱锺书的《围城》、曹禺的《雷雨》等小说、戏剧作品中都能找到精神分析学说的痕迹。

2. 文学对心理学的影响

文学为心理学提供素材。心理学与文学的发展可谓相辅相成，密不可

---

① 〔瑞士〕荣格:《心理学与文学》,北京:三联书店1987年版,第141页。
② 同上书,第142、143页。
③ 〔奥〕弗洛伊德:《梦的解析》,北京:国际文化出版公司2000年版,第67页。
④ 〔奥〕弗洛伊德:《精神分析引论》,北京:商务印书馆1984年版,第9页。
⑤ 〔奥〕弗洛伊德:《图腾与禁忌》,北京:中国民间文艺出版社1986年版,第10页。

分。文学可以为心理学的新理论、新概念提供素材。如 20 世纪最流行的艺术表现形式"意识流"小说,这一概念最早是由美国心理学家威廉·詹姆斯(William James,1842—1910)第一个提出的。"意识流"小说中许多关于人无意识或意识混乱颠倒的描写,以及对作家创作动机和过程的研究都为心理学的理论研究提供了不可多得的素材和依据。

文学为心理学的理论提供了最为形象与生动的阐释与证明。心理学家为了构建自己的研究理论,已经跨越到文学领域来寻找素材和证据,这样就产生了心理学与文学研究之间的交叉。在丰富的文学作品中,心理学家总能从中寻找到隐藏着的心理学因素,尤其是进入 20 世纪,文学创作和批评已经和心理学不可分割。在心理学影响文学发展方向的同时,文学也拓宽了心理学研究者的视野,丰富了心理学理论依据,例如在艾略特(T. S. Eliot,1888—1965)的《荒原》中,作者选用病态、丑恶的意象表现空虚、孤独、荒蛮的现实社会和人的心理状态。这首现代诗歌运用了心理学中的"无意识"理论进行创作,跳跃万变的思维、无法真实捕捉的意象以及突兀变化的场面,把诗人真实的心理、情绪和对社会心理的观察掩藏在那些奇特的意象和象征的背后。而这些"片段"又像是经过剪辑似的,组合成了一个完整体。尽管诗歌的"片段"有时会让读者难以理解和想象,但也正是这些看似诡异、荒诞的意象和想象深刻地挖掘出 20 世纪初在荒蛮的西方文明下散乱的社会以及在灵魂堕落中丢弃了信仰的人的心理活动,这也为心理学家研究 20 世纪西方社会心理提供了最为典型、生动的范例。不仅是艾略特的作品,还有海勒(Joseph Heller,1923—1999)的《第二十二条军规》以及马尔克斯(Gabriel García Márquez,1928—)的《百年孤独》等等,都迅捷而又敏锐地反映了那个时代整个民族和社会的心理问题。由此可见,天性敏感的文学家往往会以他们灵敏的文学触角为心理学家研究新的社会心理问题提供重要的启示,也为心理学家提出新的心理学理论提供了有效的证据。

由此可见,心理学对文学产生的冲击巨大,同样,心理学的发展也离不开文学对它的影响。心理学为文学的演变提供了理论基础,而文学又成为心理学理论的实际检验者。心理学理论的不足与弱点在文学创作和文学批评的实践过程中逐一显现,使心理学家们也开始认识到其理论的缺陷。不仅如此,由新的心理学理论引起的文学变革,在转型过程中也会出现新的文学理论,甚至是哲学理论,这必然会对心理学界产生一定的启示和影响。因此,文学与心理学的关系是相辅相成的,它们的每一次发展和演变都是相互作用、相互融合的体现。

三、文学与心理学关系研究的发展前景

在文学与心理学共同发展的过程中,人们已经挖掘出并注意到心理学对文学视角、文学内容、文学技巧、文学创作以及文学批评等方面的影响,但是这些关注的视角还不足以涵盖所有以心理学知识研究文学的方面,所以我们还可以结合其他学科的知识,将其纳入文学与心理学的研究视角中。如在朱丽娅·克里斯蒂娃(Julia Kristeva,1941—)《言说的主体》一文中将符号学引入到言语的无意识过程中,利用符号的有机性和综合表述的有机性来理解言说主体的统一性,并将符号阐释为"对节奏、语调和原始过程的本能冲动进行最初的组合"[1]。其实也就是弗洛伊德所说的移置、滑动、凝缩。朱丽娅·克里斯蒂娃还认为"目前符号学的复兴把意义看做指意过程和一股异质的动力,并向主体的逻辑囚禁提出挑战,以便使主体向身体和社会敞开"[2]。而处于理性危机中的主体在与其本能进行抗争,朱丽娅·克里斯蒂娃就把这种最易冲动的本能理解为弗洛伊德的死亡本能学说。进入新时期后,一个新的学科——文艺心理学也在逐渐崭露头角,尤其是格式塔文艺心理学的出现和发展,它"以马哈和阿万诺留斯的经验批判论,以及胡塞尔(Edmund Husserl,1859—1938)的'现象学'为其哲学理论基础,进而引用现代物理学的'场'概念,另行建立了一套格式塔主义的心理学理论体系"[3],从而把文学与心理学的关系引入一个新的起点。但是就目前的形势来说,国内的文艺学心理学还是一片处女地,没有形成完整的理论体系,这些理论还有待于进一步研究和完善。由此可见,这种把其他学科理论引入心理学对文学研究中的方法,已经成为当今国内外以心理学理论研究文学的最新方法。但是在运用这种研究方法阐释某些具体的文学作品时,很有可能会给人一种牵强附会之感,所以并不是所有的文学作品都可以一概而论运用一种研究方法。我们一定要清楚地认识到,国内外以心理学知识研究文学的方法还需要继续扩展和丰富。

---

[1] 〔英〕拉曼·塞尔登:《文学批评理论——从柏拉图到现在》,北京:北京大学出版社2006年版,第236页。
[2] 同上书,第237页。
[3] 杨清:《现代西方心理学主要派别》,沈阳:辽宁人民出版社1983年版,第251页。

【导学训练】

一、本节学习建议及关键词释义

1. 学习建议：

明确心理学对文学的影响以及文学对心理学的影响，同时能够在参考、学习现有的心理学与文学关系研究成果之上，进行切实可行的案例分析。

2. 关键词释义：

精神分析学：我们所说的精神分析学主要是以弗洛伊德的精神分析学说为主体，其中包括了三个方面的基本理论，即无意识学说、泛性欲学说和梦的学说。三个基本理论互为基础和依据。

集体无意识：集体无意识理论属于荣格学派的学说，他反对像弗洛伊德一样把性欲视为唯一的精神推动的原动力。虽然荣格和弗洛伊德一样承认"无意识"，但对"无意识"结构做出了不同的理解，他并不重视无意识中关于性的部分，而是把无意识分为"个人无意识"和"集体无意识"两类。荣格认为弗洛伊德只发现了相对表层的、被压抑的个人所感知的东西，即"个人无意识"。而"个人无意识"还有赖于更深层的由原始时代遗传下来的人类共同的"集体无意识"，其内容则主要是"原始意象"或"原型"。这也是荣格的理论核心。

格式塔文艺心理学：这是在格式塔心理学基础上发展起来的一种文艺心理学理论。格式塔心理学有三个主要论点：部分相加不等于全体，援引现代数理的概念来说明心理现象及其机制的问题，以及以现象学为其理论基础。

二、思考题

1. 心理学对文学内容的影响。
2. 文学作品中梦的类型。

三、可供进一步研究的学术选题

文学与心理学研究的新方向

提示：文学理论家和批评家以心理学为基础，把心理学的概念、理论引入人们的视野之中，形成独具特色的一种文学研究流派。当我们进入到新世纪、新时代之后，文学与心理学关系的研究也面临着巨大的挑战和变革，人们开始思考是否可以在比较文学领域的框架内把更多的学科理论知识和概念融入已有的文学与心理学研究中，以此来丰富文学领域中的心理学范畴，在跨学科研究的交叉点中寻找全新的研究方法和理论，使文学与心理学关系的研究视野更广阔、研究理论更具有时代的前瞻性。

【研讨平台】

文学作品中的恋母情结研究

提示：弗洛伊德所提出的"俄狄浦斯情结"即是我们当今在文学创作和文学批评中经常运用到的"恋母情结"。弗洛伊德认为人的潜意识存在异性相吸、同性相斥的状况，因此"俄狄浦斯情结"也成为了弑父恋母的代名词。弗洛伊德的这一心理学理论对文学，尤其是对比较文学研究有着巨大的启示和意义。一些文学研究者把"俄狄浦斯情结"放入整个西方文学发展中作比较，发现希腊神话中关于俄狄浦斯王的故事作为一个永恒的主题在西方文学的发展过程中已经被不同民族和国家的作家反复地在文学作品中呈现出来。而俄狄浦斯弑父娶母的情节也经常被大作家们反映在作品中，弗洛伊德就曾列举了三位大作家的作品为例：古希腊悲剧大师索福克勒斯（Sophocles，约前496—前406）的《俄狄浦斯王》、英国文艺复兴时期大文豪莎士比亚（William Shakespeare，1564—1616）的《哈姆雷特》、俄国文学大师陀思妥耶夫斯基的《卡拉马佐夫兄弟》。虽然这三部著作经历了较大的时间跨度，但是它们所反映的主题始终都是同一个——"弑父娶母"。可以说，"俄狄浦斯情结"是贯穿整个西方文学发展的一个永恒的主题，西方文学中出现的许多大文豪都对这一情节情有独钟。所以，如果要运用心理学理论研究文学作品，恋母情结的研究是必不可少的。

《梦的解析》（节选）

的确，在俄狄浦斯王的故事里，是可以找到我们的心声的，他的命运之所以感动我们，是因为我们自己的命运也是同样的可怜，因为在我们尚未出生以前，神谕也已将最毒的咒语加于我们一生了。很可能地，我们早就注定第一个性冲动的对象是自己的母亲，而第一个仇恨暴力的对象却是自己的父亲，同时我们的梦也使我们相信这种说法。俄狄浦斯王杀父娶母就是一种愿望的达成——我们童年时期的愿望的达成。但我们比他更幸运的是，我们并未变成心理症，而能成功地将对母亲的性冲动逐次收回，并且渐渐忘掉对父亲的嫉妒心。我们就这样，由儿童时期愿望达成的对象身上收回了这些原始愿望，而尽其所能地予以潜抑。一旦文学家由于人性的探究而发掘出俄狄浦斯的罪恶时，他使我们看到了内在的自我，而发觉尽管又受到压抑，这些愿望仍旧存在于心底。

另外一个偌大的文学悲剧，莎士比亚的《哈姆雷特》也与俄狄浦斯王一样来自于同一根源。但由于这两个时代的差距——这段期间文明的进步，人类感情生活的潜抑，以至对此相同的材料作出了不同的处理。在俄狄浦斯王那里，儿童的愿望幻想均被显现出来并且可由梦境窥出底细；而在哈姆雷特那里，这些均被潜抑着，而我们唯有像发现心理症病人的有关事实一样，透过这种过程中所受到的抑制效应才能看出它的存在。……那么，为什么他对父王的鬼魂所吩咐的工作却犹豫不前呢？唯一的解释便是这件工作具有某种特殊的性质。哈姆雷特能够为所欲为，但却对一位杀掉他父亲，并且篡其王位、夺其母后的人无能为力——那是因为这人所做出的正是他自己已经潜抑良久的童年欲望之实现。于是对仇人的恨意被良心的自谴不安所取代，因为良心告诉他，自己其实比杀父娶母的凶手好不了多少。

——〔奥〕弗洛伊德:《梦的解析》,北京:国际文化出版公司 2000 年版,第 156、157、158、159 页。

附:关于"文学中的恋母情结"的重要观点

由弗洛伊德所激发的过去半个世纪的广泛研究告诉我们,神经官能症意味着一种精神状态,在这种状态中,人不适当地、往往是痛苦地受其精神的"无意识"部分驱使或阻挠,这个"无意识"就是婴儿时代的心智的那个被掩埋的部分,它与从婴儿心智发展而来且本来应该取代婴儿心智的成年人的精神活动相并存。它表示内在的精神冲突。

因此,他在努力完成父亲要求他复仇的任务过程中所表现的延宕和挫折就可以这样解释,哈姆雷特实在不能容忍集乱伦与弑父于一身的念头。他内心的一部分努力要执行这项任务,而另一部分却受到这个念头的无情折磨。他多么渴望在那"兽性的忘却"中把它抹掉,而不幸的是,这对他来说又正是他良心的谴责。他在一种无法解决的内心冲突中受到撕裂和折磨。

——〔英〕厄内斯特·琼斯:《哈姆雷特与俄狄浦斯》,收入〔英〕拉曼·塞尔登:《文学批评理论——从柏拉图到现在》,北京:北京大学出版社 2006 年版,第 231、232 页。

精神分析学的创始人弗洛伊德就是通过文学作品来解释他的心理学理论的。他运用俄狄浦斯和哈姆莱特两个文学形象来解释"恋母情结",他还在论文《陀斯妥耶夫斯基与弑父》中从陀斯妥耶夫斯基无意识的弑父愿望这一犯罪心理解释了他的犯罪幻觉、癫痫、施虐狂、赌博暴躁症,甚至沙皇对他的流放。他认为陀斯妥耶夫斯基创作《卡拉马佐夫兄弟》也是出于对俄狄浦斯情结而反抗父亲的表现。在文学研究方面利昂·伊德尔对于亨利·詹姆斯的研究成功地运用了精神分析的理论而且避开了大量的专业术语与读者进行了广泛的交流。

——马衡:《文学与心理学的关系》,《现代语文》2007 年第 11 期。

【拓展指南】

一、重要文献资料介绍

1.〔奥〕弗洛伊德:《梦的解析》,北京:国际文化出版公司 2000 年版。

简介:本书是弗洛伊德创立精神分析学派的重要理论依据。在书中,弗洛伊德把精神分析学说概括为三个方面的基本理论,即无意识学说、泛性欲学说和梦的学说。弗洛伊德依据该书的基本论点又陆续在其他著作和论文中详细阐述和完善了他的基本理论观点。所以,这部著作可以说是弗洛伊德精神分析学的核心。

2.〔英〕拉曼·塞尔登:《文学批评理论——从柏拉图到现在》,北京:北京大学出版社 2006 年版。

简介:本书是一本颇具特色的西方文论选读,一共分为五编,其中有一部分集中摘选了包括弗洛伊德、荣格、莫德·鲍德金、厄内斯特·琼斯、雅克·拉康、朱丽娅·克里斯蒂娃等学者的著作或论文,基本囊括了西方文论中心理学派的主要观点和论述。

3. 〔瑞士〕荣格:《心理学与文学》,北京:三联书店1987年版。

简介:本书是当代心理学家荣格关于文学与心理学关系理论最重要的一部作品,其"集体无意识"、"原型"等重要观点都反映在这部著作中。荣格修正、丰富和发展了弗洛伊德的理论,帮助精神分析学在现代西方文化中奠定了突出的地位。其影响不仅限于心理学,还包括哲学、美学和文艺等诸多方面。这可以说是一部研究文学与心理学关系的集大成之作。

4. 周文柏:《文艺心理研究》,北京:中国人民大学出版社1988年版。

简介:本书就现代心理学与文艺心理学研究、艺术创造心理研究以及艺术接受心理研究三个方面介绍了国内外文艺心理学的发展体系,详细论述了学者们在文艺心理学研究的范围和对象、研究方法等方面存在的巨大分歧与共识,并且专门追溯了现代心理学与文艺心理学建设的关系,着重分析了主体对客体的心理反映的能动性,可谓是一部使读者受益匪浅的文艺心理学研究著作。

二、一般文献资料目录

1. 柏拉图:《文艺对话集》,北京:人民文学出版社1980年版。
2. 〔日〕渡边洋:《比较文学研究导论》,北京:中国社会科学出版社2007年版。
3. 〔奥〕弗洛伊德:《精神分析引论》,北京:商务印书馆1984年版。
4. 〔奥〕弗洛伊德:《图腾与禁忌》,北京:中国民间文艺出版社1986年版。
5. 马衡:《文学与心理学的关系》,《现代语文》2007年第11期。
6. 马新国:《西方文论史(修订版)》,北京:高等教育出版社2006年版。
7. 姚本先:《心理学》,北京:高等教育出版社2005年版。
8. 杨清:《现代西方心理学主要派别》,沈阳:辽宁人民出版社1983年版。

第三节 文学与艺术

一、艺术的渊源、定义、特点

(一) 渊源

早在人类历史的初期,原始人便已经开始不自觉地创造艺术。世界各地都曾发现过原始社会时期的岩画,栩栩如生地描绘了当时人们狩猎的场景。在原始人的墓葬中,也曾发现打磨光滑的绿松石项链和朱砂染红的兽牙。尽管这在当时并非是有意识的艺术创作,却具有远古时代浑厚天然的美感,面对人类懵懂时期的创作,今天的人们仍旧能够感受到强烈的艺术震撼。

　　随着人类历史的发展,艺术也在蓬勃发展当中,西方与东方的艺术齐头并进。经过上古时期的繁荣,中古时期的艺术呈现了爆炸式的发展。在东方,文学与艺术随着封建社会经济的发展而日益繁盛,整个封建时代的文学与艺术都呈现了极高的水平,文学、绘画、音乐都取得了令后人惊叹的成就,融汇成一个完整的东方文化艺术体系。在西方,经历了古希腊罗马时期的艺术高峰后,文艺复兴时期迎来的艺术高峰也令西方的文学与艺术达到了相当的高度。文艺复兴三巨人——米开朗琪罗(Michelangelo Buonarroti, 1475—1564)、拉斐尔(Raphael, 1483—1520)、达·芬奇(Leonardo Di Ser Piero Da Vinci, 1452—1519),在绘画、雕塑等方面为后人开拓了令人耳目一新的审美境界。而后各种画派迅速发展起来,文学也延续着古希腊罗马时代的成就继续发展,形成了辉煌的西方近代文学艺术体系。

　　随着工业时代的到来,东西方文化交流日益频繁,文学与艺术的发展又到达了新的高度,文学、美术、音乐都获得了巨大的发展。以人类社会的发展为基调,以各自的艺术形式表现现代人生活中的方方面面,文艺百花园异彩纷呈,无数艺术流派纷立竞起,与文学各流派相互呼应、相互影响,已经取得了越来越大的成就。

(二)定义

　　关于艺术的定义,历来众说纷纭。托尔斯泰(Лев Николаевич Толстой, 1828—1910)曾说:"艺术是人与人之间相互交际的手段"①,"艺术的本质,即用他个人固有的独特方式来表达感情"②。英国美学家克莱夫·贝尔(Clive Bell, 1881—1964)则认为:"要么承认一切视觉艺术品中没有某种共性,要么只能在谈到'艺术品'时含糊其辞。当人们说到'艺术品'时,总要以心理上的分类来区分'艺术品'与其它物品。那么这种分类法的正当理由是什么呢?同一类别的艺术品,其共同的而又是独特的性质又是什么呢?不论这种性质是什么,无疑它常常是与艺术品的其它性质相关的;而其它性质都是偶然存在的,唯独这个性质才是艺术品最基本的性质。艺术品中必定存在着某种特性:离开它,艺术品就不能作为艺术品而存在;有了它,任何

---

① 〔俄〕托尔斯泰:《托尔斯泰文集》第十七卷,北京:人民文学出版社2000年版,第206页。
② 〔俄〕托尔斯泰:《托尔斯泰文集》第十四卷,北京:人民文学出版社2000年版,第247页。

作品至少不会一点价值也没有。"①

《现代汉语词典》对艺术的定义是：艺术是"用形象来反映现实,但比客观有典型性的社会意识形态"②。

我们认为,艺术之所以被称为艺术,是因为艺术能够通过"美"的形式表达人类自身的感情和渴望。比较文学所说的艺术,是狭义上的艺术,主要指涉音乐、绘画、影视等学科。文学与艺术的区别在于,文学用语言表现"美"和生活,而艺术作品则用声光色作为表现手段。

（三）特点

艺术作为人类精神生活中非常重要的一项,包含着丰富的内容,而每一艺术门类的特点是各不相同的,下面我们就来分门别类地总结一下各类艺术的特点。

音乐属于时间艺术,以声音为素材、以时间为轴表现音乐内部包含的翻腾不息、或激昂或委婉的情感。音乐所要表现的情感,是通过时间的流动中音符的强弱、节奏的快慢变化来传达给听众的。想要完整地体会音乐家所要表现的情感,就要完整地听完一段音乐,这段时间是领会这部艺术作品奥秘所在的必要条件。时间艺术的存在是以时间为单位的,当音符消散在空气中时,艺术品的展示时间就结束了。

音乐的第一个特点在于节奏性。音乐具有一定的节奏,每一首不同的乐曲都有其内在的固定节奏,通过节奏的变化,作品中蕴含的音乐家的情感随时间流逝缓缓释放出来,从而传达给听众。音乐的第二个特点在于它的模糊性。音乐作品不同于文学作品,无法向受众直接说明作品的内容和蕴含的情感。在对文学的理解中有句名言——"一千个读者就有一千个哈姆雷特",对音乐来说更是如此。音符的流淌和旋律的变化在每一位听众心中引起的情感反应是不同的,不同读者会根据自己的人生经验去理解音乐作品,因此,音乐作品具有模糊性,并不清晰地表述自身内涵,而是依靠与听众心灵发生的反应达到传播情绪的目的。

绘画、雕塑等属于空间艺术,空间艺术以造型为必要手段,必须在空间中存在,而较少受时间的限制。一幅绘画以点和线在平面画布上构造了独

---

① 〔英〕克莱夫·贝尔:《艺术》,周金环、马钟元译,北京:中国文艺联合出版公司1984年版,第4页。
② 中国社会科学院语言研究所词典编辑室:《现代汉语词典》,北京:商务印书馆2005年版,第1613页。

特的空间，一尊雕塑以不同的面建立起一个空间。这个空间包含着艺术家的神思，能够引起观者的共鸣和联想，因此成为了有审美价值的空间，承载这个空间的便成为艺术品。绘画也同样具有自己的特点。首先，绘画具有心理具象化的特点。绘画是画家将内心的情绪和心理用画面的形式呈现出来，使之以某种形象或某种色彩感空间感的形式呈现在接受者眼前。其次，绘画具有时间空间化的特点。绘画作品无法如时间艺术般表现时间的变化，而是将时间的变化转换成为一幅静止的画面，形成一个固定的空间。这个固定的空间中用各种光影、颜色、笔调描绘了时间流逝中最具代表性的那一刻，因而同样能表现关于时间的主题。

电视、电影等属于时空艺术，它们既具有时间艺术的特点，又具有空间艺术的特点。时空艺术包含的要素比较复杂，音乐、画面、造型都包括其中，欣赏影视等艺术，需要在一定的时间内，受到演出时间的限制，而其中包含的空间艺术因素又决定了欣赏这类艺术同时要具备空间艺术的欣赏条件，因此，时空艺术融合了时间艺术和空间艺术，将两者结合在一起，具有了更鲜明的表现力。影视艺术的主要特点在于，第一，影视艺术是时间和空间艺术的结合体。时间艺术与空间艺术的表现功能被完美融合在影视艺术中，从而使影视艺术能够比时间艺术和空间艺术更有力地表现自身内涵。第二，影视艺术具有直观的传达性。通过影像和声音的结合，音乐的模糊性和画面的不确定性都被缩小，取而代之的是更加明晰的表达，感情的表达更加明朗，更易于为观众所理解，因此，也比绘画和音乐更为直观。

二、文学与艺术关系的研究内容

（一）文学与艺术的共通性

广义的艺术包括文学、绘画、音乐、影视等诸多艺术门类，而在比较文学研究中，艺术指除文学之外的其他艺术门类。文学与艺术之间存在着许多共通之处，下面一一进行分析。

文学与艺术的相同起源。《毛诗序》曰："诗者，志之所之也，在心为志，发言为诗。情动于众而形于言。言之不足，故嗟叹之，嗟叹之不足，故永歌之；永歌之不足，不知手之舞之，足之蹈之也。"《礼记·乐记·乐象》曰："诗，言其志也；歌，咏其声也；舞，动其容也。三者本于心，然后乐器从之。"这两段记载表明了上古时代诗歌、音乐、舞蹈三位一体的存在关系，三者形成了一个综合体。在《吕氏春秋·古乐篇》中，也记载了诗、乐、舞三门艺术融合的情形:"昔葛天氏之乐,三人操牛尾,投足以歌八阕,一曰载民,二曰玄鸟,三曰遂草木,四曰奋五谷,五曰敬天常,六曰建帝功,七曰依地德,八曰总禽兽之极。葛天氏古帝名,投足犹蹀足,阕终,一作禽兽之极,上皆乐之八篇名也。"从这段话中,我们几乎可以想见当时的场景:八位舞者操牛尾,手足舞动,唱起雄浑的赞神之歌,那八阕歌曲同时具备着诗与乐的因素,以诗赞美英明的帝王,赞美蓬勃的自然,赞美上天的神明,以乐乐之,以舞乐之,以原始社会诗乐舞混沌的综合体演绎着人类最初的激情。

不仅是中国,西方学者也有类似的看法,同样认为在原始社会时期,广义艺术所包含的各个门类是同时起源的。亚当·斯密(Adam Smith, 1723—1790)、格罗塞(Ernst Grosse, 1862—1927)等都在各自关于艺术的论著中做出过这方面的说明。

同样地,雕塑与绘画也同时起源于此,与诗乐舞三位一体的融合情形相同,原始人类通过对自然的观察,将天然色彩画在身上,或画在岩壁上,或撒在地上,以寓意某种模糊的宗教情感;原始舞者们舞动的身影也带来了最初的对造型艺术的欣赏观念。

在人类一步步向文明迈进的时候,艺术也从本能的歌唱和舞动向有意为之的方向发展,诗歌、音乐、舞蹈、绘画等各个艺术门类逐渐分化开来。"人类的史前阶段极其漫长,其文化形态的发展演变以及艺术的发生究竟是一个怎样的情形,由于受到研究材料和证据不足的局限,至今仍没有令人信服的定论。"[①]尽管无法确定各个艺术门类是何时开始分化的,但它们具有共同起源这一点是毋庸置疑的,诗乐舞三位一体的原始艺术是一个生机勃勃的源头,自此而下,艺术的影响渐渐扩大,随着社会的发展、文明的进步、劳动之余闲暇时间的增加,艺术也由混沌的综合体向着更精细、更具表现力的方向前进。从诗乐舞三位一体的淙淙小溪开始,艺术终于成为了几条支流并行前进的大江。

文学与艺术的相同审美理想。从文学与艺术共同起源开始,它们就具有了相同的表现目的。如前文所说,一件文学或艺术品之所以经常能打动我们,是因为其中包含了凝结人类情感的要素,能够表现人类微妙的情感和渴望。每一件文学或艺术品都是一个自给自足的世界,包含着作者一时一刻或一段时间内的情感波动,无论是一幅画、一段音乐、一首诗、一篇小说,被创作出来的最终目的都是为了表达。渴望表达的欲望驱动着文学家或艺

---

① 陈惇、孙景尧、谢天振等主编:《比较文学》,北京:高等教育出版社1997年版,第255页。

术家们进行艺术创作,将自身激荡的情感凝结在作品中,再经由作品传达给读者、听众、观众,引起他人的共鸣、联想、情绪,这就是鉴赏文学与艺术品的过程。

文学家或艺术家希望自己的审美理想能够传达给接受者,使之理解作品所要表达的内涵。文学与艺术在所要表达的内涵上往往是相同的。例如《庄子·逍遥游》中写道:"藐姑射之山,有神人居焉。肌肤若冰雪,淖约若处子;不食五谷,吸风饮露;乘云气御飞龙,而游乎四海之外;其神凝,使物不疵疠,而年谷熟。吾以是狂而不信也。"表达了庄子对于美和自由的定义,这一定义经由塑造了"藐姑射神人"这一飘然出尘的形象来表现,以他吸风饮露、御风而行的自由姿态展现自己对无拘无束的精神世界的无限向往。而同样表现这一理想的画作当推吴道子《天王送子图》,虽然这是一幅宗教画,带有一定的宗教寓意,其中仙人衣带飘扬、神情自由的形象却是"藐姑射神人"最好的诠释。"吴带当风"之说并非浪得虚名,画面中的飘飘凌云之意、朗朗御风之姿,正与庄子对大自由境界的具象化描写不谋而合。

西方文学与艺术史中,这样的例子也层出不穷,如果我们认真聆听贝多芬的《D 小调第 16 钢琴奏鸣曲》就会发现,这首奏鸣曲与莎士比亚的《暴风雨》意境相合,以音符的起伏和强烈的节奏表现了与莎剧同样的精神。

文学与艺术有着共同的审美诉求,也就带来了共同的审美理想。人类从诗歌、小说感受到的情感、得到的启示与从音乐、绘画中感受到和得到的是一样的。无论是阅读一首诗歌,还是哼唱一支乐曲,抑或是欣赏一幅画作,文学家和艺术家注入其中的情感都能够为接受者所感知,从而引发共鸣。究其根本,各种作品之间的差别只是使用的艺术手段不同,它们的审美理想是相同的,目的都在于表现人类的各种情感,引发他人的共鸣。

文学与艺术的相同精神内核。从文学和艺术产生开始,文学与艺术中凝结的人类精神就是以积极向上为主要核心的。无论是《诗经》还是《荷马史诗》,无论是山顶洞人的岩画还是北欧半岛的岩画,文学与艺术从其起源开始,就注定了要表现人类前进的心态。对艺术来说是如此,对文学来说亦是如此。

文学和艺术要实现自身的存在价值,唯一的途径就是感动观者,引发观者的共鸣。不可否认,失意、阴暗、杀戮,这些负面情感有时也能引起人们的某些共鸣,但人类的内心始终无法完全沉浸在这类负面情感当中,正面的、给人力量和温暖的艺术品才能长久流传。胜利、光明、温情,这才是人类追求中永恒的主题。能够为观者提供这些积极情感的艺术品,才能获得大多数人的承认。

因此，文学与艺术在这里也获得了又一个同一性：相同的精神内核。无论是小说、诗歌还是戏剧、电影、音乐，每一件被文学家与艺术家精心创造出来的作品都包含着那些主要的精神内核，那些能够给人以温暖和力量、能鼓励人们在困境中取得胜利的情感。只有当作品能够释放出这样的情感能量，进而使观者心有所感，才能真正成为存世流传的作品。

这方面的例子很多，许多我们耳熟能详的文学艺术作品其实都蕴涵着相同的精神内核。如贝多芬的《第九交响曲》与海明威（Ernest Hemingway, 1899—1961）的《老人与海》：《第九交响曲》以严峻的乐章起始，在第四乐章以无限的光明和欢乐告终，象征音乐家在与命运的搏斗中最终获得了完全的解脱；《老人与海》的主题与此有异曲同工之妙，老人在与整个海洋的搏斗中一直英勇不屈，最终以自己强大的精神和生命力摆脱了死亡的威胁。又如杜甫《观公孙大娘弟子舞剑器行并序》的原序中写道："往者吴人张旭，善草书书帖，数常于邺县见公孙大娘舞《西河剑器》，自此草书长进，豪荡感激，即公孙可知矣。"草圣张旭从公孙大娘气势纵横的剑舞中悟得了草书的真谛，终于成就了自己一手纵横捭阖的草书。

文学与艺术具有相同的精神内核是必然的，它们都来自人类最初的精神需求，因人类蒙昧时期的情感需要而产生，对美和力量的追求必然成为文学与艺术最核心的审美目的，也成为每一件艺术品和每一篇文学作品的终极追求。

（二）文学与艺术的差异性

尽管文学与艺术同根同源，有着许多相同之处，但是文学与其他艺术门类毕竟还是存在着许多不同点，从艺术可以分类开始，文学与其他艺术门类的不同点便开始显现出来。

文学与艺术的不同发展过程。从远古到近代，无论在东方还是在西方，文学都是从诗歌发展而来的。在中国，这种诗歌传统尤其强大，诗歌和韵文几乎占据中国文学的大半壁江山，印度文学也以两大长诗《摩诃婆逻多》和《罗摩衍那》为代表；在西方，古希腊和古罗马最杰出的作品《荷马史诗》和《埃涅阿斯纪》也是两首伟大的长篇叙事诗。在诗歌继续发展的同时，散文和小说也从诗歌和韵文中分离出来，成为另一个较大的文类，由于中国文学的抒情传统，散文在中国文学史上占有较大的比例，小说自汉代有所萌芽，在晋代有所发展，唐代时开始稍有兴盛，直到明清才有集大成的作品出现，而优美的散文则几乎贯穿了整个文学史。在西方叙事文学传统的强大影响下，西方文学发展史上小说的发展更加充分，产生了许多不同的流派，而后在各个欧洲国家都产生了分支，出现了许多优秀的作品，相比之下散文的成就则无法与小说比肩。

文学的发展是连续的、流动的，纵观整个文学史，几乎可以说是匀速向前的，即使侧重点有所不同，总的来说也还是一个比较平缓的发展历程。而艺术不然，每一门艺术都有自己的发展轨道，有时某一门类的艺术从另一门类中分离出来，而有时又融合到一起，时间艺术、空间艺术、时空艺术的相互影响和借鉴在艺术发展史上占有重要的地位。舞蹈无法与音乐脱离，而音乐则包含了更为广阔的空间。东西方音乐各自在表情与写意的道路上向前发展，西方音乐中蕴含的强烈情感令人动容，而东方音乐中幽微低徊的情绪则值得一再回味。绘画在东西方艺术史上的发展是不一样的，西方绘画在原始岩画阶段后转为追求形似，主要还是受文化传统和宗教传统的影响，注重宗教画，注重将神写实化；而东方绘画则秉承了注重抒情的艺术传统，在诗歌迅速发展的同时，向着写意的方向前进，更注重一幅画所包含的气韵，而非形似。中国画常常讲究诗画的搭配，一幅画题上一首诗，再盖上几枚印章，才是一件完整的艺术作品。虽然中国画发展史上也有注重宗教画的时期，如上文提到唐吴道子的《天王送子图》，但内在的追求仍旧是气韵流动。西方艺术中的造型追求最集中体现在雕塑艺术的发展上，东方雕塑艺术的发展则比较单一，主要是塑造神像。

文学与艺术同源而出，而后走上了不同的发展道路，取得了各自的辉煌成就。

文学与艺术的不同审美趋向。尽管有着相同的审美理想和精神内核，在审美趋向上，文学与艺术还是存在着很大的不同。

文学是通过阅读来欣赏的时间艺术，阅读文字的过程便是欣赏的过程，同时，文学作品欣赏时间的长短是可以由读者控制的，这便决定了文学作品更长于表现人类细腻又复杂的内心，通过详尽的文字描写构建人物丰富的内心世界。读者在阅读过程中透过文字感受到作者所要表达的感情，从而能够比较深刻、直观地理解作品内涵。

绘画、音乐等艺术作品则不同，绘画为观赏者提供一个直观的画面，点和线在画布上构造了一个空间，画家以此空间为媒介，将自身对世界的感受具象化为某些形象，在这个由点和线构造出的空间中呈现出来。画面所凝结的感情是通过形象来传达的，相较于文字，形象在传达感情时是间接的，无法直白呈现。音乐亦是如此，音符的高低和节奏的快慢是作曲家内心情感和欲望的表达,而每一位演奏家就是一位接受者,每一位演奏家对音乐作品都有自己的理解,听众所听到的音乐作品是融合了作曲家和演奏家两方面情感的综合体,其中情绪表达的复杂性比绘画等空间艺术有过之而无不及。

戏剧、影视等时空艺术则是更加复杂的艺术形式,由众多艺术元素组成,因而也具备了更强大的艺术感染力和更直接的震撼力。但也正因其直接,时空艺术更追求声、光、色的刺激,力图在短时间内抓住读者的眼球和耳朵,进而才能使读者真正进入作品的世界。

总的说来,文学的审美趋向相对直白,也因其易于理解而能够蕴涵更多更深刻的内容,可以供读者长时间反复咀嚼,直到生发出许多不同的感慨。艺术对情感的表现不如文学直白,无法直接将情感呈现给读者,而是需要以形象为媒介,因而艺术的审美趋向更加内敛一些,需要接受者更认真地去体会。

文学与艺术的不同表现形式。文学属于时间艺术,通过阅读而传达情感、表现人类生活。文学作品以文字为媒介,通过文字或细腻或简白的描写展现作品的内容。音乐与文学同属时间艺术,音乐以声音为媒介,通过音色和旋律描绘某一时、某一段的情绪。两者通过不同的媒介表现艺术品之中蕴含的共同内容,即人类的情感和欲望。

文学的表现形式非常多样,各种描写手法都可以被作者运用到作品中来,正面描写可以直白地呈现作者的创作目的,而侧面描写有时更具震撼力,通过引发读者的联想和猜测取得更震撼的效果。音乐的表现形式则相对单纯,音符和旋律的组合是无尽的,但体会音乐中的情感需要集中精神,需要引发联想,因此不会如文学一般能够直接呈现。音乐稍纵即逝,以引发听众内心的情绪为目的,表现形式上相对单一一些,进行侧面表达的话,效果不会很尽如人意。

时间艺术之外,空间艺术和时空艺术的表现形式与文学就更加不同。绘画在画面上营造空间,雕塑以不同的曲面切割出独特的造型空间,戏剧和影视融合了文学、音乐、舞蹈、绘画的诸多表现手法,形式非常多样。绘画和雕塑等空间艺术在表现时没有时间限制,使它们可以营造出一个静止的审美空间,点线面的自由组合传达着情感,也传达着人类天性中蕴含的审美愉悦感。静止审美空间使审美时间无限延长,因此,空间艺术的表现手法非常多样化,并可以配合作品所在地的外部环境作出变更。戏剧和影视等时空艺术通过将广义艺术所包含的各个艺术门类融合起来达到表现的目的,形式不拘一格,可以侧重于某一种艺术门类,也可以将各艺术门类综合运用,一切都以达到最佳的表达效果为目的。

(三) 文学与艺术的互渗

文学与其他艺术门类产生于同一个源头,在经历了上古时期诗乐舞三位一体的综合性存在阶段之后,广义艺术所包含的各个门类便开始分化。随着人类文明史的发展,文学与艺术之间的差异也越来越大,但纵观整个人类文明史,我们可以发现,文学与艺术之间从来未曾真正分开过,艺术对文学的影响、文学对艺术的影响一直伴随着文学和艺术的发展。

艺术对文学的影响。艺术与文学同生共长,两者在发展过程中一直相互影响。各种艺术门类对文学的影响各有不同,下面分门别类地谈一谈。

绘画对文学的主要影响在于强调了文学的形象感和空间感。具体说来,第一,绘画影响了文学的具象化。绘画以画面达到表情达意的目的,而当绘画的创作方法延伸到文学中来,文学作品中的某些意象和情感就被具象化了。从虚无缥缈不可捉摸的情感片断转化为具体可感的画面,文学的表现力有了进一步的提升。对作家们来说,绘画对文学的影响是显而易见的,鲜明的画面感使作品表达更加有力、更加直观,更易为受众所接受。如同飘浮在空中时有时无的香味般难以琢磨的复杂情感,在转化为具体的形象和画面之后,就凝固了下来,可以反复玩赏和体味。唐代诗人王维工诗善画,苏轼在《书摩诘蓝田烟雨图》中说:"味摩诘之诗,诗中有画。观摩诘之画,画中有诗。诗曰:'蓝溪白石出,玉川红叶稀。山路元无雨,空翠湿人衣。'"很好地说明了王维画作中的诗歌韵味。他运用蓝色、白色、红色、绿色等明丽的色彩构建了一幅恬淡空寂的山中图画,而将淡淡的寂寥和淡淡的喜悦凝结在这样一幅画面之中,最终成就了中国诗歌史中的经典之作。第二,绘画影响了文学的时间空间化。文学中空间的构筑和延展受到了绘画相当大的影响,空间被拉伸,变得宽阔深邃,同时,时间也在空间中穿行,与空间融合在一起。在张爱玲《金锁记》中,故事时间三十年的流逝被集中在一幅金绿山水屏风上,在屏风的一启一阖中,曹七巧悄然走过了三十年的岁月,大家族分崩离析,曹七巧也从美丽的少妇变成了干瘪的老妇,故事的变化尽在这屏风狭小的活动空间内,蕴含的却是被浓缩的时间。

音乐对文学的影响与绘画不同,主要体现在对文学节奏和文学意义的影响上。首先,音乐影响了文学的节奏化。节奏是音乐赖以表现自身内涵的重要手段,而在文学与音乐的交融中,音乐的这一特点渗入了文学内部。每一部文学作品都有自己的节奏,而在音乐的影响下,这种节奏被进一步加强。古代诗歌十分注意音乐性,而在现代诗歌的开始,音乐性被放在了一个不那么重要的位置,不过,仍有许多诗人执著地在诗歌中延续着音乐的节拍,使诗歌获得了音乐之美,也丰富了诗歌的表现力。闻一多和徐志摩的诗歌就是如此,闻一多提出了诗歌艺术的"三美"原则,徐志摩则一直致力于将音乐感与诗歌主题融合起来。在《雪花的快乐》中,徐志摩用重复的"飞扬,飞扬"和"方向"营造了音乐般的美感,使整首诗歌具有一种内在韵律。音乐对文学的第二个影响是意义的模糊化。音乐本身的主题是非常模糊的,节奏和音符所传达出的意义需要与读者的内心取得共鸣,从而引发读者的感情。在音乐的影响下,文学作品的主题也出现了一些模糊化的倾向。如著名剧作家曹禺谈到《雷雨》的主题时曾经说过:"……在起首我初次有《雷雨》一个模糊的影象的时候,逗起我的兴趣的,只是一两段情节,几个人物,一种复杂而又不可言喻的情绪。"①在当代对《雷雨》主题的多种阐释中,原作者的这番话可以说是对主题模糊性的一个定性。《雷雨》精巧的结构方式、暴风骤雨般的情节进展,都如同一部宏大的交响乐,而隐藏在其中的主题,需要观者自己去慢慢理解。

  影视对文学的影响是近些年才逐渐体现出来的。影视文化出现的时间较晚,在人们精神生活中的影响却越来越大,逐渐超过了前两种艺术门类,文学也自然会受到相当的影响。影视文化影响着文学的写作方式,也影响着文学的主题,同时,文学中传统的时空变换方式也在影视的影响作用下有了新的突破。首先,影视艺术使文学主题得到了聚焦。影视文化改变了人们的思维方式,使人们更乐于关注一个较短时间段内发生的事件,文学也如此创作,从而形成了文学主题的聚焦。其次,影视艺术以其异常丰富的表现手段、更自由的镜头语言应对故事中时空的转换,这也影响了文学的创作。

  这其中最值得注意的例子便是文学创作中对蒙太奇手法的借鉴。蒙太奇这一影视艺术手法在现代主义文学中被广泛借用。例如在弗吉尼亚·伍尔芙的意识流名作《达罗卫夫人》中,克拉丽莎在想到今天也许会见到旧情人彼得时,突然由已近五十岁的现实中的自己回到了少女时代,在乡村别墅中生活的少女克拉丽莎对彼得的迷恋、那时清静纯美的乡村生活、年轻生命的美好、在彼得和理查德之外与女友萨丽近乎同性恋的相互依赖,直至又转向对女儿的看法,终于从过去又回到了现在。克拉丽莎随着自己的意识流动回到了少女时代,作品呈现的时间段是分散的,叙述片断在现实与过去之

---

① 曹禺:《曹禺全集》第五卷,石家庄:花山文艺出版社 1995 年版,第 10 页。

间来回穿插。克拉丽莎的意识跨越了时空界限,从少女时代的乡村生活到青年时代对爱人的选择、女儿的出生和成长,直至当前的生活现状。伍尔芙成功地通过蒙太奇式的表现手法,将克拉丽莎的一生浓缩在这一刻。

文学对艺术的影响。在艺术对文学进行全方位影响的时候,文学对艺术的影响也不容小觑。文学与艺术在人类精神生活的进程中从未停止过相互渗透。文学的素材、主题、创作技巧、表现方式等都对艺术各门类有着深刻的影响。

文学对艺术素材的影响是显而易见的。在历史上,有许多以文学作品中的场景和人物为主题的绘画和音乐作品,在近代,越来越多的文学作品被改编为影视作品。艺术在文学这里获得了丰富的创作素材,而后用不同的表现方式进行再创作,从而造就了许多经典的艺术之作。在文艺复兴时期,许多绘画的素材都来自圣经故事和希腊神话。著名的拉斐尔的《西斯廷圣母》,就是从圣经取材,描绘了圣母身上散发的慈爱和神性;波提切利(Sandro Botticelli,1445—1510)的名作《维纳斯的诞生》则取材希腊神话中维纳斯诞生于海中的故事,以丰盈优美的笔触描绘了金发少女诞生于蔚蓝大海之中的壮美景象;好莱坞电影《特洛伊》取材于《荷马史诗》中特洛伊城被围攻十年,终于被希腊联军用木马计攻破的故事,电影进行了重新创作,加入了许多现代思想元素,成就了影片的别样精彩。

文学对艺术作品主题也产生了很大影响。文学的主题广泛而难以计量,艺术创作在文学的影响之下也扩大了表现的主题,观点、情绪、生活,无不可进入艺术的主题。中国音乐中就有不少受到文学影响的例子,张若虚的《春江花月夜》从乐府旧题而来,一洗南朝的脂粉气,以清幽静美的艺术境界流传千古,管弦民乐《春江花月夜》则非常完美地展现了月夜春江闲潭落花的意境,堪称这首诗的最佳注解。文学对影视艺术主题的影响主要是增加了其深刻性,在影视艺术刚刚起步的时代,电影只是忠实记录着人们的生活,而在文学介入之后,影视艺术的主题逐渐向文学靠拢,其敏锐的触角伸向人类社会生活和精神生活的深处,挖掘更深刻更宏大的主题。越来越多的影视作品注重表现人类的内心世界,影视艺术的主题也因此上升到了一个全新的高度。英国导演德瑞克·加曼(Derek Jarman,1942—1994)的《蓝》,用整整77分钟光影变幻的蓝色镜头展示着导演难以用语言表述的内心,失明并没有使他丧失生活的勇气,相反地,他用这代表了情绪流转的诸多蓝色达到了同以百万字描绘人类内心的文学巨著一样的效果。

在创作技巧和表现方式方面,文学对艺术的影响也同样显著,其中最明显的影响发生在影视艺术方面。随着文学作品越来越多地被改编成影视剧，影视艺术受到文学的影响也越来越大。电视剧《大明宫词》中人物台词莎剧化就是影视台词文学化的典型例子，编剧通过华美庄严略带文言性质的台词再现了大明宫中欲望与权力的尖锐斗争，也很好地表现了人性善恶这一艺术的永恒主题。在许多文学作品改编而成的影视作品中，人物对白、叙述手法、人物刻画、场景运用等方面都明显带有文学作品本身的印记。在张艺谋改编自苏童《妻妾成群》的《大红灯笼高高挂》中，虽然人物活动的场景从苏杭搬到了山西，整个作品的色调也变成了张艺谋式的红黑相间，但作品的内核依旧是苏童式的。原作压抑黯淡的氛围和人物尖锐激烈的内心被镜头一一呈现，无论是潮湿腐烂的紫藤还是明明灭灭的红灯笼，意象外壳的更换并未影响导演对原作文学内涵的表达。而在另一部电影《一个陌生女人的来信》中，导演徐静蕾几乎未对茨威格(Stefan Zweig, 1881—1942)的原作做任何本质上的改动，仅仅将故事的背景和人物改到了中国，完全继承了原著的叙事结构，通过与原著同样淡然而舒缓的镜头叙事，就将这个原本属于法国的故事很好地融入了中国大背景，表现了同样的哀伤和茫然若失。

三、文学与艺术关系的研究前景

文学与艺术之间相互渗透的关系，早在人类文明发展的初期，艺术家们就有过论述。古希腊诗人西摩尼德斯(Simondes，约前556—前468)说："画为不语诗，诗使能言画。"里奥纳多·达·芬奇说，诗是"眼瞎的画"，画是"嘴哑的诗"。① 莱辛(Gotthold Ephraim Lessing, 1729—1781)也在他的著名文论作品《拉奥孔——论诗与画的界限》中写道："绘画用空间中的形体和颜色，诗用在时间中发出的声音。"②《毛诗序》中记载过歌者"手之舞之，足之蹈之"的情形，《吕氏春秋》中记载了"操牛尾"，舞八阕之歌的情形，刘勰在《文心雕龙·乐府》中写道："诗为乐体，声为乐心。"苏东坡说："味摩诘之诗，诗中有画；观摩诘之画，画中有诗。"

艺术家们早已认识到文学与艺术各门类之间的关系。自诗乐舞分流以来，文学与艺术相互影响、相互渗透的关系就一直是艺术家们关注的焦点。艺术对文学发生着全方位的影响，无论是在创作技巧上，还是在审美意趣上，东西方人类精神生活史上文学的发展都与艺术息息相关。而文学对艺

---

① 以上两句均转引自钱锺书：《中国诗与中国画》，见《七缀集》，北京：三联书店2002年版，第6页。
② 伍蠡甫主编：《西方文论选》，北京：人民文学出版社1964年版，第420页。

术的影响也不容小觑,文学创作有时推动着艺术的发展,或影响着艺术的前进方向。文学与艺术的相互关系是文艺理论研究的主要论题之一,也影响着美学的发展。

在当今时代,对文学与艺术互渗关系的研究更加深入,几乎所有的文艺理论批评家都曾经提出过自己对文学与艺术关系的看法,文学与艺术的关系已经成为比较文学跨学科研究中重要的一环。对文学与艺术互渗关系的研究将为文艺理论研究注入新的元素,跳出固有的学科划分之外,以新的目光看待文学中包含的艺术元素,能够更加清晰地认识文学的本质,更加明确文学的内涵。

文学与艺术的相互渗透也产生了一些新的文学艺术形式,如当下很畅销的图文绘本,将绘画和文字结合起来,深受年轻人喜爱。再如一些结合画面、音乐、歌词的音乐专辑,这种专辑的中心已经不仅仅是音乐,而是将音乐、影像、诗歌等几种表现方式杂糅在一起,从而更鲜明地表达作者的情感。这些新的文学艺术形式还有待进一步研究,而文学与艺术的跨学科研究恰恰填补了这一空白。

无论是文学还是绘画、音乐、影视,都是人类精神生活中重要的组成部分,研究文学与其他艺术的关系,推进文学向更深更广的方向发展,实现文学自身的审美追求,这是我们研究的初衷。随着对文学与艺术互渗关系研究的深入,相信这一愿望终将变为现实。

【导学训练】

一、本节学习建议及关键词释义

1. 学习建议:

熟悉文学发展史与艺术发展史,了解文学和艺术如何起源及各自不同的发展道路,对文学与艺术的关系有较深刻的了解,把握文学与艺术之间的相互影响。在现有文学与艺术相互影响的研究基础之上,分析文学与艺术相互影响产生的有趣案例。

2. 关键词释义:

审美理想:指人们浸淫于自己社会群落的审美氛围之中从而形成的对于美的观念和范式。审美理想决定于个人的审美体验和审美境界。审美理想通常是整个社会关系在实践中形成的,能够鲜明显示一个时代的审美趋向。本节中的审美理想特指人们在阅读文学作品时产生的审美观念。

文本的节奏化:指在音乐的影响之下,文学作品的呈现形式——文本的音节和叙述进程也具有了节奏,作者有意识地将节奏感融入文学作品当中,使文学作品具有节奏美,从而形成了有节奏的文本,也就是文本的节奏化。

二、思考题

1. 文学是怎样从"诗乐舞"三位一体的原始艺术形式中独立出来的?
2. 艺术与文学在近代的融合产生了哪些新的文学艺术现象?

三、可供进一步研究的学术选题

文学与艺术审美趋向的分化与融合

提示:在现代文学的发展进程中,文学的审美趋向逐渐多样化,出现了许多不同于传统文学作品的新的文学类型。艺术各个门类也向着各自不同的方向逐步发展,产生了许多新的艺术观念。在当今文学与艺术之间相互影响日益加剧的大背景下,双方的审美趋向是会继续分化,还是会逐渐融合在一起,这是我们研究文学与艺术关系面临的新问题。

【研讨平台】

影视改编中如何用镜头再现原著

提示:现在,越来越多的文学作品被改编为影视作品,但影视作品与文学作品的表达方式始终存在着差距。从文本到影像的过程中,编剧和导演能否以镜头语言较好地再现文字的表达目标,决定着改编的成败。镜头语言和文学语言的叙事方式有所不同,在不同方面的表现力也各有侧重,因此,改编就成为了一个经典难题。好的改编应当用影像完美地展示文学作品的内涵,通过独具特色的表现手法,用影像呈现出文学作品引而未发的深层意义。

电影与文学改编(节选)

关于戏剧化组织那些构成画面镜头的平行的空间的必要性,使那些时代的代表们深感重任在肩。正如摄像机对人们而言,它还存在许多外在所不能克服的地方,这可使拍摄出来的表演形式和叙事效果跟原著产生差异,最后,当它涉及创作一次限时的演出或者有关电影剧本的音乐效果时,节奏和结构上的要求则是意味深长的。

文学作品的自我凝练和自我概括,是因为它不仅能够自由地组合文字,更重要的是可以在某种程度上提炼人的思想,但是,这仅仅是与思考有关。就像镜子或是常被搬上银幕的两面派,它们自己本身就是双关且令人迷惑的。这些标志,使那些粗略的意义更加突出,多亏了这种不确定的边缘使得这些象征在表现中引出了一种虚构的价值。

这种文字与图像的对抗,使得许多东西变得明显,就好比在使用外语时,同样会出现由于题材迁移而带来的问题一样,在由文学作品改编的电影里,同样会出现这一冲突。而这远远不是单纯的为了寻求平衡,而是由世界的两面性带来的一种对抗,在展示一个现实时,伴随着这个现实的是它维持了另外的有参考性的关系,也就是那些词和画面不仅强加于另外的一些标志,还强加了另外的一些含义,或者说在象征的和象征性之间的关系。这种使象征中立化的模糊地关系是为了表达一种更深刻可能也更难以理解的意义。

——〔法〕莫尼克·卡尔科-马塞尔、让娜-玛丽·克莱尔:《电影与文学改编》,刘芳译,北京:文化艺术出版社2005年版,第269、270、271页。

附:关于"影视改编中如何用镜头再现原著"的重要观点

由于小说和电影所使用的艺术媒介和艺术语言不同,所面对的对象在审美情趣和能力方面存在一定差异,这就导致小说在改编成电影的过程中很难做到完全照搬原著而需要进行一定的再创造以适应电影本身及其观众的审美需求,尤其是像《月牙儿》这样以抒情见长的诗化小说要想转换为镜头语言,势必要求编剧者在改编时下一番功夫。我们现在试着将电影《月牙儿》和原著进行一下比较就会发现电影《月牙儿》是一部基本忠实原著的影片。

——薛亚红:《从基本尊重原著到尊重原著的基本精神》,《理论与争鸣》2009年第2期。

改编者在创造性地把文学形象转化为银幕形象时,应始终忠实于电影艺术自身的特性,忠实于电影语言的特殊表现形式,忠实于视觉形象的造型思维规律。……在他看来,大致相同的生活素材,可以被纳入小说形式,也可以被纳入电影形式。但一经"被纳入",即被创作主体加工提炼而形成一定艺术形式的一定的艺术内容,这内容已不再是素材了。他坚持从忠实于自己视觉想象的特殊角度对小说提供的素材加以筛选、提炼、加工,以形成电影《红高粱》的银幕形象系列中感人至深的主题段落。

——仲呈祥:《审美之旅:仲呈祥文艺评论选》,北京:中国青年出版社2008年版,第127页。

【拓展指南】

一、重要文献资料介绍

1.陈犀禾:《跨文化视野中的影视艺术》,上海:学林出版社2003年版。

简介:本书通过比较全球电影美学标准,研究西方电影电视产业的结构和运作方式,解析后电影时代的制作观念,全面展示了不同文化不同学科中影视艺术标准的多种折射;再辅以对国外传媒理论文章的翻译,较好地阐释了不同文化视野下对影视艺术、传媒作用的看法。

2.张宗伟:《中外文学名著的影视改编》,北京:中国广播电视出版社2002年版。

简介:本书概述了百年来名著改编观念的变化,分析了文学与影像在叙事上的不同特点,同时分析了生产和接受的关系。在讨论名著改编的标准时,作者分析了名著的时代性、民族性和个性特征,研究了改编者如何从各个方面理解和再现名著的问题,并提出了改编的具体方法。在下篇中，作者以四大名著和中国现代文学经典的影视改编为例具体阐述了自己的研究成果。

3.〔德〕瓦尔特·本雅明：《机械复制时代的艺术》，李伟、郭东编译，重庆：重庆出版社 2006 年版。

简介："欧洲最后一位自由主义知识分子"本雅明在这本书中从现代制造技术的角度，分析了古典艺术和现代艺术的区别，哀悼了艺术美境的消逝。他认为在机械复制的时代，艺术已经建筑于政治学之上。在这本书中，本雅明通过对波德莱尔、普鲁斯特、陀思妥耶夫斯基、布莱希特等作家作品的目光独到的分析和评论印证了他关于文化工业时代艺术正在逐渐消失的观点。阅读这本书，有助于引发我们对现代传媒环境下文学艺术价值的思考。

4.〔德〕格罗塞：《艺术的起源》，蔡慕晖译，北京：商务印书馆 1984 年版。

简介：格罗塞在这本书中通过大量翔实的证据和天才的推断阐释了艺术起源于什么这样一个难以解释的问题。全书通过分门别类地分析文学和艺术诸门类如何从远古起源，又如何通过漫长时空的变化进入现代生活的过程，完美呈现了一部人类精神生活发展史。

二、一般文献资料目录

1.〔美〕阿瑟·阿萨·伯格：《通俗文化、媒介和日常生活中的叙事》，姚媛译，南京：南京大学出版社 2000 年版。
2. 傅雷：《傅雷谈艺术》，长沙：湖南文艺出版社 2002 年版。
3.〔苏〕M. 罗姆：《文学与电影》，富澜译，北京：艺术出版社 1954 年版。
4. 司晓琨、赵小琪：《香港女性主义小说影视改编中的权利关系》，《华文文学》2008 年第 5 期。
5. 张英进：《中国现代文学与电影中的城市：空间、时间与性别构形》，南京：江苏人民出版社 2007 年版。
6. 赵凤翔、徐舫州：《文学与电视》，北京：北京广播学院出版社 1988 年版。
7. 周靖波、魏珑：《电视剧文本特性研究》，杭州：浙江大学出版社 2007 年版。
8. 宗白华：《艺境》，北京：北京大学出版社 1987 年版。

第四节　文学与传播学

一、传播学的定义及特征

（一）定义

19 世纪末 20 世纪初，传播理论分别萌发于欧洲的法德两国以及北美的美国。二战时期，欧洲的一些流亡学者将法德的传播理论带到了美国，从而使之得到进一步发展。来自欧洲的库尔特·勒温（Kurt Lewin,1890—1947）、保罗·拉扎斯费尔德（Palul F. Lazarsfeld,1901—1976）以及美国本土的哈罗德·德怀特·拉斯韦尔（Harold Dwight Lasswell,1902—1978）、卡尔·霍夫兰（Carll Hovland,1912—1961）四人贡献卓著,被尊称为传播学的四大奠基人。后来,美国的威尔伯·施拉姆（Wilbur Schramm,1907—1988）对前人的研究成果加以归纳整理,建构了传播学的学术框架,其1949年出版的《大众传播学》基本上标志着传播学作为一门新兴的独立学科的确立。像上个世纪许多影响深远而且现实针对性极强的社会学科（比如管理学）一样,传播学也与其他诸多学科交叉关联,从而造成该学科定义的莫衷一是。但是,毫无疑问,传播学（Communication Science 或 Communicology）是专门研究"传播"的一门科学,"传播"一词也是传播学区别于其他学科的本质特征之所在。

然而,从不同的角度对传播现象进行研究,就会相应地得出不同的传播学定义。拉斯韦尔关注传播的活动过程,提出"5W"理论,即：Who（谁）、Says what（说什么）、In which channel（通过什么渠道）、To whom（向谁）、With what effect（有什么效果）。这其实就是传播学的一种定义,并且确定了传播学研究的五个主要内容,即控制分析、内容分析、媒介分析、受众分析和效果分析。但是,拉斯韦尔的"5W"理论因为只注重研究传播过程而具有天然的缺陷。事实上,传播涉及人类活动的方方面面,其研究也不可能局限于传播过程的狭隘范围。随着传播学研究的发展深入,学者们早已突破这种单向性和直线性的研究,并进行了不同层面的横纵交叉关联的探索,包括考察各传播要素之间的复杂关系,考察传播活动进行的社会环境,以及传播要素与社会环境的相互作用和结果等。施拉姆曾经这样界定传播学："我们研究传播时,我们也研究人——研究人与人的关系以及与他们所属的集团、组织和社会关系；研究他们怎样相互影响、受影响,告知他人和被告知,教别人和受别人教,娱乐别人和受到娱乐。要了解人类传播,我们必须了解人是怎样相互建立联系的。"[1]这可以说是施拉姆对"5W"理论的摒弃或至少是扩充,一针见血地指出了作为社会科学的传播学应该关注的重要问题以及应该发挥的社会伦理作用。

不过,施拉姆的表述未免过于冗长繁杂,中国学者郭庆光立足社会信息系统的理论重新定义传播学："传播学是研究社会信息系统及其运行规律

---

[1] 〔美〕威尔伯·施拉姆：《传播学概论》,陈亮等译,北京：新华出版社1983年版,第4页。

的学科。"①这一定义虽然简洁,却稍显抽象,邵培仁的定义则相对具体一些:"传播学是一门探索和揭示人类传播的现象、本质和规律的科学,是传播研究、传播理论发展到一定程度的产物。"②本书对传播学的定义采纳中国社科院新闻系教授明安香的观点,即:"传播学是专门研究人类信息传播现象和传播行为及其规律的一门新兴学科。"③

(二)特征

就传播学的诞生渊源而言,它具有兼容性的特点;就传播学的学科意义而言,它具有实践性的特点;就传播学的作用方式而言,它具有文艺性的特点。

兼容性。传播学与社会学自然有着千丝万缕的关系:从法德渊源而论,传播理论源自社会学;从美国渊源而论,传播理论虽然源自诸多领域,但同样与社会学有着密不可分的联系。而传播学主要研究方法之一的实验法则来自心理学研究,许多研究内容也需要借助心理学理论。传播学与人类学的关系更是不言而喻,尤其是人类学中的传播学派、语言学派、文化学派等,为传播学提供了众多的理论支持和借鉴。政治活动不可避免地掺杂着传播活动,传播学与政治学也是密不可分的,更何况拉斯韦尔还带来了政治学研究中的内容分析法。至于新闻学,甚至可以说是传播学的前身或源头。传播学和新闻学往往被列为同一级学科下的二级学科,两者的交叉互渗性极强。

兼容并蓄的传播学不只立足于社会科学领域,还旁涉自然科学领域,从通信工程等学科吸收了信息论和控制论这类与信息传播密切相关的理论。这些理论为传播学提供了定量研究的方法,并指导着传播活动的顺利开展。如今,随着网络的发展,传播学还分离出网络传播学,这势必需要借助自然科学中的计算机理论和技术。

实践性。从传播现象产生伊始,传播就与人类活动息息相关、密不可分,而传播学在形成过程中又深受实用主义理论的影响,所以传播学在自觉或不自觉中就形成了实践性的特点。

传播学的研究可以指导人类准确地传递信息,从而收到良好的传播效果。从现代经济的角度而言,再好的商品,如果没有良好的广告宣传也很难

---

① 郭庆光:《传播学教程》,北京:中国人民大学出版社1999年版,第8页。
② 邵培仁:《传播学》,北京:高等教育出版社2000年,第2页。
③ 袁军等:《传播学在中国》,北京:北京广播学院出版社1999年版,第1页。

为大众所知晓、接受。而广告宣传的过程正是信息传播的过程。反过来,传播学对信息传播的研究正可以极具针对性地对广告宣传进行指导。其实,传播学的实践性早在传播学还未完全形成前,就已经被世人所关注、运用,尤其在军事、政治层面。二战期间,拉斯韦尔研究战时宣传,从而使美国的政治、军事宣传更为有效;勒温注重人际传播和群体传播的研究,并将相关传播理论用于鼓舞美国军队的士气;而拉扎斯费尔德的"两级传播"理论正是对 1940 年美国总统大选进行研究而得出的。

文艺性。施拉姆曾指出,"从亚里士多德时代到现在,对传播过程大多是从它的说服力角度来研究的"①。但是,立足于传播效果,站在信息受众的角度,传播者所传播的信息以及传播的方式若没有文化内涵或者艺术特色,就不具说服力,难以唤起受众的认同,以至于不被受众所接受,从而导致传播失败。

对于书籍而言,只有深富文化价值才能广泛传播,流传万世。"二十四史"卷帙浩繁,都是记史之文,但唯有《史记》名声最著,流传最广。究其原因,《史记》除却史学价值外,还有不可估量的文学价值,所以才能在"二十四史"中脱颖而出,而《史记》所传达的内容也就广为人知,成功地传播了信息。对于广告而言,更加强调艺术性,其直接目的是促使受众记住它所传播的商品或服务信息。脑白金的广告以"恶俗"著称,但不可否认,这是一个极为成功的广告。

二、文学与传播学关系的研究内容

(一)概述

当最早的人类向同伴或其他事物传递声音、动作等信息时,传播现象也就自然而然地产生了。作为社会性生物的人类,传播活动是其最为基本和普遍的行为,并伴随着人类社会的整个历史。正如施拉姆所言,我们是传播的动物,传播渗透到我们所做的一切事情中。传播现象像空气一样,弥漫在人类社会的四周。可以说,人类一切的文化活动在本质上都是信息的传播活动,这其中当然也包括文学活动。

文学活动是人类社会最为普遍的文化活动,涉及人类生活的方方面面。就广义而言,一切涉及语言、文字的人类行为都与文学密切相关。但是,文

---

① 〔美〕威尔伯·施拉姆、威廉·波特:《传播学概论》,陈亮等译,北京:新华出版社 1984 年版,第 219 页。

学天然地与传播相融合,一切的文学活动又都离不开传播活动的辅助。反过来,传播活动的绝大部分内容又离不开文学活动的帮扶,因为传播活动很难不涉及语言和文字,就连传播学理论本身的源起和发展都需要倚靠语言和文字。

由此可知,传播学与文学之间存在着难舍难分的关系,也存在着互相交叉研究的可能。以文学理论重新审视传播学,必将带去崭新的研究视野;而在文学研究中引入传播学的相关理论,则可以为传统的文学研究注入新鲜的血液,创造出振奋人心的研究成果。

(二)文学与传播学的相互影响

1. 传播学对文学的影响

拉斯韦尔的"5W"理论将传播过程析为传者、内容、媒介、受者和效果五方面的内容。这一理论对传播学的影响至为深远,但也存在一定的缺陷,因其过分注重效果要素而忽视反馈要素,将传播活动置于静止的环境之中,又客观上限定了传播过程的孤立性和一次性。虽然文学传播主要是一个起于创作主体(传者)而终于接受主体(受者)的线性过程,但也包括创作主体和接受主体之间的互动过程,以及二者与环境的互动过程。所以,从信息传播的效果出发,传者、内容、媒介、受者和环境这五个要素都对文学传播产生了重大的影响。

传者要素。传者即信息传播者。"文学传播者指在文学传播过程中创造和传递文学信息的人,在不同场合下,既可以是某个人,如某个作家、编辑等,也可以指某个文学传播组织、机构中的群体人员,如电影摄制组、编辑部、电视剧剧组人员等。"[①]文学创作主体处于文学传播链条的首要环节,是整个传播活动的始作俑者,并决定着文学信息的质量与数量等方面的内容。作为文学传播的第一"把关人",创作主体的知识水平、审美眼光、思想境界等都直接关系到文学信息的质量,从而在很大程度上影响到传播效果。《封神演义》的传播就是最佳例证。关于商末武王伐纣的故事,历来存在诸多民间传说,元代就曾刊行《武王伐纣平话》,明代面世的《春秋列国志传》也有相关内容,但它们的影响都不及后来的《封神演义》。究其原因,《封神演义》想象超常,神魔故事引人入胜,并且还具有一定的历史、宗教研究价值,而这一切得益于创作主体的把关。

---

① 文言:《文学传播学引论》,沈阳:辽宁人民出版社2006年版,第1页。

自从有了出版行业以及编辑职业，以编辑为代表的出版社虽然只是文学传播的第二"把关人"，很大程度上却决定着这一传播活动能否得以顺利进行。出版社往往从自身的立场出发，以商业利益为目的，审视和判断文学信息，决定其是否出版而进入大众传播渠道。即使最终出版，他们有时候还会对文学信息进行一定程度的删改，从而使信息内容发生变化。《清史稿》之所以有"关外一次本"、"关外二次本"和"关内本"之分，就是由于出版商的篡改纠纷所致。但是，从另一个角度而言，出版现象的存在也加速和扩展了文学信息的传播。一部著作如果没有得到出版，便很难推而广之，为世人知晓；如果以抄本的形式流传，又会导致信息内容的讹误。此外，出版社如果再对文学信息进行精心策划的宣传，那更将急剧加速文学的传播，并大幅拓展传播的范围。《哈利·波特6》上市后，在短短的24小时内突破了1000万册的全球销量大关就与出版社强大的宣传攻势密切相关。

从拉扎斯菲尔德的"两级传播"理论出发，还可以看出著名的创作主体和出版社其实还充当了"意见领袖"的角色，一定程度上主导着文学传播。这其中，"意见领袖"对信息受者的影响更甚于大众传媒，这种情况与心理学上的"名人效应"和"品牌效应"十分类似。《哈利·波特6》能够取得骄人的销售成绩，与其创作主体 J. K. 罗琳（Joanne Kathleen Rowling, 1966— ）的知名度不无关系。前面五册的《哈利·波特》使罗琳赢得了世界声誉，不少接受主体在购买第六册的时候具有一定的盲目性，这就是"名人效应"。就出版社而言，国内接受主体购买古籍时之所以往往首选中华书局或上海古籍这两个出版社，也是因其在这类书籍的出版上享有盛誉，从而形成"品牌效应"。

内容要素　内容即被传播的信息，而信息则由一系列有序的语言、文字、声音、图象等符号所构成，并且能够表达特定的含义。文学传播的内容是文学信息，即文学作品所表达的文本信息。"文本是指'任何由书写所固定下来的任何话语'，对语言学家来说，文本指的是作品的可见可感的表层结构，是一系列语句串联而成的连贯序列。文本具有内部结构，它是封闭自足的，可以完整地表达意义。在传播学分析中，文本不仅指文字符号组成的作品，广播、电视播放的节目也可以作为文本进行分析。"[①]传播学对文本的定义与文学中的文本并无多大区别，因为文学中的文本固然以书面文字的形式呈现，但口头语言也可以便利地转换成书面文字。

[①]　宫承波：《传播学纲要》，北京：中国广播电视出版社2007年版，第116页。

从微观的角度而言,一部文学作品要想得到广泛传播,极需提升文本的易读性。"一篇提出足以使全世界震动的重要论断的社论,如果写成只有受过大学教育的人才看得懂,那么,它将失去88%的读者。"[1]信息首先必须清晰易懂才能被大多数信息受者所接受,所以文学作品的易读性在一定程度上决定了接受主体的范围以及接受程度。易读性其实包含意义易读和形式易读两个方面,主要表现在:常用词比冷僻词易读,口语词比文言词易读;短句比长句易读,简单句比复杂句易读;平和的语言比尖锐的语言易读,疑问请求句比反问命令句易读;段落短小比段落冗长易读;文字横排比文字竖排易读。

胡适之所以认为文言文是"死文学",就是因为这种书面语言晦涩难懂,易读性极低,而口语式的白话文则恰好相反。但是,白话文未必就比文言文易读。在《尚书》中,"夫《盘庚》、《大诰》之所以难于《尧典》、《舜典》者,即以前者为殷人之白话;而后者乃史官文言之记述也。故《元曲》之白话,于今不多可解。然宋、元人之文章,则与今日无别"[2]。民国学者胡先骕反驳胡适的这段论述,从侧面指出文学作品中的语言还应符合时代潮流,否则即使是白话文也不易为当代接受主体所阅读,从而阻碍文学传播。其实,这种情况不只是汉语独有,英国的莎士比亚(W. William Shakespeare,1564—1616)距今不过四百余年,其原作也不是文言的拉丁文,但对当代英国接受主体而言已如我国商周之文一样难懂。而文学作品中对话、涉人的词句越多,就越贴近社会生活,再加上措辞委婉平和,可以迅速拉近创作主体和接受主体的心理距离。法国文学作品进入中国的早期,以富含戏剧式对话语言的大仲马(Alexandre Dumas, père, 1802—1870)的作品最受欢迎,很可能就是这个原因。所以,传播学对信息内容的易读性的研究,可以有效地指导文学创作,从而使文学传播活动顺利进行,广泛地传播文本信息。

从宏观的角度而言,一部文学作品的经久流传还取决于文本信息自身所蕴含的文化价值。我国明清小说何其多,却独推《红楼梦》、《三国演义》、《水浒传》和《西游记》为四大名著,主要便是因为这四部小说从不同层面代表了明清小说的最高成就,蕴涵着丰富的人文价值,故而深受社会各阶层接受主体的喜爱。尤其是《红楼梦》,一度被列为禁书,但仍然不绝于世,因为

---

[1] 〔美〕沃纳·塞弗林,小詹姆斯·坦卡特:《传播学的起源、研究与应用》,陈韵昭译,福州:福建人民出版社1985年版,第69页。

[2] 钱基博:《现代中国文学史》,南京:江苏文艺出版社2008年版,第481页。

古时不乏"雪夜闭门读禁书"之人。世界各国流传至今的文学作品,有的甚至具有两千余年的悠久历史,它们无不以独特的文本价值屹立于世界文学之林,并得到广泛的传播和继承。

媒介要素。媒介即承载信息的工具和传播信息的渠道。"作为一种工具,媒介的物质形态随着技术的发展而不断演变,从最早的口语媒介、原始壁画、结绳记事到文字的诞生、纸的普及、印刷术发明以及书籍的产生、近代新闻报业的兴盛、广播电视等媒介的壮大,直到目前以数字技术和网络技术支撑的数字媒体的崛起,媒体的形态处于一个不断累积、不断演化的历史中。"①人类传播的历史进程也是一部完整的传播媒介的发展演进史。纵观古今,传播媒介大致经历了以口语、文字、电子为主要载体的三个发展阶段。这三个阶段具有时间上的延续性和空间上的互容性,每一种新的传播媒介的出现并不能完全取代旧有的传播媒介,而是互相补益、互相共存。每一种传播媒介的诞生都对人类传播活动产生深远的影响,当然也影响到文学传播。

最初的文学都是口头文学,包括世界各国的民间传说、神话故事等。被誉为世界第一史诗的《荷马史诗》,其原初形式也是口头文学。口头文学以口语为媒介进行口耳相传的文学传播,保留了人类的历史记忆,更为后世的文学创作提供了最为原始而美好的素材。文字的诞生令传播媒介产生了一次质的飞跃,因为文字传播极大地突破了口头传播的时空限制,从而使信息得到更为有效的传播和保存。在四大文明古国中,我国古代文学资源异常丰厚,这主要得益于文字产生较早,相关文化内容都被记录在册。但是,文字传播一开始只能以手写的形式存在,手抄本在传播的过程中又会不可避免地产生讹误,甚至也会和口头传播一样导致版本众多、无一定本的纷乱局面。西汉时的《论语》之所以有《鲁论》、《齐论》和古文本《论语》之分,就是因为这个原因。上个世纪"死海古卷"的发现震动了全世界,其影响波及现在。而"死海古卷"就是记录犹太教、基督教早期宗教内容的羊皮纸。虽然圣经传承者和希伯来学者都极端忠实原著,但仍然出现了不少讹误。源自中国的印刷术的发明突破了手写传播的天然局限,以相对低廉的成本和便捷的方式对文学作品进行大规模的复制传播,从而使文字传播得到进一步的完善。在电子传播时代莅临之前,任何一部文学著作都只能倚靠印刷出版才能得到大面积的广泛传播。清末四大谴责小说之一的《官场现形记》是我国第一部在报刊连载并直击社会黑暗的长篇章回体小说,正是印刷之

---

① 宫承波:《传播学纲要》,北京:中国广播电视出版社2007年版,第131页。

功,才使得这部小说在短时间内取得了轰动效应。在西方,大多数欧洲人开始较为全面而迅速地了解中国也是得益于《马可·波罗行纪》以及《中华大帝国史》等著作的大规模印刷出版。虽然不同的印刷本在内容上可能不尽相同,但还是在一定程度上减少了文学传播过程中的信息讹误,因为每一部手抄本都可能成为新的版本,而源自同一印刷本的众多书刊则不会出现内容上的差异。

到了上世纪,出现了以有声和动态图像为特色的电子媒介。一开始,广播是主要的电子媒介,更大地突破了时空局限,使文学信息在刹那间传遍世界各个角落成为了可能。就在一二十年前,许多文学著作还都主要通过广播的形式向世人传播。电视、电影以及音像出版物等电子媒介后来居上,带给接受主体声情并茂的视听享受。古今中外的文学名著无不因为被改编成电影、电视剧而为大众所熟知,从而得到更加广泛的传播,如我国以四大名著为代表的古典文学著作以及现当代《茶馆》、《林海雪原》、《金粉世家》、《康熙王朝》、《天龙八部》等作品,再如国外的《罗密欧与朱丽叶》、《飘》、《基督山伯爵》、《浮士德》、《钢铁是怎样炼成的》等。网络出现后,电子媒介得到进一步的深化和扩展。网络以其数字化、全球化和实时性、互动性以及多媒体联合的超强优势,成为当今最为普遍的信息传播媒介。正因如此,网络文学至今方兴未艾,黄易的名作《寻秦记》在出版前就曾连载于网络。

但是,矛盾普遍存在而不可避免,即使是以网络为代表的电子媒介也不能完全取代其他传播媒介,因为每一种媒介都有其优缺点,而这正是传播学研究媒介的主要内容之一。加拿大学者哈罗德·亚当斯·英尼斯(Harold Adams Inns,1894—1952)从宏观的角度对传播媒介进行研究,提出"媒介偏倚论"。一般来说,羊皮、黏土、石头是倚重时间的传播媒介,存在其上的信息易于保存,可以克服时间的流逝;广播、电视、电影是倚重空间的传播媒介,存在其上的信息易于传播,可以克服空间的障碍。二者各自的优点也正是对方的缺点。类似的传播学研究对文学传播不无裨益,创作主体有意识地选择传播媒介、运用传播媒介无疑也对文学作品的传播具有重大的意义和作用。

受者要素。受者即信息接受者,基本等同于文学中的接受主体。"受者是信息传播的目的地,也是传播活动的反馈源,是传播链条的一个重要环节,受者与传者,构成了传播过程的两极。"[1]文本信息的价值很大程度上取决于接受主体的承认度,如果没有接受主体的参与,创作主体及其文本信息

---

[1] 宫承波:《传播学纲要》,北京:中国广播电视出版社2007年版,第103页。

的价值就无法得到完全实现。

　　首先,作为受者的接受主体对文本信息具有选择性。许多文学著作湮没于历史的长河之中,个中原因虽然很复杂,但与接受主体对文本信息的选择具有莫大的关联。《尚书》本是我国较为古老的典籍,因为被接受主体所选择并奉为儒家经典而克服时间障碍,至今传承不衰。再如《红楼梦》,未刊行前即被广泛传抄,遭禁后仍然流传不止,这都是因为接受主体强烈的选择性所致。另外,对并行于世的各式内容、各种类型的文学信息,接受主体同样会行使其选择权。汉初"罢黜百家,独尊儒术",视其他各家学说为异端,相应地儒家文学信息就得以传播,而其他各家文学信息就遭到禁毁。清代编辑《四库全书》可以说是人类历史上最大的一次有意识地对文学信息进行选择的文化活动。《四库全书》卷帙浩繁,囊括万千,编辑者使辑录的内容传承后世的同时,也使被淘汰的内容遭到极大破坏。诸子散文、汉赋、六朝骈文、唐诗、宋词、元曲、明清小说的说法,也从侧面说明了接受主体对文学信息的选择性。在特定的时代,某一文体之所以特别发达,其中一个重要的原因就是这种文体为当时的接受主体所广泛认可,也惟其如此才能使文学信息得到最大的传播。

　　其次,作为受者的接受主体对文学信息还具有特定的理解性。因为接受主体心理或认知上的差异,再加上其他一些政治、经济、文化因素的影响,不同的接受主体对同一文学信息的理解肯定大不相同。鲁迅在谈及《红楼梦》时曾说:"经学家看见《易》,道学家看见淫,才子看见缠绵,革命家看见排满,流学家看见宫闱密事。"[1]莎士比亚也有类似的精辟见解:一千个观众眼中就有一千个哈姆雷特。接受主体对文学信息的不同理解并不会直接影响到文学传播,因为理解产生于阅读之后,只有接触过这一文学信息,才能形成自己的独特见解,但这却会切实地影响到文学的再传播。《红楼梦》之所以遭禁就是因为清庭认为该书诲淫诲盗,有伤风化,从而加以禁毁,试图阻止其流传。清庭对《红楼梦》进行错误的解读,并以政令的形式加以强制禁毁,险些将《红楼梦》埋葬在历史的滚滚洪流之中。

　　此外,作为受者的接受主体对文学信息更具有反馈性。文学传播的过程并不仅仅是简单地起于创作主体而终于接受主体,二者之间还存在着互动关系,因为接受主体还会对文学信息进行反馈。"在传播学中,反馈是指

---

[1]　鲁迅:《集外集拾遗》,北京:人民文学出版社1973版,第177页。

受传者对接收的讯息作出的反应或回应,也指受传者对传播者的反作用。"[1]接受主体对文学信息的反馈可以极大地鼓舞创作主体的创作热情,推动文学的再创作和再传播。明末,冯梦龙出版了第一部短篇小说集《喻世名言》(初名《全像古今小说》),大受欢迎,为接受主体所热烈追捧。这种情况反馈给创作主体,必将带给他无尽的创作动力,于是冯梦龙又一鼓作气地刊行了《警世通言》和《醒世恒言》,成就了他的"三言"的文学史地位;而"三言"的风靡又极大地刺激了凌濛初创作"二拍"。不惟如此,"三言二拍"的热销、热传还导致一系列续"三言"、续"二拍"的著作争相面世。另外,接受主体的反馈作用还体现在促使创作主体不断修订完善其著作,而创作主体的修订完善工作无疑又会促进文学信息的再传播。

环境要素。"传播环境,即指存在于传播活动周围的一系列境况的总和,是传播活动赖以进行的条件。传播环境是个无所不在的'磁场',必然会以它所固有的形貌、准则和文化因素而影响、规定和制约着处于其中心的传播活动。正是因此,也有人将传播环境称作'传播场'。"[2]传播学上的传播环境论其实是一个涉及传者、内容、媒介、受者以及环境等诸多方面的宏观理论体系,但重于对环境的考察。标准不同,对传播环境的分类也就不尽相同。为了不再赘述上面的内容,以下仅从组织行为学的角度出发,从群体环境和社会环境两个方面探讨传播环境对文学的影响。

作为社会性的人类,个体并不是孤立存在的个体,而是归属于某一特定群体或组织。所以,创作主体的文学创作活动势必要受到家庭、学校、工作单位等群体环境的影响。张爱玲出身清末的贵族世家,对新兴的民国并无好感,所以会创作出与当时的政治音调极不相符的《倾城之恋》。而张爱玲的成长经历又极度缺乏父母的关爱,所以在她的一系列名作中,父母往往都是反面角色,尤其是《金锁记》中的曹七巧更是达到了变态的境地。事实上,张爱玲小说中的一系列人物大多以身边的亲朋好友为原型,由此可见群体环境对创作主体的影响是多么巨大。

每一个群体又处于一定的社会环境之中,社会环境其实就是最大化的群体环境。社会环境对个体的影响,一如群体环境对个体的影响,但社会环境往往又掺杂着广泛的政治、军事、文化等因素。在极为推崇儒学的时代,涌现出的是一批批经学家,创作主体的文学信息基本上也都拘泥于"原

---

[1] 宫承波:《传播学纲要》,北京:中国广播电视出版社2007年版,第143页。
[2] 同上书,第153页。

道"、"征经"、"宗圣"。而到了明朝中后期,社会思想大为解放,所以一批以《金瓶梅》为代表的颇具性意识的文学作品也就应运而生了。其实在国外也是如此,在所谓"黑暗的中世纪"时期,任何文学作品都摆脱不了基督教的影响,即使是但丁的《神曲》也披着宗教的外衣。而自文艺复兴至启蒙运动,直到现当代,社会思想逐渐解放,西方各式各样的文学著作就呈现出百家争鸣的特点。社会环境对创作主体的影响,反过来也说明了文学创作必须符合时代潮流的道理。在抗日战争时期,抗战题材的文学作品如雨后春笋般,相继面世,数量众多,这是社会环境对创作主体的影响;而这些文学作品的风行于世则是因为它们顺应了时代的潮流,有时候还和政治、军事互相推动,从而加速了自身的传播。

2. 文学对传播学的影响

传播学译自英文"Communication Science",其中,"communication"的一个主要的中文含义就是"交流",所以传播学也可以说是交流学。而文学是研究语言和文字的一门科学,语言和文字又是人类交流所必不可少的基本工具。文学对传播学的影响由此可见一斑。总的来说,文学一方面影响着传者和受者的人文素养,另一方面又影响着信息的内容和形式,二者综合起来又直接影响到传播效果。

首先,文学影响着传者和受者的人文素养。

对于传者而言,文学底蕴越丰厚,人文素养也就相应地水涨船高,传播信息的时候就能达到事半功倍的效果。东汉末年,讨伐"汉贼"曹操之文不计其数,但唯有建安七子之一陈琳的《为袁绍檄豫州文》最具煽动力。无独有偶,唐高宗死后,皇后武则天专权擅政,于是徐敬业起兵造反,初唐四杰之一骆宾王起草了著名的《讨武氏檄》。檄文是古代众多文体中最具传播色彩的一种,它的主要功能就是宣传,目的则是颂扬己军,贬抑敌军。在这两次著名的政治、军事斗争中,两篇檄文之所以能够分别得到世人的广泛关注,并产生巨大的宣传效果,就在于文章本身言之凿凿又文采斐然,另一方面也是"名人效应"使然。陈琳和骆宾王在当时就以才学著称,即使这两篇檄文内容一般,也会受到关注,从而得到广泛传播。换言之,如果今日一位著名的文学家宣扬某事物,必然也会收到云合影从之效。即使对普通的传者而言,在其他条件都相同的情况下,文学底蕴相对深厚的传者宣传某个信息肯定能收到更好的传播效果。

对于受者而言,文学修养越高,也就易于接受更为广泛的信息。许多古籍的受众之所以远少于现当代著作,其中一个重要原因就是受者的文学修养较低,难以逾越文言文的障碍。反过来,文学修养较高的受者,除了能够阅读现当代著作外,还能阅读古籍。在文学作品中,很多创作主体使用了"谐音"的创作手法,尤以《红楼梦》最为著名。书中人名借谐音之法而暗藏玄机之处不胜枚举,如"贾"即"假","甄"即"真",元春、迎春、叹春、惜春意味着"原应叹惜",宝珠、宝钗、宝琴、宝蟾、宝玉又可解作"诸钗情缠玉"。而在现代商业广告和商标中,曾有一个名为"清嘴"的口香糖品牌。如果受者不具备一定的文学修养而不明白谐音之法,也就不能理解《红楼梦》这类文本所传达的信息,同样也理解不了"清嘴"谐"亲嘴"的幽默风趣之处。受者如果理解不了这个商标的妙处,当然也就不会产生深刻的印象,而整个信息传播策划也就是一大失败了。

其次,文学影响着信息的内容和形式。

文学对信息内容的影响是方方面面的,传播信息绝大多数情况下表现为语言和文字,这就属于广义文学的范畴。对于传播学来说,文学一方面是一门包含语言和文字的工具性学科,另一方面文学作品又为传播学提供了丰富的研究资料。文学创作本身就是一种特殊的信息传播活动,每一位创作主体都试图在文学作品中传递一定的信息。《安妮日记》的作者直至去世也才年仅十五岁,这部作品并没有多少文学性、艺术性,但它却翔实地反映出纳粹德国对犹太人的迫害惨况。恩格斯在《致玛·哈克奈斯》中指出:"巴尔扎克,我认为他是比过去、现在和未来的一切左拉都要伟大得多的现实主义大师,他在《人间喜剧》里给我们提供了一部法国'社会',特别是巴黎'上流社会'的卓越的现实主义历史。"[①]《安妮日记》和《人间喜剧》一类的现实主义作品本身就是对特定时期的历史、社会信息的传播。此外,许多文学作品还扭转了社会思潮,影响了人类历史,达到了其他形式的信息传播所难以达到的效果。五四新文化运动以《新青年》杂志为阵地,以文字为武器,通过一系列尖锐深刻的批评性文章宣传新思想,影响了我国的近现代史。而美国19世纪50年代的小说《汤姆叔叔的小屋》深刻地反映出奴隶制度的罪恶,其舆论宣传影响甚至扩大到全世界,不但刺激了废奴主义的兴起,还在一定程度上导致了1861年的美国南北战争以及俄国农奴制改革。

文学对信息形式的影响主要表现在文学为信息传播提供了艺术性参照,从而提升了传播活动的审美层次。新闻、通讯是最为常见的传递普通信

---

① 中共中央马克思恩格斯列宁斯大林著作编译局马列部、教育部社会科学研究与思想政治工作司编:《马克思主义经典著作选读》,北京:人民出版社1997年版,第296页。

息的方式,要求准确、及时地进行报道,其第一要义则是信息的真实性。但是,实话实说未免直白肤浅而难以吸引读者,所以记者往往采取实话巧说的方式,在写作通讯时自觉或不自觉地贯彻写作理论,尽可能地运用文学的表现技巧,使报道更为深刻感人,从而达到真实性与艺术性的完美统一。而演讲则直击听众,即使电视演讲也是如此,演讲者与听众具有共时性的特点。演讲虽然不付诸文字,但更加讲究措辞以及表达技巧,尤其是政治演讲。演讲者一方面要不露痕迹地颂扬自己,又要温文尔雅地贬斥政治对手,而这一切都与文学理论有着密不可分的联系。佛教也是通过僧侣的演讲布道才得以成功传入中国。因为佛家经典深邃精奥,而听众的文化水平又参差不齐,所以佛家讲经有僧讲与俗讲之别。俗讲以转读和唱导为特点,说唱结合,发展到后来的变文,宣讲更加直白,多用俚俗之语或浅显骈体而不再援引经文,唱腔则更为动听,多是押偶句韵的七言诗。僧侣们为了更好地宣传布道,自觉地运用文学艺术手段,借以提升讲经说法的文学性和艺术性。这正说明了文学对信息传播的重大影响作用。再如传播活动中的广告和商标,虽然广告多以图像甚至动态图像给受者造成强烈的视觉冲击,但广告和商标一样,都难以脱离语言文字。事实上,没有语言文字的广告和商标,就是没有灵魂的空壳。许多成功的广告都有着极具艺术性的广告词,它们往往借用诗歌、词赋、俗语、谚语中的成句,或运用对偶、排比、拟人、比喻、双关等修辞手法。商标也同样如此,比如前面提到的口香糖商标"清嘴"。"清嘴"一词直接明白地道出了口香糖这一商品的功用,而谐音双关的"亲嘴"则以接吻作喻,巧妙地道出了口香糖的作用方式。这个商标使用了浅显易懂的日常口语,又出神入化地运用了各种修辞手法,从而以简短的两字一词的形式表达了丰富而恰当的含义,成功地传播了特定的信息。

三、文学与传播学关系的研究前景

文学与传播学相互关系的研究还存在许多可供探讨的空间。

就传者研究而言,目前大多数文学研究侧重于对作者在文学传播中的作用的研究,而对传媒机构在传播过程中的作用的研究则相对缺乏。

就传播内容研究而言,大多数学者侧重于单向的外国文学对中国文学的影响研究,而对反向或双向的影响研究重视不够。

就媒介研究而言,国内外的相关研究者虽然注意到书刊、广播、网络等媒介的更新换代对文学创作和文学传播产生了深远的影响,却较少关注媒介的另一个重要内容,即传媒个体或组织。此外,网络是最近兴起的传播媒介,同时又是一个极为强势的传播媒介,对网络媒介的研究也并不充分,还有很大空间。比如说,对网络小说纸质化与传统典籍电子化这一悖论的比较研究就是一个值得深入开掘的课题。在传统典籍逐步电子化的进程中,许多网络小说,尤其是成名后的网络小说,偏偏抛弃作为生存土壤的网络媒介,而选择毫无相关的传统的印刷媒介,纷纷走出网络,印刷出版。然而,无论是网络小说纸质化,还是传统典籍电子化,它们在变换媒介的同时,也使自身蕴含的文学信息发生一定的变异,产生一系列的问题,而这些变异与问题恰恰值得学者沉思和研讨。

传播效果受到传者、内容、媒介、受者以及环境等诸多要素的综合制约,全面的传播效果研究是传播学中最为广大而复杂的研究课题。这种研究更是少之又少,有待进一步的发掘。

【导学训练】

一、本节学习建议及关键词释义

1. 学习建议:

理解和掌握传播学中的一些重要概念和内容,从而对传播学有一个总体上的把握。在跨学科研究的视野下,客观公正地审视文学和传播学的各自学科特色,辩证发展地看待文学和传播学之间的相互影响,并能够有机地运用这两门学科的相关理论知识对文学和传播学进行双向阐发。

2. 关键词释义:

拉斯韦尔公式:由拉斯韦尔在《传播在社会中的结构与功能》一文中首次提出,用于解析构成传播过程的五个基本要素,即:Who(谁)? Says what(说什么)? In which channel(通过什么渠道)? To whom(向谁)? With what effect(有什么效果)? 因为这五个要素的英文首字母都是"W",所以通常又称之为"5W"模式。

媒介:即承载信息的工具和传播信息的渠道,是传播学中最为重要的概念和术语之一。大致来说,媒介具有两种含义:一是泛指直接携带信息的载体,这既包括文字、图像等抽象符号,也包括书刊、报纸等物质实体;二是专指从事信息采集和加工制作,并对其进行传播的社会个体或社会组织。

二、思考题

1. 从传播过程的几个基本要素出发,传播学对文学有哪些影响?
2. 文学对信息传播的影响表现在哪些方面?

三、可供进一步研究的学术选题

手机信息——新时代的新式阅读

提示：电话、电报的诞生无疑掀起了传播领域的革命，而轻便易携的手机的出现更是深化和发展了这场革命。电话虽突破了信息传递在时间上的滞后性，却并不以文字文本的形式呈现，而电报则相反。一般而言，手机信息既不受时间阻碍，又不受地点的阻碍，还能以文字文本的形式呈现，从而兼具电话和电报的优势。从时间上说，手机信息的出现加速了信息传播，当然也包括文学传播。此外，手机信息的出现又为文学传播提供了一种新的形式：对传者而言，催生了手机文学；对受者而言，则催生了手机阅读。

【研讨平台】

传播媒介更新对文学的影响

提示：文学与传播学有着天然而密不可分的联系，二者之间最大的契合点即传播媒介，因为包括文学信息在内的任何一种信息，从制作到传递，再从传递到接受，及至从接受到反馈，无论如何都摆脱不了传播媒介。依据不同的标准，可以对传播媒介作出各种各样的划分，而各种各样的媒介又对文学创作和文学传播产生了不同程度的影响。从传播媒介的角度切入，借鉴传播学的相关理论知识观照文学，应该能为文学研究带来新颖别致而意义重大的研究成果。

传播的偏向（节选）

在此过程中，我准备探讨一下传播对文化特质消长的意义。传播媒介对知识在时间和空间中的传播产生重要影响，因此有必要研究传播的特征，目的是评估传播在文化背景中的影响。根据传播媒介的特征，某种媒介可能更加适合知识在时间上的纵向传播，而不是适合知识在空间中的横向传播，尤其是该媒介笨重而耐久，不适合运输的时候；它也可能更加适合知识在空间中的横向传播，而不是知识在时间上的纵向传播，尤其是该媒介轻巧而便于运输的时候。所谓媒介或倚重时间或倚重空间，其涵义是：对于它所在的文化，它的重要性有这样或那样的偏向。

一旦我们冒险做这样的探讨，我们就不得不承认，我们生活期间的文化有一定的偏向。对其他文明偏向的兴趣本身就可能暗示，我们自己有偏向。我们对其他文明的了解，在很大程度上，有赖于这些文明所用的媒介的性质。我们的了解，要看其是否能够保存下来，或者是否能够被发现。考古发现就是这样的情况。黏土和石头上的文字比莎草纸上的文字，能够更加有效地保存，因为物质产品突出时间和持久性。汤因比之类的文明研究往往有一种偏向：倚重宗教的问题，忽视空间问题，尤其是行政和法律问题。现代文明和报纸广播有密切关系，它在考察其他媒介支配的其他文明时，自然要偏重视觉。我们只能敦请大家注意，我们必须始终警觉这种偏向的涵义。也许还希望，我们考虑其他媒介对各种文明的意义时，可以更加清楚地看见我们自己文明的偏向。无论如何，这可以使我们对自己文明的特征抱更加谦虚的态度。也许可以假定，一种媒介的长期使用之后，可能会在一定程度上决定它传播的知识的特征。也可以说，它无孔不入的影响创造出来的文明，最终难以保存其活力和灵活性。也许还可以说，一种新媒介的长处,将导致一种新文明的产生。

——〔加〕哈罗德·英尼斯(Harold Adams Innis,1894—1952):《传播的偏向》,何道宽译,北京:中国人民大学出版社 2003 年版,第 27—28 页。

附:关于"传播媒介更新对文学的影响"的重要观点

一切传播媒介都在彻底地改变我们,它们对私人生活、政治、经济、美学、心理、道德、伦理和社会各方面的影响是如此普遍深入,以至我们的一切都与之接触,受其影响,为其改变。媒介即是信息。……所谓媒介即是讯息,只不过是说:任何媒介(即人的任何延伸)对个人和社会的任何影响,都是由于新的尺度产生的;我们的任何一种延伸(或曰任何一种新的技术),都要在我们的事务中引进一种新的尺度。

——〔加〕H.M.麦克卢汉(Herbert Marshall Mcluhan,1911—1980):《理解媒介——论人的延伸》,何道宽译,北京:商务印书馆 2000 年版,第 33 页。

媒介的进化已经减少了物理性在场在人们的体验和实践中的意味。现在,物理上的划界空间比起能够流过墙壁、冲破遥远距离的信息来就更少意味了。其结果是,人们在那里对于自己知道和体验的东西很少能做什么。电子媒介已经改变了时间和空间在社会的相互作用过程中的意味。新媒介不仅影响了人们行为的方式,而且它们最影响人们决定自己应该怎样行为的方式。正如下面所说,行为和态度的这种变化,在"更新"共享媒介环境内容时对系统进行了"反馈",这加强了电子媒介的整体影响。

——〔美〕约书亚·梅罗维茨(Joshua Meyrowitz):《消失的地域:电子媒介对社会行为的影响》,肖志军译,北京:清华大学出版社 2002 年版,第 166 页。

【拓展指南】

一、重要文献资料介绍

1.〔美〕沃尔特·李普曼:《公众舆论》,阎克文、江红译,上海:上海人民出版社 2006 版。

简介:作者在书中直击舆论研究中一系列难以规避的问题,如公众和公众舆论的定义,舆论的来源、形成以及造成的结果等,并对这些问题做了较为全面的研究。此外,他还对成见、兴趣、公意等相关的重要概念进行精辟而深入的探讨。本书中李普曼对舆论传播现象的相关研究大多具有一定的首创性,所以自 1922 年出版后就一直被公推为传播学领域的奠基之作。

2.张国良主编:《20 世纪传播学经典文本》,上海:复旦大学出版社 2005 年版。

简介:本书是传播学经典文论的辑录本,书中的 28 位作者,上至亚里士多德,下及麦克劳,无一不是对传播史或传播学作出过重大贡献并产生过巨大影响的思想家和学者。此外,本书还从各位作者的研究领域出发,编制了一份分类索引,附于书末,极大地便利了读者的阅读和研究。

3. 文言主编:《文学传播学引论》,沈阳:辽宁人民出版社 2006 年版。

简介:本书是一部专门的文学传播学研究著作,大致上以"拉斯韦尔公式"进行编排,但并不拘泥于此。总体而言,这本书并不仅仅是一部对传播学的分支学科——文学传播学进行研究的专著,而俨然是一部跨学科论著,具有相当的学术创新意义。

二、一般文献资料目录

1. 〔英〕丹尼斯·麦奎尔:《大众传播模式论》,祝建华译,上海:上海译文出版社 1997 年版。
2. 〔美〕塞弗林、坦卡特:《传播学的起源、研究与应用》,陈韵昭译,福建:福建人民出版社 1985 年版。
3. 〔日〕山口守:《大众传媒与现代文学》,陈平原译,新世界出版社 2003 年版。
4. 单小曦:《现代传媒语境中的文学存在方式》,北京:中国社会科学出版社 2008 年版。
5. 邵培仁:《传播学导论》,杭州:浙江大学出版社 1997 年版。
6. 〔美〕威尔伯·施拉姆:《传播学概论》,陈亮等译,北京:新华出版社 1984 年版。
7. 张邦卫:《媒介诗学》,北京:社会科学文献出版社 2006 年版。
8. 赵小琪:《当代台湾小说在大陆传播的动力机制》,《长江学术》2006 年第 3 期。
9. 赵小琪:《当代台湾小说在祖国大陆的批评性传播与接受形态》,《社会科学辑刊》2008 年第 6 期。

第五节 文学与病理学

一、病理学的定义与特点

(一) 定义

病理学的发展彰显了人类文明进步的轨迹。在前科学时期,其研究内容从最早的巫术鬼神仪式到中世纪宗教的治疗,可谓五花八门。随着现代医学的奠基和发展,病理学才被正名。事实上,正如我国编著较早的一部医学教材《简明病理学》所称:"病理学,广义地说,就是研究疾病的原因,演变,和后果的自然科学。"[①]该定义简明扼要地道出了病理学的性质,但对于一般人来讲稍嫌笼统,人们无法从中了解病理学的真正旨归。我国著名病理学专家武忠弼教授在其主编的《病理学》中对病理学的研究任务进行了具体化:"病理学的任务就是运用各种方法研究疾病的原因(病因学 ethiolo-

---

① 陈海洪:《简明病理学》,沈阳:东北医学图书出版社 1952 年版,第 7 页。

gy),在病因作用下疾病发生发展过程(发病学 pathogenesisi)以及机体在疾病过程中的功能、代谢和心态结构的改变(病变学 pathological changes),阐明其本质,从而为认识和掌握疾病发生和发展的规律,为防治疾病,提供必要的理论基础。"①武教授的定义明确指出了病理学的构成部分及其研究目的,使得病理学在整个医学事业中的地位也一目了然。而由李玉林主编的国家"十一五"规划教材《病理学》则在绪论中有如下定义:"病理学(Pathology)是研究疾病的病因(etiology),发病机制(pathogenesis),病理变化(pathological change),结局和转归的医学基础学科。"②该定义承袭了武教授对病理学研究内容的规定,以更简洁的方式对病理学的地位进行了概述,不失为病理学权威定义。

(二)特点

病理学作为人类认识疾病的一门学科,具有基础性、实践性、综合性和发展性等特点。

基础性体现在它是医学发展的基础。它不但架起了基础医学和临床医学之间的桥梁,同时又是临床医学的基础。

实践性体现在其研究方式和成果应用上。在病理学研究过程中,研究人员不但有理论学习,还有大量的具体病理分析、尸体剖研等实践活动。其研究成果如细胞学检查为疾病诊断提供可靠方法。

综合性体现在它是理论和实践的结合,既寻找疾病发现的普遍规律又研究构成每一种疾病的特殊规律;既承担理论研究又进行实践验证和探讨;既负责医学的科学研究又承担医学人才培养的重担。

病理学的发展性正如现代的很多学科,既体现在其不断吸纳现代研究技术和方法而进行的吐故纳新,又体现在与其他学科互相融合从而产生很多的交叉学科。

二、文学与病理学关系的研究内容

(一)病理学对文学的影响

人类有史以来便与疾病纠结在一起,疾病的痛苦经验是人人都可能体会的经验之一。正因此,疾病与文学便结下了不解之缘。文学对疾病的反

---

① 武忠弼:《病理学》,北京:人民卫生出版社 1998 年 6 月版,第 1 页。
② 李玉林:《病理学》,北京:人民卫生出版社 2008 年 6 月版,第 1—4 页。

映一方面随着人类病理学知识的更新和发展而变化,一方面由于人的想象力和创造力,其大胆描写甚至可超越科学的发展,为病理学提供种种前提和假设,文学甚至可充当病理学上的治疗手段。

1. 疾病意识对文学的影响

疾病与文学的不解之缘首先体现在作为创作主体的作家本身与疾病有着千丝万缕的联系。

身患疾病的作家。人类永远不能摆脱疾病之痛,世界就是个大病院,而作家就是这个病院中的头号病人,是疾病所带来的孤独和痛苦引发了作家创造力的勃发,还是疾病的折磨通过扼杀其生命而毁灭了作家的创造力,是一直以来困扰文学研究的话题。纵观中外文学史,有不少作家要么一生为疾病所困扰,要么在人生的很长一个阶段缠绵于病榻。卡夫卡(Franz Kafka,1883—1924)患上结核病是他自己所期盼的,他渴望在这疾病的痛苦中去了解人类的痛,从而舍去自己的舒适,而他对治疗的放弃更是体现了作家本人对文学艺术的献身精神,至今读他的作品,联想到他的这种牺牲,仍令人心灵震撼。而更多作家因为身体的孱弱而在作品中体现出更独特的人生体验和视角,给世界展现出更绚丽或深刻的另一面。如身患哮喘病的马赛尔·普鲁斯特(Marcel Proust,1871—1922)的巨著《追忆似水年华》那记忆世界的美丽,鸦片嗜者 E. 爱伦·坡(Edgar Allen Poe,1809—1849)侦探小说的悬念和梦幻,肺结核患者鲁迅先生凌厉笔锋下的中国国民的劣根性,中外文学史上这样的例子不胜枚举。究其原因,从文学人类学的角度来审视,文学实质上就是"人学",它对生命的种种叩问让作家自觉地去探寻生活的力量和痛苦。作家在深刻体会其真谛后,以多情的诉说、本真的体验来打动读者。患病作家通过对疾病的书写不但完成了生命的升华,同时写作也是对疾病痛苦的一种宣泄。那些感同身受的逼真描写使心灵得到抚慰,从而在一定程度上增强了对疾病的恐惧的克服力。

具有疗救意识的作家。正如我们大多数人所感觉的,疾病是不可抗拒、不受欢迎的痛苦经历,但作为人生的一种特殊体验在作家的笔下却获得了新的意义。许多有着强烈社会责任感的作家从对人的生理疾病和精神疾病的描摹中显示了深刻的悲天悯人的人生情怀。他们试图通过疾病这一题材的选择,暴露的不仅是人身体上的疾患,而更多的是社会疾患,他们使自己充当了一个醒世者,渴望通过自己的呐喊来引起疗救的注意。

具有疗救意识的作家通过两种叙事角度来唤起社会的注意。其一,把作品的主人公设计为医生,通过他的眼睛,从职业角度来察看病情,从而进行思考。这一角色形象可触及心理和身体痛苦的多方面,观察具有专业性和可信度。其二,除了以主人公代言这种方式来呐喊,作家还通过直接的"客观"描写——第三者的万能视角让读者自己去看人体及社会机体的"疾病"。如托马斯·曼的《魔山》和克努特·汉姆生(Knut Hamsum,1859—1950)的《最后一章》。

而在具有疗救意识的作家行列中,有过行医经验的则更具优势,他们本身的病理学知识为疾病的描述提供了更多的真实可信性,也使得他们的作品呈现出独特的风格。如弗朗索亚·拉伯雷(Rabelais,1494—1553)既是里昂市立医院的医生又著经典《巨人传》。医生兼作家的约翰·济慈是英国浪漫主义的先锋,安东·契诃夫(АнтонПавловичЧехов,1860—1904)不但是医生,还自认为行医生涯对他的文学创作具有很大的影响。中国作家鲁迅(1881—1936)和郭沫若(1892—1978)也曾有过学医经历[1]。李时珍是我国古代著名的医药学家,他的巨著《本草纲目》不光是药学的经典著作,同时又因其鲜明的文学特色而成为大众喜爱的读物。

2. 疾病对文学思潮的影响

疾病与文学如影随形还体现在它随着时代的推进,影响了人们的创作,从而在各种文学思潮的演进中担当了重要角色。

文艺复兴时期,随着科学思维的萌芽,对人本身的思考开启,莎士比亚(William Shakespeare,1564—1616)、蒙田(Michel. de. Montaigne,1533—1592)等作家的笔下更关注的是心理障碍和忧郁症。一系列忧郁者形象从哈姆雷特开始而立于这一时期的文学长廊。

18世纪的文学以浪漫主义为最显著特征。作家们甚至将其创造力与疾病联系在一起,济慈、雪莱、拜伦等一大批身患肺结核作家的出现和他们创作的丰收更印证了人们的这一推测。从病理学的角度看,结核病患者往往由于身体的低热而精神亢奋,好激动,性情反复异变,感觉敏锐而才华显露,这与浪漫主义文学作品中的主人公的文学素质完全吻合。[2] 结核病在浪漫主义的热潮中不但成了文学作品主人公的一种"美态",如《茶花女》中的玛格丽特,还成了作家表白自己身份和归属的一种向往所在,拜伦在得病之前就反复表达过对这种病的企盼,直至后来如愿以偿。

---

[1] 〔德〕维兰·波兰特、方维贵:《文学与疾病——比较文学研究的一个方面》,《文艺研究》1986年第1期。

[2] 〔美〕杰弗里·梅耶斯:《疾病与小说》,顾闻译,纽约:麦克米伦出版社1985年版,第86—94页。

在19世纪现实主义文学中,疾病仍然扮演着重要角色,他们在人物命运的变化中起着关键作用,如狄更斯(Charles Dickens,1812—1870)的小说《小杜丽》。只不过,这时作家笔下的疾病更因其细节的描摹真实而反映人本身所承受的真正痛苦和折磨,从而揭示社会生活的多维。

人类进入20世纪,哲学非理性思维的出现以及文学向内转给疾病的文学表现也带来了新的变化。现代主义文学中,心理疾病、压抑和焦虑导致了各种各样的痛苦。表现主义作家如卡夫卡以各种心理疾病、变形来揭示社会生活的扭曲和不真实。癫痫作为一种古老的疾病在现代作品中更是呈现了新的光彩,对人的遭遇给予了更精彩的解读。

在进入后现代社会后,各类癌症和艾滋病成了文学作品中新的疾病题材。它们作为世界性的疾病,"摧毁力巨大"和"无法治愈"的特点使其承担了社会文明发展所带来的种种不良后果,被视作是一种新的警示,提出了当代社会发展必须要思考的人的存在问题。

3. 文学中的疾病类型

正如人难免一死,人的一生也不可能不患病。文学书写的疾病大致可分为人身体上的生理疾病和来自心理的心理疾病。

生理疾病。文学作品中的疾病往往与当时人们对疾病的认识有很大关系。各类疾病虽然都或多或少在各类文学题材中显现过,但归纳分析,文学对疾病的选择仍有一定的偏爱。首先是传染病。从古至今,从荷马史诗,索福克勒斯(Sophocles,约前496—前406)的悲剧、文艺复兴时期薄伽丘(Giovanni Boccaccio,1313—1375)的《十日谈》、存在主义文学家加缪(Albert Camus,1913—1960)的《鼠疫》到当代诺贝尔奖获得者若泽·萨拉马戈(Jose Saramago,1922—)的《失明症漫记》,瘟疫以其毁灭性的后果和惊人的传播速度造成的空前灾难在文学作品中得到真实的记录并加深了人类的恐惧。其他让人闻之色变的传染病如伤寒、麻风、性病(尤其是梅毒)也是文学作品中出现较多的疾病。而传染病中,具有贵族气质的结核病不但影响了整整一代人,还影响了整个浪漫主义文学思潮。其次是炎症。从病理学角度来看,"炎症是具有血管系统的动物对损伤因子所发生的复杂的防御反应"[①]。人体本身有效的机体防御可终止炎症,反之则导致组织和器官的损伤。在青霉素发明之前,各类炎症也是文学作品中致人非命的元凶。伊

---

① 李玉林:《病理学》,北京:人民卫生出版社2008年6月版,第58页。

恩·麦克尤恩(Ian McEwan,1948—)的《赎罪》中的罗比就是死于重度炎症——败血症。再次是各类癌症。癌症可以说是一种现代病,它以细胞的异常增殖为特点。其种类繁多,基本上人体的各部位都可以是癌症的载体,直至目前为止,癌症仍然是不可治愈的。正因如此,在各类文学作品中,它唱出了人类最绝望的呐喊,也被赋予了更多的隐喻特征。索尔仁尼琴(Александр Исаевич Солженицын,1918—2008)就通过他的《癌症楼》展示了这一可怕的疾病。白血病是各类癌症中被提到最多的一种,杰妮·唐纳姆(Jenny Downham,1964—)的《我死之前》道出了该病的毁灭性。

心理疾病。文学作品对人精神世界的探索自古有之,从文艺复兴时期的莎士比亚、蒙田起,到现代的陀思妥耶夫斯基、鲁迅等,只不过现代文学作品受现代哲学的影响对心理疾病的探讨更胜以往。战争的创伤、现代生活的快节奏及高度工业化的社会使得人处在一种普遍的焦虑中,文学作品中的心理疾病更是举不胜举。各类心理疾病包括癫痫、焦虑症、抑郁症、强迫症等。文学艺术与癫痫的姻缘在古希腊时代就开始了。柏拉图的"迷狂说"就充分体现了这种联系。他说:"诗人是个轻而有翼的神物,非到了受了启示,忘了自己的心觉,不能有所发明;非到了这忘形的地步,他是毫无力量,不能说出他的灵咒。"[①]诗人因为神灵附体而至癫狂,通过创作的宣泄来获得解脱。所谓心理疾病,往往是超出一定的社会准则的人所呈现的行为特点。基于此,人之所以被称为狂人、患有心理疾病的人,很大程度上是因为为当时的社会所不容。文学作品中的狂人有那种绝对的完全不合时代、不合当时社会的癫狂的危险之人,如鲁迅先生《狂人日记》中的狂人,也有塞万提斯(Miguel de Cervantes Saavedra,1547—1616)笔下在涉及骑士这个话题时才行事古怪的唐吉珂德。正是因为狂人的这种似醒非醒、与时代不合之特性,作家往往借其口来预告和警示一个将要到来的崭新时代,或是因其不合时宜来嘲笑一个时代、一个群体的没落。古往今来的文学作品不但设计了多个经典狂人形象,在文学长廊中,还有许多在某一特性方面达到极致的古怪之人,如契科夫《套中人》的别里科夫,巴尔扎克(Balzac Honore de/Honore de Balzac,1799—1850)的《欧也妮·葛朗台》中的葛朗台。

4. 文学中的"疾病"隐喻

从文化人类学角度来看文学中的疾病。疾病作为人生的一个必然部

[①] 朱萍:《中西古典文学中的疯癫形象》,《中国比较文学》2005年第4期。

分,也是社会生活的一个重要方面。在人类发展史上,疾病不但早已越过它本身所具有的医学概念而被赋予文化含义,不同的族群和文明对它也有不同的阐释。西方文明史上对传染病赋予更多的文化阐述,上天的责罚是最通行的一种。而中国古代道家文化把富贵看做引发疾病的根源。精神疾病在文学表达中更是与文化息息相关。这与精神疾病本身的特性是分不开的。非专业人士对精神疾病的判断往往借助于观察某人对某些社会认可的行为方式的偏离,而这种社会认可的行为方式往往带有明显的时代和地域特征。著名的精神科医生托马斯·萨斯(Szasz,1920—)就曾指出,"精神疾病是一个荒诞的说法,因为只有我们的身体才能罹患疾病,而我们的心灵生病只是比喻性的"[1]。心理问题是社会力量的产物而非天生器质性的结果。西方文明史上曾长时期进行大规模的"驱巫"活动,像《蓝舟》、《愚人船》等文艺复兴时期的文学作品中经常出现的"愚人船"(Narrenschiff)意象就与此种"驱巫"活动有关。在"愚人船"中,乘客大多是精神病人,这种没有目的地的航行就是对他们的放逐[2]。后来的"疯人塔"包括"总医院"的修建都在西欧文明史上上演,在那里遭禁闭的精神病人还包括许多的革命者。西方文明对传染病包括疯癫都有一种狭隘的民族保护意识,那些危险的疾病多从外国传入,尤其是一些落后的亚非国家。而中国古代道家认为,心理疾病与生理疾病有着不解之缘。因此中国文化包括中医习惯从身体与心理两者的调理来进行疾病的治疗。从文化人类学角度来看疾病,尤其是对疾病的文化形态进行溯源研究时,会有更多发现。

从修辞角度看疾病的隐喻作用。修辞学上的隐喻(Metaphor)来自希腊语的 metaphrorn,它对不同事物之间的相似点进行比较,用具体的、浅显的和熟知的事物去说明或描写抽象的、深奥的、生疏的事物。疾病从病理学角度来看只是单纯的人体机体或心理的障碍,但在人类发展史上各类疾病却已被赋予它本身不具有的道德的、美学的社会含义。这种连接是如此的广泛和无理性,以至于在反对一切阐述的后现代者眼里,疾病的隐喻已经超出了人可承受的限度,必须加以制止。美国的苏珊·桑塔格(Susan Sontag,1933—)就曾根据自己的亲身经历写成了著名的《疾病的隐喻》来进行声讨。从人类赋予各类疾病的不同隐喻来看,疾病的痛苦不因它本身所带来

---

[1] 〔美〕Dilys Davis & Dinesh Bhugra:《精神病理学模型》,林涛译,北京:北京大学医学出版社 2008 年版,第 30 页。

[2] 〔法〕米歇尔·福柯:《疯癫与文明》,刘北成、杨远婴译,北京:三联书店 2007 年版。

的机体痛苦来决定,而主要是它所被赋予的社会隐喻。如结核病和癌症在病理学发展史上曾经都是不可治愈的。但结核病在文学中被赋予"爱情病"的喻义,它赋予文学作品女主人坚贞不渝、娇弱、楚楚动人的特征,赋予作者旺盛的创造力,因此人们往往忽略了它对人体机体的摧残而去欣赏这种隐喻的病态美。而癌症是一种侵入,被认为是现代社会不加节制的生活所带来的惩罚。它的隐喻是丑恶、腐朽的,以至于得了这种病的人,人们往往避之唯恐不及。正是由于这种隐喻机制,作家在创作时,在对各类人物进行塑造时,会选择不同的疾病来映射,使得疾病的发展与人物的性格命运发展相得益彰。《红楼梦》中的女主人公林黛玉就是一个最典型的例子,她的悲剧的命运就结束在那狂吐的鲜血和对爱情的悲叹里。这种刻画是如此的催人泪下,以至于各种电影和文学作品屡试不爽。而梅毒、霍乱、各种传染病都与"声名狼藉"联系在一起,其隐喻作用一方面可以在文学作品中推动故事的情节发展,一方面也能道出一些作者不愿去明言的意味。不但疾病被隐喻化,与疾病有关的行业,包括医生这个职业和病人都在文学中被隐喻化。无知的国民是腐朽社会这个大染缸里的病人,而那些少数的先觉者手持解救的钥匙,终其一生来唤醒、来疗救。鲁迅先生正是如此看待自己的职责,从而弃医从文。

5. 文学中疾病叙事的美学意义

疾病对作品主人公形象设计的影响。文学的任务之一是塑造典型的人物形象。然而翻开文学史的画卷,在文学长廊里,疾病不但丰满了人物的形象,还推动了人物命运的翻转。而各类不同的疾病所具有的不同隐喻含义更是为文学作品添加了思想内涵。身患肺结核的茶花女和林黛玉那令人扼腕的悲剧美让人迷惑是肺结核成就了他们的形象,还是他们形象设计的成功使得疾病本身取得了更令人同情的力量。还有更多的如欧也妮·葛朗台、奥赛罗、哈姆雷特、唐吉诃德、福斯塔夫、阿尔巴贡之类,他们性格里这样或那样的病态都在一定程度上成就了其形象。

疾病作为叙事要素的作用。疾病作为叙事要素的作用从浅层来看,其发展为人物命运的发展提供了起因;但从更深层的角度来看,因为疾病本身所具有的隐喻作用,使得文学的叙述有了更独特的视角,彰显了更深刻的文学主题。鲁迅先生的《狂人日记》就是通过狂人的眼睛来观察这个"吃人"的社会,狂人患病与病好的心理变化过程带来了小说叙述视角与叙述情节的变化。叙事视角的反转使得作品有了更深刻的内涵和更震撼人心的力量。

疾病与文学批评。疾病既然与文学密切相关,文学批评和欣赏当然要揭开作品的面纱去查看其暴露的真正的人类痛苦。精神分析学就在文学创作与心理疾患之间架起了桥梁。在当代文学批评中,疾病对作家的影响及疾病人物形象设计、疾病的文化隐喻等都是热点。如有论者在研究分析新时期女性文学对疾病主题的表现时就指出:"从性别差异出发,我们会发现女性作家作品中的疾病主题与男作家有着本质的区别,它与患者的角色、自我意识发生关系。在女作家笔下,女性的疾病成了受害的隐喻,女性的疾病与女性的角色冲突、与女性的性别紧密联系了起来。"①

疾病叙事的社会现实意义。疾病既然是社会生活的一个部分,那么,无论从文学反映社会生活的镜子论,还是表现论来看,它都必将是其不可分割的一个部分。事实上,疾病、爱和死亡是文学经久不衰的几大表现主题。死亡是一次性的、终结性的,而疾病的漫长过程更能体现人类最深沉的爱和苦痛。那些对人类有着深切爱情的作家们更是分外珍惜这一题材。无论是人类遭受的肉体上的疾病痛苦,如笛福(Daniel Defoe,1660—1731)的《瘟疫之年志》对1665年伦敦鼠疫爆发时的悲惨情景的再现,还是精神创伤,如弗吉尼亚·伍尔芙(Virginia Woolf,1882—1941)的《黛洛维妇人》中的抑郁症,无一不体现生命最深沉的折磨。文学通过对人类疾病的揭示,让人类更真切地注视自己本身与生俱来的问题,也把焦点指向人类文明发展所带来的一些弊病。从某种意义上来讲,疾病,如癌症、艾滋病的蔓延和传播与高度工业化、全球化等人类引以为傲的"进步"有关。尤其是现代社会快节奏的生活方式导致更多的身心疾病。文学通过疾病叙事让人类清醒地看到文明发展所带来的一些负面影响,从而在历史的进程中,更谨慎地看待更多的挑战,做出更明智的选择。总之,疾病在文学中的地位是如此的重要,不管在何时,只要有人存在,有痛苦,我们便可大胆宣告,它将是文学叙事中永不衰绝的话题。

(二)文学对病理学的影响

文学与病理学难解难分的关系还体现在文学反过来影响着病理学的发展。在这方面学者们也有过大量研究。叶舒宪认为:自弗洛伊德以来,深层心理学的拓展使治疗的现代主题分解为个人诊疗和社会文化诊疗两大趋向,二者之间虽有互动,但各自的发展轨迹却是泾渭分明的。前者多为职业医生的世袭领地,后者则催生出一批不挂牌的"医师"②,在这些不挂牌的医

---

① 孙海芳:《论新时期女性文学对疾病主题的表现》,《河南社会科学》2005年第9期。
② 叶舒宪:《文学治疗的原理及实践》,《文艺研究》1998年第6期。

师里,叶舒宪以海德格尔(Martin Heidegger,1889—1976)为代表,并指出了这种治疗是从宗教、哲学向文学的转移。著名文学批评家弗莱(Northrop Frye,1912—1991)在《文学与治疗》一文中提醒大家不应当忽视文学和艺术所具有的助人康复的巨大力量,并通过大量事实指出了文学的疗效。①

文学对作家的治疗。从古希腊伊始,文学对创作者的治疗功能便得到承认。被神灵附身的诗人,陷入迷狂状态,因写作而得到宣泄,从而痊愈。现代精神分析学认为,作家的创作源于"力比多"的过盛,是对性压抑的一种释放,创作使这种性本能得到升华,从而让作家达到平衡的健康状态。毋庸置疑,文学具有强大的抚慰作用,它能调适精神,释放患病作家的疾病痛苦。大量的实例也证明了这点。著名的印度诗人泰戈尔(Tagore,1861—1941)创作名篇《吉檀迦利》就是在其精神极度苦闷之时,而川端康成(Kawabata Yasunari,1899—1972)则是公开承认把文学视为第一生命的自我疗救者。除了他们之外,还有大量的身患疾病的名家如鲁迅、莫泊桑(Guy de Maupassant,1850—1893)、陀思妥耶夫斯基、福楼拜(Gustave Flaubert,1821—1880)等,他们不但通过创作缓减了疾病的痛苦,延长了生命,还使自己的人生因疗救别人而散发出更璀璨的光芒。

文学对社会的治疗。文学对社会的疗救效用来自于多方面。首先,从心理学及接受美学角度来看,文学创作具有交流功能,作家通过疾病、痛苦的描写,使得疾病得到理解,从而让人在身临疾病威胁时保持对外界的交流,而读者作为接受者,通过参与作品的解读,使自己的身体和心理疾病客体化,从而获取与之斗争的勇气和经验。如泰戈尔的《吉檀迦利》就曾给经历战争创伤、苦闷徘徊的西方民众以极大的心理抚慰。而弗莱发现母亲的精神失常因阅读司各特(Scott,1771—1832)的小说而痊愈。文学的治疗功能更重要的还体现在,把社会、国家、种族看做一个具有身体机能的有机体,用文学这把手术刀去解剖和揭示其疾患,来探索治疗方法。文学在这方面的作用,还可通过战争时期以大量的创作、宣传鼓励、发动无知群众来显示。文学对疗救的特殊贡献还体现在大量的作家还是医生,他们对疾病的描述不但生动形象,还具有很可靠的科学依据,从而为医学发展做出了独特贡献。这体现在多方面:首先,通过对医患各端多角度的观察来进行的客观描写增强了人们对疾病的敏感度和理解力,文学给医学这个通常只孤立地顾及病体的学科展现了一个更完整的现实;

---

① 汪炘:《浅论医学与文学的结缘》,《扬州大学学报》2000年第6期。

其次，通过对各种专门处理方法、诊断过程和治疗反应的描摹，文学可以证实、批评甚至反驳临床诊断；最后，文学表述也可能是一种医学知识的先见，如格奥尔格·毕希纳（Georg Büchner,1813—1837）的《棱茨》所示，在医学对精神分裂症还没有系统定论以前，有作家已经将这一精神病现象作了确切的描写。①

三、文学与病理学关系的研究前景

文学与病理学关系研究属比较文学跨学科研究范畴。比较文学从美国学派开始注重对文学与其他学科的融合、嫁接的探讨，至中国学派，随着科学的发展和比较文学本身研究范围的扩大，跨学科研究更是进入一个新的时期。西方的文学词典通常将文学界定为具有永久价值的优美形式的作品。这一狭义定义，把许多文学创作和文献文本全拒之门外。而我国先秦时期曾将哲学、历史、文学等方面著作统称为文学②。因此从这个角度来说，我国传统文学与病理学的嫁接更加紧密。在当代比较文学研究中，文学与病理学的关系已得到广泛瞩目。如以创作心理学的角度来研究疾病作家的文学创作，从题材角度来研究疾病题材的优势，从社会学角度来研究疾病叙述对社会的影响，从接受美学角度来看读者对疾病题材的接受程度，从人物形象设计角度来看疾病在人物形象设计过程中的作用，从叙事学角度来看疾病叙事的独特结构。这些研究在揭示文学与疾病的神秘链接方面都有许多重要发现。

随着人类历史的推进、疾病种类的翻新、人们对病理学的了解，文学与病理学关系研究还将继续。首先，还会有新的疾病出现，人们对疾病的观察方法也会有新的变化，比较文学跨学科研究在疾病题材研究上还可有新的发展。其次，在日益关注人类问题解决之道的今天，人们更将关注文学的"疗效"，文学对人生理和心理的治疗将得到更深入的研究。再次，从美学角度来看疾病在文学史上的变化也将继续，从最初文学把疾病当做丑恶和禁忌，到现代表现主义文学的以丑为美，文学中的疾病会放射不同魅力，必将有更多的隐喻出现。比较文学对疾病与文学关系的研究，还可从文化入手来研究疾病的文化含义及其在不同文化中的显现。最后，以平行研究方

---

① 〔德〕维兰·波兰特、方维贵：《文学与疾病——比较文学研究的一个方面》，《文艺研究》1986 年第 1 期。
② 陈惇、孙景尧、谢天振：《比较文学》，北京：高等教育出版社 1997 年版，第 249—265 页。

法来比较疾病在中西不同文学中的表现更是一个重要的课题。总之,比较文学在研究文学与病理学之间的相互影响时,虽然这两门学科有差异,但以跨学科的眼光来对疾病、对文学的表达进行新的解码,从而对人类所面临的问题进行解答,会使比较文学研究焕发新的活力,对人类发展具有重大意义,必有光明的前景。

【导学训练】

一、本节学习建议及关键词释义

1. 学习建议:

在跨学科研究的范式下,结合病理学定义、特征及发展特点,把握文学与病理学关系的研究内容。

2. 关键词释义:

疾病隐喻:传统隐喻是单纯的修辞学上的概念,与明喻相对,即对不同事物之间的相似点进行比较。而疾病隐喻具有概念隐喻特点,是指人们赋予疾病不同于其病理特征的文化意旨。

文学的治疗:指文学除了其审美功能外,对人身体及心理疾病的治疗作用。它来源于文学本身的抚慰功能及其有关疾病承受和康复的经验描述,从而指导人的疾病治疗。文学的治疗对象可指个人,也可指社会,兼有心理和身体两方面之功效。

二、思考题

1. 文学与病理学关系的研究对象和范围有哪些?
2. 文学与病理学关系的研究前景如何?

三、可供进一步研究的学术选题

从接受美学角度看现代文学对疾病题材的偏爱

提示:读者通过参与疾病的书写、对文学读本中的疾病主题解读,与作者达成高度共鸣,疾病作为人类的普遍痛苦是文学作品赢得读者的便捷途径。西方文学对读者作用的认识有一个曲折的过程。从最早的亚里士多德对悲剧的定义,人们便可看出接受者在文学影响中所起的作用,因为悲剧被认为就应当是能激发人的怜悯和同情的。现代接受美学理论更是重视读者对文本的重新构建。当代文学对疾病题材的偏爱首先体现在疾病题材的作品能更轻易地激发读者的怜悯、恐惧和惊奇等心理,无数经典作品所引起的一阵阵热潮可印证此点。文学对疾病题材的偏爱还可体现在文学的治疗作用。接受者通过阅读、通过对疾病经验的分享、心理的舒缓,从而达到缓解甚至治愈疾病的目的。现代医学中的书疗研究就是其中的一个重要体现。

【研讨平台】

文学对疾病的治疗功能

提示：病理学的发展对文学表现有着深刻影响，而文学反过来可起到疗救的作用。尤其在21世纪的今天，学科与学科之间的影响和嫁接成了普遍规律，病理学与文学之间的互相渗透会更加深入。疾病研究对文学的影响相对来说更早进入人们的视野，也容易被人理解，但在同时，我们不应忽视文学对疾病的治疗功能。它不光来自于浅层次的娱乐和舒缓神经，更来自于对痛苦本身的关注，这种关注虽然主要通过心理机制产生作用，但却涉及身心两方面，因而对人疾病的治疗作用是全面的。

文学的疗效（节选）

在文学艺术具有疗效的整个范围内，我们无疑会发现，最佳词语按最理想排列（有人认为这便是诗歌的定义）就能以许多方式对人体产生作用。许多年前，我在讲授弥尔顿的《失乐园》时，心情十分激动，发觉他强有力的诗行往往从书中跳跃出来，成为一个个有生命的小东西，在我脑海里此起彼伏地浮动。有一次，我虽十分疲乏却难以成眠，便使劲地揣摩自己脑子里究竟装些什么，结果发现是这部史诗第十篇中描写在深渊上修筑通向地狱之桥的句子"欢呼跨越深渊的桥已建成"。我自言自语地说，可不，当脑瓜里一个劲儿玩味这样的诗句，谁还能睡得着觉呢！于是，我便专门背诵第八篇中关于星宿的诗句"悠悠然，星移斗转终止了"，我果然顿时进入了梦乡。

我并不认为，至少目前还不认为，人们必须在医生指导下阅读文学作品。我只是提醒大家，不应忽视在如今这个疯狂的世界里，文学及其他的艺术所具有的巨大的助人康复的力量。诗人们往往意识不到他们自己在这方面的潜势。我想，在一切创作艺术的人们中，也许要算拍电影的人对这一点的见解最清醒、最坚定不移了。但是在如今这个时代，各种沉思和心理综合的形式如此时兴，因此文学几乎不可能成为历来伟大诗人们所一致认为的那种手段，使人们心力专注，感情浓厚，并进入精力充沛的状态，而这一切正是全部身心健康的基础。

——〔加〕弗莱：《文学的疗效》，王静安译，《通俗文学评论》1998年第2期。

附：关于"文学对疾病的治疗功能"的重要观点

在19世纪，是哲学取代宗教，直接面对"文化医生"的呼唤。20世纪，"哲学的死亡"或"哲学的终结"一类说法已经屡见不鲜。诊断和治疗社会文化之痼疾和个体心理障碍的重任又有了明确转向文学的迹象。"文艺取代宗教"、"为艺术而艺术"、"唯美主义"一类口号便是对这场精神职能转移的公开呼应。

——叶舒宪：《文学治疗的原理及实践》，《文艺研究》1998年第6期。

身兼诗歌神和医药神的阿波罗神似乎从希腊神话时期就给了我们一道神秘的预示：诗歌、文学、图书、阅读将成为人类自赎自救的良方。通过用书籍来治疗精神疾病，并不是新近出现的事情,早在希腊时代的图书馆就已经开始。据文献记载,阅读治疗在西方已有几百年的历史。罗伯特·伯顿在《抑郁症之剖析》中引述了许多历史上阅读治疗的例子,如把《圣经》比作可开出许多药方的药库;中世纪开罗的曼苏尔医院有阿訇日夜诵读可兰经的服务;18—19世纪的英国、法国和德国医生在处方中常开出有利于康复的书籍;1810年美国著名医生本杰明·拉什曾呼吁精神病医院不仅要提供轮椅,还应提供有益精神健康的读物,通过阅读减轻环境给病人的压力,矫正病理性情绪状态。

——万宇:《阅读治疗概念之辨析》,《图书馆杂志》2006年第9期。

【拓展指南】

一、重要文献资料介绍

1.〔美〕卡伦·荷妮:《我们时代的病态人格》,陈收译,北京:国际文化出版公司2000年版。

简介:本书为精神分析学派经典著作之一。作者荷妮通过对弗洛伊德理论的实践验证,对精神分析发表了自己独有的见解。在书中,作者对焦虑、敌视、逃避等进行了具体分析,并强调了社会环境尤其是家庭环境、父母等在个人人格养成过程中所起的重要作用。本书是对新精神文化社会学的精彩解读。

2.〔美〕苏珊·桑塔格:《疾病的隐喻》,程巍译,上海:上海译文出版社2003年版。

简介:本书是美国著名"新知识分子"桑塔格的论文集,包含《作为隐喻的疾病》及《艾滋病及其隐喻》等。桑塔格主要通过对结核病、艾滋病及癌症的分析,探究了疾病如何在社会进程中被过度阐释,从而带有其不应有的道德含义等问题。

二、一般文献资料目录

1.〔英〕保罗·马丁:《病态:压力、心理、行为和疾病》,白卫涛、应诞文译,北京:世界知识出版社2001版。

2.〔美〕杰弗里·梅耶斯:《疾病与艺术》,顾闻译,《文艺理论研究》1995年第6期。

3.刘文荣:《西方病理艺术观与二十世纪"病院文学"》,《上海大学学报》1996第5期。

4.〔德〕维兰·波兰特、方维贵:《文学与疾病——比较文学研究的一个方面》,《文艺研究》1986第1期。

5.叶舒宪:《文学治疗的原理及实践》,《文艺研究》1998第6期。

6.赵小琪、吴冰:《犯罪心理学视野下的台港新武侠小说》,《华文文学》2008年第3期。

7.赵小琪、马昕:《病理学视野下的台港言情小说对读》,《盐城师范学院学报》2009年第2期。

8.朱萍:《中西古典文学中的疯癫形象》,《中国比较文学》2005年第4期。

第六节 文学与计算机技术

文学与计算机技术的互渗和影响是 21 世纪文学研究中的前沿课题。乐黛云指出:"面对二十一世纪新人文精神的发展,文学的跨学科研究可能会更多地集中于人类如何面对科学的发展和科学对人类生活的挑战。"[①]我们知道,科学技术与人文学科属于完全不同的知识体系,尽管二者在关注的对象、实现的途径手段和获得的成果上殊异,但在本质和底蕴上却极其类似甚至相通,都逼近人类真善美的理想境界。

在艺术与科学技术的关系这个问题上,克罗齐说:"直觉知识与理性知识的最崇高的焕发,光辉远照的最高峰,像我们所知道的,叫做艺术与科学。艺术与科学既不同而又互相关联;他们在审美方面交会,每个科学作品同时也是艺术化作品。"[②]李政道博士也形象地指出:"艺术和科学事实上是一个硬币的两面,它们源于人类活动最高尚的部分,都追求着深刻性、普遍性和永恒和富有意义。"[③]可以这么说:文学艺术为科学技术的发展增添了活力,赋予科学技术以灵魂;科学技术的发展又为文学艺术的多样化、生活化提供了可能。从文学艺术发展的历史来看,科学技术的每一次进步都必然推动文学形式的发展、变化,乃至文学观念的颠覆、更新。

电子计算机是 20 世纪发展最快、最伟大的科技成就之一,它作为 20 世纪标志性的、影响人类生活最深最广的科技产物,已通过互联网、多媒体技术、通讯技术等等分支改变了整个世界,文学也不可避免地受到其巨大影响力的冲击。文学的发展与计算机技术的进步存在着辩证关系,一方面,计算机技术为文学这一古老的艺术形式的发展、创新提供了新的技术平台,基于计算机技术的数字化存储与网络传播为文学提供了新的媒介,包括生存媒介和传播媒介;另一方面,文学艺术在计算机技术迅猛发展渗透的过程中起到导向和灵魂的作用,它使得科学技术具有了人文精神的内涵,并且,高科技和全球化语境下文学自身的变化和文学研究的走向也值得我们密切关注。

---

① 乐黛云:《比较文学原理新编》,北京:北京大学出版社 1998 年版,第 32 页。
② 克罗齐:《美学原理》,北京:外国文学出版社 1987 年版,第 32 页。
③ 李政道:《科学和艺术——在炎夏艺术馆的讲话》,《李政道文录》,杭州:浙江文艺出版社 1999 年版,第 145 页。

一、计算机的定义、兴起及特征

(一)计算机的定义及兴起的背景

计算机,我们通常叫做电脑,它是可以事先储存程序,输入指令后即可对各种数值和信息进行自动、快速运算处理的一种现代化电子智能设备。1946年2月10日,美国陆军机械部和摩尔学院共同举行新闻发布会,宣布第一台电子计算机 ENIAC(埃尼阿克,是英文"电子数值积分计算机"的简称)研制成功。它是一个庞然大物,重达30吨,占地160多平方米。最初,埃尼阿克只用于常规的弹道计算,后来,它被应用于诸多领域,如宇宙结、热能点火、风洞试验设计、原子核能、天气预报等。随着技术的不断更新换代,计算机在技术、元件与应用领域等各方面都得到了巨大发展。其速度愈来愈快,运算速度已由最初的每秒五千次发展到数百亿次,体积日益减小,而功能日臻完善。短短的几十年,计算机已经从巨型化、微型化发展到了网络化、多媒化和人工智能化。在这个过程中,被誉为"电子计算机之父"的美籍匈牙利数学家冯·诺伊曼(John von Neumann,1903—1957)提出的两个设想成为现代计算机的结构基础:一是将10进制改为2进制,大大简化了计算机的结构和运算过程;二是将程序与数据一起存贮在计算机内,使得电子计算机的全部运算成为真正快捷、自动的过程。巨型机代表了计算机发展的最高水平,是一个国家科技实力的象征,对社会安定和经济发展具有重要意义。微型机即微机,它具有体积小、价格低、使用方便的特性。随着微型机性能的不断提高,微机已成为人们消费的热点。网络化是指用计算机技术和现代通信技术,把分布在不同地点的计算机连接起来,使网络中的软件、硬件和数据等资源、信息被网络上的用户所共享,例如 Internet。多媒化是指使计算机及计算机网络能实时传播和处理文字、声音、图像等信息。而具有人工智能则是新一代计算机的特点。一般来说,计算机的发展经历了四代,正向第五代迈进。

(二)计算机技术的特征

电子计算机的问世是20世纪最伟大的科学技术之一,它不仅仅是一种工具,而且与其他的工具都不相同:计算机是人脑功能的一个延伸,是人的智力的一个延伸,因为计算机不仅具有超常的计算能力,而且还能够模仿人的某些思维功能,按照预先设定的程序、规则进行逻辑判断和逻辑推理,代替人的部分脑力劳动。因此,我们说计算机技术具有以下的特征:

精确度高。由于计算机内部特殊的数值表示方法，使得其有效数字的位数相当长，可达百位以上。

记忆能力强。计算机中有许多存储单元，用以记忆信息。内部记忆能力即存储性，是电子计算机区别于其他计算工具所在。计算机可以事先把原始数据、程序指令等存储起来，运算时即可直接从存储单元中获得数据，存储器不但能够存储大量的信息，而且能够快速准确地储存或提取这些信息，从而大大提高了运算速度。

应用范围广。计算机适用于各种领域，将包含一连串指令的处理程序输入计算机就可以完成各种各样的任务。

计算机的出现，把人的思维更加有效地引向未知领域，单单从这个角度，我们就可以认识到，计算机是一项无与伦比的科学发明，而以计算机技术为基础的互联网更是具有革命性的创新，它把人类带入了一个全新的世界。计算机互联网诞生于1969年，它涵盖了传统媒体的所有表现形式，可以同时传递出文字、声音、图像、数据等，表现出数字化、全球性、多媒体性、实时性、交互性的特点。20世纪90年代以来，计算机互联网技术在短时间内呈几何级数式地发展，迅速覆盖了整个地球，并令人惊讶地渗透到社会的各个领域。据互联网市场流量分析机构公布的报告显示，截至2008年12月，全球互联网用户总数已经突破10亿。计算机及其网络技术的发展、应用和普及对人们的生活方式、思维方式、价值取向和现行社会的种种模式造成了广泛而深刻的影响。

二、文学与计算机技术关系的研究内容

(一) 计算机技术对文学的影响

1. 文学观念的嬗变

文学的改变首先当然是观念的改变。计算机及其网络彻底颠覆了传统的文学观念。

价值取向上由艺术真实转向虚拟现实。艺术真实是艺术家通过艺术形象反映现实生活表现出来的正确性和深刻性，它必须以生活真实为基础，但又不等同于生活真实。虚拟现实（Virtual Reality，简称VR，又译作灵境、幻真）是人与计算机之间的一种交互式的可视化操作方式。虚拟现实中的"现实"本身并不是真实的物理存在，而是通过计算机软件实现的存在，它可以是世界上任何事物或者环境，既能够变成真实的现实，也有可能永远只

是一种虚拟和幻想。在这个由一系列高科技如仿真学、计算机图形学、多媒体技术以及实时的网络技术等汇聚而成的特殊环境中,计算机用户不仅可以产生交互式的身临其境的感觉,还可以通过一些特殊装置将自己"投射"其中,成为这一虚拟赛博空间的主宰。在计算机网络所构织的数字化的赛博空间中,创作者注重的是当下在场的感受,而不是与现实生活、现实世界的对接。如《未来城》中就描绘了一个虚拟的真实:

> 卡洛走进房间,戴起控制手套,要了一间办公室。她的四周立刻出现了整面墙壁的真皮精装书,前面则出现了一张办公桌……几个小时以后,有个声音提醒她说日本的同事已经准备好了。办公室的一段突然消失,出现了一个在太阳下坐在游泳池边的男人……最有趣的是:那些真皮精装书、办公桌、游泳池,甚至太阳,全都是子虚乌有,根本就不存在的。①

价值尺度上由社会认同转向个人满足。在计算机互联网普及之前,总的来说,文学仍是一种中心话语权力,对公众的思想和行为有一定的规范和引导作用。但计算机互联网的平等性、自由性、交互性,打破了这种垄断性的中心话语权,传统文学作品发表的审查机制和运作机制消解了,网络的便捷给了每个人平等的发言机会。文学从"载道"、"经国大业"、"兴观群怨"、"美刺"等承载转向了个体宣泄和自娱自乐。网络写手邢育森说:"热门专业和学位证书让我衣食无忧,网络写作令我心灵充实自信平和。……和所有人一样,我们都是想过一种自己喜欢的生活,做一些自己喜欢的事。"②由此可见,这样的文学创作更注重的是个体的自娱性、自足性,而对传统的评价尺度即社会认同则体现出忽视和漠然。

2. 文学传播形式的革命

与传统的文学传播方式相比,计算机网络时代的文学传播渠道蛛网覆盖,快捷通畅,不受地域与时间的限制,作品从作者手中到读者手中可实现实时对接。

传播媒介的改变。希利斯·米勒(J. Hillis Miller,1928—)指出,传播媒介不仅是文化生产与文化传播的工具,同时它还决定了文化的类型、风格

---

① 〔美〕詹姆斯·特拉菲尔《未来城》,赖慈芸译,北京:中国社会科学出版社2000年版,第252页。
② 邢育森:《网络文学的生机与希望》,《文学报》2000年2月17日。

以及作用于社会现实的方式和范围。①

"书籍不仅印刷清晰,而且重量轻、容易翻阅,价钱也不是太贵。但是,要把书籍送到你的手中,却必须经过运输和存储等种种中间环节。拿教科书来说,成本中的 45% 是库存、运输和退货的成本。更糟的是,印刷的书籍可能会绝版(Out of Print),数字化的书却永远不会这样,它们始终存在。"②

作者、读者(消费者)在传播过程中身份的消解。由于网络的交互性、实时性,使得创作者与欣赏者(读者)之间的界限出现了交互式转换。从创作到评论到修改可以在很短的时间内完成,这就实现了创作、传播、阅读的共时性,从这个意义上来说,创作者同时也就是读者和传播者。便捷的交流沟通打破了读者被动阅读与接受的局面,读者参与作者的创作并发表评论见解,作者则可以不断调整自己的创作。在传统的文学中,读者是无能的、无所作为的,因为作者是一个绝对核心的元素,是文本全知全能的主宰角色,读者只能被动接受作者的创作。而计算机技术改变了作者与读者的这种固定身份。作家余华说:"网络文学开放的姿态使所有人都成了参与者,人人都是作家,或者说人人都将作者和读者集于一身。"③

变单向传播为多向交互。计算机网络的开放性和便捷性,使得文学创作呈现出"创作——讨论——续作"的全新创作模式。一部"在线"创作的文学作品,有可能从一开始就受到"读者"的关注,他们通过发帖、转帖、跟帖发表自己的见解和看法,从而影响作者的后续创作。如《风中的玫瑰》玫瑰小姐的诉说14万字,网友跟帖高达11万字。在这种多向交互中,完成了作品的创作。在网上的接龙小说、合作小说的创作中,读者更是可以直接参与创作,在此情形下,文学的传播更呈现出发散性、多向度性。

3. 文学存在方式的蜕变

时至今日,人类的文学走进了数字媒介文学阶段。此前文学经历了口头说唱文学和书写印刷阶段。以计算机互联网为标志的新媒介,"从存在方式到表意体制,从知识谱系到观念形态,对传统的文学实施全方位的在线手术,让正统的文学范式遭遇拆解和置换,导致文学不得不面对数字化生存

---

① 〔美〕希利斯·米勒:《现代性、后现代性与新技术制度》,《文艺研究》2000 年第 5 期。
② 〔美〕N. 尼葛洛庞帝:《数字化生存》,胡冰、范海燕译,海口:海南出版社 1997 年版,第 23 页。
③ 余华:《灵魂饭》,海口:南海出版公司 2002 年版,第 167 页。

的严峻现实"①。

文本形态的改变。首先是超文本写作的出现。上世纪60年代,美国一位著名的计算机幻想家提出超文本(Hypertext)的概念。所谓超文本实际上是一种描述计算机中文件的组织方法,它是以非线性方式组织的,通过多向度的跳动衔接,读者可在其中恣意漫游。简言之,超文本即可以任意互相链接的文本。如林焱的小说《白毛女在1971》就是一篇传媒链接即超文本小说。在故事情节发展的关键处,都有链接符号,读者必须点击相关网站或网页才能继续阅读,但是因为每个人的阅读习惯和阅读兴趣不同,不同的读者所读到的"白毛女"是不同的。"自《白毛女在1971》诞生起,就意味着它是一部永远不可能有人读完的作品,这恐怕是它最大的魅力。"②

还有将文字、音乐、绘画融合在一起的多媒体文本,意指在写作中多种媒体混合使用。它是集文字、声音、视频、图像、动画等信息于一体的信息处理技术。台湾诗人米罗·卡索(即苏绍连)在网上发表《释放》:

> 我拆下指头上的指甲/放入水中/我拆下头顶上的发/放入水中/我把从我身上释放出来的东西/全部交给了水/世界是我的水/历史是我的水/我在水中释放我的生命/让它渐渐地流走/我拆下了伤口里的血/放入水中/我拆下了眼眶里的泪/放入水中。

阅读时,将鼠标指向 FLASH 动画右上角的按钮,屏幕上就会出现"释放"二字,每点击一次,中间上方的一行诗句就会跌入漂浮着"释放"变形字体的水中,末了,画中的两个人的图像都一齐跌落到水中。这种多媒体的文学作品必须依赖于计算机技术才能存在。

超文本和多媒体文本给我们带来了不同于以往的文学感受。超文本写作消解了故事的中心,"消解了传统文本封闭式的边界,使其呈开放态势,向多重时空辐射和伸展,具有无限的结构空白和读者参与的浩瀚空间"③。而多媒体写作让受众领略了形象的直截了当和栩栩如生,实现了立体式表达和除味觉外的感官的全方位接纳。

文学类型的模糊及向综合艺术发展的趋势。按照通常的划分方法,文学体裁可以分为诗歌、小说、散文、戏剧,在网络时代,这种分类观念在淡化,

---

① 欧阳友权:《数字媒介文学转型及其学术理路》,《福建论坛·人文社会科学版》2008年第5期。
② 范玉刚:《网络文学:生成于文学与技术之间》,《文学评论》2008年第2期。
③ 宋妍:《当代文学受众阅读活动的新特点》,《辽宁大学学报》(哲社版)2005年第6期。

各种文体之间的界限变得越来越模糊,有些作品甚至有意忽略界限的存在。随着超文本、多媒体作品不断增多,网民的参与热情不断加强,加上民众对纪实性(真实性)的追求,"聊天体"、"接龙体"、"链接体"、"拼贴体"等新的艺术体裁涌现出来,在某种程度上改变了文学原有的四分法。

随着计算机技术的不断更新发展,网络文学作品会更多地将文字、声音、图像以及影视片断甚至现实物象的视频等融合在一起,而不再是单纯的文字(文本)。例如网络小说《火星之恋》,作者在叙述爱情故事时,不断插入音乐、图片和音频视频图像,有美国宇航局接收到的从太空发回的火星表面照片、宇航员登上月球的音像等资料,并在情节的转折处伴有梦幻般的音乐。① 这种形式已经远远超出传统意义上的"文学"文本。

4. 文学研究方法的拓展

计算机及其网络技术不仅使得所有的文学资源形成了一个巨大的信息库,为文学研究提供了迅捷、便利的服务,而且带来了新的研究方法。

为定量研究和定性分析提供技术手段和理论依据。通过运用计算机技术中的数据库系统统计出某一作家全部作品中的所有词语及其频率,可以在一定程度上把握其遣词造句的某些习惯和规律,并由此进一步归纳总结其语言特征、艺术风格和创作倾向。如在莎士比亚研究、曹雪芹研究中,均有人采用这种计算机技术支持下的定量和定性分析结合的方法。

利用计算机网络技术实现实时信息更新,及时调整文学研究的方法和策略。在前计算机网络时代,由于信息不能得到及时的交流沟通,文学研究带有一定的盲目性和滞后性,计算机技术改变了这种状况,巨大便捷的信息流量可以让研究者在第一时间补充自己的知识缺口,不断完善自己的知识体系,并能够让自己的思维处于一个发散状态,有利于寻找到新的切入点和突破口。

(二) 文学对计算机技术的影响

文学的介入,使得计算机及其网络成为一种诗性的技术革命,具有了人文价值和人性底蕴。文学想象、文学的思维方式以及文学理论,都对计算机技术的发展、推广和应用起到了推波助澜的作用。

时至今日,计算机不但能进行数值计算,而且还能将声音、图形、图像等多媒体信息、计算机系统和通讯系统集成为一个整体,使计算机具有像人一

---

① 欧阳友权:《网络文学论纲》,北京:人民文学出版社2003年版,第46页。

样的能听、能看、能说、"能想"、"能写"等功能,制造出具有某些"智力"甚至"情感"的计算机产品。科学家已经想象出一些可能的计算机,例如:可以模拟人的大脑思维的"神经网络计算机";运用生物工程技术、采用蛋白分子作芯片的"生物计算机";用光作为信息载体、通过对光的处理来完成信息处理的"光计算机"等。

科学工作者借鉴文学理论开发计算机软件,并在运用戏剧模式开发计算机软件方面获得了成功。计算机首先是为满足军事需求和科研需求而开发研制的,到了上世纪60年代,人们意识到软件程序的设计对推动计算机技术的发展至关重要,于是开始思考如何将包括文学艺术在内的其他领域的经验迁移到软件开发当中来。黄鸣奋在《计算机与戏剧艺术的现代变革》一文中指出,20世纪80年代已经有人开始了用戏剧隐喻来开发软件的尝试。例如,施乐公司帕洛阿尔托研究中心的工作人员应用戏剧隐喻开发了可视性编程环境,于1984年撰写了《通过排演来编程》一文。南加州大学的相关研究人员也应用戏剧隐喻研制了程序 Script Writer,并于1987年发表了题为《运用演员隐喻开发教育软件》的论文。①

在美国加州西部洛斯加托斯设计学院艺术中心负责媒体领域的一位程序设计员,运用亚里士多德《诗学》的基本观念分析人机交互,完成了《作为戏剧的计算机》一书。根据其观点,古希腊的戏剧包含了希腊文化中对于人性等问题的思考,牵涉到伦理、道德、政治与宗教等方面。对戏剧艺术的性质,亚里士多德提出了"四因"说,即形式因、质料因、效率因与目的因。古希腊人把戏剧当做思考工具,与我们今天利用计算机技术的特征来代替人脑的部分劳动相似。开发软件时,设计人员必须统观"四因",才能获得成功。在开发计算机软件的实践中,戏剧理论被结合进虚拟现实的设计,并作为人机互动学说对群件系统的设计产生了影响。②

此外,虽然我们还不能断言网络文学是一种新的艺术形式,但是它的出现给计算机网络这个科学技术的世界带来了无限风光,这是不可否认的事实。

三、文学与计算机技术关系的研究前景

计算机网络是文化全球化的一个极其重要的手段和平台。关于全球

---

① 黄鸣奋:《计算机与戏剧艺术的现代变革》,《东疆学刊》2003年第2期。
② 黄鸣奋:《计算机与戏剧艺术的现代变革》,《东疆学刊》2003年第2期。

化,希利斯·米勒提出了自己的观点:"什么是全球化?它既表明一个过程,同时也指一个既成事实。它有时指已经发生了的事情,而有时则指正在发生的事情,或许离完成还有一段长长的距离。"①他还指出,全球化的三个形式中,最具影响力的是新型通讯工具的迅猛发展,其中包括计算机和互联网。毫无疑问,我们正在全球化或已经全球化,而文学也在其中。计算机网络的普及、渗透,对文学发展的趋势,对"世界文学"的理想,对民族文学的关系研究,对比较文学的译介学、渊源学、形象学的研究等,都将带来重大影响。

　　计算机及其网络有可能真正建构起共时性的世界文学时空,这是未来文学发展的一个趋势。在高科技和全球化的语境下,文学的生存空间日益萎缩,文学逐渐边缘化。越来越多的人把时间花在电脑上,原先由小说所提供的文化功能正在被电子游戏、计算机网络所取代。而与此同时,计算机及其网络技术却又使得文学间的交流传播更为密切、频繁、复杂,形成了立体、多维的"世界文学场"。互联网的交互性、即时性、生动性,使文学创作者有一种世界文学的"在场感"。查明建在《"世界文学":网络时代的可能性及其特征》中指出,这个"世界文学场"有以下几个特点:(1)文学写作、传播和阅读的跨民族性会进一步加强。网络文学空间为读者(包括创作者)提供了丰富的文学资源,而网络的交互性使得不同国家、民族之间文学的交流,作家、读者之间的双向沟通更为便捷。(2)文本之间的互文性更加明显。(3)实现文学创作的世界文学语境化。② 1827年,歌德提出了"世界文学"的理想:"民族文学在现代算不了很大的一回事,世界文学的时代已快来临了。"③马克思则指出了实现这一理想的物质条件——统一的世界市场的形成和各民族的广泛交往。可以认为,是计算机网络时代高度发达的信息技术、密切便利的文化交流,为歌德、马克思所说的"世界文学"提供了外部条件。

　　计算机网络技术似乎已经给出这样的许诺:从零开始的写作一样可以面向全世界发表,所以,计算机网络给文学带来蓬勃生命力的同时,也消解了传统文学用宏大叙事来反映人类整体精神的方式,放弃了对日常生活的艺术化、修辞化处理,一味追求纯粹的宣泄,而渐渐远离深刻的苦难意识、忧患意识和批判意识。希利斯·米勒就不无担忧地指出:"首先,一个令人悲哀的事实是,传统意义上的文学在新型的、全球化文化的世界范围内,其作

---

① 〔美〕希利斯·米勒:《论全球化对文学研究的影响》,《当代外国文学研究》1997年第2期。
② 查明建:《"世界文学":网络时代的可能性及其特征》,《中国比较文学》2002年第1期。
③ 〔德〕艾克曼:《歌德谈话录》,朱光潜译,北京:人民文学出版社1978年版,第113页。

用越来越小……文学不再如往日一般是文化的特权的表达形式了,只不过是文化中众多因素中的一个征兆或产品。"①

但是,也有人表现出乐观的态度。吴炫明确表示,不赞成计算机网络对传统文学会带来毁灭性后果的担忧。他认为,计算机网络给文学带来的影响和变化只能是"非文学性"的。"这种文学受'非文学性'的影响,历史上从来没有中断过。所谓'非文学性'的影响,是指我们的生活会随时代的变化而变化,而这种变化必然会影响到文学所使用的材料以及由这些材料的使用所产生的文学语境,自然也会影响到作家的整体价值取向和思维方式。"②黄鸣奋则指出,不论是计算机及其网络技术,还是作为信息科技与文艺联姻之成果的网络文学,"都是人文精神在新的历史条件下的显现,它们绝非人文精神的对立物。一切对实现人与自然的和谐发展负有使命感的有识之士,完全有可能利用信息科技实现自己的抱负,没有必要陷于莫名惆怅与感伤以至于失却良机"③。

在计算机网络和全球化语境下,对文学未来走向的探讨还将持续下去,而文学研究的领域也将进一步扩大、深入。计算机网络时代,机器翻译、网络翻译与文学传播、接收方式的多元化,在一定程度上弥补了纸质翻译文学的不足,也使传统意义上的译者变成了读者,"当译者和译本消失之后,作为外国文学真正影响源文本翻译文学,就面临消失的危险"④。而当跨民族阅读越来越便捷,也就意味着不同民族间的文学关系更为复杂。同时,文化研究迅速兴起,新的比较文学将使文学边缘化,它将比较一切与"文化"相关的东西。

"我坚持认为,文学研究从来就没有正当时的时候,无论是过去、现在,还是将来。……文学是信息高速公路上的沟沟坎坎、因特网之神秘星系上黑洞。虽然从来生不逢时,虽然永远不会独领风骚,但不管我们设立怎样新的研究系所布局,也不管我们栖息在一个怎样新的电信王国,文学——信息高速公路上的沟沟坎坎、因特网之神秘星系上黑洞——作为幸存者,仍然急需我们去'研究',就是在现在,这里。"⑤

---

① 〔美〕希利斯·米勒:《论全球化对文学研究的影响》,《当代外国文学研究》1997年第2期。
② 吴炫:《数字化网络与文学命运》,《文学理论与批评》2004年第4期。
③ 黄鸣奋:《女娲、维纳斯,抑或魔鬼终结者?》,《文学评论》2000年第5期。
④ 宋炳辉:《"网络时代的比较文学"讨论综述》,《中国比较文学》2002年第4期。
⑤ 〔美〕希利斯·米勒:《全球化时代文学研究还会继续存在吗?》,《文学评论》2001年第1期。

【导学训练】

一、本节学习建议及关键词释义

1. 学习建议：

学习本节应注意结合全球化、后现代等背景来理解网络文学兴起的原因以及产生的影响。其中重点学习文学与计算机的互渗关系。

2. 关键词释义：

计算机：我们通常叫做电脑，它是可以事先储存程序，输入指令后即可对各种数值和信息进行自动、快速运算处理的一种现代化电子智能设备。

虚拟现实：即 Virtual Reality，简称 VR，又译作灵境、幻真，是人与计算机之间的一种交互式的可视化操作方式。虚拟现实中的"现实"本身并不是真实的物理的存在，而是通过计算机软件实现的存在，它可以是世界上任何事物或者环境，既能够变成真实的现实，也有可能永远只是一种虚拟和幻想。

二、思考题

1. 网络带来的全球化对民族文化和民族文学意味着什么？
2. 为什么说网络的凡俗化写作意味着话语权的民间回归？

三、可供进一步研究的学术选题

网络语境下的当代文学经典

提示：传统的文学经典一般都具有几个特征：历史性、超意识形态性、思想性。网络媒介则意味着"去经典化"——网络的平等性、自由性、交互性使得话语权被重新分配、知识权威与精英被消解，在网络世界里，文学创作不再是少数精英分子的专利，罩在作家头上的神圣光环褪去了，普通民众也同样拥有话语权。而数字化、拼贴与复制等技术淡化了艺术的独创性，电子文本用"展示"替代了对文学经典顶礼膜拜，导致了文学艺术灵韵的缺失。从另外一个角度来看，中国文学长期存在着一种"经典焦虑"的心态，当代文学亦不例外。而事实可能是：经典意识越淡薄，即非经典意识越强，越有利于文学经典的产生。

【研讨平台】

网络文学的利弊

提示：网络文学的出现，不仅带来了文学观念、文学创作、文学欣赏习惯的变革，也带来了文学价值取向和社会影响力的改变，甚至是文学的裂变。毫无疑问，网络文学扩大了文学的表现内容和范围，它的平等性、开放性、民间性和游戏性把文学带入了一个全新的视界。但是，网络文学的游戏和消解心态成为了深刻的障碍，这也是其致命的硬伤。复制拼贴、超文本写作、多媒体写作等造成写作速度的滚动和作品的重复化，使得表现题材单一化、模式化,文学作品的技术含量超出其审美含量,艺术也不再是"有意味的形式"。

网络文学论纲(节选)

网络文学创作不仅要以机换笔,更离不开换脑、换观念,调整思维模式和写作习惯;网络写作的主体间性、作者分延、匿名上网、面具表演等特点,会使创作更具个人创造性、真我本色性和个性膨胀性,作者在释放"本我"性情的同时也可能主动放弃文学活动的审美承担和社会责任。网络文学传播利用互联网技术实现的蛛网覆盖、触角延伸、咫尺天涯、无远弗届等特点,将"软载体"的文本以数码信息方式撒向"赛博空间",拆卸了除民族语言隔膜以外的所有的时空障碍和传播壁垒,这对于各民族文学交流、文化交流和"世界大文学"观念的形成都是有利的;但网络传播带来的作者著作权保护的失范、经典意义的消失、复制赝品的泛滥、平庸之作与信息垃圾对网络接受者的疲劳轰炸等,也会对人们的阅读选择带来困难。……而从评价机制上说,网络评论的直言不讳和一针见血,将有利于改变文学批评不痛不痒、墨守老套、虚与委蛇的恶习,但网文评论蜻蜓点水、感性直观和拒斥学理与思辨,又有可能造成文学批评的片面性、表面性和粗鄙化。

——欧阳友权:《网络文学论纲》,北京:人民文学出版社2003年出版,第416页。

附:关于"网络文学的利弊"的重要观点

我们十分认同网络文学的民间气质,并把这种自由气质看成是网络文学对于传统文学的最大冲击,但从未来发展的角度而言,显而易见,网络文学的自由书写面对的问题不仅是如何保持既有的自由意识,而更重要的是怎么进一步树立自由的理念,在自由主义的大旗下建立文学的品质。

——蓝爱国、何学威:《网络文学的民间视野》,北京:中国文联出版社2004年版,第305页。

一些触网较早的作家很看重网络文学的"前途",特别是它达成的作者、读者、媒介的互动及间性效果是传统文学不可比拟的。网络时代使"人人成为艺术家"的期待成为可能,所谓大师、经典已成过去,现在追求的是一个"快"字。但在这种"可能"中真正显现"文学性"或提升"文学性"很难,可以说,任何文学包括网络文学都不应是拼盘,更不是单纯娱乐和游戏,它有着一种指向价值的维度,文学只有显现高尚的文学价值,让读者产生回味和鉴赏的欲望,它的存在才不会被质疑。但网络文学发展到现在,在文学层面的提升很有限,相反,在商业运作和娱乐上倒展现出它的魅力。

——范玉刚:《网络文学:生成于文学与技术之间》,《文学评论》2008年第2期。

【拓展指南】

一、重要文献资料介绍

1. 尼葛洛庞帝:《数字化生存》,海口:海南出版社1997年版。

简介：本书研究数字科技给我们的生活、学习、教育和娱乐带来的种种冲击和其中值得深思的问题。

2. 黄鸣奋：《比特挑战缪斯——网络与艺术》，厦门：厦门大学出版社 2000 年版。

简介：本书借助传播学的理论，针对计算机网络时代的电子语言、虚拟现实、信息自由、超文本、通俗文化等问题和现象进行了探讨。

3. 欧阳友权：《网络文学论纲》，北京：人民文学出版社 2003 年版。

简介：本书是研究网络文学基础理论和基本问题的专著，作者首先梳理了互联网时代的文学生态，然后在此基础上深入探讨了网络文学的话语逻辑、人文视野、学理分析、生长样态、主体视界、创作嬗变、接受范式和价值取向等，还对网络文学的发展、未来进行了理性的反思和预测。

二、一般文献资料目录

1. 赵炎秋：《论网络传播对文学的影响》，《社会科学辑刊》2000 年第 4 期。
2. 金振邦：《网络文学：新世纪的文学裂变》，《东北师大学报》（哲社版）2001 年第 1 期。
3. 郭炎武：《试论网络文学的特质及其对传统文学的超越》，《南京师大学报》（社会科学版）2001 年第 4 期。
4. 许列星：《网络文学及其文化思考》，《当代文坛》2002 年第 3 期。
5. 钱旭初：《大众文化时代的文学样式》，《江苏社会科学》2002 年第 6 期。
6. 欧阳友权：《论网络文学的精神取向》，《文艺研究》2002 年第 5 期。
7. 欧阳友权：《网络文学的后现代文化情结》，《文艺理论与批评》2003 年第 2 期。
8. 吴炫：《数字化网络与文学命运》，《文艺理论与批评》2004 年第 4 期。
9. 蓝爱国：《赛博广场上的数字民间——网络文学的民间文化路径》，《文艺理论与批评》2004 年第 5 期。
10. 江冰：《网络文学的传播优势与发展障碍》，《文艺争鸣》2007 年第 12 期。

第四章 异质诗学间性关系研究

第一节 诗学范畴比较

一、诗学范畴比较的定义与特征

（一）定义

"诗学"一词，最早可追溯至亚里士多德的《诗学》，在亚里士多德那里，诗学主要指涉诗和技艺两个方面，经过几千年的演变，至20世纪"诗学"已被用于指涉广义的文学理论。

诗学范畴，是人们对诗学的某一本质关系或属性的概括和反映。诗学范畴比较，是指对跨国度、跨文化的文学理论范畴的比较研究。

我国的比较诗学研究发轫于王国维。20世纪之初，他在《红楼梦评论》、《人间词话》中借用康德、叔本华、尼采的哲学、美学思想对中国传统诗学、美学进行了全新的解读。一般人都注意到了王国维在《红楼梦评论》中以叔本华的"解脱"理论对《红楼梦》的新解，而事实上，叔本华的"解脱"思想又主要来源于东方的佛教。因而，当王国维以叔本华的解脱理论去阐释中国文学时，他实际上又是以东方佛教的"解脱"精神去会通叔本华悲剧理论。20世纪30年代，方孝岳在他的《中国文学批评》中更是以非常敏锐的学术眼光提出了"比较文学批评学"的概念。他强调指出："'五四'运动（民国八年）里的文学革命运动，当然也是起于思想上的借照。譬如因西人的文言一致，而提倡国语文学，因西人的阶级思想，而提倡平民社会文学，这种错综至赜的眼光，已经不是循着一个国家的思想线索所能讨论。'比较文学批评学'，正是我们此后工作上应该转身的方向。"[①]如果说方孝岳的贡献主要在提出了"比较文学批评学"的观念，那么，梁宗岱的贡献则在于将

---

① 方孝岳：《中国文学批评》，北京：三联书店1986年新版，第227页。

这种观念体现在了具体的研究中。在《诗与真》和《诗与真二集》中,梁宗岱以融通中西诗学的广博知识、兼具诗人与诗论家的双重身份,跨越了中西两种理论话语的鸿沟,在中西诗学的相互沟通、相互融会中对"象征"等概念进行了纵横捭阖而又诗意盎然的阐述。一方面,他借用中国传统的诗学观念"兴"对象征主义的"象征"进行了诠释和理解,强调了"兴"与"象征"都具有意在象外的同一特性;另一方面,他又对中国传统诗学观念"兴"进行了创造性的误读,赋予了"兴"以意义不确定的现代性特征。如果说王国维曾经以现代性的精神对传统个别范畴进行了创造性的阐释,那么,梁宗岱则比王国维前进了一步,他在中西诗学交汇的格局中,无论对中方还是西方的诗学概念的内涵和外延都进行了深化和扩充。

20世纪40年代,朱光潜的《诗论》、钱锺书的《谈艺录》都超越了国别的界限、学科的界限,以中国古代文论与西方文论作为双重参照,从古今中外不同文本构成的多重层面上去探讨文艺创作的一般规律,从而在西方文论和中国文论达成的交汇中,独辟蹊径而又视野广阔地阐述了传统诗学命题的深刻内涵和现代性意义。

经过王国维、梁宗岱、朱光潜、钱锺书等人的辛勤耕耘,中国的比较诗学研究已经达到了一个较高的水平。

不过,虽然中国的比较诗学研究在20世纪之初就已经发生,然而,"比较诗学"作为一个具有特定含义的专门术语,则是由当代法国学者艾金伯勒于1963年提出来的。这一时期,法国学派以国际间文学相互影响的具体史实为研究范围,以事实材料的考证为方法的研究模式被突破,美国学派提倡的对文学内部美学品格的审美综合研究受到重视。正是在这种潮流的冲击下,法国学派的"叛逆者"艾金伯勒提出了"从比较文学到比较诗学"的观点。在《比较不是理由》一文中,艾金伯勒指出,"历史的探寻和批判的或美学的沉思,这两种方法以为它们是势不两立的对头,而事实上,它们必须互相补充;如果能将两者结合起来,比较文学便会不可违拗地被导向比较诗学"①。由于对处于不同文化背景中的文学审美规律的探讨已日益获得越来越多的不同国家的比较文学研究者的认同,不同文化、国家的文学理论也开始大规模地进入比较文学场域。

20世纪70年代以来,比较诗学日益受到台港澳及海外华人学者的重

---

① 〔法〕艾金伯勒:《比较不是理由》,见《比较文学译文集》,上海:上海译文出版社1985年版,第116页。

视。1973年,刘若愚出版了海外第一部中西诗学比较的代表作《中国文学理论》。在本书中,他借用艾布拉姆斯提出的"世界—作品—艺术家—欣赏者"四要素理论来阐释中国传统诗学,将中国传统诗学分为六个大类——"形上论"、"决定论"、"表现论"、"技巧论"、"审美论"和"实用论",从而在中西文论的互识互证中建构了具有现代性意义的中国诗学的系统理论。

如果说刘若愚借助西方诗学的方法对中国古代诗学予以了谨严的分析和逻辑的归纳,比较研究的重心在求同,那么,20世纪80年代出版的叶维廉的《比较诗学》则将这种比较研究的重心由求同转向求异,由以西方诗学为标准转向注重中西诗学的平等对话。叶维廉认为,东西方文学分属于不同的文化模子,而每种模子各有其自己的优长和局限性,彼此之间存在着差异性。因而,比较诗学研究者必须具备主客"换位"之思,所谓"换位"就是"我们必须放弃死守一个'模子'的固执,我们要从两个'模子'同时进行,而且必须寻根探固,必须从其本身的文化立场去看,然后加以比较加以对比",只有这样,才能分辨出不同的美学据点,进而在明了二者的基本差异性的基础上去寻求跨文化、跨国度的共同文学规律。①

从80年代初开始,中国大陆的比较诗学也获得了迅猛的发展。其中,曹顺庆的《中西比较诗学》和黄药眠、童庆炳主编的《中西比较诗学体系》是其中最为突出的代表性著作。

曹顺庆的《中西比较诗学》出版于1988年,这是中国大陆出版的第一部以"比较诗学"命名的著作。在本书中,作者选取了本质论、起源论、思维论、风格论、鉴赏论五个方面作为基本的理论骨架,在这五大理论骨架之下,又联结着诸多与此密切相关的23个不同的中西诗学范畴。作者既在纵向上开掘了这些范畴所具有的内涵,又在横向上广泛地拓展了它们之间的同一性与差异性关系,显示出了一种系统性的眼光和气魄。黄药眠、童庆炳主编的《中西比较诗学体系》出版于1991年。这部著作分为三编:第一编比较中西诗学的文化背景,第二编比较若干中西诗学范畴,第三编为影响研究。这三编既相互独立又相互联系,形成了一个开放性的整体结构;而在这种开放性的整体结构中,又处处充满着辩证的思维和悖反的张力。无论是背景比较,还是诗学范畴比较、影响研究,作者都力图遵循对话性和汇通性的原则,将研究对象与具体显现境遇及其中西诗学的历史语境结合起来加

---

① 叶维廉:《东西比较文学中模子的应用》,见温儒敏、李细尧编《叶维廉比较论文选》,北京:北京大学出版社1986年版,第11、32页。

以探讨。这种以对话的逻辑来进行的诗学研究,超越了固有单向诗学研究模子的限制,不仅破译了中西诗学之具体显现形状的基因构造,也显现了中西诗学的共相,从而开拓了中西诗学研究的视野和空间。

除此以外,乐黛云、王宁主编的《超学科比较文学研究》,狄兆俊的《中英比较诗学》,朱徽的《中英比较诗艺》,余虹的《中国文论与西方诗学》,刘介民的《中国比较诗学》,陈跃红的《比较诗学导论》等也是20世纪80年代以来涌现出来的中西诗学比较方面的代表性论著。

(二) 特征

诗学范畴比较主要有三个方面的特征,即:可比性、整体性、历史性。

可比性。可比性是指两个研究对象主体中存在的一种主体间性关系,是研究对象中内含的一种逻辑上的相关性和内在的联结点,它是诗学范畴比较得以展开的前提条件。诗学范畴比较的可比性主要包括影响研究的可比性和平行研究的可比性两个方面。判断诗学范畴影响研究的可比性较为容易,不同国家、不同文化体系的诗学范畴之间只要具有某种事实材料上的联系,那么,我们就可以判定比较对象具有可比性。不过,判定诗学范畴平行研究的可比性则相对较为困难。一般而言,彼此没有直接影响和亲缘联系的不同国家或文化体系间的诗学范畴进行比较的前提,是它们之间必须具有某种内在结构上的相似性或体现某种共同的美学价值关系。也就是说,我们在对不同国家或文化体系间的诗学范畴进行平行比较时必须注意两个问题,一是必须通过逻辑推理在比较对象之间建立一种美学价值的相关性之后才能进行,一是必须把比较的问题提到一定的对话平台之内,也就是就比较对象共同关心的诗学问题或话语层面提出一个融合不同诗学视野的普遍有效的合法性标准,使不同国家或文化体系间的诗学范畴之间具有可比性,从而从一个融合不同诗学视野的普遍有效的合法性标准中比较出比较对象或类同或相异、或形同而神异、或同中有异或异中有同等多种多样的关系。

整体性。所谓整体性,是指对不同国家、不同文化体系的诗学范畴进行比较时,一定要注意被比较的诗学范畴与诗学体系、文化体系的联系。我们知道,任何诗学体系、文化体系中的诗学范畴都是由整体而来的部分,它们都必然受到特定的诗学体系、文化体系的影响。因而,我们在进行诗学范畴比较时,一定要注意诗学范畴与诗学体系、文化体系相互依赖、相互影响的关系。例如,要理解中国诗学范畴"文道论"和西方的"理念说",就不能不深入把握中国诗学的哲学基础"天人合一"论和西方诗学的哲学基础"天人对立"论。要理解中国诗学"妙悟论"与西方诗学范畴"迷狂说",就不能不从文化深层结构去把握中国传统文化推崇的禅定虚静的思维方式与西方传统文化推崇的外放式的思维方式。只有这样,我们才能不仅了解单个范畴表现出来的文学现象的特殊性质,而且也可以对文学现象的一般属性及其本质规律作出系统和科学的阐释。

辩证性。所谓诗学范畴比较的辩证性,就是我们在进行不同国家、不同文化体系的诗学范畴比较时,要注意被比较对象之间的对立统一关系。任何诗学范畴都具有两重性特性,它们存在于同一个范畴之中,既相互对立,又相互统一。诗学范畴所内含的这种两重性特性决定了被比较的诗学范畴往往以对立统一的形式存在,它们一方面相互对立,另一方面又相互联通、相互转化。像中国的"文道论"与西方的"理念说",中国的"阴柔""阳刚"说与西方的"优美""壮美"论,中国的"教化"说、"温柔敦厚"说与西方的"净化"说和"寓教于乐"说,就都存在着同中有异、异中有同的关系。而另一方面,由于任何一部诗学史在一定意义上又可以说是一部诗学范畴传承、更新、嬗变的发展史,因而,不同诗学范畴的同异关系在特定的条件下又是可以相互转化的。像20世纪中国诗学对西方"纯诗""知性"等的吸纳与消化,就是将他者之异转化为自我诗学血肉的典型例证。

二、诗学范畴比较的主要研究范围与内容

一个国家、文化体系诗学的形成,在很大的层面上是由一些范畴按照特定的逻辑层次和关系建构起来的。不同国家、文化体系的诗学范畴虽然在总体上显现出较大的差异性,像中国诗学范畴具有象喻性、浑化性的特征,西方诗学范畴具有推理性、明晰性的特点,然而,不同国家、不同文化体系的诗学范畴都是人们对诗学的某一本质关系或属性的概括和反映,它们在元范畴、中心范畴、衍生范畴等方面具有一定的相似之处。而且,诗学范畴又具有非常明显的辩证发展的特性,在历史的发展中,一个国家、一个文化体系的诗学范畴往往会对另外一个国家、文化体系的诗学发生重要的影响。由此看来,诗学范畴的比较主要可以从诗学范畴的平行研究和诗学范畴的影响研究两方面来展开。

(一) 诗学范畴的平行研究

1. 诗学的哲学基础论比较

任何一个国家的诗学的独特性首先来源并体现于其独有的哲学基础之

上。中国古代社会是一个以农业经济为主体的社会,在这种农业性社会中,人们日出而作,日入而息,人与自然的关系非常亲密。于是"天人合一"就成了中国儒家、道家、佛家等共同的哲学观。儒家认为,"能尽人之性,则能尽物之性。能尽物之性,则可以赞天地之化育。可以赞天地之化育,则可以与天地参矣"(《中庸》)。道家讲究"人法地,地法天,天法道,道法自然"(《老子》第二十五章),认为人们只有遵循自然之道而行,才能获得真正的自由。禅宗认为,人的自由必须借助"顿悟"而获得,而这种"顿悟"只有在人与自然保持亲密无间的对话中才能实现。

就总体的哲学根源看,天人合一作为中国这一农耕民族保守、稳定的生活生成的宇宙观和认识论,对中国古代诗学心物一元论有着决定性的影响。《礼记·乐记》中的"应感起物而动,然后心术形焉",刘勰《文心雕龙》"感物吟志,莫非自然"中的"感应",钟嵘《诗品序》中的"气之动物,物之感人,故摇荡性情,形诸舞咏",就都是由"天人合一"的思想演化而来的。它们都强调说明了主客体之间那种相亲相和的关系。

与之相反,西方古代文明滥觞于爱琴海区域,海上贸易在促进了古希腊商业繁荣的同时也使人们更为尖锐地感受到了人与自然的对立。从古希腊开始,天人对立就成为了西方人看待自然和把握自然的哲学观。这种天人对立的哲学观对西方诗学心物二元论发生了决定性的影响。

柏拉图认为,世界上万物的本源是"理念",文艺是对"理念"的模仿的模仿。① 康德宣称:"自然界的最高立法必须是在我们心中","理智的(先天)法则不是从自然界得来的,而是理智给自然界规定的"。② 黑格尔则在《美学》第一卷中开宗明义地对美进行了定义:"美是理念的感性显现"③。在黑格尔这里,"绝对理念"仍然是世界万物的来源,它不仅是自然的主人,也是艺术美的源泉。

从总体上说,中西不同的哲学观生成了中西诗学不同的风貌。首先,人与自然的关系形态不同。西方的"心物二元论"将人与自然的关系看成了主体与客体的关系,人是主体,而自然则是人认识的客体。而中国的"心物一元论"则将人与自然的关系看成主体间性关系,人是主体,自然也是主体。这是庄子在《庄子·齐物论》中强调"齐物我、一死生"的重要原因。其

---

① 〔古希腊〕柏拉图:《柏拉图文艺对话集》,北京:人民文学出版社 1979 年版,第 656 页。
② 〔德〕康德:《未来形而上学导论》,庞景仁译,北京:商务印书馆 1982 年版,第 92 页。
③ 〔德〕黑格尔:《美学》,朱光潜译,《美学》第一卷,北京:商务印书馆 1979 年版,第 135 页。

次,从超越的方式来看,由于强调"心物二元论",西方人主张外在超越说,认为人只有不断地认识自然、探寻自然界的规律与真理才能实现人的超越。而由于强调心物一元论,中国人则主张内在超越说,认为价值之源内在于一己之心而外通于天地万物。因而,"人道"就是"天道",个人只要"反求诸己",每日"三省吾身",他就可以知"天道"。再次,从审美形态看,西方的心物二元论偏于动态地以我观物,它认为人的自由是以自我张扬为前提的,这就使西方人获取生命自由的方式更带一种"外放性"。而中国心物一元论的宇宙图式的获取,是以人对于自然的顺应和服从为前提的,这就不能不使它的图式结构趋向于一种静态性和封闭性。

2. 诗学体验方式论比较

思维是主观世界对人的特定的实践方式的反映。中西文化在多元演进过程中,因不同社会实践方式的差异,生成了各自不同的思维方式。大致而言,中国文化偏重内向型的感性思维,西方文化偏重外向型的理智思维。主客合一的哲学基础决定了中国诗学的内向型感性思维方式。说它是内向型的,是指中国诗学习惯于将主客观事物作为封闭的整体来考察与理解;说它是感性的,是指它很少对诗学观念、诗学范畴给予严密的逻辑分析和系统的演绎推理,而是推重感性与悟性。这种内向型的感性思维的优长是有利于对事物作整体性的把握,它的局限是由于过分偏重感性而忽视理智分析,导致了中国诗学范畴、命题都具有较明显的模糊性与笼统性,像"道"、"气"等中国古代诗学中的本源性范畴,就由于缺乏严格的科学界定和逻辑分析而具有模糊性和不确定性的特点。从根本上说,中国古代诗学感性思维关心的不是某种终极价值的根据或理性的认识结果,而是自我的情感体验。"悟"这一范畴就充分地显现了这一诗学思维的非理性特色。

"悟"原是佛教中渗透佛理的一种修行方式,中国化的佛教——禅宗所谓的"悟"则指涉一种排除逻辑推理的完全独特的个体的感性领悟。至唐宋,"以禅喻诗"、"以禅论诗"成为一种非常普遍的现象。宋代诗学家吴可在《学诗诗》中提出了"学诗浑似学参禅"之说,此后,龚相、赵藩等都在《学诗诗》中再次提出了"学诗浑似学参禅"之论。而真正将"以禅喻诗"、"以禅论诗"推向高峰的是南宋末年的严羽。他在《沧浪诗话·诗辨》中对诗道与禅道的关系进行了深入的论述:"大抵禅道唯在妙悟,诗道亦在妙悟。且孟襄阳学力下韩退之远甚,而其诗独出退之上者,一味妙悟故也。唯悟乃为当行,乃为本色。"至此,"悟"这种中国传统的审美体验的方式也第一次被较为系统地进行了深入的论述。

与之非常不同的是,西方人更为关注的是"美是什么"的本体论问题,这种关注导致了西方人偏重"理性"分析的审美体验方式。理念大师柏拉图认为,人只有通过理性才能认识具有宇宙本体特征的理念世界。他指出:"人应当通过理性,把纷然杂陈的感观知觉集纳成一个统一体,从而认识理念。"①柏拉图将理性看成为人和自然的本体,将理性看成高于感性的思维发展的最高阶段,他的这种观点对后世发生了重要的影响。中世纪,虽然整个欧洲被宗教神学所统治,然而,理性在宗教哲学中仍然占据着重要的位置。被称为"经院哲学之父"的安瑟尔谟(St. Anselmus,1033—1109)就强调指出,"信仰要求理性","我们信仰所坚持的与被必然理性所证明的是同等的"。② 文艺复兴时期,培根(Francis Bacon,1561—1626)在理性和感觉的比较中,也将理性的思维看成认识事物本质的必要条件。他认为,"感觉包含意志和情感的主观因素,不能符合科学的客观要求,没有理性的指导,感觉本身是迟钝、无力的,有时甚至产生出有欺骗性的表象,被伪科学所利用"③。至黑格尔,理性思辨被推上了新的高峰。黑格尔认为,"理性是宇宙实体",而美、艺术仅仅是通达最高的哲学境界、"绝对精神"的前奏。在《法哲学原理》的序言中,他更是宣称:"凡是合乎理性的东西都是现实的,凡是现实的东西都是合乎理性的。"④由此看来,从柏拉图到黑格尔,西方对"美的理念"的体验是一个不断思考、追求知识真理的过程,而"理性"则是用以概括和说明西方独特的审美体验思维方式的主要范畴。

从上面所述来看,西方偏重于理性的审美体验方式与中国偏重于"悟"的审美体验方式的差异是较为明显的。具体而言,这种差异又主要表现为:首先,"理性"属于概念逻辑化的思维。它的展开过程往往是概念内涵和外延的逻辑推演过程,因而,它注重的是概念的明晰和逻辑的明晰严整。而"悟"则带有较强的直观性、感悟性色彩。中国古代诗学中有大量的概念、范畴以及对于概念、范畴的描述,但它们并不以推理的方式来展开,中国古代诗学的观点也有展开过程,但这种展开过程往往是比喻式的,带有强烈的主观情感性的色彩。其次,"理性"关注的是外在世界的精确化与形式化,事物各部分的大小、物质各部分之间的形式与比例,都是理性关注的重点。

---

① 〔古希腊〕柏拉图:《西方哲学原著选读》,北京:商务印书馆1982年版,第75页。
② 〔意〕安瑟尔谟:《西方哲学原著选读》,北京:商务印书馆1985年版。
③ 赵敦华:《西方哲学简史》,北京:北京大学出版社2005年版,第247页。
④ 〔德〕黑格尔:《法哲学原理》序言,北京:商务印书馆1997年版。

而"悟"则总是将对象作为一个整体来看待,它也注意部分,但反对离开整体谈部分。如果说理性注重的是事物外在的形似,那么"悟"注重的就是事物在内在精神和本质特征的神似。

3. 诗学目的论比较

中国诗学以天人合一论为哲学依据,以感性思维为思维方法,它关注的是自我的内在超越和德性之知,突出的是求善的审美目的。这就意味着中国诗学在追求其价值实现时,关心的重点不是"美是什么"的问题,而是如何做才是美的问题。儒家强调:"经夫妇、厚人伦、成孝敬、变风俗,莫过于诗。"[1]显然,在儒家这里,美具有浓厚的功利色彩,它不能脱离善单独存在,而必须以善为前提和内容,只有合乎善的事物才是美的事物。像孔子在《论语》中就认为,"韶"乐之所以达到了美的极致,是因为"韶"乐"尽美矣,又尽善也";"武"乐之所以未达到美的极致,是因为它"尽美矣,未尽善也"。东汉的许慎在《说文解字》中解释"美"时写道:"美,甘也。从羊从大。羊在六畜主给膳。美与善同意。"许慎这里所说的美就仍然是一种以道德之善为价值取向的美。可见,在其本质上中国古代诗学就是道德化的诗学,这种以道德为目的的诗学肯定的是内在的道德之善。

西方诗学一直以天人之别论为哲学基础,具有非常浓厚的理性思辨色彩。它突出强调的是主体能否认识以及怎样认识等一系列的认识论问题,在这种认识论的主宰下,西方诗学贯注着一种严谨的科学精神。人类与世界存在之真成为它孜孜以求的目标。柏拉图认为,美来自于美的理念。这个"美的理念"既是美自身,又是客观的"真",因而,对美的理念的追求过程就同时是对真理的追求过程。法国古典主义者布瓦洛(Nicolas Boileau-Despreaux,1636—1711)也将美与真联系在一起,将美学的对象等同于知识的对象。他强调指出,"只有真才美,只有真才可爱;真应统治一切,寓言也非例外"[2]。法国艺术家罗丹(Auguste Rodin 1840—1917)强调指出,"美只有一种,即宣示真实的美"。在他看来,真是美与艺术的前提,丧失了真,美与艺术也就无从谈起。[3]德国当代哲学家海德格尔在美与真善的关系问题上也倾向

---

[1] 郑玄、孔颖达:《毛诗正义·关雎》,《十三经注疏校勘记》上册,北京:中华书局1979年版,第262页。

[2] 〔法〕布瓦洛:《诗简》,北京大学哲学系美学教研室编《西方美学家论美和美感》,北京:商务印书馆1980版,第81页。

[3] 〔法〕罗丹:《罗丹艺术论》,北京:人民美术出版社1978年版,第50页。

于以真为美。他将"美"界定为:"美是真理作为无蔽而发生的方式之一。"[①]这就是说,美与真理是统一的,凡美的就必然是真的,而一切真的也都是美的。

诗学目的的不同也影响了中西诗学中对主体的建构。首先,西方注重为知识而求知识,因而,西方的主体性往往偏重认知主体而忽视道德主体与社会主体。西方人只讲契约关系,不重血缘亲情,应该说都与对认知主体的偏重有关。而中国更为注重主体的完整性,所谓的"内圣外王",就是认为只有集认知主体、道德主体、社会主体于一身者才是值得肯定的主体。其次,由于片面强调"真"而忽视"善",西方人在极大地张扬自我个性时,自我与他人的关系也极为紧张。而中国由于注重美与善的联系与一致,因而,非常注重主体的互动。像儒家倡导的"仁",就是要求社会中的每个个体都要待人以诚,和睦相处。再次,由于过分强调内在的道德之美,忽视对外在世界的认知,中国的主体一般缺乏较为强烈的对人类与世界之真的科学认知与理性探寻意识。而由于偏重追问存在之真的意义和价值,因而,西方的主体一般具有较为强烈的科学探索精神。

(二)诗学范畴的影响研究

20世纪之前,中国古代诗学一般不对范畴进行逻辑严密的科学界定,因而,像"道"、"气"、"太极"等中国古代诗学中的本源性范畴的外延与内涵常常是模糊不清的。中国诗学要实现从古典向现代的转变,诗学范畴的准确性与科学性的确立和构型就是势在必行。因而,从20世纪初开始,中国现代诗学家在学习和借鉴西方的过程中立足中国诗学现代性的发展需要引入了大量的西方现代诗学范畴,这些范畴为中国现代诗学家在反思自己的古代诗学中建构现代性诗学体系提供了一个全新的参照系。

一是直接从西方现代哲学与诗学范畴中引用范畴,运用到中国现代诗学文本之中。像"纯诗"、"契合"、"本体"、"意志"、"象征"、"知性"、"抽象"、"张力"、"包含的诗"、"知觉"、"非个人化"、"客观对应物"、"机智"、"潜意识"、"本能"、"内生命"、"超现实"、"意象"、"颓废"、"宇宙意识"、"创作法则"、"审美"、"主体"、"象征主义"、"现代主义"、"想象"、"直觉"、"晦涩"、"表现"、"陌生化"、"构架"、"张力"、"情结"、"原始意象"、"集体无意识"、"个体无意识"、"原型"等其实都是西方现代哲学与诗学概念。这

---

① 〔德〕海德格尔:《艺术作品的本原》,《海德格尔选集》,孙周兴编,上海:上海三联书店1996年版,第276页。

些输入的外来范畴极大丰富了中国诗学的理论资源储存,拓展了中国诗学的审美空间,促进了中国诗学从思维模式到研究方法的转型。像西方现代主义诗学"纯诗"论就是中国现代主义诗学引入的理论轴心与核心范畴。中国现代主义诗人从李金发到穆木天、梁宗岱,再到纪弦、洛夫,都以对"纯诗"的倡导来强调诗的独立性。李金发的"艺术上唯一的目的,就是创造美"①的观点,穆木天的"要求诗与散文的清楚分界"的"纯粹诗歌"的主张②,梁宗岱的纯诗是一个"绝对自由、比现世更纯粹、更不朽的宇宙"的说法③,纪弦反对诗歌语言音乐化的"诗"与"歌"分离的理论④,北岛对"一个自己的世界"、"一个真诚而独特的世界"的强调⑤,其目的都是要为诗的领域划定界限,确立诗学领域的有效原则,正是这种划界和对纯诗的强调,使李金发等人的诗学在20世纪的中国奏鸣出了与启蒙现代性主潮相对峙的审美现代性的副部主题曲,形成了20世纪中国文学启蒙价值与审美价值、文本价值与现实价值、自我价值与社会价值双向互动的格局。

"知性"也是中国现代主义诗学引入的理论轴心与核心范畴。在西方,知性这个词的英文是 intellect,它本身就包含有智力、理解力、领悟力、思维能力等含义。作为一个范畴,它在西方哲学和诗学发展史上并未获得共识,不同的哲学家和诗学家分别赋予了它不同的含义。其中特别值得关注的是康德的阐释。康德认为,"如果要把一般的认识能力称为知性(在这个词的最广义上——即智性),它就必须包括:对给予的观念的把握能力,以产生直观;对许多事物共同东西的抽象能力,以产生直观;以及思考能力,以产生对象的知识"⑥。我们之所以说康德对知性的这种阐释值得特别关注,是由于这种阐释与后来艾略特、里尔克等后期象征主义诗人对知性的诗学阐释意义接近。艾略特要求诗人应具备一种"对思想直接的质感体悟"能力⑦。在艾略特看来,诗人在创作中"知性越强就越好,知性越强他越可能有更多

---

① 李金发:《烈火》,《美育》1928 年第 1 期。
② 穆木天:《谈诗》,《创造月刊》1926 年创刊号。
③ 梁宗岱:《谈诗》,《人间世》1934 年第 15 期。
④ 纪弦:《战斗的第四年,新诗的革命》,《现代诗导读·理论史料篇》,台北:故乡出版社 1979 年版,第 389 页。
⑤ 北岛:《百家诗会》,《上海文学》1981 年第 5 期。
⑥ 〔德〕康德:《实用人类学》,重庆:重庆出版社 1984 年版,第 15 页。
⑦ 〔英〕艾略特:《玄学派诗人》,《艾略特诗学文集》,北京:国际文化出版公司 1989 年版,第 30 页。

的兴趣"①。里尔克认为,"比一切更不可言传的是艺术品,它们是神秘的生存,它们的生命在我们无常的生命之外赓续着"②。艾略特、里尔克在这里都强调了可见世界与不可见世界、物质世界与抽象世界的转化。事实上,艾略特与里尔克的一生都是在对事物的不断质询中去努力抵达对生活表象的超越和升华的彼岸。

　　从20世纪初开始,中国现代主义诗学以一种较为自觉的方式,逐渐转向了对于诗的"知性"的现代性追求。在《论中国新诗的新途径》一文中,金克木就借鉴了艾略特的经验论和瑞恰慈的综合感论,在中国现代诗学史上第一次提出了"主知诗"的主张。他强调指出,主知诗与主情诗不同,它以智为主,"不使人动情而使人沉思","极力避免感情的发泄而追求智慧的凝聚"。至1950—1970年代,台湾现代主义诗人纪弦、覃子豪等沿袭着这种思路继续发扬以理智节制情感的诗学主张。纪弦宣称:"知性之强调,这一点关系重大,现代主义之一大特色是:反浪漫主义的。重知性而排斥情绪之告白。单是凭着热情奔放有什么用呢?读第二遍就索然无味了。"③纪弦在这里将知性与冷静、客观、深入的理智联系在一起,这意味着知性的确立是经过诗人的理智对情感的处理从而为诗人理解和把握的。然而,理智与情感相联这一点又恰恰是知性生命之所在。情感需要理智来控制,但理智也不能完全脱离情感而发生作用。对此,蓝星诗社创始人之一的覃子豪较之纪弦有更为深入的认知和理解,他说:"理性和知性可以提高诗质,使诗质趋于醇化,达于炉火纯青的清明之境,表现出诗中的含意。但这种表现非藉抒情来烘托不可。浪漫派那种肤浅的纯主观的感情发泄,固不足成为艺术,高蹈派理性的纯客观的描绘缺少情致。最理想的诗,是知性和抒情的混合物。"④现代主义的诗思方式在覃子豪这里得到了更为周全的表述。它显示,单一的理智之理或单一的感情之情都不足以构成最理想的诗,如果说感情与理智分别构成理想之诗的主体,那么,一方面感情应该让理智感受生活经验大地对它的厚爱,另一方面,理智应该让生活之激情绽放为智慧的花朵。而在洛夫看来,思想这种知性内涵的来源主要与对个体生命的哲学感

---

　① 〔英〕艾略特:《玄学派诗人》,《艾略特诗学文集》,北京:国际文化出版公司1989年版,第31页。
　② 〔德〕里尔克:《给一个青年诗人的十封信》,北京:三联书店1994年版,第1页。
　③ 纪弦:《现代派信条释义》,《现代诗导读·理论史料篇》,台北:故乡出版社1979年版,第388页。
　④ 覃子豪:《新诗向何处去?》,《蓝星诗丛刊》第1辑,1957年8月狮子座号。

悟与客观世界的超越性认知相联系。他认为,"诗中知性的存在,实在是时代精神象征的存在,最高层次生命价值的存在",它"是对生命的体认,生命真谛的探索"。① 真正伟大的诗人对于生命与生命真谛无不贯注着温爱与关切,作为一种生命有机体,那些千百年来被诗人们一而再、再而三体验到的思想之所以能穿越历史的时空而在今日的世界中熠熠生辉,就在于这些思想总是来源于诗人对生命存在乃至历史文化的反思。洛夫上面所阐述的知性内涵,就并非单纯的观念形态,而是从诗人对生命与时代的感悟中提炼出来的思想,是从客观世界的对象物中抽取出来的普遍性规律。由此,在洛夫所谓的知性后面,人们就发现了一种穿越时间的宏大的宇宙现象的超越意识。思想等知性内涵也因此一面指向着人的普遍性,另一面也指归着历史文化的积淀。至此,西方的知性范畴在不断的被理解、阐释过程中才消除了西方现代主义话语陌生的他性,而真正化为了中国现代主义诗学架构中的血肉。

二是以西方现代哲学与诗学思想改造中国古代诗学范畴,赋予古代诗学范畴现代性意义。由于中国古代诗学一般并不对范畴进行精确的界定,因而,中国古代诗学范畴的外延和内涵具有极大的模糊性。以现代的诗学体系的一般要求对古代诗学范畴进行现代性阐释,将古代诗学范畴转换成现代时空境遇中能够被人理解的范畴,无疑是古代诗学价值的现代性转换的一种有效方法。如境界说本为中国古代诗学范畴,但朱光潜、梁宗岱等现代诗学家却以西方现代诗学范畴契合说进行阐释,朱光潜认为境界就是"情趣与意象契合"②。梁宗岱认为"物我或相看既久,或猝然相遇,心凝形释,物我两忘,不知何者为我,何者为物"的境界就是契合,与"景中有情,情中有景"相比,"物我两忘"的"景即是情,情即是景"的情景配合形态才是象征的"最高境",它使外物和诗人达到了互为交汇、互为融合的境界③。还可以"兴"为例。"兴"本是中国古代诗学中的重要范畴,梁宗岱却借用西方现代诗学概念"象征"对其进行现代性阐释。他认为,"象征"和《诗经》里的'兴'颇近似"。他说:"《文心雕龙》说:兴者,起也;起情者依微以拟议。所谓'微',便是两物之间的微妙的关系,表面看来,两者似乎不相联系,实则是一而二,二而一。象征底微妙,'依微拟议'这几个字颇能道出。"④这里,

---

① 洛夫:《中国现代文学大系·诗卷》序言,台北:巨人出版社1972年版。
② 朱光潜:《诗论》,北京:三联书店1984年版,第51页。
③ 梁宗岱:《象征主义》,《诗与真·诗与真二集》,北京:外国文学出版社1984年版,第69页。
④ 同上书,第67页。

梁宗岱在阐释象征的这种本体内涵时，巧妙地运用了中西理论相互阐发、相互印证的方法。一方面，他借用中国传统的诗学观念"兴"对象征主义的"象征"进行了诠释和理解，强调了"兴"与"象征"都具有意在象外的同一特性；另一方面，他又对中国传统诗学观念"兴"进行了创造性的误读，赋予了"兴"以意义不确定的现代性特征。由此，梁宗岱就在中西诗学范畴的互识、互证之中实现了"本土化"与"现代化"的结合。

由上可见，无论是范畴的引入还是范畴的新解，他们带来的都不仅是范畴的变化，而且也是观念与思维的变化。

三、诗学范畴比较的研究前景

自20世纪初以来，诗学范畴比较日益受到我国学界的重视，相关的著作与论文也纷纷涌现。但总体看来，这些研究成果呈现出一种偏重单向阐发研究的格局，大部分论著在进行诗学范畴比较时，往往将中国古代、现代的诗学范畴当做了西方诗学范畴的例证，这种研究的结果，就是人们在看完这种诗学范畴比较后，基本上很难体察到中国诗学范畴独特的价值及其范畴体系。正是有鉴于此，我们认为，当前的诗学范畴比较还有很大的空间可以拓展。具体而言，在新的世纪，诗学范畴比较的研究前景主要表现在对传统诗学范畴的进一步梳理与现代化改铸以及对不同的诗学范畴的进一步贯通与融合上。

首先，是对传统诗学范畴的进一步梳理与现代化改铸。中国传统诗学范畴虽有元范畴、中心范畴、衍生范畴等较为明显的诗学范畴层次，但许多诗学范畴的意义是不确定的。这种不确定有时是来自界定的模糊，像"气"、"神韵"等范畴就是这样；有时则来自范畴内涵的贯通性与互渗性，像"文道论"这个范畴就既属本体论又属作品论，"穷而后工"这个范畴，就既属作家论又属批评、鉴赏论。这些范畴与西方对应的范畴进行比较时，我们就需要做两个方面的工作，一是在诗学史的动态过程中对这些诗学范畴与其他诗学范畴的联系进行历史化的梳理，在对诗学史发展的线索和内在逻辑进行历史化还原过程中准确地揭示各范畴内涵的逻辑展开过程以及它们的真实含义。二是要将这些传统范畴投射到现代哲学观照的层面上，观照的过程就是将这些传统范畴原始的意义通过一个重写过程而使它具有一种现代性。从历史性的视角看，在任何时代段落里，传统范畴都需要这种重新阐释和重新书写，只有这样，它才能在流动的时间中不断获得新的意义，并成为一个动态的开放体系。

其次，是对不同的诗学范畴的进一步贯通与融合。作为一个独立系统的诗学，只有在面临另外一种诗学系统的冲撞时，它的许多曾经似乎是天经地义、不容怀疑的诗学范畴意义层面才会面临一种被追问和拆解的境遇。就此而论，作为人类文明发展序列中的一个方面或侧面而存在的不同国家、不同文化体系的诗学范畴、并不存在着优劣、先进与落后的分明界限。因而，在诗学范畴比较的过程中，一方面，研究者要努力打破目前或偏重中西现代诗学范畴影响研究或偏重中西古代诗学范畴平行研究的局限，设法打通古今，在中国诗学范畴与西方诗学范畴、梵语诗学范畴与中国诗学范畴、中国诗学范畴与日本诗学范畴等之间展开广泛、深入的对话。另一方面，研究者既不能以西方诗学为标准，又不能以中国传统诗学或其他国家的诗学为标准。无论是哪一个国家的诗学范畴，都必须提高到中外融合的世界性高度进行重构。只有这样，中外诗学的融合才不会是一种单向施动的生成物，而是双向互动同步发生的结果。这种双向互动必然导致不同的诗学摆脱那种以自我为中心造成的孤立状态，通过平等对话，达到相互沟通、相互补充的效果，进而生成一种印度文化、伊斯兰文化、中国文化、西方文化等世界性的多元文化相互交融、并存互补的普适性的诗学原理。

【导学训练】

一、本节学习建议及关键词释义

1. 学习建议：

学习与把握诗学范畴的含义、特征，了解诗学范畴比较的范围与内容，对不同国家、文化体系的重要诗学范畴应能理解并记忆。建议从资料入手，进行具体诗学范畴的比较实践。

2. 关键词释义：

契合：又译为"通感"，即人的五官感觉视觉、听觉、味觉、嗅觉、触觉等互相交感替换、融会贯通。契合是现代诗学重要的审美范畴，但作为文学艺术的重要审美方式和艺术手法，并非现代主义诗学首创。西方和中国古典诗学中，通感手法不胜枚举。

文化模子：美国华裔学者叶维廉最早提出的概念，它是中西比较诗学中一个非常重要的研究方法。叶维廉认为，文化模子就是以某种价值原则为根据形成的历史生活传统，每个国家的文学都根植于不同的"文化模子"当中，它们之间不存在优劣之分。因而，要寻求跨文化、跨国度的共同的文学规律（commonpoeti-cs）和共同的美学据点（common aesthetic grounds），必须放弃死守一个模子的固执，而应该采取一种互为主客、互照互省的方法对研究对象加以比较和对比。

二、思考题

1. 试述典型与意境的联系和区别。
2. 试述《文心雕龙》中"神思"与西方文艺理论想象论的关联。

三、可供进一步研究的学术选题

比较阳刚和崇高之美的异同

提示：在西方，从古罗马朗吉弩斯，中经博克、康德、叔本华、尼采，直至现代的桑塔耶纳；在中国，从先秦的《易经》、孟子、庄子，中经宗炳、王夫之、姚鼐、曾国藩，直至现代的鲁迅，都有相关论述。可从哲学、美学、心理学等比较大的范围来进行历时性动态比较。

【研讨平台】

西方现代诗学范畴"晦涩"在中国的流传

提示：西方现代主义诗人认为，现实世界和自然世界都是不真实和丑恶的，唯一真实的只有人的内在世界。而要表现人的隐秘的内在世界，就不能不用隐秘、晦涩的象征和暗示。因为只有隐秘、晦涩的象征才具有一种暗示的神力，才能最为深刻地表现人的内心深处那些可见而不可见、可感而不可感的情绪波动和千回百转、转瞬即逝的欲望。因而，在西方现代主义诗学中，"晦涩"关涉的又不仅仅是文体问题，它又与意象、象征暗示、通感等诗学法则以及诗人的语言观、诗学思维等因素密切相关。因而，对西方现代诗学范畴"晦涩"在中国的流传的考察，就不能不从对意象、象征暗示等诗学法则以及诗人的语言观、诗学思维等的变化的分析入手。

对几个同代人的思考（节选）

斯威登堡早就教导我们说，天是一个很伟大的人，一切，形体，运动，数，色彩，芳香，在精神上如同在自然里，都是有意味的，相互的，交流的，应合的。拉瓦特把普遍真理的表现限制在人的脸上，给我们解说了脸的轮廓形状和大小所具有的精神含义。如果我们把表现一词的意义扩大一下（我们不但有这个权利，而且不这样做也是极其困难的），我们就会认识到这样的真理，一切都是象形的，而我们知道，象征的隐晦只是相对的，即对我们心灵的纯洁善良的愿望和天生的辨认力来说是隐晦的。那么，诗人如果不是一个翻译者，辨认者，又是什么呢？在优秀的诗人那里，隐喻明喻和形容无不数学般准确的适应于现实的环境，因为这些隐喻明喻和形容都是取之于普遍的相似性这一取之不尽的宝库。

——〔法〕波德莱尔：《对几个同代人的思考》，《波德莱尔美学论文选》，郭宏安译，北京：人民文学出版社1987年版，第97页。

附：关于"西方现代诗学范畴'晦涩'在中国的流传"的重要观点

　　晦涩并非因作者在处理意象的萎缩、疏懒与忸怩之故而产生，也非在感觉之混沌或半睡眠时表现上的生吞活剥，也非在某种勉强情况下急就成章。晦涩乃是一种不得已。或者说，晦涩乃是基于作者为求达到某种强烈艺术效果时之表现上的必须。

　　——痖弦：《诗人手札》，《现代诗导读. 理论、史料篇》，台北：故乡出版社 1979 年版，第 147 页。

　　当晦涩被袁可嘉、李英豪等人由修辞上升到诗人的审美思维，再由诗人的审美思维上升到诗学观时，我们已经明白，尽管晦涩为阅读制造了一定的障碍，但它却在坚持了诗的本位立场的同时，保持了诗歌的一种非常纯粹的品格和极为高雅的姿态。

　　——赵小琪：《20 世纪中国现代主义诗学》，武汉：长江文艺出版社 2009 年版，第 312 页。

【拓展指南】

一、重要文献资料介绍

　　1. 朱光潜：《诗论》，北京：三联书店 1984 年版。

　　简介：朱光潜是中国中西比较诗学的先驱人物之一，他以其对艺术的敏锐感受，对早期中国比较诗学做出了很大贡献。《诗论》即集中体现了他的跨文化视野及实践：通过对中西诗共同原理的比较与阐发，强调了比较诗学研究的共通性与异质性。这种自觉性研究虽有不成熟的缺陷，但在中西比较诗学史上已产生重要的影响。

　　2. 梁宗岱：《诗与真》、《诗与真二集》，北京：人民文学出版社 1984 年版。

　　简介：《诗与真》、《诗与真二集》，如打开五光十色的百宝箱，文笔优美，诗意葱茏，真知卓见炫目耀眼。梁宗岱既是诗人，又是诗论家；既有中国古典文学修养，又通晓西方近现代诗歌，特别是直接师承法国象征主义诗歌大师梵乐希（今通译瓦莱利）。这就决定了他长于运用比较文学的方法研究文学现象和作家作品，从而奠定了他在中西诗学比较上的特殊地位。

　　3. 曹顺庆：《中西比较诗学》，北京：北京出版社 1988 年版。

　　简介：本书用比较的方法研究中西古典文艺理论，而对中国古典文艺理论略有侧重。全书首先就中西不同的社会背景、心理特性及历史传统论述中西文艺理论的不同根源，然后从艺术本质、艺术起源、艺术思维、艺术风格、艺术鉴赏等五个方面论述中西艺术的共同规律，并着重其不同的特色。

　　4. 狄兆俊：《中英比较诗学》，上海：上海外语教育出版社 1992 年版。

　　简介：作者从亚伯拉姆斯所概括的四种文论流派中选取实用理论和表现理论两派作为框架，结合中英两国不同时期的诗论进行平行比较研究，同时把两种诗学归结到诗学二重性的相互渗透上来，揭示了中英诗学的共同规律和特殊规律。

　　5. 陈希：《中国现代诗学范畴》，广州：中山大学出版社 2009 年版。

简介：本书是第一部历史考辨与理论建构相结合的中国现代诗学范畴学专著。全书立足于中国现代诗学发生发展的实际过程，选取意象论、象征观、音乐性、纯诗说、智性化、契合论、颓废风、晦涩论等基本范畴，分别涉及诗歌的本质特征、审美形态、审美方式、审美价值诸方面，采取历史还原的方法，论从史出，探源溯流，阐精发微，从古今中外不同资源和语境深入探讨现代诗学范畴内涵的发生、演变和特征，多维度观照并建构起中国现代诗学的基本体系。无论是观念拓新、方法运用，还是诗美阐发、学理辨析，抑或史料发掘，皆新见迭出，多有创获。

二、一般文献资料目录

1. 曹顺庆：《中西比较诗学史》，成都：巴蜀书社 2008 年版。
2. 朱徽：《中西比较诗艺》，成都：四川大学出版社 1996 年版。
3. 刘若愚：《中国文学理论》，台北：联经出版事业公司 1985 年版。
4. 叶维廉：《比较诗学》，台北：东大图书公司 1983 年版。
5. 黄药眠、童庆炳：《中西比较诗学体系》，北京：人民文学出版社 1991 年版。

第二节　诗学文化体系比较

一、诗学文化体系比较的渊源与定义

当文化模式理论出现以后，诗学体系的归属就有了明确指向，一般指不同文化模式或文明模式之间存在着基本差异性，并由此造成了文化模式或文明模式的整体审美和文学理论风貌。诗学体系的比较就是指源于不同文化模式或文明模式的诗学体系的整体性比较研究。

比较诗学的基本任务之一就是诗学体系比较。诗学体系比较的基本问题是诗学体系的差异性问题。处于每个文化模式中的诗学形式，都面临着同样的古典与现代之间的继承与革新、本土和外来之间的拒斥与接受问题。一般认为，世界文明史上从古到今连绵不绝的文明系统，至少要包括西方基督教文明、印度印度教文明、中国儒释道文明这三大文化模式，因此现阶段的诗学体系比较研究至少要包括如上三种诗学之间的比较，缺少一方的参与，都是比较诗学知识系统的缺失。

较早提出人类文化或文明的文化模式理论的是美国人类学家本尼迪克特（Ruth Fulton Benedict，1887—1948）。她的《文化模式》、《菊与刀》，都成为 20 世纪上半人类认识跨文化族裔的经典著作。紧接着是 20 世纪中期美国的比较文学在面对国际文学时，发现欧美国家尚属于同一文化模式，可以共同拥有一套文学批评模式即同一诗学。随着解构主义和后殖民主义的风

起云涌,跨文化对话成为 20 世纪后期的主流话语,代表者是哈贝马斯(Juergen Habermas,1929—)的《行为交往理论》及其交往理性和交往行为理论。同时,跨文化模子的理论也开始出现,代表著作就是海外华人叶维廉的《寻求跨中西文化的共同审美规律》及其模子寻根理论。分析哲学家维特根斯坦(Ludwig Wittgenstein,1889—1951)于 20 世纪上半叶建立起哲学分析的世界文化——家族类似模型。亨廷顿(S. Huntington,1927—2008)在冷战结束后提出"文明冲突论"①,建基于对国际政治的敏锐观察之上,源于文化根性、信仰、价值观等系列文明链锁的根本不同。国际政治事实说明,没有意识到文明在信仰差异层次上不可互相承认状态的对话观,显然不会顺利地建成对话的规则和对话的环境,而仅仅存留于一种理想的文本状态。当然在这种情况下,避免由信仰带来的相关利益冲突,在任何情况下都是不可能的,有可能的只是人为规定文明交往规则即对话规则。前殖民的文明冲突和后殖民的文明对话这个大趋势,是文化模式理论体现在 21 世纪当今世界的最大主题。

多学科的文化模式理论同时对人文社会科学的哲学思考和具体的人文研究如诗学体系比较给予了参照和启发。维特根斯坦文化哲学的文化模式理论与比较文学的文化模子理论在理论上的共识,也表现了西方人文思潮自身的逻辑一致性。关注诗学所属的文化模子的本质属性或曰文化寻根,是进入诗学体系比较的合理前提。文化模子不过是文化差异性的形象化表述,文化模子理论方便了当今时代跨文化现象的解释有效性和针对性,也是当代跨文化对话理论的基本方法论。诗学体系也和人类文化一样,具有其基本模式,而文化模式的差异性和文类的差异性是诗学体系模式差异性的根本原因,同时也是比较诗学研究的出发点。

二、诗学文化体系比较的主要研究范围与内容

(一)诗学体系比较的知识类型及其代表性命题

中国比较诗学以中国诗学建设为最高历史使命。由于历史的原因,以苏联文论为代表的马克思主义文论已经在相当长的历史时期内成为中国文论的内在选择,任何断然否定马克思主义诗学进入当代中国诗学建设的理论选择,显然都不是面对问题的良性取向。新时期,中国诗学建设的坐标系

---

① 〔美〕亨廷顿:《文明的冲突与世界秩序的重建》,周琪等译,北京:新华出版社 2002 年版。

应该至少包含四个方面的内容,一是融会马克思主义诗学,二是运转西方诗学,三是贯通古典诗学,四是面向现代诗学。四种诗学的融会贯通,显然就是一个比较诗学工程,首先是比较诗学的知识整理,再到共同诗学或共同语的约定,最后来到一般诗学或总体诗学的建构上。如上几种比较诗学类型,既表明一种比较诗学的知识类型,又表明一种比较诗学的知识进阶。比较诗学的诗学体系比较研究作为一个学科分支,是与阐发诗学、共同诗学、一般诗学或总体诗学以及后现代诗学四种诗学样式紧密联系在一起的,因此,辨明几种学科分支的区别和联系是比较诗学暨诗学体系比较得以合法进行的必要条件。

一般诗学或总体诗学,一直是西方普遍主义理念下文化沙文主义的主要话语场。西方中心主义的本族普遍主义,实则是以本族的文化差异性逾越他族的文化普遍主义和文化差异性,在文化上表现为文化沙文主义、文化孤立主义和文化割据主义等文化霸权主义的对抗形式,在国际政治上则表现为世界大战和冷战。从二战结束直到冷战结束的几十年中,整个世界都被普遍主义思想浪潮覆盖,比如文化国际化的表征之一——世界语就一直被强烈推广。直到冷战结束前后,后殖民主义和后殖民文化现状成为国际文化主流,同时也带来了世界语的风头不再。作为文化在语言上的表征的世界语的失势,也标志着普遍主义及其国际政治象征即冷战的风潮,已经由多元差异性的世界图景及其民族话语权所取代。

1. 作为比较诗学知识初级的阐发诗学和"理论旅行"命题

文化背景以及文类基础上的基本差异性,表明要在诗学批评的概念、范畴之间求证诗学精神的同一性,是一个既没有逻辑基础,也没有事实基础,更没有实施可能性的理想诗学形式。比较诗学的立论起点实际上首先标明的就是比较诗学的不可比性。作为比较诗学初级的阐发诗学,实际上就是以一个原典诗学的诗学精神同一性对其他诗学的外延适应性来证明目标诗学的不适应性,或者说是以阐发一方的主动的适应性引出其对被阐发一方的被动的不适应性,这是比较诗学作为一个学科的典型的方法论悖论。可惜的是,在人类跨文化认识之初,总是免不了未经反思的特别是单向的阐发研究的命运,不仅中国台湾有过,西方也有过,被称为西方中心主义。

"理论旅行"是萨义德(Edward Wadie Said,1935—2003)在建构面对西方的东方学时创造的一个比较诗学命题,说明的是当适用于西方文化圈内的理论一旦跨越本文化圈来到了东方文化圈的伊斯兰文化中,就在怡然自得中丧失了解释的公正性,歪曲了事实的准确性,造成了理论的盲区和误区。因而处于西方理论视野下的东方学,必然遭到故意的扭曲。在西方自己的文化圈正常行驶的列车,改变了旅行的轨迹和目的地后,挂上了东方列车的牌号,但却行驶上了一条不恰当的西方的轨道,没有根据东方的土壤适时改变轨道的参数,从而造成东方旅行没有显示出原汁原味的东方色彩,而是以西方的调色板调制出一幅变色的东方,是西方的东方,而不是东方的东方。这与文化人类学家吉尔兹(Clifford Geertz,1926—2006)对西方关于跨文化圈人类学写作方式的解释人类学的警惕正相对照,只不过吉尔兹在揭示传统西方人类学写作方式造成跨文化地区的歪曲后,将大部分力量用于跨文化地区的适度揭示上。吉尔兹抱着一颗同情心,自觉地对自我/他者的视角给与调整,甚至要求自己变成他者生存,这对西方当时的殖民主义和后殖民主义的政治民主现状、对现代跨文化生存都是一个极大的思想冲击,尤其对于以主体的前理解和视域融合为概念前提的哲学解释学,也起着一个跨界使用时理论限度的警醒作用——对哲学解释学理论基础的质疑。[①] 解释学虽然面临着跨文化理解的主体价值优先以及跨文化评价的标准问题,似乎无法在自身学科领域得到圆满的解决,但人类的跨文化处境又必然召唤着解释学的出场,这种解释学的跨文化悖论是它不可避免的现实处境,又给予它义不容辞的发展机遇。如果说西方理论面对东方时免不了其解释学跨界使用的悖论,那么萨义德的主要任务就是解构西方的东方学阐释的荒谬性。"理论旅行"命题,对诗学体系比较有深刻的启迪作用。

2. 作为比较诗学知识进阶的共同诗学问题

共同诗学,是伴随着歌德的世界文学理想和美国学派的总体文学想象而出现的关于一种普遍诗学的命名。共同诗学、世界文学、总体文学、一般诗学乃至于具有一般诗学构想的民族诗学,都是出现在文学研究领域的相似概念。本节是在如下含义上规定上述概念的:世界文学是国别文学作为外国文学出现时的集合学科概念;总体文学与文学理论、一般诗学同义,是以世界文学为总体对象看待文学的一般特点和规律的学科概念;民族诗学主要是关于本民族文学的特点和规律的学科概念,但同时又不可避免地有跨文化文学解释的普遍性倾向。因此,民族诗学和总体诗学往往由于著作者本身的民族和语言身份,难以完全控制其与生俱来的以差异性作为逾越普遍性的形而上学倾向,但是一般诗学同时又必须来自于某种民族语言及

[①] 〔美〕吉尔兹:《地方性知识》,王海龙译,北京:中央编译出版社2004年版。

其主要携载的民族诗学。后现代诗学作为一种非本质主义诗学，就是充分考虑到建构一种普遍主义诗学的形而上学困难，而放弃了形而上学追求的现代总体文学和一般诗学形式。

中国比较诗学中较早使用共同诗学（Common Poetics）概念的是叶维廉，后来给予共同诗学以适当反思的是张汉良，当代给予共同诗学以恰切定义的是曹顺庆。叶维廉的研究旨在寻找跨中西文化的共同文学规律和审美据点。张汉良则认为在新批评影响之下的比较文学很容易走向共同诗学，"但是所谓共同诗学只是一种违反历史的、真空的、不存在的东西，共同诗学在台湾和香港，甚至大陆的命运都很短暂，除了违反历史特定性外，它无法走出诗学系统和其他系统的对话，也是早夭的原因之一"①。曹顺庆认为："共同诗学作为一种诗学纲领的可能性不在现实的诗学体系上，而在于它的行动过程的多向沟通上，它不是一个实际的可预期达成的目标，而是一种在前方召唤的承诺。共同诗学是在共同点上做出努力追求，而这里的基本共同点只是寻求相互理解的对话前提。"②

享有盛誉的科学哲学家库恩（Thomas Samuel Kuhn，1922—1996）认为，在多种理论模式的竞争中要建立理论之间的可比性是不可能的，因为信奉不同理论的人来自于不同的世界，缺乏共同的标准，而且正因如此，也不可能有一种中性语言，因此可比性是一个不恰当的概念，指向的实际上是不可比，但却为具有普遍特性的元语言的追求留下了地盘。严格说来，"可比性"就是一个引子，它要求比较学者同时具备跨文化体验和形而上思考的能力。库恩因此又认为：要逐点地比较两种相继的理论，就需要一种语言，使得两种理论至少是使经验结果能够不走样地都被翻译成这种语言。③ 这种元语言的追求是科学共同体所共有的集体判定，是他们约定必须遵循的共同规则。比较研究一方面要考虑到单一的现象，另一方面又要创造出一种达到一定的概括性、具有一定普遍性的语言，使比较成为可能，超越经验阶段，这预示着比较诗学理论工具的重要取向，即形而上学依然面临着与差异性研究共生的局面，并且也预示着客观化工具——比较规则的约定将给最低限度的客观性提供重要的保证。元语言和共同题域的比较诗学讨论，

---

① 张汉良：《台湾比较文学教学史上所呈现的一些问题》，四川大学文学院《比较文学报》2003 年第 27 期。
② 曹顺庆：《比较文学学科理论研究》，成都：巴蜀书社 2001 年版，第 324 页。
③ 〔美〕库恩：《科学革命的结构》，金吾伦、胡新和译，北京：北京大学出版社 2003 年版。

体现了一个民族诗学的整体发展现状及其在世界诗学研究中的地位,并形成了诗学模式比较的基础工具。

由此来看,比较诗学中的共同诗学并非一般诗学或总体文学,并不是一种学科形式,而是一种或一套可资共同使用的跨文化诗学话语。它不是一种世界语,而是来自于民族语言诗学,经过充分的内在批判和外在规定后,由跨文化诗学在对话的基础上用作跨文化研究的共同语。在此意义上,我们可以称其为元话语(meta-discourse),而所谓跨文化文学评价的共同标准和知识共同体的说法,也与此同义。比较诗学中的共同诗学就是要悬置体系化的一般诗学,建立可行的元话语模型。

借用一种经过批判了的共同语作为工具或中介,对双方诗学进行阐释的比较诗学,已经不是初级的单向阐发和修正的双向阐发了,而是来到了并置研究阶段。并置研究是阐发研究的自觉修正,它把平行研究未经批判和约定共同语的单方面的理论工具修改为经过批判和约定的共同语。

在几年前中国社科院主办的中日论坛中,孙歌曾就这一跨文化论坛的基本操作方式和操作理念率先做了一番有关知识共同体的对话策略的讨论,这对比较诗学也有相当的指导意义。① 跨文化知识论坛的实现,首先要求一定的知识共同体作为先决条件,否则对话和讨论就无法进行;而一定的知识共同体至少要有两个先置约定,即各自以母语进行讨论的差异观念,以及可以作为以各自差异话语进行对话的某种约定的共同语基础。

3. 作为传统的一般诗学的解构形式和知识进阶的后现代第三种诗学

传统的一般诗学,都是以民族诗学为形式、以同一性诗学为目标建构的总体诗学。由于人类跨文化交往和人类跨文化认识的有限性,免不了将民族差异性当做跨文化普遍性。这样一种起点上的形而上学和本质主义,随着人类历史的发展和人类认识自身能力的提高,必定要在以个体差异逾越人类共性的道路上消解其形而上学特性,走向彻底的非本质主义。但是人类的可贵之处往往还在于永恒的形而上学建构之心,因而形而上学和本质主义追求也如影随形地伴随着人类的世界精神建构,在比较建构和世界建构的话题上,显然永远要给世界建构留下一个恰当的位置,因此非本质主义就成为一个解构的路标,与人类的形而上学需求构成一种内外较劲的合力。后现代诗学在这一人类知识的整体形式转换中,本身就是对传统形而上学

---

① 孙歌:《主体弥散的空间——亚洲论述之两难》,南昌:江西教育出版社2002年版。

诗学的解构形式,融一般诗学和民族诗学于一身,因而,后现代诗学也就是典型的比较诗学。有一种说法认为建基于跨文化诗学比较基础上的最终形式,可以称为第三种诗学,也即第三种诗学就是比较诗学最终成果。这种第三种诗学显然是民族诗学的超越形式,超越了传统民族诗学天然的差异性和想当然的普遍主义。作为第三种诗学研究典范的是叶维廉的模子寻根诗学,突出差异性诗学体系及其概念的非同一性、外延性而非实质性勾连,描绘理论旅行的路线图,在内在性中突出本土化的民族性根基,建构差异性诗学理论外延的一般模式和通向元话语的倾向,刻意维护差异性诗学的本土性内核。

非本质主义世界图景中的文学理论已经放弃了总体理论的幻想,专注于本土诗学建构。至少按照家族类似理论,任何本土诗学都是存在于家族类似的网络中,以较多的差异性和较少的相似性与邻近文化圈或文明圈诗学相关,都可以随时进入比较视域,非本质主义的现代诗学景观俨然就是一幅比较诗学景观,这是符合非本质主义的差异性内质的。所以,高玉干脆直截了当地说,现代文学研究中的总体文学论可以休矣,因为后现代诗学和比较诗学本身都是非本质主义诗学。① 当然总体诗学的形而上学意图还保留着人类天真的形而上学幻想,主观剥夺这种人类儿童期本性显然过于残酷。在给形而上学的总体诗学略微留下一块幻想的空间的同时,也要给总体诗学和比较诗学留下一条合理的界限,因为这边就是关注差异性的比较诗学,那边才是关注同一性的总体诗学。

(二)比较诗学典型案例:中国古代文论的现代转换

20世纪的百年中国,前二十年孕育了新文化运动的东西文化论争,后二十年再次孕育了当代版的中西文化论争,不过论争话语已离弃了表层体用观,来到了中国现代文论的实际建设上,代表话语就是"失语症"以及相连带的"中国古代文论的现代转换"一说②。应该说这是一个蕴含着深刻的人文智慧、兼备学术和文化策略的命题,最早由曹顺庆提起,后来得到了整个文学界、文化界的积极响应,影响波及十余年而成为一个跨世纪命题。这一命题所涉及的问题层面既多且广,还是一个典型的比较诗学问题。

实际上,与现当代文学息息相关的中国现当代文论,也并非完全断绝了古代文论的参与,古代文论还在以种种内在精神影响着现当代中国文论建

---

① 高玉:《论当代比较诗学话语困境及其解决路径》,《外国文学研究》2004年第5期。
② 曹顺庆:《文论失语症与文化病态》,《文艺争鸣》1995年第2期。

设和实践批评。人们之所以看不到古代文论精神的现代体现,根本原因是中国现当代文论本身就是一个融古今中西于一身的跨文化文本,而跨文化文本的复杂性却被文化融合与文化壁垒之争掀起的文化热所遮蔽。当语言和话语统统由现代汉语所表征的文化系统所置换,古代文论的现代转换这一命题,就在语义逻辑和文化逻辑双方面都成了令人徒生狂热的理论呓语。古代文化系统内的古代文论无法完成对现代文化系统内的现代文论的置换或超越,古代文论概念的理论阐释功能在现代文论系统内显示出其文本阐释极限,而这种置换和超越企图很可能又是一种同一性理论的汉民族表现。中国古代文论的现代转换或转型命题包含两方面的内容:中国古代汉语文论的现代汉语表达以及中国古代文论参与现代文艺理论与批评。而"失语症"就成了描述这一跨文化理论尴尬雄心的比较研究专用语。平心而论,"失语症"对于当时的文化热、比较文学热、文学理论研究都是一剂发人深省的镇静药,启发人们对跨文化话语的跨文化适用性及其状态描述进行广泛和深入的反思。

古代文学理论和现代文学理论文化背景的殊异使二者本身已成为跨文化研究个案,古典文学理论向现代文学理论的转型就成为一个跨文化问题。然而,是现代文学理论向古典文学理论的同一性转向吗?还是相反?二者恰成为本源文化与外来文化之间的外倾认同化和内倾本土化关系的展现。为了使中华文明的血脉不致因全盘西化的历史激进而断裂,谨慎地思考新文化运动的功过得失,重新回过头来接续并非自明的新文化问题答案的求索,就成为曹顺庆用"失语症"这一近于精神分析学或精神病学术语来表述的最深层的思想动机。"失语症"正是文化典范面对改革或革命的历史重述,其表述本身充满了五四新文化运动以来深刻的文化反思和文化责任感。当学术界正为蓦然找到的"失语症"病例寻找古代传统话语的现代使用药方而群情鼓舞时,曹顺庆接着冷静地分析到,"失语症"表征的古代文论与现代文论的冲突实际上是华夏文明与西方文明的异质性冲突。要规避古今文化的历史性和实质性冲突,就要将古代文化—古代文论和现代文化—现代文论,整合为华夏文明—中国文论,用华夏文明概括古今文化差异性的同一性倾向并因此而将二者整合为差异性的一脉血统,用"汉语性"脚踏实地地归结古代汉语和现代汉语的表达情结,使华夏文明的文化背景作为远景与汉语性的审美特性相结合,构成与基督教西方文明、伊斯兰阿拉伯文明、印度文明相对的跨文明研究对象。曹顺庆用"失语症"这样发人深省的术语直指批评与创作即批评与现实、古代汉语诗学和现代汉语诗学的严重脱节现实。90年代以来,马克思主义文艺学、西方马克思主义、前苏联社会主义文艺学、西方现代主义和后现代主义等等社会思潮,共生于中国批评话语之中,这正是华夏批评失语以来在文论话语上的杂语共生时代。"失语症"要接上的并非是古代文论或古代文论的现代转换,而是要面对民族现实的主流批评话语,这个主流话语不是古典的,而是能够处于历史中又能接上历史的生存论意义上的华夏话语。

　　古代文论的现代缺席要求古代文论话语的现代表达式,首先要在学院派中得到基本话语梳理和话语谱系初建,使古代诗学知识谱系直面华夏诗学的现代性取向。学者李思屈、吴兴明、傅勇林、李清良等,接续最早提出重建中国文论话语的曹顺庆的理论呼声,从话语分析的角度切入中国古代诗学传统。① 中国古代汉语诗学只具有共同范畴组成的基本框架,而不是一个由核心概念组成的统一系统。对于这样一个意见尚不一致的概念系统,与其片段地抽取某些术语,不如将最基本的诗学描述话语作为潜在的概念,在现代共享的知识平台上加以讨论,以发现其面对概念系统的内在关联,从而建立最初的基本概念系统,并将其放入现代语境中加以运用与检讨,促成古代话语与现代话语共生的华夏话语即华夏诗学的衍生。他们认为应该采取的具体途径和方法是:首先进行传统话语的发掘整理,使中国传统话语的言说方式和文化精神得以彰明,然后使之在当代运用中实现其现代化转型,最后在广取博收中实现话语的重建。李思屈一反古代文论界延续王国维将意境—境界当做最高或核心诗学概念的做法,提出中国诗学的本体论话语——虚实相生,并与形式论、技巧论、欣赏论三个方面的相关话语相配合,构成了一套可以作为核心范畴及其相关域的解释系统,并上接宗白华的中国美学时空观研究。② 宗白华认为虚实相生的问题是一个哲学宇宙观的问题,这种宇宙观表现在艺术上,就要求艺术也必须虚实结合,才能真实地反映有生命的世界。虚实相生不仅解释了艺术的境界说,也解释了中国人特有的价值观念和处世态度,即以生命为本体,在无需另外一个意义作为支撑的背景下追求人生的意义。这种以自在的生命本身作为本体的存在论就是现代汉语诗学的解释框架,并构成了与西方以意义为方向的认识论诗学的根本差异。比较诗学以此为基本参照,或许可以为一个既有传统继承性又有现实生活状态的建设空间的华夏诗学提供一套完整而且圆融的范畴和概

---

① 曹顺庆、李清良、傅勇林、李思屈:《中国古代文论话语》,成都:巴蜀书社2001年版。
② 李思屈:《中国诗学话语》,成都:四川人民出版社1999年版。

念体系。

三、诗学文化体系比较的研究前景

总体上来说,西方基督教文明国家,在文学观念和诗学观念上贯彻着由两希文化模式构型的逻各斯—理性线索,几千年来,与人文社会科学一道,共同构成了人文科学和自然科学之间批评与互动的良性格局,并且对中国和印度文学和诗学都形成了巨大的影响。和西方文明相比,中华文明和印度文明拥有无比璀璨的古典文化,但是在对西方诗学和文学的影响力上,显然还不如西方文明,盖因于中华文明与印度文明在传统与现代的转换上都还没有形成良性的机制。就诗学体系而言,上世纪百年左右的现代化运动尽管已经取得了一定的成绩,但还没有给古典诗学向现代诗学的转换提供足够的经验,还未能像西方诗学一样,完成从古典到现代的顺利转化,而形成一个逻辑线索清晰、既有区分又有联系的批评系统。这是中国和印度现代诗学批评的现状,也是亟待努力的方向。

相比中国近年比较诗学发展所带来的"失语症"反思,印度比较诗学显然和中国比较诗学面临着同样的"失语症"问题,但是印度在古典诗学的现代化问题上,显然要比中国做的工作多一些。审视印度比较诗学的现状,或许会对中国比较诗学及诗学体系比较研究的发展有一定的参考和启发意义。

尹锡南在《梵语诗学的现代应用》一文中提到:"1965 年,K. 查塔尼亚指出,诗学体验具有一种普世性,但印度知识界熟悉传统文化的人却患有一种'精神分裂症'。他们运用梵语诗学理论评价梵语诗歌,但在评价英语诗歌或用印度其他地方语言如印地语、孟加拉语等创作的诗歌时,却采取西方的评论标准。"[①]这种"精神分裂症"或"健忘症"与印度的殖民地体验息息相关。自英语教育始,西方理论观念左右了印度知识分子的头脑,他们用西方标准判断印度本土文学。印西知识界交往成了接受与赠与的单向模式,印度知识界从而成为没有判断力的接受者。印度学者的目标应该是:让西方的诗学成为论据、印度诗学成为理论。梵语诗学也必须现代化,并首先运用于印度文学的评价,验证其合理度与可行性,然后再运用于西方文学的评价之中。而且印度学者也提出过用"失语症"(aphasia)一词来解释印度批评界的不理想状况,并且还认为,如果中国与印度学者成功地将自己的诗学

---

① 尹锡南:《梵语诗学的现代应用》,《中外文化与文论》2009 年第 1 期。

用于西方文学的评价之中,那么,中印知识界可以说从此在文化意义上独立了。①

印度学者开始将古典梵语诗学六大流派即味论、韵论、庄严论、曲语论、合适论和风格论悉数拿来评价印度和西方的文学作品。1947年独立以来,在印度与西方的美学与诗学深层比较过程中,印度学者建立了一种健康合理的文化自信心,即古典梵语诗学与西方现代诗学一样,皆具现代运用价值,二者可以互补,前者可以解决后者力所不逮的问题。以印度古典诗学原理来批评、鉴赏西方、印度以及其他东方文学,梵语批评正是在这种印西诗学比较基础上逐步发展起来的。"1997年,印度学者P.帕特纳克出版了新著《美学中的味:味论之于现代西方文学的运用》。该书分别利用梵语诗学味论中的九种味(艳情味、滑稽味、悲悯味、英勇味、暴戾味、奇异味、恐惧味、厌恶味和平静味)批评西方文学"②,偶尔也涉及东方文学,还引用了中国古代诗人寒山的诗歌和日本诗人的俳句。作者认为,中国道家文学、日本禅宗文学与印度文学一样,能够导向一种"平静味"。

其他海外印度学者如加亚特里·斯皮瓦克(Gayateli C. Spivak,1942—)和霍米·巴巴(Homi K. Bhabha,1949—)等后殖民理论家,精于比较文学和比较诗学研究,早已蜚声国际理论界。尹锡南在《印度比较文学发展史》中认为,在后殖民和全球化时代,印度的声音在世界比较文学界正变得越来越重要。单就印度本土而言,独具特色的印度比较诗学和与西方话语相抗衡以建立文化自信的梵语批评,是印度奉献给世界比较文学的两朵奇葩,足以为各大文明体系之间的比较诗学,包括中国比较诗学提供有益的参照。

【导学训练】

一、本节学习建议与关键词释义

1. 学习建议:

比较诗学,是与阐发诗学、共同诗学、一般诗学或总体诗学以及后现代诗学四种诗学样式紧密联系在一起的,因此,辨明几种命名的区别和联系,是比较诗学得以合法进

---

① 尹锡南:《尹锡南对K.卡布尔、D. S. 米斯拉先生的访谈录》,四川大学文学院《比较文学报》2005年6月15日。
② 尹锡南:《独立以来印度比较文学发展概况》,《南亚研究》2006年第2期。

行的必要条件。

2. 关键词释义：

理论旅行：这是萨义德在《东方学》一书中，在建构面对西方的东方学时创造的一个比较诗学命题，说明的是当适用于西方文化圈内的理论一旦跨越本文化圈来到了东方文化圈的伊斯兰文化中，就丧失了解释的公正性，歪曲了事实的准确性，造成了理论的盲区和误区。因而处于西方理论视野下的东方学，必然遭到故意的扭曲。这也使解构西方的东方学的荒谬性就成了后殖民时期学术的首要任务。"理论旅行"命题，对诗学体系比较研究有深刻的启迪作用。

共同诗学：比较诗学中的共同诗学并非一般诗学或总体文学，并不是一种学科形式，而是一种或一套可资共同使用的跨文化诗学话语。它不是一种世界语，而是来自于民族语言诗学，经过充分的内在批判和外在规定后，由跨文化诗学在对话的基础上用作跨文化研究的共同语。而所谓跨文化文学评价的共同标准和知识共同体的说法，也与此同义。

二、思考题

1. 文化模式的发现对跨文化对话的实现有着理论和现实的意义，请简述二者之间的关系。

2. 简述"失语症"问题在中国比较诗学和印度比较诗学中各自的表现方式。

三、可供进一步研究的学术选题

中国当代比较诗学的任务

提示：首先，比较文学的理论化倾向表明中国比较文学和比较诗学必须有一个理论指向；其次，跨文化文学审美的百年历史要求一个客观的事实描述和和理性解释；还要注意中国现代百年诗学的发展史，就是一个中西比较诗学的学科发展与中国现代诗学建构的过程。

【研讨平台】

中西诗学文化体系的差异性

提示：比较诗学最基本的任务就是诗学体系比较。诗学体系比较的根本性问题就是文化体系或文化模式的差异性问题。处于每个文化模式中的诗学形式，都面临着同样的古典诗学与现代诗学之间的继承与革新、本土诗学和外来诗学之间的拒斥与接受问题。正视诗学文化体系的差异性是正确进行比较诗学研究的前提。

比较文学与文学理论（节选）

我以为把研究领域扩展到那么大的程度，无异于耗散掉需要巩固现在领域的力量。因为作为比较学者，我们现有的领域不是不够，而是太大了。在我看来，只有在一个单一的文明范围内，才能在思想、感情、想象力中发现有意识或无意识地维系传统的共同因素。

——〔美〕韦斯坦因:《比较文学与文学理论》,刘若愚译,沈阳:辽宁人民出版社 1987 年版。

附:关于"中西诗学文化体系的差异性"的重要观点

研究诗学,如果仅仅限于一种文化传统,无论其多复杂、微妙和丰富,都只是对单一的某一概念世界的考察。考察他种诗学体系本质上就是要探究完全不同的概念世界,对文学的各种可能性作出充分的探讨,做这样的比较是为了确立那些众多的诗学世界的原则和联系。

——〔美〕厄尔·迈纳:《比较诗学》,王宇根等译,北京:中央编译出版社 2004 年版。

第一个也是终极的目的在于,通过描述各式各样从源远流长而基本上是独自发展的中国传统的文学思想中派生的文学理论,并进一步使他们与源于其他传统理论的比较成为可能,从而对一个最后可能的普遍的世界性的文学理论的形成有所贡献。

——刘若愚:《中国的文学理论》,成都:四川人民出版社 1987 年版。

【拓展指南】

一、重要文献资料介绍

1. 曹顺庆:《中西比较诗学》,北京:北京出版社 1988 年版。

简介:本书是中国新时期比较诗学研究的代表性著作,也是一部具有开创性意义的划时代著作。全书以本质论、形式论、修辞论等文学理论作为共同题域,选择了典型与意境等一系列中西诗学范畴对照分析其同一性和差异性,是比较诗学研究的范例。

2. 黄药眠:《中西比较诗学体系》,上海:人民文学出版社 1991 年版。

简介:这是中国现代比较诗学研究中的一部集大成之作,由黄药眠和童庆炳先生牵头,由北京师范大学文艺学学科科研人员集体编著,代表着上世纪 90 年代初中国文学研究界对中西比较诗学的总体认识水平。

3. 梁漱溟:《东西方文化及其哲学》,上海:上海人民出版社 2006 年版。

简介:现代文化大师梁漱溟著于 1922 年的《东西方文化及其哲学》,将西方文化、中国文化、印度文化等三大文明看做人类社会必然遵循的三大文化发展方向,把儒家文化当做人类现阶段的必然取向。梁漱溟从佛教唯识宗的形而上学出发,以为宇宙的生命仅仅是永恒流转的大意欲的表现,儒家的礼与乐、智与情相结合,可以使人克服对于物质的过度欲求,带来精神的稳定和审美的生活。而在历史实际中,儒家在礼乐、智情关系上正是以礼制乐、以智抑情,表现为以实用功利和实践理性来规范人的自觉价值选择。因此,儒家的审美价值论也是以封建政治功利对人的感性实施压制,与西方科学理性功利对人的感性压制形式遥相呼应,这是阅读梁著时还应注意的问题。由于对儒家理念和中华传统的执著宣讲和发扬,梁漱溟被认为是新儒家的代表性人物。

二、一般文献资料目录

1. 陈跃红:《比较诗学导论》,北京:北京大学出版社 2003 年版。
2. 蒋述卓等:《文化诗学:理论与实践》,北京:人民文学出版社 2005 年版。
3. 今道有信:《东西方哲学美学比较》,北京:中国人民大学出版社 1991 年版。
4. 刘介民:《中国比较诗学》,广州:广东高等教育出版社 2004 年版。
5. 刘小枫:《现代性社会理论绪论》,上海:上海三联书店 1998 年版。
6. 吴炫:《否定主义美学》,长春:吉林教育出版社 1998 年版。
7. 杨乃乔:《悖立与整合》,北京:文化艺术出版社 1998 年版。
8. 余虹:《中国文论与西方诗学》,上海:上海三联书店 1999 年版。
9. 张隆溪:《道与逻各斯》,成都:四川人民出版社 1998 年版。

第五章 文学与其他文化理论间性关系研究

第一节 文学与原型批评

一、原型批评的定义、渊源和特征

(一) 定义

所谓原型批评是20世纪西方文论史上出现的一个文学批评流派,主张以神话为出发点,从宏观上研究文学艺术自身的、内在的意象类型、结构模式和原则,并从整体上探寻文学类型的共性和演变规律。因此,原型批评也称神话批评。

(二) 渊源

与其他各类文学批评流派相类似,原型批评的发展也经历了一个过程,它是在多种理论的基础上形成、发展的。总体说来,原型批评有效地借鉴了文化人类学和心理学的研究成果,形成了与马克思主义文艺批评、精神分析批评"三足鼎立"的形势。

1. 弗雷泽与《金枝》

原型批评的诞生与西方神话学的兴起有着密切的联系,然而对神话概念的理解却"经历了由贬义到褒义的漫长发展过程"[①]。方特耐尔(Bernard Fontenelle,1657—1757)和维柯(Giambattista Vico,1668—1744)对神话的独特解释揭开了现代神话学的序幕。从此,西方社会对神话有了重新的认识,人们企图在神话中得到拯救现代人灵魂的良方,并在人文艺术领域出现了一种回归原始的倾向。正是在这种精神的召唤下,神话原型批评得以诞生。但是,真正在人类学领域对原型批评发生实质性影响的却是弗雷泽(J. G. Frazer,1854—1941)和他的12卷本巨著《金枝》。

---

① 叶舒宪:《文学与人类学》,北京:社会科学文献出版社2003年版,第207页。

詹·乔·弗雷泽，英国剑桥大学教授，文化人类学的代表人物。他一生著述颇多，有着广泛的学术影响，而《金枝》则在其著作中最负盛名。这部著作以庞大的体系建立了神话、仪式和文学的初步联系，对原型批评的产生起到了至关重要的作用。

在《金枝》这部研究巫术、宗教信仰和史前神话的巨著中，弗雷泽提出了著名的"交感巫术"理论，以此表现原始民族思维和行动的原则。所谓"交感巫术"，反映的是原始人类的一种思维方式。在原始人的世界观中，人与自然之间始终存在着某种交互感应，他们认为模仿某物并达到某结果，可使被模仿的事物达到预想中的变化（相似律），操纵某物并达到某种结果，可对原来接触过该物的人施与影响（接触律）。因此，原始人类通过各种仪式活动，把自我的情感、愿望与意志投射到自然中去，以达到对对象的控制目的。

弗雷泽认为，自然界的季节循环变化同样反映在古代神话和仪式中。四季的循环更替、植物的死而复生，都使原始人联想到了具有这一特征的神，因此，他们认为植物生命之所以不断地循环，是因为有一位年年都要死去，继而从死中复活的神主宰着。那么"关于神死而复生的神话和仪式，实际上就是对自然节律和植物更替变化的模仿"①。

通过研究和考察，弗雷泽发现不同民族和地区的神话仪式有着高度的相似性。在彼此并没有明显联系的陌生地方，人们也以类似的方式表达原始思维。比如，象征死亡与复活的神在希腊被称为"狄俄尼索斯"，而在叙利亚被称为"阿多尼斯"，在埃及被称为"俄西尼斯"，在小亚细亚被称为"阿提斯"，最后演变成为《圣经》中死而复活的基督。

在弗雷泽的影响下，文化人类学中的"剑桥学派"成为原型批评学派最早的一个学派。顾名思义，"剑桥学派"是指以剑桥大学为中心而结成的由英国人类学家和古典学家组成的文学研究团体，而这其中比较著名的是剑桥大学的教授鲍特金（Maud Bodkin，1875—1967），她提出文学艺术与仪式的起源是同一的，这无疑对原型批评产生重要影响。

2. 荣格与集体无意识

如果说，弗雷泽为原型批评理论在人类学领域奠定了一块基石，那么荣格则为原型批评提供了心理学上的依据。

---

① 张隆溪：《二十世纪西方文论述评》，北京：三联书店1986年版，第57页。

荣格，瑞士著名的心理学家和精神病学家。他曾在精神分析学派大师弗洛伊德门下学习，然而并没有沿着其师所开辟的康庄大道继续前行，而是在既有继承又有批判的基础上另辟蹊径，形成了自己的分析心理学理论体系。

与弗洛伊德的精神分析学理论相比，荣格认为"力比多"不仅是性的能量，而应是具有普遍的、广泛意义的生命能量；针对弗洛伊德将人的意识领域划分为意识、前意识和潜意识的理论，荣格继续对潜意识的领域进行划分，他认为潜意识不仅包括弗洛伊德总结出来的个体无意识，还包括集体无意识。"集体无意识与个人无意识不同，它从来没有在意识里出现过，也不是由个体习得的，是完全通过遗传而存在的。"荣格认为，"个体无意识的绝大部分由'情结'所组成，而集体无意识主要由'原型'所组成"。① 也就是说，集体无意识潜藏在个人意识的底层，是天然存在的具有普遍性的原始先民的集体记忆。人的意识与集体无意识比起来若冰山一角，集体无意识才是人类各种活动的源泉，这当然也包括文学艺术。

荣格将集体无意识理解为心理结构中最为深刻、隐秘的部分，积聚着自人类有史以来所有的经验和情感能量，任何个体都不能通过意识而感知。为了说明集体无意识的存在，荣格引入了"原型"这个概念，他认为情结大部分是个人无意识的内容，原型则是集体无意识的内容。

"原型"，英文是"archetype"，解释为"最初的模式"。早期被广泛应用于宗教、神学以及哲学中。在神学、宗教领域中，"原型"指人类物质世界的精神本源；在哲学领域，"原型"与柏拉图提出的"理念"、"范式"相类似。而荣格则是最早把"原型"概念应用到心理学领域的。关于原型，他这样解释：

> 神话学研究称他们为主旨；在原始心理中他们与列维·布留尔（Levy-Bruhl, Lucien, 1857—1939）的"集体表象"概念相类似；在比较宗教学领域，它们被 Hubert 和 Mauss 定义为"想象类型"。Adolf Bastian 在很久以前就称它们为"元素"或"原始思维"。②

荣格认为，原型是深层集体无意识的内容，它在经历历史的不断变迁之后，逐渐从具体可感的图像转化为无内容的知觉和行为的模式。"原型是

---

① 荣格：《集体潜意识概念》，见高觉敷：《西方近代心理学史》，北京：人民教育出版社 1982 年版，第 397 页。
② G. G. Jung, *The Archetypes and the Cullective Unconsious*, Beijing: Beijing China Social Sciences Publishing House, 1999, pp. 42–43.

领悟的典型模式,每当我们面对普遍一致和反复发生的领悟模式,我们就是在与原型打交道。"①

荣格将原型分为两大类:原型形象和原型情境。他指出阴影、人格面具、智叟、阿尼玛和阿尼姆斯等与人类形象相关的原型就是原型形象。而"追寻"原型这种表现一种行为模式或是表现典型环境的原型是原型情境。

在荣格看来,原型是集体无意识的外化,文学艺术所表现的就是含有无意识内容的原型意象,而其魅力恰恰来自于对集体无意识的表现。"艺术是一种天赋的能力,他抓住一个人,使它成为它的工具。艺术家不是拥有自由意志、寻求实现其个人目的的个人,而是一个允许艺术通过自己实现艺术目的的人。"②

荣格与弗洛伊德的理论观点有许多分歧之处,这导致了师生关系的破裂,不过荣格建立起的分析心理学理论体系足以弥补他心理上的缺憾,集体无意识理论和原型概念也成为后来大行其道的原型批评的理论来源。

(三)特征

原型批评将文学看做一个有机的整体,是一个自给自足的体系。新批评"细读"的微观批评方法只能对个别文学进行分析、研究,发现文学艺术的个别现象和规律,却不可避免地忽略了文学作品之间的联系,忽略了文学所具有的广阔的结构性,这对发现文学艺术的普遍形式和规律无益,因此,原型批评派反对将作品肢解为碎片的"细读"式研究,而主张将文学看成是一个整体。

原型批评的特征主要表现在两个方面:其一,宏观性。原型批评派以人类学的理论及视野为基础,重视对文学作品进行"远观"研究,具有宏观全景式的特点。《批评的解剖》一书中提出的"向后站"的文学研究方法很好地体现了原型批评研究的宏观性。弗莱反对将单个的作品看成是孤立于其他作品的对自然的模仿考察,他要求把题材、体裁、主题结构放到文化整体中去考察,认为文学同神话、信仰、宗教仪式及民俗密不可分。其二,系统性。这是原型批评的整体特征的另一方面。弗莱认为,每个作家的作品都

---

① 〔瑞士〕荣格:《荣格文集》,转引自《心理学与文学》(冯川等编译)一书的"译者前言",北京:三联书店1987年版,第5页。
② 〔瑞士〕荣格:《荣格文集》,转引自《心理学与文学》(冯川等编译),北京:三联书店1987年版,第141页。

无一例外地在文学传统大范畴之内进行创作。在《作为原型的象征》中,弗莱说:"由于原型是可交际的象征,所以,原型批评首先考虑的是一种作为社会性的事实和交际模式的文学;通过对传统和文体的研究,原型批评试图将单篇诗作放回到作为一个整体的诗歌系统中去。"通过原型,文学作品从看似互不关联的状态神奇地整合为一个跨文化的有机的整体,使单个作品在宏阔的背景下产生了意义。

二、文学与原型批评关系的研究内容、方法

诺斯罗普·弗莱,加拿大著名文学批评家,执教于多伦多大学。1957年《批评的解剖》问世,这是一本旨在探求原型发生以及置换规律的文学批评著作,标志着原型批评理论的成熟。与此同时,弗莱本人也被看做是原型批评派的集大成者。

《批评的解剖》体系庞大,将原型界定为:在文学批评中,反复出现在文学作品中并表现出同一性,反映人类普遍心理的、典型的叙述模式、行动方式、性格类型、主题和形象,它们将彼此看似独立的文学作品相互联系起来,使之成为一个整体的单位。因此,原型批评方面的理论主要包括以下几点:

(一)研究内容

1. 文学系统模式

原型批评理论认为,文学源自于神话,那么文学的运动发展形式和规律也必然可以从神话中得到答案。文学是神话的"移位",而所谓"移位"就是变形,神话若要在不断进步的社会中继续存在,就必须借助于恰当的表达方式,于是它变身为文学的形式,也称"置换",这是弗莱理论的一个重要内容。比如,弗莱认为,希腊神话中死而复生的结构成分同样也存在于莎士比亚喜剧中。司谷物女神的女儿普罗塞皮娜被冥王劫往阴间为妻,后经宙斯干预,她一年有八个月可回人间。《无事生非》中的希罗、《辛白林》中的伊摩琴等也有类似死亡的经历,但是由于现实世界中不容许有真正的死而复生,所以她们的死只能是类似死亡,而非真正的死亡。所以,在文学作品中,最基本的情节和人物范式就蕴涵于神话中。

导致原型发生置换的原因主要有时代背景、作家个性、民族文化等因素,因此,研究原型置换的原因对发现文学背后的增值意义有重要作用。比如,有论者在对屠格涅夫(Ivan Sergeevich Turgenev,1818—1883)与沈从文

小说进行比较研究时,就发现"月亮—美女"原型在屠格涅夫和沈从文小说中均有显现。他认为,在《罗亭》、《贵族之家》、《前夜》等作品中娜达丽亚、丽莎、叶琳娜这些美丽女性身上闪烁着智慧的魅力之光,而在沈从文的《边城》、《月下小景》、《媚金·豹子与那羊》中,翠翠、白脸女孩、媚金的美却来自于女性的身体美,智慧、知识只能妨害于这种美丽的展现。同样是对女性和爱情的歌颂为何会有如此大的区别,原因就在于二人对这"月亮—美女"原型进行了不同的置换。在俄国,贵族以崇尚女性美为时尚,同时,社会经济的发展使部分妇女的才智得到了充分的表现,因此屠格涅夫自然更欣赏有智慧的女性;而在中国边地湘西,险峻的生态环境使人们对女性的关注和欣赏局限在她们天赋的生殖和创造能力上。作为湘西本土文化之子的沈从文,自然受到这种传统的民族观念的影响。[①]

弗莱在历史循环论基础之上提出文学循环论。历史循环论的观点早已有之,而德国学者施本格勒(Spengler, 1880—1936)在《西方的没落》一书中,将人类文化的更替与四季进行对比,认为人类文明总是在不断地重演着发生、成长、衰老和死亡的有机生命原则。在这个基础之上,弗莱提出文学的历史同样也遵循着这种周而复始的演变模式。于是从历时的眼光看,他把整个文学史看做是神话发生置换变形的五个阶段:

一、如果主人公在性质上超过凡人及凡人的环境,他便是个神祇;关于他的故事叫做神话,即通常意义上关于神的故事。这种故事在文学中占有重要地位,但通常并不列入规定的文学类型之内。

二、如果主人公在程度上超过其他人和其他人所处的环境,那么他便是传奇中的典型人物;他的行动虽然出类拔萃,但仍被视为人类的一员。

三、如果主人公在程度上虽比其他人优越,但并不超越他所处的自然环境,那么他便是人间的首领。他所具有的权威、激情及表达力量都远远超过我们,但是他的一切作为既受社会批评制约,又得服从自然规律。这便是大多数史诗和悲剧中那种"高模仿"类型的主人公,基本上便是亚里士多德心目中那类主人公。

四、如果既不优于别人,又不超越自己所处的环境,这样的主人公便仅是我们中间的一人:我们感受到主人公身上共同的人性,并要求诗人对可能发生的情节所推行的准则与我们自己经验中的情况保持一致。这样便产生"低模仿"类型的主人公,常见于多数喜剧和现实主义小说。

---

① 赵小琪:《屠格涅夫和沈从文小说中的自然人文景观》,《外国文学研究》1992年第3期。

五、如果主人公论体力和智力都比我们低劣,使我们感到可以睥睨他们受奴役、遭挫折或行为荒唐可笑的境况,他们便属于"讽刺"类型的人物。①

这五种模式分别对应于五种文学类型,即神话、传奇(童话)、高级模仿(悲剧)、低级模仿(现实主义)、反讽文学。人类文学就是按照这个顺序沿着这样一个环形轨道运行,由神话向反讽发展,然后再回到神话。而当代的文学则发展到了讽刺文学阶段,是各种文学形式循环的结果,也是向神话回归的过渡阶段。可见,这五种模式是循环往复、首尾衔接并不断发展的。

2. 原型意象

弗莱认为,文学诞生于神话和仪式,而原型是探寻宗教、神话、文学发展规律的核心概念。对"原型"的解释,弗莱既有继承又有创新,他认为:"一种典型的或重复出现的意象。我用原型指一种象征,它把一首诗和另一首诗联系起来,从而有助于统一和整合我们的文学经验。"②"是指一个或一组文学象征,他们在文学中为作家反复的运用,因而形成约定俗成的东西。"③

在汉语界,对文学原型概念也有相应的阐述,其中 1975 年台北出版的《文学欣赏与批评》中由徐进夫翻译的概念是较为领先的:

> Archetype——原型,经常反复出现于历史、宗教、文学作品或民俗习惯之中,以致获得显著之象征力的一种意象、题旨或主题模式,依照雍格(荣格)派心理学的解释,原型或"原型意象",系经常出现于潜意识心理之中的神话形式的构造要素。④

原型批评将原型意象分为三个意象群,分别是神启的意象、魔怪的意象和类比的意象。神启的意象属于神话的世界,是对人类理想世界的隐喻表达,比如宗教中的天堂,对应于神话模式;魔怪意象则是与之完全相反的世界,充满可怕的梦魇、丑恶,表现了人内心的恐惧和不安,通常表现为地狱等

---

① 〔加〕弗莱:《批评的解剖》,陈慧、袁宪军、吴伟仁译,天津:百花文艺出版社 2006 年版,第 45 页。
② 同上书,第 99 页。
③ 〔加〕弗莱:《文学即整体关系——析弥尔顿诗〈黎西达斯〉》,吴持哲编:《诺思洛普·弗莱文论选集》,北京:中国社会科学出版社 1997 年版,第 341 页。
④ W. L. Guerin 等:《文学欣赏与批评》,徐进夫译,台北:幼狮文化事业公司 1975 年版,第 250 页。

可怕的世界，对应于反讽模式。神启的意象和魔怪的意象都是未经任何改变的原始的世界，而他们之间的运动和变形又产生了居于二者之间的类比意象。类比意象包括天真的类比、自然和理性的类比以及经验的类比。天真类比的意象展示的是一个理想化的世界，包括具有魔力的慈祥的智慧老人、温顺的动物、美好的景物等等，对应于传奇模式；自然和理性的类比表现的是一个崇高的世界，在这里有理想化的国王、堂皇的宫殿等，对应于高模仿；经验的类比展示的是人类的实际际遇，天真世界的花园让位于农场、淙淙溪水演变为具有毁灭力量的大海，对应于低模仿。

在文学作品中，原型意象为数最多。例如，太阳意象一直活跃在中国文学家的作品中，远古神话有"后羿射日"和"夸父逐日"，《诗经》中有"其雨其雨，杲杲出日"等太阳原型意象，楚辞《九歌·东君》里有"暾将出兮东方，照吾槛兮扶桑"，汉乐府中有"日出东南隅，照我秦氏楼"，唐代李白有"日照香炉生紫烟，遥看瀑布挂前川"，现代诗人闻一多则有《太阳吟》，艾青也在《向太阳》中把"太阳"当做理想与未来的载体。母亲原型意象也较为普遍。女娲是汉民族祖先中的母亲原型，后来文学作品《为奴隶的母亲》中忍辱负重的母亲、《大堰河——我的保姆》中默默无闻、勤劳善良的保姆、《孔雀东南飞》中的焦母、《牡丹亭》中的杜母、《西厢记》中的老夫人等则是对母亲原型意象的置换。

水原型意象、鲲鹏原型意象、红色原型意象等都反复出现在古今中外的文学作品中。

类型原型。弗莱认为，由于文学分为五种原型意象，这五种原型意象按照一定规律的运动，便形成了四种基本的叙事结构：

> 黎明、春天和出生方面。关于英雄出生的神话，关于万物复苏的神话，关于创世的神话，以及关于黑暗、冬天和死亡这些力量的失败。从属的人物：父亲和母亲。这是传奇故事的原型、狂热的赞美诗和狂想诗的原型。
>
> 正午、夏天、婚姻和胜利方面。关于成为神仙的神话，关于进入天堂的神话。从属的人物：伴侣和新娘。喜剧、牧歌和团圆诗的原型。
>
> 日落、秋天和死亡方面。关于战败的神话，关于天神死亡的神话，关于暴死和牺牲的神话，关于英雄孤军奋战的神话。从属的人物：奸细和海妖。悲剧和挽歌的原型。
>
> 黑暗、冬天和毁灭方面。关于这些势力得胜的神话，关于洪水和回到混沌状态的神话，关于英雄打败的神话，关于众神毁灭的神话。从

属的人物:食人妖魔和女巫。此为讽刺作品的原型。①

这四种叙事结构包括了神的诞生、历险、胜利、受难、死亡以及复活,如同四季循环更替、日出日落一样,因此所有的文学可以追溯到一种神话故事。例如,西方文学中的浮士德故事,我国的夸父神话等均有表现。在《西厢记》中,张生和崔莺莺的爱情经历了萌发、相互试探、相爱、遭遇老夫人阻挠、最后被迫分开,然后突然出现转机而最终男女主人公有情人终成眷属,这个结构暗合了原型批评的文学叙事结构并且普遍存在于我国传统文学关于自由恋爱的作品中。

主题原型。原型的另一个重要研究内容是主题原型,这类原型是文学作品中比较稳定、比较普遍的内容意蕴,是不同文化中出现的重点关注的论题。

例如,在中国古典文学中古人多借秋天肃杀的景物来抒写悲怀,无论是仕途艰险、相思离别、人生悲慨还是漂泊孤独,都在瑟瑟秋声中流淌着悲凉情绪,为中国文学增加了感伤的人生况味,进而增强了艺术蕴味,形成了流传千古的悲秋主题。自《楚辞·抽思》"悲夫秋风之动容"以及宋玉《九辩》"悲哉秋之为气也,萧瑟兮草木摇落而变衰"开始,"悲秋"主题原型便作为一种集体经验绵延整个中国文学史,于是曹丕有"秋风萧瑟天气凉,草木摇落露为霜",而杜甫则通过"万里悲秋常作客,百年多病独登台"将秋之衰败与病相连,柳永以"多情自古伤离别,更那堪冷落清秋节"抒写一种相思之情。

与悲秋主题同样延留在中国文学中的主题原型是怀古主题。纵观古今诗坛,咏史怀古之叹不绝于耳,稽古拟古之作层出不穷,苏轼《赤壁赋》、《京口北固亭怀古》等等都是咏史的佳作。怀古主题揭示的是人们对古往今来的人事代谢所生发的历史沉思和念旧情绪。

在西方文学中反复出现的主题原型也有很多,如复仇原型,古希腊悲剧《美狄亚》中的"伊阿宋"为父报仇而盗取金羊毛、"美狄亚"为报复负心的伊阿宋而杀死她和伊阿宋的两个孩子都是复仇主题的极端表现。莎士比亚悲剧《哈姆莱特》更是延续了复仇这一主题并使之成为了整个戏剧的线索。

而反抗主题则是东西方文学中都普遍出现的一个主题原型,中国古典神话中"以乳为目,以脐为口"对抗黄帝的刑天、古希腊神话中盗火的普罗

---

① 〔加〕弗莱:《文学的若干原型》,转引自《现代西方文选》,上海:上海译文出版社 1983 年版,第 345 页。

米修斯等都是反抗主题原型的代表。除此之外,创造主题、不朽主题、叛逆主题等原型也不断出现在中外文学中。

(二) 研究方法

原型批评理论将文学纳入到神话的运行体系中,那么任何一部作品就不可能是孤立存在的,而是与其他作品密切相连。因此,在文学批评的方法中,原型批评理论强调批评家不仅要阅读一部作品,更重要的是要在整个文学系统中对作品进行研究。而批评的目的就是"把一首诗与另一首诗联系起来因而有助于我们的文学经验成为一体"。弗莱把这种有别于新批评"近观"或"细读"的方法阐释为"向后站"理论:

> 在观赏一幅画时,我们可以站得近一些,对其笔触和调色细节进行一番分析。这大致相当于文学批评中新批评派的修辞分析。如果退后一点距离我们就可更清楚看到整个构图,这时我们是在端详画中表现的内容了;这一距离最适宜观赏荷兰现实主义之类的绘画,在一定意义上,我们是在解读一幅画。再往后退一点,我们就能更加意识到画面的布局。
>
> 在文学批评中我们也得经常与一首诗保持一点距离,以便能见到它的原型结构。①

"向后站"的实质是略去作品的细节,从大处着眼,发现与其他作品的联系,找到带有普遍性的原型,进而把握作品的总体结构。在运用原型批评理论和方法进行实践的过程中,主要形成以下几种操作方式:

第一,对某一类原型进行追根溯源,进行考证式分析。对原型的研究只有打破文化和国别的界限,才能使其真正发展壮大,因此对文学原型的溯源和考证有重要的意义。例如,在某些文学或文化现象中反复出现特定的数字,往往具有神秘和仪式的含义,因此很有必要对其进行原型的考证。对数字"七"的研究就是一个很好的例子。有论者指出,小说《百年孤独》中,连续七代的乱伦造成了家族的毁灭,《一千零一夜》中,辛伯达经历七次冒险最后成功。各种民间文学中也反复出现数字"七"原型。如何对这个原型进行考证呢?他认为,通过考察"七"在各地代表的不同文化,如《旧约》所代表的基督教文化、《吉尔伽美什》所代表的古巴比伦文化以及"人日"节日

---

① 〔加〕弗莱:《批评的解剖》,陈慧、袁宪军、吴伟仁译,天津:百花文艺出版社 2006 年版,第 198 页。

所代表的中国文化中的各种意义,我们可以发现数字"七"与各民族的创世神话有密切的关系。而彼此相对封闭的文化区域何以对"七"这个数字产生类似的想法,"七"又何以成为不同民族文化共同的数字原型?追根寻底,我们可以发现原始人类对时空的感受有着相同的地方,"七"是一个代表着宇宙间无限大的循环基数,因而被赋予神秘的意义反复出现在文学中。①

这种考证的方式对原型批评以及对作品本身都具有重要的意义,有利于在此基础上进行衍发研究。

对 21 世纪的新加坡华文文学进行研究,会发现其中反复出现三个原型,即追寻原型、月亮原型、女娲原型。通过对这三个原型进行考察,会发现它们都与中华文化相关;但是又不完全等同于我国文化中的这些原型的内涵,这背后的原因正是原型批评要解释的重要意义。一方面,由于新加坡人大部分属于华裔,他们与中华文化有着血浓于水的联系,但是另一方面,新加坡又是一个独立的国家,在欧美文化的影响下正逐渐形成自己的文化体系。②

可见,由于"文学的叙述方面是一个有规律可循的演变过程,文学内容的置换更新则取决于每一个时代所特有的真善美标准"③,因此,对一种原型的研究仅满足于发掘和考证还远远不够,还要求研究人员透过迷雾看清本质,找出导致原型发生置换的原因,从而更准确地掌握作品。比如,不同时期、不同作品中的替罪羊原型、浮士德原型等不都是以完全一致的面貌出现,要想理解这类原型,对原型置换的研究必不可少。

第二,运用原型批评理论对某一作品进行分析,从而挖掘作品的思想精髓和内涵。中国古典名著神魔小说《西游记》历来是批评家的宠儿。对其进行原型批评分析的文章较多,而有些学者另辟蹊径的研究使作品获得了新的内涵。如,有论者将唐僧师徒历经八十一难,由非佛而成佛的过程看成是成年礼原型模式。成年仪式的含义是指在部落首领的安排下,经过种种考验,克服心理上的不成熟,最终获得进入社会的资格。而取经故事的结构模式是师徒四人在佛祖的安排下克服种种儿童性错误,经过八十一难,九九

---

① 叶舒宪:《原型数字"七"之谜——兼谈原型研究对比较文学的启示》,《外国文学评论》1990 年第 1 期。
② 赵小琪、吴冰:《原型批评视野下的新世纪新加坡华文文学》,《华文文学》2008 年第 1 期。
③ 叶舒宪:《神话—原型批评》,西安:陕西师范大学出版社 1987 年版,第 171 页。

之数,最终宣告成佛而进入佛社会。与成年礼将使儿童失去童年的快乐一样,成了佛的师徒四人会受到来自内心的更多的约束。因此,《西游记》的叙事模式可以提炼为"儿童犯错——严酷考验——成年命名"。① 这种在原型视野下对某一具体作品的观照,使得对作品原型的考察更为细致,深化了作品的内涵,对研究具有重要作用。

运用原型批评对曹禺的话剧《雷雨》进行研究,也会得出不同的结论。例如,有论者指出,在周公馆中大少爷周萍就可以看做是杀父娶母的原型,他恰似一个大家庭中的王子,把对女性的占有作为自己的特权,于是他很快就与后母繁漪发展成了情人关系,但是他的弑父并没有以最初的神话形式出现,而是将杀父的事实置换为杀父的想法出现在文学作品中。那么为什么会出现这种情况?通过考察古今中外文学中杀父娶母原型的置换规律发现,社会文明越进步,这种原型的表达就越隐晦。用原型分析《雷雨》,使对这部通常被用来做阶级分析的作品的研究产生了一定新意。②

第三,在原型批评理论的视野下考察某一作家的作品,从而达到对作家的创作风貌的总体把握。比如,为了从整体上把握简·奥斯丁(Jane Austen,1775—1817)的创作,有论者首先运用"远观"的方法,找出其作品中普遍的原型,发现《诺桑觉寺》、《理智和感伤》、《傲慢与偏见》、《曼斯菲尔德庄园》、《爱玛》以及《劝导》这六部小说反复出现一个共同的原型叙事结构:经过坎坷的生活道路后,女主人公最终获得了爱情的大团圆,找到了幸福。在《傲慢与偏见》中伊丽莎白和达西这一对成见颇深的青年男女,各自在生活旅途中重新认识自我,随后是情深意笃地喜结百年之好。在《爱玛》中则写了一个自视清高的富家女,在为别人婚事的奔忙中,不知不觉地也为自己的婚姻担忧,最后与自己喜爱的人喜结良缘。在原型批评的理论中,喜剧是夏天的神话,是对美好生活的追求和憧憬,因此,爱情大团圆结局的原型表现出简·奥斯丁对19世纪初英国中产阶级田园牧歌式的乡村生活的热情讴歌,对人生与自我的肯定的心理需求,从而也决定了简·奥斯丁作品具有浪漫传奇的总体风格。③

再比如,从劳伦斯(D. H. Lawrence,1885—1930)多部作品中可以提

---

① 方克强:《原型模式〈西游记〉的成年礼》,《文艺争鸣》1990年第3期。
② 鲁原:《道德的困惑与人性的窘迫——〈雷雨〉的原型批评》,《社会科学战线》1993年3期。
③ 杨正和:《美的帷幕下透露出的睿智—神话原型批评与奥斯丁的创作》,《江西师范大学学报》1994年第4期。

炼出远古神话中的"大母亲"原型。《儿子与情人》中的葛楚、《可爱的夫人》中的波琳、《白孔雀》中的莱蒂、《恋女》的赫米恩和古娟以及《儿子与情人》中的米丽安,这些女性都具有坚强意志、强烈控制欲,呈现出"可爱又可怕"的双重特点。无论是感情全部投注到儿子身上以填补爱情空白的母亲,还是完美的爱人,都使男人感到窒息。她们的爱给了男人活力,也让男人自我毁灭。劳伦斯作品中的这种"大母亲"原型,反映出劳伦斯受到父权社会男性集体无意识的影响,对母亲和女性持双重态度:她在带来生命的同时又催生了毁灭,既有善良的心地,又有邪恶的灵魂。因此,劳伦斯对女性的刻画包含着对女性既期待、又憎恨和恐惧的爱恨交加的心理。①

张爱玲小说中反复出现镜子的原型意象。镜子易碎,因此在古今文学中常常暗示怨偶之间残缺的关系,"破镜难圆"形容夫妻关系难以复合。同时镜子也是反映真实人生、暴露赤裸灵魂的工具。在《鸿鸾禧》这篇小说中,镜子意象出现多达七次,如通过对比娄太太和邱玉清对镜而照的不同感触,暗示出家庭关系的薄弱无比;《金锁记》中曹七巧借助镜子完成了做媳妇向做婆婆的过渡;《红玫瑰与白玫瑰》映照出租界洋场中灵魂的虚伪和无耻;《倾城之恋》中白流苏在冰冷的镜中照出自己残缺的青春和破碎的心,便悲壮地投入到为自己找一个夫家的征程;《沉香屑·第二炉香》中罗杰自杀前在镜子里看到了自己破碎的婚姻。镜子是张爱玲借以表现虚伪婚姻关系、反映冰冷现实的工具,由此可见,张爱玲对爱情、对两性关系的态度是失望的,爱情也如同镜子一样是易碎的、靠不住的。②

三、原型批评的意义、局限和发展前景

(一)原型批评的意义

原型批评理论的诞生结束了新批评一统天下的局面。在此之前,新批评理论一直主宰着文学批评界,但是,它过于强调文学的内在因素,孤立地研究单个作品,忽视文学与社会的联系,是一种微观的形式主义。"文学批评如果切断自己在神话体系中到文化和历史到根子,它就会很快丧失生命。"③所以,进入20世纪,原型批评以一种独特的姿态进入文学批评领域,它以崭新的

---

① 罗婷:《原型批评:劳伦斯笔下的女性形象》,《湘潭大学学报》1994年第4期。
② 杨曙:《月亮、镜子——原型批评视角下的张爱玲小说》,《绥化学院学报》2006年第5期。
③ 〔加〕弗莱:《神力的语言——"圣经与文学"研究续编》,吴持哲译,北京:社会科学出版社2004年版,第3页。

角度研究文学,突破了旧有的文学研究模式和方法,为文学批评和文学理论的发展开创了一条崭新的道路。

原型批评是跨学科和跨文化研究的典范。相对其他文艺理论,原型批评是建立在跨学科研究、跨文化研究基础之上的。它将人类学、心理学、结构主义语言学以及哲学等有机地融为一炉,整合成一个庞大的体系,将不同民族、不同地区、不同文化系统的文学艺术统一在更广阔的范围内,建立起世界文学的普遍联系,极大地拓展了理论视野。

原型批评对文学的研究持有深重的文化关怀目光。它借鉴荣格集体无意识理论,认为文学就是"移位的神话",是现代人对欲望和幻想的艺术表达,是对人类原始心理经验的长期积累的书写。在人类文化研究整体性观点的启示下,原型批评建构了自己的一整套文学批评理论体系,把一向孤立的文学研究引向了广阔无垠的人类文化世界,逐渐发展为一种比较完备的文学批判法则。原型批评摆脱了新批评只见树木不见森林的脱离文化根源的单纯文本分析,试图以回归文化世界的开阔视野来解释文学,增强了对社会的深层关注。因此,在某种意义上说,原型批评理论在西方文学批评理论的发展史上起到了继往开来的伟大作用,扩大了文学接受理论的内涵和外延,使文学批评理论由比较单一的形式关怀向饱含文化意义的人文关怀迈进。

(二)原型批评的局限

原型批评并不关心作家的创作个性,它将文学模式作为研究的重点,而认为作家创作个性妨害于模式的研究。艺术家"是一位具有更敏锐感觉的'人',他是一个'集体的人'(Collective man),是一位承领和塑造人类无意识及心智生活的人"[①]。而"个人色彩在艺术中是一种局限甚至是一种罪孽"[②]。弗莱认为包括乔叟(Geoffrey Chaucer,1340—1400)、莎士比亚(W. William Shakespeare,1564—1616)、弥尔顿(John Milton,1608—1674)在内的文学大师都在模仿和抄袭。但是,这一点遭到了批评家们的质疑。比如,美国文论家 M. H. 爱布拉姆斯(Meyer Howard Abrams,1912—)认为这种阅读法取消了文学作品的个性,甚至完全抹杀了文学作品的本质。

---

① 〔瑞士〕G. G. 荣格:《现代灵魂的自我拯救》(G. G. Jung, *Moden Man in Search of a Soul*),Ark Paperback Press,1989,p.195。
② 〔瑞士〕荣格:《荣格文集》,转引自《心理学与文学》,冯川等编译,北京:三联书店 1987 年版,第 140 页。

原型批评旨在找寻作品中的原型意象或原型模式，却忽视了文学的审美属性和价值判断。这种以形式和模式作为其意义核心的批评方法，在所难免地会忽视文学中的历史内容、伦理判断以及美学价值等内涵，就如同把栩栩如生的文学变成一株枯死的大树，体系虽庞大却全无生气。如果说，新批评是一种微观的形式主义研究，那么神话原型批评则是一种宏观的形式主义研究，在漠视或无视文学内容上，两者如出一辙。

原型批评理论具有浓厚的神秘主义色彩。它将文学整体纳入到神话的体系下进行观照，将神话作为文学的起点和归宿，把一切文学故事归结为神话的翻版，自然会给文学现象蒙上一层神秘色彩。另外，原型批评把文学归结为原始文化心理和文学传统的产物，尤其是荣格认为原型是靠遗传获得的，然而到目前为止，科学界还没有证据证明集体无意识这种非物质性的经验可以遗传，而弗莱对原型假说的解释也较晦涩、含混。因此，以此为基础的神话原型批评也就不可避免地存在不可论证的危机。

弗莱受施本格勒历史文明循环论的影响，形成了"文化循环论"。他将文学归为文学模式的循环和文学意象的循环，整个文学史是从神话、浪漫故事、悲剧、喜剧再到讽刺这五种基本模式的依次更替，并且一轮循环之后，又开始新一轮的循环，永不停止。然而这种"文化循环论"如同"历史循环论"一样，其理论本身是站不住脚的。原型批评将文学等同于神话，并认为文学最终会回归神话，这种简单的重复和回归，实际上是违反了辩证法的发展观，否认了文学的发展和进步。

（三）原型批评的发展前景

尽管原型批评存在着这样那样的局限性，但是应该看到原型批评并不是一个故步自封的理论体系，而是在与批评实践的相互作用中不断地创新。

弗莱之后，美国批评家维克里（John B. Vickery）在60年代编写了《神话与文学：当代理论与实践》，这是一本大力倡导人类学、流传颇广的论文集，并且在此理论指导下，他陆续推出《格雷福斯和白色女神》、《〈金枝〉的文学影响》等著作，密切了原型批评与人类学的联系。尤其是在80年代出版的《神话与文本》则主张把关注的中心放在每一位作家对原型所作出的个性化改造和复杂多变的想象反应上，发展了原型解读方法，一定程度上避免了原型视角的单一性。

在我国，原型批评的理论研究相对比较薄弱，但是也不乏一些成果，如童庆炳的《原型经验与文学创作》、付道彬的《中国生殖崇拜文化论》等都颇有创建。在原型批评的实践上，我国的研究成果颇丰，尤其是将原型批评理论应用于对中国古典文学的重新阐释方面取得了较大成果。原型批评理论与中国文学尤其是中国古典文学具有很强的内在契合性,因此运用原型批评研究中国古典文学具有很大潜力。如,在我国古典诗歌中反复出现的"黄昏"、"残阳"、"落叶""月亮"等意象原型,"悲秋"、"怀古"等主题原型中蕴含的深层的原始意义,对描述中国文化的精神发展史有重大意义。另外,我国的古典小说也可以通过原型批评进行阐释,获得新意。例如,方克强的《原型题旨:〈红楼梦〉的女神崇拜》就是一篇将原型批评与古典名著相结合的例子,文章将作品划分为三个神话,即女娲补天的神话、太虚幻境的神话和木石前盟的"还泪"神话,从而揭示了女性文化的复归。同时,在我国学者努力探讨如何立足于中国本土学术的深厚土壤融合外来治学方法的大背景下,原型批评成为我国国学的"第三重证据",丰富了"三重证据法"。比如,在对《诗经》和《楚辞》的研究中就发挥了很大作用。

另外,在实际的批评实践中,原型批评也通过与结构主义、接受美学、女权主义等批评模式相结合的方式不断完善自己。如在《"顶冠"的原型性结构意图——西方文学象形符号的一个说法》这篇论文中,就从结构主义、语言学、符号学、原型批评等各个角度进行剖析,挖掘内涵。因此,借助于跨文化、跨学科的外力的推动,原型批评的发展前景一片光明。

【导学训练】

一、本节学习建议及关键词释义

1. 学习建议:

了解原型批评理论的理论基础,掌握原型批评的内容、理论体系和理论特点。掌握主题学的研究范围和内容,了解原型批评的局限和发展前景,学会用原型批评来分析作品。

2. 关键词释义:

原型:原型在不同领域中的具体概念有所差别。在文学领域中,原型是指反复出现于历史、宗教、文艺等文化领域的带有普遍性心理模式和显著象征力的意象、叙事模式或主题。

置换变形:它是源自于精神分析学梦的术语,指一系列使神话在现实主义虚构文学中具有可信性的技巧或手法,即指神如何变为文学中的人。具体说来,导致置换变形的原因是多方面的,主要包括时代背景、民族文化、地理环境、经济政治条件、作家创作个性等因素。因此,原型通过置换变形能够彰显出多种增值意义。

二、思考题

1. 简述中国神话对中国文学批评的影响。
2. 弗莱与荣格对原型的理解是否有区别？如果有,表现在哪些方面?

三、可供进一步研究的学术选题

原型批评理论在中国古典文学研究中的作用

提示:自原型批评传入中国以来,中国的文学批评家便一直试图运用原型批评方法阐述中国文化与文学的象征意蕴,寻求神话原型批评与中国古典神话的结合。原型凝缩和积淀了民族的历史和文化,因此,原型批评是一种对民族精神的深刻探索。历史虽然易逝,但是它却通过原型留在文学中,留在一个民族的精神深处。中国古典文学具有极为丰富的原始意象,这些意象积淀着整个中华民族的集体无意识,体现着伟大的民族精神和文化。因此,将原型批评理论与中国古典文化结合意义重大。首先,应该深入挖掘我国文学中的神话内容,然后,探索这些内容在不同时代发生的置换及其原因,最重要的是在对一些古典文学进行分析的过程中,深化民族最深处的集体情感。

【研讨平台】

中国文学中的神女原型

提示:在中华民族的集体无意识中,神女这一意象反复出现,于是,神女原型就自然成为中国长达千年的文学传统中的重要表现内容。自战国时楚国辞赋家宋玉笔下的高唐神女起,美丽女性便凝聚着原始宗教、神话、传说的光辉,她是中华民族多种神祇形象的复合。然而,随着时代的发展,高唐神女及其梦交楚怀、襄二王的故事,逐渐置换为多种类型。一类是代表情欲的女性,另一类则成为男性心理一个始终难以企及的目标,成为他们的一个美好梦幻。因此,无论是从曹植的《洛神赋》、蒲松龄的《聊斋志异》,还是曹雪芹的《红楼梦》中,我们都可以发现高唐神女形象与故事的影子。可见,高唐神女及其梦交故事——"巫山云雨"在中国古代文学史上产生的影响相当深远。因而,挖掘中国文学中神女的原型,具有重要意义。这不仅有助于了解我国的神话与风俗,而且对研究我国古代文学中的人物形象以及探寻原始思维与文学之间的关系具有极其重要的意义。

中国文学中的美人幻梦原型(节选)

从心理功能上看,美人幻梦的意义也只有同礼教现实相联系才能更好地揭示出来。现代心理医学认为,梦幻现象具有自我治疗和心理整合的作用,它能弥合愿望与现实间的鸿沟,维持意识与无意识间的平衡状态。从这一意义上看,中国的美人幻梦文学正是在满足广大读者心理需要的前提下才得以存在、延续和繁荣的。那些大同小异的梦在文学意义上优劣有别,但其心理功能却大致相同:以虚构情境宣泄被抑制的人生基本欲求,使主人公——更确切地说是作者和读者——克服内心张力,消解焦虑,恢复或重建人欲与天理之间的平衡。就此而言,在文化上相互对立的美人幻梦与礼教道德在心理整合的意义上却是彼此依存的。詹天游《赠粉儿词》有句云:"不曾真个也消魂"。从某种意义上说,美人幻梦以虚幻的满足替代了现实的不满,无形中也多少起到了维护礼教现实的作用。

—— 叶舒宪:《中国文学中的美人幻梦原型》,《文艺争鸣》1992 年第 5 期。

附:关于"中国文学中的神女原型"的重要观点

《红楼梦》的神话系统主要有三部分组成,即女娲补天(包括顽石通灵)的神话、太虚幻境的神话和木石前盟的"还泪"神话。这些神话,有的是作者在远古神话基础上的升华,更多的则是作者私人性的创造。它们的共同点是,活动在神话中的主角都是女性神仙人物。这表明,作者在挪用原有的"集体意象"和新创"个人意象"时,都有意识地进行了性别选择。

——方克强:《原型题旨:〈红楼梦〉的女神崇拜》,《文艺争鸣》1990 年版 第 1 期。

与水神的关联,可用以解释在绛珠幻化的故事里,使黛玉获得生命之水的来源,而与配偶神的关联,则可用来解释所谓"木石姻缘"的起源,就是说,描述黛玉创生的绛珠幻化故事所孕含的"木石姻缘",原来却是来源于黛玉原型中作为配偶神的一面。而黛玉之重情,则又表现了作者关于婚姻的理想。

——章惠垠:《神女神话与林黛玉——黛玉原型初探》,《安徽师大学报》1993 年第 1 期。

【拓展指南】

一、重要文献资料介绍

1.〔加〕弗莱:《批评的剖析》,陈慧、袁宪军、吴伟仁译,天津:百花文艺出版社 2006 年版。

简介:本书是原型批评的集大成之作。全书在吸取了心理学、人类学、哲学等各家之长的基础上,系统地阐述了神话原型批评的理论体系,提出了整体文学观,体制宏大,视野开阔。它的问世标志着原型批评的崛起。而全书内容不仅限于单一的批评模式,对西方整个文学系统的结构形式也进行了多层次的精细分析。

2.〔英〕弗雷泽:《金枝》,北京:大众文艺出版社 1998 年版。

简介:本书是原型批评在文化人类学方面的又一奠基之作,是一部严肃的研究原始信仰和巫术活动的人类学著作。全书通过丰富的人类学资料对世界范围内的神话、仪式、习俗及有关信仰进行全面深入的研究,被称为人类学的百科全书。

二、一般文献资料目录

1.陈厚诚、王宁主编:《西方当代文学批评在中国》,天津:百花文艺出版社 2000 年版。

2. 陈鸣树：《文艺学方法论》，上海：复旦大学出版社 2004 年版。
3. 方克强：《文学人类学批评》，上海：上海科技出版社 1991 年版。
4. 萧兵：《楚辞的文化破译》，武汉：湖北人民出版社 1991 年版。
5. 叶舒宪：《文学与人类学》，北京：社会科学文献出版社 2003 年版。
6. 赵小琪：《40 年代文学中"家"的寓言》，《江汉论坛》2000 年第 8 期。

第二节　文学与叙事学

一、叙事学的渊源、定义与特征

（一）渊源

叙事学又称叙述学，发轫于 20 世纪 60 年代的法国。叙事学"诞生的标志为在巴黎出版的《交际》杂志 1966 年第 8 期，该期是以'符号学研究——叙事作品结构分析'为题的专刊，它通过一系列文章将叙述学的基本理论和方法公诸于众"①。但是，直到 1969 年，"叙事学"（narratologie）之名才在兹韦坦·托多罗夫（Tzvetan Todorov, 1939—　）的《〈十日谈〉语法》一书中出现。

叙事学的理论根基来源于结构主义。结构主义注重对文本内部各部类的特点、组合规律的共时性分析，这一特点深刻影响了叙事学。20 世纪 60 年代，作为一种发展势头强劲的文艺批评流派，叙事学在普洛普（Vladimir Propp, 1895—1970）、热拉尔·热奈特（Gérard Genette, 1930—　）、查特曼（S. Chatman, 1928—　）、罗兰·巴特（Roland Barthes, 1915—1980）、格雷玛斯（Algirdas Julien Greimas, 1917—1992）和布雷蒙（Claud Bremond, 1929—　）等人的努力下发扬光大。按照美国叙事学家普林斯（Gerald Prince）的分类法，可以将他们归为三个类型：(1) 以普洛普为代表的致力于探讨文本故事表层结构规律的叙事学家；(2) 以热奈特为代表的致力于探讨文本"话语"层次表达技巧的叙事学家；(3) 以普林斯和查特曼为代表的既注重文本故事表层结构规律又关注文本"话语"层次表达技巧的叙事学家。②

20 世纪 90 年代是叙事学研究转型的重要时期。一方面，根植于结构主义、形式主义理论的叙事学研究将文本当做一个封闭的整体，完全跟社

---

① 申丹：《叙述学与小说文体学研究》，北京：北京大学出版社 2001 年版，第 3 页。
② 同上书，第 4 页。

会、历史、文化等外部诸因素隔离,势必造成某种程度的研究缺憾;另一方面,诸如解构主义、女性主义、后殖民主义等批评流派发展势头迅猛,不能不对叙事学研究造成强烈的冲击。为顺应国际文艺理论研究大趋势,也为了叙事学自身的良性发展,区别于老一辈叙事学家热衷的"经典叙事学","后经典叙事学"应运而生。同时,由法国到北美的叙事学研究中心位置的变化也象征着"后经典叙事学"的正式崛起。这批新的叙事学者,"强调叙事文本的读者及社会文化语境的作用;重新审视和解构经典叙事学的一些理论概念;注重叙事学的跨学科研究"①。"后经典叙事学"的一大特色在于它强大的吸附、涵括功能。它跟诸如女性主义、接受美学、精神分析等后现代理论良性互动与融通,相比"经典叙事学"来说,具有更加强大的适应能力;这些理论彼此融汇的的结果便是女性主义叙事学、认知叙事学、社会叙事学等叙事分支理论的产生。

(二)定义

首次提出"叙事学"概念的托多罗夫认为,叙事学是"关于叙事结构的理论。为了发现或描写结构,叙事学研究者将叙事现象分解成组件,然后努力确定它们的功能和相互关系"②。在托多罗夫看来,叙事学关注的焦点是结构,并且根据他的研究实践,我们还可以发现,他所谓的结构主要是指文本的语法、句法和词汇等表层结构。因此,要想厘清这些结构,必须像拆卸机器零件一般,将文本表层结构的各种组件分解开来,弄清它们各自的特点及相互关系。在七卷本的《大拉鲁斯法语词典》中,叙事学被定义为"人们有时用它来指称关于文学作品结构的科学研究"。新版《罗伯特法语词典》对"叙事学"的解释则是"关于叙事作品、叙述、叙述结构以及叙述性的理论"。这些解释都将叙事学的研究对象定位为文本的内部结构及其相互关系。

我们认为,广义的叙事学是对所有叙事作品进行叙事学分析的理论;而狭义的叙事学是只针对文学作品进行的研究。具体而言,叙事学是一种以叙事作品为主要研究对象,以叙事作品的内部成分或其与外部文化间的影响为主要研究方向,以科学系统的分析方法为主要手段,具有极大包容性的文艺理论。

(三)特征

叙事学具有结构主义和形式主义特征。诚如上文所述,叙事学理论的

---

① 申丹:《新叙事学丛书·总序》,北京:北京大学出版社2002年版。
② Todorov. T, *Grammaire du Decameron*, Mouton: The Hague, 1969, p. 69.

根基在结构主义和俄国形式主义。结构主义语言学从共时性角度去考察语言的研究方式对叙事学产生了重大影响,而结构主义语言学关注的历时/共时、语言/言语、能指/所指等二元对立结构成为后经典叙事性艺术的基本特征;俄国形式主义理论关于"故事"和"情节"之间差异的研究对叙事学中的叙事作品结构层次的划分产生了重大影响。

叙事学研究具有民族化特征。叙事学研究的对象主要在文本结构,因此对文本语言的研究成为叙事学研究首要的切入点。从时间、语式、语态等语法范畴出发去分析叙事文本是欧洲叙事研究的一大特色,而在欧洲大陆及英美等国,本土的叙事学家更多地关注语言的修辞技巧。叙事学引进到中国,具有本民族特色的诸多语法因素无疑也深深地渗入到本土的叙事学研究,形成了自身的理论特色。

叙事学研究具有交叉性特征。不同于"经典叙事学"的封闭与单一,"后经典叙事学"研究实现了跨学科、跨领域的文本分析。一方面,它对其他文学批评理论加以吸纳融汇;另一方面,它还将其他领域如音乐、绘画、茶艺、戏曲等艺术形式纳入自己的理论体系,增强了自身理论的深度和广度。

二、文学与叙事学关系的研究内容和范围

(一)文学作品的叙述主题

主题是对文学文本的中心意思作抽象概括的归纳总结性语句。比如"对生活的热爱"、"爱国主义精神"和"爱情的赞美"等。抽象的主题有待于文本人物和故事情节的具体化,并由此被赋予个体性倾向。比如"金钱"一词,就其本身意义而言,指的是一种为交易提供证明的广泛流通的物质,毫无褒贬的感情色彩。可是一旦进入作家的创作视野并反映在文学作品中,便会具有倾向性。一方面,它可以成为救人于危难的必需之物,给人的是温暖和感动。如在《李娃传》中,当书生落魄街巷,偶然遇到曾经的情人李娃时,李娃并没有听从鸨母"当逐之"的建议,而是拿出自己平生积蓄,助书生读书科考。很显然,这里的金钱,在书生和读者的眼里,是爱情、温情的象征。另一方面,它也可以是腐蚀人的灵魂之物。比如在《杜十娘怒沉百宝箱》中,书生李甲见利忘义,将杜十娘以千金之资卖给孙富,以致于杜十娘沉箱跳河而死。这里的金钱,俨然成了利欲熏心、负情薄幸的代名词。可见,这些本来不带任何感情色彩的主旨词一旦具有了褒贬的意义倾向,便上升为文学文本的主题了。

主题常常与母题对举。母题数量的单一性恰好跟主题数量的多样性形

成强烈的反差。因此,诸多文学文本之间的母题也许具有相似性,但主题却完全可以千差万别。同一叙事主题在文学史上会不断重复和演变,在不同时代、不同国家或不同民族的文学里会经常出现,并且被不同的作家所采用。比如"善恶冲突"这一主题在《圣经》中比比皆是,到了莎士比亚的戏剧、哥特小说、浪漫主义小说、维多利亚小说中仍然大量出现。又如"才子佳人的爱情"这一叙述主题,在我国古代文学史中不断被重复和演绎。元稹《莺莺传》的最后对才子佳人的爱情这一事实持否定态度;王实甫《西厢记》却对这种爱情积极肯定。更重要的是,自从《莺莺传》开始,"才子佳人"这一主题便成为古代小说长盛不衰的创作模式,以至于到明清之际,演变成了一个规模巨大的小说流派。

由于受到作家的人格性情、所处社会环境、所接受信息的影响,对同一叙述母题,不同作家会作出不同的接受和处理,从而使其多姿多彩、绚丽夺目。如上文提到的"善恶冲突"主题,来源于《圣经》,主要通过耶稣和撒旦的冲突予以体现。到了莎士比亚的笔下,善恶的代表分别降格为尘世的普通生灵,比如《奥赛罗》(Othello)中伊阿古对苔斯狄梦娜的陷害。而在马修·刘易斯(Matthew Gregory Lewis,1775—1818)的哥特小说《修道士》(The Monk)中,修道士安布罗斯对安冬尼娅的迫害却将上述"善恶冲突"的主题意蕴加深了。在之前的作家笔下,善与恶的冲突就像黑白两色一样,泾渭分明,褒贬立判。但是,在《修道士》中,安布罗斯本来是个严格按照宗教戒律修身养性的道德之士,可是源自人性本身欲望的冲击与泛滥,他由"善"而"恶",最终受到了残酷的惩罚。

鉴于叙事主题的以上特点,比较文学的叙事主题研究应具有宏观性、整体性和变异性,应从超乎个别作品的主题之上来宏观把握主题彼此的互动关系,不仅要重视同一主题在历时态中不断重复和演变的相似性规律,也要研究同一主题在共时态中被不同作家接受处理的变异性特征。

(二)文学作品的叙述母题

所谓母题就是指文学作品中反复出现的人类的基本行为、精神现象以及人类关于周围世界的概念,如生、离、死、别,喜、怒、哀、乐,时间,空间,季节,海洋,山脉,黑夜,等等。① 相对主题的多样和变化而言,母题的数量较少。它除了本身能构成独立的故事外,还可以与其他母题共同组成崭新的

---

① 陈惇、孙景尧、谢天振主编:《比较文学》,北京:高等教育出版社2007年版,第90页。

故事系统。母题是从故事情节中抽象概括出来的,其本身并不显示出褒贬态度,当它借由一定的表现形式出现时,才会确证自身的道德情感指向。因此,母题在文本中的主要功能在于叙事。

决定文本叙事母题取舍的因素是多方面的。比较而言,民族、地域、文化背景等都是重要的因素之一。比如我国的"别离"母题,如钟嵘《诗品·总序》所言,主要表现在"楚臣去境"、"汉妾辞宫"、"负戈外戍"、"霜闺泪尽"等方面。而这些方面又可用"家国天下"概言之。从这些别离的场面中,我们可以审视出华夏民族重国家、集体、荣誉的文化内涵。由此,我们也能审视出华夏儿女在人生态度、价值取向和感情皈依上的种种特点,而这些特点绝对是其他异质民族所不具备的。

"背叛"历来是西方叙事作品中一个常见的叙事母题和写作传统。如莎士比亚的《麦克白》(*Macbeth*)就是一部描写背叛的叙事作品,叙述了一个为了欲望的满足而背叛国王的个人悲剧,演绎了西方传统的"背叛与受罚"的叙事母题。在该剧第五幕第五场中,麦克白说:人生"是一个愚人所讲的故事,充满着喧哗和骚动,却找不到一点意义"[①]。通过剧中人物之口,传达了作者对西方文化传统中关于人性、欲望等重要观念的理解,并进一步借"背叛与受罚"的母题,深层次探讨了人生存的意义以及人类终极走向的哲学命题。

(三)文学作品的叙述视角

叙述视角是叙事学的一个重要范畴,一般而言指创作主体在创作文本时,对叙述事件的角度的把握。它涉及叙述者和叙述文本之间的关系,是叙述者实现叙述行为极其重要的途径和方式。

西方叙事学家在叙事视角方面的探讨,无论从深度还是广度上都是空前的。下面,我们逐一进行介绍:

全知视角。相对而言,全知视角是叙述者使用最多的叙事视角。其显著特色是叙述者站在全知全能的角度和立场,对叙述中的人物及其命运、事件走向诸因素无所不知,无所不包。它又被热奈特称为"零聚焦或无聚焦","即无固定视角的全知叙述,它的特点是叙述者说出来的比任何一个人物知道的都多,可用'叙述者 > 人物'这一公式来表示"[②]。需要注意的

---

① 〔英〕莎士比亚:《莎士比亚全集》(八),朱生豪译,北京:人民文学出版社 1978 年版,第 387 页。
② 申丹:《叙述学与小说文体学研究》,北京:北京大学出版社 2001 年版,第 197 页。

是,"上帝般的全知叙述者没有固定的观察角度,在观察位置上有其独特之处"①。也就是说,无论叙述者是以文本之外的身份还是以文本中的人物身份进行叙述,只要观察的范围是全知全能型的,都算全知视角。使用全知视角叙述的小说不胜枚举,如《水浒传》、《静静的顿河》等小说采用的就是全知叙述,小说中的叙述者基本是全知全能的处身于故事发展之外的旁观者。

使用全知视角叙事的优势主要在两方面:首先,灵活的时空跨度。就小说这种文体而言,尤其是长篇小说,篇幅较长,字数很多,决定了它所涵括的内容十分丰富。有鉴于此,一种全知全能的视角更能够全面地审视那些复杂的内容。在这种叙事视角里,叙述的时间可以自由跨越,"思接千载"、"视通万里",拥有绝对自由灵活的叙事方式。同时,叙述的空间也显得广大无边,"身在江湖,心在魏阙",举凡为了叙述需要,什么地方都可以顷刻即至,且各个不同的地点之间还可以不断转换。其次,丰富的观照侧面。在全知叙事视角中,叙述者不但知道自身及其所能够感知的一切情况,还知道一切常规所不能获悉的情况。这种优势决定了他可以对某个事件从不同的侧面予以观照,从而使呈现在读者面前的该事件异常生动、丰富,犹如一幅活动的立体画卷,纤毫毕现,宛在目前。

但是,全知视角叙事的缺点也不容小视。首先,它降低了文本与读者之间的审美距离。我们知道,一部作品之所以能引起读者强烈的阅读兴趣,就读者一方而言,阅读期待至关重要。但是,全知叙事视角的使用却大大降低了读者的逆向期待。也就是说,在全知叙事视角中,叙述者主动代替读者去思考、探索,从而使得读者适当的求异思维显得多余和没有必要。这样的影响,显然是不利于作品的传播的。

其次,它破坏了读者心里的故事联想。在阅读一部作品的过程中,读者也就相应地在心里建构出一幅属于自己的潜在故事图景。但是,使用全知叙事视角的叙述者却运用所选用叙事视角的特点,不断插入读者的想象空间,破坏读者的故事联想,使得读者的联想兴趣变得索然无味。"无所不知的作者不断地插入到故事中来,告诉读者知道的东西。这种过程的不真实性,往往破坏了故事的幻觉。除非作者本人的风度极为有趣,否则他的介入是不受欢迎的。"②

限知视角。热奈特又称之为内聚焦叙事。"'内聚焦'其特点为叙述者

---

① 申丹:《叙述学与小说文体学研究》,北京:北京大学出版社2001年版,第200页。
② 〔美〕艾姆斯:《小说美学》,傅志强译,北京:北京燕山出版社1987年版。

仅说出某个人物知道的情况,可用'叙述者＝人物'这一公式来表示。"①

限知视角往往采取第一人称叙述,但它还应包括第二、三人称叙述。(第三人称内聚焦视角与第三人称全知视角的区别在于,前者是限知叙事,后者是全知叙事。但在具体的作品分析中,这种区别往往被忽略。)总而言之,限知叙述者无论是作者本人还是作品中的虚构人物,无论是主要人物还是次要人物,都是允许的。他和其他人物建立各种联系,并对故事人物和事件等起到描述或解释的作用。与全知视角叙事的唯一区别在于,他不能向读者提供自身无法通过有效途径获悉的内容。

限知视角包含三种不同的类别:其中,固定式内聚焦指"固定不变地采用故事主人公一人的眼光来叙事"②,也就是说,在一部作品中,相对某个人物而言,叙述者这一身份永远不变。转换式内聚焦指叙述者"让读者直接通过人物的眼光来观察故事世界"③,这是说,在一部作品中,叙述者的身份是不固定的,他会通过不停地转换来让读者获悉相应的信息。多重式内聚焦指"采用几个不同人物的眼光来描述同一事件"④,即叙述者分别属于几个特定的人物,但他们分别从自身的角度审视同一事件。它与转换式内聚焦的区别在于,后者并不将各自的角度限定在一个事件上。

限知视角叙事的优点和缺点同样明显。首先,限知视角的叙述者既是故事叙述人,又是故事的参与者。叙述人的一言一行、一举一动都跟文本中的其他人物、事件发展息息相关,这种双重身份决定文本的叙述给读者真诚可信的感觉。但是,限知视角叙事的优点又往往成了束缚它发展的缺点。由于这里的叙述只能是来自限定的叙述者,而这个限定的叙述者又只能根据自身所知的有限信息作有限的叙述,势必造成叙述的片面与缺憾。

主人公视角和见证人视角是颇有代表性的限知视角叙事,下面我们来讨论这两种视角的叙事特点。顾名思义,主人公视角是指叙述者来自文本故事的主人公。由文本故事中的主人公充当叙述人,至少有两大优势。相对全知视角叙事来说,它显得真实可信,而相对于其他非主人公限知视角叙事来说,它又因为自身在文本中所占份量很重,从而能采用更加丰富多样、灵活自如的叙述手段。主人公视角的局限性在于,叙述者的相关叙述必须

---

① 申丹:《叙述学与小说文体学研究》,北京:北京大学出版社2001年版,第197页。
② 同上书,第196页。
③ 同上书,第194页。
④ 同上书,第197—198页。

跟自身条件比如年龄、性别、教育背景、家庭环境、思想性格等诸多因素相吻合，否则就容易造成主人公所叙题材、叙述的格调与口吻等同其自身情况的错位，从而给读者以不可信之感。

比如在阿来的小说《尘埃落定》中，作家选取了小说中的主人公麦琪土司家的二少爷作为叙述者，因为二少爷"我"是个天生的傻子，从而决定"我"的叙述必须跟傻子这一具有生理缺陷的特征相吻合，也就是说，"我"在叙述中不能运用正常人的思维去看待所处的纷纭世界。以至于当"我"在小镇的妓院里见了妓女身患梅毒，却说那是开在人身上的花。这显然是作家为了迁就叙述者的"傻子"特点而对人体疾病"梅毒"的"陌生化"处理。像这样的例子，在现代小说创作中比比皆是。采取主人公限知视角叙事时，要求作家完全将自己的写作思路融入到叙述者的身上，运用叙述者的身份去观察、思考、认知，惟其如此，才能使作品的整体叙述与叙述视角的选择相得益彰、水乳交融。①

见证人视角指的是由文本故事中的次要人物担当叙述者的叙事方式。在一部作品中，主人公往往只有一两个，而见证人（次要人物）则可以有很多，这决定了在使用次要人物做叙述者时，可以有多种不同的选择，也就决定了文本中可以出现多种不同的叙述声音。因此，见证人视角与主人公视角相比，就拥有更加丰富、灵活的叙述方式。此外，由于叙述者所处的叙事位置比较客观真实，对于他自由真实地表达自身的所见所思十分有利，同时，作为叙述者背后的作者也便于随时附着其上，对叙述者观照的事物作有益的评价与补充。这种双管齐下、彼此互补的叙事方式显然更能为叙事作品增光添彩。

采用见证人视角叙述时，可以突破叙述者本人的局限，对于那些无法直接获取的信息，可以通过暂时更换叙述人的方式来达到间接叙述的目的。也就是说，在这种叙述策略中，除了一个主要叙述者外，还可以临时加入一些叙述者，而这些临时的叙述是对主要叙述者叙述的一种很好的补充。如在小说《呼啸山庄》中，囿于限知叙事本身的局限性，当故事的主要叙述者耐莉不在场而以下的故事又必须进行下去时，作者巧妙地安排了另外一些见证人接着叙述、补充这些重要内容。在小说第六章，凯瑟琳·恩萧跟希斯

---

① 有趣的是，在主人公限知视角叙事中，作者有时故意运用跟叙述者身份不符的叙述声音，反倒造成了一种奇妙的效果。比如，在《尘埃落定》中，本来叙述者"我"是个傻子，但有时候却比正常人还聪明，这就造成了一种张力效果，引发读者的反思。

克利夫偷跑到画眉山庄，他们在画眉山庄经历的一切耐莉不可能知道，所以作者临时安排了逃回来的希斯克利夫做叙述者，由他将画眉山庄发生的一切告诉了读者。又如，在林登的妹妹伊莎贝拉跟希斯克利夫私奔之后，叙述者耐莉一直呆在画眉山庄，那么，读者想知道伊莎贝拉跟希斯克利夫的爱情世界是什么样子的，伊莎贝拉在她完全陌生的呼啸山庄生活得怎么样，很显然是不可能的，于是作者安排了伊莎贝拉偷偷给耐莉写信的方式来补充这一部分内容。

客观性视角。客观性视角被热奈特称为"外聚焦"，指的是"叙述者所说的比人物所知的少，可用'叙述者＜人物'这一公式来表示"[①]。其实，这种叙事视角也可以称为叙述者即外部观察者的叙述方式。也就是说，作为文本叙述者并不进入其他人物或事件的内部作具体详尽的思考、分析和评价，只是完成一种外部的、客观的描述。它的作用就相当于摄像机，只是忠实地记录视域所及的事物。

表面上看，客观性视角叙事与全知视角叙事和限知视角叙事比较起来具有很大的劣势，它的叙事范围很小，又不能彻底进入事物的内部，也不能作主观性评价。有趣的是，这种不带任何附加色彩的客观性叙事呈现在读者面前时，反而传达出了一种极具穿透力的意蕴。某种程度上，它更能拓展读者的思维空间。例如在法国荒诞派戏剧家尤涅斯库（Eugene Ionesco, 1921—1994）的戏剧《秃头歌女》中，马丁夫妇一开始的对白让观众以为他们素不相识，可是越到后来，当观众听到他们"有一个共同的女儿，住同一间房，睡同一张床"时，才恍然大悟，原来这两个人是夫妻。在此，作者完全采用客观性的语言，不带任何暗示和修饰地进行叙述，反而达到了一种奇妙的效果，使得该剧从更深的层次揭示出"人与人之间形同陌路"的冷漠与凄凉。此外，客观叙事者有限的视域、客观的描述不能不给读者留下广阔的思考空间。有关文本故事的诸多信息的缺失有赖于读者阅读时的思索与填充。这种客观叙事方式，对于读者来说，只要不全是障碍与阻拒，就会极大地引起读者的追索兴趣，吸引其持续地阅读下去。在读者方面，一旦自身在积极参与的过程中阅读接受了文本，读者对于文本的体认及其乐趣是无以言表的。进一步而言，这种叙事方式使得读者对文本传达出的审美意蕴的感悟也是无尽的。

客观性视角叙事的优点中也蕴含着某种局限性。完全客观的视角叙事

[①] 申丹：《叙述学与小说文体学研究》，北京：北京大学出版社2001年版，第198页。

决定了叙述者只能书写视域所及的表层状况,根本不容许他对其丰富复杂的心理世界做全面深入的刻画,否则就有"视角越界"之嫌。此外,由于是纯客观叙述,作者也不能依托叙述者来表达自己的所思所想,如此一来,作品的丰富内涵势必有所降低。

全知视角、限知视角和客观性视角有时候可以同时容纳于一部作品中,从而构成一种叙事繁复、往返回旋的艺术效果。更重要的是,这三种基本叙述角度所属的更多细微叙事角度也经常杂语共生于同一作品中,从而形成视角越界。下面我们就来讨论视角越界的问题。

视角越界。这是作者在叙事过程中经常会出现的一种情况。因为"每一种视角模式都有其长处和局限性,如果不想受其局限性的束缚,往往只能侵权越界"①。简言之,即在叙述过程中,突然由一种叙述角度转换成另一种叙述角度。这种视角越界有时是叙述者无意为之,有时则是有意识的。所以在辨析文本中的视角越界情况时,需要仔细审视。比如,在美国作家舍伍德·安德森(Sherwood Anderson,1876—1941)的短篇小说《鸡蛋》(*The Triumph of the Egg and Other Stories*)中,作者用"出于无法解释的原因,我居然像当时在场目睹了父亲的窘况一样了如指掌"这样一条提示性语言,明目张胆地从限制视角侵入全知视角。②

在讨论视角越界时,我们要注意辨析"视角越界"与"视角转换"或"视角模式的转换"的区别。判断一种叙事现象是属于"视角越界"还是"视角转换"或"视角模式的转换",标准是"前者是'违反常规的'或'违法的',而后两者是'合法的'"③。这里"违法"的意思是说,发生转换的叙事视角之间,彼此被界定的功能或法则是相冲突的或无法正常转换的。比如,采用第一人称限知角度叙事时,突然转换到全知角度叙事,这就是一种"视角越界"。因为作为第一人称限知角度叙述者,按常理来说,是不可能如上帝般全知全觉的。相应地,这里"合法"的意思是说,发生转换的叙事视角之间,彼此被界定的功能或法则是可以正常转换的。比如,采用全知角度叙事的叙述者,突然以某个其他人物的限知角度叙述,按照常理,作为一个全知角度叙述者是可以洞悉其他人物的所见所思的,转换成该人物的限知视角叙述并不算违规。

---

① 申丹:《叙述学与小说文体学研究》,北京:北京大学出版社2001年版,第260页。
② 同上书,第252页。
③ 同上书,第265页。

常见的视角越界大致包含三种情形:(1)第一人称限知视角侵入全知模式。关于这一点,我们已经在上面提到过了。比如在福克纳《喧哗与骚动》中的"杰生部分",杰生跟母亲去参加父亲葬礼时遇到了毛莱舅舅,本来作者一直使用的是第一人称限知视角,却在此处说"我琢磨,他以为这是在父亲的葬仪上他至少能做到的事吧……"很显然,毛莱舅舅的想法应该是"我"所无法知道的,这种叙事就是典型的视角越界。(2)从第三人称外视角侵入全知视角。在托马斯·曼(Thomas Mann,1875—1955)《魔山》第六章里,汉斯·卡斯托普离开音乐沙龙去找约阿希姆,发现他正跟玛露霞聊天。这里作者使用的是第三人称外视角,在写约阿希姆跟玛露霞聊天的场景时却说"她呢,却只是偶尔笑一笑,还轻蔑地耸耸肩",作为第三人称外视角的叙述者居然还能洞悉叙事对象"轻蔑"的情感特征,这正是典型的视角越界。(3)从全知视角侵入内视角。在陀思妥耶夫斯基(Fyodor Mikhailovich Dostoevsky,1821—1888)《罪与罚》第六章中,主人公拉斯科尔尼科夫在大街上漫游,作者写道:"他不知自己为什么拐到 X 大街来了,心里感到纳闷……",作为全知视角的叙述者却不知道叙述对象的心理活动,于是全知视角变为内视角,这显然是对内视角叙事的一种入侵。

视角越界中还有一种特殊的形式叫"隐性越界",这里的"隐性越界"显然是针对上述"显性越界"而言,即"叙述者采用了别的视角模式的典型叙事方法,但没有超越本视角模式的极限"①。那么,究竟哪些方式才算是"超越本视角模式的极限"呢?"一般说来,仅仅在叙事语气或叙事风格等方面发生的变化都不会构成'显性越界',而顶多只会构成'隐性越界'。"②换句话说,当叙述者改变了叙事的语气或风格,但并不改变叙事视角时,就只能算隐性越界。

(四)文学作品的叙述模式

叙事学中的叙述模式研究是最常见的一种研究类别。由于叙事学跟结构主义、形式主义等理论流派的关系密切,所以当我们在讨论叙述模式时,不得不回顾一下这些相关的理论。加拿大文论家洛斯罗普·弗莱(Northrop Frye,1921—1991)在《批评的解剖》(Anatomy of Criticism)中曾经提出过文学的五种模式——"神话、传奇、高级模拟、低级模拟和讽刺"。他认为这五种模式在历史上是一个周而复始、循环往复的过程。普罗普在

---

① 申丹:《叙述学与小说文体学研究》,北京:北京大学出版社 2001 年版,第 269 页。
② 同上书,第 270 页。

《民间故事形态学》中将民间故事划分为三十一种功能,并将其归纳为七种主要角色。他认为所有的民间故事都只能在这些角色和功能中讲述。到了列维-斯特劳斯、斯格雷玛斯等人,他们将焦点聚集到故事的深层结构上,并总结出一些固定的深层模式。时至今日,随着研究者的不断深入研究,一些相对固定的文学叙述模式已经确立;并且,不同的文学体裁,叙述模式也会有所不同。总体说来,文学作品的叙述模式又可分为四种类型:情节模式、心理模式、意境模式和象征模式。

情节模式。情节模式是最先被叙事学家关注的叙事方式之一。在讨论情节模式之前,我们必须先简要区别一下故事与情节的关系。很多时候,叙事学批评家们都将故事跟情节混为一谈。"'故事'指的是作品叙述的按实际时间、因果关系排列的所有事件,而'情节'则指对这些素材进行的艺术处理或在形式上的加工,尤指在时间上对故事事件的重新安排。"[①]很显然,按照这个定义,故事跟情节的区别在于,前者是按照自然规律(实际时间、因果关系)排列的事件,而后者是对这些事件进行加工后的产品。简言之,是否经过作者的加工是判定故事和情节的标准。

在叙事学家们看来,呈现在读者眼前的文本正是作者对那些按照自然规律排列的故事进行艺术处理后的结果。同时,经过研究他们发现,不同作者的这种对故事进行艺术处理的方式是有共通之处的。普罗普就认为所有民间故事人物的行动都无法脱离他所总结的 31 种功能。例如,他认为"沙皇送给主人公一只鹰,这只鹰把主人公载运到了另一王国"这一情节模式,你只要将"沙皇、主人公、鹰"这三个角色更换,就能创作出另一部作品,"这些事件尽管内容相异,但体现了同样的行动功能,故具有同样的情节"。[②]类似的情节模式在不同的文学作品中不断重复和演绎。比如像《俄狄浦斯王》(Oedipus the King)的"命运无法战胜"的模式是这样的:一开始主人公俄狄浦斯被父母抛弃,然后历经磨难与命运抗争,但最终仍归于失败。这一情节模式在哈代(Thomas Hardy,1840—1928)的小说《德伯家的苔丝》(Tess of the D'Urbervilles)中演变成了苔丝历经磨难与命运抗争,最终也归于失败。在司汤达(Stendhal,1783—1842)的小说《红与黑》(The Red and the Black)中,作者是这样组织情节的:小说主人公于连不甘心底层阶级的命运,依靠自己的聪明才智,不断与命运抗争,但最终陷入失败的泥沼。又比

---

① 申丹:《叙述学与小说文体学研究》,北京:北京大学出版社 2001 年版,第 30 页。
② 同上书,第 32 页。

如在金庸等武侠小说家的笔下，也存在一些共同的情节模式。最常见的是，一个身世坎坷的少年，在艰难困苦中学成绝世武功，然后在江湖游历中完成人生的洗礼，得遂心中所愿。

　　由此可以看出，使用类似情节模式的作品具有合理的情节发展线索，更能完整具体地展示作者的创作意图。长期以来，通过无数创作者的不断努力，在持续的提炼淘洗之后，一些共同的情节模式保存了下来。这些情节模式对故事的艺术处理，相对而言都是最合理的，最能体现创作特色、传达创作意图，最能引起读者情感共鸣。但是无可否认，一部作品在情节模式的框定之下，不乏令情节中的人物失去个性的可能。因为在同一个情节模式中的人物，就像上述例子中的"沙皇、主人公和马"一样，随时可以替换，却丝毫不影响情节的发展。

　　心理模式。使用情节模式的文本的一大特色是重情节而轻人物。故文本中的人物被叙事学家称为"功能人物"。可以这么理解，"功能人物"是情节的附庸，完全为了情节而生存，一般而言，"功能人物"是没有自身独立的性格和特色的。但有一些批评家认为，人物才是作品应该关注的重点。在一部作品中，如何表现人物的思想、性格、心理等因素才是作者首要的任务。当大量以刻画人物为主的作品出现之后，对人物心理状况的研究便成了叙事学叙述模式研究的另一个重点。尽管人物的心理是最难把握的一个世界，如果我们仔细探究这个世界的各个组成部分，科学合理有效地加以分析，还是能够总结出一些颇有启发性的活动规律。

　　人的心理活动往往具有刺激性、规律性和模糊性等特点，这些特点正是我们用于鉴证作品心理模式的工具。在大量以刻画人物为主的文学作品中，可以发现，这些特点通过一些共同的运动轨迹表现出来，形成了共同的心理模式。比如在爱尔兰作家乔伊斯（James Joyce, 1882—1941）的《尤利西斯》（*Ulysses*）中，主人公勃鲁姆在18小时中的精神历程体现了这样一个心理模式：遭受精神危机的现代西方人，在精神的流浪中，寻找自己的终极家园。法国作家戈蒂耶（Thophile Gautier, 1811—1872）的小说《莫班小姐》（*Mademoiselle de Maupin*）通过主人公莫班小姐女扮男装寻找真正"美"的爱情，最终不得不用"一夜情"的决绝来固守这种"纯情"的方式展示了这样一个心理模式：对纯美的爱情的寻找与固守，只能通过离别与距离才能完成。

　　在心理模式的研究中，我们可以清晰地把握作品人物的性格、思想、心理等深层信息，同时，作者也由此细致地传达了他的创作意图。但是，由于对情节的忽视,它缺乏情节模式那样的故事性。

意境模式。如果说情节模式关注的是情节,心理模式关注的是人物,那么意境模式关注的就是意境。意境的营造在人、景、情的水乳交融,这些因素分开来看都不是最重要的,但它们的和谐融汇却能达到一种奇妙的效果。这种奇妙的效果最能勾起接受者的无限感喟。在一代代作家的创作中,早已形成了一些共同的意境模式,这些意境模式一旦出现,总能引起人们类似的情感抒发。例如我国古代"月华遍地"的意境,总能引起古往今来的观照者凄情满怀、惆怅无边的感叹。李白的《月下独酌》中,"举杯邀明月,对影成三人"抒写了月下独醉、邀月对饮的孤独与落寞。李煜的《相见欢》中,"无言独上西楼,月如钩。寂寞梧桐深院锁清秋",西楼寂寂,一月如钩,深院寂寞的梧桐,面对此情此景,怎能不叫人愁肠百结、忧思难忘呢?而同样的场景也出现在苏轼的《水调歌头》中:"明月几时有,把酒问青天。不知天上宫阙,今夕是何年。"旷达之中,一丝淡淡的忧愁让人无法释怀。朱淑真的《生查子》中,"月上柳梢头,人月黄昏后"的凄迷意境,也让读者思之凄哽,如影历历。

象征模式。象征模式在作品中的作用是凭借某些具体的事物来表达一种抽象的意义。根据象征物的不同,又可分为具体象征和整体象征两种类型。具体象征指作品中呈现一种具有象征意义的事物。比如在加西亚·马尔克斯(Gabriel Garcia Marquez,1927—　　)的《百年孤独》(*One Hundred Years of Solitude*)中出现的黄色意象(香蕉),象征着外部势力的入侵带给当地人的灾难。在卡夫卡(Franz Kafka,1883—1924)的《城堡》中,那个始终像谜一样神秘的城堡象征着压抑人性的异己力量。在这些例子中,具象性的事物香蕉、城堡一旦被融入象征模式的作品里,便被赋予了更深层次的象征意义,使作品具有深层的审美意蕴。整体象征指作品整体架构的设计都呈现出一种象征。比如,在T. S. 艾略特(Thomas Stearns Eliot,1888—1965)的《荒原》(*The Waste Land*)一诗中,包含一个总体的象征系统,即繁殖神崇拜的传说。作者凭借这一整体象征模式,寓意西方现代社会是一片精神的荒原,荒原上的人要想获得拯救,唯有投入宗教怀抱。《百年孤独》的整个作品架构也体现了一种整体象征模式。小说从小镇马孔多的发展变化写起,直到小说结尾,马孔多在一阵狂风的席卷中无影无踪,这实际上象征了作者所处的拉丁美洲百年历史的孤独与落后的境遇。

(五)文学作品的叙述话语

叙述话语指"用于叙述故事的口头或笔头的话语,在文学中,也就是读者所读到的文本"①。由于它实际上涉及作者创作与读者接受两个重要的阶段,所以应该引起我们的高度重视。长期以来,在传统叙事学家眼里,叙述话语的主要功能就是对人物、情节的描绘与展示,他们较少注意到叙述话语本身对作品的重要意义。这里涉及一个关注重心的问题,而最初的叙事学家很显然没有将关注的重心真正放在叙述话语上。随着人们对叙事学研究的深入,叙述话语研究也取得了重大发展。下面我们将讨论一些常见的叙述话语类型。

直接引语。它"是人物语言的实录"②,一般具有叙述者和被叙述对象的双重身份,相比间接引语而言,具有更多的可信度,因此,在叙述人物语言时显得比较真实客观。一般而言,我们可以将其分为对话和独白两个类型:对话"是直接引语中最常见的形式,它直接展示了人物之间的种种关系"③。比如:"'你也知道,'医生声音颤抖地说:'那是个多年的老伙伴呀!'"(《双城记》)独白"指单一人物的话语"④。在《喧哗与骚动》等西方现代意识流小说中,人物的独白被大量使用。

自由直接引语。它是指"不加提示的人物对话和内心独白,其语法特征是去掉引导词和引号,以第一人称讲述,叙述特征为抹去叙述者声音,由人物自身说话,在时间、位置、语气、意识等方面均与人物一致"⑤。自由直接引语与直接引语的区别在于,它不需要任何提示性语言。例如在《喧哗与骚动》的"昆丁部分",康普生太太跟丈夫吵嘴时的一段自我辩白就是自由直接引语:"我到底造了什么孽呀,老天爷竟然让我生下这样的孩子……"⑥

间接引语。它是"叙述者转述的人物话语和思想"⑦。间接引语与直接引语的根本区别在于"叙述方式即讲话的承担者不同。直接引语是人物自己说话,间接引语则是叙述者在讲话,人物的语言由叙述者报告"⑧。比如:她又笑道:"我能忘我,你就不能!"(《在悬崖边上》)

---

① 申丹:《叙述学与小说文体学研究》,北京:北京大学出版社2001年版,第14页。
② 胡亚敏:《叙事学》,武汉:华中师范大学出版社2004年版,第90页。
③ 同上书,第91页。
④ 同上。
⑤ 同上书,第94页。
⑥ 〔美〕威廉·福克纳:《喧哗与骚动》,李文俊译,上海:上海译文出版社2007年版,第102页。
⑦ 胡亚敏:《叙事学》,武汉:华中师范大学出版社2004年版,第93页。
⑧ 同上书,第93页。

自由间接引语。这是最常见的一种叙述话语类型。它是"一种以第三人称从人物的视角叙述人物的语言、感受、思想的话语模式"①。它运用凝练、概括性的话语对人物的语言作全方位整体性描述。由于这种语言的变异性太强,它的真实性大打折扣。但是,它往往与叙述者的叙述交织在一起,从而对叙述者控制叙述节奏极为有利。在《包法利夫人》中有一段主人公想象中的跟情人私奔的场面描写,使用的就是自由间接引语。

三、文学与叙事学关系的研究现状和前景

作为文学研究的一种方法理论,叙事学在时代的洪流中经历了起起落落的过程。20世纪60年代是叙事学形成并迅速崛起的时期。20世纪80年代初,叙事学的结构主义、形式主义根源招致后现代文艺批评家的质疑,发展情势急转直下。90年代中后期"后经典叙事学"的兴起又让濒于危机的叙事学迅速复苏。

叙事学研究本身是有局限的。首先,如上文曾经提到的,作为文艺理论研究的一个分支,叙事学的理论植根于结构主义和形式主义。结构主义、形式主义所聚焦的对象在于叙事文本,对文本之外的一切都是忽略的,由此决定了它们所能研究的对象十分有限。而这种封闭自给的状态势必给整个叙事学研究带来不利,甚至制约着叙事学的持续发展。其次,叙事学囿于自身的理论依托,完全将文艺研究科学化。文学作品所实现的作者与读者的相互理解、表达和体认,以及由此激发出的审美质素也在这种科学化的理性与抽象中消失殆尽。也就是说,无论一部审美倾向多么强烈的文学作品,在叙事学家的剖析之下,都会丢失那种美的意蕴。对于文学作品而言,一旦完全失去了审美的特质,是没有存在的价值的。

20世纪末期,叙事学传入我国,经过许多叙事学家的努力,在我国取得快速发展。除了对最初的"经典叙事学"展开研究之外,国内还出现了将叙事学理论运用到文化和翻译研究等新的领域。但是,对于西方"后经典叙事学"的研究还相当滞后,这是今天的研究者亟需思考的问题。

由此,我们认为,针对叙事学的理性化特征和文学作品的审美化意蕴,最好的办法是将二者兼顾起来。尽管这样做一时间可能会出现生搬硬套的不利情况。在首届全国叙事学研讨会上,祖国颂教授就提出了"走向文化

---

① 胡亚敏:《叙事学》,武汉:华中师范大学出版社2004年版,第97页。

叙事学"的构想,认为"文化叙事学意在把叙事表现文化事实与文化事实具有叙事功能相结合,把叙事文本与文化现实相结合,把叙事行为与叙事读解相结合,从而把叙事从一种语言行为还原为广泛的文化现象"[①]。叙事学对文化领域这一更为宽广范围的渗入,无疑会使它获得新的无限生机。此外,就"经典叙事学"研究而言,尽管情节模式、叙事语言、叙事角度等均得到了充分研究,相比之下,研究薄弱领域也大量存在。比如,叙事模式中的意境模式、象征模式研究就远远落后于情节模式研究;叙事角度中的全知、限知和客观叙事都有较深入探讨,但对于"第二人称叙事"、"视角越界"等问题的研究还不太深入。就"后经典叙事学"研究而言,尽管修辞、认知叙事学以及其他艺术形式叙事学研究呈现齐头并进的繁荣局面,但关于这些具体层面叙事相互间关系的研究还没有大量开展。这些都期待着后来的叙事学研究者做进一步深入的探讨。

【导学训练】

一、本节学习建议及关键词释义

1. 学习建议:

掌握叙事学的范畴、定义、研究内容,了解文学与叙事学的相互联系同时能够在参考和学习现有的叙事学研究成果基础之上,思考叙事学现行研究中的弱点与不足,以及文学与叙事学关系的研究前景。

2. 关键词释义:

视角越界:即在叙述过程中,突然由一种叙述角度转换成另一种叙述角度,并且,根据前一种叙述角度的功能,不可能跟后一种叙述角度的功能自由转换或兼顾。这种视角越界有时是叙述者无意为之,有时则是有意识的。但这种越界行为让叙述者拥有了更加自由灵活的叙述空间。

叙述人称:叙述人称经常被等同于叙述角度。这是一种误解。叙述人称跟作者选取叙述时的审视点有关。也就是说,当作者选取一个具体的审视点,那就决定此时他的叙述就只能是在这个审视点的角度、立场上进行。同一个叙述人称,有时候有多个视角。比如第三人称,就有第三人称内视角、第三人称外视角等。

二、思考题

1. 如何正确理解叙事学传入中国后在中国的发展?

---

① 胡明贵:《全国首届叙事学学术研讨会综述》,《文艺理论与批评》2005年第5期。

2. 中国叙事学对叙事学的发展有何贡献？

三、可供进一步研究的学术选题

叙事学研究领域的新扩展

提示：相对于经典叙事学，后经典叙事学的发展大大拓宽了叙事学研究这一领域。后经典叙事学积极挣脱经典叙事学只关注文本结构及其相互关系的拘围，将研究重点聚焦在除文本以外的社会、文化、理论等类型之上，从而形成了诸如美术、音乐、电影等文化叙事学。这种把叙事学跟不同艺术形式相互融合的试验已经日趋受到人们的重视。毫无疑问，叙事学研究会向着更深层次的方向拓展，在这个过程中，那些与叙事学理论彼此融通的新鲜理论因子的不断补充，将是推动这一拓展的外部动因。

【研讨平台】

第二人称叙述研究

提示：第二人称叙述一直没有得到过叙事学家的广泛承认，并且一直广受争议。有人认为第二人称实际可以归属于第一人称或第三人称。他们认为第二人称叙述视角仍然是第一人称，只不过换个说法而已。事实上，我们必须充分考虑到当叙述者是第二人称"你"时，文本叙事过程中暗藏着一个与"你"相对照的第一人称"我"。也就是说，尽管作者全部使用第二人称"你"充当叙述者，第一人称"我"仍然隐性存在。但使用第二人称"你"作为叙述者时，有可能对读者的接受产生一定的影响。因为每当读者见到第二人称"你"充当叙述者时，总会因为常规原因，将这里的"你"当成是自己。由此，作为局外人的读者俨然成了作品中的一员，引发好奇和深思。但是，当产生这样的效果时，往往又会让读者觉得别扭，以致破坏了作品流畅自由的接受和思考过程。目前，使用第二人称叙述的文学作品还不多见（例如高行健的《灵山》就使用了第二人称叙述），对第二人称进行叙事研究的也还不多，因此，在这个领域展开研究无疑意义重大。

文学创作：构思　结构　表达（节选）

……叙述的人称，是以叙述者的立足点确定的。叙述者的立足点只能站在自身的立足点上或者站在第三者的立足点上。作品中的"你"和"你们"，一是读者，一是作品中的人物。因而作品中所有出现的"你"或"你们"，总是对读者或作品中的人们的呼唤，这呼唤者不是"我"，就是"他"。如果是转述"你"的事迹，也总是通过别人的转述，转述者只能是"我"，或"他"，绝不会由"你"转述"你"的事迹。认为在叙述中有第二人称的，看来是将叙述者在叙述过程中人称的转换，即作者为了某种特殊的需要，或用"你"、"你们"呼唤读者，或用"你"、"你们"代替作品中的被叙述者，当成了第二人称。

——侯雁北：《文学创作：构思　结构　表达》，西安：陕西人民出版社1988年版。

附:关于"第二人称叙述研究"的重要观点

总之,第二人称叙述,由于技巧性较强,难度较大,对题材、人物的选择也较严,因而在小说叙事艺术发展过程中,出现相当晚,为数也相当少(与第三人称和第一人称叙述相对而言),尤其是单纯的第二人称叙述,即使在当代小说中,似乎也如凤毛麟角,屈指可数。不过,既然第二人称叙述有其特异的叙述语气、叙述风格和叙述效果,我们相信,今后会引起越来越多的作家的关注和兴趣,并在实践中不断探索,加以创造性的运用和发展。

——李庆信:《小说的第二人称叙述》,《当代文坛》1989年第6期,第34—38页。

第二人称是客观存在的,只要你(你们)是文章中的当事人或见证人的称谓,便是第二人称的文章。因此,叙述人称应当有三种:第一人称(我,我们),第二人称(你,你们),第三人称(他,她,她们,他们)。——余萍华:《叙述人称问题新解》,《河南师范大学学报》(哲学社会科学版)1994年第21卷第5期,第58—61页。

【拓展指南】

一、重要文献资料介绍

1. 申丹、韩加明、王丽亚:《英美小说叙事理论研究》,北京:北京大学出版社2005年版。

简介:本书与其他相关叙事学理论的专著相比,具有范围广泛、理论深入等特点。首先,它将经典叙事学与后经典叙事学都纳入了研究范围;其次,它对有关叙事学的概念、术语进行了仔细辨析,并不时提出对读者颇具启发性的观点。对于想在叙事学上有深入了解的读者而言,这是一部不得不关注的理论著作。

2. 〔美〕James Phelan,Peter J. Rabinowitz主编:《当代叙事理论指南》,申丹、马海良等译,北京:北京大学出版社2007年版。

简介:本书囊括了西方著名叙事学家的经典理论篇章,所选入的文章探讨的都是当代叙事学中的焦点问题。对于叙事学理论的研究者来说,这些颇有深度的问题探讨对拓宽思路很有帮助。此外,本书还探讨了除文本以外的其他艺术形式的叙事问题,这可说是全书的一大特色。

3. 胡亚敏:《叙事学》,武汉:华中师范大学出版社2004年版。

简介:本书的一大特色是对叙事学理论和读者接受理论中内含的叙事学知识进行了综合性阐述,这对于研究叙事学理论与其他文艺理论的融汇极其有益。另一大特色是对叙事学诸多概念作了清晰、简要的辨析,对每一个概念的来龙去脉都作了简要介绍。同时,还将具体事例详细列举,有助于读者加深对叙事学理论的理解。总体说来,本书是叙事学爱好者入门的重要著作。

二、一般文献资料目录

1. 陈惇、孙景尧、谢天霞主编:《比较文学》,北京:高等教育出版社1997年版。
2. 陈平原:《中国小说叙事模式的转变》,上海:上海人民出版社1988年版。

3. 丁尔苏：《经典形成的跨文化研究——世纪末比较文学的走向》，《中国比较文学》1996 年第 3 期。

4. 〔英〕拉曼·塞尔登、彼得·威德森等：《当代文学理论导读》，刘象愚译，北京：北京大学出版社 2006 年版。

5. 〔法〕罗兰·巴尔特：《叙事作品结构分析导论》，见《西方文艺理论名著选编》，北京：北京大学出版社 1987 年版。

6. 〔法〕热拉尔·热奈特：《叙事话语·新叙事话语》，北京：中国社会科学出版社 1990 年版。

7. 申丹：《叙述学与小说文体学研究》，北京：北京大学出版社 2004 年版。

8. 谢天振：《从比较文学到比较文化——对当代国际比较文学研究趋势的思考》，《中国比较文学》1996 年第 3 期。

第三节　文学与诠释学

一、诠释学的渊源、定义与发展

诠释学（Hermeneutik）一词来源于希腊神话中的信使赫尔墨斯（Hermes）。作为信使，赫尔墨斯的主要任务是向人类传达诸神的消息和指示，由于神和人的语言不通，所以在传达的过程中，赫尔墨斯必须要对神谕进行翻译、解释和说明，正是这三者构成了诠释学的最基本内涵。

诠释学在西方大致经历了三次重要的转向：第一次是从特殊诠释学到普遍诠释学的转向；第二次是从方法论诠释学到本体论诠释学的转向；第三次是从单纯的本体论诠释学到作为实践哲学的诠释学的转向。而纵观诠释学发展的历史，我们又可以将诠释学分为两种类型：方法论诠释学和本体论诠释学。前者的主要代表人物有施莱尔马赫（Friedrich Schleiermacher, 1768—1843）、狄尔泰（Wilhelm Dilthey, 1833—1911）以及埃米尼奥·贝蒂（Emilio Betti, 1989—1968）；后者的主要代表人物有海德格尔（Martin Heidegger, 1889—1976）、伽达默尔（Hans-Georg Gadamer, 1900—2002）。

（一）方法论诠释学

在施莱尔马赫完成由"特殊诠释学"向"普遍诠释学"的转变之前，康德（Immanuel Kant, 1724—1804）和阿斯特（Ast, 1776—1841）等人就已经提出了诠释学的主要命题，尤其是施莱尔马赫的老师阿斯特，对施氏的诠释学理念有着非常重要的启示作用。阿斯特认为文字和文本表现了古代精神和生命，我们研究文字文本就是要进入作品的内在精神世界，探索其中所包含的普遍精神。在强调普遍性的同时，阿斯特亦十分重视创作者自己的独特精神和思想，认为我们理解古代文本时还要对作者的个人精神有所把握。他把诠释学与作者的创造联系起来，认为解释是以重建典籍背后的"精神"为最终目的的，并认为人类精神的同质性是我们理解古代普遍精神的根基所在，这是阿斯特对诠释学发展的重要贡献之一，同时也预示了后来施莱尔马赫的观点，即解释是作者精神的重构。此外，阿斯特也意识到了诠释学循环的问题：既然对作为整体的普遍精神的理解需要通过个别来体会，而对个别的理解亦离不开对作为整体的普遍精神的理解，那么两者只能彼此结合且互相依赖，这就是"诠释学循环"的早期形式。

作为阿斯特的学生，施莱尔马赫之所以被誉为"现代诠释学的创始人"，是因为他最先具有现代诠释学的方法论自觉。施氏对诠释学发展的重要贡献之一就在于提出了"普遍诠释学"的思想，将诠释学的对象从圣经和罗马法这样的独特文本扩大到一般的世俗文本，并使其最终成为解释一切文献的一般方法论。在施氏之前的诠释学家大多认为只有在对事物发生误解的情况出现之时，诠释学才有用武之地。但在施莱尔马赫看来，误解才是普遍出现的情况，既然如此，诠释学也就无处不在了。也正是这种观点为其普遍诠释学的建立奠定了基础。此外，他认为理解就是重构作者的思想，文本的意义反映了作者的思想和意向，因此我们在理解和解释文本时，就是对作者的思想和意向进行重构。他将重构分为两种，即客观的重构和主观的重构。与此对应，他主张理解的方法亦有两种，即语法诠释和心理诠释。前者关心文本的字面意义，后者则重视对作者心理状态的重构。"心理诠释"是施氏对诠释学的最重要贡献，但问题是：这种试图全心全意精确重构作者本来意图的方法势必会要求摆脱解释者个人的境遇和观点，也就是要求解释者摆脱自身的历史性和成见，因此这一思想具有浓厚的反历史色彩。

这种被施莱尔马赫所忽略的历史性却在狄尔泰的思想体系中占有极其重要的地位。在狄尔泰的理论中，人自身就是一种历史的存在，探究历史的人就是创造历史的人。任何人都无法逃避历史，人们必定是通过不断的诠释过去来理解自身的，因此人是一种"诠释学的动物"，诠释本身就是一种生命的表现。狄尔泰认为普遍的主体并不存在，存在着的只是历史的个人，这种"个人"的生命基础就是"经验"（Erlebnis/experience）。所谓"经验"，就是指先于反思的一种主客浑然无分的生存状态，人的生命、精神、思想在其中得以展现，诠释者可以根据自己的生命经验与被诠释事物中所包含的他人的精神生命发生共鸣，理解由此而奠基。但狄尔泰所谓的生命不单单是指个人的经验,在更高层次上指的是人类社会和历史实在中存在的普遍共同的人性,这种普遍共同的人性在诠释者来到这个世界之前就已经存在着,且将继续存在下去,这是理解的客观性和历史的内在连续性得以保证的基础,这种个人赖以寄居的生命状态就是狄尔泰所说的"客观精神"。除了自然科学以外的任何其他科学都是这种"客观精神"的外化物,比如哲学、美学、艺术、宗教、逻辑学、历史学,等等。正是通过"客观精神",人们才得以理解自己和他人。很明显,狄尔泰在这里将个别与普遍的辩证法引入历史研究的领域,这样的历史观对其诠释理论的形成有着重要的作用。狄尔泰认为意义并非是一个逻辑概念,而是生命本身的"表现",生命本身是具有时间性的,它反过来又是以形成永恒的意义统一体为目标,这个统一体正是生命自身在经验之中的自我展现和自我造就。早期的狄尔泰以"内在经验"(Inner Experience)作为人文学科的基础,之后,"内在经验"这一基础被"生活经验"(Lived Experience)和"理解"所取代,并且进一步将心理学引入诠释学的深层。狄尔泰结合了德罗伊森(Droysen,1808—1884)关于"说明"(Explanation)和"理解"(Understanding)的区分,提出了"说明的心理学"和"诠释的心理学",前者是指对心理现象的因果解释;后者是指以个人生命的整体背景为依托对精神世界的理解。这是一种无法加以证实的精神行为,但是它却有着一种内在的统一性,这种精神的统一性凝聚在文本之中,因此文本就成为作者生命表现之所在,诠释学的使命正是在于保证对于这种"生命表现"的正确理解。此外,虽然之前康德、阿斯特、施莱尔马赫已经提出过诠释学循环这一问题,但其作为完整的诠释学命题则是由狄尔泰表达出来的:整体必须通过对其部分的理解才能得到理解,而对部分更好的理解则只能通过对整体的理解来实现,这实际就是一个在理解中整体与部分孰先孰后的问题。狄尔泰主张将诠释者的"经验"带入诠释的循环,即经验先于理解,也正是在这点上他取得了突破性的进展。这也为海德格尔和伽达默尔的"前理解"或"偏见"提供了准备。

(二)本体论诠释学

诠释学在海德格尔手中完成了从方法论向本体论的转向。在海德格尔之前,理解的方法凌驾于文本和解释者之上,其最终目的在于通过回归原始语境来重构作者的原意,文本和诠释者最终被置于次要位置。海德格尔继承并发展了胡塞尔(E. Edmund Husserl,1859—1938)的观点,认为人作为存在者与其他存在者不同,它自身就能如其所是地那样显示存在。在他看来,理解并非如施莱尔马赫所说的是一种与作者思想取得一致的能力,也不是如狄尔泰所说的是一种深入个体内心并把握某种生命的表现,而是作为"此在"的人的存在方式,语言则被看做是"存在"之家,由此,海德格尔实现了诠释学从认识论向本体论的转向,并且使作为"此在"的诠释者和语言成为了诠释学中最重要的因素。

海德格尔用"此在"(Dasein)将"人"与其他的存在者(Beings)区别开来,他认为此在是为它的存在本身而存在,也只有此在才能领悟存在,并且以这种领会的方式存在着,而这正是它自身的存在规定,因此,此在相对于其他任何存在者都具有优先的地位。在海德格尔看来,不论是人文科学还是自然科学,都是此在的存在方式。因此,诠释学就是关涉到此在的存在论,即基础存在论的一项工作。通过诠释,存在和此在本来的意义和结构就会向此在展现出来,这就为进一步对此在以外的存在者进行存在论研究提供了条件,并且也为一切存在论探索提供了条件。

我们若想诠释存在的意义,首先就要对此在进行分析,但是我们并不能在对此在的分析中找到存在的"普遍性",因为海德格尔认为此在处于一种被抛入状态。在他看来,解释是有其前提的,这个前提就是理解的前结构,即前理解。简单地说,前理解就是人们在理解某事物之前的理解状态,是历史对人的占有方式,海德格尔将其分为"前有"(Vorhabe)、"前见"(Vorsicht)和"前把握"(Vorgriff)。被理解的东西在理解之前就已经作为某种东西而存在了,它已经赋予了某物以明确性,一切的诠释活动都是在"先见"中产生的。但问题是如果所有的理解都依赖前理解,在前理解之前又有前理解,这样理解就会陷入一种永久的追溯过程,这便是诠释的循环。这种循环看起来似乎是一种无法避免的恶性循环,但是海德格尔认为虽然这种循环不可避免,但是绝不是恶性的循环,他说:"决定性的事情不是从循环中脱身,而是依照正确的方式进入这种循环。"对于这种"正确的方式",海德格尔继续说:"在这种循环中包藏着最原始的认识的一种积极的可能性。当然,这种可能性只有在如下情况下才能得到真实的掌握,那就是:解释领会到它的首要的、不断的和最终的任务始终是不让向来就有的先行具有、先行视见与先行掌握以偶发奇想和流俗之见的方式出现,它的任务始终是从事情本身出来清理先行具有、先行视见与先行掌握,从而保障课题的科学性。"[①]这也就是说,解释者在理解的过程中要不断地考察存在于其先见之中的预期意义,以便发现这些先见是否基于事物本身,是否为正确的前理

[①] 〔德〕海德格尔:《存在与时间》,陈嘉映、王庆节译,三联书店1999年版,第179页。

解,而非流俗之见。

在上述阶段,海德格尔诠释学理论的重心是对"此在"的分析,但在后期海德格尔的思想中,语言问题越来越受到重视,他甚至忽略了"此在"而直接从语言的表现力开始阐述其思想。语言问题之所以在海德格尔思想里后来居上,是因为他越来越意识到此在必然被抛入语言之中,且永远无法摆脱语言的束缚。语言是超越人的自我理解的"命定"(Determinierung),它不再用来表达此在展开的状态,而最终成为"存在之家"。在海德格尔看来,"谈及"比"说话"更为重要,并认为理解就是"聆听"(Hearing),聆听构成了话语,它取代了解释(Interptetation)成为了回归本源的最佳途径。这些思想对后来的伽达默尔产生了深刻的影响。

伽达默尔继续发展了他的老师海德格尔的思想,并且与施莱尔马赫和狄尔泰的诠释学传统相联系,正如保尔·利科所说:"伽达默尔的本文类似于重写的羊皮纸,其中,就像是多层涂抹的厚厚的透明物,总有可能区分出一层浪漫主义,一层狄尔泰派,一层海德格尔派。每一层都能看到伽达默尔的东西,同时,每一层也都反映在伽达默尔通常当作他自己的观点中。"①伽达默尔将海德格尔的"前有"、"前见"和"前把握"看做是理解的前结构,此种前结构以及对这种前结构的确认便保证了解释的正确性。他认为前结构包括三个基本要素,即"偏见"(先见)、"权威"和"传统",其中"偏见"成为了其思想的出发点。在伽达默尔看来,偏见并不意味着一种错误的判断,它并非总是虚假的,偏见是历史赋予人的一种理解情景,是人与历史联接的纽带,历史在人理解自身之前就已经实现了对人的"占有",既然如此,那么个人的偏见也就必然成为其存在的真实历史的一部分,所以伽达默尔才说:"历史不属于我们,我们属于历史。"②但同时伽达默尔也认为偏见既有肯定的价值也有否定的价值,他把偏见分为两种——"合法的偏见"和"盲目的偏见"(后者是指人们割断与历史的联系而只根据自己的现实经验得出的见解),两者总是同时存在的,我们所能做的就是在理解过程中不断地去除盲目偏见所造成的遮蔽,在此意义上我们可以说不论是合法的还是盲目的偏见,都可以使人直接或间接地到达理解。既然这种偏见是历史实在本身

---

① 〔法〕保尔·利科:《解释学与社会科学》,陶远华等译,石家庄:河北人民出版社1987年版,第70页。
② 〔德〕伽达默尔:《真理与方法》英文版,J.维恩舍默、D.G.马夏尔译,纽约:纽约十字路出版社1989年版,第276页。

并且是理解的条件,那么否定盲目的偏见就是否定理解。如何将合法的偏见与盲目的偏见区别开来呢？伽达默尔在此引入了时间距离（Zeitenabstand）这一概念。海德格尔之前就已经论述过此在的时间性存在方式,伽达默尔进一步将其发展："……时间不再主要是一种由于其分开和远离而必须被沟通的鸿沟,时间其实乃是现在植根于其中的事件的根本基础。因此,时间距离并不是某种必须被克服的东西。这种看法其实是历史主义的幼稚假定……事实上,重要的问题在于把时间距离看成是理解的一种积极的创造性的可能性。"[①]也就是说,只有从时间距离出发,我们才能摆脱盲目的偏见,才可能达到对于事物的客观认识,才能使作品的意义向我们显示出来。

伽达默尔诠释学体系中的核心概念是"效果史意识"（Wirkungsgeschichtliches Bewusstsein,英译 Effective-historical consciousness）。什么是"效果史"（Wirkungsgeschichte）呢？伽达默尔说："真正的历史对象根本就不是对象,而是自己和他者的统一体,或一种关系,在这关系中同时存在着历史的实在以及历史理解的实在。一种名副其实的诠释学必须在理解本身中显示历史的实在性。因此我就把所需要的这样一种东西称为'效果历史'。理解按其本性乃是一种效果历史事件。"[②]简单来说,"效果史"就是指历史传统的现在性和有效性。伽氏认为这是一种诠释情境（Situation）的意识,我们永远身处于这种情境之中,并且我们对这种情境的认识永远是未完成的,因为我们作为一种历史存在的本质决定了这种对自身认识的不完满性。此外,诠释情境也受制于一定的"视界"（Horizon）,这种视界是由变动不居的偏见构成的,它自身也处在不断改变的过程之中。理解就是处于不同情境的视界相互交流和融合,这种"视界的融合"（Horizontverschmelzung）就是"效果史意识"的根本任务。

语言在伽达默尔的诠释学体系中占有十分重要的地位,有人称其理论为"语言论——本体论诠释学"。伽达默尔认为,语言对于我们来说绝不是认识和把握世界的工具,而是构造世界的经验本身,语言不仅"占有"了人,而且还"占有"了其他一切事物,正如保尔·利科所说："人类经验的普遍'语言性'——这个词是对伽达默尔的 Sprachlichkeit 一词的大致翻译——的意思是,我与一个传统或多个传统的所属关系贯穿于对符号、作品和文本

[①] 〔德〕伽达默尔：《真理与方法》（上）,洪汉鼎译,上海：上海译文出版社 2005 年版,第 384 页。
[②] 同上书,第 387 页。

的解释,文化遗产正铭存于符号、作品和文本中,并待人去解释"①。语言与我们发生着关系,却不是我们的认识对象,在伽达默尔看来,一个文本之所以成为我们诠释的对象而非"认识的"对象,原因就在于诠释者向它提出了问题,理解一部文本就是理解向这个文本提出的问题,诠释者和文本是一种对话的关系,处在一种问与答的不断循环之中,若没有诠释者提出问题,那么文本便失去了生命力。但是由于诠释者与文本都被各自的视界所限定,所以这种问与答的游戏并不能随意进行,而是"只有当解释者被主题推动着、在主题所指示的方向上做进一步的询问时,才会出现真正的对话"②。这就是"效果史意识"的真谛所在。

与伽氏关于语言的理论同样值得一提的是他的"游戏说"。在他的理论中,语言和游戏具有一种本质上的对应性,任何一种对话方式都可以用游戏概念作出描述。首先,伽达默尔认为游戏的真正主体并不是游戏者,而是游戏本身。语言也是超越于言说者,亦超越于主体性行为。其次,游戏也不是"对象"。正如语言不是认识的对象一样,游戏者也无法将游戏当做一种对象去认识,而只能作为游戏者的一种存在方式。再次,游戏始终是游戏本身,它是自身的往复运动,游戏的意义在于不断地循环生成,也就是说游戏既无开端,也无终点,它消除了功利性和目的性,因此游戏者表现出一种纯粹的轻松,存在本身就在此轻松之中呈现出来,艺术作品也在此作为一种存在方式一同呈现。伽达默尔的"游戏说"在美学史上占有相当重要的地位,其贡献也许不亚于"效果史意识"对诠释学发展的贡献。

(三) 对本体论诠释学的认识论批判

虽然伽达默尔的诠释学思想代表着诠释学的主流,但还是遭到了强有力的批判。大致来说,对伽达默尔哲学诠释学持批判态度的声音主要来自于三个方面:认识论批判、意识形态批判和解构理论批判。这里我们主要论述的是以意大利学者贝蒂(Emilio Betti,1890—1968)、艾科(Umberto Eco,1932—)和美国学者赫施(E. D. Hirsch,1950—)为代表的认识论批判。

与狄尔泰一样,贝蒂也从"精神的客观化物"(Objectivation of Mind)出发,认为精神的客观化物就是"富有意义的形式"(Sinnhaltige Formen),这种

---

① 〔法〕保尔·利科:《解释学与社会科学》,陶远华等译,石家庄:河北人民出版社1987年版,第62页。
② 〔德〕伽达默尔:《哲学诠释学》英文版英译者导言,D. L. 林奇译,佛罗里达:加州大学出版社1976年版,第12页。

富有意义的形式在解释者与这种形式的创造者之间架起了一座桥梁,使得我们可以通过这种形式对他人精神进行重新认识和重新构造,并进一步主张诠释者应排除个人因素,尊重作者的原意,坚持理解的客观性。贝蒂的诠释学思想与施莱尔马赫和狄尔泰相比并没有明显的创新之处,但贝蒂在对哲学诠释学进行批判时提出的一些看法倒是对后来进行认识论批判的学者具有启发作用,如他对意义(Bedeutung,英译 Meaning)与会解(Bedeutsamkeit,英译 Significance)所作的区分,贝蒂认为前者是指对象确实怎么样,这是被给予的确定意义;而后者则是根据现实的具体情况由解释者创造出来的意义,诠释学应该是不可变的他人精神和解释者之间的一种对话,如果我们混淆了意义和会解,那么这种对话便不可能发生,理解也就不可能。这种意义和会解的区分给了赫施很大的启发。

赫施十分关心解释的有效性问题,这在他的著作《解释的有效性》中有着详尽的论述,他认为自然科学和人文科学都是以真理为最终追求目标且这一目标是可以实现的,正是这一目标的一致,有效保证了诠释的有效性。[①] 他指出解释的有效性面临着三种挑战——极端历史主义、激进怀疑主义和文本自足主义,其原因就是上述三种主义混淆了"意义"与"会解"的区别:意义是文本所固有的,并且是稳定的、客观的、不变的,而会解则是可变的。赫施想尽力表明的就是:"尽管作品的意义是由作者的精神活动所决定的,并在读者身上得以实现,但作品意义本身却根本不能与作者或读者的精神活动同日而语。"[②]也就是说,不仅不同解释者的主观心理活动会导致各种不同的解释,甚至连作者自己在面对自己的文本时所作的解释都是会解。但是无论如何,文本的意义是解释过程中唯一不变的东西,所有的"会解"都要以此"意义"来作为评判标准,并且不断向其趋近。如此看来,作为衡量会解标准的"意义"似乎永远无法把握,而"会解"本身的可变性也似乎会导致理解的无效。对此,赫施认为"意义"的主要功能在于保证会解的有效性,而其本身则只是"缺席的存在",出场的永远都只是会解。

艾柯十分重视文本的作用,认为开放性的阅读必须受到文本的制约,他说:"我所提倡的开放性阅读必须从作品文本出发(其目的是对作品进行诠释),因此它会受到文本的制约。……研究的实际上是文本的权利与诠释

[①] 〔美〕赫施:《解释的有效性》,康乃狄格州:耶鲁大学出版社1967年版,作者序言。
[②] 同上书,第418页。

者的权力之间的辩证关系。"①艾柯诠释学理论的根基正在于文本之中。他提出了"作品意图"这一概念,并认为作品意图既不受制于"作者意图",也不会影响"读者意图"的发挥,断定文本的诠释是否有效的唯一依据就是作品意图。但同时,艾柯也呼唤着"标准读者"(标准读者就是那种按照本文的要求,以本文应该被阅读的方式去阅读文本的读者)的到来,因为他也认为作品意图的建构离不开读者的阅读、理解与诠释,文本只有在读者的阅读、理解和诠释中才存在,这一点是与现代解释学一致的。此外艾柯还对"诠释"与"过度诠释"、"诠释文本"(Interpreting a Text)和"使用文本"(Using a Text)等一系列概念作了区分。所谓的"过度诠释"就是对文本的"无限衍义"的过度开采和任意滥用;"使用文本"则是指解释者出于各自不同的目的而对文本的自由使用,这种使用往往不受严格的限制。在艾柯看来,过度诠释和使用文本都不是正确的诠释方法,他们都否认了诠释的客观性和有限性,都是对"作品意图"的曲解。

二、文学与诠释学关系的研究内容与方法

比较文学作为一门跨民族、跨语言、跨文化和跨学科的学科,向世人展示了前所未有的开放性。中国文化源远流长,既有自己的独特内质,同时又蕴含了十分丰富的异质文化因素,而对于异质文化的消化吸收,包含了长期以来国人自己的理解和创造。这个事实,既给今日的比较文学研究者提供了许多研究课题,同时也带来了新的挑战。无论如何,清理中外文学与文化交流史上"自我"与"他者"、"原意"与"会解"、"接受"与"创造"等问题之间的密切关系,仍然是我们当前的主要任务之一。这里,我们将从诠释学的视角提取三个重要因素——诠释者的诠释立场、意义生成和用意义生成方式来论述诠释学与比较文学之关系的内容和方法。

(一)对诠释者"诠释立场"的研究

诠释立场是指我们据以理解传统和现实的意义基点,这种诠释立场决定着意义生成的方向。不同的诠释者有着自己独特的立场,因此同一文本在不同诠释者看来其意义往往是不同的。诠释者是意义生成的中心环节,之所以称之为"中心",是因为:从历时的角度看,传统文化是有赖于诠释者才得以展开和落实的;从共时的角度看,诠释者往往都是在所处时代之精神

---

① 〔意〕艾柯等:《诠释与过度诠释》,伦敦:牛津大学出版社,第27—28页。

的影响下,为了解决时代所赋予的新问题转而去传统中挖掘资源,从而使传统生成新的意义以适应时代需要的。在诠释者身上,会通了纵横两重文化维度,实现了古今视域的融合。值得注意的是,诠释者并不单纯是时代精神的传声筒,诠释者个人的独特生命经验也势必会成为意义生成过程中十分重要的因素。综上所述,诠释者的诠释立场的形成原因就包括:知识传统、时代精神和个人因素。

知识传统。从知识传统方面来看,人们永远生存于传统之中,传统通过语言和言语作品来表现,人类的生存离不开对这些作品的理解和解释,在这种理解和解释之中人们展开了自己的人生,建构了自己的文化体系,并为历史和传统的进一步发展提供了新的契机。以中国先秦"百家争鸣"时期为例,各家各派思想并非无源之水、无本之木,其形成一定会受制于之前的知识传统。葛兆光认为,在先秦诸思想流派的思想形成之背后,有"一种共同的知识系统作为背景,在支持他们各自的思想拥有合理性"[①]。这里"共同的知识系统"即是我们所说的知识传统。这种知识传统可以分为两种类型:文本传统和非文本传统。文本传统是指以书面形式流传下来的对后世文化产生深远影响的文本,如《易》、《诗》、《书》、《礼》、《乐》等,这些文本在流传的过程当中不断地被诠释。以《论语》和《孟子》为例,其中随处可见孔、孟对于这些文本的引用与阐发,这里仅各举一例:

> 子贡曰:"贫而无谄,富而无骄,何如?"子曰:"可也。未若贫而乐,富而好礼者也。"子贡曰:"《诗》云:'如切如磋,如琢如磨',其斯之谓与?"子曰:"赐也,始可与言《诗》已矣。告诸往而知来者。"(《论语·学而》)

> 孟子见梁惠王。王立于沼上,顾鸿雁麋鹿,曰:"贤者亦乐此乎?"孟子对曰:"贤者而后乐此,不贤者虽有此,不乐也。诗云:'经始灵台,经之营之,庶民攻之,不日成之。经始勿亟,庶民子来。王在灵囿,麀鹿攸伏,麀鹿濯濯,白鸟鹤鹤。王在灵沼,于牣鱼跃。'文王以民力为台为沼。而民欢乐之,谓其台曰灵台,谓其沼曰灵沼,乐其有麋鹿鱼鳖。古之人与民偕乐,故能乐也。"(《孟子·梁惠王章句上》)

值得注意的是,在《论语》和《孟子》中有些相关论述表明了他们已经意识到了

---

① 葛兆光:《七世纪前中国的知识、思想与信仰世界》,《中国思想史》第一卷,上海:复旦大学出版社1998年版,第43页。

这种知识传统对于他们思想的影响,比如孔子说"兴于诗,立于礼,成于乐"(《论语·泰伯篇第八》)、"不学诗,无以言……不学礼,无以立"(《论语·季氏篇第十六》),孟子说"颂其诗,读其书,不知其人可乎?"(《孟子·万章下》)。非文本传统是通过另外一种方式对思想的形成产生影响的,比如地理条件、约定俗成的风俗习惯、社会文化氛围等等。还以孔孟为例:鲁、邹两地分别是孔、孟的出生地,《庄子·天下篇》有云:"其(明)在于《诗》、《书》、《礼》、《乐》者,邹鲁之士、缙绅先生多能明之。"可见两地礼乐之风浓厚。孔、孟在这种社会环境中成长,必定受这种非文本传统的影响,刘向《列女传·母仪》中所记载的"孟母三迁"故事就很能说明问题。①

时代精神。从时代精神方面来看,它对于意义生成所产生的影响主要体现在:新的时代精神使得这个时代所关心的问题焦点发生了变化,人们会为解决新的时代赋予的新问题转而向传统寻求答案。乐黛云的《尼采与中国现代文学》一文就很清楚地论述了时代精神和意义生成的关系。在文中,作者着重考察了尼采(Friedrich Wilhelm Nietzsche,1844—1900)的思想在不同时期对中国现代文学产生的不同影响,并从时代精神的角度探究了产生这种不同影响的原因。乐黛云认为尼采对中国现代文学的影响主要体现在四个阶段——辛亥革命前、"五四"前后、1927年以后和20世纪40年代,并说:"辛亥革命前,人们从尼采找到的是具有伟大意志和智力的'才士',希冀雄杰的个人可以拯救中国的危亡。'五四'前后,人们心中的尼采是一个可以摧毁一切旧传统的光辉的偶像破坏者,他帮助人们向几千年来的封建统治挑战,激励弱者自强不息。1927年后,由于革命形式的发展,进步思想界已经很少提到尼采。到了四十年代,为适应国民党法西斯统治的政治需要,尼采又在国统区一部分知识分子中广为传播……可见一种外来思想能不能在本国产生影响,产生什么样的影响,其决定因素首先是这个国家内在的时代和政治的需要,全盘照搬或无条件移植都是不大可能的。"②这里所说的"国家内在的时代和政治的需要"就是时代精神,而"产生什么样的影响"就是生成何种意义,由此可见时代精神在意义生成过程中的重要作用。

个人因素。从诠释者个人的角度来看,由于不同的诠释者都有着自己独特的成长环境、家庭背景、求学经历和政治立场等对其视域产生了决定性

---

① 参见刘耘华:《诠释学与先秦儒家之意义生成》引论,上海:上海译文出版社2002年版。
② 乐黛云:《比较文学与中国现代文学》,北京:北京大学出版社1987年版,第94页。

影响的因素,并且不同的时代精神也是通过诠释者为中介来对意义生成产生作用的,因此不同的诠释者对同一思想会有不同的解释。还以乐黛云的《尼采与中国现代文学》为例,文中可以看出虽然鲁迅、茅盾和郭沫若作为不同的诠释者对尼采思想的理解略有不同,但是他们试图改造国民精神并挽救民族于危亡之中的立场是一致的,因此尼采的"重新估价一切"、超人学说和权力意志论在他们看来就是拯救中国于水火之中的强有力武器,这是一种积极的、进步的、适应时代发展需要的意义。但尼采的学说在20世纪40年代初期以陈铨为代表的战国策派眼中却有着全然不同的意义,他们站在维护旧秩序的立场上对尼采思想进行了重新诠释,认为:超人是理想中的人物,国家和社会只能由超人来领导而不能由群众来做主,只有超人才能充当社会的改革家;超人是勇敢的战士,弱者理应被淘汰,也理应受到超人的统治。战国策派的目的就在于维护现有的秩序,宣传这种统治的合理性,他们对尼采思想的这种诠释与"五四"时期鲜明的革命精神完全不同。不同的人在不同的时间和空间,对同一个对象的解释是不同的,时间空间在永无止境地延续和变化,因此,解释也是一个无限展开的过程。

上述的知识传统、时代精神、个人因素并非是各自独立的因素,而是一个互动联系的有机体。因此,诠释立场也是一个处于不断变化过程之中的概念。

(二) 对"意义"和"意义生成方式"的研究

作为一门关于意义生成的理论,诠释学对"意义"是如何界定的呢？众多的诠释学家们都给出了自己的看法。施莱尔马赫就将"意义"分为作品的字面意义和作者的原意两个层面;狄尔泰认为"意义"是生命本身的"表现",与施氏一样,他也主张诠释的目的在于重现作者的原意;赫施将意义分为作品的"意义"与读者的"会解";艾柯则将作家、作品、读者三个要素都纳入视野之中,分别对应的是"作者意图"、"文本意图"和"读者意图",其中作品意图是艾柯诠释学理论的根基;到了伽达默尔,关于"意义"的理论日趋充实起来,他以前理解(偏见)这一概念将"世界"与作家、作品、读者三者统一起来,这里的"世界"指的是诠释者被"抛入"的历史传统和时代精神。

不论怎样,"意义"都是在各种"关系"当中生成的,这种关系主要体现在诠释者与文本传统、现实世界的遭遇与融合之中。以《论语》为例,影响其意义生成的因素就包含在各种"关系"之中,这一关系不仅表现在与知识传统(如《诗》、《书》、《易》等)和时代精神(如为乱世开出"药方"等)的关联之中,还体现在文本内部诸要素之间的关系之中。这种内部的"关系",首先表现在作为核心概念的"仁"、"礼"与以其为核心而展开的各种其他概念的关系之中,展开的诸概念(如德、义、智、敬、忠、孝、悌等)围绕在"仁"和"礼"周围,与之交会并互相印证,意义在其中相互彰显;再深入一层来说,这种"关系"同样既体现在核心概念内部又体现在被展开的诸概念内部。以"仁"和"礼"为例,作为《论语》中的统贯之道,两者的关系就可以从孔子"克己复礼为仁"(《论语·颜渊》)和"人而不仁如礼何?"(《论语·八佾》)的论述中清楚地看出来。

有了"意义",就会有这种意义的"生成方式"。"意义生成方式"简单来说就是在诠释的过程中通向"意义"的方法和途径。它与诠释立场对意义生成的直接因果关系不同,表现为一种间接的关系,居于次要地位。在具体的研究中,它体现为诠释者在诠释文本时,对文本中所包含的诠释传统的再度诠释。比如刘耘华将《论语》的意义生成方式总结为"问与答"、"迂回诠释"、"中庸方法"等七种,这种意义生成方式在《论语》里并没有明确表述,但确实在意义生成的过程之中显现出来,经过我们的再度诠释而予以揭示。①

意义的生成是一个永不完满、无限延展的过程。即是说,对于同一文本所进行的关于诠释立场、意义生成和意义生成方式等方面的研究并非一成不变,它们同样要随着时空的变化而不断形成、不断改变。

三、文学与诠释学研究的意义、局限和发展前景

(一) 意义

诠释学为中西文化的对话和交流搭建了一个新的平台,也提供了新的契机和视角。一方面,从"五四"新文学开始,文言文被白话文所取代,在古代文言文语境下产生的文学批评理论在白话文学身上已经不适用,中国的新文学面临着理论资源真空的状态,而此时西方各种各样的文学批评理论大量涌入中国,恰好为中国"五四"以后的新文学研究提供了理论资源,因此,当中国古典文论面对白话新文学处于"失语"状态之时,借用西方的各种理论来诠释中国文学似乎成了一条必然的道路,这也就是我们所说的"阐发法"。这一方法不仅适用于中国的白话文学,对中国古典文学研究也同样适用,我们可以利用新的理论视角发掘中国文化传统中没有被我们充

---

① 参见刘耘华:《诠释学与先秦儒家之意义生成》引论,上海:上海译文出版社2002年版。

分意识到的意义盲区,以达到对中国文化传统重新诠释的目的,比如王国维的《〈红楼梦〉评论》就是运用叔本华的思想对《红楼梦》这部古典名著进行重新诠释的范例。问题在于,这种"阐发法"很容易使中国的文学沦为西方文学理论的注脚,因此建构属于中国自己的理论话语便成为摆在中国比较文学研究者面前的迫切任务。这种理论话语的建构当然不是一步到位的,而是需要比较文学研究者在丰富的学术实践中进行不断探索和发掘。在欧洲中心主义被摒弃的今天,中西文学文化互为参照、进行双向诠释已成为比较文学发展的趋势,我们当然可以将西方诠释学理论与中国文化和文学自身的诠释学传统进行比较,以"他者"的视角来反观"自我",充分挖掘中国传统文化中的诠释学传统,构建自己的文学诠释学理论。

(二)局限和发展前景

自上世纪 80 年代以来,西方诠释学被不断引入我国学界。在对西方诠释学有了较深入的了解之后,不少中国学者尝试用它作为方法或视角来重新审查中国固有的传统文化,特别是在哲学、法律、历史等领域,成果较为突出。在文学诠释学方面,金元浦、李建盛先后撰写出版了《文学解释学》(1997)、《理解事件与文本意义——文学诠释学》(2002),同时,有的学者开始尝试总结中国固有的诠释学方法,如蒋成瑀的《读解学引论》(1998)、李清良的《中国阐释学》(2001)、周光庆的《中国古典诠释学导论》(2002)、刘耘华的《诠释学与先秦儒家之意义生成》(2002)、潘德荣的《文字·诠释·传统——中国诠释传统的现代转化》(2003)、周裕锴的《中国古代阐释学研究》(2003)、李剑亮的《宋词诠释学论稿》(2006)等,都在这一方面作出了自己的探索。单篇的文章更是不计其数。这些都对诠释学与中国文学文化关系的研究起到了推进、深化的作用。但是,我们必须指出,我国学界在这一领域所作的各种尝试仍然存在着一定程度的局限,择要而言:一是在运用西方诠释学的概念、范畴及方法论来重新研究我国文化时尚未有效消除中西文化之间的"隔膜",很多学者在处理中西两种不同的"诠释学"时未能做到融贯会通,因而得到的认识与概括仍然较为肤浅;二是笼统粗泛的研究多,深入精细的个案研究少,使得对于中国"诠释学"理论的发掘基本停留在抽象认识的层面。

当然,局限并不表明这一领域没有前途。相反,西方诠释学作为一种独特而强势的理论话语,自上世纪 80 年代以来便受到中国学者的重视和青睐,并被广泛应用到各个社科知识领域的重新探讨和研究之中,形成了一个重要而独特的人文景观。同样,在比较文学领域,以诠释学为平台,促使中西文化平等对话、相互激发,加深彼此的沟通和互动,是这个学科发展的必然趋势。正如乐黛云教授所说,"在互动认知和双向诠释被广泛认同的今天,以跨文化、跨学科文学研究为己任的比较文学学科必将获得空前发展"①。

就现阶段而言,诠释学与比较文学这一课题在以下三个方面具有广阔的开掘空间:一是诠释学文论建设,即把诠释学的基本原理应用到文学理论领域,对文学诸要素(如作者、文本、读者、世界以及经验、情节、结构、语言、形象等等)之间的逻辑关系从诠释学的视角加以重新解释和解读,进一步拓宽和加深我们对文学本身的理解;二是对于跨文化的文学传播过程中所产生的变异、误读以及"错误理解"等现象进行诠释学层面的理论分析,可以加深对其演变规律的认识;三是在中国传统文论的创造性转化这一课题方面,诠释学既可用来作为一种理论基础,同时也可加深对于具体文论问题的再理解。

【导学训练】

一、本节学习建议及关键词释义

1. 学习建议:

应该注意理清西方诠释学的发展脉络,对诠释学发展的各个阶段的代表人物及其思想有所把握,并对其发展的内在承接关系予以重视。此外,要特别注意对诠释学发展各时期的核心概念的理解。

2. 关键词释义:

前理解:即相对于某种理解以前的理解,或者说,在具体的理解开始之前,我们就已经对要理解的对象有了自己的某种观点和看法,这种理解的前结构就是前理解。海德格尔将"前理解"的结构分为"前有"、"前见"和"前把握",一切理解都是在"前理解"的基础上展开的。用海德格尔的话来说就是:"把某物作为某物加以解释,这在本质上是通过前有、前见和前把握来进行的。"

效果史意识:它是伽达默尔诠释学理论中的关键术语,一方面指任何的理解都有其历史的条件性,另一方面指诠释者对于这种历史的条件性所具有的自觉认识。具体来说其含义是:诠释者在诠释行为发生之前就已经生活于传统之中并受其作用,传统意义的生成以及传统的传承必须要依赖生活于其中的诠释者才能实现,但是诠释者的视域受到时间和空间的限制,因此人们对传统的反思必定具有不完满性,正是这种不完满性决定了这种反思是一个永无止境的意义生成过程,这个过程也就是人的存在本身。

诠释学循环:简单来说就是,诠释者在对文本进行解释时,必须要通过理解文本细

---

① 乐黛云:《诠释学与比较文学的发展》,《东南大学学报》(哲学社会科学版)2003 年第 4 期。

节(如字、句等)来把握其整体,而对于细节的准确理解又必须通过理解整体来实现。即要了解局部,必须了解整体;要了解整体,又必须了解每一个局部。这样一种诠释的矛盾,在理论上就称为诠释学循环。

二、思考题

1. 试述海德格尔对诠释学发展的贡献及其影响。
2. 试述伽达默尔"效果史意识"的基本内涵。

三、可供进一步研究的学术选题

发掘中国传统文化中的诠释学资源

提示:在中国文论缺乏自己理论话语的情况下,以西方理论为框架来诠释中国传统文化似乎是一条必由之路。但可能出现的情况是:这不仅会使中国的传统文化沦为西方理论的附庸,而且还遮蔽了中国自己的理论传统,这与比较文学之精神是相悖的。因此,建构中国自己的诠释学理论,并实现传统文论的创造性转化是我们目前乃至以后的重要任务之一。中国古代文化传统中蕴含了相当丰富的"诠释学"资源,我们同样可以从诸如作者、文本、读者、世界、形象、言意关系等方面入手,对其中所蕴含的诠释学思想进行梳理和归纳。这种理论资源的发掘和建构并非是为了"抵制"西方的诠释学理论,而是为了可以与其进行平等对话,超越对"西体"或是"中体"的偏执,努力彰显两种理论体系的"同"和"异",以达到更好的认识"自我"和"他者"的目的。这是一项艰巨的工作,但同时也是大有可为的。

【研讨平台】

一切历史都是现代史

提示:如何看待历史是诠释学理论中十分重要的问题。狄尔泰之前,学者们大多将历史看做是认识的对象,解释学的最终目的就是要恢复历史的本来面目,他们往往忽视了作为解释者的人在历史中的地位和作用。一直到了狄尔泰才认识到"我自身就是一种历史的存在,探究历史的人就是创造历史的人"。他的这一观点在本体论诠释学阶段得到了更为深入的发展。下面选取海德格尔、伽达默尔对此问题的相关论述,以加深对"一切历史都是现代史"这一观点的理解。

真理与方法(节选)

真正的历史对象根本就不是对象,而是自己和他者的统一体,或一种关系,在这种关系中同时存在着历史的实在以及历史理解的实在。一种名副其实的诠释学必须在理解本身中显示历史的实在性。因此,我就把所需要的这样一种东西称之为"效果历史"(Wirkungsgeschichte)。理解按其本性乃是一种效果历史事件。

当我们力图从对我们的诠释学处境(Hermeneutische Situation)具有根本性意义的历史距离出发去理解某个历史现象时,我们总是已经受到效果历史的种种影响。这些影响首先规定了:哪些问题对于我们来说是值得探究的,哪些东西是我们研究的对象,我们仿佛忘记了实际存在的东西的一半,甚而还严重,如果我们把直接的现象当成全部真理,那么我们就忘记了这种历史现象的全部真理。

所谓历史地存在,就是说,永远不能进行自我认识(Geschichtlichsein heisst, nie im Sichwissen Aufgehen)。一切自我认识都是从历史地在先给定的东西开始的,这种在先给定的东西,我们可以用黑格尔的术语称之为"实体",因为它是一切主观见解和主观态度的基础,从而它也就规定和限定了在流传物的历史他在(Andersheit)中去理解流传物的一切可能性。

——〔德〕伽达默尔:《真理与方法》,洪汉鼎译,上海:上海译文出版社2005年版,第387、388、390页。

附:关于"一切历史都是现代史"的重要观点

把某某东西作为某某东西加以解释,这在本质上是通过先行具有、先行视见与先行掌握来起作用的。解释从来不是对先行给定的东西所作的无前提的把握。准确的经典注疏可以拿来当做解释的一种特殊的具体化,它固然喜欢援引"有典可稽"的东西,然而最先的"有典可稽"的东西,原不过是解释者的不言而喻、无可争议的先入之见,任何解释工作之初都必然有这种先入之见,它作为随着解释就已经"设定了的"东西是先行给定的,这就是说,是在先行具有、先行视见和先行掌握中先行给定的。

——〔德〕海德格尔:《存在与时间》,陈嘉映、王庆节译,三联书社1999年版,第176页。

因此,互动认知与逻辑学认知不同……从这种认知方式出发,人们习惯的深度模式被解构了:中心不再成其为中心,任何实体都可能成为一个中心;原先处于边缘的、零碎的、隐在的、被中心所掩盖的一切,释放出新的能量;现象后面不一定有一个固定的本质;偶然性后面不一定有一个必然性,"能指"后面也不一定有一个固定的"所指"(即所谓"能指漂浮")。例如我们过去认为历史的确定性应是不成问题的,但从双向诠释的认知方式看来,历史可以解构为"事件的历史"和"叙述的历史"两个层面:前者指发生过的真实事件,如某年某月发生什么事,这是无法改变的。但真实事件被"目睹"的范围毕竟很小,我们多半只能通过"叙述"来了解历史,而叙述的选择、详略、角度、视野都不能不受主体的制约,所以说一切历史都是当代史,也就是当代人(包括过去某一时代的"当代人")所叙述和诠释的历史。

——乐黛云:《诠释学与比较文学的发展》,《东南大学学报》(哲学社会科学版)2003年第4期。

【拓展指南】

一、重要文献资料介绍

1. 洪汉鼎:《诠释学——它的历史和当代发展》,北京:人民出版社2001年版。

简介：本书比较详尽地勾勒了西方诠释学漫长的发展脉络，深入剖析了诠释学理论不断变化发展的内在动因和前后联系，清晰归纳了诠释学发展各时期的主要代表人物和重要观点，是了解诠释学发展状况的重要资料。

2.〔法〕保尔·利科：《解释学与人文科学》，陶远华、袁耀东、冯俊、郝祥等译，石家庄：河北人民出版社1987年版。

简介：本书精选了保尔·利科解释学著作当中的十一篇代表性论文，是对保尔·利科哲学诠释学发展脉络和主要研究成果的一个概略的总结。书中保尔·利科对解释学的历史、解释学的理论及诠释学与其他社会科学的关系都作了论述并提出了独特看法。

3.〔加〕格朗丹：《哲学解释学导论》，何卫平译，北京：商务印书馆2009年版。

简介：本书主要思考的是关于解释的普遍性问题。作者围绕着解释学的普遍性这一中心议题，采取史论结合的方式逐层展开论述，实现了对伽达默尔思想的创造性发挥，对于我们更加深入地领会哲学诠释学的关键问题具有重要的启发意义。

4. 刘耘华：《诠释学与先秦儒家之意义生成》，上海：上海译文出版社2002年版。

简介：本书以西方的诠释学为参照，对中国先秦儒家最重要的三部原典《论语》、《孟子》和《荀子》重新进行审视与研究，深入挖掘了中国古代经典文本的诠释立场、意义生成和意义生成方式，并且结合更早的《诗经》、《尚书》等文本，探讨了孔子、孟子和荀子对古代传统的具体诠释。在论述过程中，作者还将中国的诠释学传统与西方的诠释学传统进行比较，突显了各自理论和方法上的独特性。本书对我们运用诠释学进行具体的比较文学研究具有启发意义。

二、一般文献资料目录

1. 韩震、孟鸣歧：《历史·理解·意义》，上海：上海译文出版社2002年版。
2. 何卫平：《解释学之维——问题与研究》，北京：人民出版社2009年版。
3. 洪汉鼎主编：《理解与解释》，北京：东方出版社2001年版。
4. 金元浦：《文学解释学》，长春：东北师范大学出版社1997年版。
5. 李建盛：《理解事件与文本意义——文学诠释学》，上海：上海译文出版社2002年版。
6. 潘德荣：《文字·诠释·传统——中国诠释传统的现代转化》，上海：上海译文出版社2003年版。
7. 王庆节：《解释学、海德格尔与儒道今释》，北京：中国人民大学出版社2004年版。
8. 殷鼎：《理解的命运》，北京：三联书店1989年版。
9. 周光庆：《中国古典诠释学导论》，北京：中华书局2002年版。

后　记

　　自从上个世纪80年代末跟随范伯群、朱栋霖先生编写《1898—1949中外文学比较史》以来，至今已有二十余年。岁月的流逝虽然可以改变我的年龄，却无法消磨我对那段初次踏入比较文学研究领域日子的记忆。正是从那个时候开始，我对比较文学研究尤其是20世纪中外文学比较研究产生了浓厚的兴趣。我的硕士论文就是依据文化地理学对中国边域小说进行跨学科研究的。论文得到了以贾植芳先生为主席的答辩委员会老师的好评，论文的部分内容旋即被刊载于《文学评论》，这使我在尝到了以其他学科知识观照中国文学甜头的同时，也坚定了以比较视野研究中国文学的信心。此后，我先后参加了龙泉明教授主持的国家重点社科项目《20世纪中外文学相互关系研究》、杨乃乔先生主编的《比较文学概论》、曹顺庆先生主编的《比较文学教程》的编写工作，我的博士论文与博士后报告也都是以比较视野研究20世纪中国诗歌的。这些研究经历在丰富了我的学术视野的同时，也使我日渐深刻地认识到，自己的比较文学研究对象不应该仅仅限于文学文本的影响与平行研究，还应该将文本研究与理论研究相结合，只有这样，自己的比较文学研究才能一方面超越那种脱离文学史现象试图从范畴、体系方面推出文学共同规律的悬空式研究的局限，另一方面也可以从具体文本的比较研究上升到对于人类文学发展的共同规律的探讨。这是我萌生撰写一部比较文学教材念头的主要动因。

　　这部教材以知识的集成性与实践性为主要聚焦点，以文学与其他学科、理论创新与实践之间的相互融合为主要形式，在教学理念、教学内容、教学应用等方面进行了一些探寻和变革，以建立全新的教学体系。在教学理念上，我们提出了比较文学学科特征与研究范围的新观点，即比较文学的学科特征在于主体间性，比较文学的研究范围主要指涉异质文学的事实材料间性关系、异质文学的美学价值间性关系、不同诗学的间性关系、文学与其他学科的间性关系、文学与其他文化理论的间性关系五种关系。在教材内容上，在大的系统方面，我们以主体间性为学科特征，将整部教材分为四大教学板块,即不同国别文学的间性关系、不同诗学的间性关系、文学与其他学科的间性关系、文学与其他文化理论的间性关系四种关系的研究;在子系统方面,我们的每一节都是一个小板块,每一小板块都包含基础知识、导学训练、研讨平台、拓展指南四个部分。这样的设置与安排,主要基于两个方面的考虑:第一,是根据社会的需要和专业培养目标的需要,在教材中大力增加文学与其他学科互渗关系比较的内容,让不同学科的知识在学生的知识结构中有机地集成,使学生成为既"专"又"博"、具有整体性和综合性知识体系的复合型人才。第二,是由"授之以鱼"转变为"授之以渔",在教材中注重对学生实践性能力的培养。大力增加对学生课外的探索能力、运用方法的能力、资料收集的能力等实践能力的培养,指导学生在实践中拓展学习内容,促使学生变被动学习为主动学习,极大地提高学生分析和解决问题的能力,培养学生的创造意识与实际运用能力,完善和优化学生的综合知识结构。由此,我们就将教学时空延伸到了课外,真正实现了课内课外的优势互补以及理论与实践的有机结合。

在教材出版之际,我要感谢武汉大学文学院领导,没有他们的支持,这部教材不可能如此顺利地出版。还要感谢武汉大学、上海师范大学、中山大学、浙江工业大学、广州大学、武汉科技学院等高校的专家、学者,没有他们一年多来的辛勤笔耕,就没有我们今天的收获。我也要深深感谢这部教材的责编艾英女士,她认真负责的态度给我留下了深刻的印象,一个"谢"字,难以表达我们对她的感激之情。

本教材的撰写分工如下:赵小琪:绪论,第一章第四节,第三章第一节,第四章第一节基础知识、研讨平台部分,教材纲目拟写、统稿、修改和定稿工作。张晶:第一章第一节。赵坤:第一章第二节,第二章第二节。蒋金运:第一章第三节。司晓琨:第二章第一节。刘圣鹏:第二章第三节,第四章第二节。刘晓:第三章第二节。马昕:第三章第三节。徐旭、李故静:第三章第四节。谭燕保:第三章第五节。周柳波:第三章第六节。陈希:第四章第一节导学训练、拓展指南部分。吴冰:第五章第一节。李群林、刘琳静:第五章第二节。袁尚伟、刘耘华:第五章第三节。博士生刘琳静、硕士生尹菁华和访问学者石柏胜协助修改了部分章节。

赵小琪
2009 年 12 月 29 日于武汉大学